KB029529

한국 아동문학의 계보와 정전

원종찬(元鍾讚) ● 인하대 한국어문학과 교수. 아동문학평론가. 계간『창비 어린이』편집위원장과 한국아동청소년문학학회 회장을 역임했다. 저서로『아동문학과 비평정신』,『동화와 어린이』,『한국근대문학의 재조명』,『한국아동문학의 쟁점』,『북한의 아동문학』,『동아시아 아동문학사』(공저) 등이 있고, 엮은 책으로는『현덕 전집』,『한국아동문학총서 1~50』,『동아시아 한국문학을 찾아서』등이 있다.

아동청소년문학총서 13

한국 아동문학의 계보와 정전

2018년 2월 21일 1판 1쇄 인쇄 / 2018년 2월 28일 1판 1쇄 발행

지은이 원종찬 / 펴낸이 임은주
펴낸곳 도서출판 청동거울 / 출판등록 1998년 5월 14일 제406-2002-000128호
주소 (10881) 경기도 파주시 문발로115 (파주출판도시) 세종출판벤처타운 201호
전화 031) 955-1816(관리부) 031) 955-1817(편집부) / 팩스 031) 955-1819
전자우편 cheong1998@hanmail.net / 네이버블로그 청동거울출판사

책값은 뒤표지에 있습니다.
잘못 만들어진 책은 바꾸어 드립니다.
지은이와의 협의에 의해 인지를 붙이지 않습니다.
이 책의 내용을 재사용하려면 반드시 저작권자와 청동거울출판사의 허락을 받아야 합니다.
ⓒ 2018 원종찬

Written by Won, Jong-chan.
Text Copyright ⓒ 2018 Won, Jong-chan.
All righsts reserved.
First published in Korea in 2018 by CheongDongKeoWool Publishing Co.
Printed in Korea.

ISBN 978-89-5749-203-1 (94800)
ISBN 978-89-5749-141-6 (세트)

이 도서의 국립중앙도서관 출판시도서목록(CIP)은 서지정보유통지원시스템 홈페이지 (http://seoji.nl.go.kr)와 국가자료공동목록시스템(http://www.nl.go.kr/kolisnet)에서 이용하실 수 있습니다. (CIP제어번호: CIP2018006283)

아동청소년문학총서 13

한국 아동문학의 계보와 정전

원종찬 지음

지난 수년 동안 발표한 아동문학사 연구 관련 논문들을 한 자리에 모았다. 이재철의 아동문학사를 비롯한 과거의 연구 결과와는 사뭇 차이가 나는 것들이다.

예컨대 『어린이』는 동심천사주의, 『별나라』는 계급주의라는 상식과는 정반대의 등식으로 제목을 삼은 논문들이 그러하다. 절충적이라고 알려진 『신소년』의 경우는 조선어학회·대종교와의 관련성을 부각시켰다. 이렇게 함으로써 『어린이』는 우파, 『별나라』는 좌파, 『신소년』은 절충파라는 고정관념에 의문을 제기하려 했다. 동심천사주의와 계급주의는 순차적으로 발생한 시대적 조류였으며, 세 아동잡지들은 모두 이 조류를 앞서거니 뒤서거니 수용했다. 민족주의와 사회주의의 수용 양상도 이와 비슷했다.

한편 20세기 한국문학은 리얼리즘과 모더니즘의 대립 구도로 전개되었는바, 이러한 미학적 대립이 아동문학에서는 어떻게 나타났는지에 대해서도 살폈다. 이 문제는 카프와 구인회 작가들이 아동문학에 끼친 영향을 통해서 확인할 수 있다. 동요·동시단의 두 흐름을 대표해온 윤석중과 이원수의 창작을 통해서도 이 문제가 확인된다. 그러나 현덕의 창작에서 보듯이, 아동문학의 리얼리즘과 모더니즘은 첨예한 대립 관계가 아니라 상호 보완의 대칭 관계였다는 사실의 확인이 더욱 중요하다.

정작 아동문학의 대립은 미학적인 것이기보다는 정치적 이념의 성격을 띠었다. 이념의 대립은 분단과 전쟁으로 인해 더욱 격화되었다. 8·15해방부터 6·25동란을 거치는 동안의 상황 변화가 분단시대의 담론을 오랫동안 규정했다. 해방 직후의 남북한 문단재편 과정을 포함하여, 식민잔재 문제와 맞물려 있는 친일 아동문학 담론과 반공 아동문학에 관한 연구에서는 이런 점을 강조하고자 했다.

결과적으로 이번 저서 또한 예민한 쟁점을 다룬 것이 대부분이다. 쟁점을 예각적으로 드러내려는 과욕 탓에 한쪽으로 치우쳐진 논리들도 적지 않으리라고 본다. 세계 냉전질서의 변화와 사회민주화에 따른 인식의 변화를 반영한 체계적인 아동문학사가 아직 없는 것이 문제라면 문제겠다. 오늘날 학계의 개별적인 연구 성과는 눈이 부실 정도이다. 이번 저서는 기존의 문학사 인식을 뒤집는 연구라기보다는 냉전시대의 논리를 비껴난 자리에서 문학사의 계보를 새롭게 정리하고 재평가한 결과로 보면 되지 않을까 싶다.

저서 제목에 '계보'뿐 아니라 '정전'을 나란히 넣어서 낯설게 보일는지도 모르겠다. 문학사 연구는 정전화의 몫이 매우 크기 때문에, 사람들의 상식에까지 영향을 미친다. 문학사를 보는 시각과 정전의 문제를 함께 제기하려는 이유가 여기에 있다. 여러모로 이번 저서는 새로운 아동문학사 구성과 정전화를 위한 기초 연구의 성격을 지닌다. 이런 문제와 관련한 지속적인 토론을 기대하는 한편으로 많은 분들의 지도편달을 바라마지 않는다.

2018년 2월 20일 원종찬

|차 례|

1.

『별나라』와 동심천사주의

1920년대 『별나라』의 위상

1. 좌우 이항대립과 삼분구도의 문제점

1920년대는 아동문학이 독자적인 장르로 성립해서 소년운동과 더불어 폭넓은 사회적 반향을 불러일으킨 시기이다. 여기에 이르러 전문작가·매체·아동독자의 삼위일체가 이루어졌다.[1] 당시 소년운동과도 호응을 이루며 아동문학의 주요 발표무대가 되었던 매체는 『어린이』 (1923~1935), 『신소년』(1923~1934), 『별나라』(1926~1935), 『아이생활』 (1926~1944) 등이었다. 이것들은 지속성과 영향력 면에서 다른 군소 아동잡지와 구별된다. 그런데 『아이생활』은 기독교 색채를 명시적으로 내세웠기 때문에 다른 잡지들과 구별된다. 사회사상사적으로 일정한 계보를 이루면서 경쟁관계에 있던 아동잡지는 『어린이』, 『신소년』, 『별나라』라고 할 수 있다. 이들 세 아동잡지는 발행 주체의 사회적 배경이 달랐고 저마다 고유한 특색을 드러냈다. 물론 잡지의 발행이 십 년 이상 지속되었기에 그 특색이란 것도 시기적으로 변화해갔다. 각 매체의 서로 다른

---

[1] 졸고, 「한국 아동문학의 형성과정―"소년"(1908)에서 "어린이"(1923)까지」, 『한국 아동문학의 쟁점』, 창비, 2010. 참조.

입각점과 공통의 시대정신 가운데 어느 쪽이 더 큰 규정이었을까? 결론부터 말하자면, 문학사를 굽이치게 만든 시대정신이 한층 절대적이었고 그 안에서의 서로 다른 입각점은 상대적 차이에 지나지 않았다. 하지만 기존의 아동문학사는 이런 점을 소홀히 보아 넘기고 매체 간의 '사상적 차이'를 지나치게 부각시킴으로써 결과적으로 좌우이념의 갈등을 확대 재생산해온 면이 없지 않다. 은연중 분단이데올로기가 작용하고 있었기 때문이다.

식민지시대 『어린이』, 『신소년』, 『별나라』의 위상은 이재철의 아동문학사에서 삼분(三分) 정립된 이래 하나의 고정관념으로 굳어진 상태이다. 이재철은 『어린이』를 "민족주의적 경향", 『별나라』를 "계급주의적 경향", 『신소년』을 "절충적 경향"으로 규정했다.[2] 이는 상대적인 구분임을 감안하더라도 한국 아동문학의 역사적 흐름을 빙탄불상용(氷炭不相容)의 이항대립으로 파악한 도식에 가깝다. 현실의 구체성을 은폐하지 않는 한에서 도식은 실타래처럼 엉킨 현실을 보다 선명하게 이해하는 데 도움을 준다. 그런데 이재철의 삼분구도는 『어린이』와 『별나라』가 이념적 상극지대에서 출발한 것인 양 잘못된 통념을 유포하면서 『어린이』의 위상은 물론이고 1920년대의 아동문학을 바라보는 데에서 착시효과를 빚어내고 있다.

필자가 확인한 바에 따르면 1920년대 후반에 이르기까지 세 아동잡지는 이념적으로 분화되지 않았으며, 문학성·운동성·이념성 공히 『어린이』가 앞장서서 선도하는 모습이었다. 세 아동잡지가 모두 개척기 아동문학의 특징들, 이를테면 동심천사주의와 교훈주의를 끌어안고 있었지만, 식민지조선의 아동현실에 다가서려는 지향만은 확고했다. 민족주의와 사회주의를 공유한 점에 있어서도 전후좌우가 따로 없었다. 이재철

---

2 이재철, 『한국현대아동문학사』, 일지사, 1978. 참조.

의 아동문학사는 '계급문학 시비(是非) 논쟁'(1925)으로 촉발된 문단의 좌우대립 양상을 그대로 아동문학에 대입한 혐의가 짙다. 즉 '민족주의 대 사회주의'라는 도식에 '『어린이』 대 『별나라』', 그리고 그 사이에 『신소년』을 끼워 맞춘 것이다. 이는 실상과 차이가 난다. 방정환과 『어린이』는 신경향파문학과 대립한 국민문학파와는 궤를 달리하고 있었다. 오히려 『별나라』쪽에서 국민문학파에게 손을 벌리고 있는 형국이었다. 뒤에 자세히 살펴보겠지만, 카프(KAPF, 1925~1935) 쪽에서 『별나라』를 기관지화할 수 있었던 것은 창간 동인들의 취약한 문학성·운동성·이념성 때문이었다. 초기 『별나라』는 거의 무주공산(無主空山)이었던 셈이다.

천도교에서 발행한 『어린이』는 『개벽』과 사상적으로 한 뿌리에 속한다. 1920년대의 신경향파문학이 『개벽』을 무대로 전개되었음은 잘 알려진 사실이다. 천도교의 민족사회운동은 사회주의를 수용하고 있었다. 방정환만 해도 3·1운동 이전에 이미 경성청년구락부의 일원으로서 사회성이 강한 『신청년』을 주도했거니와,[3] 1920년 『개벽』 창간 동인으로 개벽사에서 근무할 무렵에는 사회주의에 입각한 소설을 발표한 바 있다.[4] 『어린이』를 발간하기 직전인 1922년에는 신경향파문학의 산파 역할을 하는 김기진, 박영희 등과 함께 『백조』 동인이었다. 이런 연고로 방정환은 1924년 박영희를 개벽사의 문예부장으로 끌어들였고, 김기진, 이익상, 송영 같은 사회주의 계열의 작가들에게 『어린이』의 지면을 제공했다. 특히 송영의 1920년대 주요 작품 「쫓겨 가신 선생님」(1928), 「옷자락은 깃발같이」(1929) 등이 『별나라』가 아닌 『어린이』에 발표되었다는 사실은 주목을 요한다. 방정환과 『어린이』쪽에서 계급주의 아동문학에 대해 적대감을 드러낸 적은 한 번도 없었다. 아동문학의 계급문학 논쟁은 기성문단을 향한 혁신의 주장이거나 좌파 주도권다툼의 성격이었다. 좌

---

3 한기형, 「근대잡지 "신청년"과 경성청년구락부」, 『서지학보』 제26집, 2002. 참조.
4 졸고, 「한일 아동문학의 기원과 성격 비교」, 『아동문학과 비평정신』, 창비, 2001. 참조.

우파로 갈려 논전을 주고받은 성인문단과는 양상이 달랐던 것이다.

최근 류덕제는 『별나라』에 대한 기존의 통설을 일부 수정했다. 새로 입수한 1920년대 『별나라』를 검토해보니, "회고적 주장과 실체는 일정한 차이가 있다"[5]는 것이다. 이로써 기존의 연구들이 주로 의존했던 『별나라』운영진들의 회고는 과장되었으며, 실제로는 1930년 이후에야 계급주의적 선회가 뚜렷해졌다는 사실이 밝혀졌다. 류덕제의 논문은 계급주의 아동문학의 연구를 진전시킨 성과인데, 1920년대 『어린이』, 『신소년』과 대비되는 『별나라』의 위상은 자세히 검토되지 않았다. 그 역시도 "『별나라』는 창간 당시부터 '가난한 동무'를 위한다는 취지를 분명히 하였다"[6]면서 기존의 회고를 수용했는데, 이 또한 면밀한 실증과 타당한 해석이 필요하다. 『별나라』의 가격이 창간 당시 가장 낮은 5전으로 시작한 것은 사실이지만, 단지 그것만으로 '가난한 동무'를 위한다는 취지라고 해석할 수 있는지 의문이다. 1927년에 10전으로 올려 받은 것이 확인되기 때문이다. 『어린이』와 『신소년』도 '가난한 동무'를 위하는 지향에서는 『별나라』와 별반 차이가 없었다. 세 아동잡지의 가격은 시기에 따라 오르락내리락 했는데 평균 10전이었다.

류덕제의 문제제기에도 불구하고 『별나라』에 대한 고정관념은 지속되고 있다. 박영기는 류덕제의 논문을 선행연구로 검토해 놓고서도 "1920년대 후반에 들어서면 『어린이』, 『별나라』의 양대 구도가 성립하게 된다. (…) 『어린이』의 경우 (…) 민족주의적 대항담론을 형성해 갔고, 『별나라』는 (…) 사회주의 이념을 노·농 계급의 프롤레타리아 아동들에게 교육하는 데 주력하였다. 1920년대 중반부터 1930년대 중반까지 이러한 대결 구도는 지속되어서 일제강점기하 아동문학의 흐름을 주도해 나갔다."[7] 또는 "당시로서 『어린이』와 『별나라』는 기성 문단에서 행해진

---

5 류덕제, 「"별나라"와 계급주의 아동문학의 의미」, 『국어교육연구』 제46집, 2010, 318쪽.
6 류덕제, 같은 글, 306쪽.

민족주의와 사회주의 계열의 극단적 대립상태를 반복 재생산하였다."[8]
고 쓰고 있다. 과거의 도식을 반복하고 있는 것이다.

　최근에 이루어진 박영기의 연구는 좌우 이항대립과 삼분구도의 고정
관념이 얼마나 뿌리 깊은지 보여준다. 그는 1928년 7월 『별나라』의 독
자통신란에 "독자제군께서 일본 무산자사에서 매월 발행하는 『赤い星』
이라는 잡지를 보시려거든 절수로 1년분 33전만 본 지사로 보내어 바로
주문하면 매월 여러분 앞에 오도록 하겠습니다"는 '성진군 학동면 석호
동 별나라 성진 지사장'의 글이 게재된 것을 인용하고 "'별나라'의 명
칭은 일본 좌파 잡지 『赤い星』의 명칭에서 따 왔을 가능성이 커진다"[9]고
지적한다. 『赤い星』의 제호가 '사회주의 소비에트 공화국'을 상징하는
'붉은 별'에서 따왔을 것이라는 추정은 맞겠지만, 『별나라』의 제호 또한
그와 연관되는 사회주의 이념을 드러낸 것이라는 추정은 비약이다.[10] 게
다가 박영기는 『별나라』 2주년 기념호에서 하도윤이 언급한 "저 하늘에
어여쁘게 비쳐있는 동경의 나라! 그것이 육백만 소년소녀가 그리워하는
'별나라'가 아니든가?"를 인용한 뒤에, 여기에서의 '별나라'가 '사회주의
적 유토피아'를 은유하고 있다는 해석이 설득력을 지닌다고 말한다.[11]
이 또한 비약이 아닐 수 없으니, 하도윤의 언급에서도 어른거리거니와
초기 『별나라』를 장식한 '어여쁘다' '동경' '그리워하다' 등의 구절은
'천사주의 아동관'의 투영이다. 문학사적 구도 면에서 '계급주의 아동

---

7 박영기, 「일제강점기 아동문예지 "별나라" 연구」, 『문학교육학』 제33집, 2010, 2쪽.
8 박영기, 같은 글, 4쪽.
9 박영기, 같은 글, 5쪽. 이때의 『별나라』 가격은 10전이었으니 『赤い星』 1년분 가격 33전에 견주
　면 3배나 높다.
10 박영기의 논문은 '『별나라』와 일본 『赤い星』의 관계'라는 소제목까지 마련해 놓고 두 잡지 제
　호의 상호 관련성과 사회주의 지향성을 추정한 다음에도, "처음부터 계급의식을 적극적으로
　표출하고자 의도한 것이 아니라 (…) '별님'들인 '어린이들'이 모일 수 있는 소박한 공간을 만
　들려는 의도에서 시작된 잡지였다"는 상반된 해석을 보이는 등 논리가 일관적이지 않다. 『어린
　이』와 『별나라』가 대립한 시점에 대해서도 1920년대 중반부터라고 했다가 후반부터라고 하는
　등 고정되어 있지 않다.
11 박영기, 같은 글, 6쪽.

관'과는 정반대의 성격인 것이다. 박영기가 류덕제와 동일한 자료를 가지고 이렇듯 상이한 해석을 드러내는 이유는 무엇일까? 선입견 또는 내면화된 분단이데올로기의 작용이라 할밖에.

2. 분단현실이 낳은 분단문학사

이재철의 『한국현대아동문학사』는 방대한 일차자료를 섭렵해서 이룩한 노작(勞作)임에 틀림없다. 문제라면 자료의 미비점보다는 '문협정통파'를 대변하는 조연현의 문학사처럼 냉전 이데올로기로 식민지시대를 재단한 점이다. 매우 치밀한 논리로 구축된 이재철의 아동문학사에서 인용법이 잘못된 곳은 예외없이 이데올로기적 편견이 작동하는 부분이다. 『별나라』에 대한 다음의 설명을 보자.

1926년 창간된 이 잡지는 발간 초부터 "가난한 동무를 위하야, 갑싼 잡지로 나오자"는 슬로우건을 내걸고 출발함으로써, 그 밑바닥에 항시 사회주의적인 계급의식을 짙게 깔았다. 그것은 『별나라』지가 1925년을 전후해서 엄습한 프로문학의 영향을 전적으로 대변하는 아동 잡지 구실을 도맡았기 때문이다.[12]

위에서 『별나라』가 지닌 "사회주의적인 계급의식"의 근거로 삼은 "가난한 동무를 위하야, 갑싼 잡지로 나오자"는 인용 부분은 『별나라』 제6권 5호, 1931년판에 나오는 안준식의 「기념사」를 각주로 한 것이다. 이어서 『별나라』 제5권 9호, 1930년판에 나오는 「편집후기」 가운데 "그 전에는 달콤한 문예품이나 덥허놋고 재미만 잇는 옛날이야기나 우리들과

---

12 이재철, 앞의 책, 120쪽.

관계업는 욕심쟁이인 영웅전기 가튼 것도 석거 실어왔지만 지금부터는 우리들의 살님사리와 또는 잘 살어 보자는 운동과 관계가 업는 것이며는 절대로 실지를 아니하기로 하엿다"는 부분을 인용해 놓고 "이렇게 창간 초부터 뚜렷한 정치적 목적의식을 가지고 출발한 『별나라』지는……"[13] 하고 설명을 해나갔다. 앞으로는 달라지겠다는 1930년판 운영진의 주장을 근거로 대면서 "이렇게 창간 초부터"라고 받아쓰는 것은 비논리가 아닐 수 없다. 이 저서에서 '『별나라』지의 투쟁적 계급주의 경향'이라고 소제목을 내건 부분은 모두 1930년대의 『별나라』에서 인용을 따온 것이다. 그럼에도 이재철은 "이상에서 우리는 『별나라』가 창간초부터 시종일관 좌익적 경향을 띠고서 사회주의적인 계급의식의 부식(扶植)을 아동 세계까지 확대하려는 의도를 쉬이 간파할 수가 있다"[14]면서 1920년대 『별나라』의 성격을 단정적으로 정리했다. 몇 군데 주장이 모두 논문의 기본상식을 벗어난 인용법으로 이뤄져 있다.

북한의 아동문학사 서술도 이와 동일한 구도에 입각해 있다.[15] 좌우 이항대립과 형식논리에 입각한 '『어린이』(우파), 『별나라』(좌파), 『신소년』(절충파)'의 삼분구도는 분단시대 남북한 주류의 아동문학사 인식에 해당한다. 이런 구분이 전적으로 틀린 것은 아니다. 하지만 일면적인 이해가 오해를 낳는 법이다. 이런 일면적인 문학사 인식은 식민지시대 아동문학을 분단이데올로기의 색안경을 끼고 바라보는 데에서 말미암는다. 즉 식민지시대와 분단시대의 연속성을 설명하고자 비연속적 계기를 간과한 것인데, 이는 남북한 지배담론의 분단기원을 은폐하고 있다.

아동문학사에서 분단이데올로기가 처음 나타난 것은 해방 직후 조선문학가동맹이 주관한 제1회 전국문학자대회의 박세영 보고문이다. 계급

---

13 이재철, 같은 책, 121쪽.
14 이재철, 같은 책, 124쪽.
15 북한의 식민지시대 아동문학사 서술에 대해서는 졸저, 『북한의 아동문학─주체문학에 이르는 도정』, 청동거울, 2012. 참조.

문학을 민족문학으로 조정한 카프 '해소파'가 주축이 된 조선문학건설 본부와 이에 반발하는 '비해소파'가 주축이 된 조선프롤레타리아문학동 맹이 우여곡절 끝에 조선문학가동맹으로 합쳐진 것은 주지의 사실이다. 『별나라』에서 계급주의 아동문학을 주도했던 송영과 박세영은 조선프롤 레타리아문학동맹 계열이다. 이들은 조선문학건설본부 주도로 조선문학 가동맹이 움직이게 되자 일찍이 월북해서 북한 아동문학의 핵심으로 자 리한다.[16] 1946년 2월 8일부터 9일 양일간 서울에서 개최된 제1회 전국 문학자대회에서 총론을 포함한 각부 보고문은 거의 조선문학건설본부 계열의 문인들이 맡았다. 아동문학 부문은 원래 정지용과 박세영의 공 동발표로 예정되어 있었는데,[17] 정지용이 관망적인 태도를 지니고 대회 에 불참했기에 이 대회의 준비위원으로 참여한 박세영 단독으로 보고문 이 작성되었다. 훗날 북한에서 발표된 송영의 「해방 전 조선아동문학」 (『조선문학』, 1956.8)은 이것과 동일한 기조로 작성된 것이어서 주목된다.

박세영은 기억력에 의존해서 원고를 썼다는 전제를 바탕으로 식민지 시대 아동문학사를 대담하게 정리했다. 최남선의 『소년』에서 방정환의 『어린이』에 이르는 흐름과 기독교단체 발행의 『아이생활』, 1930년대 조 선일보사 발행의 『소년』 같은 잡지들을 하나로 묶고, 1927년 카프 방향 전환 이후의 『별나라』와 『신소년』을 다른 하나로 묶어서 비계급적인 흐 름과 계급적인 흐름으로 일도양단한 아동문학사의 구도를 그려낸 것이 다. 이 때문에 『별나라』와 『신소년』이 폐간된 1930년대 중반 이후는 아 동문학 활동이 전무한 암흑기로 치부되었다.[18] 1926년부터 1944년까지

---

16 졸저, 『북한의 아동문학―주체문학에 이르는 도정』, 청동거울, 2012. 참조.
17 제1회 전국문학자대회의 「경과보고」, 조선문학가동맹 편, 『건설기의 조선문학』, 1946, 207쪽.
18 프로문학의 자기비판과 모더니즘의 자기반성이 합류하면서 만들어진 1930년대 중반 이후의 문학적 성과는 어느 때보다 높은 수준이었다. 현덕의 동화와 소년소설이 빛났던 시기이기도 하 다. 1930년대 중반 이후 조선일보사 출판부는 백석, 이원조, 정현웅, 윤석중 등이 소속해 있었 고, 좌우가 따로 없는 문인사랑방 구실을 하고 있었다. 이때 윤석중이 편집한 『조선아동문학 집』(1938)은 식민지시대 아동문학의 결산으로서 높은 수준이었다. 정지용, 이태준, 이병기가

발행된 『아이생활』과 1937년부터 1940년까지 발행된 『소년』까지도 1930년대 중반 이전의 것으로 간주할 정도였다. 일제의 탄압으로 중단된 카프시기 『별나라』와 『신소년』의 흐름을 되살리는 것만이 아동문학을 다시 세우는 유일한 방도임을 내세운 것이다. 계급주의 아동문학에 대해 서술한 부분은 다음과 같다.

그 다음 1926년 6월에 창간호를 발행한 『별나라』는 안준식 씨의 주재로 발행되었는데 『어린이』가 소시민성을 띤 데 반하여 이는 막연하나마 가난한 이 땅의 아동들에게 읽혀 주리라는 의도 밑에서 그 후 계속하여 발행되었던 것이다. 이때의 『별나라』의 그 성격은 순전히 자연 발생적 영역에서 벗어나지 못했고 가난한 것만 외쳤지 왜 가난해졌나, 무엇이 우리를 가난하게 만들어주었나? 하는 그 원인은 밝히지 못했던 것이다. 『별나라』 제6호 이후에는 비로소 송영 씨가 편집에 참여하자 엄연히 『별나라』의 성격을 밝힌 이후, 유물변증법적 사회주의 리얼리즘으로 지향하고 나아갔다. 그 후 임화 씨, 엄흥섭 씨, 나 자신이 이 편집에 당(當)하게 될 때는 계급투쟁기에로 돌입하여 많은 역할을 하였으나 일본 제국주의의 탄압은 날로 극심하여 결국 1934년 12월로서 폐간의 운명에 빠지게 되었던 것이다.

『별나라』를 위요(圍繞)한 작가로는 동화, 소년소설에 주로 구직회, 최병화, 양재응, 안준식, 염근수, 송영, 엄흥섭, 홍구, 이동규 씨 등이었고, 동요에는 신고송, 손풍산, 박아지, 이구월, 김병호, 정청산, 김우철, 송완순, 박고경 씨 등과 나 자신이었다. 그러나 9년 동안에 20회의 압수와 체형을 당하면서도 용감히 투쟁하였던 것이다.

다음 신명균 씨에 의하여 최초 발행된 『신소년』은 후기에 있어서 이동규, 홍구, 이주홍 씨 등이 차례로 주간이 되자 민족주의로부터 방향을 전환하여 계급

주재한 『문장』과 윤석중이 주재한 『소년』은 바로 이 시기의 문단 좌우합작 흐름을 담고 있는 바, 이 흐름이 해방 후 조선문학가동맹으로 이어졌다.

투쟁의 기치를 들고 『별나라』와 같은 노선을 걷게 되었으니, 말하자면 카프의 방계적 산하에서 계급투쟁의 역할을 했으며 집필가도 『별나라』와 동일하였다.[19]

인용을 좀 길게 한 것은 박세영이 거론한 『별나라』와 『신소년』의 후기 작가들이 임화를 제외한다면 모두 조선프롤레타리아문학동맹 계열이라는 점을 드러내고자 함이다. 위의 인용문에서 "『별나라』 제6호 이후에는 비로소 송영 씨가 편집에 참여하자 엄연히 『별나라』의 성격을 밝힌 이후, 유물변증법적 사회주의 리얼리즘에로 지향하고 나아갔다"는 부분은 류덕제의 논문이 이미 밝힌 대로 사실과 거리가 먼 과장이다. 박세영의 보고문에서 또 하나 눈여겨볼 것은 해방 이후의 아동잡지를 말하면서 조선문학건설본부 및 조선문학가동맹 아동문학위원회가 발행한 『아동문학』을 빠뜨리고 있는 점이다.

그리하여 8월 15일 이후 조선 아동문학의 부흥을 획책하고자 수삼(數三)의 아동출판물이 간행되었으니 전자 『신소년』의 후신이라 할 수 있는 『새동무』가 역시 『신소년』 편집자이던 이주홍 씨에 의하여 12월 중에 발행되었다. 그리고 역시 1934년 12월 79호를 내고 폐간되었던 『별나라』가 안준식 씨에 의하여 발행되었으니 조선 아동문학의 새로운 출발은 다시 시작되었다고 하겠다. 그리고 조선 아동문화협회에서 발행하는 『주간소학생』이 윤석중 씨에 의하여 2월 중에 발행되었는데 이는 조선 아동을 위하여 흔쾌한 일이다. (…)
이상에서 말한 바와 같이 현재 3종 정기간행물에 있어서 보는바 그 성격은 우리가 앞으로의 아동 지도에 있어서 냉철히 비판하고 거듭 아동에게 미칠 바

---

19 박세영, 「조선아동문학의 현상과 금후방향」, 조선문학가동맹 편, 같은 책, 97~98쪽. 텍스트 인용은 원문을 살리되 독자 편의를 위해 띄어쓰기와 표기법을 현대어로 고쳤다. 작품만은 원문 그대로 제시했다.

영향을 구명하지 않으면 안 될 줄 믿는다. 『새동무』나 『별나라』는 가장 동일한 이념에서 동일한 주의 밑에서, 즉 현단계에 있어서의 가장 옳은 정치노선에 따르는 진보적 민주주의의 기치로써 출발한 데 반하여, 그밖에 몇 출판물은 동심계의 앙양으로 지향하는 학교 과외강좌 같은 경향, 즉 말하자면 민족주의 영역에서 이탈하지 못한 감을 준다. 그러므로 여기에 따르는 지도이론도 진보적이 아니고 진부한 사상으로서 아동에게 임하게 될 것이다.[20]

의식적이든 무의식적이든 조선문학건설본부 아동문학위원회의 기관지 『아동문학』을 뺀 것은 형평에도 맞지 않다.[21] 이렇게 된 것은 다름 아닌 조선문학건설본부와 대립한 조선프롤레타리아문학동맹 계열의 박세영에 의해서 보고서가 작성되었기 때문이다. 조선프롤레타리아문학동맹 계열이 주도한 『새동무』와 『별나라』를 카프이념의 적자(嫡子)로 보고 다른 것들을 "동심계의 앙양"이요 "민족주의 영역"이라고 싸잡아 비판한 부분도 조선문학가동맹의 기본노선에서 비껴난 편향이다. 조선문학가동맹은 식민지시대 문학의 발전적 계승을 표방하며 범문단적 좌우합작체로 출범한 한국문학사상 최대의 작가단체였다. 그런데 냉전적 질서에 편승한 남북한 지배세력의 탄압으로 끝내 좌초되고 말았던 것이다. 식민지시대 문학사에 대한 이데올로기적 굴절은 민족분단을 기원으로 하고 있다는 사실이 여기서 드러난다.

박세영 다음으로 송완순도 식민지시대 아동문학의 사적 전개를 일목

---

20 박세영, 같은 글, 102~103쪽.
21 조선문학건설본부 아동문학위원회는 1945년 9월 27일 결성되었는데 서기국 아래 장르별 조직 체계를 갖추고 있었다. 그 진용은 위원장 정지용, 서기장 박세영, 동요부장 임원호, 동화부장 현덕, 동극부장 윤복진, 이론부장 정위조 등이었다. 박세영은 계파를 고려해서 넣은 것으로 보이는데 그가 일찍 월북한 뒤로 윤복진이 그 자리를 맡았다. 위원장 아래 서기장을 두고 장르별 부서를 나눠 책임자를 선임했다는 것은 조직적인 활동을 염두에 두었다는 증거이다. 반면에 조선프롤레타리아문학동맹은 아동문학부 위원으로 송완순과 정청산의 이름만 올랐을 뿐이고, 『별나라』와 『신소년』에서 활약했던 주요 작가들은 성인 대상의 문학부서에서 바쁘게 움직이고 있었다. 자세한 내용은 졸저, 『북한의 아동문학―주체문학에 이르는 도정』을 참고하기 바란다.

요연하게 정리한 바 있다. 「조선아동문학 시론(試論)」(1946)과 「아동문학의 천사주의」(1948)가 그것들이다. 두 글은 모두 '방정환—카프—윤석중'으로 이어지는 아동문학의 주요 흐름을 비판적으로 검토한 것이다. 송완순은 조선프롤레타리아문학동맹 계열에 속해 있었지만 계급주의 아동문학도 비판의 대상에 넣음으로써 일종의 갱신론으로 나아갔다. 이 점에서 그의 아동문학론은 박세영의 이분법적 도식과 구별되며, 일정하게는 조선문학건설본부의 임화가 제기한 인민적이고 진보적인 민족문학론과 통하는 데가 있었다. 그가 일찍 월북하지 않고 이미 불법화된 조선문학가동맹의 '잔류자'들과 함께『아동문화』(1948.11)의 필진으로 참여한 이유를 이런 인식상의 차이로 설명할 수도 있다.

송완순은 「조선아동문학 시론」에서 '아동의 단순성' 문제를 제대로 해명해야 한다면서 '아동관'의 문제를 들고 나왔다. 첫 번째 비판의 대상은 방정환 계열의 천사주의 아동관이다.

방 씨 등의 아동관 급 아동문학관은 아동의 단순성을 그야말로 너무나 단순하게 해석함으로부터 출발하였다. 아동은 미추와 선악에 있어서 현실생활에 별로 물들지 않은 순결무구하고 천진난만하고 무사기한 인간으로서의 천사임으로 그렇게 순진무결한 동심을 탁란(濁亂)시키는 일체의 현실로부터는 될 수 있는 데까지 분리시켜야 한다는 것이 근본사상이었다. 이 사상은 성인으로부터의 그들의 당시의 식민지적 불우에 대한 소극적 센티멘탈리즘 때문에 더욱 조장되었었다. (…)

요컨대 방 씨 일파는 아동의 단순성과 사회의 현상을 지나치게 오해한 나머지 신비로운 천사주의를 설정함으로써 아동의 현실적 존재가치를 거세해버린 것이었다.[22]

---

22 송완순, 「조선아동문학 시론(試論)」,『신세대』, 1946.5, 83~84쪽.

다른 경향과의 대비를 위해 방정환 시대의 부정적인 면을 단순화해서 부각시킨 문제점이 드러나지만, 천사주의로 기울어진 아동관의 문제점을 지적한 것은 핵심을 찌른 비판이라 할 수 있다. 두 번째 비판의 대상은 카프 계열의 계급주의 아동관이다.

그들은 계급적 아동문학의 봉화를 높이 들고 방 씨 일파가 고심 조성해놓은 천사의 화원을 거치른 발길로 무자비하게 볼품없이 짓밟아 그속에 몽유하고 있던 다수한 아동들을 흔들어 깨워서 현실의 십자로에 꺼내 세우기를 조금도 주저치 않았을 뿐 아니라 도리어 한 큰 자랑으로 여기기까지 하였다. (…)
이것을 본 젊은 아동문학자들은 물론 환호 갈채하였다. 천사주의는 너무도 허탄히 패배하였다.
그러나 분마(奔馬)와 같은 젊은이들의 기승은 스스로도 모르는 동안에 중대한 오류를 범하게 하였으니, 그것은 즉 천사적 아동을 인간적 아동으로 환원시킨 데까지는 좋았으나 거기서 다시 일보를 내디디어 청년적 아동을 만들어버린 것이다. 그리하여 방 씨 등의 아동이 실체 잃은 유령이었다면 30년대의 계급적 아동은 수염난 총각이었다고 할 수 있는 구실을 남겨 놓았다. 이것은 전자와는 반대로 아동의 단순성을 무시 혹은 망각한 결과였다.[23]

계급주의 아동관에 대한 송완순의 비판은 대상 아동의 연령을 구분하지 않은 채 아동성을 단일하게 파악하고 논리를 전개하고 있다는 점에서 역시 단순논리의 문제점이 드러난다. 하지만 "계급적 아동은 수염난 총각"이었다는 비유는 전반 사정에 비추어 정곡을 찌른 데가 있다. 세 번째 비판의 대상은 윤석중 계열의 신천사주의 아동관이다.

---

23 같은 곳.

이것(계급적 아동문학: 인용자)에 대위한 아동문학은 물론 있었다. 그러나 그것은 전자를 비판적으로 지양 계승하여 나선 것은 아니었다. 전자가 사멸한 후에 다시 방 씨 일파의 아동문학의 분묘에까지 후퇴하여 그것을 소지로 삼아 싹을 내기 비롯한 것이 차대의 아동문학이었다. (…)

하기는 양자의 천사주의는 현저한 성격상 상이를 갖고 있었다. 방 씨 일파의 천사주의는 기술한 바와 같이 감상적 그것임에 반하여 이 신천사주의는 낙천적인 것이었다. 이것은 중요한 점이다. 그러나 결정적인 상이점은 아니다. 성격이 좀 다르다고 그것으로 말미암아 천사주의라는 본질이 근본적으로 양립하는 것은 아니다.[24]

이 글에서는 윤석중을 명기하지 않았는데, 계급주의 아동관 이후의 신천사주의 아동관을 1920년대의 천사주의와 동일한 본질을 지녔다고 하면서도 따로 구분해 놓은 것이 특징이다. 이렇게 해서 송완순은 박세영보다는 좀 더 역사적인 시야를 확보할 수 있었다. 그러나 송완순 역시 1930년대 후반기의 아동문학을 암흑기적 공백으로 치부한 박세영과 크게 다를 바 없는 결론으로 나아갔다. 1920년대의 천사주의 아동관보다 1930년대의 신천사주의 아동관이 더 나쁘다고 평가한 것이다.[25] 「아동문학의 천사주의」에서 이 점은 더욱 뚜렷이 부각되어 있다.

혹자는 다 같은 천사주의래도 윤 씨의 그것이 더 취할 바가 있었다고 생각할 는지도 모른다. 그러나 내 의견은 그와는 정반대다. 나는 그 객관적 결과로 보

---

24 같은 곳.
25 송완순이 1930년대 신천사주의 아동관을 1920년대 천사주의 아동관보다 더 비판적으로 언급한 것은 모더니즘과 유년시 지향을 내포한 실력자 윤석중을 경계하고자 했기 때문이라고 여겨진다. 1930년대의 동요·동시 논쟁에서 신고송이 유년시 지향의 윤석중을 옹호하자 송완순은 이에 반발하여 소년시 지향을 드러낸 바 있다.(졸고,「일제강점기의 동요·동시론 연구」,『한국아동문학연구』제20호, 2011). 이때의 불화가 작용한 탓인지 신고송보다 카프의 중심에서 벗어나 있던 송완순은 카프 중앙위원회의 결의로 1930년 4월에 동맹원에서 제명되고 만다.(『중외일보』, 1930.4.22).

아서 방 씨의 천사주의보다 윤 씨의 그것이 차라리 더 좋지 못했다고 생각한다.

　방 씨의 센티멘탈리즘은 사회현실을 오해 또는 절망한 데서 우러난 것이어서, 그것이 아무리 환상적으로 화(化)하더라도, 그 속에는―비록 아련하고 부정적인 것이기는 할지언정―민족적 사회현실에 대한 호흡이 있어서, 상대자로 하여금 현실에 주의하지 아니치 못할 힌트를 주는 점이 많았었음에 반하여 윤 씨의 낙천주의는 어린이의 생리적 미숙의 동률성에만 치중하여 민족적 사회현실은 통히 무시하고 덮어놓고 어린이는 즐거운 인생이며, 또 즐거워하지 않으면 안 될 인물이라고 함으로써 실상은 그렇지 못하고 그러므로 그렇게 여겨서는 안 될 행복감을 함부로 넣어 주어 그들의 정신을 고혹시켰다.[26]

　아동문학은 대상 아동의 연령에 따라 단순성 또는 낙천성의 비중과 함량이 달라지게 마련이다. 하지만 송완순은 그런 점을 고려하지 않고 식민지시대의 아동문학을 단일한 지층에 올려놓고 한꺼번에 비판하고 있다. 1920년대와 1930년대는 근대성에서도 차이가 난다. 1930년대 모더니즘의 발생도 여기에서 비롯되었다. 그렇기 때문에 임화는 리얼리즘과 모더니즘의 흐름이 합류하는 1930년대 후반에 식민지문학의 근대성에 대한 성찰을 거쳐 해방 직후 계급문학이 아닌 민족문학론을 제출했던 것이다. 하지만 송완순은 그것까지는 인식하지 못하고 카프의 연장선상에서 현실적 아동관을 거듭 강조하는 데 그쳤다. 카프 계열의 계급주의 아동문학에 대해서도 비판적이었지만, '계급문학의 주류성'을 해소하지 않은 데에서 비롯된 또 하나의 도식인 셈이다.

　박세영과 송완순의 도식을 합쳐보면, 방정환에서 윤석중에 이르는 『어린이』, 『소년』, 『소학생』은 신경향파문학 이후 『별나라』, 『신소년』, 『새동무』의 계급주의·사회주의와 대립하는 천사주의·민족주의로 귀속

---

26 송완순, 「아동문학의 천사주의」, 『아동문화』, 1948.11, 31~32쪽.

된다. 그간의 남북한 아동문학사는 각각 긍부정의 평가를 달리할 뿐이지 기본적으로 이 도식에 입각해 왔다. 하지만 방정환과 윤석중이 사회주의와 대립한 우파였는가? 『어린이』를 발간할 무렵의 방정환과 『어린이』, 『소년중앙』, 『소년』 등을 거쳐 해방 후 『소학생』을 발간할 무렵의 윤석중은 좌우 어느 한쪽으로 규정할 수 없는 폭넓은 이념적 스펙트럼을 지니고 있었다.[27]

3. '별나라'에 투영된 동심천사주의

지금까지는 『별나라』라고 하면 곧바로 계급주의 아동문학을 떠올려왔다. 이는 물론 틀리지 않는다. 문제는 이런 일괄적인 규정이 『어린이』, 『신소년』과 대비되면서 식민지시대 아동문학의 사적 전개에 대한 잘못된 도식의 빌미가 된다는 점이다. 계급주의 아동문학의 발생 및 전개 양상은 그것대로 탐구 대상이 되겠지만, 대립이 격화되기 이전 단계인 1920년대의 『어린이』, 『신소년』, 『별나라』는 또 그것대로 탐구 대상이 된다. 이런 탐구 영역들이 제대로 밝혀진 연후에라야 식민지시대 아동문학사를 온전히 그려낼 수 있다. 1920년대 『별나라』의 위상은 동시대 『어린이』, 『신소년』과 견주었을 때 더욱 정확해질 수 있다.

일차자료의 미비점 때문인지 그간에는 『별나라』 운영진들의 회고적

---

27 방정환에 대해서는 졸저, 『아동문학과 비평정신』, 윤석중에 대해서는 졸고, 「윤석중과 이원수 ―아동문학의 모더니즘과 리얼리즘」(『아동청소년문학연구』 제9호, 2011)을 참고하기 바란다. 윤석중은 1925년 1월 18일 박대성, 박홍제, 김두형 등과 서울무산소년회를 발기한 이력이 있다.(『동아일보』, 1925.1.20). 해방 직후 그가 주관한 을유문화사의 서적은 6·25전쟁 이후 수십여 권이 금서로 지정되었다. 좌익성향의 한글학자이고 교육학자인 이극로, 이만규의 저서를 펴내는 것으로 시작해서 조선문학가동맹 위원장을 역임하고 1947년에 월북한 홍명희의 『임거정』(총6권)을 1948년에 펴낸 것만 보더라도 윤석중을 단순 이항대립상의 우파로 규정할 수 없음이 드러난다.

주장을 통해서 『별나라』의 위상 변화를 가늠해왔다. 결정적인 단서로 작용한 것은 다음의 글이다.

> 즉 1926년부터 1927년 7월까지는 계몽기라고 할 수 있었습니다. 『별나라』는 즉 이 계몽기를 위시하여 9년 동안을 3기로 나눌 수 있으니 다음 1927년부터 1932년 6월까지는 목적의식기요, 1932년 7월부터 그 다음은 투쟁기라고 할 수 있겠습니다.
>
> 『별나라』는 이 목적의식기에 들어가자 실로 조선의 무산아동들을 위하여 있는 힘을 다 쏟았던 것입니다. (…)
>
> 이때에는 송영 씨가 편집을 맡아보았고 다음 1927년 12월호부터는 박세영 씨가 그 편집에 당하였습니다. 이리하여 『별나라』는 차츰차츰 무산아동의 튼튼한 진영 속으로 들어가게 되었습니다.[28]

이 글을 쓴 엄흥섭은 『별나라』를 3기로 구분했다. 1932년을 전후로 해서 '목적의식기'와 '투쟁기'로 나눈 것은 어떤 연유인지 알쏭달쏭하다. 1927년을 전후로 해서 '계몽기'와 '목적의식기'로 나눈 것은 송영과 박세영의 편집 참여로 설명되었다. 즉 송영과 박세영이 편집에 가담한 1927년을 기점으로 『별나라』는 '목적의식기'에 들어섰고 이때부터 계급주의적 선회가 이뤄졌다는 주장이다.

이재철을 비롯한 많은 연구자들이 이를 기정사실로 받아들였다. 문제는 급진소장파의 목소리가 불거진 1930년대의 『별나라』 지면을 통해서 '1927년 이후의 양상'을 가늠한 점이다. '1927년 기점설'에 대한 방증으로 카프의 결성(1925)과 제1차 방향전환(1927), 오월회의 결성(1925)과 소년운동의 방향전환(1927) 등이 동원되기도 했다. 이렇게 해서 만들어진

---

28 엄흥섭, 「"별나라"의 걸어온 길―"별나라" 약사」, 『별나라』 속간호, 1945.12, 8~9쪽.

식민지시대 아동문학의 좌우 이항대립 그리고 절충파를 포함하는 삼분 구도는 앞서 지적했듯이 분단시대의 논리를 소급적용한 허구에 가깝다. 설사 손에 잡히는 부분적인 사실이 포함되어 있더라도 그에 대한 합리적 통찰이 뒷받침되지 않으면 전모와는 거리가 멀다. 회고는 자기분파의 영향력을 극대화하려는 과장의 유혹에서 자유롭지 못하다. 기점을 앞당겨 소급적용하려는 무의식의 충동은 그런 과장의 하나라고 볼 수 있다.

1920년대의 『어린이』, 『신소년』, 『별나라』는 창간 순서대로 문학성·운동성·이념성이 강했다. 『어린이』는 천도교와 개벽사의 민족사회운동이 소년운동과 아동문학 분야로 나타난 결과물이다. 혹자는 분단시대 색동회의 면면을 가지고 『어린이』를 우파 일색으로 규정하는데, 방정환 시대의 색동회는 좌파에 열려 있었다. 한편, 『신소년』은 『어린이』만큼 조직적이지는 못했으나 신명균을 주축으로 조선어학회나 대종교와 연결되어 있었다. 신소년사는 조선어학회와 한 건물을 사용했으며, 신명균 외에도 이극로, 정열모, 이병기 등 조선어학회 구성원 다수가 『신소년』의 필진으로 참여했다.[29] 초기 주요 필자 가운데 신명균, 정열모, 이병기, 맹주천 등은 대종교에 관여한 인사들이다. 『신소년』이 개벽사와 색동회의 구성원들을 필진으로 끌어안은 것은 자연스러운 일이다. 카프 작가 이주홍은 『개벽』에 실린 사회주의자들의 글을 접하면서 눈을 떴고 개벽사에 근무하는 신영철의 주선으로 1929년부터 『신소년』의 편집을 맡게 되었다고 회고한 바 있다.[30] 이는 1920년대 『어린이』와 『신소년』의 친연

---

29 김두봉, 이극로, 이만규, 정열모 등 훗날 다수의 월북인사들이 소속했던 조선어학회를 우파 민족주의로 보는 것은 큰 오산이다. 해방 후 조선어학회가 을유문화사에서 펴낸 『조선말 큰사전』은 이극로 주도로 나왔는데, 그 출판기념회를 조선어학회 소속 이병기가 부위원장으로 가담한 조선문학가동맹이 주최했다. 이병기가 책임 편찬한 미군정기 중등 국어교과서는 조선문학가동맹 계열 작가의 글이 많이 수록되었다고 해서 정부 수립 직후 '빨갱이 교과서'로 매도되었다.
30 이주홍, 「이 세상에 태어나서」, 류종렬 편, 『이주홍의 일제강점기 문학 연구』, 국학자료원, 2004. 참조.

성뿐 아니라, 당시의 민족사회운동은 민족주의와 사회주의를 공통적으로 취하고 있었음을 말해준다.

문제는 『별나라』였다.[31] 초기 『별나라』는 배후가 가장 취약했다. 1920년대 중반 이후에 창간되었음에도 뚜렷한 사회적 배경을 가지지 못한 일개 동인지 수준이었다. 1926년 7월호(제2호)의 필진은 'K생, 희명, 원섭, 벽파(碧波), 서록성(徐祿成), 천파(天葩), 운파(雲波), 고양(孤羊), 백홍렬(白興烈), 정규선(丁奎善), 실버들, 구름결, 김안서, 주요한, 봄꽃, 리주봉, 나비꿈, 김도현(金道鉉), 접몽(蝶夢), 가석(可石), 안경석(安景錫)' 등이고, '편집 겸 발행인 안준식(安俊植)'으로 되어 있다. 안서 김억과 주요한은 편집자가 기존의 시집에서 작품을 골라 실은 것으로 등장했으니, 운파 안준식 정도를 빼고는 모두 신원을 알 수 없는 필자들이다. 실버들이 '버들쇠 유지영'인지, 접몽이 '고접(孤蝶) 최병화'인지조차 확인하기 어렵다. 1927년 4월호의 필진은 '염근수, 안준식, 최병화, 양고봉, 이성환, 최희명, 한정동, 낙랑(樂浪), 김기선(金基宣), 실버들, 파인(巴人), 딸랑애비, 강병주(姜炳周), 춘서(春曙), 이정호, 소녀성' 등이다. 개벽사의 이성환, 이정호, 그리고 당시 주요한과 더불어 민요시를 주창한 파인 김동환을 뺀다면, 염근수, 최병화, 한정동 정도가 알 만한 필자들이다. 1927년 6월호(돌맞이 기념호)의 필진은 '김우석(金禹錫), 간난이, 염근수, 안준식, 신봉조(辛鳳祚), 강창희(姜昌熙), 조동식(趙東植), 이종숙(李鍾肅), 한정동, 이경손(李慶孫), 강병주, 박아지, 실버들, 연성흠, 김영희(金永喜), 윤기항(尹基恒)' 등이다. 알 만한 필자로 박아지, 연성흠 정도를 더 추가할 수 있다.

편집 겸 발행인 안준식과 지면에 자주 등장하는 필자들의 면면으로 배후를 추적해본다면 어떤 결과가 나올까? 승효탄(昇曉灘)의 「조선소년문예

---

31 필자가 검토한 1920년대 『별나라』는 제2호(1926.7), 제11호(1927.4), 제13호(1927.6), 제15호(1927.8), 제17호(1927.10), 제22호(1928.3) 제24호(1928.7), 제31호(1929.5), 제33호(1929.7) 등이다. 이 자료는 아주 최근에 류덕제 교수의 후의로 손에 닿을 수 있었으니 이 자리를 빌어서 감사의 말을 전한다.

단체소장사고(朝鮮少年文藝團體消長史稿)」에는 "색동회의 활동과 『어린이』와 『신소년』보다 2, 3년 뒤늦어 창간된 잡지 『별나라』를 중심으로 한 별탑회의 활동은 원칙으로 조선소년의 역사에 드는 것이 정당하겠고……"[32] 운운하는 구절이 보인다. 『별나라』와 '별탑회'의 연계성을 암시하는 대목인데, '별탑회'의 활동은 알려진 바가 없다. 1928년 6월 8일자 일간지에 "소년문예연구단체 별탑회 주최로 오는 십일 아침부터 소년원유회를 개최한다더라"[33] 하는 짤막한 기사가 하나 소개되어 있다. 지금까지 확인된 '별탑회' 구성원은 『어린이』에 주로 애화(哀話)를 발표하던 연성흠 정도이고,[34] 더 이상의 단체적 활동은 찾아지지 않는다.

그런데 초기 『별나라』에는 필자 이름 앞에 '꽃별회'라고 소속을 밝힌 것들이 자주 발견된다. 이로 미루어 '별탑회'보다는 '꽃별회'가 더욱 『별나라』의 초기 필진과 긴밀한 관계에 있었던 것으로 보인다. '꽃별회'의 구성원을 조사해봤더니 과연 그러했다.

이 달에 아동문학의 연구를 목적으로 하는 꽃별회가 경성에서 창립되었는바 동 회원은 유도순(劉道順)(강서), 박동석(朴東石), 김도인(金道仁), 한형택(韓亨澤), 진종혁(秦宗爀)(이상 인천), 최병화, 안준식, 강병국(姜炳國), 노수현(盧壽鉉), 주요한, 양재응(梁在應), 염근수(이상 경성) 등이다.[35]

아동문학 창조를 위해 꽃별회 창립. 회원은 유도순, 박동석, 김도인, 한형택, 진종혁, 한정동, 염근수, 강병주, 안준식, 노수현, 주요한, 윤기항, 양재응, 최병화 등.[36]

---

32 승효탄, 「조선소년문예단체소장사고」, 『신소년』, 1932.9, 25~26쪽.
33 『중외일보』, 1928.6.8.
34 최병화, 「작고한 아동작가군상」, 『아동문화』, 1948.11. 참고.
35 『동아일보』, 1927.1.19.
36 『조선일보』, 1927.2.4.

위에서 언급된 '꽃별회' 회원 가운데 유도순, 김도인, 최병화, 안준식, 주요한, 양재응(양고봉), 염근수, 강병주, 한정동, 윤기항 등이 초기 『별나라』의 필자로 자주 등장했다. 그렇다면 초기 『별나라』의 배후는 '꽃별회'라고 해도 무리는 아니다. '꽃별회' 또한 활동 흔적이 거의 남아 있지 않다. 승효탄의 「조선소년문예단체소장사고」에도 나오지 않는다. 이 단체의 활동에 관해서는 다음의 1928년 1월 22일자 신문 기사가 거의 유일하다.

소년문학을 연구하는 꽃별회의 회원들과 기타 여류명사를 망라하여 '소녀시대사(少女時代社)'를 창립하였다는데 순전히 소녀에 관한 잡지 소녀시대를 발행할 터이라는 바 지금부터 원고를 모집 중이며 장차 동 잡지가 발행되면 조선에 유일한 것인 만큼 소녀의 동무가 되리라는데 사무소는 시내 □□□□□ 백오십일번지 아동문고간행회 안에 두었다더라.[37]

알다시피 카프와 계급주의 아동문학 진영에 '여류명사'는 없었다. '소녀'란 어휘 또한 단독으로 사용될 때에는 노동자·농민 계급의 '일하는 아이들'과 거리가 멀었다. 1928년에 이와 같은 기사를 만들어내는 단체였다면, '꽃별회'는 사회주의나 계급주의와 거의 관련이 없다고 봐도 무방할 것이다.

『별나라』의 초기 편집진은 누구누구였고, 실제 지면을 통해서 확인되는 주요 필진은 어떤 성향이었는가? 『별나라』 5주년 기념호(1931.7)에 나오는 「"별나라"는 이렇게 컸다—"별나라" 6년 약사」에서는 편집진을 다음과 같이 밝혔다.

---

37 『중외일보』, 1928.1.22.

처음부터 지금까지 『별나라』를 짜놓은 이가 아래와 같다.

안준식, 김도인, 최병화, 박세영, 임화, 송영, 염근수, 엄흥섭[38]

위에서 언급된 편집진 가운데 박세영, 임화, 송영은 카프 작가로서 1920년대 말 『별나라』에 참여해 계급주의적 선회를 촉매했다. 따라서 안준식, 김도인, 최병화, 염근수 등이 앞서 확인했듯이 '꽃별회' 동인으로서 초기 편집진에 해당한다. 해방 후 엄흥섭이 회고한 초기 『별나라』 동인은 다음과 같다.

『별나라』는 1926년 6월에 비로소 창간호를 발행했으니 그때의 동인은 지금은 네 분이나 작고(作故)한 분도 있으니 모두 열한 분인 듯합니다. 즉 최병화, 안준식, 양고봉 씨의 대여섯 분이요 사장에는 안준식 씨였습니다.[39]

여기에 나오는 최병화, 안준식, 양고봉도 모두 '꽃별회' 동인이다. 그런데 '꽃별회'는 지방의 동인지 『습작시대』와도 인연이 깊었다. 즉 '꽃별회' 동인은 그 중 하나인 진우촌(진종혁)이 인천에서 발행한 『습작시대』 동인과 많이 겹친다. 『습작시대』는 1927년 2월에 창간해서 4호까지 발행된 월간잡지로 진우촌, 박아지, 엄흥섭, 김도인, 한형택, 염근수, 유도순 등이 동인으로 참여하고 있었다.[40] 박아지와 엄흥섭을 제외하고는 모두 '꽃별회' 동인이다.

이상에서 살펴본 바와 같이 초기 『별나라』 동인은 '별탑회', '꽃별회', 『습작시대』 동인으로도 활동하고 있었다. 이는 무엇을 의미하는가? '별탑회'와 '꽃별회' 동인은 당시까지 이렇다 할 지명도가 없는 아마추어

---

38 편집자, 「"별나라"는 이렇게 컸다-"별나라" 6년 약사」, 『별나라』, 1931.7, 74쪽.
39 엄흥섭, 앞의 글, 8쪽.
40 이희환, 『인천문화를 찾아서』, 다인아트, 2003, 152~153쪽.

문인에 가까웠고, 지방에서 발행된 동인지『습작시대』는 그 제호가 말해 주듯이 정식으로 문단에 등단하지 못한 이들의 발표무대 성격이었다. 요컨대『별나라』는 문인지망생들의 동인지로 시작되었다. 그러므로 출발 당시의 정가 5전은 일개 동인지 잡지로서 불가피한 선택이었다고 판단된다. 막강한 배후를 거느리고 사회적 영향력을 행사하고 있던『어린이』,『신소년』과 경쟁하려니 글을 받기도 쉽지 않았다. 원고를 모으는 사정 때문에 잡지 발간이 늦어졌다고 사과의 말을 전하는 편집후기가 더러 발견된다.[41]

초기『별나라』동인의 이런 취약성을 반영이라도 하듯, 잡지 내용도『어린이』,『신소년』을 한 단계 낮은 수준으로 추종하는 양상이었다. 창간 취지문에 해당하는 '별나라의 선언'부터 살펴보자.

푸른 하늘 위에 찬란히 빛나는『별나라』를 우러러 보고 그 별들 가운데는 지구보담 더 큰별이 많이 있는 줄 모르는 이거든 처음 보는『별나라』를 감히 업수이 여기지 말라! 초저녁에는 보일 듯 말 듯 하던 별의 무리가 밤중이 되면 높고 넓은 하늘에 가득히 덮이어 작은 인생들을 비웃으며 내려다보는 것을 보지 못하였는가? 볼수록 또렷하고 찾을수록 또 다시 새별이 나타나는 어여쁜『별나라』에는 온누리에서 모여든 빛난 별들이 가득하였으니 광채 있는 별들아 모조리『별나라』로 나오라! 깨끗한 영혼들의 속임 없는 천진을 속삭이려 하는 별세상이니 촘촘히 다뷋이 있거나 멀리 떨어져 있거나 조금도 관계하지 말고 각각 방위를 맞춰 비치는 곳에『별나라』의 귀여움과 높음이 더하여질 것이다.

『별나라』에는 거짓과 시기가 없나니 우리의 모임을 실없는 작난이나 철없는

---

41 창간 1주기 기념호(1927.6)의 마지막 페이지에는 "방정환, 고한승, 김기진, 김가석 제 선생님의 유익한 글을 못 실어서 제일 유감"이라는 「사과 말씀」이 보인다. 3주기 기념호(1928.5)의 첫 페이지에도 글을 못 받아서 늦어졌다는 사과의 말이 나온다. 원고 미수록을 알리는『어린이』의 사고(社告)는 검열에 대한 고발의 성격을 지녔음을 상기할 때,『별나라』의 경우는 꼭 검열에 의한 것만은 아닌 듯하다.

흉내로 보는 이거든 감히 『별나라』에 들어올 생각을 말라! 땀과 피를 짜서 모아 놓은 힘과 돈의 단단한 뭉치는 그다지 미약한 것이 아니다. 비록 많은 괴로움과 손해를 당한다 할지라도 우리의 팔과 다리의 힘이 다할 때까지 용감하게 앞으로 전진하여 누구든지 우리 『별나라』의 찬란한 광채를 부러워하도록 만들고 말 터이니 앞날에 기쁨을 생각하면 몇해 동안의 괴로움이나 손해를 당하는 것쯤은 문제로 삼지 않을 것을 명언해 두는 것이다.[42]

안준식이 작성한 이 선언문은 다소 아마추어적이며, 동심천사주의 뉘앙스를 곳곳에 드러내고 있다. "푸른 하늘 위에 찬란히 빛나는… 어여쁜 『별나라』… 깨끗한 영혼들의 속임 없는 천진을 속삭이려 하는 별세상… 『별나라』의 귀여움과 높음… 거짓과 시기가 없나니… 우리 『별나라』의 찬란한 광채…"이로 미루어 볼 때, '별나라'의 제호는 '사회주의적 이상향'이 아니라 이른바 '반짝반짝 작은 별' 식의 동심천사주의가 투영된 것임을 알 수 있다. '사회주의적 이상향'의 비유라고 주장할 수 있으려면 같은 권호에 「별나라」라는 제목으로 발표된 다음의 동요 또한 그렇게 해석할 수 있어야 할 것이다.

밤숲플江邊에서/써드난소리들니긔에/窓을열고바라보니/캄캄하든大地에는/『별나라』가降臨하엿더이다//싼짝싼짝『별나라』는/神의王國이더이다/自然의神秘를노래하는/아릿다운天眞을가진/어린이의나라이더이다//오!고요한밤이여/貴여운여러동모여/神의自然曲에맛추어무도하며/어엽분天使들이노래하는이곳!/永遠히가지말게하사이다 (김무선, 「별나라」 전문, 『별나라』, 1926.7.)

잡지 제호와 똑같은 제목으로 된 이런 동심천사주의 작품을 제2호에

42 편집인, 「별나라의 선언」, 『별나라』, 1926.7, 1쪽.

아무 생각 없이 실었다면 운동성이 의심스럽고, 의도적으로 실었다면 '가난한 동무'를 위하자는 취지가 무색해진다. 이런 작품은 편집진의 뒤떨어진 의식과 지향을 말해줄 따름이다. 당시 『별나라』에 실린 작품들은 거개가 이러했다.

초기 『별나라』 지면에 김억, 주요한, 최남선 등 국민문학파의 핵심인사가 얼굴을 내밀고 있는 것은 뜻밖이다. 제2호는 김억의 「새는」과 주요한의 「노래하고 싶다」를 수록했는데, 작품 말미에 각각 '『제비의 노래』에서'와 '『아름다운 새벽』에서'라고 밝히고 있는 만큼 새로운 창작이 아니라 시인에게 허락을 얻어 재수록한 것임을 알 수 있다. 이들 재수록 작품을 고른 편집자의 안목에도 동심천사주의가 스며 있다. 1927년 4월호에는 "최남선 선생님의 역사적 전설"이 5월호에 실린다는 예고가 나오고, 1927년 8월호는 「바다가 우리에게」(1908년 『소년』에 발표된 「해에게서 소년에게」)를 재수록했다. 다음부터는 이 분들이 새로 쓴 작품을 싣겠다는 편집후기도 보인다.[43] 다른 무명필자들과의 비중 면에서 볼 때, 신경향파 문학에 반대하고 나섰던 국민문학파의 핵심인사를 『별나라』가 극진히 '모셔오고' 있는 형국이다. 이는 『별나라』의 배후가 보잘것없었기에 문단 권위자의 이름이라도 빌려서 문화자본에 다가서려는 운영진의 욕망과 관계될 것이다.[44]

이번에는 '돌맞이 기념호'인 1927년 6월호의 기념사를 살펴보자. 역시 안준식이 쓴 「첫돌을 맞이하면서」라는 글이다.

---

[43] "우리 시단의 선배이신 주요한 선생님과 안서 선생님의 시를 한 편씩 실어놓고 보니 그보다 더한 영광은 없을 것 같습니다. 두 선생님의 시집 속에서 편집자의 눈에 얼른 띄는 것으로 각각 하나씩 뽑아다가 실었지만은 다음부터는 새로 지어주신 것을 싣도록 하겠습니다."(「편집후기」, 『별나라』, 1926.7, 59쪽).

[44] 이와 같은 인정 욕망이 뒤에는 한 시대를 풍미한 사회주의 경향과의 결탁으로 이어진 것이라고 볼 수 있다. 1930년대 초에 나타난 『어린이』에 대한 인신공격성 발언들이 대부분 치기 어린 소년문사들에게서 나왔음도 눈여겨볼 일이다. 심하게 말해서 『별나라』는 동심주의자든 계급주의자든 문학적 권위가 낮은 부류의 감정적 방수로 역할을 하고 있었다.

별나라는 얼음장 같이 차디차고 캄캄하고 험악한 그 가운데에서 주림에 울고 배움에 목말라 헤매는 오백만의 우리 조선 어린이와 동무가 되어 먹을 때는 같이 먹고 기뻐할 때는 같이 기뻐하고 놀때는 같이 놀고 일할 때는 같이 일하고 싸울 때는 같이 싸워 슬픔에서 기쁨으로 구속에서 자유로 차별에서 평등으로 새로운 생명을 찾아나가려고 으아 소리를 높이치며 이 세상에 탄생하였습니다.[45]

어렴풋이 민중적 지향을 드러내고 있지만, 누가 보더라도 방정환의 에 피고넨(Epigonen)이 아닐 수 없다. 1920년대 초반에 나온 『사랑의 선물』 머리글과 『어린이』 창간 취지문을 베낀 흔적이 역력하다. 같은 권호에 '돌맞이 축하시'로서 한정동의 「별나라 만세」가 실려 있는데, 이 또한 동 심천사주의 작품에 속한다.

파란닙혜쌀안씃 피는밤이면/새파라케쌀앗케 별도춤춰요/『별나라』만보면은 반갑슴니다//언젠가할머님이 말슴하기를/반작반작『별나라』 이상한데다/이상 한이약이가 하나잇다구//한녯적비단집의 엡분쳐녀가/비단을하도곱게 잘짠다 해서/『별나라』서다려다 公主삼앗지//쏘옛적신장사집 고흔총각이/메투리를하 곱게 잘튼다해서/『별나라』서모셔다 王子삼앗지//붉고파란『별나라』 王子公主 가/짜에선붉고파란 쏫치랍니다/『별나라』『별나라』는 깁분나라요//동무동무다 갓치 두손을드러/『별나라』萬歲萬歲 祝福합시다/萬萬歲無窮하게 쏫치피도록

(한정동, 「별나라萬歲」 전문, 『별나라』, 1927.6.)

별나라의 왕자와 공주 이야기로 지어진 이런 '돌맞이 축하시'를 1927 년경에 내보낸다는 것은 『별나라』가 『어린이』, 『신소년』보다도 현실을

---

45 안준식, 「첫돌을 맞이하면서」, 『별나라』, 1927.6, 2쪽.

등지고 있었다는 증거로밖에 해석되지 않는다. 물론 1920년대의 『별나라』에도 일제당국의 검열로 작품을 수록하지 못한 흔적들이 나타난다. 그러나 1920년대 『별나라』의 미수록 작품이 양적으로 『어린이』나 『신소년』의 미수록 작품보다 더 많았다고 보이지는 않는다. 원고의 압수로 인한 미간행 횟수도 마찬가지다. 더욱이 『별나라』는 카프가 창립되고 신경향파문학을 거쳐 계급문학이 떠오르던 시기에 창간된 잡지가 아닌가?

1920년대에는 현실적 색채에 있어서도 『어린이』가 가장 앞서 있었다고 보는 편이 옳다. 방정환의 연재장편 「동생을 찾으러」(『어린이』, 1925.1~10), 송근우의 「이천 냥 빚으로 대신 가는 언년이」(『어린이』, 1926.4), 다시 방정환의 연재장편 「칠칠단의 비밀」(『어린이』, 1926.4~1927.12), 「만년 샤쓰」(『어린이』, 1927.3), 송영의 「쫓겨 가신 선생님」(『어린이』, 1928.1), 「옷자락은 깃발같이」(『어린이』, 1929.5) 등과 어깨를 나란히 할 수 있는 1920년대 『신소년』과 『별나라』의 현실적 작품은 찾아보기 어렵다. 『별나라』에는 방정환의 「동생을 찾으러」나 「칠칠단의 비밀」을 모방한 탐정소설이 여럿 보이는데 모두 수준 이하이다. 때문에 방정환은 어린이의 흥미만을 내세운 탐정소설의 유행에 대해 그 폐해를 경계하는 한편,[46] 1929년 『어린이』에 다시 민족의식을 앞세운 탐정소설 「소년 삼태성」, 「소년 사천왕」 등을 이어가려다 일제의 검열로 중단되고 만 이력을 소유하게 되었던 것이다.

그렇다면 훗날 계급주의 아동문학가로 분류된 작가·시인들이 1920년대 후반 『별나라』에 발표한 작품들의 양상은 어떠했을까? 1927년 8월호에 실린 송영의 동화극 「자라 사신(使臣)」은 고전소설 「별주부전」을 극으로 꾸민 것인데, 민중성의 핵심이라고 할 수 있는 용왕과 그의 신하들에 대한 풍자를 제대로 살려내지 못했다. 즉 토끼가 용궁에 잡혀 와서 한바

---

46 방정환, 「신탐정소설—소년 사천왕」, 『어린이』, 1929.9, 35쪽.

탕 놀며 분탕질을 하는 장면을 생략한 채 바로 자라를 속이는 것으로 끝을 맺었다. 용궁에 대한 신랄한 풍자 대신에 속이는 재미를 내세운 기대 이하의 작품이다. 1927년 10월호에 실린 송완순, 신고송(신말찬)의 동요는 동심천사주의 경향으로 분류할 수 있다.[47] 1928년 3월호에 실린 박세영의 「대장간」은 어느 정도 민중적 지향을 드러냈다.[48] 하지만 이때까지도 목적의식적인 계급주의 작품은 찾아볼 수 없기에, 『어린이』나 『신소년』에 비해 경향성이 더 두드러진다고 말할 계제는 못된다.

'2주년 기념호'라는 표지를 달고 나온 1928년 5월호에 와서야 편집방침을 바꾸겠다는 의지가 표명된다. 방침 변경의 계기는 다소 의심스럽지만,[49] 분명 선언문의 색채가 바뀌었다. 역시 안준식이 쓴 다음의 글을 살펴보자.

   별은 보이는 것과 같이 금강석 같이 찬란만 한 것이 아니며 어린애 눈동자 같

---

47 바람에 나붓기는 어린풀닙에/수정가치빗나는 은구슬이요/고히고히풀닙에 입맛추는걸/나는나는가만히 보앗습니다//풀닙우에맷치운 은구슬이요/아참해님얼골이 무서웁다고/풀닙파리슷헤가 매여달닌걸/나는나는가만이 보앗습니다(송완순, 「은구슬」 전문, 『별나라』, 1927.10).
눈썹우에 숨은잠아 내려가거라/우리아기 잠잘재가 되엿다구나/손에쥐인 노리개도 헐버바리고/물고잇든 젓쪽지도 노아버렷네//압집개도 뒷집개도 짓질마라라/우리아가 잠잘재가 되엿다구나/깜박이든 아기별도 숨어버리고/우거러진 초생달도 넘어갓다네(신말찬, 「자장 노래」, 전문, 『별나라』, 1927.10).
48 소리소리 나는저집은/할아버지 날근대장ㅅ간/아츰부터 저녁에까지/똑싹똑싹 징징글뚝싹//동모네가 부는풀무는/플느덕쌕플느덕쌕/쉬지안코 장단맛추어/불은훨훨 쇠야달어라.//할아버지 맨든연장은/시골서울 논하가지만/싹싹하고 말는손들이/옛날부터 벗들이라오.//할아버지 더대장ㅅ간도/이새와선 요란해젓지/손이면은 다잡으리란/소리소리 석겨들어서.(박세영, 「대장ㅅ간」 전문, 『별나라』, 1928.3).
49 첫 페이지에 나오는 「사과의 말씀」 앞부분을 옮기면 이러하다. "어떻게 말씀을 하여야 할지 말이 안 나옵니다. 그러나 이번 『별나라』가 이와 같이 늦게 나오게 된 것은 세 가지 사정 때문에 얽매였던 까닭입니다. 첫째는 원고를 써주시겠다는 선생님들이 늦게 써주신 것과 혹은 사정에 의하여 못써 주신 분이 많아서 그것 때문에 달포나 걸리어 낙망까지 하였습니다. 둘째는 원고가 좀 늦게 나온 것이며, 셋째는 동인 몇 분이 병(病) 기타 사정으로 자주 오시지들을 못한 까닭입니다. 그리하여 이래서는 안 되겠다고 이번에 모든 것을 타협하고 편집방침을 고쳐버렸습니다."(밑줄 필자.) 초기 동인 가운데에는 무명을 벗어나 활동이 많아진 이들도 생겼을 것이고, 그간의 『별나라』나 아동문학에 대해 흥미를 잃은 이들도 생겼을 것이다. 아무튼 편집방침의 변경이 능동적으로 이뤄진 것이 아니라 수동적으로 이뤄진 것임을 짐작할 수 있다. 대중과의 접촉면이 절실한 카프 계열 작가들로서는 기회가 아닐 수 없었을 것이다.

이 천진스럽기만 한 것이 아닙니다.

만일 그렇다면 그것은 껍데기만 번드르한 거짓말의 별이며 명이 짧은 별입니다. 그러면 정말 값있고 명이 긴 참된 별은 어떤 것이겠습니까. 적어도 번화한 달빛 속에서도 빛을 잃지 아니하며 눈과 구름과 안개에 싸여서도 서러워하지 않는 별입니다.

우리 별나라는 이와 같은 별들의 모임입니다. 별나라는 술취한 어른들의 귀염받는 나라가 아니며 앞으로 나아가겠다는 모든 어른아희의 나라입니다. 두돌맞이 잔치가 번화하게 열리는 지금까지의 우리 『별나라』는 이 같은 테두리에서는 벗어나지도 않을 것입니다.

않을 뿐만 아니라 지금 새롭게 더 호기 있게 이와 같은 '나가는 법'을 세웁니다. '무지개 나라'와 '도깨비 천지'는 여지없이 반대하고 자연스런 과학의 나라를 짓자. 넘어져서 울기만 하던 약한 것을 버리고 정숙하게 머리를 가다듬어서 일어나며 나아가며 잘 살며 하자 이것입니다. 이것이 우리 별나라의 새로운 선언입니다.[50]

표현이 좀 서툴지라도 경향성을 예고하는 '새로운 선언'의 의지가 보인다. '별나라'의 의미를 지금까지와는 다르게 사용하고 있다. 여기에 와서 투고작 평을 박세영이 쓰고 있으니 편집진의 일부가 교체되었음도 알 수 있다. 그러나 계급주의 아동문학과는 아직 거리가 멀다. '2주년 기념호'의 필진은 '안준식, 신기준, 이성환, 연성흠, 이정호, 말별, 돌무뢰, 계림동(鷄林童), 김영팔, 한정동, 고려아(高麗兒), 신영철, 최희명(崔喜明), 진장섭, 최병화, 승응순(昇應順), 김영일(金永一), 하도윤(河圖允), 허영만(許永萬), 우태정(禹泰亭), 양정혁, 이호(李浩), 박세영, 무불통지, 송영, 염근수, 조남영(趙南英), 남문룡(南文龍), 송완순, 파랑새, 현동염' 등이다. 훗날 계

---

50 안준식, 「별나라 선언─창간 2주년 기념을 맞으며」, 『별나라』, 1928.5, 1쪽.

급주의 아동문학가로 알려진 필자들이 증가했음에도 실제 계급주의로 볼 수 있는 작품은 하나도 없다. 여러 부류의 필자들이 뒤섞인 것만 보더라도 이른바 '목적의식기'에 들어섰다고 판단하기에는 아직 이르다.

다시 일 년 뒤, 1929년 5월호의 필자는 '안준식, 박세영, 김도인, 이기영, 최병화, 한정동, 유운경, 최승일, 이량(李亮), 윤기정, 송영, 김영팔, 임화, 연성흠, 무불통지' 등이다. 카프 작가의 참여가 두드러져 있고, 임화가 편집을 도와주기로 했다는 편집후기도 나온다. 잡지 가격은 다시 5전으로 내려갔다. 그런데 여기에서도 계급주의 아동문학이라고 내세울 만한 작품이 없다. 뿐만이 아니다. '문학특대호'로 꾸미면서 외국의 시와 소설을 상당수 번역해서 실었는데 계급주의 작품은 하나도 보이지 않는다. 만일 '목적의식기'에 들어섰다면 이럴 수는 없는 노릇이다. '3주년 기념호 예고'가 실려 있어 목차를 보니, '세돌맞이 이야기'란 항목에 방정환, 차상찬, 이성환의 글이 예정되어 있다. 모두 천도교와 개벽사의 주요인물들이다. 1929년 7월호에서도 주요한의 동요를 악보와 함께 실었고, 9월호 예고에서는 연성흠, 한정동, 고장환, 유도순 등의 이름이 보인다. 1920년대 막바지에 이르기까지 『어린이』 주요 필진과의 이념적 갈등은커녕 친밀한 협력관계만 나타난다. 아나키스트조차 불허한 카프 방식의 목적의식 과정을 통과하지 못했다는 증거이다.

주지하다시피 1930년대의 『별나라』는 백팔십도 바뀐 모습을 드러냈다. 1920년대 후반까지 『어린이』와 비슷하게 '가난한 아이들'에 대한 동정을 그려온 카프 계열 작가들은 물론이고 수많은 신진 소년문사들이 1930년부터 계급주의 경향의 작품을 쏟아내기 시작했다. 따라서 계급주의 아동문학과 관련해서 『별나라』의 '이전과 이후'를 가르는 구획은 1930년이라는 결론이 나온다. 이는 『신소년』의 위상 변화와도 비슷하다. 당시 카프 작가였던 이주홍의 평론은 이에 관한 결정적인 단서를 제공한다. 이주홍은 계급주의 아동문학의 전개에서 '1929년과 30년의 차이'를 다음과 같이 예리하게 지적했다.

　　조선의 문학운동에 있어서 특히 아동문학운동의 영역에 있어서 지난 1930년
은 확실히 투쟁의 일 년이었다. 1929년이 초보적, 계몽적 자연발생적임에 반해
서 30년은 보다 일보 전진한 목적의식적 ××의 활기에 찬 조선아동문학운동
사상에 획할 일 년이었다. (…)
　　그런데 아동문학운동사상으로 보아 1929년만 하더라도 우리는 그 속에서 하
등 명확한 계급적 이데올로기를 엿보지 못했다. 아니 어느 모에서든지 조그마
한 소재를 추출할 수 있다 하더라도 그것은 혹은 민족적 혹은 인도주의적 무저
항주의적 사상으로서의 손에도 닿지 않을만한 눈곱 이하이요 전체로 보아서는
그야말로 팥죽 이상의 혼돈이었다.[51]

　위의 진술은 계급주의 아동문학의 추이를 정확하게 잡아낸 것이라고
여겨진다. 당시의 수많은 자료를 확인한 결과, 이와 거의 맞아떨어지고
있다. 이주홍의 작품에서 드러나는 변화도 이를 뒷받침한다. 그가 1929
년 7월 7일 『동아일보』에 발표한 동요 「빨간 부채」는 오뉘간의 우애를
그린 동심 지향의 작품으로서 계급주의 색채가 드러나지 않았다. 1929
년 9월 『신소년』에 발표한 소년소설 「눈물의 치맛감」도 가난한 동무에
대한 시혜적이고 온정주의적 결말을 보이는 점에서 계급주의 아동문학
과 거리가 멀었다. 하지만 1930년에 발표한 작품들은 다르다. 예컨대
「청어 뼈다귀」(『신소년』, 1930.4), 「잉어와 윤첨지」(『신소년』, 1930.6), 「돼지 콧
구멍」(『신소년』, 1930.8) 등은 탐욕스러운 지주와 헐벗고 굶주리는 소작인
을 대비시키면서 계급의식에 눈뜨는 저항적인 아동상을 형상화한 것으
로 이전의 작품들과 확연히 구별되고 있다.

---

51 이주홍, 「아동문학운동일년간」, 『조선일보』, 1931.2.13~14.

4. 결론 및 남은 문제

이상으로 1920년대 『별나라』의 위상을 『어린이』, 『신소년』과 연계해서 살펴보았다. 이 과정에서 『별나라』의 계급주의적 선회가 1920년대 말까지 뚜렷하지 않았다는 사실이 어느 정도 밝혀졌다. 하지만 확보하지 못한 잡지 권호가 많기에 계급주의 작품이 그때까지 전혀 나타나지 않았다고 단정할 수는 없다. 설사 계급주의 작품이 나타난다고 하더라도 목적의식성이 불철저했다는 사실은 바뀌지 않는다. 사실 『별나라』의 계급주의적 선회가 1927년이냐 1930년이냐 하는 기점 자체는 그리 중요한 것이 아니다. 문학사적으로 더욱 중요한 근간은 『어린이』, 『신소년』, 『별나라』의 상호관계 및 위상이 아닐 수 없다. 이 문제와 관련한 몇 가지 결론은 이러하다.

첫째, '별나라의 선언'이라는 『별나라』 창간사를 살펴봤더니, 제호 '별나라'의 함의에는 동심천사주의 색채가 농후했다. 따라서 원문이 확인되지 않은 '가난한 동무를 위하여 값싼 잡지로 나오자'는 회고 글의 한 구절을 창간 당시의 실제 구호인 양 재인용하면서 『별나라』가 처음부터 계급주의 지향을 보였다고 하는 것은 『어린이』와 『신소년』이 그러했다는 말과 하등 다를 바 없다. 당시 상황을 종합해보건대 세 아동잡지 모두 여러 성향이 혼류하는 비슷한 색채를 보이다가 1930년을 고비로 해서 『별나라』와 『신소년』이 전폭적인 계급주의로 선회했다고 봐야 맞다. 카프 작가의 관여를 고려할 때, 1930년대 계급주의 아동문학의 주도성은 『별나라』, 『신소년』, 『어린이』 순이었을 것이다.

둘째, 1920년대에는 문학·운동·이념의 주도성이 『어린이』, 『신소년』, 『별나라』 순이었다. 『별나라』는 상대적으로 문학성·운동성·이념성이 가장 취약한 일개 동인지로 시작했기에, 가격도 가장 낮을 수밖에 없었고 문단권위를 확보하기 위해 국민문학파에게도 손을 내밀었다. 아마추어적으로 구성된『별나라』필진의 인정 욕망과 카프의 운동성이 만나면서 변화가 가속화되었다고 짐작되는데, 사회주의나 계급주의가 유행풍조였다는 사실도 감안해야 할 것이다.

셋째,『별나라』에 카프 작가들의 참여가 두드러진 1928~29년에도 계급주의 작품은 찾기 어려웠다. 이미 신경향파문학에서 계급문학으로 이동한 카프 제1차 방향전환(1927) 이후인데, 어찌된 영문인가? 계급주의 아동문학은 동심의 계급성 또는 계급주의 아동관이라는 인식의 전환을 전제로 한다. 이 글에서 자세히 다루지 않았지만, 그런 인식 전환의 결정적인 계기는 외부로부터 주어졌다는 게 필자의 판단이다. 급진소장파가 득세한 카프 제1, 2차 방향전환은 모두 일본 프롤레타리아문학론의 영향 아래 진행되었다.[52] 그만큼 카프는 일본의 이론을 추수했는데, 나프(NAPF)의 기관지『전기(戰旗)』가 1929년 5월부터 부록으로『소년전기(少年戰旗)』를 펴내기 시작했고, 이 무렵 마키모토 쿠스로(槇本楠郎)가 프롤레타리아 아동문학론을 펼치면서 영향력을 확대해갔다. 1930년에는 마키모토 쿠스로의 평론집『프롤레타리아 아동문학의 제문제』(『プロレタリア兒童文學の諸問題』)가 출간되기도 했다. 식민지조선에서는 1929년 말부터 신문지상을 통해 낮은 수준이나마 프롤레타리아 아동문학론이 선보이기 시작했고, 1930년부터 계급주의 창작경향이 들불처럼 번져나갔다. 염군사(1923) 계열의 카프 작가 송영, 박세영을 비롯해서 사회주의 세례를 받은 송완순, 신고송 등이 1920년대 말까지『별나라』에서 계급주의 창작을 보이지 못한 이유는 이런 인식 전환의 외부적 계기 말고는 해명되지 않는다.

넷째, 다수의 카프 작가·시인들이 참여한 1920년대 후반의『별나라』에『어린이』의 주요 필진이 대우를 받으며 등장하고 있었다.『어린이』에도『별나라』의 주요 필진이 등장했음은 두말할 나위가 없다. 요컨대『어

---

52 졸고,「일제시대의 민족협동전선과 절충주의 문학론」,『창작과비평』, 1992년 여름호. 참조.

린이』, 『별나라』, 『신소년』은 1920년대 말까지 상호 협력관계에 있었다. 따라서 1920년대 성인문단의 좌우대립 양상을 아동문단에 그대로 적용해서 문학사를 바라보는 것은 명백한 오류라고 할 수 있다.

계급주의 아동문학의 발생과 전개는 초점을 달리하는 것이기에 『별나라』의 변화만으로는 설명하기 힘들다. 소년운동과 소년문예운동의 방향전환이라든지 1920년대 후반부터 일간지에 선보인 계급주의 창작경향 및 이론을 함께 살펴야 이 문제가 제대로 해명될 수 있다. 자세한 고증은 다음으로 미루더라도 이후 논의를 위해 몇 가지 가설을 참고로 제시하자면 다음과 같다.

첫째, 천도교소년회와 대립관계로 떠오른 소년운동단체 오월회(회장 정홍교, 1925)는 소년운동의 권위자 방정환과 협력관계에도 있었다. 더욱이 오월회는 우승열패와 적자생존을 내세워 제국주의 세계질서를 정당화하는 데 동원된 계몽기의 근대화담론의 하나인 '사회진화론'을 제1강령으로 내세우는 등 처음에는 사회주의적 색채가 희미했다. 오월회의 좌경화는 분파적 의지가 더 크게 작용했다고 봐야 한다. 그래서일까? 오월회를 주도한 정홍교, 최청곡 등과 1920년대 중반부터 소년운동의 이론가로 떠오른 김태오, 홍은성(홍효민) 등은 한때 사회주의 이론을 무기로해서 천도교 계열의 소년운동을 비판했지만, 민족사회운동으로서의 소년운동이 금지된 1937년 이후에는 친일적인 관제소년운동의 앞잡이로 전락한다.[53]

둘째, 김태오의 소년운동론은 사회운동의 추세가 반영되어 비교적 견고한 편이었지만, 아동문학론만큼은 허술하기 짝이 없었다. 그가 1927년 9월 1일 목적의식을 내세우며 한정동, 정지용, 고장환, 신재항, 유도순, 윤극영 등과 함께 창립한 조선동요연구협회의 구성원 면면도 단일

---

53 김정의, 『한국소년운동사』, 민족문화사, 1992; 최명표, 『한국근대소년운동사』, 선인, 2011. 참조.

성이 없거니와, 그의 동요 이론에는 동심천사주의가 곳곳에 산재해 있
다. 그의 주된 활동무대도 이념상으로 가장 오른편에 있었던『아이생활』
이었고, 계급주의 아동문학의 전성기에 발행된 그의『설강동요집』(1933)
은 이렇다 할 대표작이 없는 수준 이하였다. 사회성 면에서조차 동시대
에 발행된 윤석중 동요집에 뒤떨어진다.

셋째, 1927~28년경부터 나타나기 시작한 소년운동의 방향전환론은
일본 후쿠모토이즘(福本主義)의 영향이었고, 소년문예운동의 방향전환론
은 그보다 뒤늦은 1929~30년경에 나타났다. 그 내용이 바로 '자연생장
에서 목적의식으로'였으니, 카프 제1차 방향전환의 구호가 카프 제2차
방향전환의 시기에 나타난 셈이다. 이처럼 계급주의 아동문학은 일본문
단과 성인문단의 동향을 추수하는 데 급급한 수준이었다.

넷째, 당시 문명(文名)을 얻고자 소년문예에 뛰어드는 현상에 대해 우
려의 목소리가 높았던바, 소년문사들의 치기 어린 경쟁심으로 인해 급
진적인 목소리가 갈수록 세를 과시하는 양상이었다. 1930년대 초에 불
거진『어린이』비판은 이런 배경에서 이뤄진 조잡한 논리에 속한다. 그
러나『별나라』와『신소년』에서 계급주의 아동문학을 주도한 핵심인사들
은 명시적으로『어린이』를 비판하지 않았다. 송영은『개벽』의 현상문예
를 통해 정식 등단했거니와[54] 그의 리얼리즘 아동문학의 대표작들은
1920년대『어린이』를 통해 발표되었다. 이주홍은 개벽사 신영철의 주선
으로『신소년』의 편집을 맡게 되었거니와『어린이』는 방정환 사후 신영
철이 주간을 맡으면서 계급주의 계열에게 문호를 더 크게 개방했다. 한
편, 언양소년회(彦陽少年會) 출신의 신고송은 서울의 윤석중과 함께 방정
환을 열렬히 따르면서 무산소년운동을 병행했고, 『어린이』, 『신소년』,
『별나라』를 모두 오가면서 활동을 전개했다.

---

54 송영(송동양), 「늘어가는 무리」, 『개벽』, 1925.7.

말할 것도 없이 1920년대 후반에 조짐을 드러내기 시작한 계급주의 아동문학은 문학사적으로 현실적 아동관이 자리를 잡는 데 일정하게 기여했다. 그러나 소년문예운동을 통해 한때의 유행처럼 아동문단을 휩쓸고 지나간 계급주의 창작경향은 거품이 적잖았다. 거품일수록 더 물고 뜯는 양상이었지만, 이것이 문학사의 근간은 아니었다. 본질에 있어서 『어린이』, 『신소년』, 『별나라』는 상호 긴밀한 연계성을 지녔고 일방의 민족주의와 일방의 사회주의로 환원되지 않는다. 좌우협력의 기운은 1930년대 중후반과 해방 직후로 이어졌다. 따라서 표피적 현상에 매달리면서 좌우 이항대립과 삼분구도를 문학사의 근간으로 세운 남북한 주류 아동문학사는 바로잡혀야 마땅하다.

『신소년』과 조선어학회

1. 삼분구도의 희생양 『신소년』

『신소년』(1923~1934)은 『어린이』(1923~1935), 『별나라』(1926~1935)와 함께 아동문학의 성립·정착기에 10년 이상 발행된 식민지시대의 주요 아동잡지다. 하지만 분단시대의 아동문학사 연구가 좌우이념의 대결구도에 갇히면서 세 아동잡지의 위상은 적잖이 왜곡된 상태다. 이를테면 『신소년』은 남북한에서 『어린이』와 『별나라』를 제각각 전유하는 정통성 다툼에 가려져 부차적인 것으로 간주되기 일쑤다. 색동회와 천도교를 배후로 하는 『어린이』는 우파 민족주의, 카프를 배후로 하는 『별나라』는 좌파 계급주의, 그리고 배후가 모호한 『신소년』은 둘 사이의 절충적 경향이라고 보는 시각이 남북한 공히 지배담론을 이룬다.[1] 사실 이러한 삼분구도는 대단히 정치적인 것이다. 성인문학 쪽의 대립 양상을 아동문학에 그대로 대입한 형식논리라는 점은 차치하고서라도, 분단시대의 이

---

[1] 남한의 것은 이재철의 『한국현대아동문학사』(일지사, 1978), 북한의 것은 송영이 기초한 『해방 전의 조선아동문학』(교육도서출판사, 1956)이 가장 대표적인 식민지시대 아동문학사 저작이다. 주체사상이 확립된 이후 북한은 김일성의 항일혁명문학을 앞세워 카프의 유산조차 부차적 지위로 떨어뜨린다. 이에 관해서는 졸저, 『북한의 아동문학』(청동거울, 2012)을 참고하기 바란다.

념대결 구도를 식민지시대에 덮어씌움으로써 일정하게 착시효과를 빚어내고 있다.

운동성과 이념성이 여느 때보다 강했던 시기의 산물인『신소년』은 주도권 면에서 보자면 늘 2인자에 머문 한계가 없지 않다. 1920년대에는 『어린이』가 '동심'을 앞세우면서 주도권을 행사했고, 1930년대에는『별나라』가 '계급'을 앞세우면서 주도권을 행사했는데,『신소년』은 이를 받아들이는 데 더욱 적극적이었다. 그렇다고 이항대립의 삼분구도가 정당화되는 것은 아니다. 1920년대의 아동문학은 '동심'이 열쇠였고 1930년대의 아동문학은 '계급'이 열쇠였다. 따라서 1920년대의 '동심'과 1930년대의 '계급'은 시기별로 거의 모든 아동잡지가 지향한 문학사의 주요 계기라 할 수 있다. 실제로 1920~30년대의 어느 시기를 잘라내서 보더라도 세 아동잡지가 동시에 좌우파로 분할·대립한 적은 없었다. 신경향파 문학의 온상인 개벽사에서 발행한『어린이』가 카프 작가를 배척할 이유도 없었거니와『별나라』또한 개벽사의 방정환과 이정호를 동인으로 대우하고 있었다.[2] 세 아동잡지는 근대적 의미의 동심·문학·민족·계급을 발견하고 수용하는 데에서 앞서거니 뒤서거니 서로 협력하면서 경쟁하는 관계였다. 만일 1920년대의『어린이』와 1930년대의『별나라』양상을 수평 비교하려 든다면, 이를 올바른 문학사 연구방법이라 할 수 있을까? 그럼에도 기존의 아동문학사 연구는 역사적·실증적 방법을 건너뛴 채 이념의 도식을 만드는 데 급급한 모습이었다. 그리하여 『어린이』와『별나라』는 서로 다른 일면만 부각되었고,『신소년』은 둘 사이에 끼인 '나머지'인 양 여겨지게 되었다.

---

2 『별나라』1927년 10월호 목차 앞 페이지에는 신년호 필자를 미리부터 예고하는 광고가 실려 있는데, '본사에 집필하실 선생님' 39명의 이름을 밝히면서 이 가운데 '▲표는 별나라 동인'이라고 따로 구분하여 19명의 이름 앞에 표시를 해두었다. 김도인, 박아지, 염근수, 안준식, 연성흠, 이정호, 진종혁, 최병화 등 주로 '별탑회' '꽃별회' '습작시대' 동인들로 이루어진 초기 동인들 외에 색동회의 방정환, 카프 작가 송영을 함께 동인으로 소개한 것이 눈길을 끈다.

남북한 주류의 아동문학사가 『어린이』와 『별나라』를 상호 배타적으로 옹호하고 비난하면서 그 입각지를 왜곡한 것과는 별도로, 『신소년』은 그 입각지를 알 수 있는 주도세력과 배후가 제대로 조명된 바 없다. 그런데 최근에 입수한 1920년대 『신소년』 자료를 살펴봤더니, 『신소년』의 주간 및 편집인은 줄곧 한글학자 신명균(申明均, 1889~1940)이었고, 동요 부분은 정열모(鄭烈模, 1895~1967), 동화 부문은 맹주천(孟柱天, 1897~1973)이 담당했으며, 이밖에도 이호성(李浩盛), 심의린(沈宜麟), 이병기(李秉岐), 권덕규(權悳奎), 최현배(崔鉉培), 이극로(李克魯) 등 조선어학회 회원들 다수가 필자로 참여했음을 알 수 있었다.[3] 조선어연구회 시절의 동인지 『한글』(1927~1928)을 만든 곳도 신소년사였다. 훗날 조선어학회를 이끈 조선어연구회 회원들이 1920년대 『신소년』의 핵심이었던 것이다. 조선어연구회 주요 회원은 주시경의 제자들로서 대부분 대종교에도 참여하고 있었다. 대종교는 국외 항일운동의 선봉이었다.[4] 『신소년』이 조선어연구회·대종교와 긴밀한 관계에 있었다는 사실은 무엇을 말해주는가? 『신소년』을 주도한 이들은 막연히 '둘 사이에 끼인' 절충적 존재가 아니라 강렬한 민족의식의 소유자였으며 사회주의자와 협력관계를 이뤘다는 점이다. 요컨대 『신소년』은 『어린이』가 그러했듯이 문단좌우합작에 충실했던 바, 이는 식민지시대 아동문학의 '나머지'가 아니라 '가운데'에 해당하는 것이다.

여기에서는 『신소년』에 대한 기존의 시각을 바로잡기 위해 초기 주도세력의 활동사항을 집중적으로 살펴보려고 한다. 『신소년』에 참여한 한글학자들의 이력과 상호관계를 검토하려는 것인데, 이를 통해 『신소년』

---

3 시기적으로 조선어연구회(1921)와 조선어학회(1931)를 따로 구분하지 않고 '조선어학회'라고 통칭했다. 조선어학회는 정부 수립 후 한글학회(1949)로 이름이 바뀐다. 해방 후의 한글학회 회원 명부에 처음 이름을 드러낸 대종교인 맹주천을 제외하고는 여기 나열한 이름이 모두 조선어연구회를 거친 조선어학회 창립 회원이다.
4 박영석, 「대종교의 민족의식과 항일민족독립운동」 상, 하, 『한국학보』 9권 2~3호, 1983. 참조.

의 기본성격과 지향점이 어느 정도 드러날 수 있을 것이라 믿는다. 최근 들어 조선어학회, 대종교, 『신소년』에 대한 각각의 연구가 진전됨에 따라 그간 잘 알려져 있지 않은 한글학자 신명균, 정열모에 대한 상세한 고찰이 이뤄졌으며,[5] 아동문학 쪽에서도 『신소년』의 지향이 "동심주의와 계급주의의 경계를 넘어서" "민족주의"에 투철했다는 점, "계급주의적 색채로의 전환"도 "민족주의 입장에서 계급주의를 수용한 결과"라고 밝힌 논문이 나왔다.[6] 한글학자 신명균, 정열모에 관한 새로운 연구는 조선어학회를 보는 시야를 확충하는 데 초점이 있는 만큼 아동문학에 관한 것은 아무래도 단편적일 수밖에 없다. 아쉬운 것은 『신소년』에 관한 새로운 연구가 기존 아동문학사의 삼분구도를 건드리지 않고, 『별나라』와 함께 '계급주의' 규정된 『신소년』의 이념적 지향을 개방적 '민족주의'로 재규정하는 데 치중한 점이다. '동심주의'와 '민족주의·계급주의'의 관계 설정이 다소 모호하다는 의문이 들지만, 『신소년』을 개방적 '민족주의'로 재규정한 것은 중요한 진전임에 틀림없다. 『신소년』을 대표하는 신명균의 민족의식이라든지 『신소년』의 색동회 수용 양상을 자세히 살핀 것은 확실히 기존 연구를 보완한 성과라 하겠다. 하지만 이런 것들은 그간 불충분하게 조명된 1920년대 『신소년』 자료를 더 주목한 결과라 할 수 있기에, 그 효과는 주로 1930년대 자료에 근거해서 『신소년』을 『별나라』와 함께 '계급주의'라고 규정한 일부의 단순논리를 교정하는 데 그치게 된다. 1920년대 '동심주의'와 1930년대 '계급주의'는 문학사적 맥락에서 평가되어야 할 것이며, 특히 『신소년』에 관한 한 '계급주의'보다는 '절충적'이라는 규정이 더 큰 효력을 발휘하고 있다는 사실에

---

5 박용규, 「일제시대 한글운동에서의 신명균의 위상」, 『민족문학사연구』 38집, 2008; 최기영, 「백수 정열모의 생애와 어문민족주의」, 『한국근현대사연구』 25집, 2003. 신명균과 정열모의 행적에 관한 부분은 박용규와 최기영의 논문에 많이 의존했다.

6 장만호, 「민족주의 아동잡지 "신소년" 연구—동심주의와 계급주의의 경계를 넘어서」, 『한국학연구』 43집, 2012.

유념했어야 한다고 본다. 『어린이』와 『별나라』를 각각 '동심주의'와 '계급주의'로 명명하면서 평면의 양극에 위치시키는 삼분구도 아래에서는 『신소년』을 개방적 '민족주의'라고 하든 '절충적'이라고 하든 오십보백보의 차이에 지나지 않을 수 있기 때문이다. 세 아동잡지의 위상과 관련해서 결론부터 말해본다면, 조선어학회·대종교·조선교육협회의 신명균이 주도한 『신소년』은 색동회·천도교·개벽사의 방정환이 주도한 『어린이』와 지향하는 바가 크게 다르지 않았다.[7] 처음에는 별탑회·꽃별회·『습작시대』 동인의 손으로 만들어지다가 카프 작가 송영이 참여하면서 색채가 바뀐 『별나라』와의 관계 설정도 문학사적 맥락에서 살펴져야 한다는 게 이 글의 문제의식이다.

2. 신소년사 주간 신명균과 『신소년』의 지향

『신소년』은 초기의 것일수록 구하기 힘든 데다 관련자들의 회고기록도 거의 남아 있지 않기에 발행 주체와 배후를 해명하는 데에서 곤란을 겪는다. 더욱이 초기자료는 발행인이 일본인으로 되어 있는 점, 일본어로 된 입학시험 문제를 수록한 점, 군국주의 성향의 일본 아동잡지 『소년구락부』와 편집체제가 비슷하다는 점 등으로 인해 검은 의혹에서 자유롭지 못하다. 그런데 『신소년』 1924년 1월호(통권 4호)에는 '신소년 사원 일동'이 빙 둘러 앉아 있는 그림이 나온다. 등을 보이며 돌아앉은 사람을 기준으로 이름을 나열해 놓고 이 차례가 오른편부터인지 왼편부터인지 맞혀보라는 「신년특별대현상―현상 그림 맞혀내기」란 꼭지의 그

---

7 필자는 1920년대 '동심주의'의 선두에 섰던 『어린이』 또한 개방적 '민족주의'에 입각해서 '계급주의'를 적극 수용한 매체라고 보고 있다. 1920년대 『신소년』를 다루면서 그 오른쪽에 『어린이』를, 왼쪽에 『별나라』를 두고 있는 것처럼 서술된 장만호의 논문은 기존 아동문학사의 삼분구도를 해체하려는 필자의 논문과 내용이 겹칠지라도 지향에서는 차이가 적지 않다.

림이다. 나열된 이름은 모두 11명이고, 김석진, 이호성, 최병주, 김재희, 진서림, 신명균, 문징명, 맹주천, 김갑제, 김세연, 박승좌 순서로 되어 있다. 두루마기를 입고 중앙에서 정면을 바라보고 있는 이가 신명균이다.

이 달치 필자를 꼭지명·제목과 함께 목차에 나온 순서대로 나열하면, 김석진(표지), 박승좌(삽화), 김석진(동요 「고드름」), 진서림(동화 「람푸불」), 신명균(역사담 「문익점선생」), 김재희(이과 「쥐」), 신명균(지리 「백두산」), 최병주(산술 「남의 나이를 알아내이는 법」), 신명균(훈화 「나를 아는 친구」), 김세연(동요 「아가딸아」), 맹주천(소년과학 「의문풀이」), 이호성(꾀주머니 「세 가지 문제」), 김석진(만화 「길사흉사」), 맹주천(동화 「용감한 소녀」), 심의린(동요 「새해노래」), 신명균(모험소설 「어머니를 찾아 삼만리에」), 김재희(입학시험 문제와 답안), 독자문단, 독자통신 등이다. 『어린이』에 비해 역사·이과·지리·산술·훈화·과학·입학시험 문제와 답안 등 '학습 및 수신교양' 관련 꼭지들을 좀 더 의식한 지면구성이다. 무려 4꼭지에 글을 쓴 신명균(호는 주산, 珠山)이 주무를 담당하고 있는 것으로 보인다. '신소년 사원 일동'과 필자들은 거의 겹치는데 대부분 낯선 이름이다. 신명균의 주선으로 이들이 모였을 것이라 여기고 하나하나 조사해봤더니 '신소년 사원 일동' 11명 모두 학교훈도로 재직 중이었다. 아동잡지에 교원 필자의 참여가 높았다고 치더라도 현직 학교훈도 100%라면 각별하다고 하지 않을 수 없다. 이는 조선교육협회 간부직을 맡고 있던 신명균의 영향일 것이라고 여겨진다.[8]

간행기록에 따르면 『신소년』은 '편집인 김갑제(金甲濟), 발행인 다니구

---

8 1920년 한규설, 이상재 등이 민족교육을 실현코자 '조선교육회'를 설립했으나 일제가 이를 허락하지 않자 이름과 규약을 일부 바꾸고 1922년 재출범한 것이 '조선교육협회'다. 협회는 민립대학설립운동을 대대적으로 전개했으나 일제는 경성제국대학령을 발표하면서 방해공작을 펼쳤다. 협회는 『신교육』이란 잡지도 내려고 했으나 당국의 불허로 실현되지 못했다. 신명균은 민립대학기성준비회(1922.11.23) 위원과 경성부 집행위원을 지냈다. 또한 협회를 대표해서 일제의 언론탄압과 집회금지에 맞서기 위해 조직한 언론집회압박탄핵회(1924.6.7)의 실행위원으로 활동했으며, 탄핵회에서 선포한 민중대회(1924.6.20) 때문에 체포되어 2일간 구속되기도 했다. 신명균은 조선교육협회가 1938년 일제에 의해 해산될 때까지 이사를 맡았다.

치 데이지로(谷口貞次郎)'로 시작했다가, 1925년 9월호부터 '편집인 신명균, 편집 겸 발행인 다카하시 유타카(高橋豊)'로 바뀌더니, 1926년 11월호부터는 폐간 때까지 '편집 겸 발행인 신명균'으로 고정된다. '발행소 신소년사, 총발매소 이문당'이었던 것은 '발행 및 총발매소 신소년사'로 바뀐다. 신소년사는 주소가 '관훈동 130번지'로 시작해서 '가회동 23번지'를 거쳐 '수표정 42번지'로 바뀐다. 이는 이문당에서 중앙인서관으로 소속이 바뀐 데 따른 변화일 것이다.

창간 당시의 편집인 김갑제는 『신소년』의 필자로 등장한 적이 없다. 실질적으로 편집을 주재한 이가 처음부터 신명균이라면, 초기 간행기록에 나와 있는 김갑제와 두 일본인 발행자는 누구일까? 이문당은 수험서와 학습참고서를 많이 펴냈고, 『신소년』은 한동안 이문당의 전면 광고를 매호 실었다. 그리고 이문당은 주인이 자주 바뀌다가 1925년 주식회사로 전환했다.[9] 이런 점들로 미루어 볼 때, 김갑제와 두 일본인은 서점·출판·인쇄가 분화되지 않은 초기 이문당의 주인이거나 그와 관계가 있는 인사들로서 『신소년』의 발행비용을 댄 후원자였을 것이라 짐작된다.[10] 즉 이문당에서 서적 판매에 도움이 될 만한 아동잡지를 발행하기로 하고 학교훈도이자 조선교육협회 간부인 신명균에게 신소년사의 일을 부탁한 것이라 할 수 있다. '신소년 사원 일동'이 모두 학교훈도이고, 초기 『신소년』에 학습과 입시에 관한 내용이 두드러진 것은 이런 배경에서 말미암는다.

중요한 것은 신명균이 『신소년』을 어떻게 이끌었는가 하는 점이다. 잘 알려져 있듯이 신명균은 김두봉과 함께 주시경의 첫 제자였고 '주시경 학파'의 만형으로서 일생동안 한글학자·대종교인의 삶에 투철했다. 식

---

9 국사편찬위원회 한국사데이터베이스의 '한국근현대회사조합자료'를 보면 '경성부 관훈동 130'를 주소지로 해서 이문당(주)의 중역(이사)에 김갑제의 이름이 보인다. 주식회사 설립일은 1925년 3월 15일로 되어 있다.

10 『동아일보』 1923년 5월 1일자에는 "토산애용부인회에 이문당 주인 김갑제 씨 십원어치 종이를 기부"라는 기사가 나오고, 1924년 12월 25일자에도 "시내 관훈동에 있는 이문당 주인 김갑제 씨로부터 구세군영에 동정금 50원을 보내었다더라." 하는 기사가 나온다.

민지시대의 한글운동은 '연구'와 '보급'의 두 방면으로 전개되었는데, 이를 위해 제도권과 비제도권, 합법과 비합법의 경계를 수시로 넘나들어야 했다. 조선어학회의 주요 사업들, 예컨대 한글날 제정, 조선어사전 편찬, 한글 맞춤법 통일안 발표, 외래어 표기법 및 조선어 표준말 모음 등은 민족사회운동 단체들의 광범한 지지와 연대 속에서 전개되지만, 한편으로는 일제당국과 협의해서 해결해야 하는 문제들을 포함하고 있었다. 때문에 조선어학회는 학무국 산하 각종 조사위원회와 사정위원회에 참여해서 어문정책을 이끌어내곤 했다. 그러나 일제 말의 '조선어학회사건'(1942)에서 알 수 있듯이 한글운동은 결국 이를 독립운동의 일환으로 보고 경계했던 일제의 대대적인 탄압을 불러왔다.

이런 점들을 종합해볼 때, 얼마간은 일본인이 발행인이었다고 하더라도 신명균이 주재한 『신소년』의 배후에 대해 검은 의혹을 품어야 할 이유는 없을 듯하다. 조선어연구회와 조선교육협회의 간부로 일하던 그로서는 아동잡지의 필요성을 누구보다 절감했을 테고, 자신에게 맡겨진 『신소년』이 민족어와 민족의식을 진작시키는 데 큰 도움이 될 수 있으리라고 여겼을 게 분명하다. 이점은 이후의 행적에서 충분히 증명되고 있다. 이와 관련하여 창간 직후인 1924년 1월호 「독자통신」에 눈길을 끄는 대목이 하나 나온다.

우리 少年界를 爲하여 誕生하신 新少年社 日益 繁昌하심을 仰祝…… 잘 指導하여 주시고 漢文文句를 많이 쓰셔서 常識 充分토록 하시압.(화천읍 장창호)

漢文 漢文 하고 注文이 많습니다마는 우리는 아무쪼록 漢文을 廢하려고 합니다. 漢文을 모르면 常識이 없는 것인가요. 그러면 西洋 사람들은 常識이 하나도 없겠네요. (기자)

한 독자가 '일익, 번창, 앙축' 등의 어려운 한자말을 동원해가며 '한문문구를 많이 써서 상식이 충분하도록 해 달라'고 요구하자, 기자는 『신소년』은 장차 한문을 없애려고 한다면서 '한문이 없다고 왜 상식이 없겠느냐, 그럼 서양 사람들은 상식이 하나도 없다는 얘기냐'고 반문하고 있다. 「독자통신」은 대개 독자의 요구에 호응하는 내용일 텐데, 그렇지 않고 이처럼 정면으로 반박하는 내용을 싣는 것은 드문 일이라고 하겠다. 한문에 대한 주문이 많다고 한 것을 보면, 이 기회에 『신소년』의 방향을 분명히 해둘 필요가 있다고 느꼈을 법하다. 1924년 6월호 권두에는 「본지의 사명」을 크게 써서 밝혔는데, "우리 조선소년들의/가장 성실한 벗이 되어/모든 지식과 덕성을 밝히고/조선문의 향상을 힘쓰오."라고 되어 있다. 다소 평범한 듯해도 『신소년』이 가장 역점을 둔 사항은 "조선문의 향상"이었음을 알 수 있다.

신명균에게 편집과 발행의 권한이 확대됨에 따라 필진과 지면에 눈에 띄는 변화가 주어진다. 11명 '사원 일동' 중 지속적으로 글을 발표한 이는 신명균, 이호성, 맹주천 세 사람뿐인데, 이들은 한글학자 또는 대종교인이다.[11] 오로지 학교훈도이기만 한 이들은 하나둘씩 이탈해가는 반면, 조선어연구회 회원이자 대종교 신자인 정열모, 이병기, 김덕규 등이 새로 합류하는 모습을 보인다. 정열모는 신명균 못지않게 많은 글을 발표했으며, '본사 기자'라고 소개된 핵심 성원이다. 조선교육협회·조선어연구회·대종교라는 주요 필진의 공분모가 마련되면서 민족어와 민족의식을 진작시키려는 지향이 한층 더 뚜렷해진다. 이를테면 학습과 입시

---

11 신명균, 정열모는 1915년에 대종교에 입교했다.(조준희, 「"종문영질(倧門榮秩)"―대종교인 명부(1922)」, 『한국민족운동사연구』 72집, 2012. 참조). 신명균은 1920년경 권덕규와 함께 대종교중앙청년회에 소속해 있었고, 그 자격으로 1923년 3월 경성에서 개최된 전조선청년당대회의 준비위원으로 활동했다. 또한 그는 1924년 4월 만주의 대종교총본사에서 개최된 대종교 회의에 조선 경성 대표로 참여했는데, 이때의 여행기록을 『신소년』(1924.7)에 「우리의 옛 땅을 밟고 와서」라는 글로 남겼다. 이병기는 1920년 권덕규의 안내로 대종교를 수용한 것으로 알려져 있다. 정열모, 맹주천, 이극로는 대종교의 항일비밀결사 귀일당(歸一黨, 1926)에 참여하기도 했다.(이상각, 『한글 만세, 주시경과 그의 제자들』, 유리창, 2013, 282쪽).

관련 꼭지가 줄어들고 문예란이 더욱 활성화되며, 색동회 회원을 비롯한 작가·시인들의 참여와 소년문예가들의 투고 활동이 크게 증가하는 것을 확인할 수 있다.

신명균은 줄곧 한글과 역사 관련 꼭지를 도맡았다. 1925년 1월호부터 「지상 조선어강좌」를, 8월호부터 「역사공부」를 연재했다. 또한 '사담'이라는 꼭지명을 달고 역사인물 이야기를 매호 들려주었다. 문익점, 주시경, 임경업, 최영, 김유신, 황희, 을지문덕, 홍순언, 강감찬, 남이 장군, 윤회, 김원술, 지증왕, 설씨 처녀, 단종, 박연, 이항복, 홍경래, 김정호 등등……[12] 그의 이름으로 발표된 모험소설 「어머니를 찾아 삼만리에」(1924.1, 연재중)는 『쿠오레』에 나오는 이야기의 하나인데, 일본 번역본에서는 '삼천리'였으나 우리의 사정에 맞게 '삼만리'로 번역했다. 이 제목은 오늘날까지 이어져온다. 또 다른 그의 번안으로는 우리 고전을 다시 쓴 장편소설 「효녀 심청」(1925.1, 연재중)이 있다.

3. 조선교육협회·신소년사·조선어학회의 결속

'수표정 42번지' 조선교육협회 회관 건물에는 조선교육협회·신소년사·조선어학회의 간판이 나란히 걸려 있었다.[13] 세 단체 모두 신명균이 주도적으로 관여하고 있었기에 가능했던 일이다. 활동에 있어서도 조선

---

12 새벗사 편집의 『어린이독본』(회동서관, 1928)에도 신명균의 「성삼문 어른」과 「윤회 어른」 두 편이 실려 있다. 1920년대 아동잡지의 역사인물 이야기는 색동회의 손진태, 개벽사의 차상찬, 조선어연구회의 신명균이 권위자로 인정되고 있었다.

13 『신소년』 1928년 7월호에는 '본사 위치를 수표정 42번지 조선교육협회 구내로 이전하였으니 차후 통신을 이곳으로 해 줄 것'을 당부하는 알림난이 나온다. 조선교육협회 회관에는 조선어 연구회가 먼저 입주해서 동인지 『한글』을 발행하고 있었다. 『한글』의 편집동인은 '권덕규, 이병기, 최현배, 정열모, 신명균' 등 5인이었다. 이들과 『신소년』의 주요 편집동인이 겹치는 사정인지라 한 지붕 아래 기거하면서 서로 지면을 오갔다.

교육협회 · 신소년사 · 조선어학회는 '한 지붕 세 가족'이었다. 『신소년』의 이념과 지향은 이 범위에 놓여 있다고 보면 거의 틀리지 않는다.

신명균은 주시경이 운영하는 조선어강습원을 중등과 3회(1912), 고등과 1회(1913)로 수료했다. 권덕규, 김두봉, 이병기, 장지영, 최현배 등이 그의 고등과 동기생들이고, 정열모는 2회 졸업생이다. 일찍이 중국으로 망명한 김두봉을 제외시키고 해외 유학 중에 독립운동을 전개하다가 귀국한 이극로를 포함시킨다면, 이들이 '주시경 학파'를 이룬 한글운동의 중심인물이다. 1921년 권덕규, 신명균, 이병기, 장지영 등은 조선어연구회를 조직한다. 이호성, 심의린 등이 뒤이어 가입했으며, 해외 유학 중이던 정열모, 최현배, 이극로는 귀국과 동시에 합류했다. 이들은 조선어사전편찬회(1929)를 거쳐 조선어학회로 나아가는 시기에 신소년사의 사업과 많은 것들을 공유했다.

한글운동은 연구 못지않게 보급이 중요했기 때문에 늘 교육사업과 병행되었다. 신명균은 조선교육협회의 상무이사로서 회관건물을 고학생에게 무료 대여하고 수도 전등까지 무료로 사용케 했으며,[14] 학교에 다닐 수 없는 노동자 농민이 쉽게 배울 수 있는 교재를 만드는 일에 주력했다. 마침 평생지기 이중건이 그에게 중앙인서관을 맡겼다. 이때부터 신소년사와 중앙인서관은 편집 · 인쇄 · 판매 면에서 한몸이나 다름없었다. 이문당에서 펴낸 신소년사의 저작들도 판매처가 중앙인서관으로 옮겨졌다. 주목할 것은 신소년사의 '소년총서'와 중앙인서관의 '노동총서' 시리즈다. 『신소년』에 연재된 것들을 시리즈로 발행한 '소년총서'는 아마도 우리나라 최초의 아동문학총서일 것이다. 『신소년』의 광고에서 확인되는 '소년총서' 목록은 『동요작법』(정열모), 『소년동요집』, 『이야기 주머니』(동화집), 『홍길동』(마해송), 『로빈슨 표류기』(맹주천), 『돈키호테전』(이호성), 『바

---

14 첨구생, 「까마귀의 자웅」, 『개벽』, 1923.4. 참조.

이올린 천재』(정열모, 뒤에 『애국자』로 개제), 『천일야화』, 『세종어제 훈민정음 원본』, 『공든 탑』(위인전), 『소년의 조선위인』, 『소년작문법』, 『소년편지 틀』 등이다. '소년총서'가 학생들을 위한 읽을거리라면, '노동총서'는 노동야학이나 농민학원의 교재 성격이었다. '노동총서' 시리즈에 포함된 조선교육협회 편 『노동독본 1~3』, 『노동산술』, 『한자초보』, 『농가월령가』, 『이야기 주머니』 등은 신명균이 집필 또는 편집한 것들이다.

신명균은 중앙인서관에서 『신소년』 외에도 『한글』, 『신시단』, 『아등(我等)』 등의 월간지를 발행한다. 이극로와 함께 주간지 『서울시보』를 순전히 한글로만 발행하려고 했으나 이는 당국의 불허로 세상에 나오지 못했다. '청년상식총서'의 첫째 권으로 발행한 『조선역사』(1931)는 신명균의 저작인데, 대한제국의 패망을 다룬 마지막 부분에 의병과 지사들의 저항을 높이 평가하고 매국노에 대해서는 신랄하게 비판하는 내용이 포함되어 있다.[15] 이 밖에도 『한글역대선』, 『주시경선생유고』, 『조선어문법』, 『조선어철자법』 등의 한글 관련 서적, 이병기·김태준과 함께 엮은 『조선문학전집』(1~6권) 등이 그의 손을 거쳐 나온 것들이다. 『사회주의개론』, 『변증법적 유물론 입문』, 『자본론 입문』 등과 같은 사회주의 관계 서적이라든지, 카프에 소속한 문인들의 모음집인 『카프시인집』(1931), 『프로레타리아동요집 불별』(1931), 『소년소설육인집』(1932) 등이 신소년사·중앙인서관에서 나온 것도 눈여겨볼 일이다. 신소년사·중앙인서관의 잡지와 단행본들은 압수 또는 삭제 조치된 것들이 적지 않다.

교육·문화 운동의 성격을 띠는 신명균의 출판 활동이 좌우로 폭넓게 걸쳐 있는 것은 한글운동의 민족적·민중적 지향과 관련이 깊다. 그가 참여한 사업들은 좌우합작단체 신간회(1927~1931)와 이어져 있었다. 조선교육협회가 그러하고 조선어사전편찬회가 그러하다. 신간회 초대 회

---

15 박용구, 앞의 글, 371쪽. 참조.

장은 조선교육협회 회장 이상재였다. 이상재는 병환으로 신간회 발족 후 세상을 뜨는데, 신명균은 사회장례위원회 편으로 『월남 이상재』(중앙 인서관, 1929)를 발간해서 그의 뜻을 기렸다. 1929년 사회적 명망가 108명 의 발기인으로 출범한 조선어사전편찬회는 성격으로 보나 참여한 인사 들의 면면으로 보나 신간회 조직을 그대로 옮겨놓은 듯했다. 신명균은 이극로와 함께 조선어사전편찬회의 상무위원·준비위원·집행위원에 두 루 속해 있었다. 1928년 조선교육협회 임원 개편 때에는 정열모, 최현 배, 이중건도 이사로 뽑혔고, 이들 모두 조선어사전편찬회의 여러 위원 을 지냈다. 조선어사전편찬회 사업을 계기로 한글운동은 매우 바빠진다. 연구와 조사 활동이 광범하게 펼쳐졌으며, 각종 토론회와 대중강연이 꼬리를 물었다. 1930년부터 실시된 "초기 월례 행사인 강연회는 신명균 의 독무대이다시피"[16] 했다.

1931년 조선어연구회는 조선어학회로 이름을 바꿨고, 1932년 신명균 을 편집 겸 발행인으로 해서 기관지 『한글』을 새로 창간한다. 창간호 판 권을 보니, 인쇄소 신소년사 인쇄부, 발행소 조선어학회(경성부 수표정 42번 지), 총판매소 중앙인서관으로 되어 있다. 조선어학회에서 펴낸 『한글』 창간호의 필자는 이윤재, 최현배, 이상춘, 이만규, 이극로, 이호성, 이병 기 등이다. 이들 모두 식민지시대와 해방직후의 여러 아동잡지들에 자 주 얼굴을 내밀었다.

4. 동요의 정열모, 동화의 맹주천 분담 체제

『신소년』의 초기 동인들은 대부분 1900년 이전에 출생한 이들로 연배

---

16 한글학회 편, 『한글학회50년사』, 1971, 91쪽.

가 높은 편이었다. 이에 비할 때,『어린이』의 색동회는 방정환을 빼고는 모두 1900년 이후에 출생한 이들이다. 1899년생인 방정환도 1889년생인 신명균보다 열 살이나 아래였다. 새로운 문화섭취는 신세대가 더 적극적인 법이다. 전원 동경 유학생으로 구성된 색동회의『어린이』에 비해서『신소년』은 모더니티가 약했다. 아동문학에 대한 전문성도 부족한 편이었다. 초기『신소년』의 동요는 창가가사나 민요에 가까웠으며, 동화는 대부분 옛이야기나 외국작품의 번안이었다. 따라서 창간 후 얼마 동안은 학교훈도들이 나름의 역량을 발휘해서 이것저것 손을 댄 것이라는 느낌을 주기에 충분했다. 이런 미분화 양상은 1925년 동경 유학에서 돌아온 정열모의 참여로 전기를 맞이한다. 동요는 정열모, 동화는 맹주천이 책임지는 역할분담이 이뤄지는 것이다. 독자투고란도 동요는 정열모, 작문은 맹주천이 담당했다.

정열모(호는 살별, 백수 白水)는 신명균과는 그림자처럼 붙어 지낸 막역한 사이였다. 1932년부터 김천고보 교장으로 지방에서 지내던 중 조선어학회사건으로 2년간 수감된 바 있다. 해방이 되자 신명균의 죽음을 가장 안타까워하고 슬퍼한 이도 정열모였다.『신편고등국어문법』(한글문화사, 1946)의 머리글에서는 자신의 저서를 신명균에게 바친다면서 추도시조 「애긋는 마음」을 읊었고,『한글』(1946.5)에서도 작고한 한글학자 네 분을 추모하는 연시조「네 분을 생각함」을 써서 신명균을 애도했다. 그는 좌우정당의 즉시 합작을 요구하는 통일정권촉성회(1945.12.31), 문화인 108인 남북협상 지지성명(1948.4.14) 등에 동참했다. 이후로 대종교에서 설립한 홍익대학의 초대학장(1949)을 지내는데, 김규식·홍명희·이극로 등이 주도한 민족자주연맹에 참여한 것 때문에 구속수사를 받는 등 좌경으로 몰려 결국 학장직을 사임하고 6·25전쟁 때 월북했다.[17]

---

17 최기영, 앞의 글. 참조.

처음에 정열모는 창작 방면에 관심이 많았다. 일찍이『청춘』같은 데에 시를 응모해서 실린 적이 있으며, 1920년대에는 신문지상에 시조와 시들을 발표했다. 1922년 12월부터 1923년 6월까지『조선일보』의 '일요 가정'란에 그의 동화가 열 편 넘게 실려 있다. 이것들은 등장인물과 배경이 외국인 것으로 보아, 일본 유학 중에 신문사의 청을 받아 외국작품을 번안해서 보낸 것이라고 짐작된다.『신소년』에 연재한 번안물「바이올린 천재」는 '소년총서'의 하나로 발행되었다. 동인지『한글』에도 외국소설을 번역해서 실은 게 있다. 서울의 중동학교에 재직할 때에는 조선어 과목 부교재로『현대조선문예독본』(수방사, 1929)을 엮어 냈다.

그는 1925년『신소년』에 참여하여 권두 동요를 맡은 첫 해에 신소년사에서『동요작법』을 펴낸다. 이 일은 그가 일본 유학을 경험했기에 가능했을 터였다. 내용은 동요에 관한 여러 궁금증을 친절하게 풀어주는 것으로 되어 있다. 총 10개 항목으로 된 목차는 이러하다. '1.동요는 대체 무엇이냐 2.동요는 아무나 지을 수 있나 3.동요를 지을 때는 어떠한 맘을 가질까 4.창가와 동요의 구별 5.시와 동요의 구별 6.동요는 읽을 것이냐 부를 것이냐 7.동요는 긴 것이 좋으냐 짧은 것이 좋으냐 8.동요는 어떠한 말을 쓸까 9.좋은 동요를 짓는 방법 10.어떠한 동요가 후세까지 남느냐'. 이론의 탐색보다는 구체적인 작품을 들어서 초보자들에게 창작을 안내해주는 데 주안점을 둔 내용이다. 이 책은 우리 아동문학사상 최초로 나온 창작이론서라는 의의를 지닌다.

그의 동요들은 한마디로 밝고 씩씩하고 건강하다. 자연과 계절에 대한 어린이다운 감정을 4·4조의 활달한 운율에 담아냈다. "알록알록 다람쥐/초란이 방정 조방정/들며날며 웬 방정/갸웃갸웃 고개짓"(「다람쥐」1연, 1925.10), "봄아씨가 아씨지/새아씨가 아씨랴/아씨 중에 봄아씨/버들개지 났다네"(「버들눈」1~2연, 1926.3) 등에서 이런 특징이 한눈에 드러난다. 언뜻 보면 어디 손대지 않고 자연발생적으로 터져 나온 아이들의 노래 같다.

이는 발상이 전래동요에 닿아 있기 때문일 것이다. 초창기 『신소년』의 동요들은 민요 색채가 짙다고 앞서 지적했는데, 정열모는 아이들의 노래에 눈을 돌림으로써 동심을 놓치지 않았다. 그의 동요는 익살과 해학을 품고 있다. 이를 대표하는 작품으로 「날대가리 무첨지」가 주목된다.

    에이그 추워 벙거지
    건너대접 놋대접

    오동동 추운 날
    발가숭이 무첨지
    날대가리 춥구나

    에이그 추워 벙거지
    건너대접 놋대접

    오동동 추운 날
    포로족족 무첨지
    알몸뚱이 춥구나.

—정열모, 「날대가리 무첨지」(『신소년』, 1925.11)

친근한 일상의 소재를 아이들끼리 놀리는 투의 입말체에 담아냈기에 되풀이 읽어도 물리지 않는다. 설사 뜻을 모르더라도 읊는 재미가 살아난다. 의미를 새길 겨를도 없이 제 스스로 굴러가는 소리의 느낌만으로 '춥다'는 정황은 충분히 환기될 듯하다. 추운 날씨에 놋그릇에 담긴 동치미 무가 맨 몸뚱이로 퍼레져서 동동 떠 있는 모양이 연상된다. 입에서 입으로 전하는 전래동요가 흔히 그런 것처럼, 축자적(逐字的) 서술이 아니라 운율의 묘미를 살리는 최소한의 어휘만 남기고 많은 걸 생략했다. 전래동요에 많은 이런 과감한 생략과 비약적인 시상 전개를 우리 창작동요는 놓치고 있었다. 1920년대 7·5조 동요들이 연약한 감상주의 빠져있었음을 고려할 때, 정열모의 4·4조 동요는 『어린이』의 동요 색채와는 다른 '씩씩하고 건강한' 흐름의 씨앗이었다는 점에서 귀중하다.

맹주천(호는 수당 水堂)은 창간 때부터 '신소년 사원 일동'의 한 사람으로 활동했다. 『신소년』에 연재한 「로빈슨 표류기」는 '소년총서'의 하나로 출간되었다. 「재투성이」(신데렐라)와 「애국소년」(『쿠오레』에 나오는 이야기의 하나)처럼 잘 알려진 외국작품의 번안물이 많은데, 거의 다시쓰기 수준이다. 이렇게 창작인지 번안인지 모를 이야기들을 많이 내보이다가 창작동화의 완성도가 높아질 즈음에 돌연 종적이 사라진다. 그는 교원생활을 오래한 것으로 보인다. '맹주천 경기상업중학교 교장의 25주년 기념식'을 거행한다는 신문기사가 하나 확인된다.[18] 식민지시대에 안호상, 이극로, 정열모 등과 대종교의 항일 비밀결사 귀일당(歸一黨)에 참여했다는 기록도 있지만,[19] 그의 대종교 활동은 해방 후에 본격화된 듯하다. 대종교는 조선어학회사건과 함께 엮인 임오교변(壬午敎變, 1942) 때 많은 희생이 따랐다. 이후로 세력이 크게 약해지면서 분단시대에는 사회적 영향력이 과거와 같지 않았다. 그는 1971년 대종교 최고지도자인 제9대 총전교로 추대된다.[20] 이때 임오교변의 희생자들을 기리는 『순교실록』(대종교총본사, 1971)을 다시 펴냈는데, 여기에는 맹주천이 새로 쓴 서문과 함께 정열모가 해방 직후에 이 책을 엮으면서 쓴 발문도 들어 있다.[21] 6·25 때 월북한 정열모의 글을 수록한 책이 나올 수 있었던 것은 역설적이게도 대종교의 영향력이 미미해졌기 때문이 아닐까 싶다.

---

18 『동아일보』, 1949.10.21.
19 이상각, 앞의 책, 292쪽. 참조.
20 대종교종경종사편수위원회 편, 『대종교 중광60년사』, 대종교총본사, 1971. 참조.
21 대종교총본사 편, 『순교실록』, 서울대학교출판부, 1971. 참조.

초창기의 맹렬한 활약에 비한다면 거의 잊힌 작가처럼 문단과는 인연이 닿아 있지 않았지만, 맹주천은 오래 기억될 만한 의인동화 「천년 묵은 홰나무」(『신소년』, 1926.12)를 남겼다. 우화 성격의 이 작품은 캐릭터 묘사가 뛰어나서 단순한 교훈담을 넘어선다. 숲속을 배경으로 키 작은 꽃나무와 풀꽃들이 늙은 홰나무가 하늘을 가린다고 불평을 늘어놓는다. 하지만 나무꾼들이 홰나무를 베어가자 몰아치는 비바람을 당해내지 못하고 죄다 쓰러진다. 그때 풀 속에서 싹이 너더댓 치 솟아난다. 홰나무가 베어지면서 아무도 모르게 작은 씨를 땅에 뿌리고 갔기 때문이다. "정말이지 왜 살아서 저 지경이야!" "웬 때 아닌 소낙비여." 꽃나무와 풀꽃들이 조잘대는 모양을 손에 잡힐 듯이 그려 놓았는데, 홰나무는 한마디도 하지 않거니와 작가의 간섭도 없다. 묵직한 홰나무와 소인배 같은 풀꽃들의 성격 대비가 뚜렷하고, 반전을 이루는 결말부의 뾰족한 새싹 이미지가 선명한 인상을 남긴다. 교훈적인 의인동화의 좋은 본보기라고 할 수 있는 작품이다.

5. 그 밖의 조선어학회 회원들과 『신소년』의 주요 참여자

창작에서의 대표작이 없어 지나치기 쉽지만, 『신소년』 지면에 글을 발표한 조선어학회 회원들은 신명균, 정열모, 맹주천 외에도 여럿이다. 먼저 창간 때부터 수년간 매호 빠짐없이 글을 발표한 이로는 이호성을 꼽을 수 있다. 그는 오랫동안 '꾀주머니' 꼭지를 담당했다. 그가 연재한 「돈키호테전」은 '소년총서'의 하나로 발간되었다. 동화도 다수 발표했는데 대개는 번안이거나 교훈담이다. 조선어학회 회원으로서 그는 『한글』에 「한글 교수법에 대하여」(1932.7~9, 총2회 연재), 「조선어독본 어휘조사」(1934.9~1937.5, 총16회 연재) 등을 발표했다. 경기도 시학을 지낼 때에는 『계몽 야학회 언문 교수 지침』(조선어학회, 1938)과『계몽 야학회 속수 독본』(조선어학회, 1938)을 펴냈다. 해방 후 미군정청 학무국 초등교육과장을 지내면서 교과서 제작에 참여했고,『민주주의 국어교수법강화』(문교사, 1948),『교육자치제와 그 운영』(문교사, 1954) 등의 저작을 통해 진보적 교육관을 펼쳐 보이더니, 어느 순간 자취가 희미해진다. 1960년대와 1970년대 초에 한글학회 감사를 맡은 것이 겨우 확인되고 있다.[22]

전래동화 수집 편찬의 선구자인 심의린은『신소년』에 동요「새해노래」(1924.1)를 발표했다. 그의 글은 누락된 호수에 더 있을 것으로 추정되는데, 현재 구해볼 수 있는『신소년』자료들에서는 그가 일찍부터 수집 정리해낸 전래동화도 확인되지 않고 있다. 그는 경성사범학교 훈도로 있으면서『보통학교 조선어사전』(이문당, 1925)과『조선동화대집』(한성도서 주식회사, 1926)을 엮어 냈다. 각각 '한국사람이 편찬한 최초의 국어사전',[23] '한글로 된 최초의 전래동화집'[24]으로 평가되는 것들이다.『한글』에는「독본 낭독법에 대하여」(1935.12),「보통학교 조선어독본 지도 예」(1934.4~1936.2, 총14회 연재) 등을 발표했다. 심의린도 오랫동안 수면 아래 놓인 이름이었다. 그는 "6.25 전쟁 때에 좌경학생을 도왔다는 혐의로 체포되어 부산형무소에 수감되어 있던 중에 1951년에 사망하였다."[25]『신소년』과 조선어학회에 관련된 이들은 이처럼 좌우 이념대립의 희생자가 적지 않다.

이병기는『신소년』에「한석봉의 글씨 공부」(1925.1)와 연시조「가을」(1925.10)을 남겼다. 그는 시조혁신론자였다.[26] "나는 막대를 들고/누나는 바구니들고/풋밤일랑 따바르고/알밤일랑 주워담어/혼자서 못들양이면/

22 한글학회 편, 앞의 책, 참조.
23 박형익,「심의린의 "보통학교 조선어사전"(1925)의 분석」,『한국사전학』제2호, 2003, 112쪽.
24 권혁래,『일제강점기 설화 · 동화집 연구』, 고려대학교 민족문화연구원, 2013, 144쪽.
25 박형익, 앞의 글, 114쪽.
26 최원식,「고전비평의 탄생―가람 이병기의 문학사적 · 지성사적 위치」,『민족문학사연구』49집, 2012, 76쪽.

둘이마주 들고옵세"(「가을」 2연)에서 보듯, 아이의 입을 빌려 아이들의 생활세계를 담아낸 시조를 『신소년』에 선보였다. 이 「가을」이란 작품은 '동시조'의 원조일 듯싶다. 그는 『어린이』의 자매지로서 이태준이 편집한 『학생』(1929~1930)에도 「시조와 그 연구-학생문예강좌」를 연재했고, 시조와 수필 작품을 남겼다. 휘문고보 사제관계로 맺어진 이병기, 정지용, 이태준의 인연은 일제 말 『문장』(1939~1941)을 거쳐 해방 직후 조선문학가동맹으로 이어진다.

　권덕규는 『신소년』에 「새해 풍속의 갖가지」(1925.1)와 사담 「한가위」(1925.10)를, 최현배는 「조선과 소년」(1928.8)을 썼다. 그런데 최현배의 글은 검열로 전문이 삭제되었다. 해외에서 귀국하자마자 조선어사전편찬회를 주도한 이극로는 『신소년』에 「극단으로 하라-소년에 대한 바람」(1930.1), 「헤매기 쉬운 갈림길」(1930.4) 등을 썼다. 그는 대종교에서도 역할이 컸다. 그의 행적은 일제 말 대종교·조선어학회 탄압의 빌미가 된 것으로 알려져 있다.[27]

　『신소년』 동인들은 전문 작가·시인이 아니었고 창작에 전념할 수 있는 형편이 아니었기에 외부 필자를 초대하는 데 매우 적극적이었다. 물론 지면을 열어놓은 것은 다른 아동잡지도 마찬가지였다. 외부 필자로 치자면 『어린이』가 훨씬 폭넓고 다양한 필자들로 지면을 장식하고 있었다. 반면에 『신소년』은 문단과 거의 접촉할 일이 없는 학교훈도들로 편집진이 구성되었기 때문에, 거의 '신소년 사원 일동'에 해당하는 필자들에 의존해서 지면을 채워야 했다. 그런데 이런 불리함은 오히려 남다른 개방성을 취하게끔 『신소년』에 작용했다. 『신소년』의 개방성은 한층 선택적이고 집중적인 형태로 나타났다. 결과는 매우 긍정적이었다. 얼마 지나지 않아 혜성처럼 떠오른 정지용과 권환을 단골손님으로 맞아들였

---

27 박용규, 『조선어학회 항일투쟁사』, 한글학회, 2012; 최경봉, 『우리말의 탄생』, 책과함께, 2005.
　참조.

기 때문이다. 둘은 1930년대 초에 각각 구인회와 카프를 거쳐 문단의 중심부로 진입한다. 이들이 일본 유학생 시절에 『신소년』을 통해 국내에서의 창작활동을 전개했다는 사실은 그냥 지나칠 수 없는 사항이다. 정지용과 권환은 『신소년』을 빛나게 해주었을 뿐만 아니라 이후의 아동문학에 적지 않은 영향을 끼친다.

정지용은 유학 중에 일본의 유명한 시인이자 『빨간새(赤い鳥)』 동요운동을 이끈 기타하라 하큐슈(北源白秋)를 사숙했다. 그는 기타하라 하큐슈처럼 민요와 동요에 관심을 기울이는 한편, 다양한 고유어·토속어를 채집·활용해서 새로운 표현방법을 개척하려고 노력했다. 그는 시상을 주도면밀하게 설계하고 시어 하나하나에 심혈을 기울이는 엄격한 태도로 창작에 임했다. 그의 동요는 어느 것 하나 태작이 없기에, 비록 열댓 편 정도에 그쳤을지라도 동요계에 끼친 영향은 적지 않았다. 『신소년』에 발표된 동요는 1926~27년에 집중되었는데, 「넘어가는 해」, 「겨울밤」(이상 1926.11), 「눈 먼 딸레」, 「굴뚝새」, 「3월 삼질날」(이상 1926.12), 「산소」, 「종달새」(이상 1927.3), 「산 너머 저 쪽」, 「할아버지」(이상 1927.5), 「산에서 온 새」, 「해바라기씨」(이상 1927.6) 등 모두 11편이 찾아진다. 그는 조선동요연구협회(1927.9.1)의 창립회원으로도 참여했다. 식민지시대에 나온 대표동요선집들에는 그의 동요가 가장 많은 편수를 자랑했다. 해방 후 조선문학가동맹 아동문학부 위원장으로 그의 이름이 오른 건 결코 우연이 아니다.

권환은 프로문학을 연구하는 이들에게는 매우 익숙한 이름이다. 그는 1930년 7월 카프 중앙집행위원으로 선출되었고, 카프 제1차(1931), 제2차 사건(1935)에 모두 연루되어 검거된 바 있다. 『신소년』에 발표된 그의 작품은 모두 본명 권경완(權景完)으로 되어 있다. 본문에 기성작가의 대우로 작품이 실렸으므로 투고가 아닌 청탁에 의한 것이라고 여겨지지만, 필명이 아닌 것은 본격적인 작가활동을 벌이기 이전 단계라는 근거가 될 수 있다. 그렇더라도 1920년대 중반부터 『신소년』에 잇달아 발표된 그의 작품들은 1930년대 초반을 풍미한 계급주의 아동문학과 어떤 관련을 맺고 있는지 살필 수 있는 자료로서 중요하다. 주목되는 작품은 「아버지」(1925.7~9), 「언밥」(1925.12), 「마지막 웃음」(1926.2~4) 등 세 편 가량인데, '고학생 계열 소년소설'이 '계급주의 소년소설'로 나아가는 모습을 여실히 보여준다. 이것들은 『별나라』창간 이전에 발표된 것이므로 계급주의 아동문학의 발생과 전개에서 나름의 몫을 했을 것이라 여겨진다.

한편, 『신소년』은 색동회에 전폭적인 지지와 수용의 자세를 보였다.

> 7월호부터 소설 「홍길동전」: 조선 재래의 유명한 소년소설 「홍길동전」을 색동회원으로 동경에 계신 마해송 어른께서 독특한 솜씨로 동화화 하여 재미있게 써내실 것이외다.
> 「아동의 조선역사」: 마선생과 같이 색동회원으로 동경에 계신 손진태 어른께서 달마다 써주기로 하셨습니다. 종래의 건조무미한 역사담과는 방식을 왼통 다르게 하여 흥미진진한 동화가 될 것이외다. 이 거룩한 선물을 받을 우리들은 고마운 선생님들께 미리 예하여 둡시다. (「소년신문」, 『신소년』, 1926.6)

> 일본 동경 계신 '색동회' 회원 여러 어른이 우리 『신소년』을 사랑하셔서 매월 재미있는 이야기를 적어주시기로 하셨습니다. 우리들은 다 같이 그 어른들께 감사한 인사를 드립시다. (「담화실」, 『신소년』, 1926.6)

> 신년호에는 일본 계신 색동회 여러분이 특별히 우리 『신소년』을 사랑하시는 뜻으로 색동회호를 내주시기로 하셨습니다. 그래서 여러 어른들의 특별한 솜씨로 '창작동화'를 내주시기로 하셨습니다. 이렇게 창작동화만을 내보기는 우리 조선서는 드문 일이겠습니다. 애독자 여러분은 우리들과 한 가지 색동회 여러분들께 감사한 인사를 미리 올리는 동시에 귀한 선물을 손꼽아 기다려 주십시

오.(「담화실」, 『신소년』, 1926.12)

색동회는 우리 조선의 색동옷 입은 삼백만 소년소녀를 교양하고 지도하는 데 참된 방식을 연구하기 위하여 생겨난 모듬이올시다. (…) 그러므로 우리 『신소년』에도 많은 수고를 아끼지 않으시고 달달이 좋은 글을 부쳐주시며 더욱 신년호에는 그 회원 전체가 모두 붓을 잡아 우리 잡지를 꽃동산을 만들고 애독자 여러분에게 극진한 선물을 드리려 하오니 우리는 여러분과 한가지로 감사한 뜻을 표하는 동시에 여러 선생님의 최근 지내는 형편을 간단하나마 알아두는 것이 헛된 일이 아닐까 하노이다.

(일기자, 「신년벽두에 색동회를 축복합시다」, 『신소년』, 1927.1)

색동회 회원의 평균연령이 '신소년 사원 일동'보다 열 살 정도 아래인 점을 감안할 때, 위에 인용한 편집자 말들은 예우가 좀 지나치다고 느껴질 정도다. 맨 마지막 인용문은 색동회 특집호를 여는 말인데, 고한승, 마해송, 방정환, 손진태, 정인섭, 진장섭, 조재호, 최진순 등의 활동사항을 하나하나 소개한 뒤에 "색동회 만세!"로 끝을 맺었다. 색동회 회원의 글을 실을 때에는 언제나 이름 앞에 '색동회'라고 밝혀 두었다. 색동회의 명망성도 작용했겠지만, 전문성에 대한 존중의 의미가 크게 담겨 있다. 외부의 힘을 빌려 취약한 부분을 채우고 지면의 질을 높이는 것은 『신소년』의 장점이고 특징이다.

색동회 회원들도 정성을 다해서 화답했다. 마해송이 「홍길동」 연재를 시작하면서 밝힌 '머리글'은 다음과 같다.

나는 이것 하나를 동화로 쓰기 위해서 일 년 이상의 시간과 노력을 들였습니다. 이것은 물론 유명한 조선고대의 사회소설입니다. (…) 내가 동화를 쓰기 시작하고 이것만큼 심각하고 이것만큼 많은 시간을 들인 것은 없습니다. 이렇게 재미있고 훌륭한 동화를 소홀히 하지 못하는 까닭입니다. (…) 이 홍길동을 재미있고 유익한 완전한 동화로 만들기 위하여 열 번이라도 다시쓰기를 사양 안 하겠습니다. (마해송, 「홍길동」, 『신소년』, 1926.7, 30면)

연재는 일 년 가량 계속되었는데,[28] 후반부에 길동의 혁명성이 드러나고 있어 중요한 개작이라고 추정되는 작품이다. 원작과 다르게 길동은 율도국 왕의 자리를 사양한다. 이때 길동이 하는 연설 장면에 마해송의 평등사상이 함께 녹아들어 있다.

"여러분! 나는 왕이 되지 않겠습니다. 왕이 있기 때문에 벼슬이 생기고 권세 붙이는 사람이 생기고 놀고먹는 사람이 생기고 놀고먹는 사람이 있기 때문에 죽도록 일을 해도 못 먹는 사람이 생기고 사람에게 귀천이 생기고 싸움이 생깁니다. 불공평한 세상에는 싸움이 그치지 않습니다. 우리는 싸움 없는 훌륭한 새나라를 건설하려고 이곳으로 온 것이 아닙니까?"
듣고 있던 여러 사람들은
"옳소!"
하고 외쳤습니다.
"우리는 백정도 없고 판서도 없고 다만 형제와 같이 서로 사랑하는 사람들만이 사는 새나라를 건설합시다."
"옳소!"
"우리는 놀고먹는 사람이 없도록 다같이 일하는 사람이 됩시다."

(마해송, 「홍길동·7」, 『신소년』, 1927.5, 42~43쪽)

---

[28] 최근 염희경의 연구에 따르면, 『신소년』에 연재된 마해송의 「홍길동」은 1926년 7월호부터 1927년 5월호까지 7회로 마감되었다고 한다. 『신소년』 7회분에서는 계속 연재할 것처럼 예고했으나 거기에서 일단락 짓고 1934년 일본에서 발행한 『해송동화집』에 수록하면서 맨 마지막에 '끝'이라고 밝혔다는 것이다.(염희경, 「"해송동화집"의 이본과 누락된 '홍길동'의 의미」, 『동북아문화연구』 38집, 2014. 참조).

원작을 근대 진보사상의 관점에서 어느 정도 갱신·발전시키고 있는 것이 드러난다. 일본에 체류하면서 마해송은 일본의 전기파(戰旗派) 좌익 작가와 교류한 바 있다.[29] 마해송의 「홍길동」도 '소년총서'에 포함되었다.

6. 『신소년』의 변화와 신명균의 순절

지금까지 살펴본 바와 같이 『신소년』은 신명균의 주관 아래 조선어학회·대종교·조선교육협회와 연결되어 있었다. 그런데 핵심 성원이던 한글학자들이 신소년사에서 동인지 『한글』을 발행하고 순회강연을 개최하는 등 한글 관련 사업으로 바빠지게 되자 정지용과 권환의 붓을 빌려 창작 부문을 보강하는 한편, 색동회 회원들에게 지면을 대폭 할애했다. 이런 필진 구성은 『신소년』이 『어린이』처럼 문단좌우합작의 노선에 입각해 있었음을 말해준다. 다만 『어린이』의 색동회 회원들은 아동문학 부문에 전념했던 것에 비해 『신소년』의 한글학자들은 그럴 수 없었다는 점, 이 때문에 『어린이』보다 이른 시기에 편집권이 신진작가에게 넘어간 『신소년』은 더욱 급진적으로 계급주의 양상을 드러냈다는 점이 조금 다르다.

『신소년』에도 윤석중, 신고송, 윤복진, 서덕출, 이정구, 이원수, 송완순, 승응순 등 소년문사들의 투고가 활발했다. 이 가운데 『어린이』 동요입선자들의 모임인 '기쁨사'에 들어가지 못한 송완순, 승응순 등이 가장 적극적인 면을 보였다. 지방에 거주하는 두 사람은 잠시 서울에 체류할 때 편집을 돕기까지 했다. 둘은 독자투고란과 기성작가란 양쪽에 작품을 싣다가 금세 기성작가의 자리로 이동했고, 독자투고란에서 두각을 나타

---

29 졸고, 「해방 전후의 민족현실과 마해송 동화」, 『한국 아동문학의 쟁점』, 창비, 2010. 참조.

내던 이성홍, 이동규, 안평원 등과 더불어 『신소년』의 신진층을 형성했다. 특히 송완순, 승응순, 안평원 등은 '한밭'(大田), '쇠내'(金川), '긴내'(永川) 등 자기 출신지역을 우리말로 바꾼 이름을 써가면서 한 호에 장르를 달리하는 글을 두세 편 이상 발표하는 적이 많았다. 그러다가 1929년부터 이성홍의 친형 이주홍이 일본에서 돌아와 먼저 자리를 잡고 이동규, 홍구 등 카프 계열 작가들이 가세하면서 거의 모든 편집은 신진작가들의 손으로 이루어진다.

이들의 글이 급속히 계급주의 성향으로 바뀌어갈 때에도 같은 지면에 신명균을 비롯한 한글학자의 글이 나란히 실려 있곤 했다. 한 사무실에서 옛 편집자가 새 편집자에게 글을 건네주면서 계급노선의 편집활동을 묵인하고 있었던 셈이다. 다음은 카프 작가 홍구가 해방 직후 신명균에 대해 회고하는 글의 일부다.

선생이 관계하시던 중앙인서관이란 인쇄소 겸 서점은 우리들이 자라나던 온상이라고 해도 좋았다. 무슨 논의가 있을 때나 무슨 연락이 있을 때 그곳이 우리의 지정된 장소가 되는 수가 많다. 그 어두컴컴한 습기찬 방에 선생이 우드머니 무엇을 명상을 하시다가도 우리가 가면 자리를 내주시고 나가신다. 별다른 특별한 이야기가 없을 때는 나가시지 말래도 한사코 자리를 비어주시고 집주위를 한번 휘돌아보아 주시었다. 처음에는 그 이유를 몰랐으나 차츰 선생의 참뜻과 자세함과 주밀함을 알게 되었다.

선생은 우리와 주의나 사상이 같지는 않았다. 그러나 젊은 사람이 품은 사상에는 반대를 안 한다는 것보다도 당연히 가져야 한다고 하시며 가진 사람이 똑바른 사람이며 이 세대에 맞는 사람이며 그 사상을 버리고 무슨 사상을 가질 것이 있겠느냐고까지 말씀하시는 것을 본 적이 있다.

(홍구, 「주산 선생」, 『신건설』, 1945.12, 47~48쪽)

홍구의 회고 글에서 신명균의 인격과 삶의 태도가 훤히 드러난다. "집 주위를 한번 휘돌아보아 주시었다"는 말은 경찰에 걸려드는 일이 없도록 안전 여부를 살펴봐 주었다는 것이겠다. 소년운동과 카프 작가에 대한 탄압이 가중되는 1930년대 중반에 『신소년』은 더 이상 유지가 불가능해지고 만다. 일제에 의해 조선교육협회가 해산되고, 조선어학회는 간판을 국민총력조선연맹의 한 지부로 바꿔야 했으며, 신사참배와 창씨개명을 강요하는 상황에 이르게 되자, 1940년 11월 20일 신명균은 스스로 목숨을 끊는다. 이미 국내 주요 일간지들이 폐간된 상황이라서 그의 죽음은 세상에 알려질 수도 없었다. 그러나 카프 작가였던 한설야는 신명균의 자살을 침통하게 곱씹은 단편 「두견」(『인문평론』, 1941.4)을 발표함으로써 그의 죽음이 의미하는 바를 식민지시대에 아로새겨 놓았다. 얼마 후 조선어학회사건이 터졌고 신명균의 동지들은 모두 잡혀갔다. "목엣피를 쏟는다"는 '두견'을 제목으로 한 것에서 알 수 있듯이, 신명균의 죽음은 엄혹한 시대의 은유라고 할 수 있다.

식민지시대에 문단좌우합작을 지향한 주요 아동문학인은 해방 직후 자연스레 조선문학가동맹에 합류한다. 정지용을 위원장으로 하는 동맹의 아동문학 분과위원회는 기관지 『아동문학』(조선문학건설본부 아동문학위원회, 1945년 12월 창간)을 발행했으나 정치상황의 악화로 오래 지속될 수는 없었다. 일찍이 좌우파 문인들과 폭넓게 교유하면서 개벽사의 『어린이』, 조선중앙일보사의 『소년중앙』, 조선일보사의 『소년』 등을 주재한 바 있는 윤석중은 해방 직후 을유문화사에서 주간 『소학생』을 주재하면서 어느 정도 문단좌우합작의 노선을 이어갔다.[30] 주간 『소학생』은 해방 직후

---

30 윤석중은 1924년 『신소년』에 동요 「봄」을 발표하면서 동요시인의 활동을 개시했는데, 그가 편집을 맡은 1934년의 『어린이』에는 이은상의 '어린이 독본', 신명균의 '한글 이야기', 이윤재의 '우리 역사 이야기' 등 조선어학회 회원들의 한글과 역사 관련 꼭지가 많았다. 그는 조선중앙일보사 사장 여운형의 주례로 결혼했으며, 조선일보 출판부에서 좌우파 문인을 망라한 최초의 아동문학대표작선집 『조선아동문학집』(1939)을 엮어낸 바 있다.(윤석중, 『어린이와 한 평생』,

의 당면과제인 한글과 역사 공부에 많은 지면을 할애했다. 여운형의 건국동맹에 참여하고 1948년 남북협상 때 이극로와 함께 북한에 남은 조선어학회 출신의 교육학자 이만규, 조선문학가동맹에 가담하고 시인이자 비평가로 활동하다가 월북한 김동석, 한글학자 이상춘의 아들이자 동화작가인 이영철 등은 주간『소학생』의 한글과 역사 관련 꼭지들을 맡아 연재했다.

식민지시대부터의 숙원사업이던 조선어학회의『큰사전』(1권)을 윤석중 주간의 을유문화사가 발행(1947.10.9)한 점, 그 출판기념회를 이병기의 주선으로 조선문학가동맹이 개최(1948.4.6)한 점도 주목할 만하다.[31] 신명균과 손잡고 일했던 한글학자들, 예컨대 정열모, 이극로, 이만규, 이병기 등은 해방 직후 좌우합작노선에 입각해서 활동을 벌였다. '어문 민족주의'를 좁게 해석하여 한글운동을 좌파 계급주의와 대립한 우파 민족주의에 가두는 일이 종종 있는데, 분단시대의 색안경을 경계해야 할 것이다. 근대 민족국가 건설의 도정에서 아동문학과 한글운동이 어떻게 관계했고 무엇을 지향했는지에 대한 폭넓고 균형적인 시야의 연구가 절실하다.

범양사, 1985. 참조). 1946년 2월 11일 창간된 주간『소학생』은 1947년 5월 1일 월간으로 전환해서 6·25전쟁이 일어나기까지 발행되었다. 분단 상황으로 말미암아 좌파 문인들의 이름이 월간『소학생』에서 점점 사라지는 것을 확인할 수 있다. 윤석중은 식민지시대 사회주의 단체의 간부로 활약했던 그의 부친이 6·25 때 우익세력에 의해 즉결처분되고 의용군과 국방군으로 각각 동원된 두 아우를 잃는 불행한 일을 겪는 바람에 분단시대에는 적잖이 행보가 바뀐다.(김제곤,『윤석중 연구』, 청동거울, 2013; 노경수,『윤석중 연구』, 청어람, 2010; 이충일,「1950~60년대 아동문학단체장의 계보학적 고찰」,『아동청소년문학연구』12집, 2013. 참조).

31 이응호,『미군정기의 한글운동사』, 성청사, 1974. 참조.

『어린이』와 계급주의

1. 『어린이』와 계급주의는 상극관계인가?

『어린이』와 계급주의는 『별나라』와 동심주의처럼 이질적인 조합으로 느껴진다. 『어린이』의 동심주의 대(對) 『별나라』의 계급주의라는 대립구도에 익숙해져 있기 때문이다. 하지만 1930년대 초반에는 『어린이』도 계급주의 경향을 띤 것으로 알려져 있다. 그런데 이런 사실에 대한 언급은 계급주의 경향이 그만큼 '극성을 부렸다'는 의미 맥락으로 더 많이 쓰인다. 이를테면 건전해야 할 아동문학에도 불온한 좌익적 경향이 침투했다는 식이다. 아무튼 『어린이』와 계급주의가 상극관계라는 인식은 『별나라』와 동심주의가 상극관계라는 인식만큼이나 견고하다.

　필자는 이와 같은 통념이 이재철의 『한국현대아동문학사』(일지사, 1978)에서 비롯된 것이라 여기고 있다. 이재철은 『어린이』를 우파 민족주의·동심주의 경향, 『별나라』를 좌파 사회주의·계급주의 경향, 『신소년』을 중간파 절충주의 경향으로 도식화했다.[1] 세 아동잡지의 상대적 차이만

---

1 이재철, 『한국현대아동문학사』, 일지사, 1978. 참조.

을 부각시킨다면 이런 도식도 아주 틀린 것은 아니겠으나, 분단시대의 냉전논리에 따른 일면적 인식이라고 하지 않을 수 없다. 북한에서 나온 『해방 전의 조선아동문학』(교육도서출판사, 1956)도 이와 비슷한 인식에 입각해 있다. 물론 좌우파에 대한 긍부정의 평가는 백팔십도 다르다.[2] 이러한 사실이 던지는 시사점은 적지 않다. 즉 냉전시대의 통설로 고정된 식민지시대 아동문학의 좌우파 양극구도는 이념에 따른 분단을 정당화하고 남북대결의식을 고취하려는 정치적 의도의 산물일 가능성이 매우 크다는 점이다.

아나나 다를까? 냉전시대 남북한에서 각각 통용된 아동문학사·초등교과서·아동문학선집 등의 식민지시대 아동문학 대표작 목록을 살피면 남북한 간에 겹치는 작품은 거의 없다. 한쪽에서는 동심주의 계열, 다른 한쪽에서는 계급주의 계열의 작품들로 상호 배타적인 정전화(正典化)를 도모한 탓이다. 이는 해방 전에 출간된 『조선아동문학집』(조선일보사, 1938)이라든지 최근에 출간된 아동문학선집들의 대표작 목록과도 크게 차이가 난다.[3] 요컨대 새롭게 재편되고 있는 초등교과서·아동문학선집의 대표작 목록을 뒷받침하는 새로운 아동문학사가 절실하다. 냉전논리에 입각한 기존 아동문학사를 올바른 민족문학의 관점에서 재조정해야 한다는 뜻이다.

여기에서는 그 일환으로 『어린이』와 계급주의에 관한 문제를 살펴보려고 한다. 주된 대상은 계급주의 경향을 띤 것으로 알려진 1930년대 신영철(申瑩澈) 편집주간 시기의 『어린이』 양상이지만, 단순히 계급주의 수용 여부를 측량하는 것으로는 문학사의 실체를 파악하기 어렵다고 보고, 아동문학의 사적 전개에 비추어 계급주의 수용의 전후 맥락을 드러

---

2 백동렬 편, 『해방 전의 조선아동문학』, 교육도서출판사, 1956. 참조.
3 조선일보사편집부 편, 『조선아동문학집』, 조선일보사, 1938; 겨레아동문학연구회 편, 『겨레아동문학선집』(전10권), 보리, 1999.

내는 데 주안점을 두고자 한다. 『어린이』의 계급주의는 의도한 결과인가? 아니면 대세를 좇은 결과인가? 그것도 아니라면 또 다른 편집의도의 부산물인가? 이것들이 한데 섞여 있다면 어느 것이 더욱 본질적이고 실상에 가장 부합하는가?

『어린이』의 계급주의에 관한 연구는 『어린이』 아동극의 계급주의 수용과 그 의미를 살핀 손증상의 연구가 거의 유일하다.[4] 이 연구는 소년운동의 방향전환과 아동문학의 지형 변화라는 사적 맥락을 바탕으로 『어린이』가 계급주의를 수용하게 된 배경을 설명한 점에서 이전보다 진전된 논리를 보인다. 『어린이』의 계급주의 수용은 문학사 전개에 비추어 어느 정도 필연적인 변화라는 것인데, 이는 정당한 인식이라고 판단된다. 손증상은 '농촌소년극'과 같은 아동극 장르의 분화가 나타난 것에서 계급주의 수용의 의미를 찾았다.

이와 같은 갈래별 연구의 축적도 소망스럽지만 아동문학사 연구에서 선결되어야 할 것은 냉전논리의 산물인 좌우파 양극구도 또는 여기에 형식적으로 중간파를 더 끼워 넣은 삼분구도의 극복 문제이다. 단순이분법 또는 형식론적 삼분법은 기본적으로 비역사적이다. 동심주의와 계급주의는 이항대립의 관계이기 전에 순차적으로 발생한 시대적 조류였다. 동심주의와 계급주의를 역사적으로 바라본다면, 1920년대 『별나라』의 동심주의는 '의외'라거나 1930년대 『어린이』의 계급주의는 '반전'이라는 식의 유별난 반응도 수그러들게 될 것이다. 둘 다 시대의 전형적인 양상으로 볼 수 있기 때문이다. 물론 창작의 성과는 또 다른 문제이다. 한 시대의 문학적 경향은 성과와 한계가 맞물려 있고, 창작에서는 알맹이뿐 아니라 쭉정이가 섞여들게 마련이다. '동심'이나 '계급'에 대한 인식은 소중할지라도 '동심주의'나 '계급주의'는 부정적 의미를 띠는 까닭

---

4 손증상, 「『어린이』 아동극의 계급주의 수용과 그 의미」, 『어문론총』 제65호, 2015.

이 이런 데 있다. 이와 같이 얽히고설킨 문제를 풀자면, 논자에 따라 의미가 다른 몇몇 용어의 쓰임부터 살피는 게 순서일 것이다.

2. 민족주의·사회주의·동심주의·계급주의·리얼리즘의 관계

민족주의와 사회주의는 흔히 대립관계로 여겨지고 있으나 민족적 과제와 계급적 과제가 중첩된 식민지상황에서 꼭 그런 것만은 아니었다. 민족을 우선시할 것이냐 계급을 우선시할 것이냐의 문제를 두고 두 진영이 나뉘어 갈등을 빚은 것은 사실이지만, 신간회(新幹會, 1927~1931)와 같은 좌우합작단체가 출현해서 민족의 역량이 총집결된 바 있으며, 그 이전과 이후에도 민족협동전선의 기운은 늘 상존하고 있었다. 홍명희나 여운형처럼 민족주의와 사회주의의 공유지대에 위치한 사회적 인사들이 적지 않았는데, 천도교 개벽사의 방정환도 그런 편이었다. 그는 확고한 민족의식의 소유자였으나 사회주의와 친연성을 보였다. 그의 문학적 실천과 행보에서 사회주의적 요소를 찾기란 그리 어려운 일이 아니다.[5] 따라서 방정환과 『어린이』의 지향을 단순이분법적으로 좌파(사회주의)와 대립한 우파(민족주의)로 보는 것은 실상에 어긋난다. 방정환은 카프 계열의 작가와 사회주의 소년운동단체 오월회 계열의 작가들을 『어린이』에 적극 수용하고 있었다.

한편, 사회주의와 계급주의는 서로 관련성이 있지만 민족주의와 동심주의는 그렇지 않다. 동심주의는 아동관에서 비롯된 것이기에 민족주의·사회주의와는 층위를 달리한다. 애초 동심주의는 민족주의·사회주

---

5 염희경, 「소파 방정환과 사회주의」, 『아침햇살』, 2000년 여름호. 참조.

의를 가리지 않고 결합되었다. 아동문학 고유의 자질로 여겨지곤 하는 '동심'은 아동의 심성을 인간 본연의 이상적 상태로 간주하려는 의식의 소산이라 할 수 있는데, 아동을 천사와 같이 신비화·이상화하려는 낭만적 지향을 두고는 흔히 '동심(천사)주의'라고 일컫는다. 오늘날 동심주의의 한계는 자명한 것으로 여겨지고 있지만, 아동문학의 성립 과정에서는 무시할 수 없는 역할을 했다는 사실에 유의해야 한다. 성인 대상의 문학과 대비되는 아동 대상의 문학을 새로 일으키려면 성인과 구별되는 아동의 특성을 강조할 필요성이 생기는 바, 이때 동심주의는 가장 뚜렷한 지표로 작용했다. 동심주의는 엄연히 모더니티로 눈길을 끌었다. 동경유학생들로 구성된 색동회는 이 선진 조류와 더불어 아동문학의 영토를 개척했던 것이니, 그들의 손으로 엮어진 『어린이』가 단연 선두에 위치했고 『신소년』과 『별나라』는 그 뒤를 좇는 형세였다. 당시 동심주의는 아동문학의 유력한 창작방법으로 기능했다. 카프 계열의 작가든 오월회 계열의 작가든 일정 시기까지는 계급주의가 아니라 동심주의 경향을 드러낸 까닭이 여기에 있다.

또 하나 유의할 사항은 『어린이』의 동심주의가 일본의 그것과는 사뭇 달랐다는 점이다. 말할 것도 없이 이는 근대성의 차이에서 비롯된 현상이다. 일본의 동심주의는 '착하고, 약하고, 순수한' 어린이의 이미지로 표현되었는데, 식민지조선의 동심주의는 이 가운데 '약한' 어린이에 집중되었다. 흔히 방정환은 동심주의의 대명사로 꼽히지만, 그는 누구보다도 현실 인식이 투철한 편이었다. 그가 아동문학의 중요성을 설파하고자 내세운 '어린이' 개념은 성인 대상의 수필 「어린이 찬미」(『신여성』, 1924.6)에서 보듯이 '해맑은 아기'를 떠올려 주는 동심주의적 표현으로 점철돼 있는 게 사실이다. 하지만 실제 아동 대상의 『어린이』에 실린 그의 창작은 고난을 딛고 일어서야 하는 '불우한 십대 소년'을 마주하고 있었다. 그는 헐벗고 굶주리는 아이들이 눈물로 공감할 수 있는 동요·

동화뿐 아니라, 고난에 맞설 뜻과 힘과 용기를 주는 소년소설을 함께 창작했다. 비록 이론을 세우는 데에는 이르지 못했을지라도 『어린이』는 '동심'과 '현실'을 모두 끌어안고자 했다. 1920년대 아동문학의 대표작은 이와 같은 '개척지'에서 생산되었던 것이니, 현실과의 긴장 없이 외래 경향을 추수하는 부류 가운데 쭉정이가 더 많은 것은 당연한 현상이다. 천도교·색동회를 배경으로 하는 『어린이』와 대종교·조선어연구회를 배경으로 하는 『신소년』에 비해 이렇다 할 배경이 없는 『별나라』가 그런 약점에 가장 많이 노출되어 있었다.

1920년대 후반에 이르러서는 이미 역사적 임무가 끝나고 한낱 거품이 되어버린 동심주의 경향을 비판하는 목소리가 나오기 시작했다. 동심주의를 전복한 계급주의가 선진 조류로 떠올랐으며, 무주공산에 가까운 『별나라』는 송영, 박세영, 임화 등 카프 작가들의 참여로 가장 혁신적 면모를 띠게 되었다. 계급주의에 관한 한, 『별나라』가 선두였고 그 다음은 『신소년』, 『어린이』 순이었다. 『신소년』은 신명균, 정열모, 이호성 등 초기 동인들이 조선어 연구와 교육 사업으로 바빠지자 이주홍, 이동규, 홍구 등 카프 계열이 새로 편집 일선에 나서면서 계급주의를 내걸었다. 하지만 천도교 개벽사라는 구심력이 확고했던 『어린이』는 변화가 점진적일 수밖에 없었고, 이런 모습은 급진적인 소년문예가들의 불만을 샀다. 그리하여 동심주의에 대한 비판의 화살은 주로 『어린이』나 『아이생활』을 향하고 있었다.[6]

그렇더라도 동심과 계급의 문제를 둘러싼 아동문학의 대립 양상은 국민문학파와 프로문학파가 대립한 성인문학 쪽과는 달랐다. 『어린이』 쪽에서 명시적으로 『별나라』와 대립적인 각을 세운 적은 전혀 없었다. 그러기는커녕 『어린이』는 『별나라』 동인을 필자로 환대했으며 스스로도

---

6 천도교·개벽사를 배후로 하는 『어린이』와 기독교·조선주일학교를 배경으로 하는 『아이생활』을 똑같이 취급할 수 없음은 두 말할 나위가 없다.

현실 지향을 분명하게 드러냈다. 색동회의 방정환과 마해송, 그리고 『어린이』에서 성장한 윤석중, 신고송, 이원수 등은 제각각 사회주의를 수용하고 있었는데, 이들이야말로 1920~30년대의 대표작을 생산한 『어린이』의 얼굴 격이었다. 신고송은 카프 작가로서 계급주의 진영에 가담했지만 윤석중과의 교유는 여전했다.[7] 계급주의 진영에서 『어린이』를 반동적이라고 몰아붙이는 목소리가 없지 않았으나, 소아병적으로 선명성을 다투는 일부 소년문예가에 국한된 현상이었다.

『어린이』에 대한 계급주의 진영의 태도가 사뭇 호의적으로 바뀐 적도 있다. 방정환 사후 신영철이 편집주간을 맡은 때였다. 이 시기 『어린이』의 가장 큰 변화는 농촌과 공장의 현장 소식을 중심으로 독자 투고를 대폭 확대한 점이다. 이로 인해서 당시 전성기를 맞은 계급주의 경향의 작품이 『어린이』에 여느 때보다 많이 흘러들어왔다. 뒤에 더 자세히 살펴보겠지만, 이를 두고 『어린이』가 계급주의에 공감했다거나 눈치를 보며 대세를 따랐다고 보는 것은 부적절하다. 신영철 편집주간 시기에도 『어린이』는 계급주의를 표방하거나 지향한 것이 결코 아니기 때문이다. 이 문제를 해명하려면 '계급주의'를 어떻게 규정할 것인지에 대해 따져봐야 한다.

계급주의는 프롤레타리아 아동문학과 관련된 용어로서 프롤레타리아 사회주의혁명이라는 목적의식의 산물이다. 프롤레타리아 문학운동이 한창일 때 그 논리를 아동문학에 적용한 프롤레타리아 아동문학운동이 전개된 바 있으므로, 역사상의 문학운동을 가리킬 때에는 계급주의 아동문학보다는 프롤레타리아 아동문학이 더욱 일반적인 용어라고 할 수 있다. 하지만 아동문학의 특정 경향을 가리킬 때에는 동심주의, 교훈주

---

[7] 방정환의 후예이고 기쁨사 동인인 윤석중, 신고송, 이원수 등은 1931년 9월 신흥아동예술연구회를 출범시키려 했으나 일제의 불허로 창립대회가 무산된 바 있다. 이 무렵 신고송은 윤석중의 동심적 동요에 대해 긍정적으로 평가하면서 계급주의 진영 안에서 송완순과 대립하기까지 했다. 이 논쟁 직후에 송완순은 카프를 비방한 일로 카프에서 제명되었으니 아이러니한 일이다.

의, 리얼리즘 등과 대등한 의미에서 계급주의라는 용어를 주로 쓴다. 그런데 리얼리즘을 제외한 동심주의, 교훈주의, 계급주의는 부정적 함의를 지니고 있다. 이는 리얼리즘을 확립하는 과정에서 그릇된 편향을 동심주의, 교훈주의, 계급주의 등으로 명명한 데에서 말미암는다.

주지하듯이 계급주의는 계급을 중시하는 사상이나 태도를 가리킨다. 동심주의가 현실의 아동보다는 관념의 아동을 그리는 문제를 낳게 되자 동심의 계급성을 주장하는 이론이 등장한다. 현실의 아동은 계급에서 자유로울 수 없으므로 동심 파악에서도 계급의 시각이 중요하다는 것이었다. 이러한 주장은 식민지조선의 아동문학이 주로 '십대 일하는 아이들'을 마주하던 형편임을 상기할 때 설득력이 주어진다. 식민지조선의 아동현실에 눈길을 준 것은 분명 리얼리즘의 진전이라고 할 수 있다. 하지만 동심의 계급성에 관한 이론은 사회운동의 방향전환론을 좇아 프로문학 또는 일본 프롤레타리아 아동문학의 이론을 모방하는 수준에 그쳤고, 창작에서는 계급환원론이라고 해도 무방할 만큼 심각한 편향으로 나타났다. 아동은 성장단계에 따라 다양한 연령층위를 이루고 있음에도 천편일률의 계급적 도식을 드러내는 데 치중했던 것이다.

계급주의의 도식적 한계는 목적의식성과 불가분의 관계에 있다. '자연생장에서 목적의식으로'라는 방향전환론의 구호와 더불어 소년문예가들 사이에서 계급적 대오를 형성해야 한다는 의식이 팽배했으며, 작품에 계급의식을 새겨 넣어야 한다는 강박 탓에 계급적 표지(標識) 여부로 작품의 좋고 나쁨을 가르는 단순논리가 만연했다. 계급의식은 곧 유산계급에 대한 무산계급의 투쟁을 가리키는 것이었으니 지주와 공장주 및 그 자녀를 향한 증오의 작품이 되풀이될 수밖에. 이렇게 해서 계급주의는 도식성을 특징으로 한다는 부정적 의미를 내포하게 되었다.

역사적으로 동심주의가 아동문학의 성립에 일정하게 기여했듯이 계급주의도 리얼리즘의 발전에 일정하게 기여했다. 그러나 동심주의와 계급주의는 명백한 편향이라는 한계를 지닌다. 이원수는 이러한 문제적 경향을 평가하는 기준으로 아동문학의 리얼리즘을 제시한 바 있다. 리얼리즘 역시 숱한 논쟁을 낳으며 다양한 의미로 쓰이고 있기에 어느 정도 제한이 불가피하지만, 한국의 역사적 상황에 대응하는 민족문학론의 핵심 창작방법이었다는 것에는 대체로 동의할 수 있으리라고 본다.

3. 방정환 이후 『어린이』의 위상 변화

1931년 7월 23일 방정환이 급서하자 『어린이』는 지도구심을 잃고 좌우로 동요했다. 『어린이』가 내용 면의 변화를 확연히 드러낸 변곡점은 대부분 편집주간의 교체와 맞물려 있다. 『어린이』는 1923년 3월 창간되어 1935년 3월까지 122호가 발행되었고, 해방 이후 1948년 5월에 속간되어 1949년 12월까지 총 137호가 발행되었다. 간행기록상의 편집 겸 발행인은 1925년 6월호까지는 김옥빈, 이후부터 1931년 7월호까지는 방정환, 이후부터 1935년 6월호까지는 이정호로 되어 있다. 해방 후는 고한승이었다. 방정환이 창간 때부터 편집 및 발행을 주도했으므로, 김옥빈은 명목상의 편집 겸 발행인이었을 가능성이 크다. 간행기록에는 나와 있지 않지만 편집실무와 더불어 방향을 결정지은 편집책임자 곧 편집주간은 누구누구였던가? 『어린이』의 편집후기로 추정해보자면, 1923년 3월호부터 1930년 12월호까지는 방정환, 1931년 1월호부터 9월호까지는 이정호, 1931년 10월호부터 1932년 9월호까지는 신영철, 1932년 10월호부터 1933년 5월호까지는 최영주(최신복), 1933년 6월호부터 1934년 6월호까지는 윤석중, 잠시 휴간했다가 속간호로 발행된 1935년 3월호는 이정호, 그리고 해방 후의 속간호는 고한승이라 할 수 있다.[8] 요컨대 1930년대의 『어린이』는 방정환에서 이정호, 신영철, 최영주, 윤석중 순으로 편집주간이 교체되면서 지면의 변화를 보였다.

실은 방정환 편집주간 시기에도 한 차례 변화를 시도한 적이 있었다. 오래된 구독자로 인해『어린이』의 독자연령이 자꾸 높아지게 되니까 이를 낮추고자 1929년 3월 자매지『학생』을 창간한 것이다. 성인은 아닐지라도 아동기에서 벗어난 독자대중을『학생』이 상대한다면,『어린이』는 대략 8세에서 16세 사이의 아동을 상대하게 될 것이라고 판단한 듯하다. 이는 방정환이『어린이』와 소년운동의 대상연령을 어떻게 잡고 있었는지를 짐작케 하는 것으로, 다음 단계의 청소년도 함께 염두에 둔 기획이라 할 수 있다. 하지만 이태준을 영입해서 만든『학생』은 정체성 확립에 실패하고 1년 남짓 발행되다가 중단되고 만다. 결과적으로『어린이』는 이전과 크게 달라진 모습을 보이지 않았다. 현실성에 대한 안팎의 요구가 증대하는 시대적 상황을 외면한다면 모를까,『학생』은 제목부터가 노동자·농민의 삶을 직시하는 데 한계가 따랐으니, '일하는 아이들'의 곤핍한 삶은 그대로『어린이』가 대변하는 수밖에 없었다. 상대적으로 동심 지향은 유년독자, 현실 지향은 소년독자와 이어져 있었는데,『학생』의 발행과 무관하게『어린이』의 지면은 더 한층 현실 지향으로 나아갔다.『학생』이 발행되던 때『어린이』에 나타난 기획상의 변화라면 '그림동요' 같은 유년 대상의 꼭지가 한둘 끼어든 것이 거의 전부였다.

우리가 눈여겨볼 것은 이 무렵 계급주의가 솟구쳤으며, 이와 거리를 둔『어린이』는 점차 주도권을 상실하게 되었다는 점이다. 1930년대에 들어와서는 방정환도 개벽사의 바쁜 업무와 건강상의 문제로『어린이』의 편집 일선에서는 한 발 물러나 있었다. 방정환이 작고하기 한두 해 전부터 사실상 이정호의 손으로『어린이』가 만들어지고 있었던 셈이다. 이정호는『어린이』창간 때부터 방정환을 도왔고, 천도교소년회 몫으로

8 정용서,「일제하『어린이』발행과 편집자의 변화」,『근대서지』제12호, 2015. 참조.

조선소년총연맹의 간부를 지내면서 오월회 계열과도 관계를 맺은 만큼, 『어린이』 편집에 있어 방정환보다 오른편으로 기울 이유는 없었다. 『어린이』는 여느 때처럼 카프 계열과 오월회 계열 작가들에게 지면을 개방했고, 윤석중, 윤복진, 이원수 등 『어린이』 출신의 신진들도 시대의 추이를 좇아 한층 현실적 경향으로 나아가고 있었다. 그러나 편집이든 창작이든 이정호의 역량은 방정환에 비할 바 아니었다. 이정호 시기의 『어린이』는 들쭉날쭉한 지면구성으로 아무 지향도 없이 정체된 느낌을 주기에 알맞았다. 반면에 『별나라』와 『신소년』은 선명한 계급주의 기치를 내세우며 소년문예운동을 견인해나갔다.

이렇듯 『어린이』가 기운을 잃어가는 시점에 방정환이 사망했다. 그런데 개벽사 편집진의 재편과 더불어 『어린이』의 편집주간이 이정호에서 신영철로 바뀌자 획기적인 변화가 이루어졌다. 신영철은 『어린이』를 혁신한다면서 의욕적인 기획을 내걸었다. 한마디로 명사문인의 글보다는 독자의 글을 우선시한다는 취지였다. 이를 계기로 소년문예운동의 계급주의 경향이 흘러들어왔다. 그러나 신영철의 기획 또한 지속되기 어려운 한계에 부딪치고 편집권은 최영주의 손으로 넘어갔다. 내부 논의를 거친 결과겠으나, 최영주는 즉각 『어린이』의 독자연령대를 낮추고 신영철의 색채를 빼냈다. 신영철 시기의 『어린이』가 좀 더 현실 지향이었다면, 최영주 시기의 『어린이』는 좀 더 동심 지향이었다. 최영주는 편집의 귀재라고 알려졌으나 아동문학에 대해서는 문외한에 가까웠다. 결국 문단의 마당발이자 뛰어난 창작 역량의 소유자인 윤석중의 손으로 넘어와서야 신영철 다음의 변화가 실질적인 내용을 갖추게 된다. 윤석중은 문단의 유명작가들을 끌어들여서 전문성을 높이는 한편으로 유년문학의 영토를 확장했다. 그러나 윤석중의 노력도 기울어져가는 개벽사의 구원책은 될 수 없었다. 1934년경 개벽사 편집자들이 하나둘 떠나면서 『어린이』는 휴간 상태에 들어간다. 다음해 이정호가 『어린이』의 속간을 시도했지만 단발에 그치고 말았다.

　방정환 이후 『어린이』의 변화 가운데 의미 있는 것은 신영철과 윤석중 시기의 변화라고 할 수 있다. 이정호 시기는 방정환과 신영철 사이의 과도기, 최영주 시기는 신영철과 윤석중 사이의 과도기라고 해도 무방할 만큼 응집력이 떨어졌다. 그에 비해 신영철과 윤석중 시기는 한결 뚜렷한 지향을 드러냈다. 두 시기는 동전의 양면처럼 상반된 모습이었으나 그렇다고 방정환의 의중에서 벗어난 것은 아니었다. 동심과 현실을 함께 고민한 방정환의 지향은 어느 시기에나 『어린이』를 관통하고 있었다. 이것이 1930년대에 들어와서도 『어린이』가 여느 아동잡지보다 주요 작품을 많이 낳을 수 있었던 이유일 것이다. 그럼에도 방정환 사후의 『어린이』는 이전과 다르게 『별나라』와 『신소년』을 쫓아가는 처지였다는 점을 부인할 수는 없다.

4. 신영철 편집주간 시기의 『어린이』

1) 편집자의 말

　신영철은 1931년 10월부터 1932년 9월까지 꼭 1년 동안 『어린이』의 편집주간으로 활동했다. 이때 발행된 12권은 비교적 일관성과 집중성을 갖추었으며 다른 시기와는 상당한 차이를 보인다. 이 시기 『어린이』는 새로운 편집방침을 곳곳에 드러냈다. 신영철이 썼거나 썼을 것이라고 추정되는 '편집자의 말', '사고(社告)', '편집후기' 등이 그것이다.

　신영철이 처음 책임지고 편집한 1931년 10월 혁신특집호는 권두에 「어린이는 변한다」라는 성명서를 내걸었다.

『어린이』는 변한다. 변하는 데도 두 가지 길이 있을 것이다. 한 가지 길은 뒤로 물러가는 잘못 변함이요, 다른 한 가지 길은 앞으로 새로워져 가는 잘 변함을 가리킴이다. 『어린이』가 변한다 하면 장차 어느 편으로 변할까. (…) 우리는 단언한다. 한 치 두 치라도 앞으로 나가면 나갔지 뒤로 물러서는 미련한 짓을 하지 아니할 것만은 현명한 만천하 독자제군에게 성명하여 둔다.[9]

매우 단호한 어조로 『어린이』가 바뀔 것임을 천명하면서 이 변화는 "앞으로" 나아가는 변화임을 강조했다. 그 이유는 무엇인가?

『어린이』는 조선소년문예운동의 첫 깃발을 날리고 맨 선두에 앞장서서 나온 만큼 조선소년문예계에 한 귀퉁이 공로라도 끼친 것만은 남이나 우리가 다 같이 인증하는 바이다.
그러나 『어린이』가 자칭 공로자라 하여 집안의 터줏대감처럼 버티고만 앉았으면 그것은 『어린이』가 이미 늙음이요 『어린이』가 스스로 무덤자리를 파고 앉은 것이다. (…)
그러므로 『어린이』는 변하려 함이다. 앞으로 한 걸음을 나서서 새로운 길을 밟아가려 함이다. 즉 오늘의 소년잡지를 만들려 함이요, 또는 앞날을 바라보고 나가는 소년잡지를 만들려 함이다.[10]

자타가 공인하듯이 『어린이』는 소년문예운동의 선두였다. 하지만 그것은 어제의 일이고, 지금은 『별나라』, 『신소년』이 저만치 앞서간다는 사실을 모를 까닭이 없다. 『어린이』가 시대의 변화에 뒤쳐져서는 안 된다는 당연한 말을 하고 있지만, 실은 답보상태에 있었음을 자인하면서

---

9 「어린이는 변한다」, 『어린이』, 1932.10, 2쪽. 이 글은 필자가 밝혀져 있지 않지만, 신영철의 글로 간주해도 무방하리라고 본다. 인용은 원문에 바탕해서 표기법과 띄어쓰기를 일부 손질했다.
10 위의 글, 3쪽.

변화의 불가피성을 토로하고 있는 셈이다. "오늘의 소년잡지" "앞날을 바라보고 나가는 소년잡지"를 만들겠다는 것은 시대의 변화에 적극 대처하겠다는 의사 표명이라고 할 수 있다.

또한 신영철은 '오늘의 조선 어린이가 처한 현실'를 강조했다. 다음 대목은 『어린이』의 기본 지향과도 통하는 것으로, 신영철의 시각을 보여주는 중요한 발언이라고 여겨진다.

『어린이』는 원래 조선의 소년소녀를 위하여 나왔고, 십년간 정성과 마음과 힘을 기울여 분투해 나오기도 또한 조선의 소년소녀를 위하여 그러함이었다. 다시 말하면 일본의 어린이를 위하여 나온 것도 아니요, 중국의 어린이를 위하여 나온 것도 아니며, 또는 영국·미국·독일·불란서나 러시아·이태리 같은 나라의 어린이를 위하야 만든 것도 아니었다. 그러기 때문에 우리는 조선 어린이의 생활에 맞는 『어린이』를 짜기에 애를 써온 것이다. (…)

서양 아이들은 큐우삐(인형노리개) 같은 것을 가지고 잘 놀지만 그와 인연이 먼 조선 어린이들은 그것을 보면 사람 죽은 해골이나 아닌가 하고 싫어하는 수가 많으며 외국 아이들은 공원에 가 공 던지고 그네 타고 모래 장난하고 하지만 조선의 어린이들은 공원에 가는 대신 공장에 가야 되고 공 던지는 대신 기계를 돌려야 되고 그네 타는 대신 지게를 저야 되고 모래 가지고 노는 대신 괭이로 흙을 파야만 되며 학교에 가는 대신 일터로 찾아나가야 되고 서재에서 공부하는 대신 길가에서 자전거를 달려야 되며 자기 집 유희실에서 장난하고 노는 대신 좁은 방안에서 울고 찢고 맞고 꾸중 듣고 해야만 되며 우유 커피 차를 먹는 대신 조밥 보리죽을 달게 먹지 않으면 안 되는 형편에 있는 것이 오늘의 조선 어린이다.[11]

---

11 위의 글, 3~4쪽.

『어린이』는 "조선의 소년소녀를 위하여 나왔"으니, "오늘의 조선 어린이"가 어떤 형편에 있는지를 직시해야 한다는 말이다. 이런 발언은 단순히 『어린이』의 민족주의로 환원되지 않는, 식민지조선에 대한 현실 인식에 해당한다. 일찍이 개벽사는 조선의 사회사정을 실증적으로 조사 보고하는 기획물을 『개벽』에 연재했던 바, 이런 실사구시의 기풍이 "조선 어린이의 생활에 맞는 『어린이』"라는 편집방향으로 나타난 것으로 볼 수 있다. 『어린이』의 현실 지향은 사회주의와 손잡을 수 있는 통로가 되는 한편으로, 외래의 이론을 전가의 보도처럼 휘두르며 관념의 도식으로 치달은 계급주의를 비껴갈 수 있는 또 다른 가능성이었다.

그런데 당시 개벽사에는 방정환만큼 아동문학에 대한 이해가 깊은 편집자가 없었다. 다음 구절은 새 편집자의 동화에 대한 인식이 계급주의 쪽과 별반 다르지 않음을 보여준다.

그러기 때문에 십년 전에는 왕자님이 말을 타고 공중으로 달렸다, 공주님이 마귀에게 속아서 가시 길에 헤매다가 다시 나왔다, 요술쟁이 할멈이 사람을 꾀어서 산에 들어가 욕을 보였다는 이야기를 하면 듣는 어린이들이 좋아라고 손뼉을 치며 날뛰었다. 그러나 오늘 어린이들은 그런 이야기를 들으면 코웃음을 치게 되었다. 그런 거짓말이 어디 있느냐고 반박을 하려 든다. 그것은 오늘의 어린이가 확실히 한층 더 깨었다는 증거다.

그리하여 이야기를 듣고도 자기 생활과 비추어보고 과학적으로 해석하려 든다. 그것이 옳은 일이다.[12]

이런 주장은 현실법칙에 대한 이해력이 높은 연령대만을 안중에 둔 데에서 비롯된 것이다. 동심주의에 대한 비판의 목소리가 커지면서 '과

---

12 위의 글, 5쪽.

학적 인식' 또는 '실생활 중시'라는 구호와 함께 낮은 연령대에 적합한 '옛이야기' 같은 것을 낡은 것으로 치부하는 '동화무용론'이 고개를 들었다. 『어린이』의 독자연령이 자꾸 높아지는 문제를 해결하기 위해 자매지 『학생』을 펴낸 방정환의 기획도 이미 물거품이 된 형편이고 보면, '과학적 인식' '실생활 중시'를 새삼 강조하고 나선 신영철 주도의 『어린이』가 높은 연령대의 소년독자 위주로 꾸며지게 될 것임을 짐작하기 어렵지 않다.

이런 『어린이』의 변화를 못마땅하게 여기는 목소리도 없지 않았으나, 신영철의 편집방침은 흔들림이 없었다. 다음의 편집후기를 보자.

> 일반적으로 『어린이』가 정도가 높아지고 내용이 어려워서 정말 나이어린 소년은 재미 붙여 읽기가 어렵다고 비평하시는 이가 계십니다. 그것만은 사실이나 대개 소년잡지의 독자를 보면 적어도 열대여섯 살 내지 스무 살 내외의 청소년들이 많고 여간 내용을 쉽게 해서는 정말 오늘 어린 사람에게 재미 붙여 읽도록 하기가 어렵고 또는 조선의 가정 부모가 자질에게 잡지 한 권이라도 사 읽히거나 읽어서 들려줄 만한 식견과 성의를 가지신 분이 적은 만큼, 자기학력 자기성력을 가지고 읽는 독자가 많은 만큼, 그런 동무를 표준 아니할 수가 없고 또는 효과로 말하더라도 그편이 훨씬 나을 듯하므로 다소 그렇게 방향을 튼 것입니다.[13]

독자 현실의 문제를 들어서 높은 연령 쪽으로 『어린이』가 방향을 튼 것에 대한 이해를 구하고 있다. 설사 "꿈같은 고운 이야기나 정말 옛이야기에서나 들을 수 있는 허무한 이야기나 꽃같이 곱고 새같이 어여쁜 노래를 바라시는 이는 『어린이』에서 얼마큼 실망하게 되는지" 모를지라도, 자신은 "지금 표준"을 고수할 수밖에 없다는 해명이다.[14]

---

13 신영철, 「편집을 마치고」, 『어린이』, 1932.3, 72쪽.
14 같은 곳.

신영철은 이른바 명사문인의 글보다는 독자제군 특히 농촌소년과 공장소년의 생활을 담은 글을 더욱 가치 있는 것으로 여겼다.

미리 미리부터 우리들은 생각한 바 있었지만 될 수 있는 대로 우리『어린이』의 지면을 독자제군에게 널리 공개하여 많은 신진소년문예가를 세상에 소개하려 하였습니다. 오는 11월호도 그 의미 하에서 특히 '애독자작품호'로 하여 첫 시험을 삼고 앞으로도 계속하여 될 수 있는 대로 케케묵은 명사문인의 글보다는 차라리 새 원기가 팔팔 날리는 신진소년들과 손을 잡고 이『어린이』를 만들어 가려 합니다.[15]

어린이는 이제야 모양이 되어간다. 이름난 명사들의 잠꼬대 같은 소리를 듣지 말고 우리 독자제군의 머리에서 쏟아져 나오는 옳은 소리로 이 책을 만들자. 그러면 제군의 참된 원고를 많이 보내라.[16]

(…) 피곤한 노동 무더운 일기에 무슨 글 읽을 겨를이 있으며 붓 잡을 틈이 있으랴마는 그래도 그 속에서 자기의 실감을 적어서 글을 만드는 것이 참글이다. 동무들의 생활실기 산기록을 적어서 보내라. 또는 다른 작품이라도 좋으니 무어든지 동무들의 손으로 쓴 동무들의 머리에서 솟는 글이어든 사양 말고 보내라. 본지에 실리어 처지 같은 동무들과 같이 읽어보기로 하자.[17]

앞에서 왕자님, 공주님, 요술쟁이 할멈의 이야기들은 오늘날 코웃음거리라는 진단을 내린 바 있는데, 여기에서는 "케케묵은 명사문인의 글"을 도마에 올렸다. 독자의 "처지"와 부합하지 않는 "이름난 명사들의 잠꼬

---

15 광고 「11월 애독자 작품 특집호」, 『어린이』, 41쪽.
16 광고 「원고보내라」, 『어린이』, 1931.12, 69쪽.
17 광고 「농촌에서 직장에서」, 『어린이』, 1932.5, 42쪽.

대 같은 소리"가 아니라, "새 원기가 팔팔 날리는 신진소년" "독자제군의 머리에서 쏟아져 나오는 옳은 소리" "동무들의 생활실기 산기록"으로 『어린이』를 꾸미겠다는 것이다.

2) 표지와 특집

과연 『어린이』의 변화는 괄목상대했다. 가장 먼저 눈에 띄는 변화는 표지그림이다. 이전에는 주로 귀여운 어린이의 이미지였으나, 씩씩한 근로소년의 이미지로 빠르게 바뀌었다. 1년간의 표지 그림을 말로 설명한다면 다음과 같다.[18]

- · 1931년 10월호: 야구하는 씩씩한 소년들
- · 1931년 11월호: 결의를 다지며 주먹 쥔 소년
- · 1931년 12월호: 골똘히 생각하는 표정의 소년(제목은 '자각')
- · 1932년 1월호: 나란히 서서 망치를 들고 손을 치켜든 공장소년들
- · 1932년 2월호: 나뭇짐 지게를 진 농촌소년
- · 1932년 3월호: 괭이를 멘 농촌소년들
- · 1932년 4월호: 깃발을 들고 선 공장소년
- · 1932년 5월호: 결의를 다지는 조합소년부원들
- · 1932년 6월호: 망치를 들고 선동하는 자세의 공장소년
- · 1932년 7월호: 공장이 보이는 강가에서 고기를 낚는 소년(제목은 '휴일')
- · 1932년 8월호: 더위와 맞서는 농촌소년
- · 1932년 9월호: 주먹을 쥐고 연설하는 공장소년

---

18 제목은 없는 경우가 더 많아서 보충이 필요한 데에서만 밝혔다.

여기에서 보듯이 뒤로 갈수록 노동소년의 모습이 부각되었다. 1931년
도 표지그림 세 개는 학생을 그린 것으로 보이지만, 1932년도 표지그림
은 아홉 개 모두 농촌과 공장의 소년들을 그린 것이다. 이중에는 『별나
라』, 『신소년』의 표지그림과 구분할 수 없을 만큼 선동성이 강한 포스터
도 포함되어 있다.

독자 중심의 편집방침은 특집기획으로 이어졌다. 표지에 씌어 있는 특
집이름과 내용상의 기획을 함께 거론한다면, 1931년 10월은 '혁신특집
호', 11월은 '독자작품특집호', 12월은 '송년특집호'─애독자특집동요,
1932년 1월은 '신춘소년문예호'─독자특집동요, 2월은 '2월특집호'─애
독자동시·동요, 3월은 '창간9주년기념호'─졸업생문제특집, 4월은 봄노
래·우리노래 특집, 5월은 독자동요특집, 6월은 '소년생활전선특집호',
7월은 재외소년소식, 8월은 '성하고투호(盛夏苦鬪號)'─성하고투기, 9월은
'100호 임시호' 등으로 정리할 수 있다. 신영철은 독자 본위로 『어린이』
를 꾸미기로 한 이상, 이런 특집이름이 따로 필요한 것은 아니라고 밝히
기까지 했다.[19]

3) 생활실기 산기록

독자의 글이 큰 비중을 차지하면서 무명에 가까운 새로운 필자들이
줄을 이었다. 이들 새로운 필자와 더불어 '생활실기 산기록'이 지면의
변화를 앞장서서 이끌었다. 농촌과 공장에서 일하는 소년소녀의 소식을
전하는 일기, 서간, 실화, 르포, 수기 종류가 이때만큼 활기를 띠고 분출
된 적은 따로 없었다. 그 성격의 일단을 확인할 수 있는 글 목록을 제시
하면 다음과 같다.[20]

---

19 「독자작품호를 내면서」, 『어린이』, 1931.11, 2쪽.
20 차례의 글 제목과 본문의 글 제목은 조금씩 다르다. 여기에서는 김경희 외 엮음, 『『어린이』 총

· 김병순, 「농촌소년의 가을일기」; 송계월, 「공장소녀의 가을일기」; 김태오, 「어린 누이동생에게」; 이동우, 「아우의 일기를 읽고」(이상 1931.10)

· 김복순, 「제사(製絲)하는 나―제사공장 소녀직공의 수기」; 김태오, 「동경 있는 형님에게」; 송계월, 「어촌 어린이의 생활」; 최정희, 「사랑하는 동생에게」; 전식, 「어린 농사꾼인 정동의 생활」(이상 1931.11)

· 김철, 「해를 보내면서 동무로부터 동무에게」; 김태오, 「경성 동무에게」; 노양근, 「농촌 소년의 학교생활기」; 최정희, 「시골 계신 어머님께―서울 와있는 소녀직공을 대신하여」; 최청곡, 「공장소년 수기―올해를 보내며」; 송계월, 「어촌 있는 동생에게―비료회사에서 노동하는 동생에게」(이상 1931.12)

· 백세철, 「소년 견습직공의 수기」; 김태오, 「북만(北滿) 있는 동무에게」; 송계월, 「서울 오려는 동생에게」; 김명겸, 「고독의 동정―12세 소년의 수기」; 전식, 「우리들의 설날―농촌머슴의 설 쇠는 이야기」; 박노춘, 「제방 공사장에서」; 최승욱, 「야학 설립한 이야기」(이상 1932.1)

· 송계월, 「공장간 딸에게」; 최영주, 「내 사랑하는 순남아」; 연성흠, 「서울 누이동생에게」(이상 1932.2)

· 노양근, 「동생아 누나야」; 조재호, 「졸업은 한다마는―배우지 못한 어린이들을 생각하면서 배운 어린이에게」; 김경재, 「보교 중도퇴학생에게」; 전식, 「상급학교에 못 가는 농촌동무들에게」; 이상관, 「보교 졸업생 수기」; 고문수, 「졸업 후의 실감―지금껏 불타던 새희망」; 김태오, 「서울 동무들에게―농촌소년을 대신하여」; 박연희, 「치수 공사장에서 농촌 노동소년의 생활수기」; 한백곤, 계수, 유천덕, 이동찬 등 4인의 「농촌소년의 일기」(이상 1932.3)

· 노양근, 「동경 계신 형님께―복동이를 대신하여」; 박학서, 「억울한 복종―수리조합 공사장에서」; 박봉극, 「섬나라 소년의 고백」; 이동찬, 「우리들의 노동―방직회사의 어린 직공생활기」; 이춘식, 「3일간 묵은 일기―철도 공

목차 1923-1949』(소명출판, 2015)의 것을 따랐다.

사장에서」(이상 1932.4)

· 노양근, 「고향 있는 아우에게—일본 있는 형으로부터」; 계윤집, 「새봄을 맞
으며 공장 동무들에게」; 심동석, 「어머니는 수고하신다—13세 보통학교 4
년생의 수기」); 진동열, 「물방앗간 노동소년 수기」; 유천덕, 「농촌소년의 봄
일기」; 조돈상, 「농촌소년의 봄일기」(이상 1932.5)

· 문열기, 「소년생활전선 농촌편—논뚝에서 보내는 소리」; 박명남, 「보교편
—이름은 공부이지만」; 김태규, 「도회편—형의 생활은 이렇다」; 백치혁,
「인쇄편—기계 도는 맡에 서서」; 백학서, 「온천 번인편—두 손이 닳도록」;
고남섭, 「유랑편 · 1—대판에 직업을 찾아서」; 박인수, 「유랑편 · 2—간도에
발을 딛고」; 이동찬, 「유랑편 · 3—만주의 직공생활」(이상 1932.6)

· 김명학, 「간도에 있는 조선소년의 형편」; 김형준, 「일본 있는 조선소년들의
형편」; 박송, 「시골 있는 동생에게—도회의 직공 형으로부터」; 고문수, 「여
자 고보 누이에게—참된 사람이 되어다오」; 조돈상, 「염천 하에 쬐는 생활
—사랑하는 남식 형에게」(이상 1932.7)

· 노양근, 「혹열과 싸우는 농촌소년」; 정영조, 「어촌으로부터—죽엄을 등에
진 우리 생활」; 김숙자, 「물끓는 제사공장에서—우리의 땀도 같이 끓는다」;
이화섭, 「화전촌의 동무를 찾고—먹음과 배움에 같이 주린 그들」; 김원식,
「고무공장에서」; 허악, 「나는 광부의 아들—불타는 아버지의 마음은」; 박
송, 「김매러 가는 동생에게」; 민소월, 「방학한 동생에게—시골형으로부터」
(이상 1932.8)

· 한민, 「우리의 레포—소년부의 보고」(1932.9)

이 '생활실기 산기록'들은 궁핍한 현실, 고된 노동, 부당한 처우, 가족
애와 동지애, 배움과 지식에 대한 갈망, 야학과 조합소년부 활동 등을 내
용으로 하고 있다. 엄격히 구분하자면 창작이 아니라 실용문에 속하는
것들인데, 일본의 경우처럼 지도이론을 가지고 '생활작문운동'을 벌인

것도 아니라서 한계가 뚜렷하다. 현장의 분위기를 얼마간 전하고는 있지만, 대부분 주관적이고 파편적인 경험의 기록에 그치는 것들이다.

신영철은 글쓰기에 익숙지 않은 독자에게 본을 보이려고 했음인지 '연출'을 감수하면서까지 기성작가를 동원했다. 송계월, 백세철(백철) 같은 개벽사 편집부원, 최청곡, 김태오, 노양근 같은 소년운동의 지도자가 그들이다. 이 '지식인' 필자들은 노동소년 또는 그네의 식구들로 얼굴을 바꿔서 '생활실기 산기록'을 지어냈다. 그리고 신영철은 '문맹소년 신계몽 편'을 매호 연재했다. 학교에 가지 못한 농촌과 공장 소년들이 삶을 기록할 수 있으려면 글을 배워야 하는 것이기 때문이다. 여러 면에서 신영철은 계급주의 아동문학이 아니라 브나로드 운동을 실천한 것에 훨씬 가깝다고 할 수 있다.

4) 계급주의 작품

농촌과 공장에서 일하는 근로소년의 목소리는 창작에서도 뚜렷한 흐름을 이루었다. 기성과 신인, 작품의 종류를 가리지 않고, 제목만으로 그런 성격이 확인되는 것들을 나열해보면 다음과 같다.[21]

- 양준화 동요 「새 보는 처녀」(1931.10)
- 김광섭 동요 「이삭을 줍네」; 정홍필 소설 「농부의 아들」(이상 1931.11)
- 주향두 동요 「야학 노래」; 이동규 소년시 「누이들은 왜?−여직공들에게」; 차칠선 동요 「볏섬 나르며」(이상, 1931.12)
- 한백곤 소년시 「농촌소년」; 박소봉 소년시 「공장소년」; 적전아 소년시 「도회소년」; 박영하 소년시 「어촌소년」; 윤재창 소년시 「앞길을 바라보고」; 정

---

21 아동극 부문은 손증상의 앞의 논문을 참고하기 바란다.

홍필 소년시 「노동자 아들은」; 박철암 동요 「가련한 거지」; 김대봉 동요 「떠나는 동무」; 김누계 동요 「나무하러 가자」(이상 1931.1)

· 윤석중 동요 「야학교 반장」; 박유중 소년소설 「고투」; 박수봉 동요 「공장 동무들에게」, 「소년직공」(이상 1932.2)

· 김중곤 소년시 「채쭉과 팽이」; 윤재창 소년시 「먼지 속 사람의 노래」; 강성범 동요 「열 번 잘해도」; 박영하 동요 「꾸중을 듣고」; 김종하 동요 「숯가마」; 이원형 소년소설 「월사금」(이상 1932.3)

· 차칠선 동요 「야학선생 삼년에」; 한백곤 「나무꾼 행진곡」; 전식 동요 「나뭇짐 지고」; 허만춘 동요 「일하러 가는 소년」; 채규명 동요 「나무꾼 아이」; 박영하·최석숭 합작동요 「공장 생활」; 이윤섭 동요 「철공장 노래」; 장수철 동요 「공장의 소년」; 김중곤 소녀시 「오빠에게」; 황순원 소년소설 「졸업일」(이상 1932.4)

· 한백곤 동요 「야학 가는 길」; 황순원 소년시 「언니여」; 박노춘 동요 「나무꾼」; 강용률 동요 「이상한 노래」; 임원호 동요 「쉴새없이 일하는 몸」; 김중곤 소년소설 「화전의 서곡」(이상 1932.5)

· 이동우 농촌소년소설 「가뭄」; 노양근 소년소설 「칡뿌리 캐는 무리들」(이상 1932.6),

· 윤석중 동요편지 「누님 전상서」; 양근이 동요 「농촌소년의 노래」; 전식 동요 「호매소리」; 한백곤 동요 「야학교 퇴학생」; 정영조 동요 「보리타작」; 백학서 소년소설 「출가자의 편지」; 정홍필 소설 「흙 한 짐-15세 소년의 수기」; 이동우 소설 「보리이삭 줍는 소녀」; 박인수 동요 「야학 가는 누나」(이상 1932.7)

· 이원수 시 「벌소제-비오는 날의 레포·1」; 정대위 소년시 「해와 싸우는 우리들」; 이동우 소설 「이빠진 낫」; 박종환 동요 「김 매러 간 날」, 「일꾼의 노래」; 차칠선 동요 「소년어부」; 정대위 동요 「농촌의 하루」; 김창문 동요 「짚신삼기」; 이종순 동요 「사공의 노래」(이상 1932.8)

· 정대위 소년시 「땅 파는 노래」(1932.9)

　이것들은 '생활실기 산기록'과 호응하는 분위기에서 나온 것들로 주된 관심이 현실 문제로 돌려졌음을 확연히 보여준다. 당시가 계급주의 전성기였음을 고려한다면, 이것들 가운데 계급주의 작품이 포함되어 있을 것임을 짐작하기 어렵지 않다. 하지만 실제 계급주의로 볼 수 있는 것은 생각보다 많지 않다. 계급주의란 어디까지나 목적의식의 산물이기 때문이다. 신영철은 카프 작가처럼 조직에 기반해서 활동한 것도 아닐 뿐더러 그의 의중은 '사회주의혁명'이나 '프롤레타리아 아동문학'이라기보다 '조선의 비참한 현실'과 '근로소년의 살아 있는 목소리'를 향하고 있었다. 말하자면 『어린이』에는 계급주의로 견인할 지도이론이 부재했기 때문에, 외부에서 영향 받은 독자의 작품이라든지 초대받은 카프 작가의 작품 가운데에서 어느 정도 계급주의 경향이 나타났을 따름이다. 『어린이』의 창작에 나타난 계급주의 경향은 어떤 모습이었는가?

　부자영감 탄자동차/뿡!뿡!뿡!/우리들의 뀌는방구/뿡!뿡!뿡!/사지가 멀정한/사람이되여/거러서 다니면/서로조흘걸/다른사람 생각이라곤/할줄모르지

　　　　　　　　(차칠선, 「눈에가시 귀에가시」 1연, 『어린이』, 1931.10)

　농사진건 지주한테/다갓다주고/구럭메고 우리누난/바구니이고/이논저논 두렁건너/해가지도록/우리들은 논벌에서/이삭을줍네

　　　　　　　　(김광섭, 「이삭을줍네」 1연, 『어린이』, 1931.11)

　어마가 심은모 압바가 거둔벼/벼이삭 낫마다 피땀이 흐른다//(후렴)에야 데야 에헤야 데야/오늘은 병작직이 큰타작날이다//우리손 우리발 달토록 지은것/어듸로 빠지나 가는곳 보아라//근넛집 한편엔 안저서 꿀꿀/재넘어 빗쟁인 누

어서 뚝딱/비짜루 던지자 볏섬은 꿈실/설안에 양식은 뭐스로 하노

(주향두, 「타작노래」 전문, 『어린이』, 1931.11)

셋 다 신인의 작품이다. 차칠선의 「눈에가시 귀에가시」는 가장 흔했던 유형으로 부자와 빈자를 선악구도로 대립시키는 가운데 부자를 비난 또는 조롱하는 내용이다. 김광섭의 「이삭을 줍네」와 주향두의 「타작노래」는 계급적 대립구도를 바탕으로 착취 관계를 드러낸 것이다. 차칠선과 김광섭의 작품이 고정된 음수율 때문에 상투적이라는 느낌을 준다면, 주향두의 작품은 2연의 후렴 부분과 4연의 시늉말이 다소 역동적이고 각운의 효과를 빚은 덕에 천편일률의 느낌에서는 벗어나 있다. 비참하고 고단한 삶을 그렸지만, 억눌림을 해방감으로 발산하는 기운이 느껴진다. 주향두는 『어린이』가 발견한 동요시인으로서 「풀대장」(1931.11), 「것득이」(1932.7), 「가방」(1932.8) 등 계급 인식에 기반하고서도 전래동요를 창조적으로 계승한 수작을 잇달아 발표했다.

굴렁텅에 재처진 헌집신한짝/이집신의 주인이 누구일까요/나무꾼이 창나서 버서버렷나/아니아니 그것은 몰으는말요/끌려갈때 벳겨진 압바의집신//이러저리 굴으는 헌구두한짝/어느누가 헐다고 벗서버렷나/호가자제 신다가 내여버렷나/아니아니 그것은 몰으는말요/압장섯든 형님의 이지신구두

(홍구, 「집신한짝 구두한짝」 전문, 『어린이』, 1931.11)

찬바람 우─우─/해지는 거리에/어린애 등에업고/전봇대 그엽헤서//하로종일 일하시고/도라오는 어머니/녀직공 어머니를/기다리고 나는섯다//압바께서 가신뒤/××으로 가신뒤/직공되신 어머니/도라오길 기다린다

(이동규, 「저녁거리」 전문, 『어린이』, 1931.11)

둘 다 카프 계열의 작품이다. 이것들은 옳은 일에 나선 아버지와 형에 대한 일제의 탄압을 암시하면서 투쟁의지를 불러일으킨다. 더 한층 정치적인 성격을 띠었다고 하겠다. 홍구와 이동규는 『신소년』의 편집자로 활동하면서 계급주의 아동문학의 선봉에 서 있었다. 아마 신영철의 초대에 응해서 『어린이』에 작품을 발표한 듯하다. 이전에도 『별나라』의 얼굴격인 송영이 방정환의 초대로 『어린이』에 작품을 발표한 바 있다. 신진작가 홍구와 이동규의 발표는 계급주의 소년문예가들에게 『별나라』, 『신소년』, 『어린이』를 오가며 발표할 수 있는 여건을 만들었다. 계급주의 소년문예가들 사이에서 『어린이』에 작품을 발표하는 것을 비판하는 목소리가 없지 않았으나, 신영철 시기에는 세 아동잡지를 오가며 활동하는 소년문예가들이 많았다. 김명겸, 박병도, 한백곤, 이고월, 김예지, 차칠선 등이 그들이다.

> 촬 촬 촬 촬……/주룩 주룩 주룩 주룩……//지붕에서 마당에서 소리치고 뛰는 비/처마에서 철석철석 울음소리 같은 비/아버지가 논귀에서 종일 비를 맞겠지./어머니가 모심으며 나를 기다리겠지.//유리창에 비 넘치는 컴컴한 저녁에/오늘도 벌소제다 나흘째나 벌소제/우리들은 날마다 꾸중 듣는 놈/월사금 못 냈다고 벌만 쓰는 놈//(…)//촬 촬 촬 촬……/주룩 주룩 주룩 주룩……/유리창에 쏟아지는 저녁 빗소리를/우리는 이를 물고 이를 물고 듣는다.
>
> (이원수, 「벌소제—비오는 날의 레포1」 부분, 『어린이』, 1932.8)

이원수는 윤석중과 함께 『어린이』를 대표하는 동요시인으로서 『신소년』에도 「찔레꽃」(1930.11), 「눈 오는 저녁」(1934.2) 등을 발표했다. 당시에는 윤석중도 곧잘 계급주의 경향의 작품을 발표하곤 했다. 그런데 경쾌한 느낌의 윤석중 동시와 달리 이원수 동시에는 울분과 슬픔이 담겨 있다. 위의 작품에서도 짙은 연민으로 다져진 굳센 각오가 느껴진다. 방정환에게서 감화를 받고 현실과 동심 파악에 모두 힘썼기 때문이라고 여겨지는데, 이원수는 일찍부터 현실적 경향으로 나아갔으면서도 계급주의 도식에 빠지지는 않았다.

『어린이』의 동화·소년소설 부문에서는 계급주의 작품을 찾기가 더욱 어렵다. 소년문예운동이 일어나면서 대체로 동요·동시는 소년문예가의 몫이 컸고 동화·소년소설은 기성작가의 몫이 컸다. 카프 작가들이 대거 참여한 『별나라』, 『신소년』은 동화·소년소설에서도 계급주의 경향이 뚜렷했으나 『어린이』는 그렇지 않았다. 이제 막 신인으로 나온 작가들은 이를테면 자연발생기의 한계를 뚜렷이 드러냈다. 농촌과 공장을 무대로 하는 소년소설에 한해서 신경향파적 경향이라 함직한 것들이 『어린이』에 수록된 계급주의 소년소설의 최대치였다.

경성 어느중학교에 다니다가 학비관게로중도퇴학을하고 집에도라와잇는 구장의아들인준호의열성으로 이마을의 글소경(文盲)을업새여 그네들로하여금 새힘을주어 새길을열고새롭게 살기위하여 강습소를 설치하엿든것이다.
경식이를 비롯하여 나어린사람이 일곱.
(⋯)
경식이는 아버지를 원망하는것은 아니엿다 온순한아버지로 하여금 그런괴롬을 가지게한 이세상이 야속햇다. (이동우, 「섯달」 부분, 『어린이』, 1931.12)

―지금 늙은 어머니는 굶어잇다 로동(勞動)이라는 물건이 뼈사히의 기름을 빼아섯다. 아직도빼앗는다. 아프로도 빼앗을것이다. 그러면 이 어머니는 누구가 보호하여야 할까? 자긔(길순)가 할 일이 아닌가?
이러케 하고도 자식된 책임을 다하엿다. 할수잇슬까? 이제부터라도 어머니를 대신하여싸워야 하겠다―
그러나 지금먹을것이업고 불땔나무가 업스니 엇저나? 오날도 굶고 래일도 모래도 주림! 주림 그러면 우리는 죽는날까지 주려야 하나?

김순이의 주먹은 바사질듯이 단단히쥐여젓고 두눈은 점점 붉게 타올랏다

"아니다 우리라고 굶어 죽으라는법이잇나"

김순이는 힘차게 부르짓자 무슨 결심이나 한듯이 벌덕 니러낫다.

(황순원, 「졸업일」 부분, 『어린이』, 1932.4)

어엽부고 마음에맛는 명순이를쓰는데는 그대신 하녀자를해고식힐수박에업섯다. 해고의이유는 간단하얏다―연영이 만타는조건―

억울하게도 해고를당한朴氏는 옷깃에 눈물을 적씨면서 힘업시공장문을나섯다.

(…)

이때에박씨는명순의손목을힘잇게쥐이며

"명순아―네나내가무슨죄가잇겟느냐? 업는자의설음에는 한가지의 '저주' 밖에업는것이다. 우리가―사라잇는동안에는……"여기까지말한박씨의눈에는'저주' 보다도 노한비치 씩씩하게나나타보이엿다.

(김장권, 「저주」 부분, 『어린이』, 1932.8)

이동우의 「섯달」은 강습소에서 의식화된 경식이가 아버지의 문제를 계급적으로 인식하는 모습을 그렸고, 황순원의 「졸업일」은 착취로 인한 식구들의 굶주림을 이제부터는 학교를 졸업한 자신이 해결해야 한다는 사회초년생의 계급적 각성과 결심을 그렸으며, 김장권의 「저주」는 이익에 눈이 벌건 고용주의 횡포를 겪고 난 뒤 이에 맞서기 위해 노동자들이 계급적 연대로 나아가는 모습을 그렸다. 세 작품 모두 계급주의 경향으로 볼 수 있지만, 계급모순을 파헤치고 투쟁의지를 불러일으키는 데에서 『별나라』, 『신소년』의 작품들에 비할 바는 아니다. 인물의 변화 과정에서 유기적 통일성이 약하고, 서술자가 군데군데 계급의식을 노출하는

정도에 그치고 있다.

5) 신설된 꼭지

신영철은 비평, 강좌, 시사 등 이전에 없던 새로운 꼭지들을 신설했다. 과거에 방정환은 아동과 관련된 것일지라도 아이들이 읽기 어려운 것은 『어린이』에 수록하지 않으려 했다. 예컨대 아동문학이나 소년운동을 논하는 글은 어른(지도자)에게 필요하다고 보아서『개벽』, 『신여성』, 일간지 같은 데에 발표했다. 그런데 1930년대에는 『별나라』와 『신소년』을 중심으로 계급적 시각을 따지는 비평이 모습을 드러냈다. 사실 계급주의 전성기에는 아동잡지의 독자연령이 상당히 높아졌기 때문에 비평을 싣는 것이 이상한 일도 아니었다. 신영철 시기의 『어린이』 또한 독자의 글을 위주로 해서 지면을 꾸미려 했기 때문에 소년문예가를 상대로 하는 작품평이 요구되었다. 처음에는 『어린이』에 발표된 작품을 평하는 것으로 시작했으나 나중에는 다른 데에 발표된 작품들도 함께 다루는 쪽으로 나아갔다. 다른 잡지의 글과 논쟁을 펼친다든지, 아동문학의 방향을 논하는 이론비평도 선보였다. 『어린이』를 통틀어서 비평은 신영철 시기에만 나타났다. 그 목록은 다음과 같다.

· 백세철, 「신춘소년문예총평─『어린이』지의 동요동시에 한함」(1932.2)
· 노양근, 「『어린이』 신년호 소년소설평」(1932.2)
· 빈강어부, 「소년문학과 현실성─아울러 조선소년문단의 과거와 장래에 대하여」(1932.5)
· 노양근, 「반년간 소년소설총평」(1932.6~7)
· 고문수, 「『어린이』지 5월호 동요총평」(1932.6)
· 김약봉, 「김동인 선생의 잡지만평을 두들김─특히 소년잡지평에 대하여」

(1932.8)

· 남철인, 「최근 소년소설평」(1932.9)

백세철은 일본의 나프(NAPF)에서 활약하고 돌아와 개벽사에 입사했으며 카프 중앙위원이었다. 그의 비평은 남다른 무게와 권위를 지녔을 것이기에 계급주의자들 사이에서 『어린이』의 위상을 높이는 데 제격이었다. 하지만 그가 개벽사에 몸담고 있는 동안 한 차례 작품평이 이뤄진 데 불과해서 깊이 있는 논의를 펼치지는 못했다. 다른 필자들의 작품평도 주마간산 격인 인상비평이었다. 하나 예외는 빈강어부(濱江漁夫)의 이론비평이다. 이 필명의 주인이 누구인지 아직 밝혀지진 않았는데, 당시로서는 비교적 논리가 정연하고 주장하는 바가 명확해서 손에 꼽힐 만한 평론이라 할 수 있다. 계급주의에 입각해 있으면서도 신영철의 편집 방침을 뒷받침하는 내용인 것이 눈길을 끈다.

그러면 그동안 소년문예운동에 어떠한 변천이 있었는가. 전기에 있어서는 관념주의, 후기에 있어서는 사실주의, 그 두 가지의 차이가 확실히 있을 것이다. 그러나 소위 뿌르관념주의의 경향이 방금 조선소년문예계에서 거의 형적을 감추고 조가(弔歌)를 부르게 되어 그 형적을 찾을 수 없이 되어가는 것도 부인할 수 없는 사실이다.

'어린애야말로 사랑과 순진한 화원이다.' '어린애는 보석이다.' 그리하여 마침내 '어린애는 천사라.' 하여 떠받친 그러한 묵은 어린애의 개념은 프로소년문학에 대하여는 한 새까만 때가 되었다. 그러나 뿌르소년문학에서는 그와 같이 어린애들을 취급하여 어린애들의 현실과 성인의 현실과를 딴 것으로 해가지고 치켜 올려 세워서 아름다운 관념을 구름 위에다가 얹어 놓았다.

그러나 어린애라고 해서 그들의 모든 생활이 현실을 떠나 가지고는 생각할 수 없는 것이니 공장과 농촌에서 아이들은 연한 뼈가 휘고 얼굴에 울혼 핏빛이

돌 새가 없이 힘을 짜내게 되며 학교에서는 너무도 실제생활과 거리가 먼 소리를 들을 뿐 아니라 툭하면 한 달에 1원 이내의 돈이 없어서 퇴학을 당하기가 일쑤요 자양분이라고는 털끝만치도 없는 호미조밥이나마 먹을 수 없는 점심시간에 어린애들이라고 푸른 하늘을 바라보고 밥알을 그리는 볼지언정 엉뚱하게 천사의 그림을 그리고 앉았을 어린애는 한 사람도 없을 것이다. (…)

그러나 여기에 또 한 가지 재미스럽지 못한 현상이 생기는 것은 소위 프로소년작품이라 하여 그 중에도 제가 더할 수 없는 프로작가로 자처하는 작가들의 작품에서 아무 실감도 체험도 없이 억지로 프로작품을 만들기 위하여 써놓은 작품을 발표해가지고 가장 우수한 작가인 듯이 모든 프로작가를 지도하는 듯이 거만을 피우고 있는 그 꼴이야말로 오늘 소년문단에 가장 보기 싫은 추태이다. 밤낮 청산 청산하면서 자기들부터 자기를 청산치 못하고 걸핏하면 '반동', '인식착오' 하고 남을 꼬집고 물어뜯는 것으로 제일 능한 줄로 아는 프로소년문사가 가끔 나오는 것은 그렇게 고마운 현상이라고 볼 수는 없다.

그러면 진정한 소년문예, 특별히 우리 소년 대중이 요구하고 있는 문예는 누구의 손으로 되어 나올 것인가. 우리는 기성문단의 점잖은 신사작가들에게는 바라지도 않거니와 바랐자 허사요 또는 야심 많은 신흥작가들에게도 역시 바라던 바보다는 실망치 아니할 수 없으니 우리는 차라리 노동소년이나 농촌소년 속에서 총명 있는 이들이 자기의 생활과 환경에서 심각하게 체험한 것을 작품에 표현시켜 가지고 그것이 노래가 되고 시가 되고 동화가 되고 소설이 되는 그곳에 비로소 진정한 소년작품이 나올 것이고 소년문단이 형성될 것이라고 믿는다.[22]

좀 길게 인용했지만, 주장의 요체가 신영철의 논리와 매우 흡사하다는 점을 알 수 있다. 먼저 소년문예운동의 변천과정을 '뿌르소년문학의 관념주의가 프로소년문학의 사실주의로 바뀌는 과정'으로 보았는데, 이는

---

22 빈강어부, 「소년문학과 현실성」, 『어린이』, 1932.5, 2~6쪽.

계급주의자들의 시각과 일치한다. 다음으로 동심주의 경향에 대해 비판하는 대목을 보면, 조선의 소년문예운동은 농촌과 공장 소년들의 현실을 직시해야 한다는 인식이 깔려 있다. 이는 신영철이 『어린이』를 바꾸어야 한다고 주장했던 근거와 통한다. 그런데 "프로작가를 자처하는 작가들"은 아무 실감도 체험도 없는 억지스런 작품을 내놓고 지도자연할 뿐만 아니라, 분파적이요 소아병적인 "추태"만을 일삼고 있다고 비판했다. 도식주의와 분파주의에 빠진 계급주의 작가들을 불신하고 있는 것이다. 그렇기 때문에 "진정한 소년문예, 특별히 우리 소년 대중이 요구하고 있는 문예"는 "기성문단의 점잖은 신사작가" "야심 많은 신흥작가"가 아니라, "노동소년이나 농촌소년 속에서" 나올 것이라고 전망했다. 이러한 주장과 인식은 신영철이 『어린이』에서 보여준 여러 기획들에 대한 이론적 근거라 해도 거의 어긋남이 없다. 빈강어부가 누구인지 확인되지 않고 있지만, 글의 논리로 볼 때는 신영철의 필명이 아닐까 하는 생각이 들 정도이다.

신영철은 독자의 비평적인 글을 받아 싣는 꼭지도 마련해서 운영했다. '소년평단 신설'이라는 광고 내용과 발표된 글 목록을 제시하면 다음과 같다.

어린 사람이라고 아무 비판의 힘이 없다는 것은 옛날 말이다. 우리는 지방소년과 직접으로 말해보고 혹은 들어오는 원고를 대하여 볼 때 누구보다도 예리한 비판의 안목이 있음을 우리는 여간 경험한 것이 아니므로 『어린이』 지상에도 이번부터 '소년평단'을 두어서 소년동무의 자유 평론을 모으기로 했다. 범위는 부형이나 학교 혹은 어른에 대한 불평불만이라든지 소년문예작품에 대한 비평 적발 등속에 한하되 인신공격이나 야비한 욕설 같은 것은 절대로 취급하지 않는다.[23]

· 김막동, 「동무들아 그대들도 돈을 내었더냐」(1932.4)

· 이상인, 「사랑하는 자질(子姪)에게 조혼을 시켰습니까」(1932.5)

· 백곤, 「배움은 돈벌이가 아니외다」(1932.5)

· 고문수, 「"어린이"는 과연 가면지일까?」(1932.5),

· 박노홍, 「김도산 군의 '첫겨울'을 보고」(1932.5)

· 김현봉, 「철면피 작가 이고월 군을 주(誅)함」(1932.6)

· 전환송, 「선생님에게 하고 싶은 말―14세 보교생의 항의문」(1932.7)

이 밖에도 신영철은 사회현실에 눈을 뜨게 해주는 강좌와 시사 해설
란을 마련했다. 강좌는 뒤늦게 시작한 관계로 이응진의 「사회란 무엇인
가?」(1932.7)가 하나 실렸을 뿐이고 박송의 경제강좌 「금값과 물건값」은
검열로 불허가 되고 말았지만, 『별나라』, 『신소년』의 강좌처럼 마르크스
주의 입문의 성격을 띠었다.

또한 지식 정보와 관련해서 이전에는 역사 · 인물 이야기와 명승 · 고
적 · 지리 이야기가 많았는데, 신영철은 시사성 있는 글들의 비중을 높이
고자 했다. 김경재의 「만주사변이란 무엇이냐」(1932.2), 차상찬의 「일중사
변의 중심지인 상해는 어떤 곳인가」(1932.3), 「요사이에 새로 생긴 만주신
국가란 무엇인가」(1932.5), 마달의 「전 조선에 고아 2만명」(1932.7) 등이
그런 것들이다.

6) 불허원고

신영철 시기의 『어린이』 역시 검열로 인해 뜻을 마음껏 펼칠 수는 없
었다. 검열로 인한 불허원고 중에는 계급주의 경향이 꽤 되었을 것이라

---

23 광고 「소년평단 신설」, 『어린이』, 1932.4, 31쪽.

고 판단된다. 『별나라』, 『신소년』이라면 수록되었을 법한 글들도 『어린이』에서는 불허되는 경우가 적지 않았다. 영향력의 차이 때문일 텐데, 『개벽』에 대한 원고검열이 카프의 기관지 격이었던 『조선지광』보다 더 심했던 사정과 비슷하다.[24] 『어린이』가 편집자의 말을 통해 밝힌 불허원고는 다음과 같다.

· 최청곡, 「산지옥」; 양재응, 「어머니의 애국심」; 최경화, 「싸우는 개들」(이상 1931.10)
· 노양근, 「조선의 소년소녀」(1931.11)
· 백세철, 「중학생으로 보고 동무에게」; 차칠선, 「졸업장」(동화); 강경애, 「간도소학생생활」(소개); 강경애, 「불」(소년시); 최정희, 「박선생」(실화); 허문일, 「못 믿겠어요」(동요); 고희, 「농장을 지킵시다」(소년시)(이상 1932.3)
· 여효생, 「노농아동세계대회이야기」; 신영철, 「다같은 놈들」(신계몽편); 주향두, 「라라노래」(동요); 허문일, 「누나야」(소년시); 천종호, 「거지회」(소년소설); 차득록, 「제철공장」(동요)(이상 1932.12)
· 소민, 「소베트에 있는 조선소년의 생활」; 이영철, 「욕심 많은 까마귀」(동화); 김승하, 「노동소년의 노래」(동요); 허수만, 「삐오닐 이야기」(소개)(이상 1932.7)
· 백학서, 「불꽃」(소년소설); 양가빈, 「『새동무』지에 대한 논평」(이상 1932.8)
· 박송, 「금값과 물건값」(경제강좌); 최응상, 「8월 소년문예평」; 이원수, 「옛날 오늘 미래」, 「낫과 낫을 높이 들고」(소년시); 문기열, 「팔려가는 황소」; 정홍필, 「흙마크」(소년시); 양가빈, 「대장쟁이 아들」(소년시); 이동우, 「흙은 부른다」(소년시); 정순철, 「문길이와 소」(동화); 최윤수, 「범과 토끼」(동

24 한기형, 「식민지 검열정책과 사회주의 관련 잡지의 정치 역학: 『개벽』과 『조선지광』의 역사적 위상 분석과 관련하여」, 『한국문학연구』 제30호, 2006. 참조.

극); 계윤집, 「모기」(수필); 백학서, 「어린 나그네」(실화); 정순철, 「동무를 위하여」(소설); 남철인, 「어린 룸펜」(소설); 노양근, 「보리밥과 밀죽」(소설); 기타 동요 10여 편(이상 1932.9)

추측컨대 최청곡의 「산지옥」, 강경애의 「불」, 주향두의 「라라노래」, 이영철의 「욕심 많은 까마귀」, 김승하의 「노동소년의 노래」, 이원수의 「낫과 낫을 높이 들고」 등은 투쟁적 계급의식과 관련해서 불허되었을 것이다. 신영철이 마지막으로 편집한 『어린이』 1932년 9월호를 보니, '100호 기념호' 원고는 전부 불허된 탓에 급히 임시호로 대신했다는 광고가 책의 앞부분에 따로 실려 있다. 갈수록 현실적 색채를 더욱 강화했다는 증거이다. 그런데 또 뒷부분에는 101호부터 "새로운 첫걸음"을 밟고자 "지면을 대갱신"한다는 광고와 함께 편집주간이 최영주로 바뀐다는 편집후기가 나온다. 이로 보아, 신영철은 자신의 편집방침을 끝까지 밀고 나갈 생각이었으나, 결국 안팎의 난관에 부딪쳐 중도 포기할 수밖에 없었던 게 아닌가 싶다.

5. 신영철의 편집방침은 계급주의인가?

신영철 시기의 『어린이』는 얼마큼 계급주의 양상을 띤 것일까? 신영철은 조선 어린이의 형편에 비추어 동심주의 경향보다는 계급주의 경향이 더 옳은 방향이라고 여기고 적극 수용하는 태도를 보였다. 개벽사 편집부원이자 카프 작가인 송계월, 백세철, 오월회 간부이자 카프 작가인 최청곡, 『신소년』 편집자이자 카프 작가인 홍구, 이동규 등의 참여가 이를 말해준다. 『어린이』를 변화시킨 신영철에 대해서는 계급주의 진영에서도 호의적인 반응이었다. 변화에 대한 안팎의 비판도 만만치 않았으나, 신영철의 태도는 확고했다.

> 요사이 『어린이』에 대하여 이러니저러니 재미스럽지 못한 말을 하시는 동무
> 가 다소 있는 모양이나 『어린이』 자신으로서는 남들이 그렇게 말한다고 이러고
> 저러고 할 애매한 태도를 가지고 나가려는 생각은 없습니다. (…) 그것이 다른
> 사람의 손을 빌게 되는 때는 모르겠으나 제 손으로 짜여지는 날까지는 그렇게
> 있는 바 성력을 기우려 볼까 합니다. (…) 앞으로도 가진 바 생각, 있는 바 성력
> 을 가지고 무엇보다도 실질 있는 잡지, 소년동무 특히 조선의 가난한 소년동무
> 에게 털끝만치라도 드리는 바 있도록 짜보겠사오니 많이 편달과 후원을 빕니
> 다.[25]

여기에 대해 독자의 지지와 응원이 뒤따랐음은 물론이다. 그러나 신영
철의 편집방침을 계급주의로 볼 수 있는지에 대해서는 더 따져봐야 한다.
『어린이』에는 『별나라』, 『신소년』처럼 계급주의를 적극적으로 부추기면
서 이끌어가는 목소리가 없었다. "가난한 소년동무"를 지향하는 편집방
침은 농촌과 공장에서 땀 흘리는 소년들에게 적극 투고를 권하고 그네들
의 목소리로 지면을 채우는 획기적인 변화로 이어졌지만, 이것이 계급주
의였는가 하는 점은 의문이다. 신영철은 노동소년들의 자발적인 목소리
가 소년문예운동의 한 획을 그을 것이라고 기대했었는데, 끝내 희망사항
일 뿐이었다. 신영철이 『어린이』를 떠나면서 남긴 소감을 살펴보자.

> 작년 10월 혁신호를 낸 뒤에 꼭 1년이 되었습니다. 그간의 편집방침은 대개
> 가 우리의 아는 것을 소개한다거나 나이어린 여러분을 지도한다느니보다도 공
> 장과 농촌에 묻혀 있는 수많은 여러 동무의 재주를 파내어 그저 썩고 마는 동무

---

25 신영철, 「편집을 마치고」, 『어린이』, 1932.4, 72쪽.

들의 재주로 하여금 본지를 인연 삼아 캐어낼 수가 있으며 우리의 독특한 문예
운동에도 도움이 될 수가 있을까 하는 희망으로 순전히 그 방면에 노력해온 것
입니다. (…)

그러나 이미 일백호를 지나고 다시 백호를 넘어선 『어린이』로서는 또 다시
한번 혁신의 길을 밟지 아니할 수 없는 기운에 이르렀습니다.[26]

맨 끝에 밝힌 '일백호 이후의 재혁신'은 어떤 "기운"의 압박에 의한 불
가피한 선택이라는 뉘앙스가 짙은 만큼, 1년 전의 혁신처럼 '앞으로의
전진'이라고 보는 것 같지는 않다. 그럼 그가 진보라고 확신한 그간의
노력은 "우리의 독특한 문예운동"에 어떤 영향을 끼쳤을까? 그의 편집
방침은 목적의식적으로 계급주의를 앞세운 『별나라』, 『신소년』 편집방
침과는 크게 다르다. 『별나라』, 『신소년』의 주요 편집진은 카프 소속인
데다 호마다 카프 작가들의 창작을 실으면서 소년문예운동을 이끌었다.
이들은 계급주의 작가의 목적의식적 창작과 독자의 자연발생적 창작을
확실하게 구분하고 있었다. 반면 『어린이』의 편집진은 독자 특집을 마련
하는 것 외에는 소년문예에 대해 노력을 기울인 흔적을 찾아보기 어렵
다. 더욱이 신영철은 '소년문예'와 '생활작문'을 혼동하면서 창작보다
실용문을 더 중시했다. 기성작가들로 하여금 노동소년의 목소리를 가장
해서 '생활실기 산기록'을 쓰게 한 것만 보더라도 그의 의중이 어디에
있었는지 가늠이 된다. 주체가 서지 않은 『어린이』의 계급주의는 사실상
'수용'이라기보다는 '유입'이라고 하는 편이 실상에 더욱 가깝다.

그럼 신영철 방식의 '생활작문' 운동은 왜 성공하지 못했는가? 이 또
한 지도이론의 부재가 가장 큰 원인일 것이다. 몸소 겪은 일과 자신의
생각, 느낌 등을 꾸밈없이 솔직하게 글로 옮기는 생활작문의 원칙과 방

---

26 신영철, 「편집을 마치고」, 『어린이』, 1932.9, 70쪽.

법을 『어린이』의 어디에서도 찾아볼 수 없다. 특히 '소년문예'와 '생활작문'의 혼동은 치명적이었다. 일기, 서간, 실화, 르포, 수기 등 '생활실기 산기록'의 본보기가 하필 기성작가의 '연출된 창작'이라면, 지면에 글이 발표되는 것을 자랑스럽게 생각하는 독자에게 허구성과 타협하는 길을 활짝 열어준 것이나 다름없다. 기성작가의 글은 작가에 대한 정보를 통해서 지어낸 것임을 알 수 있지만, 수많은 무명 필자의 글들은 실제 체험인지조차 불투명하지 않은가? 그 시절의 것임을 감안하더라도 '그렇겠구나!' 하고 마음을 움직이게 하는 글을 만나보기 어려운 이유가 이런 데 있다. 단순히 현상을 따라가는 주관적 체험의 글은 본질을 포착하고자 상상력과 구상력을 발휘한 문학작품보다 의미를 지닌다고 보기도 어렵다. 신영철이 의욕적으로 추진한 '생활실기 산기록'은 분위기를 띄우는 몫 이상일 수 없었고, 급히 따라잡으려던 『별나라』, 『신소년』과의 격차는 점점 더 벌어져 갔다. 소년문예가들도 '생활실기 산기록'을 문예로 여긴 것 같지는 않다. 하여간 최영주가 편집한 101호는 1년 전의 비약을 거꾸로 뒤집어놓은 것처럼 다시 비약적으로 바뀐 모습이다. 노동소년의 자발성에 기대어 『어린이』의 혁신과 소년문예운동의 발전을 도모한 신영철의 기획은 결국 패착이라고 할 수밖에.

신영철은 1920년대 『어린이』에 조선의 지리, 역사, 문화에 관한 이야기를 많이 썼고 문예 방면의 활동은 따로 보이지 않았다. 그가 일찍이 『어린이』와 관계하면서 보여준 것은 확실히 민족주의자의 모습이었다. 1895년생인 그는 방정환(1899년생)과 이정호(1906년생)보다도 훨씬 나이가 많다. 개벽사 편집자들이 대개 그러했듯이 그도 사회주의를 거부하지는 않았겠지만, 더 적극적으로 수용할 만한 무엇이 있었던 것도 아니다. 그의 소개로 인척관계인 이주홍이 『신소년』 편집자가 되어 계급주의에 앞장선 것은 잘 알려진 사실이다. 그러나 신영철이 사회주의 단체와 관계를 맺었다든지 각별한 교유가 있었다는 자료는 찾아볼 수 없다. 심지어 그는 1920년대 『어린이』를 주도한 방정환이나 『신소년』을 주도한 신명 균에 비해서도 사회주의 관련성이 희박하다.[27]

잘 살펴보면 신영철의 기획은 방정환 시기의 『어린이』에서 현실 지향 의 요소를 확대 강화한 면이 크다. 사회주의에 개방적인 것이 그러하고, 불우한 아이들을 위하는 마음이 그러하며, 생활현장을 귀하게 여기고 아이들의 자발성을 높이 사려는 태도가 그러하다. 방정환 이후의 편집 겸 발행인을 맡은 이정호는 신영철 시기 『어린이』의 급격한 변화에 대 한 오해를 우려했음인지 9주년에 즈음한 권두언에서 "결코 선생을 저버 림이 아니요 오직 선생의 생각과 정신을 그대로 이어서 좀 더 밝고 좀 더 바르고 좀 더 굳건하게 시대에 맞추어 나아가려는 의도에 지나지 않 는 것"[28]이라고 연속성을 강조하고 나섰다. 딴은 사실이 그러했다.

『어린이』에 대한 더 큰 오해는 동심주의·계급주의의 역사성과 전후 맥락을 무시한 채 『어린이』와 계급주의라든지 『어린이』와 『별나라』, 『신 소년』을 상극관계로 보는 일이다. 물론 세 아동잡지의 위상은 서로 다르 다. 1930년대의 『별나라』, 『신소년』은 사회주의혁명의 투사를 키우려는 목적의식을 앞세웠고, 『어린이』는 개혁적이지만 자연생장에 기댔다. 따 라서 신영철 편집주간 시기의 『어린이』는 엄밀한 의미에서 계급주의를 지향한 것은 결코 아니었다.

---

27 훗날 신영철은 만주에서 발행되는 『만선일보』의 학예부장으로 근무하면서 재만(在滿) 조선인 작품집 『싹트는 대지』(1941)를 펴내는데, '현지(現地)주의'를 내세운 이 책의 서문에서 '민족 협화(民族協和)' '왕도낙토(王道樂土)' 같은 일제의 국책을 미화하는 등 현상이나 경험에서 본 질을 꿰뚫지 못하는 인식상의 불철저함을 노정한다. 따지고 보면 『어린이』의 '생활실기 산기 록'에 대한 그의 믿음도 경험을 맥락화해서 바라보는 철학의 부재로 인해 처음부터 맹목적인 한계를 지닌 것이었다고 할 수 있다.
28 이정호, 「9주년을 맞으며」, 『어린이』, 1932.3, 3쪽.

일제강점기 동요 · 동시론의 전개
한국적 특성에 관한 고찰

1. 아동문학 장르로서의 동요 · 동시

한국 아동문학의 운문 갈래는 동요(童謠)와 동시(童詩)로 구분되어 있다. 그렇긴 해도 오늘날 아동문학의 운문을 대표하는 장르 명칭은 동시이고, 동요는 거의 음악 영역에 속하는 것으로 여겨진다. 예컨대 '최승호 말놀이 동시집'에서 골라낸 똑같은 작품이 음반과 더불어 엮이니까 '최승호 말놀이 동요집'으로 표시된다. 하지만 일제강점기 아동문학의 운문을 대표하는 장르 명칭은 동요였다. 그렇다면 언제, 어떻게, 왜, 동요를 제치고 동시가 등극하게 되었는가? 이 질문은 단순히 장르 명칭의 변화를 추적하는 것에 그치지 않는다. 그보다는 동요 · 동시를 바라보는 시각, 나아가 한국 아동문학사를 바라보는 시각과 이어진 중요한 문제에 속한다.

일제강점기 동요 · 동시(론)에 관해서는 개별 작가 · 작품 연구를 제외하고서도 이재철, 유경환, 신현득, 이상현, 최지훈, 석용원, 이재복, 박영기 등의 문학사적 고찰에서부터 심명숙, 김수경, 박지영, 한영란, 김제곤 등의 각론에 이르기까지 상당한 연구 성과가 쌓여 왔다.¹ 음악 분야에서는 최숙희, 한용희, 천영주, 박은경, 류덕희·고성휘, 강혜인, 신설영, 이성동, 강환직 등의 연구 성과가 주목된다.[2] 이 글은 이들 선행 연구가 이뤄낸 일제강점기 동요의 함의와 위상에 관한 일부 내용을 받아안으면서, 한편으로는 동요·동시에 관한 몇 가지 고정된 통념에 대해 의문을 제기해보려 한다. 일제강점기 동요·동시를 둘러싼 주요 쟁점을 부각시키고 향후 올바른 자기매김의 단초를 마련해보려는 것이다.

아동문학 장르로서의 동요는 두 가지 면에서 제한적이다. 이는 아동문학에 대한 정의와 범주에서 비롯된다. 근대에 들어와 개념이 확립된 아동문학은 일차적으로 '어린이를 위해 전문작가 곧 어른이 창작한 문예물'을 가리킨다. 여기에 따른다면 악보로 표현된 동요는 음악 영역에 속하는 것으로 아동문학의 범주에서는 제외될 것이다. 다음에 글로 표현된 동요도 어린이가 쓴 것은 따로 구분해서 아동문학의 범주 바깥에 놓아야 하는데, 이 문제는 그리 간단치 않다. 주지하다시피 일제강점기의 동요는 어린이가 쓴 것들이 상당한데다 그 중엔 명편들이 적지 않다. 결

1 문학사적 고찰은 이재철, 『한국현대아동문학사』, 일지사, 1978; 유경환, 『한국현대동시론』, 배영사, 1979; 신현득, 「한국 동요문학의 연구」, 단국대학원 석사학위논문, 1982; 이상현, 『아동문학강의』, 일지사, 1987; 최지훈, 『한국현대아동문학론』, 아동문예, 1991; 석용원, 『아동문학원론』(증보판), 1992. 학연사; 이재복, 『우리 동요 동시 이야기』, 우리교육, 2004; 박영기, 『한국근대아동문학교육사』, 한국문화사, 2009. 주목할 만한 각론은 심명숙, 「한국 근대 아동문학론 연구」, 인하대 석사학위논문, 2002; 김수경, 「근대초기 창작동요의 미학적 특징」, 『동화와 번역』, 제11집, 2006; 박지영, 「1930년대 '동시' 작단의 장르적 모색과 그 의미」, 『반교어문연구』 제22집, 2007; 한영란, 「1920~30년대 동요의 존재양상과 전승」, 『동남어문논집』 제23집, 2007; 김제곤, 「1920년대 창작동요의 정착과정 연구」, 『아동청소년문학연구』 제3호, 2008; 박영기, 「일제강점기 동시 및 동요 장르명의 통시적 고찰」, 『아동청소년문학연구』 제4호, 2009; 김제곤, 「해방 후 아동문학 '운문 장르' 명칭에 대한 사적 고찰」, 『아동청소년문학연구』 제5호, 2009.
2 최숙희, 「우리나라 유치원 노래 및 율동에 미친 일본의 영향」, 이대교육대학원 석사학위논문, 1987; 한용희, 『한국동요음악사』, 세광음악출판사, 1988; 천영주, 「일제강점하 음악교과서 연구」, 한국교원대대학원 석사학위논문, 1996; 박은경, 「일제시대의 음악교과서 연구」, 『한국음악사학보』 제22집, 1999; 류덕희·고성휘, 『한국동요발달사』, 한성음악출판사, 2006; 강혜인, 「일제강점기 동요의 운동적 의미와 장르적 특성 고찰」, 『한국음악사학보』 제39집, 2007; 신설영, 「식민지근대의 동요와 매스미디어」, 『음악과 민족』 제37호, 2009; 이성동, 「1910~1945년 동요 변천 경향 연구」, 한국교원대대학원 석사학위논문, 2009; 강환직, 「조선총독부 민족음악 통제에 관한 연구」, 『국악과 교육』 제29집, 2010.

론부터 말한다면 이 문제는 한국 아동문학사의 특수성으로 설명되며, 이와 관련하여 특히 소년운동의 몫이 강조되어야 한다.

한국에서는 '전문작가군·발표매체·어린이독자'의 삼위일체가 비교적 안정적으로 마련된 1920년대 초반에 이르러서야 아동문학이 본무대에 오를 수 있었다.[3] 필자는 그 삼위일체를 각각 대표하는 것으로 '색동회·『어린이』·소년회'를 꼽았는바, 이중 어린이독자 기반의 결핍을 소년회가 대신 감당한 경우는 한국에만 해당하는 매우 중요한 특징이다. 어린이독자는 근대적 가정과 교육제도를 통해 만들어진다. 즉 1920년대의 취약한 근대적 기반에 비추어볼 때 전국 각지에서 성황을 이룬 소년운동이 아니었다면 본격적인 아동문학의 전개는 기대할 수 없는 사정이었다. 소년운동은 민족사회운동과 긴밀한 관계를 맺고 전개되었다. 이렇게 해서 일제강점기의 '아동문학·소년운동·민족사회운동'은 한몸으로 움직였으니, 여기서 소년운동을 빠뜨린다면 '일제강점기 아동문학은 민족사회운동의 일환'이라는 말도 비약이 되고 만다.

한편, 아동문학 장르로서의 동시는 매우 자명한 듯싶지만, 아동자유시(어린이 시)와의 구별을 전제로 하면 이 또한 간단치 않다. 동요와 대비되는 동시를 의식적으로 주장한 것은 신고송이 처음이었고, 이어서 일련의 동요·동시 논쟁이 벌어진다. 그런데 뒤에 자세히 살펴보겠지만 신고송의 주장은 다름 아닌 아동자유시를 도입하려는 문제의식과 맞닿아 있다. 신고송의 주장 이후로 동요·동시의 구분은 불필요하다든지 소년시가 더 필요하다든지 하는 여러 주장들이 뒤엉킨 탓에 이렇다 할 결론을 보지 못하고 논쟁은 수그러든다. 요컨대 동시 개념에 대해서는 일정한 합의점에 도달하지 못한 채 해방 후까지 어중간한 상태를 노정한다. 때문에 동시의 정착 시기에 대해서는 관점에 따라 편차가 매우 클 수밖

---

3 자세한 것은 졸고, 「한국 아동문학의 형성 과정」(『한국 아동문학의 쟁점』, 창비, 2010)을 참고하기 바람.

에 없다.

어쨌거나 동요·동시 논쟁은 소년운동의 방향전환과 긴밀히 맞물려 있다. 동요는 매체환경의 변화와 더불어 1930년대에 더욱 전성기를 맞이한다. 이 시기에 동요는 방송을 타고 나라를 잃어버린 국민애창곡으로 널리 확산되고 있었다. 이럴 때의 동요는 음악과 따로 분리해서 생각할 수 없다. 중요한 것은 이른바 '동요황금기'가 1920년대뿐 아니라 일제강점기 전시기를 관통했다는 점이다. 동요의 이런 독특한 위상 역시 다른 나라에서는 찾아보기 힘든 한국적 특성이라 할 만하다. 이와 같은 문제의식을 바탕으로 일제강점기 동요·동시론의 전개 양상을 살펴보기로 한다.

2. 창가에서 동요로

동아시아 한자권에서 참요(讖謠)의 뜻을 품고 있던 동요가 아동문학 장르로 부각된 것은 일본에서 그 의미를 근대적으로 창안해서 사용한 이후부터라고 해야 할 것이다. 일본에서는 어린이잡지 『빨간새(赤い鳥)』(1918) 동인이 새롭게 '동요'와 '동화' 운동을 벌였는바, 이 명칭들은 방정환과 색동회가 주도한 『어린이』(1923)를 통해 식민지조선에 확고히 정착하게 된다.

하타나가 게이치(畑中圭一)에 의하면, 일본에서 동요에 대한 개념은 크게 '와라베우다(わらべうた)로서의 동요', '창작가요로서의 동요', '아동시로서의 동요'로 나뉜다.[4] 각각 '전래동요', '창작동요', '어린이 시'를 가리킨다고 보면 된다. 아동문학 장르로서의 동요는 이중 두 번째 의미인

---

4 畑中圭一, 『童謠論の系譜』, 東京書籍, 1990, 10~17쪽 참조.

바, 『빨간새』 동인은 이를 창가와 대립하고 동화와 대칭하는 것으로 범주화했다. 말할 것도 없이 이 범주는 전래동요나 어린이 시와는 뚜렷이 차별되었다.

그런데 한국에서는 사정이 달랐다. 창가와 대립하고 동화와 대칭하는 범주로서의 창작동요는 개념상 전래동요와는 쉽게 차별되었으나 어린이 시와는 그렇지 못했다. '창작동요'와 '어린이 시'가 하나의 범주에 속해 있었다. 어째서 그러한가? 일제강점기의 아동문학이 소년운동과 동궤로 움직였기 때문이다.

일차자료를 살펴보았더니, 일본의 『빨간새』는 창간 당시부터 기성작가의 작품은 대개 '창작동요' 또는 '동요'라는 명칭으로, 그리고 신인작가의 작품은 '추천동요' 또는 '입선동요'라는 명칭으로 수록했다. 투고 안내에서도 '동요모집'은 어른을 향해 있었고, 어린이를 향해서는 '작문모집' 또는 '글쓰기(綴方)모집'이라 하여 따로 구분했다. 이렇게 해서 뽑힌 어린이작문은 처음엔 '자작(自作)동요'라는 명칭을 써서 구분하다가 1921년경부터 '아동자유시' 또는 '자유시'라는 명칭을 써서 구분지어 수록했다. 운문은 기타하라 하쿠슈(北原白秋), 산문은 스즈키 미에키치(鈴木三中吉)가 고선했는데, 기타하라 하쿠슈는 처음부터 시인이 지은 작품과 어린이가 쓴 작문을 명확히 구분했다.

하지만 한국의 『어린이』는 달랐다. '현상글뽑기' 안내에 "감상문, 원족기, 편지글, 일기문, 동요 이상 무엇이던지, 새로 짓거나, 학교에서 작문시간에 지은 것 중에서 보내시면"[5] 된다고 하여, 어린이에게도 창작동요를 지어서 보낼 것을 부탁하고 있다. 지면에 전래동요와 창작동요를 모두 '동요'란 명칭으로 소개했지만 이 둘은 혼동될 까닭이 없었다. 창작동요를 때로 '신동요'라고 소개하기도 했다. 마침내 『어린이』 1924년

---

5 『어린이』 창간호, 1923.3, 12쪽.

2월호에 유지영(버들쇠)이 뽑은 입상 창작동요 4편이 실리는데, 기성작가의 작품에 붙인 것과 똑같은 명칭인 '동요'라고 소개되었다. 이후로 어린이 독자가 투고해서 입선한 동요는 작곡되는 영예를 누리기도 했고, 재주가 특출한 어린이 투고자는 지면에서 기성문인과 동일한 대우를 받으며 이 땅의 동요·동시인으로 성장해갔다. 윤석중, 천정철, 이정구, 서덕출, 최순애, 이원수, 신고송, 윤복진, 송완순 등이 모두 그런 '소년문예가'로서 첫발을 뗐다.

　일군의 유명한 작가·시인들이 주도한『빨간새』는 기존의 계몽 창가나 통속 소년독물(少年讀物)과 대척적인 자리에서 '동심예술'의 기치를 내걸고 새로운 동요와 동화 운동을 전개하여 일본아동문학사의 한 획을 긋는다. 한국 아동문학은 이로부터 적잖은 영향을 받았지만 운동의 목적과 방법 면에서 큰 차이를 보인다. 방정환 중심의 색동회가 주도한『어린이』는 창간 취지부터 남달랐다.

　　짓밟히고 학대받고 쓸쓸스럽게 자라는 어린 혼을 구원하자! 이렇게 외치면서 우리들이 약한 힘으로 일으킨 것이 소년운동이요, 각지에 선전하고 충동하여 소년회를 일으키고 또 소년문제연구회를 조직하고 한편으로『어린이』잡지를 시작한 것이 그 운동을 위하는 몇 가지의 일입니다. 물론 힘이 너무도 약합니다. 그러나 약한 대로라도 시작하자! 한 것입니다. (…)

　　그러므로 이 일을 위하여는 하고 싶은 일이 한두 가지뿐이 아닙니다. 우선 지방으로 다니면서 촌촌마다 소년회를 골고루 조직하게 하고 또 온 조선의 모든 소년회가 한결같이 소년회다운 소년회가 되게 하고 한편으로 소년문제를 들어 각 부형과 사회에 강연을 할 것이고 또 한편으로 소년문제연구회를 더 크게 더 많이 조직하여 소년운동을 잘 진전시키게 하고 한편으로는 동요와 동화를 널리 펴기에 힘을 써야 할 것이고 또 그리하고 싶습니다.[6]

여기에서 보듯이 『어린이』의 출발은 소년운동의 한 방편이었고, 새로운 동요·동화 운동은 소년운동과 한몸으로 전개되었다. '색동회·『어린이』·소년회'의 삼위일체가 한국 아동문학의 신기원을 이루는 바탕이었음은 『어린이』보다 2년 먼저 나온 『새동무』(1921)가 나오자마자 고전을 면치 못하고 휴간과 폐간으로 이어졌다는 윤석중의 회고를 통해서도 증명된다. 당시 어린이 잡지는 "값이라야 그 때 돈으로 5전에서 10전밖에 안 했지마는, 학교에서는 한글로 된 책 보는 것을 꺼려했고, 집에서는 다달이 그만한 돈을 마련하기가 힘들었으며, 글 써주는 분도 많지 않아서 (물론 원고료도 없었다) 갓 나서 죽은 아기들처럼 명이 짧았다"[7]는 것이다. 그러나 『어린이』는 천도교 사회운동과 더불어 새로운 개척지를 열어나갔다. 1922년 천도교소년회에서 처음 만든 '어린이날'은 1923년 조선소년운동협회의 주관으로 사회적 반향을 불러왔고, 1924년에 이르러서는 전국적인 양상으로 확대된다. 한편, 1923년 7월 23일부터 28일까지 어린이사(개벽사)와 색동회가 공동으로 주관해서 개최한 '전조선 소년지도자 대회'의 내용은 다음과 같다.

제1일 소년 운동의 지위, 김기전
      소년 문제에 관하여, 방정환
제2일 아동교육과 소년회, 조재호
제3일 동요에 관하여, 진장섭
      동요에 관한 실제론(1), 윤극영
      동요에 관한 실제론(2), 정순철
      동화극에 관하여, 조준기

---

6 방정환, 「"어린이" 동무들께」, 『어린이』, 1924.12. 인용은 원문의 느낌을 살리되, 독자의 편의를 위해 오늘날의 맞춤법과 띄어쓰기 규정으로 바꾸었다.
7 윤석중, 『노래 나그네(1)』, 전집 제20권, 웅진, 1988, 99쪽.

제4일 토론회 토의

제5~6일 간담회[8]

전국 각지의 소년회 모임에서는 동요 부르기, 동화 들려주기, 동극 공연 등이 주요 내용을 차지했다. 그런데 당시 색동회의 구성원 중에 온전한 전문 작가·시인은 없었다. 이는 전문 작가·시인이 주도한『빨간새』와 다르게『어린이』의 경우는 작가·시인도 만들어가야 하는 형편에 있었음을 말해준다. 허구적 산문인 동화는 어린이가 짓기에는 한계가 따른다. 하지만 자기감정을 직접 표현하는 동요는 그렇지 아니했고, 더욱이『어린이』독자와 소년회 회원은 대부분 십대 중후반이었다. 동화가 어린이에게 들려주는 이야기라면 동요는 어린이가 부르는 노래라는 것, 곧 어린이는 동화의 수용자였으나 동요에서는 가창자였다는 점도 어린이를 동요 창작의 주체로 여기게끔 하는 요인이 되었다.

이런 사정 때문에 초기의 동요론은 대개 '동요작법'과 직결되는 내용이었고, '동요작법'의 독자대상도 어른보다는 더 한층 어린이를 향하고 있었다.[9] 앞서 밝혔듯이『빨간새』는 1921년에 이미 어린이작문에 대해 '아동자유시' '자유시'라는 개념을 확립한 상태였다. 그런데『빨간새』의 동요관을 받아들여 이 땅에서 동요 운동을 전개한『어린이』,『신소년』,『별나라』,『아희생활』등은 어디에서도 그런 개념이 나타나지 않았고, 다만 '동요' 안에 어린이작문까지 폭넓게 수렴하고 있었다.

1920년대의 동요론은 동요의 개념, 의의, 특징, 작법 등을 밝힌 것들인데 그 핵심은 아동성, 예술성, 음악성을 강조하는 것으로 모아진다. 유

---

8 『동아일보』, 1923.6.10.

9 예컨대 유지영의 「동요 짓는 법」에서는 "이 글 뜻을 잘 알 수 없는 데는 어른들께 글의 뜻만 물어보십시오." 이학인의 「동요연구」에서는 '동요를 지으려는 아동을 위하여' 란 항목에서 "어른들은 제 아무리 시를 잘 쓴다하더라도 시의 일종인 동요는 여간해서는 쓰기 어렵습니다. 그러나 제군에게는 동요가 머리 속에 가득 찼기 때문에 느끼는 그대로 쓰면 동요가 될 것이외다." 하고 서술한 구절이 보인다.

지영의 「동요를 지으시려는 분께」(『어린이』, 1924.2), 「동요 짓는 법」(『어린이』, 1924. 4), 정순철의 「동요를 권고합니다」(『신여성』, 1924.6), 밴댈리스트의 「동요에 대하여」(『동아일보』, 1925.1.21), 정리경의 「어린이와 동요」(『매일신보』, 1926.9.5), 고장환의 「동요 의의」(『조선일보』, 1928.3.13), 이학인(우이동인)의 「동요 연구」(『중외일보』, 1928.11.13~21), 김태오의 「동요잡고단상」(『동아일보』, 1929.7.1~4) 등이 모두 『빨간새』의 동요관에 기초해서 아동성, 예술성, 음악성을 제각각 강조하고 있다. 1930년대에 나온 환송의 「동요를 지으려면」(『매일신보』, 1932.5.21~31), 김태오의 「동요 짓는 법」(『설강동요집』, 1933.5), 윤복진의 「동요 짓는 법」(『동화』, 1936.7~1937.3) 등도 마찬가지였다.

이들 글에서 동요는 '어린이의 노래'라고 정의되며, 어린이는 맑고 깨끗하고 곱고 어여쁜 존재로 묘사된다.[10] 아동성이 '순수한 동심'으로 예찬되고 있는 것이다. 이런 순수한 동심을 해치는 것으로 학교에서 배우는 창가가 지목된다. 즉 창가는 어른의 교묘한 이지(理智)로써 동심을 더럽히고 있으며, 반면에 자연의 리듬을 타고 흐르는 어린이의 순연한 감정은 그대로 시가 된다는 것, 따라서 창가가 이지적·비시적(非詩的)인 노래인데 반해 동요는 예술적·시적인 노래라는 것이다. 여기에서 '동심=자연=예술'의 등식관계가 성립하는데, 이것은 다름 아닌 『빨간새』 동인의 기본인식이다.[11]

『빨간새』의 주요 동력은 기타하라 하쿠슈로 대표되는 '구제(救濟)로서의 동심'[12]이었다. 즉 세속적 어른은 순수한 어린이의 마음으로 돌아갈 때 비로소 구제받을 수 있다는 것이다. 이런 관점에서 『빨간새』 동인은 전체문단을 향해 동심예술을 제창하는 한편으로, 어린이들에게는 그들

---

10 지면관계상 구체적인 인용을 생략한다. 자세한 것은 김수경, 한영란, 김제곤의 앞의 글들을 참고하기 바람.
11 『빨간새』의 아동관과 동요관은 가와하라 카즈에, 양미화 옮김, 『어린이관의 근대』(소명출판, 2007)를 참고하기 바람.
12 요꼬스까 카오루, 박숙경 옮김, 「동심주의와 아동문학」, 『창비어린이』, 2004년 여름호. 참조.

의 순수성을 보전할 수 있는 자유교육·예술교육운동을 벌여나갔다. 아동자유시는 바로 여기에서 비롯되었다. 말할 것도 없이 이런 운동은 도시중산층을 기반으로 하고 있으며, 일본 대정기의 정치사회적 환경과 밀접히 관련되는 것이다.

하지만 식민지조선은 이와 똑같을 수 없었다. 물론 아동문학이 확립되는 과정에서는 '역사적 동심주의'[13] 시대를 거쳐야 했기에 아동관에서 서로 겹치는 바도 많았지만, '동심'이 놓이는 자리부터 달랐다. 『빨간새』가 도시중산층의 작가·학부모·교사를 향하고 있었다면, 『어린이』, 『신소년』, 『별나라』 등은 소년회·야학·한글강습소 등으로 결집된 십대 소년을 직접 향하고 있었다. 소년회는 학교에서 허용하지 않는 비제도권 사회교육운동기관의 성격을 띠었으며, 소년운동은 소년문예운동과 더불어 활기를 띠었다. 따라서 식민지조선의 어린이들은 일본어창가에 대항하는 조선어동요가 피압박민족의 표상이라는 점을 누구보다 잘 알고 있었다.

많은 연구자들이 밝혔듯이 일제강점기 초등교육은 총독부의 강력한 통제 아래 놓여 있었다.[14] 초등창가집은 일본창가로 채워졌으며 동요는 그 나약함과 병적 퇴폐성을 이유로 불온한 노래라고 배제되었다. 윤석중은 교동보통학교 시절에 '하루가 기다'(春ガ來夕; '봄이 왔네'의 일본말)라는 일본노래에 반발하여 처음 동요를 지었다는 회고를 남긴 적 있거니와,[15] 1930년대 조선 최고의 동요시인으로 유명해진 그의 노래를 교동보통학교 동문후배인 어효선(1938년 졸업)마저도 학교에서는 전혀 들어본 적이 없었다고 한다.[16]

---

13 이에 관해서는 졸고, 「한일 아동문학의 기원과 성격 비교」(『아동문학과 비평정신』, 창비, 2001)를 참고하기 바람.
14 자세한 것은 한용희, 천영주, 류덕희·고성휘, 강환직의 앞의 글들을 참고하기 바람.
15 윤석중, 앞의 책, 17쪽.
16 졸저, 『어효선』(한국근현대예술사 구술채록 시리즈), 한국예술종합학교 한국예술연구소, 2004, 34쪽.

소년운동의 지도자들이 소년문예운동을 일으킨 것은 이렇듯 동요가 지닌 모종의 정치적 효과와 무관하지 않다. 소년문예운동은 작문교육이 아니라 말 그대로 문예창작운동이었다. 일본에서는 시인의 자기 구원 내지는 표현으로서의 '동요', 그리고 자유교육운동의 일환이었던 '아동 자유시'가 제각각 영역을 지키고 있었는데 비해서, 식민지조선의 동요 는 그 자체가 민족의식을 일깨우는 강력한 기제가 될 수 있었기에, 동심 을 매개로 어른과 어린이가 한 방향으로 나아갔다. '동심'이 일본에서는 자유교육·예술교육운동으로 이어졌다면, 식민지조선에서는 민족문학 운동으로 이어졌던 것이다. 소년문예운동은 아동문학에 적용된 일종의 문예대중화노선이라고 할 수 있다.

　　1920년대 동요론의 핵심은 '창가에서 동요로'를 모토로 했다고 할 수 있다. 이 모토는 일본에서 먼저 제기되었고 그 내용은 명백히 '동심주 의'로 채워져 있지만, 식민지조선에서는 그것조차 강력한 정치적 함의 를 지니는 것이었다. 일본과 비교할 때, 식민지조선의 동요론은 창작 주 체에 어린이를 분명하게 포함시키고 있다는 사실에서만 큰 차이를 보일 뿐이고, 나머지는 『빨간새』 동인의 동요론과 거의 비슷한 내용이다. 나 머지 내용이 비슷한 까닭은 일본의 동요론을 소개한다든지 베껴 쓰는 수준이었기 때문이다. 하지만 동요의 위상과 관련해서는 일본과 비교할 수 없는 폭발력을 식민지조선의 동요는 지니고 있었다. 두 나라 모두 '동요황금기'를 겪었을지라도 일본과 식민지조선의 그것은 전연 다른 효과를 빚었다. 비슷한 '동심'의 노래가 역사적 맥락을 달리하면 순응주 의가 될 수도 있고 저항적 운동가요가 될 수도 있는 것이다.

3. 동요와 동시 혹은 관념에서 현실로

1920년대 후반기로 들어서면서 윤극영, 정순철, 홍난파, 박태준 등 동요작곡가들의 활동이 활발해지고 음반 발매가 개시되자 동요에 대한 관심은 더욱 높아졌다. 중앙일간지를 비롯한 각종 지면에서도 동요의 비중은 매우 컸다. 소년운동에 불을 붙이고 또한 소년문예운동과 더불어 거세게 퍼져나간 동요 창작은, 그러나 양에 비해서 질은 낮은 수준이었다. 1926년에는 한정동의 「소금쟁이」를 둘러싼 표절 논쟁이, 그리고 1927년에는 소년문예운동 시비에 관한 논쟁이 벌어진다. "근자에 발표병에 걸린 미숙문학청년은 거의 소년잡지로 몰려드는 현상이 있다."[17]는 말에서 드러나듯, 동요 창작이 세상에 이름을 알리려는 명예욕과 결부되니까 작가, 매체, 작품 등을 둘러싸고 시비가 일어나지 않을 수 없었다.

1920년대의 동요 창작이 동심주의적 발상에 기초해 있다는 사실을 역사적인 의미로 파악한다고 할 때, 생활현실보다 자연의 소재가 압도적으로 많은 것은 계몽적 창가와 대립하면서 만들어진 '동심=자연=예술'의 등식으로 설명할 수 있다. 한편 '설움'의 감정에 북받친 지나친 감상주의적 경향을 두고는 암울했던 민족의 상황과 등가로 해석하는 견해가 설득력을 지니지만, 동요 창작의 주체와 대상이 십대 중후반 연령대에 걸쳐 있는 데에서도 원인을 찾을 수 있다. 즉 1920년대의 동요 창작에 드리운 막연한 슬픔의 감상주의를 '성장의 고비에서 겪는 감정과잉의 사춘기적 특성'으로 볼 수도 있는 것이다. 이는 도시중산층 자녀를 기반으로 하는 아동문학이 10세 이하의 유년문학으로 열리면서 천진한 유희적 생동감을 드러내는 것과는 사뭇 다르다. 식민지조선에서는 조금이라도 근대성을 확보하기에 유리한 '서울내기' 윤석중과 '기독교도' 윤복

---

17 홍은성, 「소년문예정리운동—동화 동요 기타 독물」, 『중외일보』, 1929.4.15.

진 정도가 비교적 유희적 생동감과 낙천성을 많이 함유한 동요 창작을 보여주었다. 그러나 농촌적 질서가 지배적인데다 '일하는 아이들'을 기반으로 하는 일제강점기의 아동문학은 좀체 유년문학으로 나아가기가 쉽지 않았다.

천편일률의 상투성을 드러내며 관념의 세계로 치닫는 동요 창작에 대해서는 비판의 목소리가 아니 나올 수 없었다. 프롤레타리아문학운동이 고조됨에 따라 소년문예운동의 방향전환론과 더불어 새로운 동요론을 모색하는 글들이 나타났다. 새로운 동요론의 골자는 '아동성, 예술성, 음악성'을 현실적 · 계급적 관점에서 다시 파악해야 한다는 것이다. 그 뚜렷한 조짐은 송완순(구봉학인)의 「공상적 이론의 극복」(『중외일보』, 1928.1.29 ~2.1), 신고송의 「동심에서부터─기성동요의 착오점」(『조선일보』, 1929.10.20 ~30), 정홍교의 「동심설의 해부」(『조선강단』, 1930.1), 신고송의 「새해의 동요운동─동심순화와 작가유도」(『조선일보』, 1930.1.1~3), 김성용의 「동심의 조직화─동요운동의 출발도정」(『중외일보』, 1930.2.24~26), 신고송의 「동심의 계급성─조직화와 제휴함」(『중외일보』, 1930.3.7~9), 송완순의 「프롤레타리아 동요론」(『조선일보』, 1930.7.5~22) 등에서 확인할 수 있다.

특히 신고송은 동심에 관한 문제뿐 아니라 동요의 형식과 율격에 관한 문제를 제기해서 동요 · 동시 논쟁을 촉발한다. 이 당시의 논쟁은 프롤레타리아동요를 지향하는 작품에 대한 평가, 운동의 방향전환에 따른 소년문예운동의 조직 방안, 신흥동요의 형식과 대상연령 문제 등이 서로 맞물려 복잡한 양상을 띠었다. 이중에서 동시의 가능성을 처음 언급한 신고송의 「동심에서부터─기성동요의 착오점」의 주요 내용을 간추리면 다음과 같다.

· 재래의 동요 지도는 잘못 되었다. 육칠 세 유동(幼童)이라도 능히 동요를 창작할 수 있는데 그 능력을 박탈했다.

· 어른은 동요를 창작하지 말라고 하고 싶다. 그릇된 동심을 그리기 때문이다.

· 정형률의 폐해가 심하다. 어린이는 기교에 능하지 못하기 때문에 정형률에 맞추어 동요를 창작할 수 없다.

· 어린이작가를 유도하기 위하여 정형률의 난삽을 일소하고 동시의 길로 들어가야 한다.

신고송의 글은 기성 동요작가들과 소년문예운동 지도자를 대상으로 하는 내용이다. 여기서 주목되는 것은 정형률에서 벗어난 '동시'의 제안인데, 그는 정형률의 강요로 말미암아 "조선에는 어린이─10세 미만─의 창작동요를 볼 수 없"[18]게 되었다고 통탄한다. 동시를 제안하는 목표가 '유년 어린이가 짓는 동요의 길'을 열어주려는 데 놓여 있는 것이다. 이는 기타하라 하쿠슈가 제안한 '아동자유시'(어린이 시) 개념의 한국판이라 할 수 있다. 신고송은 어린이에 대해서도 '작가'라는 표현을 쓰고 있는 점이 눈길을 끈다.

어린이의 투고 작문을 아동자유시라 하여 어른이 지은 동요와 구분해 온 기타하라 하쿠슈는 일찍이 "아동시 분야의 자립을 완성"[19]했다. 하지만 그럴 수 없었던 식민지조선에서는 '동요와 아동자유시'를 분리해서 생각할 수 없었던 것처럼, '동시와 아동자유시'를 분리해서 생각할 수 없었다. 신고송은 곧이어 「새해의 동요운동─동심순화와 작가유도」를 발표하여, 동시를 제창하는 이유와 어린이작가 유도의 방법에 관한 논의를 진전시킨다. 여기서 '어린이작가'란 말은 '유년작가'로 바뀐다. 주장의 요체는 다음과 같다.

· 7, 8세 유년의 동요가 외국에는 있는데 우리에게만 없는 원인은 동요의 정

---

18 신고송, 「동심에서부터─기성동요의 착오점」, 『조선일보』, 1929.10.20~30.
19 요꼬스까 카오루, 앞의 글, 196쪽.

형률을 강요하기 때문이다.

· 유년작가 유도의 방도로 동시를 제창한다.

· 따라서 동요와 동시의 구별이 필요하다.

· 동요는 1)동심의 노래 2)동어(童語)로 부를 것 3)정형률 4)시적 독창성, 동시는 1)동심의 노래 2)동어로 부를 것 3)자유율 4)독창성을 특징으로 한다.

신고송에 따르면 동요와 동시를 가르는 핵심은 정형률이냐 자유율이냐에 달려 있다.[20] 그는 자유율의 동시를 정형률의 동요 옆에 나란히 놓아야만 7, 8세 유년의 동요가 나올 수 있다고 보았다. 물론 어린이에게 "예시"하기 위해 "동시를 제작하는 이의 출현이 있어야 할 것"[21]이라면서 기성 동요작가의 동시 창작도 함께 기대했다. 그러나 결론 부분에서는 "아동의 지도자에 처한 이들(부모, 교사, 기타)은 제 운동에 충분히 이해를 가지고 아동의 심저(心底)에 잠재하는 시적 □□의 □□를 발견 유도하여 순진한 시인을 내어놓지 않아서는 안 될 것"[22]이라면서, 다시금 '순진한 어린이시인의 출현'에 동요·동시 구분의 목적이 있음을 분명히 했다. 이 글은 오늘날과 같은 '어린이 시 지도'를 염두에 둔 것이라기보다는, 동심으로부터 멀어진 동요 창작의 문제점을 해결하기 위해 기성 동요작가와 소년문예운동의 지도자들에게 나름의 방향전환론을 제출한 것에 가깝다.

30년을 맞아 우리는 새로운 기축을 잡고 제2기적 작품을 내어 놓아야 한다. 우리는 가장 시급한 문제로 다음의 몇 가지를 제기한다. 첫째, 과거의 동요는

---

20 신고송의 동요·동시에 관한 정의는 기타하라 하쿠슈의 이론을 빌린 것이지만, 일본에서는 '동시' 명칭을 거의 쓰지 않고 대신에 성인의 '동요'와 아동의 '자유시'로 구분되었는데, 신고송에게서는 '동시'란 명칭으로 두 개념이 착종되는 양상을 보인다.
21 신고송, 「새해의 동요운동―동심순화와 작가유도」, 『조선일보』, 1930.1.1~3.
22 신고송, 같은 글.

초기의 자연생성 속에 제멋대로 자라난 병적 소산이므로 청산해버리자는 것이며 둘째, 순수한 동심의 노래를 부르자는 동심의 순수화 운동과 셋째, 유년작가를 유도하자는 것들이다.[23]

그럼에도 신고송의 제안은 '10세 이하의 유년문학을 앙양시키자'는 구호처럼 표현되었기 때문에 동요·동시 논의에서 혼란을 초래한다. 구전동요와 달리 창작동요의 시대로 오면 어린이가 눈으로 읽고 쓰는 문제는 전적으로 근대교육제도의 발달에 의존할 수밖에 없다. 도시중산층 기반의 근대적 가정도 보편화되어야 한다. 일본과 다른 식민지조선의 형편에서 10세 이하의 유년문학이 흥기할 수 없음은 조금만 생각해도 알 수 있는 상식일 텐데, 신고송은 이를 간과했다. 형식이나 율격의 문제와는 다른 차원에서 낮은 연령 대상의 '동시' 말살론이 제기될 소지를 애초부터 한계로 안고 있었던 것이다. 신고송의 제안과 함께 불붙은 동요·동시 논쟁 관련 글들은 다음과 같다.

> 신고송, 「새해의 동요운동―동심순화와 작가유도」, 『조선일보』, 1930.1.1~3.
> 이병기, 「동요 동시의 분리는 착오」, 『조선일보』, 1930.1.23~24.
> 윤복진, 「3신문의 정월동요단만평」, 『조선일보』, 1930.2.2~12.
> 신고송, 「동요와 동시―이군에게 답함」, 『조선일보』, 1930.2.7.
> 송완순, 「비판자를 비판―자기변해와 신군동요관평」, 『조선일보』, 1930.2.19
>   ~3.19.
> 양우정, 「동요와 동시의 구별」, 『조선일보』, 1930.4.4~6.
> 송완순, 「동시말살론」, 『중외일보』, 1930.4.26~5.3.
> 송완순, 「프롤레타리아 동요론」, 『조선일보』, 1930.7.5~22.

---

23 신고송, 같은 글.

이병기(李炳基)는 "동요가 동시이므로 별다른 이름으로 '동시'라 할 필요 없이 표현방법인 율(律)을 작가의 여하로 하되 특히 자유율로서 제창하고 싶다"[24]고 했다. 그리고 그 이유를 "초보작가 특히 '아동작가'에겐 정형률의 표현이 어려운 까닭"[25]이라면서, 동시 명칭은 거부할지라도 자유율의 필요성은 인정했다. 이에 대해 신고송은 이병기가 말한 '동요도 시'라는 말에서의 '시'는 '포에지'를 가리키는 것이지 '개념'에 해당하는 것이 아니므로 개념상 동요·동시의 구분이 필요하다고 다시 역설했다.[26] 윤복진도 이병기처럼 동요와 동시는 "동심동체"라는 입장에서 별도의 동시 명칭을 거부했다. 그가 동시를 부인하는 또 하나의 이유는 율격의 '파격'이 오히려 유년에게 어렵다는 이유에서였다. 그러나 '자유'와 '파격'은 뉘앙스가 다르다. 윤복진은 "신고송이 파격문제를 제창하였다"[27]고 했는데, 이는 자유율의 진의를 곡해한 것이 아닐 수 없다.

이병기나 윤복진과는 달리, 프롤레타리아문학을 적극 수용하는 입장에서 창작과 이론을 병행하던 송완순은 동요·동시를 구분하자는 신고송의 주장에 이론투쟁으로 정면 대응하고 나섰다. 송완순과 신고송은 모두 소년 시절부터 『어린이』, 『신소년』 등에 동요를 발표하다가 1920년대 후반 사회주의 세례를 받고 소년문예운동의 지도적 이론가로 성장한 경우이다. 사회주의는 이론투쟁을 중요시했기 때문에 내부 노선다툼이 한층 격렬했다. 송완순의 「비판자를 비판—자기변해와 신군동요관평」이란 글에서 관련 사항을 요약하면 다음과 같다.

· 동요에 어떠한 정형적 고정률이 있는 것은 아니다. 문자문구를 배치하는 형식률은 작가의 자유다.

---

24 이병기, 「동요 동시의 분리는 착오」, 『조선일보』, 1920.1.23~24.
25 이병기, 같은 글.
26 신고송, 「동요와 동시—이군에게 답함」, 『조선일보』, 1930.2.7.
27 윤복진, 「3신문의 정월동요단만평」, 『조선일보』, 1930.2.2~12.

· 유년작가를 유도함에도 동요와 동시의 구별이 문제가 아니다. 중요한 것은 고정적 정형률에서 탈출하는 것이다.

· 우리는 동요와 동시를 동일시하는 한편, '소년시'를 주장한다.

· 우리는 소년과 유년을 통틀어 아동이라 하여 동시(동요)와 소년시를 혼동했는데 이는 부당하다.

송완순 득의의 영역은 '소년시'를 들고 나온 점이다. 그는 "14, 5세까지를 유년기로 보고 이때의 어린이를 광의로 총칭하여 '아동'이라 하여 이들에 있어서의 노래를 동요(동시)라 하고 싶으며, 15세 이상 20세 내외까지를 소년기라 하여 이들을 '성년한 혹은 과년한 아동'으로 보고 이들의 노래는 '소년시'라고 하고 싶다"[28]고 밝혔다. 동요와 동시는 하나니까 구별할 필요가 없지만, 그와는 별도로 소년시가 필요하다는 주장이다. 이런 문제의식은 식민지조선의 아동현실을 주목한 결과라는 점에서 설득력이 있다. 다만, 동요·동시의 구분을 형식론으로 치부하면서 연령 문제에만 매달린 것은 한계가 아닐 수 없다.

일찍이 그는 소년운동과 관련해서 홍은성(홍효민)이 '유년과 소년을 구별해야 함, 5세부터 10세까지의 유년에게는 글로 된 문학을 주기보다 입으로 동요와 동화를 많이 들려주어야 함, 또한 일본에서처럼 그림책(繪本)을 만들어주어야 함, 소년잡지뿐 아니라 유년잡지도 만들어야 함'[29] 등을 주장한 것을 두고, "현하 우리 조선의 경제적 정세에 몰이해한 공상론자"[30]라고 몰아붙인 적이 있다. 그런데 이번에는 신고송이 또 '아동의 지도자에 처한 이들은 동시 운동을 제대로 이해하고 7, 8세 가량의 유년작가를 인도해야 한다'고 주장하고 나오니까, 그를 향해서도 "망

---

28 송완순, 「비판자를 비판—자기변해와 신군동요관평」, 『조선일보』, 1930.2.19~3.19. 원문에는 '소장시(少長詩)'라고 되어 있는데 '소년시(少年詩)'의 오식으로 판단된다.

29 홍은성, 「소년운동의 이론과 실제」, 『중외일보』, 1928.1.15~19.

30 송완순, 「공상적 이론의 극복」, 『중외일보』, 1928.1.29~2.1.

발"이자 "공론"이라고 몰아붙이고 나선 것이다.[31] 송완순은 자기주장의 근거로 '조선 것을 좋아하지 않는 학교에서 창가는 더러 가르칠지언정 동요는 불허할 것이고, 학생의 8, 9할 이상이 중산계급 이하의 아동이요 그중에서도 빈곤층 아동이 압도적인 상황에서 그들의 생활에 부합되는 것을 가르치는 것 또한 제도가 가로막을 것'[32]이라면서 식민지조선의 현실을 구체적으로 거론했다. 이렇게 본다면 송완순은 유년문학과 소년문학의 구분 자체를 반대한다기보다는 소년문학의 필요성을 강조하는 입장에서, 일본과 조선의 차이를 간과하고 유년문학으로 기우는 이론에 대해 쐐기를 박아두려 한 것이라 할 수 있다.

그러나 카프 작가 양우정은, 요(謠)는 '부르는 노래'이고 시(詩)는 '읊는 노래'라면서 동요와 동시를 구별하자는 신고송의 손을 들어주는 한편, "동요 동시의 합동을 주장한 송 씨를 말살"해야 한다고 공격했다.[33] 그렇지만 양우정의 글에서는 유년작가를 유도하자는 신고송의 문제의식이 나타나지 않는다. 존재 형식상으로 동요·동시는 훤히 구분되는 것이라는 논리가 등장한 것이다. 그에 의하면 곡조가 따르는 정형률은 동요이고, 자유율과 함께 곡조가 따르지 않는 정형률은 동시가 된다. 다시 말해서 동요는 "요적(謠的), 창적(唱的) 요소"를 가지며, 동시는 "시적(詩的) 요소"를 가져야 한다는 것인데,[34] 이렇게 되면 동요·동시를 가르는 기준

---

31 송완순, 「비판자를 비판─자기변해와 신군동요관평」.
32 송완순, 같은 글.
33 양우정, 「동요와 동시의 구별」, 『조선일보』, 1930.4.4~6. 양우정(양창준)은 1928년 카프 중앙위원이었다. 「동요와 동시의 구별」을 쓸 당시 그는 『음악과 시』(1930.9)를 준비하고 있었고 신고송도 거기 음악에 관한 글을 쓰며 참여했다. 『음악과 시』는 뒤에 카프 기관지 『군기』(1930.11)로 바뀌었으니, 송완순보다는 신고송이 프롤레타리아문학운동의 중앙에 위치해 있었다는 사실을 짐작할 수 있다. 그런데 양우정은 카프 제1차방향전환시에 '『군기』 사건'으로 카프 중앙위원에서 제명된다. 1931년 국내공작위원회 사건 및 반제동맹사건으로 피검되어 4년간 복역했고 1936년 경남문학청년동맹사건으로 다시 1년간 복역했다. 양우정에 대해서는 서범석, 『우정 양우정의 시문학』(보고사, 1999)과 권영민, 『한국 계급문학 운동사』(문예출판사, 1998)를 참고하기 바람.
34 양우정, 같은 글.

은 곡조 유무로 바뀐다.

이에 대해 송완순은 다시 「동시말살론」을 펴면서 양우정을 반박했다. 그는 읊는 것(吟)은 "의식적"이고, 부르는 것(唱)은 "무의식적"이라는 논리를 바탕으로, 아동에게는 부르는 동요면 충분하기 때문에 동요·동시를 애써 구분할 필요가 없으며, 대신에 의식이 확실해져가는 과정의 제2기 아동에게는 '소년시'가 필요하다고 거듭 밝히고 나섰다.[35] 그는 「프롤레타리아동요론」에서도 계속해서 '유년'(8세부터 14세)과 '소년'(14세부터 18세)이 어떻게 구별되는지를 논하고 그에 상응하는 '동요'와 '소년시'의 양립을 주장했다.[36]

이처럼 1930년대 벽두에 터져나온 동요·동시 논쟁은 주로 카프 계열 작가들에 의해 주도되었으며 소년운동 및 소년문예운동의 방향전환과 긴밀히 연계되어 있었다. 처음에는 기타하라 하쿠슈의 동요·동시·아동자유시 개념을 착종된 형태로 차용하면서 시작했지만, 결국은 식민지조선의 아동현실에 바짝 다가서야 한다는 논의로 확대 발전한 것이다. 따라서 1930년대 동요·동시론의 핵심은 '동요에서 동시로'가 아니라 '동요와 동시(소년시)'일 것이며, 지향으로 보자면 '관념에서 현실로' 정도가 적절해 보인다.

어쨌든 장르 문제만큼은 일정한 합의를 이루지 못한 채 논쟁은 흐지부지되었다. 일제의 카프에 대한 탄압과 구속으로 논쟁을 주도한 이들이 불안정한 상태에 있었다는 사실도 고려해야 할 점이다. 그렇지만 동요·동시 논쟁 이후로는 '동시'와 '소년시'라는 명칭이 자연스레 지면에 흘러든다. 류운경의 「동요 동시 제작 전망」(『매일신보』, 1930.11.2~29), 박세영의 「고식화한 영역을 넘어서—동요 동시 창작가에게」(『별나라』, 1932.3), 「동요 동시는 어떻게 쓸까」(『별나라』, 1933.12~1934.2), 전식의 「동요동시론

---

35 송완순, 「동시말살론」, 『중외일보』, 1930.4.26~5.3.
36 송완순, 「프롤레타리아 동요론」, 『조선일보』, 1930.7.5~22.

소고」(『조선일보』, 1934.1.25~27) 등은 제목에 '동시'가 드러나거나 논의를 좀 더 진전시킨 사례이고, 이주홍의 「아동문학운동 일년간」(『조선일보』, 1931.2.13~21)은 '동요, 동화, 소년소설, 소년시, 아동극'으로 나누어 작품들을 살핀 사례이다. 계급주의 아동문학운동을 주도한 1930년대의 『별나라』와 『신소년』은 작품을 수록할 때 동요와 함께 동시, 소년시라는 명칭을 쓰기도 했다. 윤석중의 두 번째 작품집 『잃어버린 댕기』(1933)는 동시집이란 이름을 달고 나온 첫 사례에 해당한다.

그럼 1920년대의 동요가 그랬듯이 1930년대의 동시도 장르로 정착했는가? 명칭의 연원을 밝히거나 선구적인 작품을 찾아서 '소급적용'하는 것이 아니라면, 일제강점기에 동시(혹은 소년시)가 동요와 나란히 장르로 정착되었다고 보는 것은 문제가 없지 않다. 1938년 조선일보출판부에서 '신선문학전집 제4권'으로 펴낸 『아동문학집』은 해방 전에 나온 대표적인 아동문학선집이라 할 수 있는데, 총 92편의 작품을 '동요, 동화, 동극, 소년소설'로 분류해서 수록했다. '동시'는 논자마다 개념이 달랐으며 명칭도 소년시와 경쟁 상태에 있었다. 반면에 1920년대에 이미 기본 장르로 정착한 동요는 명칭의 쓰임에서도 일제강점기 내내 압도적인 우위를 차지했다. 따라서 동요전성시대는 1930년대의 한복판까지 이어진다. 더욱이 1933년부터는 조선동요가 라디오로 방송되었으며, 녹성동요연구회, 따알리아회, 달나라회, 코스모스회, 홍인동요회 등 동요보급운동을 전개한 조직체들도 번성했다.[37] 뿐 아니라 검열의 강도가 약했던 유치원 교재에는 조선동요가 다수 포함되었다.[38] 물론 1930년대 중반 이후 소년운동이 쇠퇴하는 것에 비례하여 동요 창작 열기는 줄어들 수밖에 없었다. 그리고 문단은 전문작가들만의 전유 공간으로 제도화되어 갔다. 동요 창작에서 이른바 '시적 요소'가 강화되는 여건이 주어진 것이다. 그

[37] 류덕희·고성휘, 앞의 책, 252쪽.
[38] 자세한 것은 최숙희, 「우리나라 유치원 노래 및 율동에 미친 일본의 영향」을 참고하기 바람.

럼에도 동요 우위는 변하지 않았으니, 이는 해방 직후의 수많은 출판물에서 동요 명칭이 다수를 차지하는 것으로도 증명된다.[39] 처음으로 동시집이란 이름을 내걸었던 윤석중조차 다시 동요집 이름으로 돌아갈 정도였다.

4. '동요황금기' 재론: 동요에서 동시로?

이제 '동요황금기'를 이룬 안팎의 사정과 거기에서 드러나는 한국적 특성에 대해서는 어느 정도 해명이 되었을 줄 안다. 하지만 여전히 미진한 구석이 남아 있다. 동시라는 명칭은 언제 나타났고 어떤 개념으로 쓰이다가 마침내 오늘날과 같은 장르로 자리를 잡았느냐 하는 것이다. 이 문제를 살피기에 앞서 이 글의 서두에서 제기한 통념의 문제점을 먼저 살피기로 하자.

많은 연구자들이 되풀이 참조하고 인용하는 이재철의 『한국현대아동문학사』(1978)에는 '동요황금기'가 모호하게 표현되어 있다. "1925년을 전후하여 고조된 동요황금시대"[40]라고 되어 있기 때문이다. 이 구절은 두 가지로 해석된다. 첫째는 1925년을 전후로 한 시기, 즉 '1920년대 중반기'가 동요황금기였다는 것. 둘째는 1925년 전후에 고조되기 시작해서 이후로 일정기간 동요황금기였다는 것. 만일 첫째 의미라면 실상과 부합하지 않는다. 분야가 좀 다르긴 해도 한용희의 『한국동요음악사』도 1920년대를 '개척시대', 1930년대를 '황금시대'라고 규정하고 있다. 만일 둘째 의미라면 그 기간이 확실하게 명시되어 있지 않다. 그런데 『한국현대아동문학사』는 1930년대를 '동요가 동시에게 자리를 물려주는

---

39 자세한 것은 김제곤, 「해방 후 아동문학 '운문 장르' 명칭에 대한 사적 고찰」을 참고하기 바람.
40 이재철, 앞의 책, 80쪽.

시기'로 보는 듯하다. 해방 이전에는 동시가 확고하게 정착되지 않았다고 피력하고 있지만, 적어도 1930년대 이후로 동요는 동시에게 자리를 물려줘야 하는 것처럼 서술된 점은 부인할 수 없다. 이 과정에서 선구자로 언급된 시인은 윤석중, 박영종(목월), 김영일 등이며, 가장 뚜렷한 전환점으로는 '김영일의 자유시론'을 꼽았다. "우리 동시사에서 소위 자유동시가 하나의 장르로서 확립된 것은 1937년경에 등장한 김영일의 자유시론 이후"[41]라는 구절이 보인다. 역시 많은 연구자들이 되풀이 참조하고 인용하는 이 구절도 모호하기는 마찬가지다. 즉 '1937년에 김영일이 자유시론을 발표했다'는 것인지, 아니면 '1937년에 등장한 김영일'이 훗날 자유시론을 발표했다는 것인지가 불분명하다.

연구자들은 김영일이 1937년에 자유시론을 발표한 것으로 착각하고 인용한다. 『한국현대아동문학사』에서 많은 부분을 거의 그대로 옮긴 석용원의 『아동문학원론』은 대표적인 사례라고 할 수 있다. "1925년을 전후한 동요의 황금기에서 형식과 내용에 걸쳐 동시가 나타나기까지는 근 10년의 세월이 필요했던 것"[42]이라는 구절을 보면 '동요황금기'는 1920년대 중반으로 받아들였음이 분명하고, "여기서 하나 밝혀 두어야 할 것은 김영일, 박영종이 1937년에 주창한 자유시론",[43] "한국 아동문학사상 자유형의 동시가 나온 것은 김영일의 공로이며 전대의 전통적인 유행을 뒤엎을 만한 획기적인 것",[44] "1937년, 정형률에서 탈피 의도를 주내용으로 하는 자유시론 제창이 대두"[45] 등의 구절을 보면 '1937년·김영일·자유시론'을 획기적으로 받아들이고 있음이 분명하다. 석용원뿐 아니라 많은 후학들이 이를 되풀이하면서 통념을 재생산하고 있다. 그러나 누구

---

41 이재철, 같은 책, 242쪽.
42 석용원, 앞의 책, 224쪽.
43 석용원, 같은 책, 95쪽.
44 석용원, 같은 책, 97쪽.
45 석용원, 같은 책, 225쪽.

도 확실하게 출처를 밝히지 않는다. 필자가 조사해본바, 김영일은 1937년에 자유시론을 발표한 적이 없다. 이재철이 밝혀놓은 김영일의 자유시론은 『아희생활』 1943년 7, 8월 합호와 10월호에 발표한 「사시소론(私詩小論)」을 가리킨다. 1943년이면 전시체제기로서 친일문학이 양상되던 때가 아닌가? 「사시소론」에서 짤막한 메모 형태로 언급한 '자유시'도 오늘날의 동시 개념과는 거리가 멀다. 이 글이 설사 획기적 내용이라 치더라도 해방 전의 문학사에서 1937년과 1943년은 큰 차이가 아닐는지?

한국 아동문학 연구의 초석이라 할 수 있는 『한국현대아동문학사』는 월북작가에 대한 금기시대의 산물인 데다 일차자료의 제한성도 고려해야 하기에 그 독보적 선구성을 부인할 수는 없다. 하지만 그것이 미치는 파장의 크기 때문에라도 '사실이 어떠했는가'의 실증 문제와 '어떻게 바라보고 해석할 것인가'의 시각 문제는 끊임없이 토구(討究)되어야 마땅하다. 앞서 지적한 모호한 표현을 두고 문장 차원의 실수 혹은 부정확함이라고 여겨야 할까? 혹시 '순수문학'의 입장에서 1930년대를 '동시 장르의 확립기'로 삼으려 했기 때문에 나타난 편향의 소산은 아닐까? 『한국현대아동문학사』는 1930년대에 다소 미흡했던 동시 장르의 확립이 1950년대 "순수본격동시의 출현"을 거쳐 1960년대 "본격동시운동"이 전개된 시점에 이르러 확고해진 것으로 서술했는데, 이는 '동요에서 동시로'의 전환을 진화론적·발전론적으로 바라보는 문학사 서술체계임을 보여준다. 이런 까닭에 '1930년대 동시 장르의 확립'을 둘러싼 문제는 논란거리가 아닐 수 없다. 이 문제를 풀자면, 동시 명칭의 등장, 동시 개념의 정립, 동시 장르의 정착 등을 함께 살펴야 하는데, 여기에서 몇 가지만 간략히 짚고 남은 문제는 과제로 넘기겠다.

'동시'라는 말의 창시자는 기타하라 하쿠슈이다. 그는 1923년 1월에 동시의 필요성을 언급한 바 있다. "노래하기 위한 이런 동요 이외에, 조용히 읽게 하고 또는 감상시키기 위한 시—동시—도 아동에게 주어야 할 것이다. 아동 자신도 지금은 주로 자유율의 시를 짓고 있다."[46] 이렇게 만들어진 '동시'는 『금성』창간호(1923.11)에 실린 백기만의 「청개구리」, 손진태의 「별똥」「달」, 그리고 타고르 시의 번역에 붙여짐으로써 이 땅에 처음 등장한다.[47] 그리고 몇 년 후『어린이』에도 손진태의 「옵바, 인제는 돌아오셔요」(1926.1)가 동시란 이름으로 실린다. 『어린이』는 기계적 음수율에서 벗어난 정지용의 「산에서 온 새」(1926.11)를 동요라고 이름붙인 반면, 정확히 7·5조로 된 한정동의 「가을꿈」(1926.12)을 동시라고 이름붙이기도 했다. 이처럼 1920년대 문헌에서 간헐적으로 나타난 동시 명칭은 일본에서 건너올 때 개념이 함께 소개되지 않은데다 아동문학으로서의 동질성과 연속성이 없기 때문에 다소간 우연적 계기의 조어(造語)로 봐도 무방할 것이다.

　'동시'가 개념과 함께 등장한 것은 앞서 살폈듯이 신고송의 소론이 처음이다. 이 또한 기타하라 하쿠슈의 영향이다. 기타하라 하쿠슈는 1926년에 "동요는 동심 동어의 가요다. 동시는 동심 동어의 시다. 동요는 노래하기 위한 것이며, 동시는 오히려 조용히 읽고 느끼게 하는 것이다"[48] 라면서 동요와 동시의 구별을 명확하게 정의했다. 신고송은 기타하라 하쿠슈로부터 명칭과 개념을 함께 가져온 경우인데, 역시 앞서 살폈듯이 일본에서는 뚜렷이 구분되었던 '동요' '동시' '아동자유시' 개념을 착종된 형태로 받아들여서 논란을 증폭시켰다. '아동자유시' 개념이 분리되지 않은 상태에서 '동요'와 '동시'를 구분하자는 제안이 나오고 '소년시'와도 경쟁을 벌였던 1930년대 초의 동요·동시론은 한국적 특수성에 대한 이해에 기초해서만 제대로 해명할 수 있다. 논쟁 이후로는 류운경, 박세영, 전식의 글에서 보듯[49] 주로 '동요·동시'가 짝을 이루었고 '소

46 기타하라 하쿠슈, 「동요사견」, 『시와 음악』, 1923.1, 사나다 히로코, 앞의 글, 880쪽에서 재인용.
47 사나다 히로코, 같은 글, 885쪽.
48 기타하라 하쿠슈, 「동시」, 출처불명. 사나다 히로코, 같은 글, 880쪽에서 재인용.

년시'는 탈락해간다. 소년시의 탈락은 1930년대 중반 이후 소년운동이 급속히 가라앉은 사정과 무관하지 않다. 어쨌든 동요와 짝을 이루는 '자유율, 읊는 것, 눈으로 읽는 시'로서의 동시 개념은 전반의 합의와는 관계없이 신고송(1930)→양우정(1930)→박세영(1933)→전식(1934)으로 이어지면서 오늘날과 같은 의미를 지니게 된다. 이것들은 1937년보다 훨씬 앞서는 시기일뿐더러, 1943년 김영일이 「사시소론」에서 주장했다는 이른바 '자유시론'보다는 한층 분명한 문제의식의 소산이었다. 「사시소론」에서 주요 내용을 발췌해보면 다음과 같다.

· 나는 더 잘 표현하기 위해 더 짧게 쓴다. 그 방법으로 나는 '단시'라는 형식과 예술을 가졌다.
· 나의 자유시는 '말을 버리는'(除辭) 형태를 취한다.
· 내지(內地; 일본)에 신동요운동이 일어난 것은 대정 7년(1918)경 기타하라 하쿠슈의 『빨간새』에서 시작되었다. 나는 그때 자유시를 몸을 바쳐 주장했다.
· ('아동의 자유시가 제창된 이후 일본의 아동이 시를 알게 되었다'는 요지의 기타하라 하쿠슈 발언과 함께 『아동자유시집성』에 실린 단시형의 소학생 자유시를 일본어 그대로 몇 편 인용함.)
· 이런 '소학생들의 자유시'를 지도해온 기타하라 하쿠슈의 노력과 열성에 머리를 숙인다.

『빨간새』 출발 당시에 몸을 바쳐 자유시를 주장했다는 김영일의 말은 그가 1914년생인 만큼 시기를 과장한 것이겠고, 그 주장이 글로 남긴 것이라는 증거도 없다. 서두에서 잠깐 자신의 '단시'에 대한 생각을 메모

---

49 류운경, 「동요 동시 제작 전망」, 『매일신보』, 1930.11.2~29; 박세영, 「동요 동시는 어떻게 쓸까」, 『별나라』, 1933.12~1934.2; 전식, 「동요동시론 소고」, 『조선일보』, 1934.1.25~27.

했지만, 「사시소론」은 거의 기타하라 하쿠슈가 정립한 '아동자유시'를 소개하고 예찬하는 성격의 글이다. 이는 1930년대 초반의 동시 논의와 비교해서도 '자유시론'이라고 거창하게 이름붙일 만한 것이 못된다. 또한 오늘날과 같은 의미의 '동시론'이라 하기도 힘들다. 단지 그가 한동안 힘을 기울인 '단형 동시'의 창작배경을 짐작하게 해주는 자료로 보일 따름이다. 그 배경이란 다름 아닌 일본의 '하이쿠'(단시)와 '아동자유시'였다.

한편, 『아희생활』 1940년 2월호는 이전에 박용철이 일반 성인시를 소개하던 '신시독본'란에 이어 '동시독본'이란 이름으로 박영종의 짤막한 메모를 싣고 있다. 여기서 박영종은 "동시 한 편쯤 됨직스러운 소위 시상(詩想)은 가졌으나 그러나 능히 생각할 만한 겨를이 없어서 그대로 적어 보내는 것은 나중에 잘 만지작거려 동시가 되어 나오게 되면 어연중 동요작법이라는 것을 깨달을 분도 있게 되리라는 그런 생각도 있는 까닭"이라면서 시상 메모 세 개를 소개했는데 한 시상의 메모 끝에는 "이만 해도 동요 한 편"이라고 쓴 구절이 또 보인다.[50] '동요'와 '동시'를 아무렇지도 않게 바꿔서 쓰고 있는데, 이는 두 어휘가 개념적으로 구별·정립되어 있지 않은 탓일 것이다.

이렇듯 지금까지 확인 가능한 자료상으로는 소년운동과 계급주의 아동문학운동의 흐름에서 나온 동요·동시론이 개념상으로 가장 선구적임을 알 수 있다. 그럼 동시 장르의 정착은 언제로 보아야 할까? 이 문제는 별도의 고찰을 요하는 것인데, 동시 명칭이 오늘날의 개념과 함께 전문단적으로 자리를 잡은 시기, 이를테면 동요에 대칭하는 것으로 병립 기재된다든지, 나아가 동요를 누르고 대표성을 띠게 된다든지 하는 전환점은 빨라도 1960년대를 기다려야 했다고 판단된다. 해방 후 아동문학

---

[50] 박영종, 「동시독본」, 『아희생활』, 1940.2, 42~43쪽.

단체로서는 처음 결성(1954)된 한국 아동문학회(회장 한정동, 부회장 이원수 김영일)가 펴낸 『현대한국 아동문학선집』(1955)에서도 '동요편, 동화편, 소설편, 동극편'으로 장르를 구분해서 작품을 싣고 있다.

장르 정착 시기 문제와는 별개로, 즉 발표된 작품에 붙은 명칭과 관계없이 '자유율, 읊는 것, 눈으로 읽는 시'라는 오늘날의 개념에 근접한 동시 창작을 연속적으로 선보인 가장 중요한 선구자는 누구일까? 정지용을 꼽지 않을 수 없다.[51] 그는 1926년 『학조』에 「까페 프란스」를 비롯한 9편의 시를 발표함으로써 시단에 첫 선을 보인다. 이중에서 「서쪽 하늘」, 「띠」, 「감나무」, 「하늘 혼자 보고」, 「딸레(人形)와 아주머니」 등 5편이 동시에 해당한다. 동시 부분 머리글로 쓴 한 줄짜리 산문은 나중에 운문으로 고쳐 「별똥」(『학생』, 1929.10)이라는 제목으로 다시 발표했으니 전부 6편이 된다. 그는 1927년에 창립된 조선동요연구협회의 간부였고 『어린이』와 『신소년』 등에도 잇달아 작품을 발표했다. 1928년에 나온 조선동요연구협회 편 『조선동요선집』에는 「삼월삼짇날」, 「산에서 온 새」, 「해바라기씨」, 「바람」 등 4편의 작품이 실려 있다. 그때까지의 창작동요를 망라한 이 선집에서 동시로 볼 수 있는 것은 오직 정지용의 작품뿐이다. 작품의 수준도 가장 빼어나다. 『한국현대아동문학사』에서 동시의 선구자로 지목한 윤석중, 박영종, 김영일 등은 어느 면으로 보든지 모두 정지용 이후인 것이다. 게다가 윤석중이 동시집 표지를 달고 작품집을 펴낸 것은 그가 계급주의 아동문학운동의 영향에 놓여 있을 때이며, 동요·동시 논쟁 이후라는 점 또한 상기되어야 한다.[52]

---

51 자세한 것은 졸고, 「구인회문인들의 아동문학」(『동화와 번역』 제11집, 2006)을 참고하기 바람.
52 윤석중은 광주학생운동 동맹휴교에 불참한 것이 부끄럽다면서 1930년 2월 27일자 『중외일보』에 「자퇴생의 수기」를 발표하고 일본으로 건너가 신고송과 만나서 프롤레타리아문학에도 관심을 기울인 바 있다.(임지연, 「윤석중의 아동극 활동 고찰」, 『아동청소년문학연구』 제6호, 2010, 참조). 카프에 소속된 신고송과의 교류는 이후에도 계속되었으니, 1931년 아동예술의 연구와 제작 및 보급을 목적으로 신고송, 소용수, 이정구, 전봉제, 이원수, 박을송, 김영수, 승응순, 윤석중, 최경화 등이 발기해서 '신흥아동예술연구회'가 창립되었다는 기사를 볼 수 있다.(『조선일

이점에서 비록 이론과 창작 실천의 괴리가 없지 않을망정 1930년을 한 고비로 하는 프롤레타리아동요운동에도 정당한 몫이 주어져야 한다. 이때의 동요·동시론이 일본프롤레타리아동요운동에서는 동심주의라고 비판된 기타하라 하쿠슈로부터 영향 받은 것은 아이러니가 아닐 수 없는데, 그렇더라도 일본과는 엄연히 다른 맥락에서 동시가 제창되었음을 잊어선 아니 될 것이다. 이렇게 소년운동과 보조를 같이하면서 '시인의 창작'과 '아동의 작문'이 분리되지 않은 채 '아동자유시' 개념에 가깝게 처음 선을 보인 '동시'는 점차 전문시인의 창작 영역으로 넘어간다. 해방 후 박목월이 펴낸 『동시 교실』(1957)이나 최근에 최지훈이 펴낸 『동시란 무엇인가』(1992) 또한 어린이를 향해 있지만 더 이상 소년문예운동의 시대는 아니다. 해방 후에는 '시인의 창작'과 '아동의 작문'을 어느 정도 구분지어 인식했던 만큼, 어린이가 지은 '동시'는 '어린이 시'와 명칭만 분리되지 않은 경우라고 해야 한다. 교육현장에서 이 혼동의 폐해를 심각하게 느낀 이오덕은 아동의 작문 영역에서 '어린이 시'(아동시)란 개념과 명칭을 만들어냈다.[53] 참고로 오늘날 일본아동문학 운문의 장르 명칭은 동시가 아니라 '시'다.[54] 중국에서는 '兒歌'(한국의 '동요'에 해당)와 '兒童詩'(한국의 '동시'에 해당) 두 장르가 함께 '兒童詩歌'라는 큰 틀 속에 포함되어 있다.[55] 이렇게 본다면 '동시'란 말도 어느 의미로는 한국 아동문학 특유의 창안인 셈이다.

보』, 1931.9.17).
53 이오덕, 『글짓기교육─이론과 실제』, 아인각, 1965; 이오덕, 『아동시론』, 세종문화사, 1973. 참조.
54 日本兒童文學會 編, 『日本兒童文學槪論』, 1976. 참조.
55 朱自强, 『兒童文學槪論』, 高等教育出版社, 2009. 참조.

친일 아동문학 재론

1. 친일 아동문학 연구의 성과와 문제점

친일문학 연구는 일차적으로 문학사의 빈 구석을 채우는 의미를 지닌다. 일제의 식민 통치에 협력한 행위는 밝혀지지 않은 것들이 상당하리라고 여겨지기 때문이다. 한편, 친일 문제는 그것을 감추거나 변호하려는 쪽과 그 반대편의 공방이 끊이질 않는 헤게모니 투쟁의 성격을 지닌다. 그 때문에 친일 문제는 사실과 실증의 영역보다는 해석과 맥락화의 영역에서 더 큰 논란이 벌어지곤 한다. 해석과 맥락화의 영역은 이른바 진영 논리로 단순화할 수 없는 복잡한 양상을 보인다. 탈근대·탈식민론과 더불어 친일 문제에 대한 새로운 시각이 떠올랐는데, 그 안에서도 다양한 편차가 드러나고 있다.

해방 후 식민잔재 청산의 과제가 주어졌으나 친일 기득권세력의 저항으로 반민특위가 무산된 탓에 사회 각 부문에서 친일세력이 주류를 형성했다는 것은 주지의 사실이다. 주류문단 역시 지배블록의 일부로서 친일 문제에 대해 침묵의 카르텔을 유지했다. 이를테면 백철의 『조선신문학사조사—현대편』(1949)은 일제 말을 '암흑기'로 규정하면서 건너뛰었고, 조연현의 『한국현대문학사』(1956)는 그 직전까지 서술함으로써 문제를 회피했다. 이런 상황에 균열을 낸 최초의 본격적인 친일문학 연구 성과는 임종국의 『친일문학론』(1966)이다. 이 저서는 문단의 추문을 사실로 바꾼 획기적 전환점이 되었다. 이후의 문학사 서술은 더 이상 친일문학을 비껴갈 수 없었다.

친일 아동문학에 대한 서술은 이재철의 『한국현대아동문학사』(1978)에서 처음 이루어졌다. 이 저서의 일제 말 부분은 '제3절 민족문화의 말살과 아동문학의 행방'이라는 제목 아래 '1. 암흑기의 제양상 2. 문단붕괴의 과정 3. 회람잡지운동 4. 친일 문학활동의 개황'으로 나뉘어 서술되어 있다.[1] 친일문학을 괄호친 백철과 조연현의 문학사에 비한다면, 친일 아동문학을 넣은 이재철의 아동문학사는 한 발 더 나아간 성과임이 분명하다. 친일문학으로부터 자유롭지 못한 백철이나 조연현과 달리 해방 후에 활동을 시작한 이재철의 자신감도 작용한 결과라고 여겨진다. 그러나 실제 내용은 소략한 편이다. 임종국의 『친일문학론』에 등장한 작가들의 이름을 일부 나열하고, 태평양전쟁 시기의 『아이생활』에 발표된 군소작가 부류의 친일 작품 제목을 소개하는 데 그친 것이다. 평양에서 활동한 송창일의 『소국민훈화집』(1943)을 "대표적 친일 아동문학서"[2]라고 지목했는데, 이는 제목 그대로 훈화집이지 창작집은 아니다. 특히 태평양전쟁 시기 『아이생활』의 양상을 살폈음에도 주요작가 김영일의 친일 작품을 건너뛴 것은 의아스러운 일이다. 이재철의 『한국현대아동문학사』가 조연현의 『한국현대문학사』와 함께 주류문단을 대변했던 저간의 사정을 떠올릴 때,[3] 김영일의 친일 작품을 누락시킨 것은 고의성이

---

1 이재철, 『한국현대아동문학사』, 일지사, 1978. 참조.
2 이재철, 위의 책, 212쪽.
3 이에 관해서는 졸고, 「한국 현대아동문학사의 쟁점」, 『아동문학과 비평정신』, 창작과비평사, 2001. 참조.

짙다는 의심이 들기도 한다. 이재철의 아동문학사는 '문협정통파'의 순수·반공·민족주의 시각을 구현한 것이라 할 수 있기에, 이런 합리적 의심이 가능해진다.

사회민주화가 진전된 1990년대에는 주류문단의 일부였던 색동회의 윤극영과 정인섭, 그리고 한국아동문학회 회장을 지낸 김영일의 친일행적이 밝혀졌다.[4] 그런데 이 일도 이재철의 손으로 이루어졌다는 점이 흥미롭다. 당시까지 아동문학 부문의 연구는 거의 이재철의 독무대였으니, 그의 일정한 태도 변화가 눈길을 끈다. 그 사이에 어떤 일들이 벌어졌는가? 1980년대 민주화투쟁의 열기와 함께 지배블록의 약한 고리인 친일문제에 대한 관심이 날로 높아져갔다. 임종국은 친일 문제 관련 저서를 꾸준히 펴내면서 식민잔재 청산의 과제를 사회 문제화하는 데 앞장섰다. 이 일에 진보성향의 학자들이 동참했고, 임종국 타계 후에는 그의 유업을 잇는 연구소 설립이 발의되었다. 1991년 반민족문제연구소가 문을 열자 친일 문제 연구에 도약의 발판이 마련되었다.[5] 반민족문제연구소는 친일인명사전 출간계획을 발표했으며, 단행본을 출간하고 학회지를 발간하는 등 대대적인 연구·조사 사업을 펼쳤다. 이재철이 식민잔재 아동문학의 청산을 주장하고 나선 것은 이와 같은 사회 분위기에 부응한 결과로 볼 수 있다.

이재철은 국민의 상식을 뒤흔들 만한 놀라운 사실을 세 가지 소개했다. 첫째, 식민지시대 민족의 처지를 노래한 것으로 알려진 동요 「반달」의 작사·작곡가 윤극영이 간도성 협화회 회장을 지냈고 이로 인해 중국 공산당으로부터 사형선고까지 받았다는 점, 둘째, 후기 색동회를 이끌며 소파 방정환과 어린이날을 드높인 정인섭이 조선문인보국회 간사를 지

---

4 이재철, 「일제 식민잔재 아동문학의 청산을 위하여 ― 윤극영, 정인섭, 김영일씨의 경우를 중심으로」, 『민족문제연구』 2집, 1992, 3~6쪽. 참조.
5 반민족연구소는 1995년 민족문제연구소로 바뀐다. 이준식, 「뒤늦은 국가차원의 친일청산」, 『법과사회』 49호, 2015, 33~67쪽. 참조.

냈다는 점, 셋째, 동요 「다람쥐」, 「방울새」의 작사가로 유명한 김영일이 일제 고등계 형사를 지냈다는 점 등이다.[6] 이와 같은 이재철의 폭로에 의해 아동문학계의 주류에도 식민잔재 청산의 과제가 존재한다는 사실이 한층 분명하게 드러났다.

식민잔재 청산은 부역자 적발 및 처단 등으로 해결할 문제라기보다는 법과 제도를 비롯한 사회구조적인 문제와 관련된다. 문학과 역사와 현실에 대한 올바른 인식이 중요한 이유가 여기에 있다. 그렇다면 이재철의 아동문학사 인식은 어떻게 바뀌었는가? 부분적으로 과거 냉전시대를 상대화하려는 태도를 보인 것은 고무적이지만,[7] 기존의 시각이 크게 바뀐 것은 아니다. 무엇보다도 이재철은 그 자신이 아동문학계의 주류담론을 대표하는 위치에 있었다. 기실 윤극영(1903~1988)과 정인섭(1905~1983)은 일찍이 아동문학계의 일선에서 물러난 상태였다. 또한 김영일(1914~1984)은 한국문인협회의 선거를 둘러싸고 분열된 아동문학 단체의 대표로서 작고할 때까지 이재철이 이끄는 아동문학 단체와 불화관계에 있었다.[8] 이재철이 『한국현대아동문학사』에서는 실증적 오류까지 범하면서 김영일을 자유동시 확립의 선구자라고 크게 띄웠다가,[9] 1990년대에 새삼 그의 친일 행적을 들고 나와 원색적으로 비난을 가한 이유가 주류문단 내부의 갈등과 무관하다고 볼 수 있을까? 엄밀히 말해서 이재철의 폭로·고발은 이미 밝혀진 내용을 모은 것인 데다,[10] 사회적 공분

---

6 이재철, 앞의 글. 참조.
7 이재철은 자신의 연구와 저술이 지닌 시대적 한계에 대해 직접 밝히기도 했는데, 이에 대해서는 이재철, 『남북한아동문학연구』, 박이정, 2007. 참조.
8 이에 대해서는 졸고, 「이원수와 70년대 아동문학의 전환」, 『한국 아동문학의 쟁점』, 창비, 2010. 참조.
9 이 오류에 관해서는 졸고, 「일제강점기의 동요·동시론 연구」, 『한국아동문학연구』 20호, 2011, 69~100쪽. 참조.
10 윤극영의 친일 사례는 조정래의 「만주벌 기행 2」(『한국일보』, 1990.6.12)에서, 정인섭의 친일 사례는 임종국의 『친일문학론』에서, 김영일의 친일 사례는 시인 조애실의 수상록 『차라리 통곡이기를』(전예원, 1977)에서 각각 가져온 것이다.

을 자아내는 주관적 서술로 되어 있어, 구조화된 식민잔재 청산의 문제를 파고든 새로운 연구 성과로 보기도 어렵다. 민주화 이후 식민잔재 청산의 요구가 거세지는 시대상황에 부응하여 아동문학계의 친일 문제를 거듭 상기시킨 점은 대단히 중요롭지만,[11] 이 또한 과거 애국주의·민족주의·반공주의 시각의 연장이었다.

2001년 친일인명사전 편찬위원회가 활동을 개시하자 친일문학 연구는 부쩍 활기를 띠게 된다. 아동문학에 대한 연구도 급신장하는 추세였다. 비로소 아동문학 부문의 친일 문제가 학술적 차원의 관심 영역에 포함되었다. 박태일과 김화선을 필두로 그동안 숨겨진 사실을 복원하고 새로운 해석을 이끌어내는 성과들이 나오기 시작했다. 박태일은 「고향의 봄」으로 유명한 이원수의 친일 작품을 발굴 조명해서 파문을 불러일으켰으며,[12] 김화선은 일제 말 '소국민문학'의 이름으로 전개된 아동 대상의 식민담론을 파헤쳤다.[13] 이원수를 친일문인으로 보는 박태일의 연구는 이원수의 삶과 문학을 둘러싼 작가론 논쟁으로 이어졌고, 탈근대·탈식민론에 입각한 김화선의 연구는 박태원 동화를 둘러싼 해석 논쟁으로 이어졌다.

박태일은 이원수의 친일 글을 자발적 충성도가 높은 '부왜문학'이라고 규정한 뒤, 이를 숨긴 채 쌓아올린 이원수의 명성은 신기루일 수밖에 없다고 비판했다. 『반도노광(半島の光)』에 수록된 이원수의 글 5편(소년시 2편, 시 1편, 산문 2편)은 누가 보더라도 친일의 성격이 확연하기에 이원수의 명성은 순식간에 금이 갔다. 결국 이원수는 『친일인명사전』(2009)에 등재되는 불명예를 안게 되었다. 문제는 작가론의 구성을 둘러싸고 불거

---

11 이재철은 같은 내용을 조금씩 바꿔서 『아동문학평론』 62호, 『민족문제연구』 2집, 10집에 세 차례 반복 수록했다.
12 박태일, 「이원수의 부왜문학 연구」, 『배달말』 32집, 2003, 59~82쪽.
13 김화선, 「일제 말 전시기의 아동문학 및 아동담론 연구」, 김재용 외, 『친일문학의 내적 논리』, 역락, 2003.

졌다. 일제 말의 친일 과오와 분단시대의 현실 비판적 활동은 양립할 수 없는가? 자기반성을 통과하면 얼마든지 양립 가능하다는 것에 이의를 제기할 사람은 없을 것이나, 대다수 친일문인과 마찬가지로 이원수 또한 과오를 숨긴 채 활동을 벌인 경우라서 진정성이 의문시되었다. 기존의 이원수론은 '서민에 대한 애정, 투철한 역사의식, 진보에 대한 신념, 주류문단에 대한 비판적 태도' 등으로 구성된 것들이 대부분이었다.[14] 결과적으로『친일인명사전』에 등재된 이원수는 식민잔재 청산의 대상이자 주체였다는 자기모순의 사례가 되는 셈이다.

이원수에게 붙은 친일의 꼬리표는 창원시의 '이원수문학관' 개관을 둘러싸고 시민사회의 찬반 논란을 불러왔다. 그간 김동인, 서정주, 김팔봉, 채만식 등 친일문인의 문학적 성과만을 기리려 드는 문학상·문학관에 대해 '역사 바로 잡기' 차원에서 시민사회의 문제제기가 끊이질 않았는데, '이원수문학관'을 반대하는 논리도 그와 비슷한 성격이었다. 박태일은 후속 논의를 통해 이원수의 해방 직후 활동에서 일제 말 친일에 대한 의식적·무의식적 은폐 기도를 찾아볼 수 있다고 주장했다.[15] 사실상 정상참작의 여지가 없다는 쪽에 힘을 보탠 것이다. 김화선도 친일의 내적 계기를 찾는 것이 중요하다면서 이원수의 회고 글을 대상으로 친일에 이르게 되는 삶의 궤적을 살핀 바 있다. 이원수에게는 일본에 대한 양가적 감정이 드러나는데, 이는 역사의식의 피상성을 말해주는 것이므로 여기에서 친일에 이르게 되는 내적 계기를 찾아볼 수 있다는 결론이었다.[16] 박태일과 김화선의 연구는 기존의 이원수론을 뒤엎는 내용이다. 그러나 박태일의 주장은 꼼꼼한 조사와 치밀한 논리로 이뤄진 듯해도

---

14 이원수탄생백주년기념논문집 준비위원회 엮음,『이원수와 한국 아동문학』, 창비, 2011; 장영미 엮음,『이원수─세계의 겹과 틈을 응시하는 작가』, 글누림, 2016. 참조.

15 박태일,「나라잃은시대 후기 경남 부산지역 아동문학─이원수와 남대우를 중심으로」,『한국문학논총』제40집, 2005, 237~279쪽. 참조.

16 김화선,「이원수 문학의 양가성─『반도노광』에 수록된 친일 작품을 중심으로」, 김재용 외,『친일문학의 내적 논리』, 역락, 2003. 참조.

확대 해석과 자의적인 판정이 섞여 있고, 김화선의 결론은 인과관계의 정합성을 추구하려 했음에도 논리적 비약을 드러냈다는 비판으로부터 자유롭지 못했다.

식민잔재 청산의 시대적 요구에 부응하려는 연구자의 의욕은 과잉 해석을 낳기 쉽다. 더욱이 친일문학은 거의 전시 총동원체제의 산물인 만큼, 반드시 친일문학의 내적 계기나 논리를 찾아야 한다는 강박도 문제가 없지 않다. 박태일과 김화선의 이원수 친일 아동문학 연구에서 반일 민족주의 시각이 두드러진다는 점은 다소 의외라고 할 수 있다. 박태일은 중앙권력으로부터 소외된 지역문학과 계급문학에 관한 일련의 연구, 김화선은 탈근대 · 탈식민론에 입각한 일련의 연구를 수행해왔기 때문에 기존의 시각과는 구별된다고 여겨진 것이 사실이다. 그렇지만 박태일은 '친일'이 아니라 굳이 '부왜'라는 명칭을 쓰는 것에서 알 수 있듯이, 친일문학 연구에서 민족주의 시각이 두드러진다.[17] 김화선은 이원수가 특정 상황에서 일본인과 일본문화에 대해 호감을 드러낸 것을 저항의식과 배치되는 것으로 보았는데, 여기에서도 은연중 협소한 민족주의 시각이 비치고 있다. 반일 민족주의는 '식민지 근대성'의 모순성과 중층성을 흑백 대비로 단순화하는 데 한몫한다.

친일 작품의 발굴에서 비롯된 기존 이원수론에 대한 전복적인 움직임을 '탈영토화'라고 한다면, '재영토화'의 흐름이 그 뒤를 따르고 있다. 먼저 조은숙은 '친일:항일'이라는 이분법적 틀의 작가론을 벗어난 통합적 사유의 필요성을 제기했다. "최근 10년간 축적되어 온 친일 아동문학론은 광범위한 자료를 수집 · 분석하고 친일에 대한 새로운 관점을 도입함으로써 작가연구의 새로운 전환을 마련한 의의가 있음에도 불구하고,

---

17 친일문학에서의 '친일'은 해방 후 일제 부역자들을 '친일파'라고 칭한 것에서 가져온 것이기에 '대일협력'의 의미로 큰 무리는 없다. 하지만 '부왜'에서의 '왜(倭)'는 고대 부족국가를 일컫는 말인 데다 오늘날 일본을 낮추어 부르는 말로 쓰이고 있기에 재고되어야 할 것으로 보인다.

자료의 실증과 해석의 과정에서 과장되거나 비약된 부분이 있"[18]다는 지적이다. 조은숙은 박태일과 김화선의 글을 대상으로 '연도 및 매체명 표기 오류' 문제, '재발표 동기' 문제, '발굴 작품의 성격' 문제, '자발성' 문제, '내적 논리' 문제 등을 재검토하는 반론을 펼쳤다. 나아가 이원수의 해방 직후 동시 「오끼나와의 어린이들」은 시인 스스로 파시즘의 논리를 해체하는 과정을 보여주는 작품이고, 장편동화 『숲속 나라』와 『잔디숲 속의 이쁜이』는 '어떤 나라를 만들 것인가'를 다룬 점에서 탈근대·탈식민의 가능성을 지닌 작품으로 파악할 수 있다고 보았다.

최근에는 이원수 친일시에 대한 상세한 분석을 통해 친일 전후의 변화와 그 요인을 해명하려는 연구들이 잇달아 나오고 있다. 정선희와 김찬곤의 연구가 여기에 해당한다. 이것들도 이분법적 구도에서 벗어난 연구들이다. 정선희는 아동문학가 이원수와 그의 친일작품 속 화자 사이의 긴장이 문학적 애호가에서 전문적인 문학가로 변화시킨 자기변태의 기제일 것이며, 친일에 대해 함구한 '침묵'도 자신의 죄를 자기변태의 기제로 승화시키는 과정에서의 '내적 목소리'로 파악할 수 있다고 지적했다.[19] 김찬곤은 이원수의 친일시와 해방 이후의 시편을 비교 검토하면서 시인이 '친일의 기억'을 어떻게 해결하려 했는지에 대해 추적했다. 이원수의 해방 후 시편과 수필들에서 '상처로서의 기억'과 그것을 이겨내려는 '반-기억'으로서의 의지를 찾아볼 수 있기에, 비록 친일 과오를 숨겼을지라도 단순히 친일에 대한 책임회피로 볼 수는 없다는 것이 김찬곤의 시각이다.[20]

---

18 조은숙, 「이원수의 친일 아동문학과 작가론 구성 논리에 대한 재검토」, 『우리어문연구』 40집, 2011, 127쪽.
19 정선희, 「아동문학가 이원수와 그의 친일시 속 화자 사이에 드러나는 긴장」, 『한국학연구』 41집, 2016, 175~207쪽. 참조.
20 김찬곤, 「이원수의 친일시 연구−친일의 기억과 반기억」, 『현대문학이론연구』 67집, 2016, 79~106쪽. 참조.

한편, 친일 아동문학 전반의 양상과 성격에 대해서는 김화선의 연구가 단연 두드러진다.[21] 김화선은 국내뿐 아니라 만주 지역, 그리고 방송소설 대본까지 포함시킨 폭넓은 조사 연구를 수행함으로써 문학사의 빈 구석을 메우는 데 기여했다. 그의 연구는 전시체제의 아동 담론에 관한 실증적 연구이자 탈근대·탈식민론에 입각한 식민 담론의 분석으로 눈길을 끈다. 그런데 박태원의 방송소설 「꼬마 반장」, 「어서 크자」와 『매일신보』에 발표된 김효식(김남천)의 「전쟁노름」에 관한 논의는 상이한 해석과 평가의 문제를 불러일으켰다. 김화선에 따르면 박태원과 김효식의 작품은 전시동원정책에 충실한 총후봉공의 모습을 실천하는 긍정적인 어린이상을 제시한 점에서 친일 경향이 은밀하게 내면화되어 있는 사례이다.

하지만 염희경은 「꼬마 반장」의 경우는 스토리가 두 부분으로 나뉘면서 분열의 지점이 발견되고, 「전쟁노름」의 경우도 협력과 비협력의 경계에서 줄타기하며 억압의 시기를 모호한 포즈로 통과하려는 의도가 읽힌다고 주장한다.[22] 저항과 협력 사이의 균열을 간과한 김화선의 일방적인 해석에 의문을 제기한 것이다. 이런 의문의 연장선상에서 하신애는 박태원이 일찍이 구보형 인물을 창조한 것에 유의해야 하듯이, 전시동원체제하에서 아동이라는 국외자적 시선을 선택한 것에 의미를 부여할 수 있다고 보았다. 근대 규율 체계에 온전히 포섭되기 이전 단계인 미취학 아동을 등장시킨 것은 열광의 배후에 있는 일상의 객관화된 형상을 포착하기 위한 나름의 방법일 수 있다는 것, 그리하여 소국민이 되고자 하는 투지, 의지, 열정 등이 아니라, 총동원적 시국 동참의 열기로부터 면

---

21 김화선은 앞서 언급한 두 편의 논문 외에도 「대동아공영권의 전쟁동원론과 병사의 탄생―일제 말기 친일 아동문학 작품을 중심으로」, 『인문학연구』 32권2호, 2004; 「만선일보에 수록된 일제 말 아동문학 연구」, 『비평문학』 19집, 2004; 「식민지 어린이의 꿈, '병사 되기'의 비극」, 『창비어린이』, 2006년 가을호; 「일제말 전시기 식민 주체의 호명 방식―『신문방송소설선』을 중심으로」, 『비교한국학』 7권 2호, 2009 등을 발표했다.
22 염희경, 「이데올로기와 어린이의 불행한 만남―친일아동문학과 반공아동문학」, 『창비어린이』, 2006년 가을호, 141~151쪽. 참조.

제, 배제, 고립된 어린 주인공의 '심심하고 싱거운' 정서가 전면화되는데, 이런 점이야말로 제국의 규율을 전파하고자 하는 프로파간더적 의도와 불균형·불연속을 일으키는 의도된 균열이라는 지적이다.[23] 오현숙도 박태원의 아동문학과 성인문학의 긴밀한 상관관계를 살피는 가운데, 박태원의 방송소설이 지닌 의미의 중층성을 '우회적 저항을 내포한 작가의 전략'으로 보았다.[24]

연구 대상과 방법 면에서 김화선의 연구와 함께 묶을 수 있는 것으로는 박금숙의 '이중어 기능' 연구가 있다. 그의 「일제강점기 『아이생활』의 이중어 기능 양상 연구」는 『아이생활』의 친일 양상을 살핀 것으로, 이 또한 문학사의 빈 구석을 메우는 데 일조했다. 그런데 '이중어'라는 용어를 내세운 이유가 불분명하다. 박금숙은 "『아이생활』에 대한 이중언어 연구는 이 논문이 처음"[25]이라고 밝혔지만, 정작 이중어와 관련된 문제의식을 찾아볼 수 없다. '이중어 문학 연구'라고 하면 가령 경계인의 존재상황에서 발생하는 문제 같은 것을 다룰 때 한층 의미가 주어진다. 그러나 1940년대 『아이생활』에 일본어 작품이 증가하는 현상은 전적으로 내선일체 정책에 부응하려는 의도였던바, 『아이생활』의 이중어 양상에서 모종의 기능 분화나 균열이 나타나기라도 했다는 것인가? 아니면 『아이생활』에 실린 조선어 작품과 일본어 작품은 태도와 주제 면에서 유의미한 차이를 보이기라도 했다는 것인가? 예컨대 김영일은 『아이생활』에 친일 동시 두 편을 조선어로 발표했는데, 이것들은 일본어로 된 다른 작품과 어떤 차이를 보이는가? 이런 점들에 대한 검토가 없다면 '이중어' 개념의 사용은 별 의미가 없다. 이 논문은 "상식란과 동시, 동

23 하신애, 「박태원 방송소설의 아동 표상 연구」, 『현대문학의 연구』 45호, 2011, 335~369쪽. 참조.
24 오현숙, 「암흑기를 넘어 텍스트들의 심층으로─일제 말기 박태원 문학의 연구사 검토」, 『구보학보』 9집, 2013, 59~82쪽. 참조.
25 박금숙, 「일제강점기 『아이생활』의 이중어 기능 양상 연구─1941~1944년 『아이생활』을 중심으로」, 『동화와번역』 30집, 2015, 123쪽.

화를 이중언어로 실어 일본제국과 일본 천황에 대한 찬양과 충의를 다할 것을 유도했다"[26]는 서술에서 보듯이, 조선어 외에 일본어로 된 글이 섞여든 상황을 '이중어' 개념으로 설명한다. 남부현의 「비행기」와 함처식의 「울지 않는 눈사람」의 경우는 '비행기, 군인, 철모' 등을 가리키는 일본어가 섞여 있다고 해서 '이중어 작품'이라고 했는데, 이것도 설득력이 떨어지기는 마찬가지다. 전쟁 중에 흔히 쓰이는 군대 관련 외래어(일본어)를 당시 상황의 반영으로 수차례 노출한 것에 가깝다고 보이기 때문이다. 당시 국어가 일본어였음을 상기해 보라. 두 언어 사용의 기능적 차이와 효과를 면밀히 따져서 유의미한 결과를 도출하지 않는 한, '이중어' 연구는 혼란을 초래할 뿐이다. 박금숙의 논문은 '일제강점기 『아이생활』의 친일 양상 연구'라고 제목을 붙이면, 뜻이 더욱 명료해지는 것을 볼 수 있다.

이상의 검토에서 알 수 있듯이 이재철의 아동문학사 저술에서 처음 그 양상이 언급된 친일 아동문학은 2000년대로 와서 박태일, 김화선의 새로운 자료 발굴 조명으로 실증적 성과를 보탰다. 이를 계기로 해석을 달리하는 연구들이 뒤를 이으면서 친일 문제를 중층적으로 바라보는 시각의 확장성이 이루어졌다. 작가의 생애나 작품에 대한 평가와 관련하여 부분적으로 상호 충돌하는 쟁점이 생겨나기도 했으나 전체적으로는 기존 연구를 꾸준히 보완하는 개별적 연구 성과의 축적 과정이었다. 그럼에도 친일 아동문학의 전모를 파악하기에는 미처 확보하지 못한 자료, 고립분산적인 연구, 성급하고 자의적인 탈근대 기획 등의 한계로 인해 미진한 구석이 적지 않다. 그간의 연구가 해결해야 할 문제점을 정리해 보면 다음과 같다.

첫째, 전부 그렇다는 것은 아니지만, 의식적이든 무의식적이든 과거

---

26 박금숙, 위의 글, 141쪽.

애국주의·민족주의 담론의 영향에서 충분히 자유롭지 못한 듯하다. 궁극적으로 친일 아동문학 연구는 식민잔재 청산의 과제와 긴밀히 연결된 문제이다. 그런데 반일감정을 자극하는 일부 애국주의·민족주의 담론은 해방 이후 반공이데올로기와 결탁하여 역사적 진실을 호도하는 지배담론의 일부로 기능하기도 했다. 냉전시대에 새롭게 부가된 국가주의 적폐를 직시하지 않으면 식민잔재 청산의 문제가 갈피를 못 잡고 혼돈에 빠질 수 있다. 친일문학은 파시즘을 옹호하는 국책 문학의 문제점을 극명하게 드러낸 사례가 아닐 텐가? 그렇다면 해방 후 전체주의적 국가시책에 호응한 남북한의 주류문학과 친일문학의 상동성도 따져볼 필요성이 생겨난다. 이점에서 파시즘적 독재정권과 날카롭게 대립한 리얼리즘 아동문학 계열의 구심점이었던 이원수와 반공주의 지배담론의 연장선상에 있었던 김영일의 문학적 유산을 어떻게 구별하면서 계승 또는 청산해야 할지가 관건이다.

둘째, 탈근대·탈식민론 또는 이중어 개념의 적용 등 새로운 방법의 연구는 기존 연구와 구별되는 새로운 시야를 열어주었으나, 불철저하고 자의적인 방법의 적용으로 혼란을 초래하는 경우가 적지 않다. 우리에게 정작 요구되는 것은 근대와 탈근대의 긴장일 것이다.[27] 역사는 현재와 과거의 끊임없는 대화라는 인식은 맥락적 사고의 중요성을 환기시키는 금언이기도 하다. 식민지로 전락한 상황에서 근대적 과제를 끌어안은 당대인의 처지를 감안할 때, '식민지 근대'의 모순성을 헤아리는 두 겹의 눈이 불가피하다. 계승할 것과 청산할 것을 구분치 못하고 한데 뒤섞는 일은 피해야겠지만, '친일은 한국 근대문학의 원죄'[28]라는 고민과 함

---

27 김명인은 '식민지 근대란 기본적으로 분열되어 있는 근대'라면서 근대와 탈근대의 긴장이라는 문제의식을 환기한 바 있다. 김명인, 「친일문학 재론—두 개의 강박을 넘어서」, 『한국근대문학연구』 17집, 2008, 257~293쪽. 참조.
28 김철은 "친일문학을 한국의 근대사회 및 근대문학이 그 출발의 단계에서부터 안고 있던 모순과 갈등이 특정한 역사적 국면에서 그 자신의 개념과 실체를 갖는 하나의 문학적 현상으로 외

께 '내 안의 문제'로 여기는 통절한 인식이 요구된다. 따라서 적발과 단죄보다는 청산과 극복에 무게가 주어지는 위태로운 균형을 감당할 수 있어야 하지 않을까 한다.

셋째, 친일 아동문학 연구는 거의 자료 발굴에 의존한 연구와 그 후속 논의에서 벗어나지 못한 탓에, 일부 작가의 작품에 국한되어 왔다. 다른 분야에 비해 전체적인 조망은 크게 미진한 실정이다. 일제 말까지 발행된 아동잡지 『아이생활』과 일간지 『매일신보』, 『만선일보』 등을 살펴서 친일 아동문학의 양상을 살핀 김화선, 박금숙의 연구가 그나마 이재철의 아동문학사를 좀 더 진전시킨 성과라고 할 수 있다. 그러나 친일 아동문학의 발생, 전개, 특성 등을 종합한 큰 그림의 완성을 위해서는 일제 말 아동문단의 상황, 시기별·매체별 창작경향의 변화, 해방 후 아동문학과의 상동성·연속성 등 해명해야 할 대목이 적지 않다. 자료 발굴에 따른 국소적 연구는 나무는 보고 숲을 보지 못하는 한계에 빠지기 쉽다. 개별 작가·작품에 대한 연구 성과의 축적과 함께 전시체제기 한국문학 및 아동문학의 전모에 대한 연구가 병행되어 상호침투를 이뤄야 할 것이다.

넷째, 작가론과 작품론의 관계가 서로 긴밀하다는 데 동의한다면, 친일문인과 친일문학의 관계에 대해 '따로 또 함께' 방식의 섬세하면서도 종합적인 접근과 해명이 필요하다. 아동문학에 관계한 작가·시인 가운데 문학 텍스트 바깥이라든지 아동문학 영역 바깥에서 친일 행각을 펼친 문인들의 경우, 역시 친일문인으로 간주되지만 친일 아동문학은 남기지 않은 사례가 된다. 친일 아동문학 연구가 아동문학 텍스트에 국한된다면, 상당수의 친일문인은 시야에 들어오지 않게 되는 것이다. 그러나 태평양전쟁 이전과 해방 이후에 아동문학사에서 거론될 만한 주요

<hr />

화된 것"이라고 보았는데, 곰곰이 새겨볼 말이라고 생각한다. 김철, 「친일문학론—근대적 주체의 형성과 관련하여」, 『민족문학사연구』 8호, 1995, 7~8쪽.

작품을 남긴 작가·시인으로서 친일문인에 속하는 경우가 상당수에 이른다. '친일 아동문학 작품을 남기지 않은 친일(아동)문인'은 성인문학과 아동문학의 영역을 넘나드는 활동을 보인 작가·시인들 중 특히 많거니와 연극, 영화, 음악, 미술, 교육, 출판, 관직, 경영 같은 분야에서 친일 활동을 펼친 아동문인도 적지 않다. 문학 텍스트 바깥의 친일 활동에 대한 정보가 개별 작가론을 통해 꾸준히 쌓이고 있는 형편에 비추어, 전공을 달리하는 연구자들의 상호 소통 부재로 인한 장님 코끼리 만지기 식의 한계는 하루빨리 극복되어야 마땅하다.

다섯째, 문학사에서 크게 주목하지 않고 생애도 잘 알려지지 않은 군소작가들의 친일 문제에 대한 규명에도 일정한 관심이 주어져야 한다. 군소작가와 주요작가의 경계를 칼로 무 자르듯 할 수 없는 노릇이고 보면, 『친일인명사전』에 수록된 주요작가들과의 형평성 문제가 제기될 수 있다. 『친일인명사전』은 민주화 이후 어렵사리 만들어낸 기념비적인 성과로서 남다른 권위를 지닌다. 사전에 수록되었다고 해서 문학적 성취가 무화되는 것은 아니며, 자료 증빙 문제로 수록되지 않았다고 해서 면죄부가 주어지는 것도 아니다. 그럼에도 세간에서는 사전에 수록된 작가를 문학적 사형선고라도 받은 것처럼 낙인찍는다. 이런 여러 사정을 고려할 때, 친일문인과 친일 아동문학에 관한 새로운 연구 성과를 충실하게 반영한 '친일인명사전—수정·증보판'의 발행이 조속히 이뤄져야 한다.

지금까지의 문제의식을 바탕으로 본고는 크게 세 가지 사항에 관해서 논의를 좀 더 진전시켜보고자 한다. 첫째, 친일 아동문학의 발생 및 전개 과정을 구획하는 주요 계기와 아동문학장(場)의 변화, 둘째, 아동문단과 교섭했던 작가·시인들의 친일 활동에 관한 정보의 집결, 셋째, 아동문학 부문 식민잔재 청산의 과제 등이다.

2. 전시체제기 아동잡지의 변화 양상

해방 전 아동문학사를 크게 둘로 가른다면, 소년운동과 함께 전개된 『어린이』(1923~1935), 『신소년』(1923~1934), 『별나라』(1926~1935)의 폐간 시점을 중시해서 그 이전과 이후로 나눌 수 있다. 대략 1935년경이다. 1930년대 전반기에 고조된 계급주의 아동문학도 민족사회운동의 하나로 전개된 소년운동의 기운을 바탕으로 하는 것이기에 1920년대 아동문학의 연장이었다. 이와는 성격이 좀 다른 아동문학, 즉 1930대를 특징짓는 성과들은 1930년대 후반기에 집중되어 있다. 주요 발표무대는 『소년』, 『아이생활』, 『동아일보』, 『조선일보』, 『소년조선일보』, 『매일신보』 등이고, 기간은 짧을지언정 이 시기의 성과가 이전보다 결코 적지 않다. 1940년대 전반기의 성과는 양도 적을뿐더러 1930년대 아동문학의 연장이므로 앞 시기에 포함시켜도 무방하다.

그런데 이렇게 보는 것은 아동문학의 성과를 중심으로 살피는 방식이다. 외부 요인에 의한 부정적 결과는 문학적 자산이 아닌 만큼 건너뛰자는 태도인 것이다. 아동문학의 변화를 역사적 맥락에 따라 살피자면, 1930년대를 보는 또 다른 시각이 필요하다. 1935년 이후부터 8·15해방까지의 주요 사건을 거칠게 요약해 보자. 일제는 1937년 중일전쟁을 일으키면서 전시체제령을 발동했다. 1938년 국가총동원법, 지원병제, 1939년 국민징용령이 시행되었다. 전시체제에 맞춰 각종 사회단체들은 통폐합되었다. 1938년 총독부 주도로 국민정신총동원조선연맹이 만들어졌고, 1940년 국민총력조선연맹으로 재편되었다. 이미 유명무실해진 조선소년총연맹은 1938년 해산되었고, 조선어학회는 1940년 국민총력조선연맹의 지부로 간판을 바꿨다. 1939년 총독부 기획 아래 조선문인협회가 만들어져서 국민정신총동원조선연맹의 산하로 들어갔다. 1941년 태평양전쟁이 일어났다. 1943년 조선문인보국대가 조직되었고, 징병

제, 학병제가 실시되었다.

소년운동이 침체된 이후의 아동문학사는 거의 전시체제하에서 전개되었음을 알 수 있다. 일제 말 전시체제기로 접어들어서는 탈현실의 순수주의도 소극적 저항의 의미로 볼 수 있는 여지가 생겨나거니와, 오히려 시대현실에 밀착한 흐름은 '소국민문학' 곧 친일 아동문학으로 변질되기 쉬운 상황이 조성되었다. 이 친일 아동문학으로 나아가는 흐름에 초점을 두면, 전환의 기점이 달라진다. 첫 번째 계기는 1937년 중일전쟁이다. 이때부터 전시체제령이 발동되어 8·15해방까지는 이전과 전혀 다른 국면이 펼쳐졌다. 두 번째 계기는 1941년 태평양전쟁이다. 국민동원을 위한 행정체제의 정비와 출판검열의 강도 등을 감안할 때, 상대적으로 중일전쟁 시기는 준(準)전시체제였고, 태평양전쟁 시기야말로 한 치의 어긋남도 없는 완전 전시체제였다. 그 사이 1940년경 『동아일보』, 『조선일보』가 폐간되었다. 오늘날 아동문학의 정전(正典)으로 꼽히는 수많은 작품들의 산실이었던 조선일보사 발행의 『소년』, 『소년조선일보』도 함께 사라졌다. 나름대로 민족언론의 몫을 담당한 『동아일보』, 『조선일보』의 폐간 이후, 모든 정기간행물은 협력이냐 폐간이냐를 선택해야 했다. 그리하여 태평양전쟁 시기 국내의 아동문학 발표무대는 대일협력을 선택한 『아이생활』과 총독부 기관지 『매일신보』만 남게 되었다.

1935년, 1937년, 1941년, 이 세 번의 계기는 어느 하나 중요하지 않은 게 없다. 일제 말로 갈수록 여러 겹의 시각이 요구된다는 뜻이다. 윤석중의 손으로 창간한 『소년』(1937~1940)은 『어린이』를 이으면서 주요 작품을 가장 많이 생산한 아동잡지인데, 여기에서 대일협력의 양상이 짙어지는 모순을 어떻게 바라봐야 하는가? 일제의 회유와 탄압은 아동문학의 출발점부터 계속되었을지라도 일제와의 밀고 당기기, 즉 타협의 양상과 결과는 중일전쟁 이후 현저히 달라진다. 『어린이』가 저항적인 글을 싣고자 검열과 숨바꼭질을 벌였다면, 『소년』은 발표무대를 지키기 위해 국책 선전의 글을 끼워 넣는 양상이었다.[29] 그나마 이때는 화보 성격의 기사들에 국한되었다. 그러나 『소년』이 폐간된 뒤의 『아이생활』에 이르면 발행 의도가 의심스러운 형국이 된다. 태평양전쟁 시기의 『아이생활』에는 화보뿐 아니라 여기저기 국책 선전의 글들이 난무했고, 내선일체·황국신민화·총후적성을 테마로 하는 조선어·일본어 작품들이 속속 이어졌다.

1937년 4월에 창간한 『소년』이 국가시책에 순응하는 모습을 확연히 드러낸 것은 1939년 1월호부터였다. 그 이전에는 가령 1937년 12월호에 전쟁 화보로 '세계의 공군'을 소개한다든지, 1938년 3월호 제과 광고에 '어린 병정'의 그림이 나온다든지 하는 정도였다. 그런데 1939년 1월호는 맨 앞에 「전승의 신년」이라는 조선일보사 출판부 명의의 당부 글과 함께 「황국신민의 서사(皇國臣民ノ誓詞)」를 내걸었다.

「전승의 신년」

연전연승, 북지(北支), 중지(中支), 남지(南支)에, 가는 곳마다 싸우는 족족, 쾌승의 기쁜 뉴스를 들으면서, 희망에 찬 소화 14년 새봄을 맞이하게 되었습니다.

임금님의 은혜, 나라의 은혜! 그리고 나라 땅을 지키고, 나라의 끝없는 발전을 위하여, 화약 연기 숨이 막히는 벌판에서 싸우는 우리 황군의 고마움, 지금 이야말로 우리나라, 해 돋는 일본의 천년에 한 번 당할까 말까 한 가장 뜻 깊은 새해입니다. 여러분은 이 무용, 이 감격을 영원토록 잊지 말아주십시오. 그리고 더욱 몸을 튼튼히 하고 더욱 부지런히 공부를 해서 빛나는 제2세국민이 되어주십시오.[30]

---

29 『소년』은 윤석중 주간이 1939년 일본 유학을 떠난 뒤, 이석훈, 이헌구, 김영수 순으로 편집자가 바뀐다. 장편 연재물을 중심으로 갈수록 시국에 협력적인 창작 경향이 증가하는데 이런 추이는 윤석중이 계속 맡았더라도 크게 달라지지 않았을 것이다. 어쨌거나 『소년』은 폐간될 때까지 윤석중, 윤복진, 이원수, 강소천, 박영종, 윤동주, 주요섭, 현덕 등의 빼어난 작품들이 계속 이어졌다.
30 『소년』, 1939.1. 오늘날의 표기법으로 손질해서 인용했다.

「황국신민의 서사」

1. 우리는 대일본제국의 신민이다.
2. 우리는 마음을 모아 천황폐하께 충성을 다한다.
3. 우리는 인고단련 하여 훌륭하고 강한 국민이 된다.[31]

「전승의 신년」은 당국에 뭔가 보여야 한다는 압박감을 느끼고 출판부에서 밝힌 신년사로서 일정한 타협의 결과로 보인다. 이후에도 창작 쪽에서는 전쟁과 거리를 두거나 현실비판적인 작품의 기조를 유지하려 했음이 확인되기 때문이다. 「황국신민의 서사」는 일본어로 되어 있고 이후로 계속 실린다. 『아이생활』은 이보다 반 년 앞선 1938년 6월호부터 「황국신민의 서사」를 실었으니, 모든 출판물에 요구된 강제조항이었을 것이다. 어쨌거나 본문의 작품들은 여느 때와 다름없는 모습이었지만, 1939년 들어 시국에 협력하는 시사 꼭지들이 하나둘씩 섞여들기 시작했다. '전쟁 화보', '총후 미담', '전선 뉴스', '시국 독본' 등이 그런 것들이다. 여기에 속하는 글들의 제목을 살펴보면, 「용감한 소년의용군」(1939.3), 「애국의 지성에 타는 지원병 1기생 전선으로」(1939.7), 「소련기 42대를 격추한 우리 공군」(1939.8), 「동아(東亞)로부터 영국을 쫓아내라!」(1939.8), 「이인석 일등병 전사—북지 전선에서 장렬한 최후」(1939.9), 「지원병 훈련소 구경」(1939.10), 「조선지원병의 빛나는 무훈」(1939.12), 「조선에서 뽑힌 맹견부대의 맹훈련」(1940.1), 「소년애국 헌금행상대(獻金行商隊)」(1940.3), 「군용기의 헌납」(1940.9), 「우리 해공군 비르마를 폭격」(1940.12) 등등이고 대부분 필자가 밝혀져 있지 않다. 편집자가 신문이나 홍보 책자 같은 데에서 오려붙인 소식들이라고 할 수 있다. 중일전쟁 시기임에도 소련과 영국에 대한 비판이 보이는 것은 중국 장개석 정권을

---

31 같은 곳. 원문은 일본어로 되어 있으나 필자가 번역해서 인용했다.

돕는 나라를 적으로 간주했기 때문일 것이다. 이로써 확전의 조짐이 드러나고 있음도 확인된다.

식민지시대 아동문학장에 가장 큰 영향을 미친 것은 첫째는 아동잡지이고 둘째는 일간지였다. 오늘날 정전으로 여겨지는 근대 아동문학 작품은 예외 없이 아동잡지와 일간지에 발표된 것들이다. 때문에 아동잡지의 중요성이 다른 어느 나라에서보다 크다. 식민지시대의 주요 아동잡지라 할 수 있는 『어린이』, 『신소년』, 『별나라』, 『소년』, 『아이생활』 등은 지향하는 바가 뚜렷하고 운동성 또한 강했다. 이들 아동잡지와 더불어 문학사적 계보가 지어졌다. 작품을 작가의 신원과 직결해서 해석하는 일은 경계해야 마땅하지만, 작가가 몸담은 동인·조직·단체라든지 문단 교유관계는 창작의 문제를 해명하는 데에서 중요한 열쇠가 된다. 그렇다면 암울한 시기에 "문인들의 사랑방"[32] 구실을 톡톡히 했다는 조선일보사 발행의 『소년』은 어떤 위상을 지니는가? 계급주의 아동문학의 쇠퇴 이후를 대표하는 아동잡지 『소년』은 질적으로 높은 수준의 작품들과 시국에 타협적인 통속성 짙은 연재물들이 공존했으나, 시사 꼭지를 제외한다면 분명하게 친일로 규정할 수 있는 창작경향은 크게 나타나지 않았다. 시사 꼭지에서 보이는 노골적인 친일의 글들은 전시체제령을 발동한 중일전쟁 이후의 상황을 반영하는 것이라 할 수 있다. 애국심을 앞세운 국민동원의 양상은 '북한 괴뢰군, 소련군, 중공군, 베트콩, 공비, 간첩' 등 공격 대상만 달리할 뿐이지 분단시대의 아동잡지들에서도 흔히 볼 수 있었던 종류에 속한다. 따라서 태평양전쟁이 터지기까지의 아동문인들은 날로 악화되는 상황 변화에 대응하여 양질의 아동문학을 지켜내고자 분투했다고도 평가할 수 있다.

그렇지만 조선주일학교연합회 발행의 『아이생활』(1926~1944)은 『소년』

---

32 윤석중, 『어린이와 한평생』, 범양사, 1985, 167쪽.

이 폐간된 이후에도 살아남아 창작에서도 대일협력으로 치닫는다. 『아이생활』 역시 중일전쟁 시기까지는 『소년』과 크게 다르지 않았는데, 태평양전쟁 시기에 이르러서는 발행을 정당화할 수 없을 정도로 온통 내선일체와 황국신민화를 앞세웠다. 원래 『아이생활』은 외국인 선교사들이 관여하고 있었기에 민족적 색채가 옅은 편이며, 유년물이 많은 관계로 현실적 경향도 가장 약한 편이었다. 그래서 검열의 흔적이 거의 없고, 어느 정도 치외법권에 속해 있는 듯했다. 하지만 전시체제에서는 예외가 없었다. 「황국신민의 서사」를 『소년』보다 빨리 싣고, 전승 소식과 황군 위문에 관한 것들도 『소년』보다 많아지더니, 태평양전쟁에 즈음하여 완연한 군국주의 색채의 아동잡지로 변모해서 1944년 4월호까지 명맥을 이어갔다. 통권 218호를 기록한 최장수 아동잡지라는 말은 한순간에 치욕으로 바뀐다. 이렇게 된 데에는 기독교 관련 운영자들의 문제가 크다. 일제가 신사참배를 강요했을 때, 타협할 수 없다고 판단한 일부 종파는 박해를 선택했지만, 1938년경 더 많은 종파들은 순응을 선택했다.[33] 『아이생활』에 관여한 외국인 선교사들이 귀국을 선택하는 마당에, 친일로 돌아선 정인과, 한석원 목사가 주관한 『아이생활』의 앞날은 명약관화했다. 기독교인 작가·시인들이 많이 참여한 『아이생활』은 분단시대의 최장수 아동잡지 『새벗』으로 연결되는바, 월남한 강소천을 위시한 기독교인 작가·시인들이 6·25전쟁을 거치면서 남한 아동문단의 주류로 자리잡는 과정을 눈여겨 볼 필요가 있다고 본다.[34]

『아이생활』은 손에 닿지 않은 권호가 많은 탓에 연구자들이 어려움을 겪는다. 하지만 손에 닿는 일부 자료만으로도 친일의 증거들은 차고 넘친다. 1941년 1월호는 제복을 입고 거수경례하는 황군으로 표지로 장식

---

33 강성호, 『한국기독교 흑역사』, 짓다, 2016; 북한교회사집필위원회, 『북한교회사』, 한국기독교역사연구소, 1996. 참조.
34 이에 대해서는 원종찬, 「이원수와 70년대 아동문학의 전환」, 앞의 책. 참고.

했다. 책장을 넘기면 천황에 충성을 바치겠다는 아이생활사 명의의 「봉도성수무강(奉禱聖壽無彊)」, 「황국신민의 서사」, 「황군 장병께 감사를 드림」, 「지원병의 각오」 같은 글들이 잇달아 나온다. 1941년 3월호 '애국소신문'에서는 "지원병 지원수 14만명, 그중에 혈서지원이 3백통"을 표제로 뽑은 기사가 보인다. '총후보국강조'라는 제목을 달고 "총력실천, 물자절약, 저축실행", "아침의 요배, 정오의 묵도"라는 표어를 내걸은 캠페인성 광고는 매호 실렸다. 총후보국을 강조하는 일본 군국주의 가요와 악보도 자주 눈에 띈다. 「국민총력의 노래(國民總力の歌)」(1941.5), 「국민진군가(國民進軍歌)」(1942.8), 「소국민진군가(小國民進軍歌)」(군사보호원·육군성·해군성 선정, 문부성 검정, 1943.1), 「대일본청소년단가(大日本靑少年團歌)」(대일본청소년단 제정, 1943.3), 「소국민애국가(小國民愛國歌)」(문부성 검정, 1943.3), 「경방단가(警防團歌)」(대일본경방단협회 선정, 1943, 4-5합호) 등이 그것이다. 1943년 9월호는 「군인에게 주는 칙유5개조(軍人ニ賜タル勅諭五5個條)」를 소개했고, 1943년 10월호는 일본 최대의 관변조직 대정익찬회(大政翼贊會)가 공표한 「결전생활훈(決戰生活訓)」을 실었다. 1944년 1월호는 아이생활사·아이생활사후원회 공동명의로 된 "금년도 힘내자. 미영(米英) 격멸!"이라는 표어를 내걸었다.

『아이생활』을 무대로 활동한 적잖은 기독교 계열 작가·시인들이 이런 시대 분위기에 휩쓸렸다. 1943년 9월호는 「제(諸) 선생의 창씨개명」을 소개했는데, 윤복진, 송창일, 노양근, 이정구, 최병화, 박인범, 김영일, 이석훈, 김영수, 모기윤, 김성도, 강승한, 목일신, 연성흠 등의 일본식 이름이 보인다. 송창일은 1942년 6월호부터 '소국민훈화집'이라는 꼭지명으로 황국신민화에 호응하는 글을 연재하다가 단행본 『소국민훈화집』(아이생활사, 1943)을 펴냈다. 한석원의 서문이 붙어 있고, 총 66편의 글을 수록한 책이다. 「황군의 은혜」, 「위문대」, 「국기」, 「일본도 이야기」 등은 제목만으로 내용이 짐작되거니와, 「선행」, 「용기」, 「겸손」, 「약속」 등 일반 덕목에 관한 것들도 시국과 연계된 내용들이다. 『아이생활』 편집진은 임인수의 「아동의 명심보감―송창일 저 『소국민훈화집』 독후감」(1943, 7-8합본) 같은 독후감과 서평을 수시로 실으면서 이 책을 대대적으로 홍보했다.

창작 쪽에서는 조선어 작품의 경우 김영일의 동시가 가장 선동성을 띠었다. 『아이생활』 1942년 12월호에 발표된 「애국기 소국민호(愛國機 小國民號)」는 소학생의 헌금으로 제작한 비행기 '소국민호'를 찬양하는 내용이다. 1943년 1월호에 발표된 「대일본의 소년」은 모두 3절로 되어 있어 노랫말을 염두에 두고 쓴 것임을 알 수 있다.

> 우리들은 대일본에 일꾼이란다.
> 대일본을 빛내일 일꾼이란다.
> 다같이 두팔것고 앞으로가자.
> 산이라 물이라도 거칠것없다.
> 에헤야 소년들아 대일본소년들아
> 굿굿이 씩씩하게 힘써나가자.[35]

『아이생활』에는 지은이가 조선인인지 일본인인지 구별하기 힘든 일본어 가사와 동시들이 많다. 1943년 11월호에 실린 국본종성(國本鍾星, 이종성)의 「군가 울리는 거리(軍歌の鳴る街)」, 금산정부(金山政夫)의 「지원병(志願兵)」, 1943년 12월호에 실린 아동휘(亞東輝)의 「나가라!(進め!)」, 강승한(康承翰)의 「잠자리(とんぼ)」, 1944년 1월호에 실린 금산정부의 「푸른 꿈(靑い夢)」, 이인덕(李仁德)의 「우리는 튼튼한 소년이다(僕らは元氣な少年だ)」, 천성촌(天城村)의 「해군(海軍)」 등은 명백히 군국주의 일본을 찬양하는 일본어 동시들이다.

---

35 김영일, 「대일본의 소년」 1절, 『아이생활』, 1943.1, 3쪽.

소년소설은 협동과 인고단련, 체력보강, 멸사봉공, 애국반장, 병정놀이 등 총후보국과 연계되는 내용들이 주종을 이뤘다. 이전 같으면 개인의 덕성을 기르고 민족의 역량을 키우자는 것으로 볼 수도 있는 테마가 태평양전쟁 시기에는 내선일체·황국신민화·총후적성을 제창하는 것으로 변질되었다. 노양근의 「우승기」(1943.3)가 그러하고, 『동화』 1936년 11월호에 발표한 「쇠줄 '스켓'」을 일본어로 바꾼 송창일(宋山昌一)의 「針金スケート」(1943.12)가 그러하다. 『소년』 1940년 9월호부터 연재하다가 잡지가 폐간되는 바람에 중단된 「꿈에 보는 얼굴」을 일본어로 바꿔 연재한 최병화(朝山秉和)의 장편 「夢に見る顔」(1943.10~폐간으로 중단)은 새로 쓴 부분에서 침략전쟁을 미화하는 내용이 보태진 사례라고 하겠다.

양적으로 보자면, 친일 아동문학은 성인문학에 비해 훨씬 덜한 편이다. 즉 '소국민문학'은 '국민문학'만큼 전면화했다고 보기는 어렵다. 일제는 사회적 영향력이 큰 문화예술인을 일차적인 동원 대상으로 삼았다. 또한 전쟁으로 물자가 부족했기 때문에 어린이 대상으로는 창작보다 더 직접적인 교육 자료를 통해 소국민 연성(鍊成)을 도모했다. 본의 아니게 아동문학은 뒷전으로 밀려난 셈이다. 뒤늦게 밝혀진 『반도노광(半島の光)』 1942년 8월호에 실린 이원수의 동시 「지원병을 보내며」와 「낙하산」도 친일 아동문학에 속하겠지만, 시인의 직장과 관련된 조선금융조합연합회 기관지에 국한된 활동의 결과였다. 지금까지 '아동문학 텍스트'가 문제시되어 『친일인명사전』에 등재된 아동문학가는 김영일과 이원수뿐이다.

3. 전시체제기 문인들의 대일협력 양상

상식적으로 우리는 작가와 작품을 분리해서 생각하기 어렵다. 작품은 작가의 삶과 사상의 산물이라는 소박한 믿음 때문이다. 다른 한편으로 작품은 오로지 작품으로 수용되는 까닭에 작가의 삶과 작품을 혼동할 일은 없다. 둘은 궁극적으로 하나이면서 서로 다른 영역에 속한다. 그래서 둘의 관계는 매우 복잡한 인과고리로 엮여 있다. 김영일은 고등계형사 일을 하면서 대표작 「다람쥐」(『아이생활』, 1944.1)를 썼다. 또한 「대일본의 소년」도 썼다. 「백일홍 이야기」(『어린이』, 1923.11)의 작가 고한승과 「반달」(『어린이』, 1924.11)의 작사·작곡가 윤극영은 태평양전쟁 시기에 작품을 쓰진 않았어도 주요 직책을 맡아 일제에 적극 협력했다. 해방된 조국에서 이들은 아무런 반성 없이 다시 아동문학 활동을 벌였다. 초지일관 약자의 편에 서서 '일하는 아이들'의 고단한 삶에 눈길을 주었다고 알려진 이원수도 침략전쟁에 협력하는 동시를 두 편 남겼다. 이들에게 친일은 무엇이었던가? 즉 김영일, 고한승, 윤극영, 이원수가 친일에 이르게 되는 경로와 이후의 행적은 무엇이 같고 다른가?

사람이 살면서 몇 개 단락이 지어진다고 볼 때, 한 시기의 활동은 다음 시기의 활동에 깊숙이 작용하게 마련이라 연속성과 비연속성이 공존한다. 긍정적이건 부정적이건 변화의 인과 고리를 해명하는 데 비평과 연구의 소임이 있다. 무엇보다도 '팩트'가 중요한데 이를 둘러싸고도 서로 다른 해석과 평가들이 나오곤 한다. 전후맥락이 개입하기 때문일 것이다. 여기에서는 아동문학사에 이름이 오를 만한 작가·시인들을 대상으로 일제 말 친일 행적에 관한 정보를 한데 모아볼 셈이다. 이미 『친일인명사전』에 등재된 작가·시인의 경우는 이름만 거론해도 충분할 것이다. 문제는 '아동문학사에 이름이 오를 만한 작가·시인'의 기준이 무엇이냐 하는 점이다. 아동문학장에 어떤 식으로든 영향을 미친 작가는 모두 포함시켜야 할 것이나, 일단 주요 아동문학선집에 작품이 실린 경우와 일정한 시기에 연속적으로 아동문학 작품을 발표한 작가·시인들에 초점을 두겠다.

해방 후에 발표된 채만식의 단편소설 「민족의 죄인」에는 다음과 같은 대목이 나온다.

많은 수효의 영리한 사람들이 저의 이익과 안전을 도모하기 위하여 진심으로 일본 사람을 따랐다.

역시 적지 아니한 수효의 사람이 핍박을 받을 용기가 없어 일본 사람에게 복종을 하였다.

복종이 싫고 용기가 있는 사람은 외국으로 달리어 민족해방의 투쟁을 하였다. 더 용맹한 사람들은 외국으로 망명도 않고 지하로 숨어다니면서 꾸준히 투쟁을 하였다.

용맹하지도 못한 동시에 영리하지도 못한 나는 결국 본심도 아니면서 겉으로 복종이나 하는 용렬하고 나약한 지아비의 부류에 들고 만 것이었었다.[36]

자기비판을 보인 드문 작품이지만, 자신을 마지막 부류에 넣은 것은 아무래도 자기변명에 가깝다. 채만식은 조선문인협회에서 실시한 황군위문과 현지답사를 여러 차례 다녔고 친일 작품까지 남겼기 때문이다.[37] 이태준, 정지용, 박태원 등은 채만식보다는 덜할는지 몰라도 비슷한 보국 행사에 불려 다녔다.[38] 채만식이 분류한 마지막 부류는 『친일인명사전』에서는 제외된 이 구인회 작가들을 가리켜야 맞을 것이다. 반면에 이무영, 정인택, 정인섭, 이헌구 등은 조선문인협회와 조선문인보국대 간부로 활약했을 뿐만 아니라 시, 소설, 평론 등 친일 작품이 상당하기에 『친일인명사전』에 올랐다.[39] 이무영은 1930년대 중반 『동아일보』에 '아

---

36 채만식, 「민족의 죄인」, 『백민』, 1948.10, 46쪽.
37 친일인명사전 편찬위원회 엮음, 『친일인명사전』, 민족문제연구소, 2009. 참조.
38 친일인명사전 편찬위원회 엮음, 『일제협력단체사전』, 민족문제연구소, 2004; 이건제, 「조선문인협회 성립과정 연구」, 『한국문예비평연구』 34호, 2011. 참조.
39 친일반민족행위진상규명위원회 엮음, 『친일반민족행위관계자료집』, 2009, 선인; 박중훈, 「일제강점기 정인섭의 친일활동과 성격」, 『역사와경계』 89집, 2013, 177~215쪽. 참조.

기네 소설' 연작과 장편 모험동화 「똘똘이」를 연재한 바 있다. 정인택은 해방 후 여러 아동잡지들에 장편 소년소설을 연재하는 등 아동문학 쪽에서 활발히 움직이다가 월북했다. 1920년대 색동회 회원으로 참가한 정인섭, 이헌구는 윤극영, 마해송, 진장섭, 조재호 등과 해방 후 방정환 기념사업 및 어린이문화운동을 펼친 주역들이다.

따지고 보면 아동문학에 대한 그릇된 통념의 많은 부분은 방정환 사후 색동회의 굴절과 관련이 깊다. 그만큼 초창기 색동회의 몫이 크고 중요하다는 사실의 반증이기도 한데, 방정환 사후의 색동회는 해체된 것이나 다름없이 활동이 유야무야했다. 그렇지만 남다른 전문성을 갖춘 색동회 구성원은 제각각 자기영역에서 이름을 날렸다. 정인섭, 이헌구는 해외문학파로 승승장구했다. 윤극영, 정순철은 작곡 분야, 조재호, 진장섭은 교육 분야, 고한승은 사업 분야, 마해송은 출판 분야, 손진태는 민속학 분야에서 눈부시게 활약했다. 이들은 전시체제를 무사히 통과하지 못했다. 『친일인명사전』에 오른 회원이 넷(정인섭, 이헌구, 조재호, 고한승)이고, 나머지도 정도만 다를 뿐이지 제각각 협력의 길을 걸었다. 해방 후 이들은 식민지시대 아동문학사를 순수주의(동심주의)와 애국주의(교훈주의)적으로 굴절시키는 지배담론을 펼쳤다. 초기 색동회에 포함된 사회주의적 요소를 외면했음은 물론이다.

윤극영은 만주국의 친일단체 협화회 회장을 지냈다. 일제에 기대어 운수업을 벌여 일확천금을 했으며, 정원이 호화로운 7백여 평의 집에서 살았다고 한다. 전쟁이 끝나고 미처 재산을 처분하지 못해 어영부영하던 중 체포되어 사형을 선고받는다. 그런데 사형 하루 전날, 중국공산당 간부이자 연길현 현장이 사형수 명단을 점검하다가 「반달」의 작곡가를 알아본 덕택에 구사일생으로 살아나 탈출에 성공한다.[40] 이런 사실은 한중

---

40 류연산, 『일송정 푸른 솔에 선구자는 없었다—재만 조선인 친일 행적 보고서』, 아이필드, 2004. 참조.

수교 이후 연변과 왕래가 이뤄지면서 비로소 알려졌다. 윤극영이『친일 인명사전』에 오르지 않은 것은 서류 관계 증거 부족 때문이었을까?

조재호는 1940년부터 1944년까지 조선총독부 학무국 시학관을 지냈 다. 전시체제에 조선인으로서는 최고위직 교육관료를 지낸 것이다. 내선 일체와 황국신민화 구현에 앞장선 활약들이 화려하다. 대한민국 체제에 서는 문교부 고위직과 서울교대 학장을 지냈다.[41]

고한승은 개성부 부회의원, 송도항공기주식회사 대표이사를 지냈다. 1941년 12월 개성의 유지들과 비행기헌납운동을 벌인 바 있는데, 1945 년 1월부터는 침략전쟁에 비행기를 제공하기 위해 설립한 회사를 직접 경영했다. 그는 1948년 5월『어린이』속간호를 펴냈는데, 이것이 속죄의 행위일 수도 있겠으나 과거 이력이 워낙 엄중한 탓에 1949년 반민특위 에 체포되었다.[42]

마해송은 일본에서『모던일본(モダン日本)』의 사장을 지냈다.『모던일 본』은 오락과 교양을 겸비한 대중잡지였는데 1943년 1월부터 제호를 『신태양』으로 바꾸고 군국주의 선전에 앞장섰다. 마해송은『모던일본 조선판』을 두 차례 펴냈고, 신태양사 주관의 조선예술상을 제정해서 운 영한 바 있다. 이것이 내선일체에 호응한 것인지, 일정한 타협 아래 조선 문학의 발전을 도모한 것인지 판단하기란 쉽지 않다. 1939년 조선판에 는 미나미 지로오(南次郞) 총독이 '흥아국책, 내선일체에 기여하리라고 믿는다'라고 한 축사가 실려 있거니와, 조선예술상 1944년 수상자 주요 한은 조선문인보국회 간부였고 1945년 수상자 박종화는 상금 오백 원 을 전부 해군에 헌납했다.[43] 또한 마해송은 이광수와 최남선이 일본에서 유학생들을 상대로 학병 참가를 권유하는 강연이 끝난 뒤 그 취지를 말

41『친일인명사전』참조.
42『친일인명사전』참조.
43 졸고,「해방 전후의 민족현실과 마해송 동화」,『한국 아동문학의 쟁점』, 창비, 2010. 참조.

하는 대담에서 사회를 맡았다.[44]

소년운동 지도자들의 변절도 아동문학과 무관할 수 없다. 소년운동의 고조기에는 그들도 활발하게 작품 활동을 병행했다. 소년운동은 1930년 대 들어서 급속히 약화되다가 끝내 변질되고 만다. 방정환 주도의 천도 교소년회와 정홍교 주도의 오월회가 주도권 문제로 갈등 끝에 조선소년 총연맹(위원장 정홍교, 1928)으로 통합되지만, 계급주의가 한창일 적에는 끊 임없는 내홍으로 인해 어린이날 행사조차 변변히 치르지 못했다. 오월 회 계열의 정홍교, 고장환, 최청곡, 정청산, 김태오 등은 시천교와도 일 정하게 연결되어 있었다. 1937년 이들의 주도로 관변적이라고 의심되는 조선아동애호연맹 발기회가 열렸으며, 여기에서 조선소년총연맹의 해 체를 만장일치로 합의했다. 조선소년총연맹의 대의체계를 무시한 결정 이라 해체는 원천무효였으나 민족사회운동으로서의 소년운동은 막을 내렸다. 1937년 어린이날 준비위원회의 임시회의가 조선아동애호연맹 임시 사무실에서 열렸다. 이 해의 어린이날 행사에서 정홍교의 선서문 낭독이 끝난 뒤 참석자들은 조선신궁을 참배했다. 이후로 건아단, 애국 소년단, 황국해양소년단 같은 관변 소년단체들이 잇달아 생겨났다.[45]

우리에게 잘 알려진 수많은 동요를 작곡한 홍난파도 전시체제에 적극 협력하는 음악활동으로 『친일인명사전』에 올랐다. 자금과 무대의 지원 으로 실현되는 공연예술은 전쟁기간 중에 친일이 아니고서는 유지가 불 가능했다. 카프 시기 연극 분야에서 맹활약을 보인 송영과 신고송도 전 시체제의 연극 공연으로 『친일인명사전』에 올랐다. 송영은 1942년 조선 총독부의 촉탁으로 영미를 격멸하자는 연극 〈삼대〉를 무대에 올렸으며, 일제의 관변단체인 조선연극문화협회 이사로 활동했다. 신고송은 1943

---

44 일본에서 발행된 『조선화보』(1944.1)에 수록된 이 대담 자료가 김윤식 교수의 번역과 해설로 『서정시학』(2003년 봄호)에 소개된 바 있다.
45 최명표, 『한국근대소년운동사』, 선인, 2011. 참조.

년 조선연극문화협회의 핵심 사업으로 펼쳐진 국민연극경연대회 참가작 〈아름다운 고향〉을 연출했고, 1944년 집체극 〈분노하는 아시아〉의 공동연출을 맡는 등 총후의 결전태세를 고무하는 활약을 벌였다.[46]

조선일보사에 근무하면서 『소년』과 『소년조선일보』의 삽화를 담당한 정현웅은 침략전쟁을 미화하고 선전하는 삽화를 많이 그렸다. 그는 경성일보사에서 발행한 일본어 아동잡지 『소국민(小國民)』의 표지와 삽화도 맡았다. 『소국민』은 사진, 그림, 만화 같은 시각적 자료를 활용해서 총후봉공과 결전태세를 확립하려는 아동용 선전 책자였다. 당시에는 아동을 '소국민'이라 칭했는데, 이는 파시즘적 국가주의의 산물이라고 할 수 있다. 황국신민화 기획 아래 아동을 '제이세국민(第二歲國民)'으로 결속시키자는 취지였다. 전시체제에는 '국민문학'과 짝을 이루어 '소국민문학'이라는 명칭이 널리 쓰였다.

계급주의 아동문학을 대표하는 작가 이주홍은 만화로 일제에 협력했다. 최근 그의 연보에서 비어 있는 부분에 대한 연구결과가 속속 나오고 있는데, 거의 친일로 얼룩져 있었다. 그는 1939년 『동양지광(東洋之光)』에 '시사만화'를 연재했고, 1941년부터 1942년 사이 『반도노광(半島の光)』에 '만문만화'를 여럿 발표했다. 1942년과 1944년 사이 『동양지광』에는 시, 소설, 수필, 논설 등도 발표했다. 모두 일본어로 되어 있고 친일적 색채가 농후하다.[47]

김영일은 친일 작품도 발표했지만, 앞서 말했듯이 일제 고등계형사였다는 사실이 더욱 놀랍다. 고등계는 정치사상범을 다루는 곳이니, 쉽게 말해서 독립운동가를 잡는 일에 앞장선 셈이다. 그는 해방 후에도 경찰

---

46 『친일인명사전』 및 이재명, 『일제 말 친일 목적극의 형성과 전재』, 소명, 2011. 참조.

47 오진원, 「이주홍 연표의 비어 있는 기간을 찾아서」, 『어린이와문학』, 2011.10; 류종렬, 「이주홍의 일제말기 일문 작품 연구 1」, 『한국문학논총』 65집, 2013; 류종렬, 「이주홍의 일제말기 일문 작품 연구 2」, 『한중인문학연구』 44집, 2014; 류종렬, 「이주홍의 일제 말기 일문 만화 연구」, 『한중인문학연구』 48집, 2015.

간부직을 지냈다고 하며, 6·25전쟁 때에는 '전시(戰時) 국민학교 노래책' 『소년기마대』(건국사, 1951)를 펴냈다. 그의 고등계 형사 이력은 1943년 비밀독서회 사건으로 체포되어 모진 고문을 받고 서대문형무소에 수감된 바 있는 조애실 시인의 증언으로 밝혀졌다. 김영일은 4·19 직후 문총 회의 때에는 문단의 원로와 중진들을 개별적으로 불러놓고 마치 형사처럼 4·19 관련 여부를 문초하기도 했단다. 이를 보다 못해 조애실 시인이 김영일을 창씨개명 이름 '가네무라 씨!'로 부르면서 호통을 쳤다는 것이다.[48]

오랫동안 금기로 묶여 있던 월북·재북 작가의 작품을 포함해서 1950년 6·25전쟁 직전까지의 아동문학 작품을 새롭게 발굴해서 가려 뽑은 『겨레아동문학선집』(전10권, 겨레아동문학연구회 엮음, 보리, 1999)은 널리 권위를 인정받고 있는 편이다. 이 선집에 수록된 작가·시인 가운데 고한승, 김기림, 김기진, 김남천, 김동환, 김영수, 김영일, 김태오, 노천명, 박태원, 송영, 송창일, 신고송, 안회남, 윤극영, 이동규, 이용악, 이주홍, 이태준, 이헌구(이구), 정지용, 조풍연, 주요한, 채만식, 최병화, 최영주, 최청곡, 피천득, 현재덕, 홍효민(홍은성) 등은 임종국의 『친일문학론』에서 거론되었거나, 후속 연구들을 통해 어느 정도 친일 행위가 확인된 작가·시인들이다. 이 가운데 고한승, 김기진, 김동환, 김영일, 노천명, 송영, 신고송, 이원수, 이헌구, 주요한, 채만식, 최영주 등은 사전 편찬위에서 정한 기준에 의거해서 최종적으로 『친일인명사전』에 올라 있다. 일제 말 친일문인의 범주에 속하는 작가·시인이 엄청나다는 사실과 함께 이들의 문학적 성과를 모두 배제할 수 없다는 점이 훤히 드러난다.

아동문학선집에 작품이 실리지 않아 지나치기 쉽지만, 아동잡지 편집이나 번역 등으로 아동문단과의 교섭이 활발했던 신영철, 김상덕, 박팔

---

48 조애실, 『차라리 통곡이기를』, 전예원, 1977; 이재철, 「친일 아동문학의 청산과 새로운 아동문학의 건설」, 『민족문제연구』 10집, 1996. 참조.

양 등도 친일로 얼룩져 있다. 『친일인명사전』은 폭넓은 사회적 지지를 배경으로 숙고를 거듭해서 만들어졌음도 불구하고 논란의 여지가 적지 않기에 애초 약속했던 수정 보완 작업이 조속히 이뤄져야 한다. 김기림, 김소운, 마해송, 박팔양, 송창일, 신영철, 이주홍, 정현웅, 정홍교, 홍효민 등을 뺀 것과 같은 기준이라면, 모두 5편의 친일 글이 확인된 이원수도 빠질 만한 이력의 소유자일 것이며, 윤극영이 빠진 것은 누구나 수긍하기 어려울 것이다. 친일 활동에 대한 사실 규명과 엄정한 평가를 전제로 문학적 성과를 계승한다는 대원칙을 다시금 확인해볼 필요가 있다.

4. 아동문학 부문 식민잔재 청산의 과제

문학사에서 일제 말은 흔히 '암흑기'로 비유된다. 자칫 이 말은 엄연히 지속된 한 시기를 마치 없었던 것처럼 괄호치게 만들 수 있다. 우리의 무의식은 기억하고 싶지 않은 것을 덮어두려는 망각에 곧잘 이끌린다. 그러나 수치스러운 과거도 오늘을 있게 한 역사의 일부분이다. 일제 말의 '소국민문학'을 건너뛰면 문학사의 연속성도 문제려니와 문학의 정치성에 대한 사려 깊은 성찰의 기회도 무산된다. 문학 부문의 식민잔재 청산은 저열한 정치성으로서의 국가이데올로기로부터 벗어나는 것이 핵심이 아닐까 한다.

일제 말 적지 않은 지식인들이 '대동아전쟁'(태평양전쟁)의 이론적 근거인 신체제론에 환호했다. 신체제론은 '대동아공영권'이라는 슬로건을 내걸고 아시아적 가치를 특권화함으로써 서구적 근대화론에 짓눌린 자존심을 단숨에 일으켜 세웠다. 지식인들이 '귀축미영(鬼畜米英)'에 그토록 열광한 데에는 다 나름의 이유가 있었던 것이다. 그렇다면 소국민문학은 한때의 미친바람에 불과한 것일까? 어떤 면에서 북한의 반미주의나 남한의 반공주의 아동문학은 소국민문학의 분단 판이 아닐 수 없다. 남 북한의 적대적 대결구도로 말미암아 한반도는 전시체제 및 준전시체제 가 아닌 적이 거의 없었다. 채만식의 「민족의 죄인」에서 한 군데 더 살펴 보기로 하자.

> 그 뒤, 1944년 5월에는, 작가 다섯 사람과 화가 다섯 사람을 추려, 소설가 하 나에다 화가 하나를 껴, 다섯 패를 만들어 가지고, 전라남도 목포의 목조조선소, 강원도 영월 무연탄광, 평안북도 강계의 무수알콜 공장, 같은 평안북도 용천의 불이농장, 역시 평안북도 양시의 알미늄공장 이 다섯 곳 생산현장으로 그 한 패 씩을 파견하는 한 패에 뽑히어, 나는 양시의 알미늄공장으로 갔었다. 할일이라 는 것은, 가서 한 일주일 가량씩 묵으면서 생산현장의 실지견문을 얻어 가지고 돌아와, 화가는 증산하는 그림을, 소설가는 증산소설을 각각 쓰는 것이요, 주최 와 발안은 총력연맹 문화과였었다.[49]

일제 말 작가들이 시국에 어떻게 협력했는지를 밝힌 대목이다. 그런데 북한 아동문학을 연구하다 보면 식민지시대 '총력연맹 문화과'가 요구 한 것과 같은 당의 문예정책과 문인들의 현지답사기를 수없이 목격하게 된다.[50] 북한에서는 친일파 숙청이 제대로 이뤄졌는가? 관직에 종사한 친일부역자에 대한 청산은 모르겠으되, 친일문인의 경우는 남한과 크게 다르지 않았다. 송영, 신고송, 박팔양, 송창일 등은 과거 이력을 숨긴 채 주요 직책을 맡으며 승승장구했다. 그림과 삽화로 협력한 정현웅, 현재 덕, 임홍은 등도 마찬가지다. 북한 정권이 이들의 과거를 묻지 않은 것은 정권 편에 서서 당의 문학을 옹호하는 데 앞장섰기 때문일 것이다. 북한 에서 대대적으로 내세우는 '주체문학'이나 '선군문학'은 한마디로 전시

---

49 채만식, 「민족의 죄인」, 『백민』, 1949.1, 53쪽.
50 졸고, 『북한의 아동문학―주체문학에 이르는 도정』, 청동거울, 2012. 참조.

체제 '국민문학'의 연장이 아닐 수 없다.

　정도는 다르지만, 남한에서도 비슷한 일들이 벌어졌다. 다 알다시피 반민특위가 와해되고 친일파 청산에 실패함으로써 역사는 잘못된 방향으로 흘렀다. 이때 새로운 애국주의가 등장했다. 다름 아닌 반공이데올로기였다. 식민잔재 청산이 물거품이 된 것은 미군정과 결탁한 친일부역자 집단이 애국·반공투사로 얼굴을 바꾸고 민족주의 담론을 전유한 것을 막지 못한 데에도 큰 원인이 있다. 친일파의 생존법은 반공을 국시로 하는 정권에 적극 협력하는 것이었다. 대한민국의 지배집단은 권력을 공고히 하기 위해 식민유제를 온전히 떠받들었다. 우리의 맹세, 국기에 대한 맹세, 국민교육헌장, 학도호국단, 반상회, 치안유지법, 국가보안법, 예비검속법, 전향법과 보호감호 처분, 국정교과서, 문화계 블랙리스트……. 군사독재정부 시절의 아동잡지들은 일제 말 『소년』, 『아이생활』의 모습과 상당히 흡사했다. 반공화보, 간첩소탕, 월남파병, 군인위문, 새마을운동, 이와 관련된 만화, 포스터, 글짓기, 웅변대회, 반공궐기대회…….

　분단시대의 국가이데올로기는 일제 말과 다르게 성인 쪽에 비해 아동문학 쪽에서 더욱 극성이었다. 반공·반일 등 증오와 혐오를 키워온 맹목의 애국주의 창작경향은 식민잔재 청산의 과제와 결코 동떨어진 문제가 아니다. 엄밀히 말해서 찌꺼기를 뜻하는 '잔재(殘滓)'라기보다는 이전부터 지속돼온 '유제(遺制)'라고 해야 더욱 정확하다. 식민잔재 청산의 과제는 해방 후의 새로운 적폐와 중층적으로 이어진 문제라는 인식이 절실하며, 아동문학은 한국문학의 일부로서 문학사 전반의 문제를 공유하고 있다는 사실이 간과되어서도 곤란하다. 중요한 것은 아동문학사의 시각이 아닐까? 요컨대 아동문학 부문의 식민잔재 청산은 올바른 아동문학사 인식 및 서술의 문제로 귀착한다.

해방기 아동문학에 비친 두 개의 8·15

'해방'과 '건국'의 문제

1. 문제 제기

최근 역사교과서 국정화 논란이 뜨겁다. 검인정 역사교과서 대부분은 좌편향이라는 주장과 국정화는 독재정권 시대로의 회귀라는 주장이 맞부딪친다. '건국절' 논란에서 드러나듯이, 가장 첨예한 문제는 1948년 8월 15일 대한민국 정부 수립을 어떻게 보느냐 하는 것이다. 1945년 8월 15일 해방과 동시에 자주독립국가 건설의 염원이 봇물처럼 터져 나왔다. 이후의 역사는 어떻게 전개되었는가? 분단 상황이 지속되는 한, 역사 서술의 문제는 이념 논쟁에서 자유롭지 못하다. 상대적으로 검인정 정책이 대화의 규칙이라면 국정화는 배제의 규칙이라고 할 수 있다. 결국 국정화란 국가의 통제 아래 지배 이데올로기를 관철하려는 구시대의 작폐가 아닌지 의심되는 상황이다.

문학사 연구에서도 해방 직후는 뜨거운 논란거리다. 그런데 아동문학 분야는 현저히 한쪽으로 '기울어진 운동장'이라고 할 수 있다. 냉전시대의 산물인 이재철의 『한국현대아동문학사』(1978)가 이 분야의 교과서처럼 통용되고 있기 때문이다. 이 저서가 아동문학 연구의 불모지에서 이뤄낸 독보적인 학문적 성과임은 부인되지 않는다. 하지만 문학사의 시각에 따라 정전(正典)의 배열이 달라진다는 점을 고려한다면, 냉전적 시각에 입각한 이재철의 아동문학사에서 무엇이 선택되고 무엇이 배제되었는지를 문제 삼지 않을 수 없다. 이재철의 아동문학사는 냉전시대의 단순 반영이기보다는 유신정권 하의 국정교과서처럼 지배 이데올로기를 적극 대변하면서 재생산하는 역할을 해왔다. 해방 직후의 문학사를 조망하는 다음의 서술을 살펴보자.

해방이 된 며칠 후인 1945년 8월 18일, 한청빌딩에 '문학건설총본부'라는 어마어마한 간판을 내걸고 임화 등 좌익계분자가 음흉한 수작을 벌인 것이 바로 그 시초였던 것이니, 이를 계기로 성인문단은 그 사상적 대립을 극한 상태로 몰고 갔다.[1]

그리하여 한때는 대한민국의 정부가 수립된 뒤에까지도 이들은 신문·출판사에 깊숙이 침투하여 전 언론계를 농락하고 심지어 국정교과서에까지 대한민국을 거부하는 자의 글이 실릴 만큼 위세를 떨치기도 했지만, '문총'의 활약과 신정부의 노력으로 이들은 완전히 분쇄되어 갔다.[2]

이상에서 살펴본 '민족문학' 재건의 두 갈래 길은 결국 계급적 사회주의 국가 건설을 위한 사이비 민족문학과, 자유민주주의적 순수민족주의 국가 건설을 위한 민족 문학의 싸움이었던 것이다.[3]

이재철은 조선문학가동맹('문학건설총본부') 계열은 "계급적 사회주의 국

---

1 이재철, 『한국현대아동문학사』, 일지사, 1978, 323쪽.
2 이재철, 위의 책, 324~325쪽.
3 이재철, 위의 책, 332쪽.

가 건설을 위한 사이비 민족문학"이고, 정부 수립 후의 한국문학가협회('문총') 계열은 "자유민주주의적 순수민족주의 국가 건설을 위한 민족문학"이라고 구분하면서, 후자에 "'민족문학' 재건"의 법통성을 부여했다. 정부 수립을 기점으로 그 이전의 민족문학 운동을 '좌파'의 책동으로 치부하면서 "사이비 민족문학"으로 규정한 것이다. 후술하겠지만 사회주의와 민족주의를 적대 관계로 보는 이 시각은 분단이 고착화되는 과정에서 불거진 것이다. 양극단의 냉전논리로 인해 두 사상의 공유지대는 말끔히 소거되고 말았다. '대한민국 정부 수립' '국정교과서' '민족문학 건설'을 하나로 묶어 세운 이 논리가 8·15 이후 문학사의 흐름을 온전히 파악한 결과일까? "임화 등 좌익계분자가 음흉한 수작을 벌인 것"이라는 언술도 거슬리거니와, "정부가 수립된 뒤에까지도 신문·출판사에 깊숙이 침투하여 전 언론계를 농락하고" "국정교과서에까지 대한민국을 거부하는 자의 글이 실릴 만큼 위세를 떨"쳤는데, 이를 "'문총'의 활약과 신정부의 노력"으로 "완전히 분쇄"했다는 말에서는 반공을 앞세워 정부 비판 세력을 '좌파=빨갱이'로 매도했던 유신독재시대의 서슬 푸른 기운이 감지된다.

여기서 자세히 따질 계제는 아니겠으나, 위의 인용문은 적어도 세 가지 면에서 또 다른 시각의 검토가 요구된다. 첫째, 조선문학가동맹은 당시 가장 많은 문인들이 참여한 좌우합작 문인단체였으며 여기에서 개최한 제1회 조선문학자대회는 대동단결의 흐름으로 인식되었다는 점, 둘째, 정부 수립 이후 조선문학가동맹이 불법화되자 여기 이름을 올린 문인들은 사상전향단체인 국민보도연맹에 가입해야 하는 수모를 겪게 되는데 그럼에도 이들의 양심적이고 비판적인 창작 활동은 계속되었다는 점, 셋째, 미군정기 이병기가 편수관이 되어 만든 중등국어 교과서는 비교적 좌우 균형을 이룬 것임에도 정부 수립 직후 일각에서 '빨갱이 교과서'라고 매도하는 바람에 조선문학가동맹 계열의 작품이 빠지게 되었다는 점 등이다. 작금의 '문화계 블랙리스트' 사태가 말해주듯이 이 땅의 진보적이고 양심적인 문인들에게 가해진 '좌파' 또는 '빨갱이'라는 규정은 매카시적 마녀사냥에 다름 아니었다.

이재철의 아동문학사는 정부 수립 과정에서 문단재편을 주도한 이른바 '문협정통파'의 시각으로 서술된 것이다. 북한에서 나온 아동문학사도 기울어진 방향만 다를 뿐이지 동일한 문제점을 안고 있다.[4] 주지하듯이 정부가 수립되고 분단이 고착화됨에 따라 상호 적대적인 냉전논리가 남북한에서 각각 지배 이데올로기로 자리잡는 바, 여기에 부합하지 않는 흐름은 공히 배제되거나 축소되고 말았다. 주로 조선문학가동맹에 동참한 흐름이 그 대상이었다. 남한에서는 '빨갱이', 북한에서는 '미제의 앞잡이'라는 정반대의 규정이 내려지면서 이 흐름은 맥이 끊기거나 수면 아래로 가라앉는다. 그러나 미군정기는 물론이고 정부 수립 후 6·25전쟁이 터지기까지 이 흐름은 가장 뚜렷하고 유의미한 족적을 남긴 것으로 평가된다. 이 글은 바로 이런 사실을 새롭게 부각시키고자 하는 것이다. 초점은 두 개의 8·15, 즉 해방과 정부 수립을 둘러싼 아동문학 쪽의 대응이다. 냉전시대의 악폐인 '색깔론'에서 탈피하고 역사주의 시각으로 작품과 시대현실의 상호관계를 살핀다면 더한층 실상에 다가설 수 있을 것이라고 믿는다. 실증에 충실하고자 해당 시기의 일차자료와 최초 발표 원문을 일일이 찾아내서 역사주의적 해석을 시도했다.

2. 해방 직후 아동문단의 이념적 지도

해방 직후는 여러 가능성이 열려 있는 역동적인 상황이었기에 시간적

---

4 졸고, 『북한의 아동문학—주체문학에 이르는 도정』, 청동거울, 2012, 323~339쪽. 참조.

추이를 고려하지 않은 좌우파 구분은 일면성을 면하기 어렵다. 더욱이 6·25전쟁을 겪는 동안 문인들은 남한과 북한 중 어느 하나를 선택할 수밖에 없었는데, 그 결과를 가지고 이전 시기까지 소급적용해서 좌우파로 나누는 것은 역사주의와 거리가 멀다. 예컨대 일제강점기『문장』을 주재한 이병기, 정지용, 이태준이라든지 방정환 사후『어린이』를 주재한 윤석중에 대한 과거의 논의들을 보면 단순이분법의 형식논리에 갇혀 있기 일쑤였다. 그러나 통념과 달리『어린이』(1923~1935)와『문장』(1939~1941)은 사회주의 문인을 수용했을지언정 적대하거나 배척한 적이 없다. 월북한 이태준과 정지용은 좌파이고, 그렇지 않은 이병기와 윤석중은 우파였는가? 해방 후 이들은 조선문학가동맹에 이름이 올랐거니와 실제 행적을 보더라도 좌우파 어느 하나에만 귀속되지 않는다. 조선어학회의 이병기는 미군정청 학무국 편수관으로 중등국어 교과서를 펴낼 때 조선문학가동맹의 이원조와 협의했고 편찬위원으로 임화, 이태준, 김남천 등을 추천받는다.[5] 조선어학회의 숙원사업인『조선말 큰사전』(1947)이 을유문화사에서 발간되자 조선어학회·조선문학가동맹 합동으로 '한글 501주년 기념식'(1947.10.9)이 열렸으며,[6] 간행 축하회(1948.4.6)는 조선문학가동맹이 주최했다.[7] 당시 을유문화사 주간은 윤석중이었다. 미군정기 을유문화사의 단행본 목록에 박두진·조지훈·박목월의『청록집』(1946), 정지용의『지용시선』(1946), 허준의『잔등』(1946), 이태준의『사상의 월야』(1946),『복덕방』(1947), 홍명희의『임거정』(1948) 등이 나란히 있다고 해서 이상하게 볼 건 아니다. 윤석중은 조선프롤레타리아문학동맹에 이름이 올랐으나, 주로 을유문화사에서 조선아동문화협회의 간판을

---

5 강진구, 「문학 텍스트의 정전화 과정과 문학권력」, 문학과비평연구회 엮음, 『한국 문학권력의 계보』, 한국출판마케팅연구소, 2004, 50~51쪽.
6『자유신문』, 1947.10.10.
7 출판기념회에서 정지용의 사회로 문학가동맹 위원장 홍명희의 기념사, 부위원장 이병기의 축시 낭독이 진행되었다. 이용호,『미군정기의 한글운동사』, 성청사, 1974, 77쪽.

내걸고 활동했다. 신고송 동극집 『백설공주』(조선아동문화협회, 1946), 현덕 동화집 『토끼 삼형제』(조선아동문화협회, 1947), 권태응 동요집 『감자꽃』(글벗 집, 1948) 등도 윤석중의 손을 거쳐 나온 것이다.

분단시대의 냉전논리는 좌우 이념의 지도를 심각하게 왜곡시켰다. 최고 권력자에 대한 우상화로 치달은 북한의 경우는 말할 것도 없지만, 남한에서도 전쟁 트라우마를 권력의 유지 수단으로 이용하려는 정치세력에 의해 안보의 이름으로 사상통제가 강화되었다. 정부를 비판하는 쪽에 대해서는 덮어놓고 '좌파=빨갱이=종북'이라는 딱지를 붙이고 탄압했다. 전쟁 트라우마 곧 레드콤플렉스 때문에 이 땅의 좌우파 규정은 사실상 사상의 본질과 무관하게 선악의 프레임에 갇히게 되었다. 좌우 이념으로 문단의 대립을 설명하는 것이 생산적이기 어려운 이유가 여기에 있다. 계급과 민족 문제를 함께 사유하려는 건강한 작가의식을 두고서 사회주의적 요소를 문제 삼아 '좌파=악마'로 매도하는 일이 적지 않았다. 형식론적으로 두 세력 사이에 위치한 중간파가 아니라 사회주의와 민족주의를 함께 수용한 좌우합작 지향을 본래적 의미의 중도라고 한다면, 조선문학가동맹을 일괄 좌파로 규정하는 것이 과연 합당한지 돌아볼 필요가 있다. 냉전시대의 색안경으로부터 자유로우려면, 해방 직후의 이념적 지도를 시대현실에 비추어 살펴야 마땅하다. 다음 두 가지 자료는 당시의 상황을 단적으로 보여주는 것들이다.

미군정청 여론국에서는 조선인민이 어떤 종류의 정부를 요망하는가를 관찰키 위하야 30항목의 설문을 예거하고 여론을 조사하였는데 설문에 반영된 민의는 다음과 같다. (…)
설문3. 귀하가 찬성하는 것은 어느 것입니까?
가. 자본주의 1189인(14%)
나. 사회주의 6037인(70%)

다. 공산주의 574인(7%)

라. 모릅니다 653인(8%)[8]

불원한 장래에 사어사전(死語辭典)이 편찬이 된다고 하면, 빨강이라는 말이 당연히 거기에 오를 것이요, 그 주석엔 가로되,

 '1940년대의 남부조선에서, 볼쉐비키, 멘쉐비키는 물론, 아나키스트, 사회민주당, 자유주의자, 일부의 크리스찬, 일부의 불교도, 일부의 공맹교인(孔孟敎人), 일부의 천도교인, 그리고 주장 중등학교 이상의 학생들로서 사회적 환경으로나 나이로나 아직 확고한 정치적 이데올로기가 잡힌 것이 아니요, 단지 추잡한 것과 부정사악(不正邪惡)한 것과 불의한 것을 싫어하고, 아름다운 것과 바르고 참된 것과 정의를 동경 추구하는 청소년들, 그 밖에도 ×××과 ◇◇◇당의 정치노선을 따르지 않는, 모든 양심적이요 애국적인 사람들 (⋯) 이런 사람을 통틀어 빨강이라고 불렀느니라.'

 하였을 것이었었다.[9]

첫 번째 인용문은 당시의 '민의'를 엿볼 수 있는 자료이다. 대표적인 우익지 『동아일보』에 발표된 미군정청의 여론 조사임에도 해방 1주기인 1946년 8월 시점에 사회주의나 공산주의 정부를 요망하는 이들의 합이 자본주의 정부를 요망하는 이들에 비해 압도적 다수를 차지하고 있다. 이로 미루어 보건대 당시 사회주의를 수용한 작가들을 '좌익계분자=빨갱이=비애국자'라는 도식 아래 '분쇄'되어야 할 대상으로 보는 것은 민의와 어긋날뿐더러 실상과도 동떨어진 사후적 판단에 지나지 않음을 알 수 있다. 두 번째 인용문은 정부 수립 직후에 나온 채만식 소설의 한 구

---

8 『동아일보』, 1946.8.13. 도합 8,453명에 대한 비율을 소수점 첫째자리까지 다시 계산해 보면, 자본주의 13.5%, 사회주의 71.4%, 공산주의 6.7%, 모릅니다 7.7%이다.

9 채만식, 「도야지」, 『문장』 속간호, 1948.10, 14쪽.

절이다. '빨갱이'의 의미에 대한 채만식 소설의 풍자는 정부 수립을 둘러싸고 이 땅의 이념적 지도에 심각한 왜곡이 주어졌음을 시사한다. 기실 '좌익계분자=빨갱이=비애국자'라는 도식은 친일파·지주·자본가계급의 이해를 대변하는 이승만 정권의 성격을 호도하면서 반대파를 제거하는 데 동원된 논리였다. 채만식도 미처 몰랐던 사실은 '빨갱이'란 말이 "불원한 장래에 사어사전"에 등재되는 것으로 끝나지 않고 해방 70주년이 지난 오늘날까지도 위력을 발휘하고 있다는 점이다.

민족의 분단이 장기화되면서 남북한은 역사를 따로 쓸 수밖에 없는 상황이 되었다. 이때 식민지시대와 분단시대의 연속성 문제가 제기된다. 식민지시대의 문학운동을 다룬 그간의 연구들은 사회주의 지향의 계급우위론은 좌파, 자본주의 지향의 민족우위론은 우파로 규정해 왔다. 계급주의를 앞세운 카프 계열을 좌파, 민족주의를 앞세운 국민문학파 계열을 우파로 규정하는 것은 타당하다. 문제는 이재철의 아동문학사가 카프 계열의 『별나라』를 좌파, 천도교 계열의 『어린이』를 우파로 규정한 점이다. 하지만 아동문학 쪽은 계급·민족을 함께 수용한 좌우합작 지향의 중도파(『어린이』)와 1930년경 계급우위론으로 급변한 좌파(『별나라』, 『신소년』)가 대세였고, 우파는 민족적 색채도 가장 얇은 기독교계통의 『아이생활』에 국한될 정도로 세력이 미미했다. 『어린이』는 『개벽』과 마찬가지로 사회주의 사상과 카프 작가를 수용했다. 따라서 『어린이』 계열의 아동문학 작가들이 해방 후 조선문학가동맹과 충돌할 이유도 없었다. 그러함에도 이재철의 아동문학사는 『어린이』를 우파, 조선문학가동맹 아동문학위원회 기관지 『아동문학』을 좌파로 나누었다. 이는 식민지시대와 분단시대의 연속성 문제를 '문협정통파'의 시각으로 해결하고자 냉전논리를 그때그때 자의적으로 적용한 결과라고 할 수 있다.

이재철은 사회주의(좌파)와 민족주의(우파)라는 이항대립의 구도 아래 『아동문학』(문학건설본부 및 조선문학가동맹 아동문학위원회 기관지, 1945.12~1947.7),

『별나라』(속간, 1945.12~1946.2), 『새동무』(1945.12~1947.9) 등은 "극단의 좌익계 잡지"이고,[10] 『소학생』(1946.2~1950.6, 1947년 5월부터 주간에서 월간으로 전환)은 "거의 유일한 민족진영의 아동지"[11]라고 구분했다. 정부가 수립되고 조선문학가동맹이 불법화된 시기에 나온 『어린이』(속간, 1948.5~1949.12)와 『소년』(1948.7~1950.6)도 의당 우파 계열로 보았다. 그런데 이것들보다 장기간 발행된 『진달래』(1947.1~1950.6, 1950년 1월호부터 『아동구락부』로 개칭)와 『어린이나라』(1949.1~1950.5)는 건너뛰었다. 짐작컨대 조선문학가동맹 계열의 참여가 두드러진 아동잡지라서 그랬을 것이다.

해방 직후의 아동문단은 조선문학가동맹과 어떤 관계였는가? 일제강점기부터 활약한 주요 아동문인들은 대부분 조선문학가동맹에 이름이 올라 있다. 김태오, 박목월, 박세영, 박태원, 엄흥섭, 오장환, 윤복진, 이동규, 이병기, 이주홍, 이태준, 임서하, 정지용, 현동염, 현덕, 홍효민, 황순원 등은 조선문학건설본부(1945.8, 이하 '문건')의 회원 명단에 올라 있고, 김우철, 구직회, 권환, 박세영, 박아지, 손풍산, 송영, 송완순, 신고송, 엄흥섭, 윤석중, 이동규, 이주홍, 이원수, 이홍종, 이원우, 정청산, 현동염, 홍효민, 홍구 등은 조선프롤레타리아문학동맹(1945.9, 이하 '문맹')의 회원 명단에 올라 있다.[12] 조선문학가동맹(1945.12)은 두 단체의 합동으로 만들어진 것인데,[13] "문단전체가 일렬로 대행진을 한다는 공동전선"[14] 같은 분위기였다. 문건계가 민족문학의 건설을 내걸고 공동전선을 펼친 것이

---

10 이재철, 앞의 책, 336쪽.
11 이재철, 위의 책, 339쪽.
12 임헌영, 「미군정기의 좌우익 문학논쟁」, 이우용 편저, 『해방공간의 문학연구·1』, 태학사, 1990, 383~384쪽. 참조.
13 합동 당시에는 '조선문학동맹'이었으나 1946년 1월 전국문학자대회에서 '조선문학가동맹'으로 명칭이 바뀐다. 위원장 홍명희, 부위원장 이태준·이기영·한설야, 서기장 권환, 위원 임화·이원조·김태준·안회남(조선문학가동맹 편, 『건설기의 조선문학』, 백양당, 1946), 아동문학위원회는 위원장 정지용, 서기장 윤복진, 위원 현덕·이동규·이주홍·양미림·임원호·이태준·박아지·홍구(『자유신문』, 1945.12.15) 등으로 구성되었다.
14 백철, 『문학자서전—후편』, 박영사, 1975, 305쪽.

주효했기 때문일 것이다.

그런데 카프의 적통성을 주장하는 문맹계는 문건계의 민족문학 노선에 대해 계급성의 희석이라고 반발하면서 핵심들이 처음부터 불참하거나 일찍 월북의 길을 택한다. 그리하여 조선문학가동맹의 임원은 주로 중도적인 작가들이 맡게 된다. 1946년 11월에 개편된 조선문학가동맹의 임원 명단을 보면, "제외된 문인은 부위원장 이기영·한설야, 중앙집행위원에는 윤기정·한효·이동규·박세영·안함광 등이고, 보선된 부위원장에 이병기, 중앙집행위원에 양주동·염상섭·조운·채만식·박아지·박태원·박노갑이었다."[15] 아동출판물의 삽화를 도맡은 정현웅, 김용환, 김의환, 김규택, 임동은 등은 조선미술가동맹 계열이다.[16] '문건'과 '문맹'에 이름이 오른 윤복진, 이주홍, 이태준, 임서하, 정지용, 현동염, 현덕, 송완순, 신고송, 윤석중, 이원수 등을 비롯하여 당시 아동잡지에 자주 등장했던 이종성, 김원룡, 최병화, 정인택, 김철수, 임원호, 남대우, 채규철, 박인해, 송돈식 등도 조선문학가동맹 계열이라고 할 수 있다. 이렇게 볼 수 있는 근거는 이들이 6·25전쟁 중에 부역혐의로 쫓기다가 월북 또는 자수, 일부는 실종 또는 사망했기 때문이다. 단순히 월북문인이라고 해서 좌파로 규정하는 것도 문제지만, 나중에 문협 쪽에 가담했다고 해서 우파로 규정하는 것도 문제이다.[17]

해방 직후의 아동잡지는 문맹계가 주도한 안준식 발행의 『별나라』(속간 1~2호)와 임가순 발행의 『새동무』(1~2호) 정도만 잠재적인 좌파 아동잡

---

15 김윤식, 『해방공간의 문학사론』, 서울대학교출판부, 1989, 22쪽.
16 정현웅은 조선미술건설본부(1945.8.18) 서기장, 조선미술동맹(1946.11.10) 아동미술부 위원장을 역임했다. 김용환, 김규택 등의 이름도 보인다. 최열, 『한국현대미술운동사(증보판)』, 돌베개, 1994, 86~121쪽. 참조.
17 6·25전쟁이 끝난 후에 문협의 아동문학 분과장은 강소천, 김영일, 박화목, 김요섭, 장수철 등 월남한 기독교 문인들이 거의 도맡다시피 했다. 이런 사실은 반공논리로 인해 이전의 양상이 재구성되었을 가능성을 시사한다. 1945년 8·15해방부터 1950년 6·25전쟁까지 남한의 윤석중과 북한의 강소천 활동이 그동안 가려지고 숨겨진 이유를 여기에서 찾을 수 있다.

지로 분류될 따름이고,[18] 나머지는 좌우합작의 중도 성향이었다. 문건계의 정지용, 양미림, 현덕, 임원호, 윤복진, 이원조 등이 편집위원으로 참여한 『아동문학』[19], 김원룡 주간, 이원수 고문의 『새동무』(3~10호), 6·25전쟁 중에 월북한 이종성 주간의 『아동문화』와 『어린이나라』, 윤석중 주간의 『소학생』 등이 다 그러하다. 『별나라』, 『새동무』, 『아동문학』에 작품을 발표한 윤석중이 『소학생』을 펴내면서 이만규, 김동석, 박세영, 신고송, 함세덕, 엄흥섭 등의 글과 정현웅, 김용환, 김의환, 김규택, 임동은 등의 그림을 받아 싣는 것은 자연스러운 일이었다. 정부 수립 후에는 좌파 성향의 문인들이 월북하거나 지하로 숨어드는 통에 색채가 조금 달라진 듯싶지만, 『소학생』, 『아동문화』, 『어린이』, 『소년』, 『진달래』, 『아동구락부』, 『어린이나라』 등을 통틀어 볼 때, 조선문학가동맹 계열 문인들의 활약은 변함없이 두드러졌다. 정지용, 박태원, 이병기, 염상섭, 윤복진, 현덕, 김철수, 이원수, 최병화, 양미림, 임서하, 현동염, 임원호, 남대우, 정인택, 채규철, 박인해, 박철, 송돈식, 화가 정현웅, 김용환, 김의환, 김규택, 임동은 등의 활약이 이를 말해준다. 윤석중, 권태응, 마해송도 당시의 행적은 좌우파 어느 한쪽에 귀속되지 않는다.[20] 요컨대 8·15해

---

18 여기에서 '잠재적'이라고 한 것은 계급성을 강조한 문맹계가 주도를 했어도 실제로는 해방 직후의 시대적 과제와 통하는 민족 문제를 앞세운 작품들이 대부분인 까닭이다. 『별나라』 창간호(1945.12)에는 박세영의 동요 「무궁화」, 박석정의 동요 「일본 간 언니」, 김병제의 「한글강좌」, 송완순의 「조선역사」, 2호(1946.2)에는 조벽암의 동요 「설날」, 윤석중의 동요 「사라진 일본기」 등 민족적인 것들이 대부분이지 특별히 계급적이라고 할 만한 것은 드물다. 『새동무』도 마찬가지여서 창간호(1945.12)에는 박세영의 동요 「비둘기」, 박석정의 동요 「학교」, 윤복진의 동요 「우리말 우리글로」, 윤석중의 동요 「독립」, 임가순의 위인이야기 「김구 할아버지」, 2호(1946.4)에는 송완순 동요의 「왜놈은 갓건만」, 신고송의 동요 「아버지」, 윤석중의 동요 「우리동무」, 박아지의 동요 「팔월보름달」 등 민족 문제를 앞세운 것들이 대부분이다. 문맹계가 월북하자 『별나라』는 금세 폐간되고 『새동무』는 김원룡, 이원수가 넘겨받아 더 한층 좌우합작 지향으로 나아갔다.
19 『중앙신문』, 1945.11.22.
20 윤석중은 좌우를 가리지 않은 교유관계와 부친의 사회주의 단체 간부 경력 때문에 여러모로 살얼음판을 걷지 않을 수 없었다. 그가 정부 수립 후 한국문학가협회의 첫 번째 아동문학 분과장에 오른 것은 명성에 걸맞은 폭넓은 활약 때문이었다. 6·25전쟁 중에 강소천이 월남하자마자 문협정통파와 손을 잡고 신속하게 그 자리를 대신한 것만 보더라도 당시 윤석중의 거처가

방부터 6·25전쟁이 터지기까지의 아동문단은 조선문학가동맹과 직간접적으로 연결된 좌우합작 지향의 중도파가 대세를 이루었다.

이런 사정을 아주 부인할 수 없었기 때문인지 이재철의 아동문학사에는 훗날의 '우익'을 향한 불만이 노골적으로 표현되어 있다. 즉 『아동문학』, 『별나라』, 『새동무』 같은 조선문학가동맹 계열의 활동에 대해서는 '좌익(빨갱이)'의 낙인을 찍는 한편으로, 『소학생』처럼 '용공'적 태도를 보인 활동에 대해서는 "무사 안일주의"와 "기회주의적 처신"이라고 신랄하게 비판했던 것이다.

> 그러나 당시 우익의 활동상은 너무나 미온적이요 소극적인 것이었다. 그것은 물불을 가리지 않는 좌익계의 횡포가 전 아동문단을 횡행하고, 우익작가들에 대하여 비현실적인 이상만 추구하는 부르조아지라고 몰아붙여도 이에 대항해서 겨룰 만한 단체도 조직함이 없이 무사 안일주의에 흘렀다는 역사적 사실이 그것이다.
>
> 물론 문학에 정치성 같은 불순물을 개재시키는 것도 응당 철저히 비판받아야 되겠지만, 자신의 이상과 이념이 침해당할 때 이의 방위를 위해 의연히 일어서지 못하고 기회주의적 처신에 급급하는 행위란 결코 칭찬할 만한 일은 못 되기 때문이다.[21]

다수의 염원과 시대적 요구를 외면한 채, "물불을 가리지 않는 좌익계의 횡포가 전 아동문단을 횡행"했다는 식으로 피해의식과 공포심을 자

얼마나 위태로운 경계선상에 있었는지 가늠이 된다. 권태응은 그의 생애와 창작 등을 고려해볼 때 조선문학가동맹 계열이나 다름없지만, 지병 때문에 외부 활동은 하지 못한 것으로 보인다. 마해송은 『자유신문』의 객원기자로 활동하면서 「토끼와 원숭이」(1946), 「떡배 단배」(1949)를 발표했다. 부인의 증언에 따르면, 마해송은 여운형 암살 직후에 쓴 추도칼럼과 미국에 비판적인 동화 내용 때문에 군정청에 연행된 바 있다. 졸고, 「해방 전후의 민족현실과 마해송 동화」, 『한국 아동문학의 쟁점』, 창비, 2010, 106~134쪽. 참조.
21 이재철, 앞의 책, 327~328쪽.

극하면서 "우익의 활동상은 너무나 미온적이요 소극적"이었다고 질타하는 태도는 매카시즘의 전형이라고 할 만하다. 민족모순과 계급모순으로 고통받아온 나라에서 자주독립국가 건설이라는 근대적 과제를 해결코자 하는데, 사회주의를 수용하면 '사이비 민족주의'요, 민족주의를 수용하면 '사이비 사회주의'가 된다는 말인지? 이재철의 좌우 도식은 해방 직후의 상황 변화를 정부 수립(이른바 '대한민국 건국')의 도정이라는 관점에서 바라본 것으로 '승자의 역사'에 속한다. 하지만 당시의 아동문학을 살펴보면 단독정부의 수립은 '새나라'의 건설이 아니라 그 좌절로 보는 관점이 대부분이었다. 다음 장에서 구체적으로 살펴볼 텐데, 친일파가 부활하고 분단이 고착화되는 상황에 대해 비판적인 작품은 많아도 정부 수립을 희망적으로 바라본 작품은 찾아볼 수 없다. 이런 점은 8·15해방의 기쁨을 노래한 작품이 다수인 것과 뚜렷이 대비된다.

3. 동요·동시에서의 8·15

조선문학가동맹이 개최한 제1회 전국문학자대회(1946.2.8~9)에서 통과된 강령(초안)은 "일본제국주의 잔재의 소탕, 봉건주의 잔재의 청산, 국수주의의 배격, 진보적 민족문학의 건설, 조선문학의 국제문학과의 제휴" 등 5개항이다.[22] 이러한 실천사항은 완전한 독립과 새나라 건설에 필수적인 것으로, 이념과 관계없이 전 문단의 호응을 받았으리라고 여겨진다. 어린이는 일제 말 조선어 교육 폐지 및 황국신민화 교육의 직접적인 피해자였기에 8·15해방은 아동문학에 더욱 각별한 의미로 다가왔다. 조선문학가동맹을 준비한 조선문학건설본부는 별도로 아동문학위원회를 설

---

22 조선문학가동맹 편, 『건설기의 조선문학』, 백양당, 1946, 222~223쪽.

치하고 기관지 『아동문학』을 발행하는 등 아동문학의 긴급한 임무를 내외에 천명했다. 『아동문학』 창간호(1945.12.1)에는 아동문학위원회 명의의 「선언」을 필두로 해서 임화의 「아동문학 앞에는 미증유의 큰 임무가 있다」, 이태준의 「아동문학에 있어서 성인문학가의 임무」, 이원조의 「아동문학의 수립과 보급」, 안회남의 「아동문학과 현실」, 김남천의 아동소설 「정거장」, 윤복진의 동요 「우리말 우리글로」 등이 실려 있다. 문건의 핵심 간부들이 모두 나서고 있는 형국이다. 그런데 아동문학에 나타난 8·15의 의미는 상황 변화를 좇아 시시각각으로 달라져 갔다. 처음에는 해방의 기쁨과 새나라 건설에 대한 기대로 부풀었으나, 곧바로 일제 잔재의 청산과 완전한 자주독립, 나아가 분단의 극복으로 초점이 옮겨졌던 것이다.

새 나라의 어린이는
일찍 일어납니다.
잠꾸러기 없는 나라
우리 나라 좋은 나라.

새 나라의 어린이는
서로 서로 돕습니다.
욕심쟁이 없는 나라
우리 나라 좋은 나라.

—윤석중, 「새 나라의 어린이」 부분(『어린이신문』 창간호, 1945.12.1)[23]

8·15해방은 곧 '새나라' 건설로 통했다. 윤석중은 해방의 기쁨을 '새나라'의 이미지로 각인시키는 데 결정적으로 기여한 시인이다. 『어린이

---

[23] 『어린이신문』에는 악보 형태로 실려 있기에, 동요집 『초생달』(박문출판사, 1946)에 실린 것을 원문대로 옮겼다.

신문』 창간호 1면에 악보와 함께 선보인 「새 나라의 어린이」는 입에서 입으로 퍼져나갔다. 이재철은 이 동요에 대해 "「앞으로 앞으로」 식의 극히 비문학적인 요소가 짙은 생경한 작품"[24]이라고 비판했는데, 이는 동요를 동시보다 뒤떨어진 것으로 보는 시각에서 말미암는다. 노래로 불리는 동요는 '그림책'처럼 독자적인 갈래의 하나로 바라볼 필요가 있다. 더욱이 당시는 학교에 다니는 아이들도 한글을 새로 배워야 하는 형편이었다. 자라면서 우리말 동요를 접할 수 없었던 아이들에게 해방과 함께 주어진 이 노래는 위상이 남달랐을 것이다. 시로서 읽으려 든다면 「새 나라의 어린이」는 비문학적이요 교훈적 메시지의 생경한 노출에 다름 아니다. 하지만 이 동요의 열쇠말은 "새 나라"가 아닐 텐가. 나라를 되찾은 기쁨과 함께 "우리 나라 좋은 나라"를 만드는 데 어린이도 한몫할 수 있다는 마음을 불러일으키는 흥겨운 노래라고 하겠다.

윤석중은 특정 단체나 이념에 휘둘리지 않고 왕성한 활동으로 어린이와의 접촉면을 넓혔다. 그는 을유문화사에서 조선아동문화협회라는 간판을 내걸고 의욕적으로 사업을 구상했으나, 여기저기 문학단체들이 난립하자 거의 혼자 힘으로 일을 벌여나갔다. 그는 자타가 공인하는 문단의 마당발이었기에 좌우파 구별 없이 적재적소에 인재를 기용하면서 최량의 성과를 냈다. 첫 번째 관심은 우리말 교재를 펴내는 것이었다. 그는 학년별 과외독본과 『그림 한글책』을 기획하는 한편으로, 『주간 소학생』을 교과서 대용으로 쓸 수 있도록 꾸몄다. 『주간 소학생』 창간호를 보면, 이만규의 연재글 「우리글 자랑」, 김동석의 연재글 「글 짓는 법」, 이원수의 동시 「오끼나와의 어린이들」, 삽화가 정현웅, 김용환, 김의환의 그림 등이 실려 있다. 이들 필자와 화가는 각각 조선어학회, 조선문학가동맹, 조선미술가동맹 소속이다. 윤석중도 『새동무』 창간호(1945.12)에 동요

---

24 이재철, 앞의 책, 366쪽.

「독립」, 『별나라』 2호(1946.2)에 동요 「사라진 일본기」를 발표했다. 그가 해방 직후에 펴낸 동요시집 『초생달』(박문출판사, 1946)의 '머리말'은 김동석이 썼고 '꼬리말'은 박영종이 썼다. 이런 점들은 당시 냉전 이데올로기가 본격적으로 작동하지 않았음을 말해준다.

'새나라' 건설은 단지 구호만이 아니라 일제가 물러난 자리를 우리 것으로 채워 나가는 실천을 통해 이룩되는 법이다. 윤석중은 교가 제작 운동을 벌이면서 손수 가사를 지어 『소학생』의 '우리 학교 교가' 꼭지에 잇달아 소개했다. 또한 행사에 필요한 「졸업식 노래」와 「어린이날 노래」를 지었는데, 이것들은 각각 문교부와 어린이날 전국 준비위원회 지정으로 공식화되었다. 여기에서도 "부지런히 더 배우고 얼른 자라서/새 나라의 새 일군 되겠습니다"(「졸업식 노래」, 『주간 소학생』, 1946.5.27), "우리가 자라면 새나라 일군"(「어린이날 노래」, 『소학생』, 1948.5) 같은 구절이 보인다. 이들 노래에 '새나라' '새 일꾼'이 등장하는 것은 엄연한 시대현실의 반영이다. 일제강점기에도 그러했거니와 분단이 고착되기 이전의 윤석중 동요에는 시대현실이 짙게 드리워진 것들이 적지 않다. 아래의 「독립」은 해방 직후의 동시 가운데 수작으로 꼽힌다.

길ㅅ가에
방공호가 하나 남아있었다
집없는 사람들이 그속에서
거적을 쓰고 살고있었다
그속에서 아이 하나가
제비새끼처럼 내다보며
지나가는 사람에게 물었다.
"독립은 언제 되나요?"

—윤석중, 「독립」 전문(『새동무』 창간호, 1945.12)

8·15해방 직후 서울거리의 한 풍경이다. 방공호에서 사느라 일제로부터 해방이 된 줄도 모르는 철부지 아이를 그린 것일까? 그렇지 않다. 8·15해방은 '광복'일지언정 '독립'은 아니었다. 미군 점령하의 군정통치로 이어졌기 때문이다. 당시에는 '독립 완수'라는 구호가 많이 나왔다. 위의 작품은 그런 시대적 과제를 구체적인 생활 속에서 포착한 것이다. "집 없는 사람들"은 일본과 만주 등지에서 귀환한 동포들일 게다. 해방 직후 이들 '귀환난민' '전재민'은 커다란 사회 문제로 떠올랐다. 위의 동시는 해방이 되었어도 방공호에서 거적을 쓰고 사는 동포가 존재한다는 서글픈 현실과 함께 '독립'의 과제를 환기시킨다. 방공호에서 거적을 들치고 머리를 드러낸 아이를 "제비 새끼"로 비유한 것은 확실히 윤석중다운 감각이다. 아이의 천연덕스러운 질문이 더 큰 울림을 전한다.

윤석중과 쌍벽을 이룬 동요시인은 윤복진이다. 윤복진은 조선문학가동맹에 적극 가담해서 활동한 경우인데, 작품에 특별히 '좌파'적이라 할 만한 것은 보이지 않는다. 조선문학가동맹이 표방한 것은 '진보적인 민족문학의 건설'이었으며, 아동문학위원회의 위원장은 정지용, 서기장은 윤복진이었다. 훗날 이들이 월북했다고 해서 좌파로 몰아붙이는 것은 단순이분법이다. 윤복진도 윤석중처럼 유년 대상의 동심적 동요에 능했다. 8·15해방 직후에는 민족 문제에 관심을 두고 해방의 기쁨, 일제 잔재의 청산, 새나라 건설의 다짐 등을 노래했다.

금수강산 삼천리
모두모두 빼앗겨도
시골집 담장 안에
무궁화는 피고피고
해마다 피고피고.

금수강산 내 강산

모두모두 찾은 이 날

얼싸 좋다 무궁화는

방방곡곡 피고피고

무궁화는 피고피고.

—윤복진, 「무궁화 피고피고」 부분(『조선주보』, 1945.11.19)

돌을 돌을 골라내자

맑은 물로 살랑살랑 돌을 돌을 골라내자

돌을 돌을 골라내자

조리로 살랑살랑 돌을 돌을 골라내자

한알 두알 세알 돌도 돌도 만쿠나

욕심쟁이 쌀장수가 돌을 석거팔앗다

말을 말을 골라내자

나도 명심 너도 명심 말을 말을 골라내자

한말 두말 세말 일본말이 만쿠나

우리말을 업새자구 저이 말을 뿌렷다

—윤복진, 「돌을 돌을 골라내자」 전문(『중앙신문』, 1945.12.13)

「무궁화 피고피고」는 해방의 기쁨을, 「돌을 돌을 골라내자」는 일제 잔재의 청산 과제를 아이들의 말로 재미있게 그려낸 동요이다. 반복과 대구로 율동미를 잘 살려냈다. 비슷한 작품으로 "파랑새는 파랑말로/노래 부르고,//(…)//조선사람 조선말로/노래 부르고" 하는 「우리말 우리글로」를 더 추가할 수 있다.[25] 이것들은 굳이 따지자면 계급의식보다는 민족의식을 드높이는 내용이다. 동요집 『꽃초롱 별초롱』(아동문예예술원, 1949)을 펴낼 때에는 발문에서 과거 천사적 아동관을 반성하고 조선문학가동맹의 강령에 부합하는 동요론을 펼치기도 했는데, 어쨌거나 그의 동요는 천진한 동심이 장점이었다. 아래의 동요는 윤석중의 「새 나라의 어린이」와 비견된다. 말놀이 유희요에 속하는 것인데, 더 한층 아이 자신의 목소리라는 느낌을 준다.

하나이다 하나,
한 사람도 빠짐이 없이

둘이다 둘,
둘― 둘― 두루 뭉쳐서

셋이다 셋,
세우자 새나라를 세우자

(…)

아홉이다 아홉,
아이들도 한목 들어

열이다 열

---

25 『아동문학』 창간호(1945.12.1)에는 악보로 실려 있고, 『새동무』 창간호(1945.12)에 동요로 발표되었다.

열심히 새나라를 세우자.

—윤복진, 「새나라를 세우자」 부분(『자유신문』, 1946.1.1)

두운을 활용해서 대동단결을 촉구하고 새나라 건설을 다짐하는 내용
을 노래했다. 윤복진은 6·25전쟁 중에 월북하기까지 윤석중, 박목월과
친분이 깊었다. 그들이 발행하는 아동잡지들에는 빠짐없이 이름을 올렸
다. 월북한 후에는 동심주의적 요소 때문에 당의 비판을 받기도 했으나,
북한체제에 대한 찬양 일변도로 태도를 바꿈으로써 살아남았다. 이때
월북 이전의 행적과 작품을 온통 정치적으로 해석하는 조작과 왜곡이
가해졌다.[26] 월북작가는 무조건 '빨갱이'라고 보는 남한의 그릇된 시각과
북한의 지배 이데올로기는 한 통속인 셈이다.

남대우와 권태응은 지역에 뿌리를 박고 8·15해방 이후 정점을 찍은
신진 동요시인이다. 이들의 짧은 생애는 불행한 역사 속에서 이룩한 빛
나는 성과로 보상 받아 마땅한데, 분단시대의 아동문학은 오랫동안 이
들의 성과를 외면해 왔다. 남대우는 조선문학가동맹 경남 지부 소속으
로 하동문화협회를 만드는 데 앞장섰다.[27] 하동국민학교 교가, 하동군
민청결성대회에 붙이는 시들을 지었다. 1945, 46년에 동요집 『우리 동
무』 1, 2집을 하동문화협회에서 등사본으로 묶어냈다. 모두 8·15해방
을 기념해서 펴낸 것들이다. 훗날 자손들이 그의 유고를 모아 『우리 동
무』(도서출판 정윤, 1992)를 다시 출간했다. 약력을 보니 하동 지역에서 활
약하다가 정부 수립 직후 세상을 뜬 것으로 되어 있다. 1948년 11월에
발행된 『아동문화』 창간호를 보면 그가 보낸 하동 통신이 실려 있다. 그
런데 사망일을 보면 1948년 10월 28일이다. 당시 상황을 감안할 때 역

---

26 졸고, 「북한의 윤복진 동시」, 『한국 아동문학의 쟁점』, 창비, 2010, 161~194쪽. 참조.
27 한정호, 「광복기 아동지와 경남·부산지역 아동문학」, 『한국문학논총』 37, 한국문학회, 2004,
286~287쪽. 참조.

사의 희생양이 되지 않았을까 추정된다. 남대우와 권태응의 동요는 농촌 어린이의 삶을 밝고 따뜻하게 표현한 것에 공통점이 있다. 새나라를 세우고자 여럿이 한데 뭉치는 모습은 밝고 힘차야 제격인데, 이들의 동요가 그러했다. 아래 세 편은 원문대로 편집한 남대우의 유고집 『우리동무』에 실린 동요를 그대로 옮긴 것이다. 지은 날짜를 밝힌 것도 원문대로이다.

> 농민조합 깃발을 앞세우고
> 아저씨들은 씩—씩— 나아간다.
> 　징소리 궁—궁—
> 　북소리 둥—둥—
>
> 노래노래 부르며 떼를지어
> 아저씨들은 씩—씩— 나아간다.
> 　징소리 궁—궁—
> 　북소리 둥—둥—
>
> 　　　　　　　　　—남대우, 「징소리 궁—궁—」 전문(1945년 9월 27일)
>
> 맑게개인 하늘아래
> 깃발이 펄—펄—
> 　우리들은 모두모두
> 　한데뭉처 나아간다.
>
> 붉게타는 태양아래
> 고함소리 와—와—
> 　우리들은 모두모두

씩씩하게 나아간다.

―남대우, 「행진」 전문(1945년 9월 28일)

동무들아 오너라 소년부회로
모도다 오너라 소년부회로
두어깨에 새조선을 떠메고나갈
우리들은 씩씩한 어린일꾼들.

―남대우, 「소년부회」 부분

발걸음이 앞으로 쭉쭉 나아갈 듯이 경쾌한 가락이다. 아이들의 눈에도
깃발을 앞세우고 노래노래 부르며 떼 지어 행진하는 농민조합 아저씨들
은 멋지고 자랑스러웠을 것이다. 쪼들린 살림을 펴게 하는 조합 일과 나
라 일에 힘을 모아 나가는 느낌이 잘 살아 있다. 「징소리 궁―궁―」이 어
른들 시위를 쫓아가면서 구경하는 모습이라면, 「행진」은 아이들이 주인
으로 나선 모습이다. 「소년부회」에서 보듯이 아이들도 자기네 깃발 아래
모여들었다. 어른들은 농민조합, 또 아이들은 소년부회로 모여서 새나라
를 꿈꾼다. '소년부회'는 농민조합이나 노동조합의 소년부를 가리키는
것으로 '조합소년부'의 줄임말이다. 일제강점기에 소년회는 학교 다니
는 아이들이 중심이었다. 집안형편 때문에 학교에 다니지 못하고 일하
는 아이들이 많았기에, 조합에서는 따로 소년부를 설치했다. 주로 계급
주의 아동문학이 소년부에 줄을 대고 있었다. 「소년부회」는 남대우의 지
향을 가늠해볼 수 있는 작품이다. 그렇더라도 계급의식보다는 대동단결
을 앞세운 점이 눈에 띈다.
　권태응은 충주의 동요시인이다. 8·15해방부터 6·25전쟁 사이의 짧
은 기간에 병고를 딛고 주옥같은 동요를 수많이 남겼다. 그는 일제강점
기에 항일 활동으로 구금되었다가 기소유예로 풀려났고, 일본으로 유학

간 뒤에도 비밀조직이 탄로 나서 투옥된 바 있다. 일본의 형무소에서 1년간 수감생활을 하던 중 폐결핵에 걸려 병보석으로 출옥한 뒤, 귀국해서 창작에 매진했다.[28] 권태응의 발견자는 윤석중이다. 권태응의 동요는 주로 『소학생』에 소개되었으며, 동요집 『감자꽃』(글벗집, 1948)은 윤석중의 머리글과 함께 꾸며졌다.

누덕 옷은 입고
나물 죽은 먹어도,

동무 동무 우리 동무
기운 난다 불끈

두 주먹 힘껏 쥐고
노래 노래 부르며

살기 좋은 새 나라
새로 다시 꿈 꾼다.

—권태응, 「우리 동무」 부분(『소학생』, 1947.9)

어려운 형편임에도 기죽지 않고 새나라를 꿈꾸는 아이들의 모습을 그렸다. "동무 동무 우리 동무"라는 구절에서는 어깨를 걸고 행진하는 씩씩한 기상이 느껴진다. "불끈" "힘껏" 같은 된소리를 통해 힘이 들어가는 효과를 주었으며, "노래"를 두 번 반복함으로써 한껏 소리를 질러대는 아이들 모습이 더 한층 생생해졌다. 시인은 해방 직후 형편이 어려운

---

28 도종환, 「권태응의 생애와 농민소설」, 『창비어린이』, 2006년 겨울호, 166~197쪽. 참조.

아이들에게 눈길을 주면서 "살기 좋은 새 나라"를 꿈꾸자고 제안한다.
그런데 동요집 『감자꽃』에는 분단의 상징인 "삼팔선"이 등장하는 것도
보인다.

> 북쪽 동무들아
> 어찌 지내니?
> 겨울도 한 발 먼저
> 찾아왔겠지.
>
> 먹고 입는 걱정들은
> 하지 않니?
> 즐겁게 공부하고
> 잘들 노니?
>
> 너희들도 우리가
> 궁금할 테지.
> 삼팔선 그놈 땜에
> 갑갑하구나.
>
> ─권태응, 「북쪽 동무들」 전문(『감자꽃』, 글벗집, 1948)

8·15와 함께 삼팔선이 그어져서 남북 왕래가 불가능해졌다. 생각하
면 기막힌 일이다. 아이들은 "먹고 입는 걱정"을 하면서 서로 형편이 어
려운 아이를 연민한다. 이런 애틋한 마음을 삼팔선이 가로막고 있다. 갈
수록 새나라의 꿈도 멀어져갔다. 처음 발표지면을 찾지 못했는데, 이 작
품은 분단의 그림자가 짙게 드리운 상황의 산물일 것이다. 남북한이 서
로 으르렁거리는 상황이 되었어도, 시인이 그려낸 아이들의 마음은 따

뜻하고 살뜰하다. "삼팔선 그놈 땜에/갑갑하"다는 표현에서는 동심뿐 아니라 민심도 묻어나온다. 권태응은 6·25전쟁 중 피난길에 병사했으나, 그가 남긴 동요는 1948년 『감자꽃』에 묶이지 않은 것들이 훨씬 더 많다. 이것들 중에도 "38선"이 나오는 게 또 보인다. 하나는 1949년, 다른 하나는 1950년에 쓴 것이다.[29]

우리가 어서 자라
어른 되면은
지금 어른 부끄럽게
만들 터예요.

같은 형제 동포끼리
총칼질커녕
서로 모두 정다웁게
살아갈래요.

우리가 어서 자라
어른 되면은
지금 어른 부러웁게
해놀 터예요.

38선 없애 치고
삼천만 겨레
세계 각국 겨누며

---

29 이하 두 편은 유종호 교수가 엮은 『감자꽃』(창비, 1995)에서 옮겼다.

뻗어 갈래요.

—권태응, 「우리가 어른 되면」 전문(1949)

언제나 될는지
남북 통일
삼팔선 없어진
삼천리 강산
맘놓고 오고 가고
살 수 있나?

언제나 설는지
온전한 나라
서로들 손 잡고
삼천만 겨레
세계와 어깨 겨뤄
살 수 있나?

—권태응, 「언제나 살 수 있나」 전문(1950)

　　1949년에 쓴 「우리가 어른 되면」에 이르러서는 "같은 형제 동포끼리/
총칼질"이라는 구절이 나타난다. 남북한에 각각 정부가 세워지고 적대
적 대립이 날로 격화되는 상황임을 알 수 있다. 남한에서는 제주4·3항
쟁, 여순반란사건, 빨치산투쟁 등으로 수많은 희생자가 생겨났다. 시인
은 천진하면서도 옹골찬 어린이의 목소리로 동포의식과 남북통일을 일
깨운다. "38선 없애 치"겠다는 동심의 다짐이 총칼의 이념을 부끄럽게
만든다. 그런데 1950년에 쓴 「언제나 살 수 있나」에 와서는 회의감이 일

고 있다. "삼팔선 없어진" "온전한 나라"를 이루는 길이 그만큼 막막해
진 상황의 반영일 테다.

십대 소년 대상의 동시 방면에서는 이원수의 활동이 가장 주목된다.
일찍이 『어린이』로 등단하여 윤석중, 윤복진과 함께 '기쁨사' 동인으로
활동했지만, 가난한 어린 시절을 보낸 이원수는 '일하는 아이들'의 생활
세계에 눈길을 주었다. 해방 후 그는 마산에서 서울로 자리를 옮기고 진
보적인 문학운동에 뛰어든다. 그의 동시는 카프 식의 구호가 아니라 짙
은 서정성에 바탕하고 있는 것이 특징이다. 우리 동요·동시는 자연친화
적인 것들이 다수를 차지하는데, 그의 동시는 일제강점기의 대표작 「찔
레꽃」, 「나무 간 언니」 등에서 보듯이 자연 소재도 '일하는 아이들'의 고
달픈 삶과 이어져 있다. 현실 문제에 대한 십대 소년의 자각을 높이려는
그의 창작 태도는 8·15의 의미를 집요하게 파고드는 리얼리즘 동시를
낳았다.

방공호 문 옆 따슨 볕 보고
민들레 노오란 꽃이 피었네.

문 밖에 나와서 볕 쬐던 애가
노란 꽃 가만히 만지어 보네.

저 아이 살던 곳은 일본이던가?
독립 만세 물결 속에 돌아왔겠지.

바라보면 서울엔 집도 많건만
내 나라 찾아 와서 방공호살이

"봄이 왔으면" 기다린 듯이
노란 꽃 가만히 만지어 보네.

—이원수, 「민들레」 전문(『주간소학생』, 1947.3.10)

개나리 개나리
중학교 울타리에
눈부신 노랑꽃
봄이야 왔구나,

언니는 2학년
학교 갔다 오면은
그날 배운 새 공부
얘기도 잘해 주더니,

지난 동맹 파업 때
앞서서 일 했다고
상급생 틈에 끼어
붙들려 가버리고,

개나리 개나리
언니 없는 학교에
눈부신 노랑꽃
봄이야 왔구나.

—이원수, 「개나리」 전문(『새동무』, 1947.4)

집 둘레에서 흔히 보는 '민들레'나 '개나리'를 소재로 가져와서 봄의 따뜻한 기운을 전하는 듯하지만, '집 없어 방공호살이 하는 아이'나 '파업으로 붙들려 간 언니'에게 눈길이 돌려지는 것을 볼 수 있다. 「민들레」는 윤석중의 「독립」과 상호텍스트성을 지닌다. 시인은 「첫눈—1946 겨울의 노래」에서도 "정부 없는 나라 아이들은/서러웁다 서러웁다/누가 어쩌기에/우리 모두 헐벗고 굶주리나.//날리는 저 눈송이/나비 되고 꽃이 되어/우리들 다 잘 살/독립의 날과 함께 안 오려나"[30] 하고 노래한 바 있다. 「개나리」는 이런 세상을 바꾸기 위해 동맹 파업에 나선 언니가 붙들려간 현실을 고발하는 내용이다. 아우에게 잘해주던 언니가 부재하는 상황과 노란 개나리가 핀 봄날이 대비되고 있다. 서정적인 톤이지만 미군정에 비판적인 시선만큼은 아주 뚜렷하다. 정부가 세워진 다음에는 어떠했을까? "아버지 산소 찾아가면/말 없어도 나는 늘 맹세했었다./애쓰다 못 이루고 참혹히 가신/아버지를 쫓으리라 맹세했었다."(「성묘」, 『어린이』, 1948.8) "높은성 그안에 문마자 닫아걸고/얘기책 왕자 처럼 앉아계실 우리오빠"(「도마도」, 『아동문화』, 1948.11) "한 번뿐이랴/아, 단 한 번뿐이랴!/우리들의 날, 3월 1일//들불은 타 나간다./이 언덕에서 저 언덕으로/우리들의 만세 소리처럼/들과 산에 활활 퍼져 간다."(「들불」, 『어린이나라』, 1949.3) 등에서 보듯이, 불의한 세상과 맞서려는 결기가 더 한층 단단해진다.

　1948년 정부 수립 이후의 시대적 현실을 담은 것으로 송돈식의 동시 두 편을 더 추가해볼 만하다. 송돈식에 대해서는 아직 알려진 바가 없다. 해방 후 작품들만 몇 편 확인될 따름인데, 6·25전쟁 이후 북한에서도 이름이 나오지 않는 것으로 보아 전쟁 중에 작고한 듯하다. 모르긴 해도 그가 편안히 눈을 감았을 것 같지는 않다. 아래의 동시들이 이런 추정에 설득력을 제공한다.

---

30 이원수, 『종달새』, 박문출판사, 1947.

불을 끈다
이불을 뒤집어쓴다
멀―리 있는 형의 얼굴이
역력히 떠오른다
잠이 안온다

문풍지를 새어드는
바람 소리가
나직히 부르는
형의 소리만 같다
어머니도 몇 번이고
자꾸만 돌아 누신다

윙 윙 윙 달려가는
추럭에 뒤미처
이번에는
저벅 저벅 구둣발소리
어머니는 소스라쳐
잠이 깨신다.
어머니는 살며시
화롯가에 다가 앉아
깁다 놓은 형의 옷을
다시 붙잡으신다

—송돈식, 「밤」 전문(『어린이나라』, 1949.2)

징용 가신 아버지를

어머님 함께 애태우며 기다리던
언덕—
이 언덕에서
오늘은 떠나가신 형님을 기다립니다.

언덕에는 보리이랑 물결치고
문들레 앉인뱅이가 되었습니다.
앉인뱅이 꽃 따며 하로종일 기다려도
동구밖엔 자동차만 오락가락 달릴 뿐
오늘도 언니는 소식도 없고……

아버지 어머니는 형님 걱정
동리사람들은 양식 걱정
시름 많은 이 마을에
종달이는 무어라 저리 지절대노.
보고 싶은 언니도 돌아오시고
활작 핀 오월의 볕살처럼
온 동리가 다같이 웃음으로 살아갈
그 날만이 기다려집니다.

—송돈식, 「기다림」 전문(『어린이나라』, 1949.6)

두 작품 모두 형을 애타게 기다리는 아우의 심정을 그렸다. 「밤」은 부
재하는 형에 대한 그리움으로 시작하지만, 3연의 "추럭에 뒤미처/이번
에는/저벅 저벅 구둣발소리"에 이르러 팽팽한 긴박감을 전한다. 이어지
는 "어머니는 소스라쳐"라는 구절에서 형을 쫓는 경찰의 움직임이 연상
된다. 형은 무슨 일로 쫓기고 있는 것일까? 구체적인 정보를 주지 않고

다소 막연하게 표현한 것에서 일제강점기나 다름없는 정부 수립 이후의 엄혹한 상황을 엿볼 수 있다. 「기다림」은 "징용 가신 아버지"를 기다리던 언덕에서 다시 "떠나가신 형님을 기다"린다는 수난의 연속성을 드러냈다. 과거 아버지를 기다린 것은 일제 말의 "징용"을 명시했기에 8·15 해방 직후의 일이라는 정보를 주지만, 지금 "언니"를 기다리는 것에 대해서는 아무 정보가 없기에 정부 수립 이후 쫓기는 처지가 되었음을 짐작케 한다. 발표 시점을 고려할 때, 언니는 반정부 투쟁에 연루되어 있음이 분명해 보인다. "동리 사람들은 양식 걱정/시름 많은 이 마을"이라는 구절도 정부 수립 이후의 상황을 비판적으로 바라보는 시선이다.

4. 동화·소년소설에서의 8·15

8·15해방에 관한 서사적 대응은 서정양식에 비해 늦은 편이다. 그런데 8·15해방을 기념하는 장편 소년소설이 단행본으로 출간되어 눈길을 끈다. 박철(朴哲)의 『해방(解放)』(동문사, 1948)이라는 작품이다. 이 단행본은 그동안 거의 주목되지 않았다. 작가의 신상을 도무지 알 수 없는데다 결말에 '건국 준비위' 활동이 등장하기 때문에, 이념적으로 불편하게 여겼을지도 모르겠다. 어렵사리 자료를 입수해서 검토해 보니, 발굴 작품으로 조명할 만한 수준은 아니다. 그렇더라도 이 작품의 역사적 가치만은 짚고 넘어가야 할 듯하다. 표지에 '제1회 현상 당선작품'임을 밝혔고, 작품 말미에 '1946년 9월 20일'이라는 날짜가 붙어 있다. 해방 1주기를 기념하는 현상공모의 당선작일까? 아쉽게도 언제 어느 곳에서 주최한 현상공모인지에 대한 정보가 나와 있지 않다. 당시의 신문·잡지 자료들을 샅샅이 조사해 봤는데, 1946년 조선아동문화협회가 주관하고 『주간 소학생』(1946.5.20)에 발표된 '제1회 현상 동요'만 나올 뿐이지 '현상 동화

또는 소년소설'에 관한 정보는 없다. 해방 후에 지어진 어린이 대상의 첫 단행본 장편치고는 작품의 존재성이 너무 희미하다. 분량도 장편이라기보다는 중편에 가깝다.

『해방』은 8·15 전후의 농촌을 배경으로 한다. 내용의 대부분을 일제 강점기가 차지하고, 해방 이후는 마무리 격이다. 강제 징용, 지주의 착취, 두레놀이와 항일의식, 일경의 탄압, 공출과 부역, 태평양전쟁과 일본의 패망 소식 등이 빠르게 흘러간다. 해방 후의 작품이니만큼 이러한 소재는 그 자체로 의미가 크다고 보기 어렵다. 박철은 『소학생』, 『아동문화』, 『소년』 등에도 소년소설과 산문 등을 발표했는데 눈에 띨 만한 수준작은 없다. 현덕의 '노마 연작'에서 일부를 그대로 가져온 단편도 보인다. 그럼 『해방』이 '제1회 현상당선 작품'인 이유를 어디에서 찾아야 할까? 우선 일제로부터 핍박 받아온 민족 수난의 삶을 들려준다는 교훈적 의미가 높이 평가되었을 것이다. 결말 부분에서 8·15해방과 함께 새 나라 건설에 떨쳐 일어서는 마을사람들의 모습을 그린 것도 적절한 마무리라고 여겨진다. 하지만 주인공 소년의 자각이 주로 아버지의 설교에 의존하고 있다. 아무래도 이 작품의 가치는 당대 상황을 그린 결말 부분에 놓인다고 봐야 할 듯하다.

수복이 눈앞에 온통 깃발 바다가 펼쳐있었다. 빽빽이 들어선 무수한 사람들의 무수한 머리우에 흰기, 누른기, 붉은기, 긴기, 짧은기, 넓은기, 좁은기 수없는 깃발이 혹은 높게 혹은 낮게 펼쳐서 온통 깃발의 바다요 동산을 이루고 있는것이었다.

그리고 오색으로 물드린 고깔을 쓴 농악꾼을 선두로 각부락마다 열을지고 섰고 어른과 아이를 구별할것 없이 온 면내 사람은 모다 몽인것 같았다. 수복이는 지금까지 꿈에서도 보지못하던 구경이었다. (…)

그이튿날부터 돌이 형은 피로함도 잊어버리고 먼저 면에 조직된 건국준비 면

위원회와 연락하여 부락 위원회 조직에 착수하였다.

수복 아버지가 위원장으로 되시고 김선달이 부위원장 돌이형이 총무에 책임을 맡게되고 마을의 몇 명 젊은 사람들이 중심이 되어 일을 보기 시작하였다.

이어 농민조합과 청년동맹을 조직하여 마을 사람들의 계몽활동에 노력하는 한편 수복이에게는 마을의 어린이들을 모아 소년 치안대를 조직하도록 가르쳐 주었다.[31]

8·15해방 직후의 농촌마을 풍경이 훤히 눈에 들어온다. 깃발의 바다, 농악꾼, 건국준비위원회, 농민조합, 청년동맹, 소년치안대……. 이것들에 관한 이야기가 많았다면 작품의 가치는 크게 달라졌을 것이다. 이후의 역사는 이것들에 우호적이지 않았다. 주지하듯이 여운형이 주도한 건국준비위원회는 각 지역의 지부와 마을의 인민위원회로 뻗어나갔고, 미군정과의 협상을 위해 조선인민공화국이 공표되는 등 숨가쁜 일들의 연속이었다. 단독정부 수립 후에는 인민위원회 참여자들이 국민보도연맹에 가입하는 의무를 지게 되어 6·25전쟁 때 학살의 빌미가 되기도 했다. 이런 사실들에 비추어볼 때 박철이 그린 해방 직후의 건국운동은 극히 부분적이고 피상적이다. 서술자의 흥분한 기색이 완연하거니와 어른이 들려주는 교훈적 메시지가 불거진 탓에, 어린이는 수동적 동원의 대상으로 이끌릴 우려도 없지 않다. 『해방』은 자료적 가치 이상은 되기 힘들다는 결론이 나온다.

조선문학건설본부를 주도하고 나선 김남천은 『아동문학』 창간호(1945.12)에 '꼬마소설' 「정거장」을 발표했다. 이 작품은 "길가의 잔디풀이누릏게말으고 언덕위의으악새꼬리가 가을바람에나부껴도 병정나간 언니는돌아오지않습니다."로 시작한다. 해방 직후의 상황에 대한 신속

---

31 박철, 『해방』, 동문사, 1948, 65~71쪽.

한 서사적 대응이라고 할 수 있다. 8·15해방은 일제 식민통치하에서 부당하게 징역을 살거나 징병·징용으로 끌려간 사람들의 원상회복을 의미할 것이다. 그런데 계절이 바뀌도록 징병 나간 언니는 돌아오지 않는다. 그래서 진이는 날마다 학교가 파하면 정거장에 나가 언니를 기다린다. "평양서 오는 차와 함흥서 나오는 차가 정거장에서 서로 어기는"곳이라고 했으니, 작가의 고향이기도 한 삼팔이북의 성천을 무대로 한 듯하다. "태극기와 붉은 기를 한 손에 몰아 쥐"었다는 대목도 보인다. 작품은 언덕으로 올라간 진이가 철로를 내려다보다가 뜻밖의 장면과 마주치는 데에서 큰 반전을 일으킨다.

> 그런데 진이는 갑자기 '아!' 하고 깜짝놀라 소리를 지를뻔합니다.
> '최형사'
> 철롯길을 넘어서 저쪽마을 있는 편으로 산고비를 돌아 가고 있는 중절모를쓴 저 사나이. 왼편어깨가 유난히 높아서 누구의 눈에나 띄인다는 최형사의 뒷모양. 칼자루 쥐던 버릇으로 어깨가찌그러졌다는 저 최형사가 어디서 오느냐. (…)
> 병정나간 언니는 아니오고 사각모 벗기고 전투모 씌워서 언니를 데려간 최형사가 왔습니다. 팔월 십오일 일이 터지자 어디로 몸을 사렸다는 최형사가 왔습니다.[32]

아이의 눈에도 통렬한 반어가 아닐 수 없다. 청산의 대상이 부활한다는 불길한 전조가 아닐 텐가. 작가는 일제 잔재의 청산 과제를 구호나 설교가 아니라 어린 소년의 체험을 통해 생생하게 그려냈다. 그런데 이 작품은 여기가 끝이 아니다. 진이에게 소식을 전해들은 어머니가 치안

---

32 김남천, 「정거장」, 『아동문학』, 1945.12.1.

서장에게 알리려고 일어서니까 뜻밖에 아버지가 말리고 나선다.

> 불도 켜지않고 웃방에 가만히 앉아있던 아버지가 담배를 빨아서 푸우 내뿜으
> 며 나직이 묻습니다.
> "어딜몰려가오."
> "치안서장 한테 가지요."
> "그만 두. 치안서구 보안서구."
> (…)
> "나두 나가지 말란 말은 못 했수."
> 아버지는 담뱃대를 털며 나직히 말해버리고 이내 썼던 안경을벗고 눈을 두어
> 번 섬벅거리셨습니다.[33]

어두운 윗방에 웅크린 아버지의 자조적인 목소리가 예사롭지 않다.
"나두 나가지 말란 말은 못 했수." 이 대목은 주제를 명확히 드러내는 데
소용이 닿는 것은 아니다. 하지만 이 구절 때문에 작품의 층위가 더 한
층 두터워졌다. 일제 말 문인들의 행적과 관련해서 양심고백이 요구되
는 상황임을 감안할 때, 김남천은 이로써 간접적인 신상발언을 한 것이
라고 볼 수 있다. 작가의 자의식이 깃든 이 구절로 인해 8·15 이후 일제
잔재의 청산이 그리 호락호락한 일이 아니요, 삶의 복잡한 층위를 지닌
난제임이 넌지시 드러난다. 물론 작품은 그 이튿날도 진이가 정거장엘
나가는 것으로 끝난다. 아이는 아이대로 제가 할 수 있는 일을 묵묵히
수행하는 것이다. 간결하게 서술된 짤막한 소품이면서도 깊이가 느껴지
는 수작이라고 하겠다.

해방 후 「논 이야기」, 「민족의 죄인」, 「도야지」 같은 문제작을 잇달아

---

[33] 같은 곳.

발표한 채만식도 세태의 변화를 날카롭게 포착한 소년소설을 썼다.『어린이나라』1949년 1월호에 실린 「이상한 선생님」이 그것인데, 채만식 특유의 풍자성과 인물묘사가 탁월하다. 키가 한 뼘밖에 안 된다고 해서 '뼘박'이라는 별명을 가진 박 선생님의 기이한 행적을 아이의 시선으로 그렸다. 별명을 말하는 대목에서도 "일본 정치 때에, 혈서로 지원병을 지원했다 체격검사에, 키가 제 척수에 차지 못해 낙방이 되었다면, 그래서 땅을 치고 울었다면, 얼마나 작은 키인 것은 알 일이다." 하는 식으로 풍자적 시선을 거두지 않는다. 뼘박 선생님은 생김새가 특이해서 '대갈 장군'이라는 별명도 붙었다. 그는 갈데없는 기회주의자이다. 작가는 이런 뼘박 선생님의 우스꽝스럽고 못난 처신을 부각시키고자 생김새에서나 성격에서나 아주 정반대의 강 선생님을 대조시킨다. 둘은 만나면 싸움이다. 대개는 사람 좋은 강 선생님이 장난을 하고 싶어 뼘박 선생님을 먼저 건드린다.

　"뼘박아, 담배 한대 붙여 올려라."

　강선생님이 그 생긴 것처럼 느릿 느릿한 말로, 이렇게 장난을 청하고, 그런다 치면 박선생님은 벌써 성이 발끈 나가지고

　"까불지 말아, 죽여 놀테니."

　"얘야, 까불다니, 이 덕집엔 좀 억울하구나. 아무튼 담배나 한 개 빌리자꾸나."

　"나두 뻐젓한 돈 주구 담배 샀어."

　"아따 이사람, 누가 자네더러, 담배 도둑질 했대나?"

　"너두 돈 내구 담배 사 피우란 말야."

　"에구 요 재리야! 체가 요렇게 용잔하게 생겼거들랑, 속이나 좀 너그럽게 써요."

　"몸 크구서 속 못 차리는 건, 볼 수 없더라."

하나는 커다란 몸집을 해가지고, 싱글싱글 웃으면서, 하나는 한 뼘만 한 키에, 그 무섭게 큰 머리통을 한 얼굴을 바싹 대들고는 사남이 줄줄 흐르면서, 그렇게 마주서서 싸우는 모양은, 마치 큰 수캐와 조그만 고양이가 마주 만난 형국이었다.[34]

세 부분으로 나뉜 이 작품의 첫 부분은 두 선생님에 대한 소개인데, 이렇듯 익살맞게 그려냄으로써 순식간에 독자를 작품 속으로 끌어들인다. 두 번째와 세 번째 부분은 각각 8·15 이전과 이후의 에피소드이다. 작가는 여기에서 본격적으로 시대에 대한 문제의식을 드러낸다. 일제강점기에는 조선말을 하다가 뼘박 선생님에게 들키는 날이면 경을 치는 판이었다. 교장 선생님이나 다른 일본 선생님보다도 뼘박 선생님은 절대 용서가 없다. 이와 대조적으로 강 선생님은 조선말을 쓰는 것에 시비가 없고 아이들에게도 조선말로 한다. 마침내 해방이 되었다. "일본(우리 대일본제국)은 결단코 전쟁에 지지 않는다고, 그영고 전쟁을 이기고, 천하에 못된 미국 영국을 거꾸러뜨려, 천황폐하의 위엄을 이 전세계에 드날릴 날이 머지 않았다고, 하로에도 몇 번씩 그런 말을 해 쌓던" 뼘박 선생님은 기가 꺾인다. 여전히 일본말을 쓰는 뼘박 선생님에게 보란 듯이 "덴노헤이까 바가!(천황 폐하 망할 자식)!" 하고 소리치는 상급생도 있다. 강 선생님은 새로운 건국의 일에 동참할 것을 뼘박 선생님에게 권한다. 그 뒤로 뼘박 선생님은 아이들에게 조선의 역사를 가르쳐주기도 한다. 한편, 뼘박 선생님은 미국말 공부에도 열심이다. 그러더니 미군 병정의 통역을 거들면서 미국 양복을 입고, 미국 담배를 피우고, 미국 통조림이랑 과자를 얻어먹곤 한다. 세상이 바뀌고 또 바뀌었다.

---

34 채만식, 「이상한 선생님」, 『어린이나라』, 1949.1, 22쪽.

해방 뒤에 새로 온 김교장 선생님이 갈려 가고, 강선생님이 교장이 되었다.

강선생님이 교장이 된 다음부터는, 뺌박 박 선생님은 강선생님과 도로 사이가 나빠졌다.

우리는 한 번 뺌박 박 선생님이 미국 담배를 피우고 있는 것을, 교장 선생님이

"자넨 그건 무어라구, 주접스럽게 얻어 피우군 하나?"

하고, 핀잔을 하는 것을 보았다.

강 선생님은 교장이 된지 일년이 못 되어서 파면을 당하였다.

어른들 말이, 강선생님은 빨갱이라고 하였다. 그리고, 그래서 파면을 당하였느니라고 하였다.

또 누구는, 뺌박 박 선생님이, 강선생님을 그렇게 꼬아댄 것이지, 강 선생님은 하나도 빨갱이가 아니라고도 하였다.

강선생님이 파면을 당한 뒤를 물려, 뺌박 박선생님이 교장선생님이 되었다.

교장이 된 뺌박 박선생님은, 그 작은 키가 으쓱하였다.[35]

강 선생님이 교장이 되었다가 "빨갱이"로 몰려 쫓겨나고 뺌박 선생님이 교장이 되는 이 에피소드에서 파행의 역사가 적나라하게 드러난다. 마침내 뺌박 선생님은 일제강점기 때와 다름없는 행태로 돌아선다. 아이들이 말끝에 자칫 "미국놈…"이라고 하면 뺌박 선생님은 단박에 붙잡아서 벌을 세운다. 이런 뺌박 선생님을 "참 이상한 선생님"이라고 눙치면서 작품은 끝나지만, 무엇을 말하려고 했는지 눈치 채지 못할 독자는 없을 것이다. 이 작품은 정부 수립 후 반공 이데올로기가 위력을 발휘한 시기에 발표되었다는 점에서 의미가 크다.

조선문학가동맹 출판부장을 맡은 현덕은 8·15해방의 날을 그린 동화 「큰 뜻」을 선보였다. 그는 일제강점기에 발표한 '노마 연작' 동화를 모

---

35 채만식, 같은 책, 26쪽.

아서 동화집 『포도와 구슬』(정음사, 1946), 『토끼 삼형제』(조선아동문화협회, 1947)를 펴낸다. 「큰 뜻」은 『토끼 삼형제』의 맨 마지막에 실린 작품으로, '노마 연작'을 마무리 짓고자 새로 지은 것이다. 작품은 8·15해방을 맞이하는 거리의 풍경으로 시작한다.

> 팔 월 십 오 일이었습니다. 한낮 햇볕이 쨍쨍한 큰 한길 이발소 앞에 동네 사람들이 모여 서서 라디오 소리를 듣습니다. 길 가던 사람도 사오 인 걸음을 멈추고 서서 듣습니다.
>
> (…)
>
> "일본이 항복을 했다. 일본이 항복을 했어!"
>
> 하고 소리치자 여러 사람의 눈이 그 편으로 모이며
>
> "일본이 항복을 하다니요. 정말입니까. 정말에요?"[36]

거리에서 해방의 순간을 생생하게 지켜본 노마는 골목길로 접어들어 어머니에게 가면서 저 나름대로 해방의 의미를 새겨본다. 일제의 수탈과 박해에 따른 힘겨운 삶들이 떠오르는 한편으로, 훌륭한 일을 하기 위해 나라 밖에서 지낸 아버지의 모습이 자랑스럽게 그려진다. 집에서 노마와 마주한 어머니는 회한의 세월을 떠올리며 눈물짓고, 속이 깊은 노마 또한 그런 어머니를 따라 울음을 터뜨리는데, 마음속에서 큰 뜻이 자라나는 것을 느낀다.

> "노마야 너 오늘이 무슨 날인 줄 아니? 우리 조선이 해방이 되었단다. 우리를 그처럼 못 살게 굴던 일본이 망한 것이야. 그 동안 우리는 얼마나 억울하고 고생스러웠는지……."

---

36 현덕, 「큰 뜻」, 『토끼 삼형제』, 조선아동문화협회, 1947, 28쪽.

어머니의 말은 울음에 막힙니다.

"쏘련 나라, 미국 나라 그리고 아버지와 그런 분들의 흘리신 고귀한 피가 오늘 우리에게 이런 기쁨을 준 것이란다. 아버진들 오죽 기쁘시겠니?"

어머니는 이내 우시고 맙니다. 그리고

"우리 이제 기 들고 아버지를 맞이하러 가자."

노마는 어머니 앞에 안기며 이내 울고 맙니다. 그 가슴이 터질 것 같은 그칠 줄 모르는 울음 가운데 노마는 아버지와 그런 분들과 같이 많은 나라의 가난한 사람들을 위하여 몸과 목숨을 바칠 큰 뜻이 무럭무럭 일어났습니다.[37]

어린 노마가 나오는 「큰 뜻」은 8·15해방의 역사적 현장을 담은 유년동화로는 거의 유일한 작품이다. 일제강점기의 연작에서 '어디 먼 곳'에 가 있는 것으로 암시해 둔 노마 아버지의 정체가 이 작품에서 비로소 밝혀진다. 그런데 작가는 왜 노마와 아버지의 상봉을 뒤로 미루었을까? 김남천의 「정거장」에서 드러났듯이, 역사는 노마와 아버지의 상봉을 가로막는 쪽으로 흘러갔다. 유년동화는 대개 해피엔드인 점에 비추어 여느 작가라면 노마와 아버지의 상봉 장면을 감동스럽게 그려냈을 것이다. 하지만 현덕의 현실 인식은 남달랐다. 유년동화라는 점에서 8·15해방의 벅찬 희망과 함께 노마에게 성장의 씨앗을 묻어두긴 했지만, 딱 거기까지였지 그 이상으로 나아가진 않았다. 노마는 이제 놀이의 세계에서 또 다른 세계로의 발전을 기약해둔 존재이다. 말하자면 동화에서 소년소설로의 이행인 셈이다. 몇 차례 연재를 예고하다가 여의치 않자 전작장편으로 펴낸 『광명을 찾아서』(동지사문화원, 1949)는 '노마 이후'의 세계를 그린 것으로 주목되는 소년소설이다.

『광명을 찾아서』는 고아나 다름없는 창수가 학교 후원회비를 잃어버

---

37 현덕, 같은 책, 31~32쪽.

리고 거리의 소매치기단에 휩쓸렸다가 어느 독지가의 도움으로 새로운 삶을 찾아나가는 내용이다. 현덕은 조선문학가동맹이 불법화되자 지하에 숨어서 이 작품을 썼다. 제목이 상징하는 '어둠/빛'의 의미는 개인적 차원의 '죄/구원'을 지시하는 데 그치지 않고 사회적 차원의 '억압/해방'을 지시한다. 이 작품에서 도드라진 것 가운데 하나는 서울 도심의 시가지 풍경이다. 순진한 창수를 지옥에 이르게 하는 모든 일들이 사대문 안에서 벌어진다. 창수의 이동경로를 따라 서울의 공원, 도로, 건물들 이름이 구체적으로 밝혀져 있는데, 다른 소년소설에서는 찾아보기 힘든 의도적인 서술로 보인다. 파고다 공원, 명동 거리, 본정 거리, 천변, 진고개, 종각 모퉁이, 서울역, 세브란스 병원, 화신, 동대문, 낙산 언덕, 동소문, 창신동, 부민관, 시청, 종로……. 이와 같은 고유명사들은 일차적으로 소매치기단에 휩쓸린 창수의 움직임을 보여주는 것이지만, 그곳 풍경에서 화려한 도시 이면의 무직자와 부랑자들의 모습이 포착되는가 하면, 어수룩하고 약한 사람을 후려치고 짓밟으면서 올라서려는 비정한 세태가 그려져 있다. 요컨대 현덕은 오장환의 「병든 서울」(1946)과 같은 비판적 시각으로 해방 후의 서울을 '빛의 회복이 절실한 어둠의 공간'으로 바라본 것이다.

"그 애들을 거기서 구출하자면 먼저 국가가 그 애들을 보호하고 그 장래를 보장해 주어야 할 것이다. 하지만 아직 서울안엔 그런 기관이 없단 말이다. 있다 하더라도 도리어 그 애들을 속박하거나 부자유스럽게 하는 장소에 지나지 않는단 말이다. 그러고 보면 그들이 그렇게 된 책임이라든가 그들이 그렇게 하지 않고는 살 수 없는 그 책임을 그 불행한 애들에게 묻기보다 그 사회제도에 물어야 할 줄 안다."[38]

38 현덕, 『광명을 찾아서』, 동지사아동원, 1949, 137쪽.

이는 소매치기단에 휩쓸려 길을 잃은 창수에게 어느 지식인 신사가 들려주는 말이다. 성장소설의 기본은 악을 체험한 뒤 성숙한 인식에 도달하는 것인데, 창수의 경우는 혼자 힘으로 어찌할 수 없는 구조적 사회악에 둘러싸여 있다. 결국 작가는 지식인 신사를 등장시켜서 창수에게 새 길을 제시한다. 현덕이 바라본 서울은 순진한 소년이 양심을 잃고 타락하기 쉬운 곳이다. 창수와 같은 소년에게는 바른 길로 이끌어줄 부권(父權)이 절실하다. 지식인 신사는 창수 같은 소년이 악의 구렁텅이에 빠지는 것은 그들에게 다른 방도가 없기 때문이라고 믿고 있다. 국가가 제 몫을 해야 하는데 그렇지 못한 현실이기에 신사는 자신이 할 수 있는 공동체 사업을 벌이기로 하고 창수에게 손을 내민다. 마침내 창수는 신사를 '아버지'라고 부르면서 끝이 난다. 이로써 '대리 아버지를 통한 부권 회복'의 스토리가 완성되었다. 왜 '대리 아버지'인가? 해방은 되었지만 민족국가의 완성이 유예된 분단 상황을 반영하는 것이라고 해석된다.

동요·동시에서 큰 활약을 보인 이원수는 해방 직후 운문만으로 충족되지 않았기에 산문 영역에도 적극 뛰어들었다. 그는 1949년 2월부터 12월까지 『어린이나라』에 장편동화 「숲속 나라」를 연재한다. 정부가 수립된 이후, 해방과 건국의 의미를 되새기고자 판타지로 이상향을 창조해 보인 것이다. 「숲속 나라」는 느티나무 구멍을 통해 들어간 '숲속 나라'에서 신기한 일을 겪는 가운데 새나라의 질서에 대해 눈 뜨는 내용이다. 노마는 집 떠난 아버지를 찾아 나섰다가 '숲속 나라'에 들어가게 된다. 현실에서 노마는 학교에 다니는 것과 먹고사는 것이 힘든 형편에 있다. 노마의 친구들도 대부분 헐벗고 굶주린 생활을 한다. 하지만 '숲속 나라'에서 노마는 새나라 건설을 위해 일하는 아버지를 만나고 이전과는 달리 행복한 시간을 보낸다. 노마의 친구들도 '숲속 나라'로 찾아온다. 그런데 이 평화로운 나라를 침범하는 악당들이 있다. 그들은 해외에서 배를 타고 온 간사한 장사꾼 모리배들이다.

숲속 나라에 쓸 데 없는 비싼 물건들을 팔아먹으려다가 사고 팔지를 못하게 해서 실패를 한 모리배의 상선에서는 새로운 꾀를 하나 생각해 냈습니다.

그 꾀란 것은 힘센 사람들을 많이 사다가 숲속 나라에 몰래 들여보내어 물건들을 갖다 팔게 하고, 또 장사를 못하게 하는 사람들을 비밀히 잡아다 혼을 내주기도 하고 죽이기도 하려는 것입니다.

돈을 받아먹고 모리배들의 시키는 대로 나쁜 짓을 하려는 이런 부량패들이 숲속 나라에 몰래 들어와서 여러 가지 음흉한 일을 하기 시작한 것입니다.

이 사람들은 숲속 나라 어구에 자리를 잡고, 수십 명의 장정으로 한 떼를 지었습니다. 그러고는 그들의 모임을 뻔뻔스럽게도 자유단이라 하였습니다.

'어떠한 나라의 어떤 물건을 사고 팔고 하든 모두 자유다. 일을 하든 아니하든, 공부를 하든 놀음을 하든 모두 자유다. 이 자유를 속박하는 모든 것을 때려 부신다는 어마어마한 폭력단입니다.[39]

작가는 폭력단에 '자유단'이라는 이름을 붙였다. 허울 좋은 '자유' 이데올로기의 정체를 까발리려는 속셈이다. '숲 바깥 나라'(현실세계)는 '숲속 나라'(판타지세계)와 뚜렷이 대비된다. '숲속 나라'에서는 학비와 학용품이 무상으로 주어지지만, '숲 바깥 나라'에서는 학비와 학용품 때문에 아이들이 눈물을 지으며 거리에 나가 신문을 판다. '숲속 나라'는 모두 열심히 일을 하는 "쌍놈의 나라"이고, '숲 바깥 나라'는 사치한 옷차림을 하고 하인을 부리는 "양반의 세상"이라는 표현도 나온다. 이쯤 되면 '숲속 나라'는 사회주의적 이상이 구현되는 곳이고, '숲 바깥 나라'는 자본주의적 모순으로 고통 받는 곳이라는 사실을 떠올리지 않을 수 없다. 「숲속 나라」는 분단 현실에 대한 정치적 알레고리가 두드러진 작품이다. 작가가 『이상한 나라의 엘리스』 같은 판타지 형식을 가져온 것은, 자유

---

39 이원수, 「숲속 나라」, 『어린이나라』, 1949.8, 32쪽.

롭고 평등한 나라에 대한 지향을 아동문학 고유의 방식으로 풀어내려고 애쓴 결과이기도 하지만, 민감한 정치적 테마에 대한 검열을 의식한 결과이기도 하다.

색동회의 마해송은 그의 행보 가운데 가장 치열한 작가의식을 해방 직후에 보여주었다. 일제강점기 『어린이』에 연재되다가 중단된 「토끼와 원숭이」를 해방 후 『자유신문』에서 완성하고,[40] 이어서 「떡배 단배」를 새로 발표했다. 완성하기까지 무려 20년 가까운 기간이 걸린 「토끼와 원숭이」에는 일제의 식민통치뿐 아니라 미국과 소련의 한반도 주둔과 이념의 대립 양상이 담겨져 있다. 해방 후에 보태진 부분은 이러하다. 토끼나라를 침략한 원숭이나라가 남쪽의 뚱쇠나라를 공격하니까, 뚱쇠나라는 다른 나라에 구원을 청하고 약풀이라는 무기를 가진 센이리가 도와서 원숭이를 무찌른다. 토끼들은 뚱쇠 편과 센이리 편으로 갈라진다. 결국 뚱쇠와 센이리가 전쟁을 벌이는 통에 모두 죽는다. 여러 해가 지난 뒤 세상은 토끼들 천지가 된다. 이런 줄거리는 8·15 전후의 민족현실과 세계질서에 대한 알레고리임에 틀림없다. 일제가 패망했으나 미소 냉전으로 민족이 분단되어 갈등을 겪는 현실을 신랄하게 풍자한 것이다.

「토끼와 원숭이」가 총칼로써 지배와 착취를 일삼는 내용이라면, 「떡배 단배」는 떡과 단것으로써 지배와 착취를 꾀하는 내용이다. 「떡배 단배」도 8·15 이후의 민족현실에 대한 알레고리라고 할 수 있다. 지금까지 「떡배 단배」는 1948년 1월 『자유신문』에 발표된 것으로 알려졌다. 동화집 『떡배 단배』(학원사, 1953)의 후기에서 작가가 작성한 연보에 그렇게 나와 있는 탓이다. 하지만 확인해 보니 1948년 1월 12일부터 16일 사이에 4회 연재하다가 중단되었고, 1949년 1월 1일부터 25일 사이에 18회를

---

[40] 『자유신문』 1946년 1월 1일자에서 '전편'이 일차로 완결되었고, 1947년 1월 1일부터 8일까지의 연재로 '후편'이 더해졌다. 자세한 내용은 졸고, 「해방 전후의 민족현실과 마해송 동화」, 앞의 책. 참조.

더 연재함으로써 끝이 났다. 1948년 속간된 『어린이』에도 재수록했으나 이것도 1948년 1월 『자유신문』 발표분이라서 완성된 것은 아니었다. 이 작품의 창작시기는 정부 수립 전후에 걸쳐 있다.

마해송이 객원으로 취임하면서 관계하던 『자유신문』은 1945년 10월 5일 창간되어 『조선인민보』 『중앙신문』과 더불어 미군정 초기의 여론을 이끈 주요 언론매체였다.[41] 이 신문은 정치적으로 진보적 민주주의를 지지했고 신탁통치에 찬성했다.[42] "좌·우가 날카롭게 대립하고 있던 당시의 언론계에서 상당히 영향력 있는 신문", "진보적 민주주의를 표방하면서 어떠한 정치세력에도 가담하지 않고 통일과 민주주의를 지향한 영향력 있는 신문"[43]이라는 평가는, 이 신문에 수년간 칼럼을 쓰면서 「토끼와 원숭이」, 「떡배 단배」를 연재한 마해송의 사상적 거처에도 해당되는 말이다. 『자유신문』은 1946년 10월 신익희가 사장에 취임하면서 점차 우익지로 변모하게 된다. 하지만 외세에 휘둘리고 이념의 대립이 극심해진 민족현실을 풍자하면서 어느 편에도 기울지 않고 독립된 민족국가의 건설을 지향하는 내용은 「떡배 단배」에서 더욱 뚜렷해지는 것을 확인할 수 있다.

"떡배사람의 나라에는 단것이 부족해서 단것을널리차지러 댕기는게지. 단배는 그나라에서나는 수수깡이나집풀만으로는 부족해서그것을널리차지러 댕기는게지. 이러케 세상을모르고뒤떠러져서 가난하게살고잇는조고만 섬까지도저 사람들은 모조리찾자와서 처음에는그저주는것가치 고맙게해주는것가치하면서 속속알맹이로긴한것은모조리홀터가는 사람들이아니오?"

"원저런!"

41 김민남 외, 『새로 쓰는 한국언론사』, 아침, 1993, 284쪽.
42 김민환, 『한국언론사』, 사회비평사, 1996, 331쪽.
43 송건호, 『한국현대언론사』, 삼민사, 1990, 18~19쪽.

(…)

"먹을것이 떠러지면 그때야말로 저사람들의 손아귀에 들어가는것이오. 왼섬을 수수깡밧을 맨들어서 그것을바치라면 네네 하고그대로해야겟고 저사람들의 말을무엇이든지 듯고 심부름을하고 주는것을 어더먹게되는것이 아니오? 개가 되는게지!"

"개! 우리들을개를맨들려고!"[44]

떡배와 단배는 떡과 단것을 공짜로 제공해서 약소국을 길들인 뒤에 점점 비싸게 팔아먹는다. 이에 대해 작가는 "개"를 만들려는 속셈이라고 일갈한다. 약소국 안에서는 떡배 패와 단배 패로 나뉘어 싸움을 벌인다. 강대국에 의해 나라가 속박되는 과정, 외세에 빌붙어 이득을 취하려고 싸움을 벌이는 양상이 적나라하다. 이런 이야기가 정치적 알레고리임을 모를 독자는 없다. 해방 직후 완성된 「토끼와 원숭이」와 마찬가지로 정부 수립 직후 완성된 「떡배 단배」에서도 동족상잔에 대한 경고가 나타나 있다. 민족사의 비극을 내다보는 동화작가의 혜안이 놀랍다.

5. 맺음말

이 땅에서 8·15는 두 차례 역사적인 획을 그었다. 첫 번째는 1945년 일제로부터의 해방이고, 두 번째는 1948년 대한민국 정부 수립이다. 어린이는 일제 말 조선어 교육의 폐지와 황국신민화 교육의 직접적인 피해자였기에, 8·15해방은 아동문학에 각별한 의미로 다가왔다. 그런데 아동문학에 나타난 8·15의 의미는 상황 변화를 좇아 시시각각으로 달

---

[44] 마해송, 「떡배단배」, 『자유신문』, 1949.1.22.

라져 갔다. 처음에는 해방의 기쁨과 새나라 건설에 대한 기대로 부풀었으나, 곧바로 일제 잔재의 청산과 완전한 자주독립, 분단 극복으로 초점이 옮겨졌다. 1948년의 정부 수립은 새나라의 건설이 아니라 그 좌절로 보는 관점이 대부분이었다.

해방 직후의 아동문학은 좌우합작 지향이 대세였다. '진보적 민족문학의 건설'을 기치로 내걸고 좌우합작을 도모한 조선문학가동맹에 주요 아동문학인 대다수가 직간접으로 참여했다. 이 조선문학가동맹이 정부 수립 후 탄압을 받게 되었으니, 정부 수립 전후의 시대현실에 비판적인 작품들이 많이 나오는 것은 당연한 일이다. 앞에서 살핀 윤석중, 윤복진, 남대우, 권태응, 이원수, 송돈식 등의 동요·동시와 박철, 김남천, 채만식, 현덕, 이원수, 마해송 등의 동화·소년소설은 당시의 시대상황을 비추는 거울이라 할 수 있다. 이 글에서 다룬 작품은 단지 소재적 차원에서 선택된 것이 아니라, 당대 최고의 성과들에 해당한다. 장편을 제외하고 다수의 작품이 『겨레아동문학선집』(전10권, 보리, 1999)에 수록되었다.

8·15해방부터 6·25전쟁까지 이같은 주요 작품을 쓴 작가·시인들을 선악 프레임이나 다름없는 좌우파 구도로 나누는 것이 과연 적절한가? 조선문학가동맹을 일괄 좌익으로 규정하고 불법화한 것은 언제 누구의 시각에서 비롯되었는가? 앞에서 다룬 11명 가운데, 송돈식, 박철, 권태응, 마해송을 제외한 7명이 조선문학가동맹에 이름을 올렸다. 윤복진, 김남천, 현덕 등 3인은 월북했고, 윤석중, 이원수, 마해송 등 3인은 남한에서 활동했으며, 남대우, 권태응, 송돈식, 채만식 등 4인은 일찍 사망 또는 실종되었다. 월북문인 가운데에는 윤복진만이 북한체제를 찬양하는 작품 활동을 계속했고, 김남천과 현덕은 숙청되었다. 남한에서 활동한 문인 가운데 윤석중은 6·25전쟁 중에 부모가 좌익 혐의로 우익에게 학살을 당하고 둘째 아우는 인민군, 셋째 아우는 국군으로 끌려가 행방불명 또는 전사하는 비극을 겪었다. 이원수는 부역혐의로 쫓겨 월북하

다가 어찌어찌 다시 돌아와 간신히 살아남지만, 그 와중에 두 딸을 잃어버리는 불운을 겪었다.

　이 글이 해방 직후 좌우합작을 지향하다가 이념의 희생양이 되거나 분단 현실과 맞서 싸운 작가·시인들을 다시 불러온 것은 아직 끝나지 않은 민족사의 문제가 엄연한 현실로 우리 앞길을 가로막고 있기 때문이다. 특히 이념논쟁에서 자유로울 수 없는 근·현대 아동문학사 연구는 과거의 냉전논리를 뛰어넘는 새로운 시각이 절실하다. 이 문제가 한국문학사 연구 쪽에서는 어느 정도 해결된 것으로 알고 있다. 아동문학의 중요성을 부인하는 연구자는 없다. 이 글이 기존 아동문학사의 편향된 시각에 대한 하나의 문제 제기로 읽힐 수 있기를 기대한다.

한국전쟁기 임시 교과서와 반공 아동문학

『전시생활』· 『소년기마대』· 『새음악』의 반공 텍스트를 중심으로

1. 서론

　문학사의 시대구분에서 8·15해방을 가장 큰 전환점으로 보는 데 이의를 제기할 사람은 없겠으나, 연속성 문제로 들어가면 사정이 그리 간단치 않다. 8·15해방을 시발점으로 하는 남북한 문단 재편이 6·25전쟁(이하 '한국전쟁'으로 칭함)을 거친 뒤에 일단락되기 때문이다. 양극화의 정점에서 동족상잔을 치르고 나니, 이전 작가·작품의 절반가량이 금기시되어 독자의 눈앞에서 사라졌다. 단지 인적 자원과 문화유산의 상실에 국한된 문제가 아니다. 사상·이념의 일방통행과 더불어 창작 경향의 변화가 뒤따랐다. 미군정기는 물론이고 정부수립 이후에도 지속되었던 비판적 리얼리즘 경향은 한국전쟁 이후 한동안 수면 아래로 가라앉는다. 따라서 8·15해방에 이은 한국전쟁 또한 그 이전과 이후를 가르는 중요한 결절점(結節點)이 아닐 수 없다.[1]

---

1 이 사이에 정부수립이라는 중간매듭이 있지만, 넓은 의미의 한국전쟁은 1948년 단독정부 수립을 반대하는 일련의 정치투쟁과 유격전 등에서 시작되었다고 보는 시각도 존재한다. 김동춘, 『전쟁과 사회』, 돌베개, 2000, 58쪽.

그렇다면 한국전쟁기 아동문학에 나타난 가장 뚜렷한 변화는 무엇일까? 현실비판의 목소리는 가라앉고 태평양전쟁기와 비슷한 국책문학의 일환으로 반공이데올로기가 전면화했다는 점이다. 이로 말미암아 아동 문단의 신주류가 형성되었다. 송영·박세영·신고송·이동규·홍구 등 구(舊)카프 계열과 정지용·이태준·송완순·현덕·이원수·이주홍 등 조선문학가동맹 계열은 월북하거나 숨을 죽여야 했지만, 강소천·김영일·김요섭·박화목·박경종·장수철 등 월남한 기독교 계열 문인들은 반공 이데올로기를 앞세우고 아동문단의 중심부로 진입한다.[2] 말하자면 해방 직후의 주된 흐름을 뒤엎은 가장 결정적인 기제로 한국전쟁과 반공이데 올로기를 주목해야 하는 것이다.

훗날 반공문학은 친일문학 못지않게 경멸의 대상이 된다. 하지만 애국을 앞세운 반공·민족주의 곧 분단시대의 국가주의는 유독 아동문학에 우심할뿐더러 계속 모습을 바꾸어 되살아나고 있다. '아동문학도 문학이냐'는 오래된 비난은 생경한 교육적 텍스트에서 비롯된 것인바, 특히 민주화 이전 시기의 '교과서 아동문학'은 그런 비난을 낳게 한 최대 발원지라고 할 만하다. 교과서에 수록된 노래 형식의 운문은 '동요·동시', 이야기 형식의 산문은 '동화·아동소설'로 간주되었던 것이 저간의 사정이다. 국어 교과서뿐 아니라 음악·사회·도덕 교과서의 노래 및 이야기 형식의 텍스트가 모두 여기 포함된다. 중요한 것은 그와 같은 '교과서 아동문학' 텍스트 생산자도 대부분 아동문학 작가·시인이었다는 사실이다.[3]

---

2 해방 직후 활동이 왕성했던 윤석중은 양쪽 모두에 속하거나 아무 쪽에도 속하지 않는 예외라고 할 수 있다. 그는 조선문학가동맹에 이름을 올렸으나 아동문학을 대표할 만한 권위를 인정받아 정부수립 후 문학단체의 아동문학 분과장을 맡는다. 그러나 한국전쟁 중에 그의 부모가 좌익혐의로 처단되고 두 아우는 각각 인민군과 국방군으로 끌려가서 죽거나 실종되는 불운을 겪는다. 이 때문에 생존을 위해 부득이 정훈대에 소속해서 활동했지만, 강소천이 월남한 뒤로는 아동문학 분과장의 자리를 내주게 된다. 엄청난 창작력으로 유명한 그의 동요·동시에는 명시적인 반공 텍스트가 하나도 없다. 자세한 것은 졸고, 「아동문학에 나타난 8·15」, 『문학교육학』 54집, 2017, 105~152쪽. 참조.

한국전쟁기 아동문학의 무대는 교과서, 아동잡지, 일간지 등으로 구분
되는데, 단연 교과서가 가장 큰 영향력을 행사했다. 국민교육의 일환으
로 제작된 초등교과서는 권위와 발행부수 면에서 다른 것들을 압도했
다. 물론 전쟁 중에는 정상적인 일상 활동이 정지된다. 전쟁이 터지자마
자 학교는 휴교령이 내려졌으며 피난생활이 시작되었다. 9·28수복 후
정상화되는 줄 알았지만, 중국의 개입으로 1·4후퇴를 겪으면서 전선은
삼팔선 근방에서 교착상태에 빠진다. 그러자 정부는 '전시하 교육특별
조치요강'(1951.2.16)을 공표하고 교육 재개를 선언한다. 곧이어 초등학생
대상의 임시 교과서『전시생활』(전9권, 1951.2~3)이 발행되었다. 전시의 교
육은 전쟁 승리를 위한 사상전의 모습을 띠게 마련이다.『전시생활』은
생활 중심의 통합교과서 형태였으므로 보조교재가 절실했는데, 이를 위
해 동시인·작곡가·삽화가들이 나서서 전시 노래책을 만들었다. 초등학
생 대상의『소년기마대』(1951.10)와『새음악』(전6권, 1952.4)이 그것들이다.
이 책들도 문교부의 추천과 승인을 받아 피난지에서 임시 교과서로 통
용되었다.

  그간『전시생활』은 전시독본의 하나이거나,[4] 국어·사회·역사 교육의
영역에서,[5]『소년기마대』와『새음악』은 음악 교육의 영역에서[6] 주로 연

<hr/>

3 '교과서 아동문학'은 일반적으로 기존 아동문학 텍스트 가운데 선별해서 교과서에 수록한 것을
가리키지만, 본고에서는 교과서 제작자들이 교육 목적을 위해 아동문학의 형식을 차용해서 만
들어낸 노래와 이야기 자료를 가리킨다. 범주가 불분명한 이 노래와 이야기 자료들이 아동문학
으로 간주되었을 뿐만 아니라 아동문학에 대한 특정 이미지를 형성했다는 데 문제가 있다. 따라
서 본고의 '반공 아동문학'은 당대의 아동잡지에 발표된 것들과 단행본으로 출간된 것들과는 구
분되는 대상임을 밝힌다. 원칙적으로 본고에서 다룬 반공 텍스트들은 비문학적 범주에 가까운
것들이다.
4 이순욱, 「한국전쟁기 전시독본의 형성 기반과 논리」,『한국문학논총』 58집, 2011, 423~452쪽.
전시독본은 중등을 대상으로 발행되었고 초등 대상은 없기 때문에 본고에서는 논외로 했다.
5 강창순, 「한국전쟁기(1950~1853) 사회과교육 실천에 관한 연구」, 한국교원대학교 석사학위논
문, 2001; 이진석, 「광복 이후 전시 교육체제에 있어서 사회과 교과서 내용 분석: 민족 분단 고착
적 성격을 중심으로」,『교사교육연구』 40집, 2001, 43~56쪽; 김남수, 「1950년대 국민학교·중학
교에서의 반공교육」, 성균관대학교 교육대학원 석사학위논문, 2003; 허재영, 「과도기
(1945~1955)의 국어과 교과서」,『교육한글』, 16·17집, 2004, 59~90쪽; 김문희, 「6·25 전쟁기
전시 교과서『전시생활』연구」, 서강대학교 교육대학원 석사학위논문, 2017.

구되었다. 아동문학의 영역에서는 김영일에 관한 작가·작품론의 일부로 『소년기마대』와 『새음악』을 다룬 것이 하나 있는데,[7] 전시하의 예외적 산물로 간단히 다뤄졌을 따름이다. 그렇지만 '전쟁과 문학'은 인류의 역사에서 빠뜨릴 수 없는 영원한 테마의 하나일 것이며, 식민지에 이어 분단으로 인한 전쟁을 겪은 한국인에게는 더 한층 각별할 수밖에 없다. 한국전쟁은 좌우이념 대립의 성격을 아울러 지니는바, '교과서 아동문학'의 반공이데올로기는 국민정체성을 확립하는 데 중요한 역할을 했다. 반공 아동문학은 문학적으로든 역사적으로든 마땅한 지향이었는가? 아니면 통치 권력을 정당화하고 강화하기 위해 허위의식을 유포하는 저열한 선전문학에 지나지 않았는가? 태평양전쟁기의 친일 아동문학이 그랬듯이 한국전쟁기의 반공 아동문학도 문단의 일각에서 불거진 현상임을 분명히 해둘 필요가 있다.

이 점에서 전후 아동문단의 지형 속에서 '아동문학과 반공이데올로기'의 문제를 검토한 선안나의 연구는 주목을 요한다.[8] 본고는 그 연장선상에서 '전후 아동문단의 재편과 반공이데올로기'의 상관관계를 찾을 수 있다고 믿는다. 이를 위해 반공이데올로기가 공식적으로 맨 처음 모습을 드러낸 한국전쟁기 임시 교과서의 양상을 살피려는 것이다. 선안나의 연구에서도 『전시생활』은 어느 정도 언급되었으나, 임시 교과서 전체를 대상으로 하는 검토는 이뤄지지 않았다. 이에 본고는 한국전쟁기 초등학생 대상의 세 가지 임시 교과서를 통해 구현된 반공이데올로기의 양상 및 효과를 검토하는 한편, 전후 아동문단의 재편이라는 문학사적 맥락에서 그 의미를 찾아보려고 한다.

---

6 조성환, 「윤이상 동요의 사료적 가치와 악곡 분석—1952년에 간행된 『국민학교 새음악』을 중심으로」, 『한국음악사학보』 30집, 2003, 697~724쪽; 조성환, 「근·현대 한국동요의 전개양상 연구—『소년기마대』를 중심으로」, 『민족문화논총』 41집, 2009, 141~189쪽.
7 권석순, 「김영일 아동문학 연구」, 강릉대학원 대학원 박사학위논문, 2009.
8 선안나, 『아동문학과 반공 이데올로기』, 청동거울, 2009.

2. 한국전쟁기의 임시 교과서 발행 현황

1948년 8월 15일 대한민국 정부수립이 공표되었고, 1949년 11월 30
일 국회에서 새로운 '교육법'이 통과되었으며, 1950년 4월 29일 대통령
령으로 '국정 교과서 도서 편찬 규정'이, 1950년 6월 2일 문교부령으로
'국정 교과서 도서 편찬 심의회 규정'이 만들어졌다. 그런데 전쟁이 일
어나면서 이러한 시도는 물거품이 되었고, 1955년 8월 1일 제1차 교육
과정이 제정되기 전까지는 미군정기에 제정된 교수요목(뒤에 '교육과정'으
로 바뀜)이 큰 틀에서 유지 적용되는 가운데 1·4후퇴 직후인 1951년 2월
16일 '전시하 교육특별조치요강'이 제정 공표되었다. 여기에 근거하여
교사용 임시 교육과정 『전시학습지도요항』과 초등학생용 임시 교과서
『전시생활』이 제작 배포되었던 것이다.[9]

참고로 『전시학습지도요항』의 총설을 보면 "세계사상 일찍이 보지 못
하던 전란을 당하여, 비참한 전란 속에서도 멸공통일의 길을 걷고 있는
우리나라의 학습은 전시학습, 멸공학습이라야 할 것"[10]이라고 강조하고
있다. 이러한 전시학습, 멸공학습에 동원된 아동문학은 국책문학의 하나
일 것이며, 문학 본연의 모습과는 동떨어진 것일 수밖에 없다. 또한 『전
시학습지도요항』의 국어과 교재 편찬방침을 보면 "침략자에 대한 국민
으로서의 불타는 적개심과 세찬 전투의욕을 북돋아 일으킨다."[11]는 것이
첫 번째 항목으로 제시되어 있다. 공식적이고도 명시적인 반공·멸공의
구호는 해방 직후의 상황과 비교할 때 얼마나 큰 차이를 보이는가?[12]

---

9 교육행정에 관한 연보는 자료마다 차이가 나서 하나로 확정짓기는 어렵다. 한국교육10년사간행
  위, 『한국교육10년사』, 풍문사, 1960; 중앙대학교부설 한국교육문제연구소, 『문교사』, 중앙대학
  교, 1974; 허재영, 앞의 논문; 김문희, 앞의 논문. 참조.
10 문교부, 『국민학교 전시학습지도요항』, 1951, '총설' 1쪽.
11 문교부, 같은 책, '국어' 4쪽.
12 해방 1주년 무렵의 "민의"를 엿볼 수 있는 자료로서 『동아일보』 1946년 8월 13일자에 발표된
  미군정청 여론 조사를 보면, 사회주의(70%)나 공산주의(7%) 정부를 요망하는 이들의 합이 자

전시에 문교부는 부산시청에 사무실을 두었다. 여기에서 제작 배포한 초등학생 대상의 임시 교과서 발행 현황은 다음과 같다.

구분	교재명	대상	발행일
전시생활 1-1	비행기	초등학교 1 · 2학년	1951.3.25
전시생활 1-2	탕크		1951.3.25
전시생활 1-3	군함		1951.3.25
전시생활 2-1	싸우는 우리나라	초등학교 3 · 4학년	1951.2.25
전시생활 2-2	우리는 반드시 이긴다		1951.3.25
전시생활 2-3	씩씩한 우리겨레		1951.3.25
전시생활 3-1	우리나라와 국제연합	초등학교 5 · 6학년	1951.3.25
전시생활 3-2	국군과 유엔군은 어떻게 싸워 왔나?		1951.3.5
전시생활 3-3	우리도 싸운다		1951.3.6

이 책들은 용지난 때문에 전지 한 장을 접어서 나오는 4 · 6판 32쪽 분량으로 만들어졌다. 제본도 허술할 수밖에 없었으며, 교과서 뒷면에 제본 방법을 그림으로 제시해 두기도 했다. 무료로 배포되었는데, 총 발행 부수는 36,381,000부였다.[13] 1951년 7월부터 교과서 검인정 업무가 재개되었고, 1952년부터 이전의 교수요목을 근거로 새 교과서가 편찬되기 시작했으므로,[14] 임시 교육과정에 근거한 『전시생활』은 전쟁기간 중의 피난지에서 주로 활용되었다고 볼 수 있다.

당시 문교부 편수국의 국어과는 최태호 · 홍웅선이 맡았다. 이들은 1 ·

<hr>

본주의(14%) 정부를 요망하는 이들에 비해 압도적 다수를 차지하고 있었다. 이런 상황의 반영이기도 하듯이, 정부수립 후 불법화된 조선문학가동맹은 비록 남로당 계열의 임화 · 김남천 · 이원조 등이 주도했더라도 해방 직후 가장 많은 문인들이 참여한 좌우합작단체였다. 그러나 한국전쟁기의 아동문학은 국민교육의 얼굴을 하고 국가적 반공 규율 체계 속에 급속히 편입되었던 것이다.

13 한국교육십년사간행위 엮음, 한국교육십년사, 풍문사, 1960, 144쪽.
14 김문희, 앞의 논문, 35쪽.

4후퇴 때 월남한 강소천과 긴밀한 교유관계를 맺고 있었으며, 강소천의 주선으로 동화를 발표했을 뿐만 아니라 아동문학 단체에도 가입해서 활동했다.[15] 『전시생활』의 여러 텍스트들은 편수국 국어과의 최태호·홍웅선, 사회과의 최병칠이 함께 만들었을 것으로 추정된다.[16] 홍웅선은 다음과 같은 회고를 남긴 바 있다.

당시의 실정은 온 국민이 풍비박산하여 피난길에 생명 보전에 급급한 판이었으며, 모든 교육 기관은 파괴가 되어 교육이 뒷전으로 물러날 수밖에 없었던 때에, 우리의 교육자들은 학생들을 불러모아, '한데 교실'이나 '노천 교실'이니 하는 말들이 생겨났다. 그런데 그 학생들에게 당장 가르칠 교재가 없었다. 그래서 편수국은 학생들의 전시 생활을 지도하기 위한 임시 교재로서 초등학교용 『전시생활』1·2·3과 중등학교용 『전시독본』을 각각 3집씩 편찬 발행하여 전국 각지의 피난 학생에게 이들을 무상으로 배부하였다. 그 일을 지시하고 추진한 분이 바로 외솔 최현배 국장이었으며, 모든 것이 갖추어지지 아니한 피난지에서 전시 교재를 서둘러 편찬한 편수관들은 최태호·최병칠·홍웅선이었다.[17]

---

15 졸고, 「강소천과 순수주의 아동문학의 기원」, 이숭원 외, 『격동기 단절과 극복의 언어』, 민음사, 2015. 참조.

16 당시 이들이 월남한 강소천의 도움을 받았는지 여부는 정확하게 확인되지 않는다. 강소천은 1950년 12월 월남하여 거제도를 거쳐 1951년 1월 부산에 정착하는데, 피난지 부산의 문교부 편수국에서 초등학교 국어 교과서 편찬 및 심의위원으로 활동하기 시작한 것은 1951년 8월경이라고 알려져 있다.(박덕규, 『강소천 평전—아동문학의 마르지 않는 샘』, 교학사, 2015. 참조.) 그런데 어효선의 증언에 따르면 강소천은 월남 후 거제도를 거쳐 박창해를 만난 뒤, 부산 표신사 소재의 편집국에서 '전시 교과서'를 집필했다. "그 강소천의 어릴 적 친구가 그때에 문교부에 있었거든? 음. 장관비서로 있었어요. 박창해 씨라고. 문교부 편수국이 피난 중이니까 부산 토성동이라는 데 표신사라는 절이 있었어요. 그 절에 편수국이 있었단 말이야. 그래 거기에 와서 인제 교재를 써요. 그 강소천이. 초등학교 국어교재. 그때 인제 교과서가 변변치 못했거든. 그래서 인제 전시에 국어책이라는 게 그 4×6판 몇 십 페이지를 가운데 접어가지고 못 박은 그런 책이야, 그게. 그게 교과서였다구. 그런데 그때에 인제 그 소천이 인제 역시 작가니까 이런 저런 그 글을 써서 그게 대체로 그걸로 교과서가 됐어. 그때에 인제 편수과는 최태호 씨라는 분이 편수관으로 있었고. 그 분도 동화를 나중에 썼죠."(채록연구자 원종찬, 2003년도 한국 근현대예술사 구술채록 연구 시리즈 13 『어효선』, 한국문화예술진흥원, 2004, 88~89쪽, 부분 발췌).

17 홍웅선, 「외솔과 전시 교재」, 『교육과정·교과서 연구』 창간호, 1996.(김문희, 앞의 논문, 25쪽 재인용).

임시 교육과정인 『전시학습지도요항』은 국어과·사회생활과·이과·산수과·체육보건과·음악과·미술과·가사과 등 8개 요목을 담고 있다. 이것들 중 국어과 요목에 『전시생활』의 편찬방침 및 지도사항이 나와 있다. 말하자면 『전시생활』은 국어과 요목에 근거해서 편찬된 교과서인 셈이다. 하지만 생활 중심의 통합형 교과서로 제작된 만큼 사회생활과 요목과도 어느 정도 겹친다고 볼 수 있다. 기타 과목의 요목에 따른 교과서는 편찬되지 않았다.

바로 이 대목에서 눈길을 끄는 것이 음악 교과서 대용으로 만들어진 노래책 『소년기마대』와 『새음악』이다. 초등학생 대상의 노래는 '동요'로 일컬어졌기에 노랫말은 아동문학의 영역에도 속한다. 반공·멸공의 전시 학습방침에 비추어 본다면, 노래책이야말로 가장 효과적인 선전매체가 아닐 수 없다. 이 노래책의 제작을 동시인 김영일이 작곡가·삽화가들과 공동으로 수행했던 것이다.

'김영일 요, 나운영 외곡, 김용환 그림'으로 만들어진 『소년기마대』는 1951년 10월 15일 '건국사'에서 발행되었다. 표지에 '내무부·문교부보통교육국장 추천 전시 국민 학교 노래책 소년기마대'라고 적혀 있다. 문교부 보통교육국장 박희병의 추천사가 맨 앞에 자리했고, '악보·동시·삽화'를 한 묶음으로 총 30편을 수록했다. 가사(동요·동시)는 모두 김영일이 지었으며, 작곡가는 윤용하·윤이상·나운영·박태현·김성태 등 5인, 삽화는 김용환이 담당했다. 참고로 전시에 나운영은 문교부 음악과 편수관, 윤이상은 부산·경남 지역 작곡자들로 구성된 전시작곡가협회 사무국장, 김용환은 인공치하 부역자 혐의를 만회하고자 종군화가로 활동했다. 참여자들의 면면과 조합이 절묘한데, 노래를 책으로 엮어내는 데에는 아무래도 동요시인 김영일의 역할이 매우 컸을 것이라고 여겨진다.

한편 '윤이상, 김영일 엮음' 『새음악』은 1952년 4월 '대한군경원호회 경남지부'에서 발행되었다. 표지에 '문교부 인정 국민학교 새음악'이라고 적혀 있으며, 학년별로 총 여섯 권을 한꺼번에 펴냈다. 가사를 포함한 악보만으로 구성되었으며, 작사자와 작곡자를 따로 밝히지는 않았다. 군데군데 삽화도 나오지만 삽화가 역시 밝히지 않았다.[18] 가사는 모두 김영일, 작곡은 윤이상의 것으로 오해하기 쉬운데, 박태현 작곡이 분명한 「삼일절의 노래」 등이 포함된 것으로 보아 다른 작곡자들의 것도 섞였음을 알 수 있다. 가장 많은 곡을 수록한 윤이상이 엮은이로 나서면서 『소년기마대』에 참여한 작곡자들의 곡도 일부 수용한 것으로 보인다.[19]

전시에 문교부가 추천하거나 인정함으로써 음악 교과서 대용 임시 교과서로 통용된 노래책 발행 현황은 다음과 같다.

참여자	제목	출판사	발행일	수록 작품수	
김영일 요, 나운영 외 곡, 김용환 그림	소년기마대—전시 국민학교 노래책	건국사	1951.10.15	30	
윤이상, 김영일 엮음	새음악—국민학교 1학년	대한군경원호회 경남지부	1952.4	18	
윤이상, 김영일 엮음	새음악—국민학교 2학년	대한군경원호회 경남지부	1952.4	17	
윤이상, 김영일 엮음	새음악—국민학교 3학년	대한군경원호회 경남지부	1952.4	16	102
윤이상, 김영일 엮음	새음악—국민학교 4학년	대한군경원호회 경남지부	1952.4	17	
윤이상, 김영일 엮음	새음악—국민학교 5학년	대한군경원호회 경남지부	1952.4	17	
윤이상, 김영일 엮음	새음악—국민학교 6학년	대한군경원호회 경남지부	1952.4	17	

18 표지는 새로 그린 것으로 보이지만 본문의 삽화가 눈에 익숙해서 확인해 보았더니 아동자유시집 『다람쥐』의 임동은 삽화를 많이 오려 붙였다. 해방 직후 삽화가로 이름을 떨친 임동은은 9·28수복 후 부역 혐의로 우익에게 맞아 종로 경찰서에 이감되던 중 사망했으니 비극적 아이러니가 아닐 수 없다. 김용환, 『코주부표랑기』, 육성출판, 1984, 181~182쪽. 참조.
19 악곡을 중심으로 분석한 조성환은 전시작곡가협회의 박태현·김성태·윤용하·나운영 및 작곡자 미상의 몇몇 곡들이 함께 실려 있다고 밝혔다. 「윤이상 동요의 사료적 가치와 악곡 분석」, 『한국음악사학보』 30집, 699쪽.

중복된 것을 제외하더라도 모두 합쳐 100편이 넘는다.[20] 반공·멸공을 포함하는 애국심 고취의 노래가 가장 많은 편수를 차지하고, 자연과 놀이에 관한 노래들도 섞여 있다. 이 책들이 얼마큼 발행되어 어느 정도 유포되었는지는 알 수 없다. 주로 피난지 부산·경남 지역에서 활용되었을 것이라 여겨진다. 『소년기마대』의 가격은 2,000원, 『새음악』은 각권 1,300원이었으니, 구매자는 교사 또는 형편이 괜찮은 집 아이들로 제한되었을 것이다. 그렇긴 해도 노래는 입에서 입으로 전해지는 강력한 전파력을 지닌다. 당시 작곡자들은 어린이노래회를 조직해서 공연회를 열곤 했다. 예컨대 "부산에서는 안병원, 권길상이 지도하는 해군 어린이 음악대가, 대구에서는 한용희가 지도하는 국립 경찰 어린이회가 각각 전시동요를 방송과 무대 공연을 통해서 노래하여 전시 하의 어린이들의 굳은 의지를 나타내 주었다."[21]는 증언이 보인다. 또 하나 눈길을 끄는 것은 발행처다. '건국사'와 '대한군경원호회'는 관변(官邊)의 냄새가 짙게 풍긴다.

김영일(1914~1984, 본명 김병필)은 황해도 신천 출신인데 1938년 일본대

---

20 이 기회에 필자에게 부친 김영일의 자료를 남김없이 제공해준 아드님 김철민 선생에게 감사드린다. 그런데 필자가 넘겨받은 자료는 그간 빌려간 연구자들의 부주의로 군데군데 낙장이 생겨났다. 『소년기마대』의 경우 모두 13장(26쪽), 『새음악』의 경우 3학년용 2장(4쪽), 4학년용 1장(2쪽), 6학년용 1장(2쪽)이 빠져 있다. 훼손된 이후에 자료를 검토한 조성환은 수록 작품수를 잘못 제시하고 있다. 그는 『소년기마대』의 경우 총 23편이 수록되었다고 했으며(「근현대 한국 동요의 전개양상 연구」, 『민족문화논총』 41집, 170쪽), 『새음악』의 경우는 각권의 편수 총합에서 더하기의 실수로 총 102편을 101편으로 제시했다(「윤이상 동요의 사료적 가치와 악곡 분석」, 『한국음악사학보』 30집, 609쪽). 훼손되기 이전 자료를 검토한 권석순은 "『소년기마대』 30편, 『새음악』 6권에 97편, 중복 수록된 28편을 제외하면 71편"이라고 산출했다(권석순, 앞의 논문, 70쪽). 『새음악』의 경우 어떻게 산출한 결과인지 알쏭달쏭하다. 셈법에서 2편의 착오가 난 것은 그렇다 치더라도, 각권의 작품수가 실제와 크게 차이가 난다. 필자가 훼손된 자료의 목차와 본문을 비교하면서 꼼꼼히 확인한 바로는 『소년기마대』 30편, 『새음악』 6권에 총 102편이 수록되었다. 물론 의식요 같은 것은 김영일의 작사가 아닌 것들이 얼마나 섞여 있는지 정확히 추산하기 어렵다. 또한 낙장 때문에 중복 수록한 편수와 테마별 수록비율을 정확하게 산출하기 어려웠다. 이는 권석순의 산출 결과를 참고한다. 권석순은 애국심에 관한 것이 『소년기마대』 73%, 『새음악』 34%라고 분석했다(권석순, 같은 논문, 80쪽).
21 한용희, 『한국동요음악사』, 세광음악출판사, 1994, 123~124쪽.

학 문예창작과를 졸업한 뒤 고향에 돌아가지 않고 잠시 만주 일대를 떠돌다가 서울에 정착했다.[22] 1930년대 중반 이후 『소년』, 『아이생활』 등에서 동요시인으로 활약했다. 일제 말에는 고등계형사로 일하면서 『아이생활』에 노골적인 친일 작품도 발표했다. 이 때문에 그는 민족문제연구소에서 펴낸 『친일인명사전』(2009)에 수록되었다. 해방 후에도 서울에서 경찰간부로 재직하며 동시 창작을 활발히 벌였고,[23] 이를 모아 1950년 2월 동시집 『다람쥐』를 펴냈다. 1950년 6월 전쟁이 터지자 부산으로 피난을 갔다. 바로 이곳에서 전시 노래책 『소년기마대』와 『새음악』을 잇달아 펴낸 것이다. 그의 경찰 이력과 동시집 간행으로 획득한 문화자본이 합해져서 전시 문교행정에 영향력을 행사할 수 있었던 게 아닐까 여겨진다.

3. 임시 교과서의 반공이데올로기 구현 양상

1) 문교부 발행 『전시생활』

『전시생활』1은 1·2학년용이다. 『비행기』(1-1), 『탱크』(1-2), 『군함』(1-3)이라는 제목으로 세 권 발행되었다. 하늘·땅·바다의 무기 이름을 제목으로 삼은 데에서 알 수 있듯이, 전쟁과 관련된 지식과 교훈을 전하는 내용들이다. 군데군데 노래를 삽입한 이야기 방식의 서술을 따르고 있어 아동문학 텍스트와의 경계가 분명치 않다. 노래와 이야기는 아동의 흥미를 북돋을뿐더러 사상전을 수행하는 데 효과적이다. 즉 객관적 지

---

22 김철민, 「아동문학가 김영일 연보」, 『깊고 푸른 숲-김철민 교장 정년퇴임 기념문집』, 도서출판 경남, 2011, 502쪽.
23 이재철, 「일제 식민잔재 아동문학의 청산을 위하여-윤극영, 정인섭, 김영일씨의 경우를 중심으로」, 『민족문제연구』 2집, 1992, 4~5쪽.

식을 넘어 주관적 이데올로기를 전파하는 데 안성맞춤인 것이다.

"부르릉, 부르릉."

폭격기 다섯 대는 기운차게 북쪽으로 날아갑니다.

"저 비행기들은 공산군을 쳐부수러 가는 거지?"

영이가 물었습니다.

"그래, 우리나라에 쳐들어온 중공오랑캐를 쳐부수러 가는 거야. 저 폭격기들이 폭탄을 막 떨어뜨리면, 그놈들은 쩔쩔매고 달아날 거야."

폭격기는 점점 멀어져 갑니다.

"국군 만세! 유엔군 만세!"

철수는 멀어져가는 비행기를 바라보며, 큰소리로 만세를 불렀습니다.

"국군 만세! 유엔군 만세!"

영이도 함께 만세를 불렀습니다. (『비행기』, 3~4쪽)

보다시피 철수와 영이라는 작중인물이 대화를 나누는 극적인 방식으로 서술되었다. 이렇게 되면 독자는 주요 작중인물에 감정을 이입해서 읽게 된다. 『전시생활』은 거의 이런 이야기 서술방식을 따르고 있는데, '나쁜 인민군·중공오랑캐' 대 '좋은 국군·유엔군'이라는 피아의 구분이 명확하다. 완전한 선악 대결 구도로 이루어진 창작 텍스트인 셈이다. 작중인물의 대화중에 전투기·폭격기·헬리콥터 등 비행기 종류에 따른 군사적 용도가 그림과 함께 제시되었고, 적군기와 아군기를 식별하는 정보도 포함되어 있다. 첫 번째 에피소드는 남매관계인 철수와 영이가 집으로 돌아와서 어머니의 권유로 국군 아저씨께 위문품과 위문편지를 보내는 것으로 끝맺는다. 전후방이 따로 없는 군·민 일체감을 불러오는 마무리겠다.

『탱크』(1-2)는 서두에 운문으로 된 노래를 배치했다.

탕크가 갑니다./무거운 쇠바퀴/돌돌돌 굴리며,/힘차게 앞으로/탕크가 갑니다.//탕크가 갑니다./민들레 곱게 핀/언덕길 넘어서,/오랑캐 쳐부수러/탕크가 갑니다. (『탕크』, 1~2쪽)

내용은 간단하지만 나이 어린 독자의 흥을 북돋고자 3·3조 운문을 가져왔다. 반공·멸공의 피아 대립을 반복적으로 인식케 해서 국민정체성을 확고히 뿌리내리게 하려는 의도이다. 첫 번째 에피소드는 '탕크'의 위용을 보여주는 것으로 시작해서 전투장면으로 들어간다.

탕크는 조금씩 앞으로 굴러 나아갑니다.
기관총을 쏘는 국군도 조금씩 앞으로 쳐 나아갑니다.
공산군이 흙가마니로 길을 막고 싸웁니다.
국군이 살살 기어가서, 흙가마니 너머로 수류탄을 던졌습니다.
공산군이 달아납니다.
국군이 흙가마니 위에 뛰어 올라, 달아가는 공산군을 기관총으로 쏩니다.
(『탕크』, 6~7쪽)

공산군과의 교전 장면을 눈앞에서 보듯이 묘사했다. 독자가 실제처럼 체험하면서 정서적으로 반응하도록 유도하는 서술방식이다. 두 번째 에피소드는 공산군이 타고 왔다가 부서져 큰길가에 버려진 '탕크'에서 마을아이들이 모여 노는 장면으로 되어 있다. 아이들은 "중공 오랑캐들아, 덤벼라!"(12쪽) 하고 소리치기도 하고, 국군 아저씨의 위용에 대해 이야기를 나누기도 하다가, 해가 떨어지자 군가를 힘차게 부르며 집으로 돌아간다. 맨 마지막에는 군가「진군의 노래」를 수록해 놓았다. 어린이에게 '병사-되기'를 꿈꾸게 하는 동원 정책에 부합하는 마무리겠다.
『군함』(1-3)은 철수와 영이가 항구에 사는 아주머니 댁에 가서 경험한 것을 서술했다. 『비행기』(1-1)와 마찬가지로 군함의 종류를 들어 용도를 설명하는 내용이 이어진다. 군데군데 노래를 삽입했다. "오랑캐떼 부수고/태극기를 휘날립니다.//용감해요, 해병대./만세! 만세! 만만세!"(19쪽) 같은 것은 제목 없이 제시되었는데, '해병대 예찬가'라 할 수 있다. "애들아, 나오너라/우리들도 나아가자./다 같이 발맞춰,/앞으로, 앞으로, 앞으로./삼팔선을 넘어서,/북으로, 북으로, 북으로/공산군을 무찔러,/북으로, 북으로, 북으로."(「우리들도 나아가자」 1절, 28쪽) 같은 것은 제목과 함께 제시되었고 모두 3절로 된 노래이다. 악보가 없는 만큼 '동시' 텍스트로 간주해서 가르치고 읽었을 것이다.

『전시생활』2는 3·4학년용이다. 『싸우는 우리나라』(2-1), 『우리는 반드시 이긴다』(2-2), 『씩씩한 우리 겨레』(2-3)라는 제목으로 세 권 발행되었다. 『전시생활』1에서는 철수와 영이가 등장했는데, 『전시생활』2에서는 서울과 평양에서 각각 피난 온 명길이와 인순이가 등장한다.

『싸우는 우리나라』(2-1)의 맨 앞에는 노래 「전투기」가 삽입되어 있다. 오랑캐 적기를 한 대도 놓치지 말고 싸워서 이기라는 내용의 노래이다. 이야기는 명길이가 피난 온 인순이네의 비참한 모습을 보고 공산당에 분개하는 것으로 시작한다.

인순이는 하얀 입김을 손에다 호호 불며, 오돌오돌 떨고 있었습니다. 머리는 흐트러지고, 시커먼 헌옷을 누덕누덕 기워 입었습니다. 아주머니는 다 해진 남자 양복 저고리를 입고, 커다란 보따리를 내려 놓으셨습니다. (…)

가엾게도 인순이는, 방안에 들어오자마자, 정신을 잃고 쓰러져 버렸습니다.

몹쓸 놈의 공산당!

짐승 같은 소련 놈들!

명길이는 공산당과 소련을, 이때처럼 미워한 일은 없었습니다.

(『싸우는 우리나라』, 2~3쪽)

이어지는 대부분의 에피소드들은 피난 오기 전 인순이네의 이북생활에 초점이 놓여 있다. 해방 직후의 상황부터 전쟁이 일어나고 유엔군과 중공군의 참여로 전선이 오르락내리락하는 가운데 피난오기까지를 극적인 장면을 끼워 넣으면서 서사화했다. 소련 두목과 김일성 사진이 내걸린 이북의 거리, "자유를 모르는 세상"(16쪽)을 등지고 자유를 찾아 월남하는 사람들의 모습도 보여준다. 인순이네는 아버지가 공산당에 잡혀가는 바람에 일찍 내려오지 못한 처지였다. 그러나 전쟁이 터지고 또 중공오랑캐가 밀려 내려오자 우선 모녀만 피난을 온다. 이북의 아버지가 들려준 말 가운데 "공산당은 나라도 모르고 겨레도 모르는 소련의 앞잡이들이야. 그놈들은 우리 동포라고 할 수 없거든! 한 나라 한 백성이 되려면, 먼저 공산당부터 때려 부숴야 돼."(9쪽) 하는 대목이 보인다. 여기에서 '반공주의자/공산주의자'를 '국민/비국민'으로 구분하는 도식이 선명히 드러난다.

『우리는 반드시 이긴다』(2-2)의 첫 번째 에피소드에서는 명길이가 피난 온 대구에서 서울 학교의 한 반 친구 경수를 만난다. 의사인 경수 아버지는 예방주사 일로 바쁘다. 위생을 테마로 하는 내용인데, 소독약은 유엔의 선물임이 강조된다. 두 번째 에피소드에서 명길이와 인순이네는 대구에서 부산으로 더 내려간다. 명길이가 피난민 수용소로 들어간 인순이네를 찾아가 보았더니 정부에서 식량과 의약품 등을 나눠주며 돌봐주고 있었다. 유엔군 구호품도 소개된다. 피난민에 대한 정부와 유엔군의 시혜성을 보여주고 존경과 감사의 마음을 품게 하는 내용이다. 세 번째 에피소드에서 명길이는 피난지 공부를 시작한다. 산중턱의 '한데 교실'에서 선생님의 말씀 가운데 "전쟁 때문에 학교는 군대가 쓰고 있으니, 여기서 공부하기로 한다. 춥고 불편하지만, 열심히 공부하여 훌륭한 어린이가 되자. 우리 국군은 밤낮 눈보라 치는 산골짜기에서 싸움을 하고 있지 않느냐? 우리도 추위와 싸우며 굳센 힘을 길러서 훌륭한 일군이 되어야 하겠다."(19쪽) 하는 대목이 보인다. 이른바 총후의 미덕인 인고 단련을 강조하는 말이다.

『씩씩한 우리 겨레』(2-3)에서는 전투상황을 극적으로 묘사한 에피소드 두 개가 이어진다. 적과 싸워서 514고지를 차지하고 북으로 진군하는 군대 이야기다. 첫 번째 에피소드에서 중대장은 514고지를 차지하는 임무를 성공적으로 수행하기 전에는 살아서 돌아오지 않을 결심이라고 병사들에게 일갈한다. 두 번째 에피소드는 김 일등병의 힘겨운 전투상황을 그렸다. 마침내 국군과 유엔군은 514고지를 탈환하고 북으로 오랑캐를 무찌르며 나아간다. 세 번째 에피소드는 영철이가 중심인물이다. 영철이는 군 수송 트럭이 구렁 때문에 짐 한 짝을 떨어뜨린 것을 보고 삽을 가지고 나와서 길을 평평하게 닦는다. 이를 본 마을 아저씨들이 영철이를 칭찬하곤 모두 협력하여 길을 훌륭히 닦아 놓는다. 마을 아저씨는 영철이에게 "이렇게 국군과 국민들이 힘을 한데 모아야 오랑캐들을 빨리 무찌를 수가 있는 것이다. 이러한 싸움을 총력전이라고 한다."(22쪽)고 말해준다. '총력전' 체제에서 군대를 돕는 후방의 민간 활동을 강조하는 내용이겠다. 마지막에는 영철이네 학급에서 위문품을 모은다.

『전시생활』3은 5·6학년용이다. 『우리나라와 국제연합』(3-1), 『국군과 유엔군은 어떻게 싸워 왔나?』(3-2), 『우리도 싸운다』(3-3)라는 제목으로 세 권 발행되었다. 고학년용이라서 그런지 『우리나라와 국제연합』(3-1)과 『국군과 유엔군은 어떻게 싸워 왔나?』(3-2)는 극화된 이야기 방식이 아니라 설명문으로 되어 있다. 사회·역사 교과서라고 해도 무방한 내용·형식이다. 마지막 권인 『우리도 싸운다』(3-3)는 다시 노래와 이야기 방식이다. 맨 앞에 한인현의 동시 「대한의 소년」을 수록했다. 새나라를 이룩할 대한의 소년은 부지런하고 튼튼하고 씩씩하게 지내야 한다는 노래이다. 맨 뒤에는 유치환의 산문 「거룩한 희생」을 수록했다. 절름발이 상이용사를 보고 쓴 것으로 조국을 위한 희생정신을 기리는 글이다. 본문은 「영길이의 싸우는 일기」라는 제목의 닷새 치 일기로 되어 있다. 시점만 1인칭으로 바뀌었을 뿐이지 다른 책과 대동소이한 내용이다. 학교에서의 토론 수업을 그린 첫 번째 일기를 살펴보자. "우리는 왜 싸우고 있나?" 하는 교사의 질문에 아이들이 다투어 대답을 한다. '북한 공산군이 먼저 불법 침략을 했기 때문이다. 이 기회에 삼팔선을 아주 없애버리고 조국의 완전통일을 위해 싸워야 한다. 북한 공산군은 거의 격멸되었고 새로운 적은 소련의 앞잡이 중공오랑캐다. 침략과 약탈을 일삼는 오랑캐는 평화와 자유를 사랑하는 온 인류의 적이다. 그러므로 우리가 겪는 이 전쟁은 뜻이 깊고 거룩한 사명을 가졌다.' 앵무새처럼 준비된 대답을 되풀이하는 모습이다. 선생님의 다음 질문은 "나는 승리를 위하여 무엇을 했나?" 하는 것이다. 누구는 열심히 공부했고, 누구는 군용 도로를 고쳤으며, 누구는 위문편지를 썼다는 대답이 이어진다. 영길이는 선생님이 다음 토론 주제로 내준 "승리를 위해 내일은 무엇을 할 것인가?"를 계획하는 「싸우는 일기, 이기는 일기」를 쓰기로 결심한다. 나머지 일기들이 그것인바, 근면·절약·협동·봉사·위문 등 후방의 바람직한 생활태도에 관한 내용들이다.

이상으로 『전시생활』의 각권을 순서대로 살펴보았는데, 아홉 권 중 두 권(3-1·2)만 빼고는 모두 극화된 이야기 형식이다. 군데군데 운문의 노래가 섞여 있다. 작중인물을 내세운 서사로 독자의 간접체험을 유도했다지만, 전쟁의 원인, 경과, 목적, 의의 등을 반공·멸공의 시각으로 알려주고 총후의 태세를 갖추게 하는 선전책자임을 알 수 있다. 등장인물 사이에 아무런 갈등과 대립구조가 없는 단순한 에피소드로 정보와 교훈을 전달하는 방식이기 때문에, 엄밀한 의미에서 문학텍스트라고 하기는 어렵다. 등장인물의 성격도 없을뿐더러 '인민군·중공오랑캐'와 '국군·유엔군'은 선험적인 선악 대비 관계에 있다. 전시 상황임을 감안하더라도 일제 말의 '소국민문학'이 피아 관계만 바뀌어 재등장한 꼴이다. 이런 교육적·비문학적 텍스트를 마치 아동문학인 양 여기게 했다는 점에서, 아동문학 작가·시인들이 국가시책에 맞춰 제작한 반공 텍스트는 그 부정적 효과가 문단 안팎으로 이어질 수밖에 없었다.

2) 내무부·문교부 추천 『소년기마대』

『소년기마대』는 김영일의 두 번째 동시집이라고 해도 틀리지 않는다. 가사가 포함된 악보뿐 아니라 행과 연이 구분된 독립적인 가사를 함께 실어 온전한 시 감상을 의도했기 때문이다. 첫 번째 동시집은 1950년 전쟁 직전에 발간된 동시집 『다람쥐』이다. 해방 전부터 자못 활발하게 동시 창작을 벌여온 김영일은 『다람쥐』의 발간과 더불어 일약 일급 동시인의 반열에 올라선다. 윤석중·강소천·박영종(목월)·이원수 등과 어깨를 나란히 하게 된 것이다.

일제 말 김영일은 자신만의 스타일을 찾고자 일본의 단시와 아동자유시에 심취한 바 있다. 그런 모색의 결과가 "소낙비 그쳤다//하늘에/세수하고 싶다"(「소낙비」 전문), "달밤에/어린애 울음 소리//하늘은 새맑다"(「달밤」 전문), "수양버들/봄바람에/머리 빗는다.//언니 생각 난다."(「수양버들」 전문) 같은 단형 시편의 가작들로 이어졌다. 대표작 「다람쥐」는 식민지시대 최후의 성과로 꼽을 만하다. "산골작에/애기 다람쥐//도토리변또 갖고/원족 간다//다람쥐야/팔딱/재조나 한번 넘어라//날도 좋다"(「다람쥐」, 『아이생활』, 1944.1) 통통 튀는 자유시의 리듬에 연속적인 활동그림 같은 정경을 가뿐이 담아냈다. 공중에 솟구친 다람쥐의 역동적인 모습이 눈앞에 삼삼하다. 이와 같이 시어의 조탁과 형식미에 공들인 성과를 모아 스스로 '자유동시집'이라 이름붙인 『다람쥐』를 펴낸 것이다. 이 동시집에는 시대현실의 그림자가 조금도 어른거리지 않는다. 식민지시대의 암울한 상황을 벗어나기라도 한 듯, 자연과 동심 지향의 시편들로만 채워져 있다. 하지만 김영일은 태평양전쟁기에 일제 고등계형사를 지내면서 「애국기 소국민호」(『아이생활』, 1942.12), 「대일본의 소년」(『아이생활』, 1943.1) 같은 친일 동시들을 쓰기도 했다.

이런 김영일이 한국전쟁에 당면하여 또다시 전투적인 기상을 한껏 드러낸 노래책 『소년기마대』를 발간한 것이다. 이전의 작품 세계와 비교해 볼 때, 여기에는 연속성과 비연속성이 공존한다. 전투 상대가 바뀌었지만, 국가시책에 전폭 호응하는 내용면에서는 친일 동시와 그대로 이어진 세계이다. 몇몇 어휘를 바꾸면 거의 감쪽같다고도 할 수 있다.

> 한바늘 한바람에/정성을드려/조고만 위문대를/만들었어요//한맘한맘 뽑아서/만든위문대//싸움터 아저씨께/보내입니다//싸움터 아저씨들/안녕하서요/우리들도 굳세게/싸운답니다//하늘높이 태극기/오를때까지/대한남아 용맹을/보여주서요 (「꼬마 위문대」 전문)

전쟁 승리를 염원하며 정성을 다해 위문대를 만들어 보내는 '꼬마'의 '총후적성'을 담아냈다. 바느질 한 땀 한 땀에 마음이 차곡차곡 스미는 모습이 7·5조를 배음으로 차분하게 표현되었다. 이 정성스런 마음의 결기가 곧 굳센 싸움이라는 다짐에는 어린이의 동참을 기대하는 시인의 바람이 들어 있다. 이 밖에도 「아가병정」, 「소년기마대」, 「날아라 소년항공기」 같은 것들은 어린이로 하여금 '병사-되기'를 주문하는 내용이다. 전시의 모든 존재는 인적·물적 자원이며 동원의 대상이라는 국가주의적 발상이 아닐 텐가. 『소년기마대』가 '전시노래책'이라는 이름을 달고 나온 이유도 그 때문일 것이다.

급박한 상황에서 기일에 맞추려 했기 때문인지 상호텍스트성을 지니는 것들이 여럿 눈에 띈다. 「구두한짝」은 시인의 해방 전 대표작 「구두발자욱」을 떠올리게 한다.

하이얀 눈우에/구두발자욱/바둑이와 같이간/구두발자욱//누가누가 새벽길/떠—나갔나/외로운 산길에/구두발자욱//바둑이 발자욱/소복 소복/도련님 따—라/새벽길갔나//길손드믄 산길에/구두발자욱/겨울해 다가도/혼자남엇네

(「구두발자욱」 전문, 『소년』, 1940.2)

험 한 산골짝에/구두한짝/찢어지고 못생긴/구두한짝//누가누가 신다가/버리고갔나/괴뢰군 못난이가/신던구둔가//국군에게 쫓기어/다라날적에/하도급해 벗고간/구두한짝//이따금 검둥이가/산에왔다가/그놈그놈 얄밉다/찢고만노네

(「구두한짝」 전문)

해방 전의 「구두발자욱」은 "바둑이 발자욱"과 더불어 친근감이 들긴 해도, "길손드믄 산길"의 하얀 눈을 배경으로 추위 속에서 새벽길을 떠난 발자국 주인의 외로움이 짙게 배어 나온다. "외로운 산길에/구두발자욱//(…)//겨울해 다가도/혼자남엇네"와 같은 결구에는 대상을 바라보는 시적 화자의 외로움이 비스듬한 겨울 석양빛처럼 각인되어 있다. 그러나 선행 작품과 어느 정도 운을 맞춘 「구두한짝」에 오면, "외로운 산길"은 "험 한 산골짝"으로, "하이얀 눈우에/구두발자욱"은 "찢어지고 못생긴/구두한짝"으로 바뀐다. "바둑이"는 "검둥이"와 대응한다. 전쟁 중 산골짝에 버려진 주인 없는 찢어진 구두 한 짝일 것 같으면, 민족의 아픔과 비애를 담아낼 수도 있었을 것이다. 하지만 "못생긴"이라는 수식어를 붙인 "구두한짝"은 "얄밉다"는 판정과 함께 검둥개의 노리개로 전락한 신세이다. "괴뢰군 못난이가/신던구두"로 상정했기 때문인데, "국군에게 쫓기어/다라날적에/하도급해 벗고간/구두한짝"이라는 대목에서는 비아냥대는 시적 화자의 태도까지 감지된다. 동심과 시심은 간데없고 "괴뢰군"에 대한 적개심을 키우면 된다는 전쟁의 논리만 두드러져 있다.

앞서 말했듯이 김영일은 동시집 『다람쥐』의 출간과 더불어 자연과 동

심 지향의 가편을 보유한 일급시인으로 부상했다. 그런데 불과 1년 여 지난 『소년기마대』로 와서는 반공이데올로기 탓에 자연이든 동심이든 본연의 모습을 잃고 말았다.

> 달팽이야 달팽이야/싸리나무 올라가다/달팽이야 달팽이야/무엇무엇 보았니 //국군에게 쫓겨가는/오랑캐떼 보았지/꼬리치며 다라나는/오랑캐떼 보았지
>
> (「무엇무엇 보았니」부분)

달팽이의 느린 속성과는 대비적으로 빠른 4·4조 4음보를 택했다. 합이 착착 맞아떨어지는 아이와 달팽이의 흥얼거림을 활달한 호흡에 담아 낸 것이다. 아이와 달팽이의 흥미로운 문답으로 1연과 2연을 나누고 의인화 기법을 썼다. 그런데 여기에서도 달팽이의 대답은 "국군에게 쫓겨 가는", "꼬리치며 다라나는" 오랑캐떼를 보았다는 비아냥거림이다. 이처럼 자연과 사물을 가져와서 시인의 의중을 표현하는 기법은 오래 전부터 익숙한 것인데, 다음의 「허재비야」는 식민지시대 윤석중의 「허수아비야」와 상호텍스트성을 보이는 것이라 좋은 대비가 된다.

> 허수아비야 허수아비야/여기쌓엿던 곡식을 누가 다 날라가디?/순이아버지, 순이아자씨, 순이오빠들이/왼여름내 그 애를써 맨든 곡식을/갖아간다는 말 한 마디 없이/누가 다 날라가디?/그리구저 순이네 식구들이/간밤에 울며 어떤 길루 가디?/—이 길은 간도 가는 길./—이 길은 대판 가는길./허수아비야 허수아비야/넌 다 알텐데 왜 말이 없니?/넌 다 알텐데 왜 말이 없니?
>
> (윤석중, 「허수아비야」 전문, 『윤석중 동요집』, 1932)

> 허재비야 허재비야/무엇보느냐/일년곡식 다빼끼고/울고있고나//허재비야 허재비야/무엇보느냐/헐벗은 네모양이/처량하고나/허재비야 허재비야/말좀하

여라/공산군의 잔인성을/너도알리라//공산군이 뺏다못해/뺏을것없어/다떨어진 네옷마자/벗겨갔고나 (김영일, 「허재비야」 전문)

허수아비는 사람의 모습을 하고 논밭 한가운데 서 있는 특성 때문에 방정환을 비롯한 많은 동시인들이 소재로 삼았다. 새떼로부터 농민의 수고로운 결실을 지켜주기 때문에 고맙고 친숙한 존재이기도 하다. 윤석중의 「허수아비야」는 일제의 농민 수탈을 증언하려는 시인의 발화를 검열로 말 못하는 허수아비의 침묵으로 표현한 해방 전 동시의 명편이다. 그런데 김영일은 이 시를 가져와서 똑같이 수탈당하는 농민의 아픔을 표현하려고 했지만, "공산군의 잔인성"을 증언하는 것으로 바뀐 데다 "다떨어진 네옷마자/벗겨갔고나"하는 비아냥거림 탓에 전쟁을 겪는 병사의 아픔은 가려지고 만다. 다음과 같이 검열자 편에서 말조심을 표어처럼 내세운 것도 있다.

조심조심 말조심/입을열지 말아라/오랑캐는 노린다/우리들의 한마디[24]//조심조심 말조심/입을꼭꼭 다물라/오랑캐는 엿본다/우리들의 가정을

(「말조심」 부분)

전시에 국가적 규율로부터 벗어난 언행은 적을 이롭게 하는 반역죄로 다스린다. 문제는 휴전 이후에도 파시즘적 통치로 말미암아 전시체제 아닌 적은 거의 없었다는 점이다. 「말조심」은 방공방첩을 앞세워 개인의 자유로운 의사 표현을 가로막는 국가주의적 검열을 정당화하는 내용이다. 일제 고등계형사 그리고 대한민국 경찰의 이력이 발휘된 감각일까? 호흡도 가쁘다. 일사불란한 반공의식을 위해 구전동요처럼 노래를 지

---

24 원문에는 '가정을'로 되어 있으나, 오식인 듯 시인이 줄을 긋고 '한마디'라고 적어 놓았다.

어 퍼뜨린 사례라고 할 수 있다. 이밖에도 「피난온 소년」, 「받들자 상이군인」 등 전시의 생활태도와 자세를 노래한 것들이 보인다.

3) 문교부 인정 『새음악』

학년별로 총 여섯 권이 발간된 『새음악』은 음악 교과서처럼 악보에 가사가 포함되어 있기 때문에 시로서 감상하는 효과는 크게 염두에 두지 않은 듯하다. 제목에서 '동요'나 '노래'가 아니라 '음악'을 내세운 만큼 교과서 대용의 권위를 우선시했다고도 볼 수 있다. 악보의 절을 기준으로 연을 나누기는 어렵지 않으나 행을 구분 지을 방도가 없다. 대개의 동요처럼 음보 단위로 행을 구분 지으면 별 문제가 없을 텐데, 여기 수록작들은 노랫말이면서도 자유율로 된 것들이 많다. 그래서 임의로 행을 구분해서 인용할 수밖에 없다. 쉼표, 마침표 등 문장부호는 원문을 따랐다.

1학년용에는 전시 교재임을 짐작케 하는 노래가 3편 가량 실렸다. 전쟁이 교착상태에 들어간 시점이라서 그런지 『소년기마대』에 비해 노골적이고 생경한 적대감의 표현은 많이 줄어든 편이다.

가다가 국군 아저씨에게 경례하면/국군아저씨도 방끗 웃으며 답례한다./국군아저씨도 일학년생. (「일학년생」 전문)

파란 하늘에 비행기 떴네/한 바퀴 돌고서 산 넘어가네.//산에서 풀 베던 어린 아이가/비행기 오라고 손짓을 하네. (「비행기」 전문)

천막학교 일년생 모두 장사./호호호 추워도 울지 않아요./천막학교 일년생 씩씩도 해요./자라나는 대한의 기둥이야요. (「천막학교 일년생」 전문)

여기에서 보듯이 "국군 아저씨", "비행기", "천막학교" 같은 어휘들에서 전쟁의 그림자가 어른거릴 뿐이고, 저학년에 걸맞은 밝은 색채에 씩씩한 기운을 담았다.

2학년용에서는 자연에 가탁해서 표현한 노랫말이 얼른 눈에 들어온다. 이것들도 특정 어휘에서만 전시상황임을 눈치 챌 수 있는 정도이다.

> 제비야 제비야 너의 너의 제뜨기는 빠르기도 하다./적진에 날아가서 폭탄 퍼부어라/막 퍼부어라. (「제비야」 전문)

> 달팽이는 달팽이는 힘도 세지./집 한 채 짊어지고 피란간다. (「달팽이」 1절)

> 부엉이는 파수병./부엉이 마을에 오랑캐 들라,/ 또록눈 또록또록 온밤 지켰다./온밤 지켰다. (「부엉이」 전문)

단순한 내용인데, 대상을 눈앞에서 보듯 선명하게 그려낸 데에서 시인의 남다른 감각이 엿보인다. 그러나 피아를 구분해서 선악 대립의 구도로 몰고 가는 발상이기에 동심과 시심이 깃들 여지는 없다. 평상시라면 자연친화적인 동심의 표현이 되었을 텐데, 전쟁을 겪는 동안 그 훼손을 보는 듯해서 역설적이게도 안타까운 느낌을 전한다. 「달팽이」는 3학년용에도 실렸고, 뒤쪽에는 「군경원호의 노래」, 「삼일절의 노래」 같은 의식요를 배치했다.

3학년용 역시 대동소이한 내용들이다. 「위문편지」, 「꼬마병정 나가신다」, 「소년기마대」, 「무엇무엇 보았니」 등은 제목만으로 내용을 짐작할 수 있다. 국가시책에 호응하는 노랫말임을 감안할 때, 결코 빠지지 않는 소재의 하나로 유엔군을 등장시킨 것이 눈길을 끈다.

유엔군 아저씨는 사람도 좋아./언제나 싱글싱글 웃어주어요./유엔군 아저씨
는 마음도 좋아./언제나 어린이를 사랑해줘요.//유엔군 아저시는 씩씩도 해요./
어디서나 공산군을 무찔러줘요./유엔군 아저씨는 자유의 사자./어디서나 자유
위해 싸워주어요. (「유엔군 아저씨」 전문)

유엔군에 대한 개별적·구체적 경험이 아니라 추상적·상투적 표현으
로 된 노랫말이다. 역시 선험적으로 피아를 구분 짓고 이를 받아들이게
끔 반복해서 주입하려는 의도이다. 선전문학이 대개 그러하듯이 위에서
아래로 내려 먹이는 교훈주의의 전형이라고 할 수 있다. 맨 뒤에는 군가
「낙동강」을 실었다.

4학년용에는 오랑캐를 무찌르고 평화가 찾아오는 것을 계절로 표현한
「봄이 오네」, 위문편지를 소재로 한 「편지」, 피난민을 소재로 한 「남으로
왔네」, 그리고 제목만으로 짐작이 가능한 「대한의 아들」, 「말조심」, 「꼬
마 위문대」 등이 실려 있다. 여기에서도 자연에 의탁하여 시인의 의중을
드러낸 것이 단골손님처럼 등장한다.

반디야 반디야 누구 마중 가아니/태극기를 들고서 누구 마중 가아니/길숲에
가지마 괴뢰군 숨었다/논뚝에 가지마 오랑캐 엿본다 (「반디야 반디야」 1절)

3·3조 4음보의 가쁜 호흡은 구전동요를 닮았다. 하지만 태극기, 괴뢰
군, 오랑캐 같은 정치적 어휘로 피아를 가르면서 반공의식을 주입하려
는 작위적 발상은 여전하다.

5학년용에는 「바다의 용사」, 「구두 한짝」, 「피란온 소년」, 「받들자 상
이군인」, 「부셔진 탕크」 같은 것들이 수록되어 있다. 「구두 한짝」은 『소
년기마대』에 실린 것을 재수록한 것이다. 여기에는 군인만이 아니라 경
찰에 관한 것도 포함되어 있다.

안녕과 질서를 유지하려고/밤이나 낮이나 싸우는 경찰/우리의 생명재산 보호하려고/피곤함도 잊고서 싸우는 경찰//자유와 행복을 같이하려고/선봉에서 공산당과 싸우는 경찰/하루속히 공산당 무찌르고서/우리 겨레 평안히 살게 해 줘요. (「싸우는 경찰」 전문)

역시 추상적이고 상투적인 표현들로 이뤄진 노랫말이다. 국군이 공산군을 상대한다면, 경찰은 "공산당"을 상대한다. 경찰은 후방의 치안을 담당하지만, 사상전에는 전선이 따로 없기 때문이다. 시인의 경찰 이력에 비추어 의당 나올 만한 내용이겠다.

6학년용에는 「하늘의 용사」, 「무궁화 훈장」, 「건설의 일군」, 「감사합니다」, 「군경원호의 노래」 같은 것들이 실려 있다. 여기에서 각별히 눈에 띄는 것은 다음 두 편이다.

하나둘셋넷 하나둘셋넷 소리높이 외쳐라/힘차게 내디뎌라 가슴을 펴고/활개를 치며 전진 전진 전진 갈길은 멀다. (「나가자 소국민」 1절)

즐거운 아침이다 좋은 날씨다/삽과 호메 둘러메고 나가자 봉사에/보아라 우리 힘 이 팔뚝이 용기/총후의 국민답게 나서자 봉사에 봉사에

(「즐거운 봉사」 1절)

여느 노랫말과 다름없는 내용이지만, "소국민", "총후" 같은 어휘들이 예사롭지 않다. 이것들은 일제 말 태평양전쟁기에 귀가 따갑도록 들었던 어휘가 아닐런가. 해방 후 식민잔재가 제대로 청산되고 친일문학에 대한 진지한 성찰이 이뤄졌다면, 이런 어휘는 이른바 '음악회의 총성'처럼 기피의 대상이 되었어야 한다. 하지만 사정은 그렇지 않았으니, 분단시대 아동문학에 드리운 불길한 그림자를 보는 듯하다.

4. 결론

전쟁은 국가 또는 정치 집단 사이에서 폭력이나 무력을 사용하는 상태 또는 행동을 말한다. 한국전쟁은 동질성을 지닌 민족 내부에서 이념을 달리하는 두 정치 집단이 국민을 편가르고 동원하면서 벌인 무력충돌이라는 점에서 더 한층 비극적이었으며, 비록 휴전 상태일지라도 현재진행형이므로 언젠가는 해결해야 할 민족사의 과제이기도 하다. 전쟁 중에는 적군과 아군이라는 피아 이분법에 따라 행동을 결정해야 하고, 그 선택이 삶과 죽음을 갈라놓는다. 그런데 한국전쟁은 해방과 동시에 주어진 민족사적 과제를 제대로 해결하지 못한 시점에 터졌기 때문에, 사상·이념의 선택에 따른 대가가 매우 참혹했다. 한국전쟁과 관련된 기록은 공식적인 것일지라도 그대로 받아들일 것이 아니라, 성찰의 대상이 되어야 하는 이유가 여기에 있다. 지난날 반공이데올로기의 폐해가 얼마나 심각했는지를 여기서 다시 언급할 필요는 없겠고, 반공을 대한민국의 국시이자 국가이데올로기로 만드는 데 작용한 모든 것들이 또한 성찰의 대상이 되어야 마땅하다.

이에 본고는 한국전쟁기의 임시 교과서에 실린 노래 및 이야기 형식의 텍스트를 대상으로 반공이데올로기의 구현 양상을 검토해 보았다. 이 텍스트들은 아동문학과의 경계가 모호했고, 실제 생산자도 아동문학 작가·시인들이었다. 앞서 살펴본 『전시생활』, 『소년기마대』, 『새음악』의 반공 텍스트들은 '북한정권·인민군·중공오랑캐'를 '자유 없는 공산주의'로 규정하고 그와 대립한 '남한정권·국군·유엔군'을 '자유 수호의 민주주의'로 규정하는 가운데, 전자의 편은 '비국민'이고 후자의 편만이 '국민'이라는 도식을 만들어냈다. 한국전쟁기 초등학생들은 가족·친지들과 함께 이쪽저쪽간의 대립과 갈등으로 이루 헤아릴 수 없는 고통을 몸소 겪은 아이들이다. 하지만 전시 교과서를 배우는 아이들은 아무 의심 없이 반공투사로 자신을 정립해야 했다. 국가 주도의 선택과 배제가 이뤄진 텍스트는 아이들의 기억을 재구성하면서 반공을 국민정체성으로 받아들이게끔 이끌었다. 이 내면화된 반공 국민정체성은 분단시대의 독재정권을 떠받친 강력한 힘이었다.

국가주의라는 주형(鑄型)은 구성원의 속속들이 경험을 지우면서 일방적인 이해관계로 대상을 바라보게 한다. 문학의 진정한 가치는 국가주의와 같은 주형에 균열을 내는 데 있지 않을까? 발표 당시 금기시되었지만 끝내 분단시대 최고의 역작이라는 평가와 함께 베스트셀러에 등극한 권정생의 『몽실 언니』(1984)가 바로 그런 예이다. 그렇다면 문단 일각의 아동문학 작가·시인들은 왜 국가주의적 반공문학에 앞장섰던 것일까? 여기에서 전후 아동문단의 재편과 반공이데올로기의 상관관계를 찾아볼 수 있다. 1950년 12월 하순 이른바 1·4후퇴 때 월남한 강소천은 문교부 편수국에 근무하던 동향친구 박창해의 주선으로 최태호·홍웅선을 소개받아 교과서 제작에 깊숙이 관여하기 시작했다. 아니나 다를까. 1950년대의 초등 교과서는 강소천 동요가 윤석중 동요를 누르고 최고 편수를 기록했다.[25] 교과서 정전(正典)의 위력은 실로 막강했다. 강소천을 위시한 기독교 계열 월남 아동문인들은 단박에 아동문단의 중심부로 진입했다. 이들이 모두 반공 아동문학에 앞장섰음은 물론이다. 일찍이 서울에서 자리를 잡았지만 황해도 신천 출신의 기독교인 김영일도 그 중의 하나라고 할 수 있다.

용지난이 극심했던 시기에 김영일은 동시집 한 권과 노래책 일곱 권을 잇달아 펴냈다. 노래책 일곱 권은 내부무·문교부 추천 및 인정 '임시 교과서'로 통용되었다. 이런 사실은 문학적 명성만으로는 설명되지 않으며, 그가 정부 쪽 인사들과의 관계에서 무시할 수 없는 영향력을 지녔

---

25 최은경, 「한국 동요·동시 정전화 연구—초등 교과서 수록 작품을 중심으로」, 인하대학교 대학원 박사학위논문, 2015. 참조.

다는 증거이다. 더욱이 전쟁 직전에 펴낸 동시집 『다람쥐』에서는 한 편
도 볼 수 없었던 반공 텍스트가 전시 노래책의 태반을 차지하고 있는 것
은 이 땅의 순수주의와 반공주의가 얼마나 친연성을 지니는지를 단적으
로 보여주는 사례이다. 전후에 김영일은 한국문학가협회 아동문학 분과
장(1953)을 맡은 강소천에 이어 한국문인협회 초대 아동문학 분과장
(1961)을 지냈고, 한국문인협회 상임이사(1970)를 거쳐, 독자적인 아동문
학 단체들이 건립된 1971년부터 작고한 1984년까지 한국문인협회 계열
의 한국아동문학회 회장을 맡았다.

　요컨대 공히 1930년대의 순수주의로 출발해서 북한체제에 협력하다
월남한 강소천과[26] 일제에 협력한 이력을 지닌 김영일은 누구보다 빠르
게 반공 아동문학을 부여잡음으로써 이른바 '문협정통파'의 패밀리 자
격을 획득했다. 따라서 한국전쟁기의 반공 아동문학은 국가시책에 호응
해서 문단의 주도권을 장악한 세력에게 보증수표와도 같은 의미를 지녔
다고 할 수 있다.

---

26 졸고, 「강소천 소고─해방기 북한체제에서 발표된 동화와 동시」, 『아동청소년문학연구』 13호,
　　2013, 7~36쪽. 참조.

2.

윤석중과 이원수
아동문학의 모더니즘과 리얼리즘

1. 아동문학의 근대성

올해 탄생 100주년을 맞은 윤석중(尹石重, 1911~2003)과 이원수(李元壽, 1911~1981)는 식민지시대 소학교시절에 등단해서 수많은 명편들을 남기며 한평생 아동문학에 몸 바친 이들이다. 방정환의 후계임을 자처한 두 사람은 온 국민의 마음속에 아마 방정환 다음으로 비중이 크고 이름도 잘 알려진 대표적인 아동문학가로 자리하고 있을 것이다. 그런데 이들에 대한 아동문학 쪽의 평가는 사뭇 차이를 드러내고 있다. 윤석중을 보는 키워드가 '동심'이라면, 이원수를 보는 키워드는 '현실'이다. 곧 '윤석중과 이원수'는 아동문학의 지향과 관련하여 서로 다른 두 가지 관점이 충돌을 벌이는 지점이다. 이 글은 이러한 현상이 윤석중과 이원수 문학의 충돌이기보다 그것을 바라보는 시각의 차이가 절대화된 데서 빚어진 지극히 20세기적인 특징이라고 보고, 이를 상대화하는 동시에 상호보완적인 것으로 조정함으로써 한국 아동문학을 총체적으로 바라보는 통합의 관점을 모색해보려는 시도이다.

지난 세기의 아동문학은 한국문학이 그러했듯이 이념적·미학적 지향을 달리하는 두 개의 진영으로 나뉘어 대립했다. 아동문학도 한국문학의 하나로 전개되었으므로 이러한 대립은 일면 불가피한 것일 수 있다. 이념적 차이로 문단이 좌우파로 갈렸고 이와 연계되어 참여파·순수파의 갈등도 생겨났다. 다만 아동문학이 지니는 상대적 독립성 때문인지 한국문학을 양분한 모더니즘과 리얼리즘의 이름으로 아동문학이 대립한 흔적은 거의 없다. 하지만 동심과 환상 같은 문제를 둘러싸고는 적잖이 충돌을 빚은 바 있다. 아동문학에서 동심이나 환상 자체를 부인하는 논리는 찾아보기 힘들다. 그럼에도 이런 문제를 둘러싸고 두 진영이 날카롭게 대치했으니, 마치 '동심·환상'은 순수파의 전유물이고 '사회·현실'은 참여파의 전유물인 것처럼 여겨지는 양상이었다. 이는 이념적 대립과 미학적 대립의 상호연계성을 말해준다. 동심이나 환상을 대체하는 다른 미학적 범주가 없고 보면, 미학을 둘러싼 아동문학 쪽의 대립도 크게 보아서 모더니즘과 리얼리즘의 충돌로 파악할 수 있다. 주지하듯이 모더니즘과 리얼리즘은 지난 세기의 한국문학을 양분한 대표적인 미학적 범주다.

아동문학의 리얼리즘은 현실인식과 변혁이라는 강력한 이념성을 띠고 지속적으로 제창되었다. 반면에 아동문학의 모더니즘은 이렇다 할 논의를 찾아보기 힘들다. 모더니즘을 특징짓는 미적 자율성이나 기법적 혁신 등의 요소는, 어린이를 상대로 하기 때문에 대중성이 강한 아동문학의 기본자질과는 거리가 먼 것처럼 보이는 것도 사실이다. 하지만 리얼리즘이 아동문학에 적용되는 수준은 성인문학과 다르듯이, 모더니즘 또한 그러할 것이다. 아동문학의 모더니즘에 관해서는 기법에 앞서 근대성 차원의 해명이 더욱 긴요하다. 한국 아동문학의 전개 역시 모더니즘과 리얼리즘의 상호긴장 속에서 근대성과 대결해온 도정이라 할 수 있기 때문이다.

현존 사회주의의 붕괴 이후 탈근대론이 부상하면서 한국문학의 근대성 문제를 돌아보는 일이 새삼 중요해졌고, 그 일환으로 문단 좌우파 통합의 과제를 상기시키며 모더니즘과 리얼리즘에 대한 기존의 시각을 조정해야 한다는 주장이 제기된 바 있다.[1] 이에 따르면 모더니즘과 리얼리즘이 배타적 관계이기만 한 것은 아니었다. 오히려 뛰어난 작품 안에서는 상호 긴장을 이루며 소통하는 관계에 더 가까웠다. 작품 평가에 있어 작가의 신원이나 이념적 계보로부터 상투적으로 연역할 것이 아니라 실상에 즉해서 봐야 한다는 문제의식은 아동문학 쪽에서 더욱 절실하다. 아동문학사를 바라보는 기존의 시각은 문단 좌우파의 논리를 양 극단에서 답습해온 실정이다. 구시대적 냉전이데올로기는 상당히 약화되었을지라도 실상에 즉해서 작품을 평가하기보다는 좌우파 대립에서 연역한 단순도식으로 재단하는 연구풍토가 여전히 강고하다. 이를테면 월북작가는 식민지시대의 활동조차 좌파적으로 추정하고 월남작가는 그 반대로 추정한다든지, 카프 시대에 『별나라』에서 활동했거나 계급론적 지향을 드러낸 자료가 보이면 좌파 작가로 규정하고 해방 후 『소학생』에서 활동했거나 정부기관 쪽에서 활동한 자료가 보이면 우파 작가로 규정하는 연구들이 종종 눈에 띈다. 문단의 좌우파를 오로지 적대적 관계로만 보는 태도 역시 문제인데, 더욱이 이를 식민지시대까지 소급적용하는 것은 분단이데올로기에서 자유롭지 못한 탓이라고 할 수 있다. 윤석중은 이러한 폐해가 가장 많이 덧씌워진 경우에 해당한다.[2]

윤석중에 대한 비판은 주로 비평적 담론에 연원을 두고 있다. 먼저 송완순이다. 그는 1930년대 초의 동요·동시 논쟁에서 유년시의 발흥을 촉구하는 신고송과 설전을 벌이며 소년시의 발흥을 주장한 바 있다. 둘 다 카프에 소속한 리얼리즘 계열의 논자였지만 신고송은 윤석중을 높이 평가한

---

1 최원식, 「한국문학의 근대성을 다시 생각한다」, 『창작과비평』, 1994년 겨울호; 「'리얼리즘'과 '모더니즘'의 회통」, 『문학의 귀환』, 창비, 2001. 참조.
2 '동심주의 대 리얼리즘'으로 나뉜 문단구도에서 윤석중에 대한 평가는 극명하게 엇갈려 왔다. 이에 비해 이원수는 어느 쪽에서나 호평을 받아온 편이었으나, 뒤늦게 일제말의 친일시가 발굴 소개되면서 그의 문학 전체가 의심받기에 이르렀다. 사람의 생애에는 몇 개 단락이 있게 마련이므로, 어느 하나로 전체를 예단하는 태도보다는 시기별로 변화의 동인을 해명하는 내적 논리의 구성이 요구된다.

데 비해 송완순은 그 반대였다. 여기에는 유년문학이냐 소년문학이냐를 둘러싼 지향의 차이가 존재한다. 이런 송완순이 해방 직후에 식민지시대 아동문학을 검토한 평론에서 윤석중을 '동심천사주의'로 규정한 것이다.[3] 한편 윤석중은 6·25전쟁 중 부모형제가 이념에 희생되는 불운을 겪은 뒤로,[4] 제도권에 안주한다. 특히 그의 작품은 교과서를 통해 동시의 전범처럼 여겨짐으로써 갈수록 현실과의 긴장을 잃고 지배이데올로기와 결합하게 된다. 이러한 때 이원수는 리얼리즘에 기초한 아동문학론을 펼쳐들고 한국문인협회와 분리된 아동문인단체를 결성한다.[5] 이를 기점으로 분단시대 아동문단의 대립구도가 본격 가동했다. 이 시점에 평론활동을 시작한 이오덕은 주류적 경향인 동심천사주의와 윤석중을 하나로 묶어 통렬한 비판을 펼쳐나간다.[6] 이처럼 식민지시대와 분단시대에 걸친 리얼리즘 계열의 비판과 더불어 윤석중은 동심천사주의의 대명사로 고정되기에 이른다.

송완순과 이오덕의 윤석중 비판은 그 나름의 역사적 입각점을 지닌 것이기에 수긍되는 바가 적지 않다. 문제는 비평적 담론을 상대화하지 못하고 절대적인 이론으로 신봉하는 태도이다. '윤석중' 하면 '동심천사주의'요 '리얼리즘과 대척'이라는 고정관념은 본의 아니게 리얼리즘의 자리를 협소하게 만들었다. 동심이나 환상을 둘러싼 논쟁 가운데에는 초점을 달리하는 데에서 빚어진 오류들이 만만치 않다. 아동문학은 유아문학부터 청소년문학까지를 포괄하는 개념인데, 만일에 유년문학과 소년문학을 동일한 잣대로 바라본다면 아동문학의 층위는 매우 얄팍해

---

3 송완순, 「조선아동문학 시론」, 『신세대』, 1946.5; 「아동문학의 천사주의」, 『아동문화』, 1948.11. 참조.
4 노경수, 『동심의 근원을 찾아서 윤석중 연구』, 청어람, 2010, 98~99쪽. 이 책에 의하면 식민지시대부터 좌익운동에 투신했던 그의 부친과 새어머니는 충남 서산에서 우익에 의해 목숨을 잃었고, 둘째 동생은 의용군으로 가서 행방불명되었으며, 셋째 동생은 국군으로 징집되어 갔다가 전사했다.
5 졸고, 「이원수와 70년대 아동문학의 전환」, 『한국 아동문학의 쟁점』, 창비, 2010. 참조.
6 이오덕, 『시정신과 유희정신』, 창비, 1977. 참조.

지고 말 것이다. 동심이나 환상이 적용되는 수준도 유년문학과 소년문학은 차이가 나게 마련이다. 아동문학의 장르와 경향은 시대에 따라 변화하며, 근대성의 문제와 분리되지 않는다. 주지하듯이 1990년대에는 새로운 수준의 시민사회와 함께 10세 이하의 유년독자가 급부상함으로써 아동문학의 장르와 경향에 큰 변화가 초래되었다. 이 시기를 거치면서 리얼리즘 경향은 위기 또는 현상유지 상태인 데 비해 유년문학의 하위 장르라든지 과거라면 모더니즘으로 설명할 수 있는 현대적 경향이 불거지는 현상을 눈여겨볼 일이다.

　윤석중에 대한 시각의 변화는 리얼리즘 계열에서 더욱 두드러진다. 이 문제가 리얼리즘의 갱신 과제와 무관하지 않기 때문이다. 사실 이런 문제의식은 아동문학사 전반에 대한 시각의 조정으로 이어져야 한다. 과거의 연구는 윤석중과 이원수의 문학세계를 각각 동심적 경향과 현실적 경향으로 자명하게 취급했다. 그러다가 윤석중은 가족사 자료, 이원수는 친일시 자료가 새로 발굴되는 것을 계기로 최근에는 '다시보기'가 힘을 얻고 있는 양상이다. 그런데 근대성에 대한 고민이 부족한 탓인지 대개는 그동안 간과했던 숨은 자료를 들춰내는 것에서 그치는 경우가 많다. 식민지시대 윤석중의 일부 리얼리즘적 경향을 강조하는 것에 대해서도 비슷하게 말할 수 있다. 배타적 리얼리즘의 잣대로 일부를 구제하려는 처사로는 근본적인 통합의 관점에 이르지 못한다. 그건 '동심주의 대 리얼리즘'이라는 예전 흑백구도의 연장이 아닐까? 그릇된 동심주의 경향이 세력을 떨치고 있는 한 이 구도의 유효성이 사라지는 것은 아니지만, 리얼리즘을 상대화하지 않으면 더 이상 앞으로 나아갈 수가 없다. 이제 모든 좋은 것을 리얼리즘으로 수렴하는 논리와 구도에서 자유로워질 필요가 있다. 대신에 모더니즘과 리얼리즘의 긴장 구도로 대상을 보는 훈련이 절실한데, 이 말이 동심주의와 모더니즘을 등가물로 보자는 게 아님은 물론이다. 문제를 모더니즘이냐 리얼리즘이냐의 양자택일로 몰아가는 것이어서도 곤란하다. 다만 아동문학의 근대성 문제와 관련해 모더니즘과 리얼리즘을 함께 보는 시각이 어느 정도 유효하리라는 것이다. '모더니즘'과 '리얼리즘'이라는 다소 해묵은 개념도 근대성 문제를 해명하기 위해 가져온 것일 뿐, 강을 건너면 두고 가야 할 나룻배 같은 것이라고 할 수 있다.

한국문학에 상응해서 아동문학을 바라볼 때, 윤석중과 이원수는 각각 모더니즘과 리얼리즘을 대표한다. 둘은 일급의 아동문학가였고, 일정한 긴장 속에 서로 소통했다. 둘 다 식민지와 전쟁, 분단의 역사를 살면서 불행을 겪거나 오점을 남기기도 했다. 목하 이들에 대한 관심이 새로워지고 있다. 그 가운데 윤석중 문학의 특징을 '명랑성, 도시적 감각, 유년 지향'[7]으로 정리한 최근의 연구는 거의 핵심을 파악했다고 여겨지는데, 그럼에도 이것들을 하나로 꿰는 내적 논리는 충분치 않다. 이 글은 윤석중 문학의 여러 특징을 꿰는 범주로 '아동문학의 모더니즘'을 논하고자 하며, 그러할 때 비로소 윤석중의 문학사적 위치가 제대로 자리매김될 수 있을 것이라고 판단한다. 이원수는 그동안의 연구들이 뒷받침하듯 윤석중과 마주한 자리에서 '아동문학의 리얼리즘'을 구현했는바, 둘을 나란히 놓고 보면 한국 아동문학의 근대성 문제가 좀 더 명료하게 드러날 것이라고 믿는다. 다만 윤석중의 모더니즘은 식민지시대의 운문 영역에 제한되지만 이원수의 리얼리즘은 식민지시대의 운문 영역뿐 아니라 분단시대의 산문 영역으로 이어졌기에 단순 수평비교보다는 총체적 관점에서의 비교가 요청된다.

2. 윤석중의 모더니즘

모더니즘을 '우리 신문학사상 도시의 아들'[8]이라고 규정한 김기림의

---

7 김제곤, 「윤석중 문학을 돌아본다」, 『아동문학평론』, 2010년 겨울호. 참조.

말에 의거할 때, 한국 아동문학에서 그 적자(嫡子)에 속하는 인물은 윤석중이 아닐 수 없다. 그는 "서울 한복판 수표정(水標町) 13번지"[9]에서 태어난 서울 토박이다. 파평(坡平) 윤씨(尹氏)인 그의 가문은 대대로 최상층에 속했으니 비록 아버지 대에 이르러 가세가 기울었다고는 하지만, 선진문화를 섭취하는 데에서 윤석중은 누구보다 유리한 위치에 있었다. 그는 교동보통학교 3학년 시절에 '꽃밭사'라는 독서회를 조직하고 묵사지로 쓴 잡지『꽃밭』을 펴낸 바 있다. 1925년 정월에는『동아일보』학예란의 천재 아동 소개에서 '장래의 문학가'로 꼽힌다. 과연 그는 신문과 잡지에 동요를 투고하는 족족 뽑히는 한편, 따로 회람지를 만들어 지방의 주요 투고자들을 연결하면서 동요 창작의 붐을 이끈다. 그가 1924년 '기쁨사'를 조직해서 펴낸『굴렁쇠』는 소년문예가로 구성된 동요동인지였다. 마산의 이원수, 울산의 서덕출, 언양의 신고송, 대구의 윤복진, 수원의 최순애, 원산의 이정구, 안주의 최경화 등 동요창작에 뜻을 둔 지방의 어린 실력자들이 그의 주위에 모여들었다.[10] 하지만 지방에 거주한 이들과 서울내기 윤석중의 격차는 매우 컸다.

방정환과 색동회라는 지도자 그룹에 의해 아동문학이 막 둥지를 튼 시기에 이미 차세대 기수로 주목받은 윤석중은 서울의 주요 인사들과 친분을 쌓는 데 어려움이 없었다. 1925년『어린이』부록으로 다달이 내던『어린이세상』을 소년기자로서 맡아 꾸몄는데, 이때 개벽사 편집실을 무시로 드나들며 김기전, 차상찬, 이정호, 손성엽, 민영순, 정순철 등과 가까워진다. 1926년에는 '조선물산장려가' 공모에 1등으로 뽑혀 이름을 널리 알린다. 자신감에 찬 그는 이광수, 주요한, 방정환, 윤극영을 만나

---

8 김기림, 「'모더니즘'의 역사적 위치」, 『시론』, 백양당, 1947. 참조.

9 윤석중, 『어린이와 한평생』, 범양사, 1985, 73쪽. 이하 윤석중의 생애와 관련해서는 대부분 이 책을 참조했다.

10 이들 중에서 신고송, 이원수, 이정구, 윤석중은 계급문학 고조기인 1931년에도 '신흥아동예술연구회'의 깃발 아래 모인 바 있다.(『조선일보』, 1931.9.17) 이 단체는 일제당국의 불허로 발기모임 단계에서 무산된다.

는 데 거리낌이 없었다. 특히 사회주의자이고 영화에도 관계한 심훈과의 자취생활은 그의 사상과 인맥의 형성에서 전방위적인 창구로 작용했다. 심훈과 영화소설 「탈춤」을 각색할 정도로 그는 중앙문단과 지척의 거리에서 새로운 조류에 일찍 눈떴다. 계급문학의 고조기인 1930년에는 『중외일보』에 「자퇴생의 수기」를 발표하고 돌연 양정고보를 자퇴한다. 곧이어 일본유학을 떠나 계급문학으로 선회한 신고송과 연극 방면에 손 댔으나 스스로 여의치 않다는 생각에 돌아온다. 1933년 그의 문학적 모태인 『어린이』의 편집을 담당한다. 소년운동의 쇠퇴와 함께 『어린이』, 『신소년』, 『별나라』는 막을 내린다. 개벽사에서 조선중앙일보사 학예부장으로 자리를 옮긴 이태준의 소개로 조선중앙일보사 학예부 편집기자로 들어가 '가정란'의 '어린이 차지'를 맡아보면서 잡지 『소년중앙』을 펴낸다. 신문사 사장 여운형과의 인연은 결혼식 주례로 이어졌다. 『조선중앙일보』가 폐간되자 조선일보사에 들어간다. 여기에서 『조선일보』 부록인 『소년조선일보』와 잡지 『소년』을 펴낸다. 당시 조선일보 편집부는 좌우파를 막론한 "문인들의 사랑방" 같은 곳이었다. 해방 후 카프 작가 신고송과의 인연 때문인지 조선프롤레타리아문학동맹에 이름을 올렸으나 그의 활동은 을유문화사의 조선아동문화협회 사업에 집중된다. 여기서 『주간 소학생』, 『소학생』 및 아동도서 출판을 주재한다. 그의 동요는 일찍이 홍난파, 윤극영, 박태준, 정순철 등의 곡으로 널리 애창되었고, 『굴렁쇠』의 동년배들은 하나도 내지 못한 동요·동시집을 식민지시대에만 여러 권 펴내는 등 동요시인으로서 가장 두각을 나타냈다.

한국 아동문학은 '동요황금기'와 더불어 사회적 파급력이 급신장하는데, 초창기의 동요는 감상주의 색채를 짙게 드리우고 있었다. 이런 분위기에서 윤석중의 동요는 이채를 발하는 것이었다. 유머와 위트가 번뜩이는 그의 동요는 막연한 사춘기적 감정이라든지 서툰 모방에서 비롯된 상투성과 거리가 멀었다. 그로 하여금 미적 근대성 혹은 문학의 자율성에

다가설 수 있게 한 것은 발랄한 '유희충동'이었다. 서울과 동경을 오가면서 전개한 방정환과 색동회의 아동문학은 '지사적 계몽의식'을 동력으로 했고, 지방에 거주하는 차세대 주자들 또한 이를 받아들여서 이어나가는 모습이었다. 이에 비해 중앙문단에서 소년문사로 일찍이 자리잡은 윤석중은 이미 벌여진 판에서 아동문학을 온전히 문학으로서 접수하고 이를 통해 개성을 발산하는 근대적 욕구해결의 장치로 삼을 수 있었다. 다시 말해서 윤석중은 태생적 재기발랄함과 더불어, 식민지근대일망정 자기표현으로서의 동요짓기를 만끽한 시민문화의 첫 수혜자에 해당한다.

이런 점에서 보면 그의 동요에서 '도시성'을 지적한 정지용의 서평은 정곡을 찌른 것이다.[11] 이광수, 주요한 같은 선배문인들은 그를 '아기노래시인의 거벽' '동요의 대명사' 등 일반적인 의미로 최고의 수사를 붙이는 데 급급했지만, 정지용만은 윤석중 동요의 독자성을 모더니스트다운 눈으로 예리하게 간파한 것이다. 여기서 또 흥미로운 것은 정지용이 윤석중의 동요에서 '조선 서울아이들의 비애'를 감촉한 사실이다. 정지용 문학도 그러했지만 이 말에는 한국 모더니즘의 특수성이 내포되어 있다. 식민지근대라는 미약한 토대에서 전개된 모더니즘은 식민지현실에서 결코 자유로울 수 없었다. 그럼에도 모더니즘은 한국문학사에서 '감상적 낭만주의와 편내용주의'를 혁신하는 독특한 역사적 위치를 차지했다.[12] 윤석중 문학의 역사적 위치 또한 그러했다.

윤석중 동요에서 드러나는 도시성을 모더니즘으로 본다면 그 작용은 구체적으로 어떻게 발현되었는가? 첫째는 당시 동요를 지배한 감상적 낭만주의와 거리가 있는 유희적 감각이다. 이는 초기작 「오뚜기」부터 지속적으로 나타나는 것으로 동시대의 다른 동요시인들과 구분되는 가장 큰 특징이다.

---

11 정지용, 「동요집 '초생달'」, 『현대일보』, 1946.8.26. 참조.
12 김기림, 앞의 글. 참조.

책상우에 오뚜기 우습고나야
검은눈은 성내여 뒤룩거리고
배는 불룩 내민꼴 우습고나야.

책상우에 오뚜기 우습고나야
술이취해 얼골이 빨개가지고
비틀비틀 하는꼴
우습고나야.

책상우에 오뚜기 우습고나야
주정하다 아래로 떠러져서도
안아픈체 하는꼴 우습고나야.

—윤석중, 「오뚜기」 전문(1925)[13]

   이 작품의 소재인 '오뚜기'는 도시아이들이나 가질 수 있는 장난감이라는 점에서 일단 농촌적인 것과 구별되는 요소이다. 이 작품이 어른의 위선을 풍자하는 알레고리를 함축하고 있다는 것은 둘째 문제라 할 수 있다. 가장 인상적으로 다가오는 것은 '놀리는 말'인 "웃읍고나야"의 반복에서 오는 흥취감이다. 눈을 뒤룩거리고, 배를 불룩 내밀고, 얼굴이 빨개서 비틀거리고, 떨어져도 안 아픈 체하는 꼴을 생생하게 그려내어 웃음을 자아내는데, 이처럼 소재를 놀이로 접근하는 태도는 장난기 많은 어린이다운 심보일 것이다. 그의 작품에 나오는 아이들은 대개 이러하다. 냇가를 배경으로 하더라도 건너편에서 물장난하는 누나와 그의 댕기를 적시고자 돌을 던지는 아이고(「풍당풍당」, 1927), 부엌을 배경으로는 누

---

13 윤석중 시의 인용은 『윤석중 동요집』(신구서림, 1932)을 따랐다.

룽지와 설탕과 찌개국물을 훔쳐 먹는 욕심쟁이 오빠와 그를 놀려대는 아이다.(「꿀돼지」, 1929) "파랑우산 깜장우산/찢어진우산,/줍 다 란 학교길에/우산셋이요/이 마 를 마조대고 걸어갑니다."(「우산셋이 나란히」, 1926)의 "찢어진 우산"을 포착하는 눈도 장난스러운 마음이고, 불러도 귀가 어두워 그냥 가버리는 엿장수 영감을 귀머거리라고 하는 것(「귀먹어리 엿장수」, 1931)도 연민이 아닌 어린이다운 놀림의 감정이다. "떼떼굴 굴러 나왔다./떼떼굴 굴러 나왔다.//무엇이 굴러 나왔나./밤한톨 굴러 나왔네.//어대서 굴러 나왔나./낮잠 주무시는 할아버지/주머니 속에서 굴러 나왔네.//무엇 할가./구어 먹지./어데다 굴가./숯불에 굽지."(「밤한톨이 떼떼굴」, 1927)에서 보는 것은 먹을 것을 두고 수수께끼 하듯 놀이를 벌이는 아이다.

대상을 무겁지 않고 유희적으로 보는 태도는 시대현실을 그린 작품에서도 유지된다. "팟되나 먹을데 신작로나고/쌀되나 먹을데 털로길뇌네//아리랑 아리랑 아라리요 이장엔 거지만 늘어간다"(「거지행진곡」, 『동아일보』, 1929.5.27)와 같은 것은 아예 흥거운 타령조를 가져온 경우다. 다음 작품들을 더 살펴보자.

> 동맹파업 하고나온 우리언니가
> 돌리라는 광고외다, 어서받읍쇼.
> 쉬, 쉬,
> 펴 들 지 말으세요 바지속에 너세요.
> 저네들이 봣다가는 아니됩니다,
> 아니되구 말 구 요, 야단나지요.
>
> 길거리로 내여쫓긴 당신네들께
> 전하라는 편지외다, 어서받읍쇼.
> 쉬, 쉬,

떠 들 지 말으세요

시치미를 떼세요.

저네들이 알앗다간 아니됩니다,

아니되구 말 구 요, 큰일나지요.

—윤석중, 「언니심부름」 전문(1930)

허수아비야 허수아비야

여기쌓였던 곡식을 누가 다 날라가디?

순이아버지, 순이아자씨, 순이오빠들이

왼여름내 그 애를써 맨든 곡식을

갖아간다는 말 한마디 없이

누가 다 날라 가디?

그리구저 순이네 식구들이

간밤에 울며 어떤 길루 가디?

　　—이 길은 간도 가는 길.

　　—저 길은 대판 가는 길.

허수아비야 허수아비야

넌 다 알텐데 왜 말이 없니?

넌 다 알텐데 왜 말이 없니?

—윤석중, 「허수아비야」 전문(1931)

　첫 번째로 펴낸 『윤석중동요집』(1932)에는 총독부의 검열로 5편이 삭제되었음에도 위와 같은 경향시가 포함되어 있다. 내용상으로는 계급주의 동요와 다르지 않은데, 어조에서 비롯된 시적 분위기가 남다르다. 다른 동요시인들은 울분이거나 슬픔이거나 사색적이고 진중한 어조를 택하는 경우가 많지만, 윤석중은 대화체를 즐겨 써서 현장감을 높이고 독자와의 거리를 좁히고 있다. 서울중류층 시정언어인 '경아리 입말'을 반복적으로 구사하고 있어서 분위기가 결코 무겁지 않다. 그는 현실적 색채를 지닌 작품에서도 내용에만 급급해 하지 않고 형식에 유달리 민감했다. 위의 작품들이 동요의 정형률을 깨고 있는 것도 그러하고, 문장부호와 띄어쓰기조차 의식한 흔적이 보인다. 이런 표현법상의 실험은 모더니스트 정지용에게서나 볼 수 있는 희귀한 사례가 아닐 수 없다.[14]

따지고 보면 그의 형식실험은 유희충동을 기저로 하는 것이다. 그는 "나 역시 7·5조에 익었었으나 그 굴레를 벗어난 첫 시험이 1927년 발표한 「밤한톨이 떽떼굴」이라는 문답 동요"[15]라고 했거니와, 이 문답 동요의 형식을 더욱 확대해서 '동화시'와 '동요극'을 새롭게 모색한다. 활달한 구어체로 빚은 '동화시'와 '동요극'은 유희성 또는 현장성과 더불어 아이들과 적극 소통하는 형식이니, 운문 갈래의 형식 개조 면에서 그를 따를 자가 없었다. 그런데 그의 유희적인 태도는 간혹 내용과 형식의 불일치를 야기해서 시적 효과를 반감시키는 요인이 되기도 했다.

八月에도 보름날엔

달이밝것만

우리누나 공장에선

밤일을하네

---

14 한국 동시사(童詩史)에서 윤석중 앞에 정지용 동시를 놓을 수 있다고 보는데, 전반 계보에 관해서는 별도의 고찰이 필요할 것이다. 윤석중 뒤로 동시단에서 모더니즘의 계보를 이으며 성공한 사례는 찾기 힘들다. 다만 표현론을 중시하는 '순수시' 계보에서는 강소천, 박영종 등이 함께 묶인다. 모더니즘 계보로 치자면 박경용, 신현득, 유경환 등 1960년대 일군의 동시인들에 의한 움직임보다는 아주 최근에 동시단 밖에서 자극해 들어온 최승호, 신현림, 김륭 등의 움직임이 성공적이라 할 만하다. 전자는 '동시도 시'라는 구호 아래 동요와 결별하고 이미지에 매몰되어 독자를 잃는 면으로 귀결되었는데, 후자는 '동시야 놀자'라는 동시집 시리즈 이름이 말해주듯 시어의 음성적 자질을 활용한 유희성(fun)을 통해 광범한 유년 독자층을 새롭게 불러일으켜 세웠다는 점에서 윤석중의 모더니즘 유년시 계보와 한층 가깝다고 여겨진다.

15 윤석중, 『어린이와 한평생』, 99쪽.

공장누나 저녁밥을
날러다두고
휘 파 람 불며불며
돌아오누나.

—윤석중, 「휘파람」 전문(1929)

　발표 당시 「공장언니의 추석」이던 제목을 시집에 수록하면서 「휘파
람」으로 고친 것이다. 추석명절날의 환한 달빛과 밤일하는 공장누나의
대조로 드러난 서글픈 현실이, "휘 파 람 불며불며"에 와서는 즐거운 보
행이나 하듯 경쾌한 운율로 바뀌면서 시적 화자의 인격에 균열을 초래
하고 있다. '~하네' '~보누나' 같은 가벼운 종결어미, '불며불며'의 반
복, 그리고 '휘파람'이 한데 어우러지니까 산뜻한 기운마저 불러일으킨
다. 이런 문제점이 그를 추종하는 아류를 통해 확대 재생산되기에 이른
다. 지주와 공장주, 부잣집 자식을 증오하는 내용을 그저 조롱조로 풀어
내는 가벼운 작품들이 줄을 이었다. 당시 송완순이 '윤석중식 형식률'[16]
을 가장 멀리해야 할 것으로 지적했던 이유는 아마 이런 데에 있을 것이
다. 그렇지만 송완순은 신고송이 주목했던 윤석중의 '동심 파악'[17]을 간
과했고 그것의 정체를 밝히지 못했다. 「담모퉁이」, 「언니의 언니」, 「잠
깰 때」, 「키 대 보기」, 「넉 점 반」 등에서 보듯, 어린이를 어린이답게 그
려내는 윤석중식 동심 파악의 힘은, '전근대적'인 '작은 어른'으로서의
'일하는 아이들'이 아니라 '근대적'인 '어린이가 된 어린이'로서의 '놀이
하는 아이들', 곧 도시아이들이거나 유년층에 딸린 감수성과 관련된다.
요컨대 윤석중 동시에서 살짝 얼비친 리얼리즘 색채는, 일정하게 이와

---

16 구봉학인(송완순), 「비판자를 비판」, 『조선일보』, 1930.2.19~3.19.
17 신고송, 「동심에서부터」, 『조선일보』, 1929.10.20~30; 「새해의 동요운동」, 『조선일보』,
　　1930.1.1.

교집합을 이룬 한국 모더니즘의 한 단면인 것이지, 그에게 잘 들어맞는 옷이 아닌 이상 윤석중 문학의 본령은 아닌 것이다.

한국 아동문학은 '유희성'을 경계하다 못해 이 말에 부정적인 꼬리표를 달아놓고 기피하다시피 한 역사를 가지고 있다. 이 때문에 윤석중 동시의 유희성은 흔히 '낙천성·낙관성'으로 파악되어 왔다. '낙천성·낙관성'은 미학적 범주이기보다 기질과 태도를 가리키는 말에 가깝다. 윤석중 동시를 대표하는 말로 새삼 유희성을 거론하는 이유는 그것이 '도시적 명랑성'과도 이어지지만, 더 중요하게는 유년문학의 핵심적 자질과 통한다는 데 있다. 윤석중 동시는 흔히 세상물정 모르는 '천진한 동심'이라 지적되는 것에서 알 수 있듯이, 상대적으로 유년문학을 지향하고 있다. 식민지시대의 유년문학은 근대성의 척도와 불가분의 관계다. 이번에는 윤석중 하면 바로 연상되는 '짝짜꿍 동요'를 살펴보자.

엄마앞에서 짝짝궁
아빠앞에서 짝짝궁.

엄마한숨은 잠자고
아빠주름살 펴져라.

들로나아가 뚜루루
언니일터로 뚜루루.

언니언니 왜울우
일하다말고 왜울우.

우는언니는 바아보

웃는언니는 자앙사.

바보언니는 난싫여

장사언니가 내언니.

해님보면서 짝짝궁

도리도리 짝짝궁

울던언니가 웃는다

눈물씻으며 웃는다.

―윤석중, 「도리도리 짝짝궁」 전문(1929)

　발표 당시 「우리 아기 행진곡」이었고 정순철 곡으로 불리면서 제목을
바꾼 이 작품은 훗날 '혀짤배기 짝짜꿍 동요'로 비난받는 가장 큰 빌미
가 되었다. 이에 대해 윤석중은 1절만 노래로 불리면서 그 뒤에 이어지
는 서글픈 현실의 그림자가 지워진 사실을 밝히고, 조선의 아기네는 어
른에게 귀염 받기보다 오히려 어른의 삶을 달래주는 꼴이 아니었느냐고
응답한 적이 있다.[18] 정지용이 "도회 아동도 조선 서울아이들은 특수한
비애가 있다"[19]고 말한 것이 바로 상기되는바, 이런 점 또한 한국 모더니
즘의 한 단면인 게 분명하다. 하지만 이 모든 것에 앞서 우리의 눈길을
끄는 것은 역시 '짝짜꿍'을 하는 '귀여운 아기'의 모습이다. 아닌 게 아
니라 이 작품 하나에 윤석중 동시의 모더니즘적 특성이 집약되어 있다
고 봐도 무방하다. 이 시에서 그냥 지나칠 수 없는 것은 혀짤배기 말에
서 비롯되었으나 오늘날 아버지의 애칭으로 굳어진 '아빠'란 어휘다. 지
금은 거의 모든 어린이들이 이 말을 쓰고 있지만, 과거에는 발음을 똑똑
히 할 수 있는 나이가 되면 바로 '아버지'로 바꿔주어서 학령기에 들어

---

18 윤석중, 앞의 책, 94쪽.
19 정지용, 앞의 글.

서면 좀체 쓰지 않던 말이다. 그러나 과거에도 도시중산층 가정의 아이
일수록 늦게까지 이 말을 썼다. 아버지가 직장에 다니는 전형적인 핵가
족 형태의 도시중산층 가정에서는 부자지간에도 애칭이 존재한다. 이런
근대적인 가족질서의 어휘가 윤석중 동시에서 가장 이른 시기에 또 가
장 자주 등장하고 있는 것은 우연이 아니다.

아동문학이 근대적인 도시중산층의 가족질서와 교육제도의 산물임은
잘 알려진 사실이다. 그런데 식민지조선의 대다수 농촌 아이들과 도시
서민층 아이들은 '일하는 아이들'로서, 근대적 의미의 아동기를 온전히
보장받지 못한 '작은 어른'으로 존재했다. 이들을 마주하고 전개되는 아
동문학은 여러모로 제한적일 수밖에 없다. 문해력이 없어 부모의 도움
이 절대적으로 필요한 유년 대상의 문학은 발달하지 못했거니와, 소년
대상의 문학에서는 '현실의 아이'를 그려야 한다는 요구가 드셌다. 그럼
실생활에서는 거의 쓰이지 않은 '아빠'란 호칭이 작품에 자연스럽게 등
장하고 있는 현상을 어떻게 봐야 하는 것일까? 아동문학은 성장기 아동
의 연령에 따라 성층적으로 존재한다. 소년문학이 아닌 아동문학이라는
명칭을 선택할 때 이미 그 범위는 유년문학에까지 확장되어 있다. 식민
지조선에서도 유년문학의 토양이 전무한 사정은 아니었고, 그 가능성을
차단해서도 안 될 일이다. 식민지시대의 유년문학은 대도시와 기독교를
배경으로 전개되었다.[20] 윤석중 동요가 유치원과 주일학교에서 가장 많
이 불린 이유를 이런 데에서 찾을 수 있다.

더욱이 식민지시대에는 동요의 위상이 오늘날과 크게 달랐다. 한글로
된 동요는 일본어창가와 대립·경쟁하는 관계였고, 나라를 잃은 처지에

[20] 식민지시대의 유년문학은 윤석중·윤복진의 동요와 이태준·박태원·현덕의 동화가 대표적이
다. 그리고 『어린이』, 『신소년』, 『별나라』가 소년문학 중심이었던 데 비해 『아이생활』은 상대적
으로 유년문학 쪽에 가까웠다. 윤석중의 동요와 이태준·박태원·현덕의 유년동화가 수도 경성
에 뿌리를 둔 것이라면, 윤복진의 동요와 『아이생활』은 기독교에 뿌리를 둔 것이다. '애기그림
책·노래·이야기'의 모음집인 『아기네동산』(1938)을 펴낸 곳도 아이생활사였음을 상기해야
한다.

서는 겨레의 노래로 인식되었다. 학교에서는 엄격히 금지된 우리 동요가 유치원에서는 일부 허용되었다. 1930년대에는 유치원교사를 양성하는 보육학교가 여럿 존재했으며 이곳에서 우리 동요는 중요한 몫을 차지했다. 이런저런 제약을 안고 있었지만 유년문학에 대한 요구가 엄연히 존재하는 상황에서 윤석중 문학은 제격이 아닐 수 없었다. 유년문학은 놀이와 웃음을 특징으로 한다. 밝고 희망적인 귀결점을 억지로 꾸며내지 않고 삶의 진실을 담아서 그려내자면 단순화, 과장, 환상 등의 장치도 필수적이다. 여러모로 유년문학은 소년문학과 자질 면에서 많은 차이를 보이는 것이다. 이렇게 볼 때 아동문학에서 연상되는 '귀엽고 천진한 동심'의 대표적 시인으로 윤석중이 떠오르는 것은 조금도 이상한 일이 아니다.

다만 한 가지 분명한 사실은 윤석중 문학의 특성을 아동문학 전체의 특성인 양 일반화해서는 안 된다는 것이다. 이런 사실을 혼동할 때 유희성은 본분을 잃고 아동문학에 파탄을 일으키는 요소로 작용할 공산이 커진다. 윤석중 동시의 유희성에는 위에서 귀엽게 내려다보는 시선에 의해 아동이 장난감처럼 대상화되는 문제점이 분명 포함되어 있다. 후기로 갈수록 상투적인 동심주의가 도드라진다는 점은 이미 많은 이들이 지적한 사항이다.

3. 이원수의 리얼리즘

이원수는 경남 양산 출생으로 목수 일을 하는 부친을 따라 창원과 김해 등지로 이사를 다니다가 열두 살 때부터 마산에 정착했다. 월성(月城) 이씨(李氏) 가문의 그의 부친은 딸 셋이 딸린 과부 여양(驪陽) 진씨(陳氏)를 맞아 자녀 넷을 더 두었으니 이원수는 7남매 중 다섯째였다.[21] 한미한 가문 출신의 이원수는 어려서부터 가난에 쪼들린 불우한 생활을 경험했다. "나는 7, 8세의 어릴 적, 부친이 목수 일을 하고 있는 어느 부잣집에 가서 부친의 상에 곁들여 차려주는 점심밥을 얻어먹던 일을 기억하고 있다. 높은 산에 가서 솔개비를 긁어모아 이고 오곤 하던 모친을 기억하고 있다. 소학 시절 월사금을 내지 못해 공부를 하다 말고 쫓겨나 집으로 오던 일들을 기억하고 있다."[22] 또한 그는 "가난한 집 외동아들로서 윗학교로 진학할 일은 엄두도 내지 못했고 집을 떠나 고학을 할 형편조차 못 되어 있었다. 다니던 상업학교를 나오면 바로 은행이나 금융조합 같은 데 취직을 해야 할 신세였다."[23]

그의 문학적 고향은 마산의 소년운동이다.[24] 지방에 거주한 그는 출세작 「고향의 봄」(1926)에서 보듯 유구한 농촌적 감수성을 자양분으로 했고, 민족사회운동에 눈을 뜨면서부터 리얼리즘 지향을 분명히 드러냈다. 마산공립상업학교 재학 중에 발표한 「나도 용사」(1930)는 이념과 변혁운동에 대한 다짐을 거침없이 노래한 것이다. 다행인 것은 그의 지방거주가 일본과 성인문단을 베끼는 데 급급한 계급주의 아동문학의 관념성을 비껴갈 수 있게 했다는 점이다. 무엇보다도 그의 동시는 서정성을 잃지 않았다. 가난한 아이들이 겪는 삶의 애환을 유장한 가락으로 노래한 그의 작품은 성마른 도식에 얽매인 계급주의 동시와 다르게 정서적 호소력을 지닌다. 「헌 모자」, 「일본 가는 소년」, 「잘 가거라」, 「교문 밖에서」, 「눈 오는 밤에」, 「이삿길」, 「벌소제」, 「나무 간 언니」 같은 것들이 그러하다. 그의 동시는 일하는 아이들의 삶에 뿌리를 두고 있다는 점에서 윤석중과 많이 다르다.

---

21 차녀 이정옥 씨와의 면담, 2011년 2월 24일.
22 이원수, 『솔바람도 그 날 그 소리』(이원수아동문학전집 27권), 웅진, 1983, 1992년 16판, 190쪽.
23 이원수, 같은 책, 229쪽.
24 이원수의 마산체험에 대해서는 졸고, 「이원수와 마산의 소년운동」, 『아동문학과 비평정신』, 창비, 2001. 참조.

그림자 그림자— 내그림자야
밤이면 외론동모 내그림자야
등불이 갈바람에 흔들니는밤
쓸쓸이 너도너도 일을하고나

—이원수, 「그림자」 부분(『어린이』, 1930.6)

보리방아씨으면서
긴긴봄하로
나는엇째일만하나?
생각햇다오

(…)

찔게둥찔게둥—
엄마그리워
찔게둥방아칸에
해가저무네

—이원수, 「보리방아씨으며」 부분(『어린이』, 1930.8)

찔네솟이 하얏케
피엿다오.
어니일가는 광산길에
피엿다오.
찔네솟 닙파리는
맛도잇지
배곱흔날 짜먹는

꽃이라오.

광산에서 돌깨는
어니보려고
해가저문 산길에
나왓다가
씰네꼿 한닙두닙
싸먹엇다오
저녁굶고 씰네꼿츨
싸먹엇다오.

— 이원수, 「씰네꼿」 전문(『신소년』, 1930.11)

위의 작품들에 등장하는 아이들은 눈 떠서 잠들 때까지 장난칠 궁리
만 하는 윤석중 작품의 아이들과 차이가 난다. 「그림자」와 「보리방아씨
으며」에 비친 '일하는 아이들'은 식민지시대의 아동문학이 마주했던 더
한층 보편적인 아이들의 모습이다. 이원수 동시는 이처럼 식민지아동의
고통스러운 삶을 숨김없이 드러내려는 리얼리즘에 기초하고 있다. 이런
아이들의 존재를 윤석중이라고 몰랐을 리 없다. 하지만 서로 입각점이
다르기 때문에 시선과 목소리에서 차이가 난 것이다. 윤석중 같았으면
「그림자」나 「보리방아씨으며」와 똑같은 소재를 가지고도 장난기 많은
아이의 시선과 목소리로 익살맞고 재미있게 그렸을 게 분명하다. 배고
픈 아이의 고달픈 삶을 서정적으로 노래한 이원수의 「씰네꼿」은, 똑같이
먹을 것을 소재로 하더라도 유희성이 도드라진 윤석중의 「밤한톨이 떽
떼굴」이나, 공장에서 밤일하는 언니에게 도시락 심부름하고 오는 길을
노래한 「휘파람」과는 여러모로 대조를 이룬다. 농촌적·서민적 감수성
과 맞닿은 이원수의 리얼리즘은 유년기를 벗어난 연령대에서 폭넓은 공

감을 자아냈다.

윤석중과 이원수의 차이점은 식민지시대의 운문 영역에서 이미 확연하지만, 이원수의 족적은 해방 후의 산문 영역에서 더욱 두드러진다. 일제로부터의 해방은 이원수에게 새로운 지평을 열어주었다. 서울로 거처를 옮긴 그는 잡지편집을 맡아보며 중앙문단과 함께 호흡했고 진보적 문학운동에도 가담했다. 그의 창작활동이 점점 산문 쪽으로 무게중심을 이동한 것은 시대현실을 제약 없이 그려내려는 의지와 무관하지 않았다. 아동문학도 민족현실을 외면해선 안 되고 그러려면 리얼리즘에 입각해야 한다는 태도가 그에겐 확고했다. 분단과 전쟁으로 문단이 재편되는 시기에 중견의 위치에 올라선 그는 잡지편집과 문인조직에 관여하는 한편으로 비평 활동에 힘을 기울이며 진보적 아동문학운동의 불씨를 이어가고자 했다. 그는 아동문학이 상대적 독자성을 빌미로 지배이데올로기를 추수하는 안이한 통념 속에 유폐되는 경향이 크다면서 아동문학을 교육이 아닌 문학으로서 바라볼 것을 주장했다. 이와 함께 아동을 귀여움의 대상으로 바라보는 동심천사주의의 폐해를 예리하게 잡아내면서 이는 부유층(富裕層) 취미에 지나지 않는다고 비판했다. 그의 아동문학론은 민족문학론과 리얼리즘론을 아동문학의 자리에서 펼쳐든 것이라고 보면 틀림없다.[25]

이원수는 투철한 리얼리즘의 소유자지만 아동문학의 고유성에 늘 유의했다는 사실이 중요하다. 이는 그의 식민지시대 동시가 거의 증오의 표현으로 소진한 계급주의 동시와 구별되는 것에서도 확인되거니와, 분단시대 산문 쪽으로 와서는 동화의 특성에 대해 남다르게 고민한 사실을 통해서도 알 수 있다. 그는 성장기 아동을 대상으로 하는 아동문학은 연령별로 단계적 특성을 지닌다면서 동요와 동시, 동화와 소년소설을

---

25 졸고, 「아동문학과 비평정신」, 앞의 책. 참조.

구분하고 각각의 자질과 특성에 대해 각별한 탐구심을 보였다. 모더니즘의 계기를 스스로 봉쇄한 '편내용주의'에서 일정하게 비껴나 있었던 것이다. 그가 의인동화에서 더 나아가 판타지를 개척할 수 있었던 것은 이런 문제의식에서 말미암는다. 장편판타지『숲속 나라』[26]와『잔디숲 속의 이쁜이』[27]가 그로부터 나온 게 결코 우연은 아니다.

『숲속 나라』는 "동화이면서도 소설다운 모양을 가지게 해 본 것으로, 내가 시험해본 새 동화의 하나"[28]라는 작가의 말에서 알 수 있듯이, 아직 판타지라는 개념이 자리하기 이전에 근대소설의 바탕에서 환상성을 구가한 작품이다. 이 새로운 시험을 추동한 힘은, 형식에 민감한 모더니즘과도 접속되는 것이지만 기본적으로는 리얼리즘이었다. 이 작품에서 판타지의 경계를 이루는 '숲속 나라'와 그 '바깥 나라'는 서로 체제를 달리하는 남북 민족현실과 거의 그대로 대응한다. 그가 해방 직후 사회주의 계열에 속해 있었던 점을 감안하면, 민감한 정치적 테마를 가지고 탄압 국면을 돌파하기 위해서 이와 같은 판타지 형식을 차용했다고 볼 수 있다. 때문에 이 작품은 풍부한 해석의 층위를 지니지 못하고 북한의 사회주의와 남한의 자본주의 체제를 선과 악으로 빗댄 알레고리 속성이 드러진 한계를 안고 있다. 물론 이 작품이 "새로운 민족국가건설의 과제를 두고 첨예한 이념대립의 길로 치닫던 해방기 민족현실"[29]을 반영하고 있다는 것 자체는 장점이지 한계가 아니다. 문제라면 판타지를 너무 도구화한 것이겠는데, '반영'의 요소가 앞서다보니 '탐구'의 요소가 약해졌다. 이런 한계는 카프 시대부터 쟁점이 되어온 정치와 문학의 관계를

---

26 1949년 2월부터 12까지『어린이나라』에 연재되었고, 1954년 신구문화사에서 단행본으로 출판되었다. 이원수 전집의 연보나 각종 문학사 저술 등에서 단행본 출간시기를 1953년으로 기록해왔으나 이는 오류이다.
27 1971년 9월부터 1973년 12월까지『카톨릭소년』에 연재되었고, 1973년 계몽사에서 단행본으로 출판되었다. 아직 이들 원문은 확인하지 못했다.
28 이원수,「첫머리에」,『숲속 나라』, 신구문화사, 1954.
29 졸고,「이원수 판타지동화와 민족현실」, 앞의 책, 134쪽.

상기시킨다. 노마가 느티나무 구멍을 통해서 들어간 '숲속 나라'는 판타지세계임에도 현실적인 요구에 지나치게 얽매여 있다는 느낌을 준다. 정치의식의 과잉이 판타지의 상상력을 제약한 사례라고 할 수 있다.

　『잔디숲 속의 이쁜이』는 『숲속 나라』에 비견될 만한 정치적 맥락을 지니고 있지만 이전의 한계에서 상당히 벗어나 있는 작품이다. 동물(곤충) 판타지 형식을 취함으로써 아동의 흥미에 바짝 다가선 이 작품은 자연생태에 깃든 생명의 통찰이 기저를 이룬다. 이 작품은 인간이 동물의 가면을 쓰고 등장하는 교훈적인 의인동화와 구별되며, 동물의 생태를 인간현실에 직접적으로 빗댄 단순한 알레고리 작품을 넘어선다. 인간현실을 돌아보게 하는 상징적인 알레고리 층위를 놓쳐서도 안 되겠지만, 판타지의 전형이라 할 수 있는 모험서사로 이루어진 점에 유의해야 한다. 일반적으로 모험서사는 성장의 모티프를 띠게 마련이고 아이들이 가장 환영하는 것인데, 현실적인 요구에 긴박된 한국 아동문학에서는 매우 드물었다. 하지만 일찍부터 아동의 관점에서 동화(판타지)를 고민해온 이원수는 '동물'과 '모험'의 요소에 착안하여 『숲속 나라』에서 보인 한계를 극복해 낸다. 『숲속 나라』가 장편 판타지임에도 계몽성이 앞선 알레고리 서사에 그치고 만 것은 주인공 노마가 작가의 정치의식을 대변하는 테두리 안에서만 움직이고 있는 탓이다. 작가의 정치적 의도를 감안한다면, 다소 비주체적인 모습을 지닌 노마의 행동반경은 불가피한 것일 수 있다. 한국적 상황에서 '소년' 주인공이 '일탈'을 감행하는 모험서사는 자칫 현실을 등지는 이야기가 되기 쉬운 까닭이다. 동물 모험서사는 이런 문제들을 한꺼번에 해결해 주었다. 동물 주인공이 제힘으로 길을 떠나서 온갖 모험을 겪는 이야기는 아동문학의 본질이라고 할 수 있는 성장서사로서도 안성맞춤이지만, 스토리를 어떻게 가져가느냐에 따라 상징의 층위에서 작가의식을 얼마든지 새겨 넣을 수 있다. 이원수는 자연의 생태법칙을 충실히 따르되 세상의 모든 생명체가 지닌 도전과 추구의 정신을 잡아내어 흥미진진한 스토리를 엮어냈다. 어린이와 생명 본위의 작가철학이 정치의식을 둥글게 감싸 안음으로써 새로운 성취가 가능해진 것이다.

『잔디숲 속의 이쁜이』는 개미의 모험여행담이다. 이 형식은 세계문학의 고전인 『꿀벌 마야의 모험』에서 영향 받은 것으로 보이는데, 어째서 개미를 주인공으로 삼았느냐 하는 점이 흥미를 끈다. 『잔디숲 속의 이쁜이』를 외국의 다른 곤충 주인공의 모험여행담과 비교해보면 뚜렷한 작가의식의 차이를 발견할 수 있다.[30] 꿀벌 마야는 세상에 대한 호기심에서 충동되어 무리를 떠나 혼자만의 모험여정에 들어가게 되며, 그 모험은 저마다 개성을 지닌 다양한 생명체에 대한 경험을 쌓는 것으로 되어 있다. 그런데 이쁜이의 가출과 모험여정에는 작가의 전복적인 상상력과 정치의식이 스며 있다. 물론 개미의 생태를 벗어날 수 없는 이쁜이는 동무 똘똘이와 짝을 맺고 새로운 무리를 이뤄 살아가는 것으로 끝을 맺는다. 그럼 무엇이 전복적인가? 동서고금을 막론하고 개미는 집단에 충실한 습성으로 말미암아 '근면, 성실, 협동'의 표상이었다. 이러한 가치체계는 도덕적 교훈담에 매몰된 아동문학의 통념적 테마로서 지배이데올로기를 강화하는 훈육의 자료로 이어져왔다. 그런데 이쁜이는 "땀 흘려 일하는 것이 최대의 명예"[31]라고 다그치는 반장 개미를 때려눕히고 여자아이의 몸으로 용감하게 혼자 탈출을 감행한다. 이쁜이를 내세워 자유를 빼앗긴 소외된 집단노동에 회의를 품도록 의도한 것이다. 무리에서

---

30 류티 씽, 「이원수의 '잔디숲 속의 이쁜이' 연구—세계의 동물 모험 판타지와 관련하여」, 인하대 대학원 석사학위논문, 2011. 참조. 이 논문은 이원수의 『잔디숲 속의 이쁜이』와 독일 작가 발데마르 본젤스의 『꿀벌 마야의 모험』(1912), 베트남 작가 또 화이의 『귀뚜라미 표류기』(1941), 미국 작가 조지 셸던 톰슨의 『뉴욕에 간 귀뚜라미 체스터』(1960)를 비교 연구한 것으로, 가출 동기, 모험 과정, 결말 패턴 등에서 네 작품이 어떤 공통점과 차이점을 보이는지 분석하고, 한국적 특성이 뚜렷한 이원수의 작품도 수십 개 나라의 언어로 번역된 나머지 세 작품과 마찬가지로 세계문학으로서의 고전성을 지닌다고 평가했다. 무엇보다도 이원수 생전에 번역되어 영향관계가 거의 확실시되는 『꿀벌 마야의 모험』과의 차이점이 가장 중요하다.
31 이원수, 『잔디숲 속의 이쁜이』(전집 7권), 11쪽. 뒤의 인용은 이 책의 쪽수만 밝힌다.

탈출한 이쁜이 앞에는 생존의 위협과 고난이 기다리고 있다. 자유로운 자아를 찾은 대신 배고픔, 추위, 외로움과 맞서야 한다. "집을 버린 건 사형을 당하고 싶어서 한 짓이 아닙니다. 조금만 잘못해도 벌을 주고, 대단치 않은 일로 사형을 하기도 하는, 집이라는 것이 싫어서 뛰쳐 나온 거예요."(39쪽) "내가 당한 괴로움은 어디서 나온 것이었던가를 생각해보면, 거의 모두가 남을 깔보고 남의 자유를 억누르는 감독자, 지휘자들 때문이었어."(302쪽) 이런 가출 동기와 연관해서 이 작품의 스토리가 마련된다. 이쁜이의 모험여정은 꿀벌 마야처럼 다양하고 신기한 경험에 초점이 놓이기보다 개인과 집단의 관계에서 생명 본위의 질서를 찾아나가는 탐구와 모색의 과정이다. 이 작품은 어린 주인공이 온갖 어려움을 뚫고 하나의 독립된 인격으로 성장하는 이야기이자 사회적 현실에 대해 질문을 던지는 서사구조로 되어 있다.

또 하나 이 작품에서 눈여겨 볼 것은 결말의 패턴이다. 일반적으로 아동을 주인공으로 하는 모험서사의 최종 귀착점은 안전한 귀가이다. 하지만 이원수는 회귀적 여행 패턴을 따르지 않고 색다른 결말구조로 나아갔다. 이쁜이는 처음의 무리로 돌아가는 게 아니라 새로운 질서의 나라를 세우고 이웃과의 친선관계를 통해 세계평화를 도모한다. 작가의 궁극적인 의도가 이 결말의 패턴으로 완성되었다. 마지막 장의 제목을 '새 나라의 아침'이라고 붙인 것에서도 짐작되듯이, 이 작품은 『숲속 나라』를 쓸 때부터 꿈꿔온 미완의 '근대 민족국가 건설'의 상상적 구현이다. 이쁜이는 동무 똘똘이가 거듭 돌아가자고 제안하는데도 자신의 가출이 새로운 질서로 움직이는 집안(나라)을 일으키는 데 있음을 밝히고 끝까지 실천한다. "이래라, 저래라! 하고 명령하는 게 싫어. 이러자, 저러자! 하는 게 좋지 않니? (…) 조금만 명령을 안 지키면 사형에 처하거나 죽을 고생을 시키는 그런 참혹한 짓을 예사로 하는 놈들이 싫단 말야." (73쪽) 이쁜이는 날고 싶은 소망을 이루기 위해 사랑의 감정을 품고 날개를 단 여왕개미가 되는데, 똘똘이와의 사랑을 가로채려는 독재자 미니의 흉계가 또 기다리고 있다. 강한 힘으로 부하들을 휘어잡으려는 미니에게 이쁜이는 말한다. "난 그런 독재자는 싫어. 그런 게 싫어서 나는 예전에 집을 뛰쳐 나왔더랬어. 자유 없이 얽매여 사는 게 싫어서 자유로운 나라를 이룩해 보자구 별러 왔단 말이야."(259~260쪽) 이쁜이가 세운 나라는 미니에 대한 재판에서 보듯 온 식구가 재판에 참여하는 민주주의 원리로 운영되며, 생명에 대한 존중사상에 입각해 사형제도를 없애고 죄인을 귀향 보내는 인도주의 원리가 통용된다. 또한 이웃나라와 친선관계를 맺어 전쟁 없는 세계질서가 제시된다. 여러모로 이 작품은『숲속 나라』의 후속이자 완결로 볼 수 있다.

1970년대 초에 나온『잔디숲 속의 이쁜이』를 당대의 정치적 맥락에서 해석하는 일은 조금도 어렵지 않다. 5·16군사쿠데타로 집권한 박정희 정권은 국가주도 경제개발을 밀어붙이면서 민중의 생존권을 박탈하고 자유와 인권을 유린하는 등 군사독재정치로 치달았는바, 이는 1965년 베트남파병, 1970년 새마을운동, 1972년 유신단행으로 이어졌다. 멸공통일과 국가안보를 내세우고 계엄령과 긴급조치를 잇달아 발동하면서 일인장기집권체제가 확고해지고 있었다. 그런데 '적대적 의존관계'인 분단체제하에서는 북한의 통치방식도 이와 다르지 않았다. 당시에는 남북한 공히 전체주의 공포정치가 위세를 떨쳤다. 이런 상황에서 개미로 대표되는 '근면, 성실, 협동'의 가치체계는 거의 모든 학교, 공장, 마을, 공공기관 등에서 급훈, 교훈, 사훈 등의 표어로 내걸리며 민중을 통치하는 지배이데올로기로 기능했다. 때문에 개미 이쁜이의 도전적 일탈의 여정은 분단시대 남북한 지배체제와 정면으로 부딪치는 상상력이 아닐 수 없다. 보육반에서 일하는 똘똘이에게 이쁜이는 말한다. "늠름한 일꾼을 기른다고? 그걸 보람 있는 일이라고 생각한다니 참 똘똘이도 우습다. 노예를 길러 낸다는 생각은 안 들던? 자유 없는 노예 말야."(72쪽) 똘똘이의 무리를 침략했다가 부상당한 이웃 병사에게는 이렇게 말한다. "나라를 사랑하려고 우리 동무들을 죽였다고? 그깟 놈의 나라 사랑은 지옥에나 가서 하거라."(90쪽)

이원수의 리얼리즘이 당대 민족현실에 대한 작가의 응전이면서 아동의 요구와 결합해 있다는 사실은 여러모로 시사하는 바가 크다. 『숲속 나라』는 알레고리의 직접성 때문에 위에서 아래로 흐르는 계몽성이 두드러질 뿐만 아니라 정치적으로도 입지가 좁아지면서 사상시비에서 자유로울 수 없었다. 하지만 『잔디숲 속의 이쁜이』는 기본적으로 동물주인공의 모험여정을 통한 성장서사로 읽히거니와, 상징의 층위에서는 북한체제에 대한 비판으로도 읽히고 남한체제에 대한 비판으로도 읽힌다. 자연생태와 생명의 목소리에 귀를 기울임으로써 유토피아적 대안의 상상력이 더욱 풍부해진 것이다. 물론 이 작품에도 한계가 없는 것은 아니다. 사랑의 가치를 강조하려는 작가의식이 이쁜이, 똘똘이, 미니의 삼각관계라는 통속적 구도에 매몰되어 줄거리가 연애담에 너무 많이 할애되어 있다. 학자할아버지를 통한 교훈적 전언의 노출도 흠이 아닐 수 없다. 그러나 이런 한계에도 불구하고 이 작품은 유례없는 모험과 일탈의 서사로 생명력이 넘치는 아이들의 상상력을 자극하며 새로운 시대정신을 불어넣었다는 점에서 독보적이다. 이 작품과 영향관계에 있는 『꿀벌 마야의 모험』은 당시 독일의 제국주의 팽창과 군국주의 시대사조에서 자유롭지 못하다. 결말을 보면 꿀벌 마야가 자신의 일탈을 반성하고 종족의 단결을 호소하며 여왕에게 충성을 맹세하는 대목까지 나온다.[32] 여기에 비할 때 『잔디숲 속의 이쁜이』는 현재시점에서도 놀랄 만큼 진보적이다. 이 작품에는 자유와 평등은 물론이고 반전평화, 생태주의, 페미니즘의 관점에서 살펴볼 만한 가치들이 함께 녹아 있다.

---

32 본젤스 지음, 이병찬 옮김, 『꿀벌 마야의 모험』(소년소녀 세계문학전집 43권, 계몽사, 1983, 중판)을 참조했다.

이원수는 여러 장르에 걸친 폭넓은 작품활동을 벌였는데 이들을 꿰는 원리로 리얼리즘을 말하는 것은 새삼스러울 게 없다. 그의 리얼리즘은 중요한 역사적 고비마다 그때그때 작품으로 대응해온 치열함으로 유명하다. 파시즘적 억압의 시대에 민족과 서민의 현실을 직시하는 리얼리즘 문학은 그것에 대해 용공(容共) 혐의를 붙여 배제하려는 지배담론에 의해 끊임없이 긴장을 불러일으켰다. 그러나 오늘날은『잔디숲 속의 이쁜이』처럼 형식의 새로움을 동반하지 않는 한, 리얼리즘도 과거와 같은 생명력을 잃을 수밖에 없는 중대한 도전에 직면해 있다. 이원수 리얼리즘의 과제는 이 시대의 지난한 숙제이기도 하다.

4. 맺음말－모더니즘과 리얼리즘의 회통

윤석중과 이원수 문학의 기본성격을 각각 모더니즘과 리얼리즘으로 파악하고 둘의 상호관계에 대해 살펴보았다. 둘의 차이점은 식민지시대의 동요·동시에서부터 뚜렷했다. 그러나 전체적으로 보자면, 윤석중은 식민지시대의 동요·동시에서 정점을 이루었고, 이원수는 분단시대의 동화·아동소설에서 정점을 이루었다. 지금까지도 생명력을 갖는 그들의 작품은 대개 이 범주에 속한다. 윤석중의 모더니즘은 유년문학을, 이원수의 리얼리즘은 소년문학을 주된 입각지로 삼았음도 알 수 있다. 여러 면으로 볼 때, 둘은 상호보완적으로 아동문학의 전체를 이루는 관계이다.

그런데 식민지사회의 근대성은 유년문학에 쉽게 길을 내주지 않았다. 1930년대 중반 윤석중이『소년중앙』을 펴내면서 그 부록으로『유년중앙』을 펴낸 것, 그리고『소년』을 수년간 펴내면서 그 짝으로『유년』을 펴냈으나 단발로 끝나고 만 사실은 윤석중의 지향과 함께 그 토대의 취약성을 말해준다. 식민지시대 시민계급의 미성숙이 한국문학의 발달을 제약했다는 사실은 아동문학에서도 예외가 아니다. 한국 아동문학은 현실성·계몽성에 짓눌려 유희성을 제대로 구가하지 못했다. 윤석중의 유희적 감각은 드문 경우에 속한다. 도시중산층에 기반을 둔 윤석중의 모더니즘은 농촌과 도시서민을 대변하는 리얼리즘으로부터 싸늘한 시선을 받아야 했다. 모더니즘과 리얼리즘 계열의 자기반성으로 마련된 1930년대 후반부터 해방 직후에 이르는 좌우합작노선도 분단상황으로 인해 결국 파산했다.

윤석중의 유희적 감각이 현실을 아랑곳하지 않는 지배계급의 그것이냐 하는 것은 일단 별개의 문제이다. 다시 말하지만 식민지시대의 윤석중 문학은 기본적으로 도시아이들, 그것도 유년 쪽으로 열려 있다. 물론 지방출신의 윤복진에게서도 익살과 해학을 주조로 하는 유년문학이 나온 바 있었다. 윤복진은 기독교를 배경으로 유년문학에 다가선 사례인데, 그 스스로 목월과 함께 "시골띠기"라면서 서울내기 윤석중의 "재기발랄한 위트와 유머"를 부러워했듯이,[33] 농촌 소재가 대부분이라서 모더니즘으로서는 충분치 못했다. 분단시대의 윤석중은 자기복제의 단조로움 때문에 상투적이라 비난받았지만, 식민지시대의 윤석중은 당대에 이미 "그 수법에 있어서나 그 취재에 있어서나 가장 새로운 것들을 시험하였으며 그리고 그것이 하나 없이 성공을 하였다"[34]거나, "극히 자유스러운 입장에서 글자수에 고정하지 않고 자유스러운 조율로 개량하였다"[35]는 평가들이 뒤따를 정도로 변화의 대명사였다.

윤석중 맞은편에서 활동한 이원수는, 분단시대의 동심주의·기교주의가 순수·지배이데올로기로 전락하는 것을 끊임없이 경계하면서도 유연

---

33 윤복진, 「석중과 목월과 나—동요문학사의 하나의 위치」, 『시문학』, 1950.6. 참조.
34 신고송, 「새해의 동요운동」, 『조선일보』, 1930.1.1.
35 임동혁, 「윤석중 동요집 '어깨동무'」, 『동아일보』, 1940.8.4.

하고 탄력 있는 대응으로 이 땅의 아동문학에 리얼리즘을 정착시켰다. 그는 자신도 "누구 못지않게 유년 시가 나오기를 바라는 사람"이라면서도 "유치에 안주하려는 현상"을 비판했다.[36] 한때 신진 동시인 사이에서 유행한 "메타포와 이미지" 중시의 작시 태도가 "기교에 치우"치고 "수공에 만족"하면서 "난해한 것"이 되고 있음에도 이것이 마치 "한국 동시의 현대화"를 이룩하는 듯이 여겨지는 것에 대해서는, "현실의 아동을 떠나 꿈이나 세공에서 만족하는 태도"라면서 "진정한 동시인의 길"을 리얼리즘의 관점에서 제시하려고 힘썼다.[37] 이런 그의 활동이 "현실을 이야기하면 과장 폭로니 뭐니 하고 불온시하는 이들, 아이들의 가엾은 생활을 그리면 무슨 좌익적 사상이라고 비난하는 인사들"[38]에 둘러싸여서 전개되었다는 사실을 간과해서는 아니 될 것이다.

사회적 현실에 눈을 돌린 이원수의 리얼리즘은 문학과 정치의 관계에 대해 반면교사의 시사점을 제공한다. 그를 아는 모든 이들에게 놀라움을 안긴 일제말의 친일시는 여러 방면의 해석을 요하는데, 카프 계열의 월북작가라고 해서 친일문제를 비껴가지 못했듯이 이념 지향의 문학이 항용 빠져들 수 있는 어떤 위험성을 상기시킨다. 카프를 계승한다면서 끝내 개인숭배의 종복으로 전락한 북한의 주체문학도 친일 아동문학과 크게 다를 바 없다. 하여간 이원수는 "굼벵이의 편안을 바라지 말고/이마에 땀 흘리며 즐거이 살자"[39]는 『숲속 나라』의 당대 사회주의 구호에서 벗어나, 전체주의 강제노역에 반역하는 『잔디숲 속의 이쁜이』에 이르러 진정한 생명 본위의 탈제도적 상상력을 보여주었다. 정치 과잉과 정치 실종을 모두 넘어선 자리가 아닐런가. 애국주의도 쇄신할 정도의 아웃사이더적 시각이 오롯한 『잔디숲 속의 이쁜이』는 『숲속 나라』에서 보

36 이원수, 『아동문학 입문』(전집 28권), 358쪽.
37 이원수, 같은 책, 373~374쪽.
38 이원수, 같은 책, 184쪽.
39 이원수, 『숲속 나라』(전집 2권), 103쪽.

인 '근대 민족국가 건설' 프로젝트의 완성이자 그 해체까지 일부 감당한다는 점에서 종요롭다.

윤석중과 이원수는 문학에 대한 높은 안목으로 편집에 임하면서 뛰어난 신진을 배출한 것으로도 유명하다. 윤석중은 현덕과 권태응의 발견자였고, 이원수는 이오덕과 권정생의 발견자였다. 현덕과 권태응은 유년문학의 리얼리즘으로 높이 평가되고 있지만, 사실 이들의 작품에서 모더니즘과 리얼리즘은 둘이 아니다. 서로 다른 입각점에 선 윤석중과 이원수에게도 공유점은 많다. 윤석중 안의 이원수, 이원수의 안의 윤석중을 보려고 하면 얼마든지 가능하다. 중요한 것은 둘을 절충해서 희석시킬 게 아니라 서로 대신할 수 없는 고유성의 진가를 제대로 파악하고 자리매김하는 일이다.

결론적으로 한국 아동문학의 모더니즘과 리얼리즘은 한 뿌리 두 얼굴이고 서로 맞물린 관계였다. 그럼에도 근대성 문제와 관련한 지난 세기의 유산은 참으로 가혹했다. 윤석중은 그의 부모를 학살한 나라의 국립묘지에 안장되어 있고, 이원수는 그가 온몸으로 변화를 갈망한 나라의 친일문인으로 등재되어 있으니, 얼마나 아이러니한가? 탄생100주년을 맞은 윤석중과 이원수가 주는 시사점을 최원식 교수의 화법을 빌려 모더니즘과 리얼리즘의 '회통'으로 정리해본다. 화이부동(和而不同)을 미덕으로 받아들인다면 한국 아동문학의 두 계보 또한 긴장 속에 소통하는 관계로 거듭날 수 있다.

계보에 비추어 본 이주홍 아동문학의 특질

1. 현실과 재미

향파(向破) 이주홍(李周洪, 1905~1987)은 한국 아동문학사의 중심부를 관통해온 대표작가의 한 사람이다. 그는 한국 아동문학의 역사적 특성이라 할 수 있는 리얼리즘을 확립하는 데 크게 기여하는 한편으로 자신만의 독자적인 문학세계를 구축함으로써 방정환, 마해송, 이주홍, 현덕, 이원수, 권정생 등으로 이어지는 정전(正典)작가의 대열에 올라섰다. 그의 주요작품은 각종 아동문학 선·전집에 대부분 수록돼 있고, 국내 유수의 출판사들이 펴내는 아동문고 시리즈의 단행본으로도 거듭 출간돼오면서 오늘날까지 폭넓은 독자와 만나고 있다.

그의 아동문학에 대한 조명은 비교적 활발히 이뤄져온 편이다. 그의 문학세계가 지니는 특질은 이재철, 이오덕, 손동인 등에 의해서 일찍이 밝혀졌는바, 한결같이 '현실'과 '재미'를 강조한 점에서는 큰 차이가 없다.[1] 이후로 '현실'과 '재미'에 착목해서 장르별로 한층 구체적이고 체계

---

[1] 이재철, 『아동문학 개론』, 문운당, 1967; 이오덕, 「익살 속에 담긴 겨레 마음」(작품집 해설), 이주홍, 『못나도 울엄마』, 창비, 1977; 손동인, 「이주홍론—향파동화의 빛깔」, 『아동문학평론』, 1983

적인 연구를 시도한 학위논문들이 뒤를 이었다. 그 가운데 정춘자, 박경희, 손수자, 윤주은 등의 논문은 나름대로 연구주제와 대상을 확대한 성과들이라 할 수 있다.[2] 이주홍 연구의 가장 큰 전환점은 『신소년』, 『별나라』 등의 계급주의 아동문학을 문학사에서 복원하려는 움직임에 의해서 마련된다. 월북작가에 대한 해금조치가 이뤄지고 문학연구에 대한 이데올로기적 제약이 누그러지면서 계급주의 아문학운동에 눈을 돌린 연구열이 고조되었다. 이재복, 박태일, 박경수, 김상욱 등은 자료발굴을 통해 실증적 보완을 이루고 리얼리즘의 관점에서 기존 문학사의 시각을 갱신한 주요 성과를 낳았다.[3]

이주홍은 한국 아동문학의 정전작가 중 거의 유일하게 카프(KAPF, 1925~1935) 계열로 분류되는 활동의 이력을 가지고 있다.[4] 또한 그는 한국 아동문학이 줄기차게 호명했으나 끝내 뒷전으로 밀려난 '재미'를 체화한 작가로서도 유명하다. 이주홍 아동문학의 '재미'는 '웃음'을 바탕으로 한다. 한국 아동문학은 체질적으로 '웃음'보다 '눈물'에 뿌리박고 있거니와, 이 때문에 정전작품은 이른바 '즐거움의 계보'보다는 '헌신의 계보'라고 할 수 있는 것들이 압도적이다.[5] 여러모로 이주홍에게는 정통성과 이단성을 넘나드는 역동적인 면모가 두드러진다. 요컨대 이주홍 아동문학은 잘 알려진 '리얼리즘의 계보'에 '즐거움의 계보'를 더하여

년 봄호.

2 정춘자, 「이주홍 연구」, 단국대학교 대학원 석사학위논문, 1990; 박경희, 「이주홍 동화의 '재미' 연구」, 동아대학교 교육대학원 석사학위논문, 1993; 손수자, 「이주홍 동화의 문체론적 연구」, 부산외국어대학교 교육대학원 석사학위논문, 2000; 윤주은, 「槇本楠郎와 이주홍의 프롤레타리아 아동문학비교 연구」, 부산외국어대학교 대학원 박사학위논문, 2007.

3 이재복, 『우리 동화 바로 읽기』, 한길사, 1995; 박태일, 「이주홍의 초기 아동문학과 "신소년"」, 『현대문학이론연구』 제18집, 2002; 박경수, 「일제강점기 이주홍의 동시 연구」, 『한국문학논총』 제35집, 2003; 김상욱, 『어린이문학의 재발견』, 창비, 2006.

4 최열, 『한국현대미술운동사』 증보판, 돌베개, 1994, 61쪽; 『한국근대미술의 역사』, 열화당, 1998, 217쪽. 참조.

5 '즐거움의 계보'와 '헌신의 계보'는 전후 일본 아동문학의 두 흐름에 대한 上野 瞭의 명명법에서 가져왔다. 上野 瞭, 〈第二次世界大戰後の日本兒童文學史の思潮〉, 上野 瞭·神宮輝夫·古田足日, 《現代日本兒童文學史》, 明治書院, 1974. 참조.

새롭게 발견될 필요가 있다.

이 글은 기존의 연구 성과를 바탕으로 이주홍 아동문학의 특질을 문학
사적 맥락에서 살펴보려는 시도이다. 먼저 한국 아동문학의 역사적 성격
을 개관하고, 이어서 이주홍 아동문학이 한국 아동문학에 기여한 바를 살
필 것이다. 주로 이주홍 아동문학의 어떤 특질이 한국 아동문학의 리얼리
즘을 진전시켰으며, 동시에 그 취약성까지도 보완했는지에 대해 따져보
고자 한다. 이주홍 아동문학의 주된 특질은 카프 시기에 모두 마련되었다
고 보기에, 일제강점기 계급주의 아동문학 작품들에 초점을 두었다. 중요
한 것은 '현실'과 '재미'라는 키워드의 안쪽에 자리한 문학사적 계보와 작
가의 개성이다. 이주홍이 한국 아동문학의 정통성과 이단성을 함께 감당
해왔다는 사실은 기존의 문학사가 간과한 숨은 저류와 거기 맞닿은 작가
의 개성을 주목했을 때 모순이 아닌 통일로 설명될 수 있다.

2. 한국 아동문학의 역사적 성격

1) 소년독자 중심의 리얼리즘

아동문학은 근대사회의 아동을 상대로 해서 나타난 것이다. 우리도 비
록 식민지적 조건일망정 20세기에 들어서면서 각종 근대적 제도가 마련
되기 시작했다. 1920년대 와서는 오늘날과 같은 의미의 아동문학이 신
문과 잡지 등에 활발히 발표되었고, 마침내 성인문학과 구분되는 독자
적인 장르로 정착했다. 전국적인 배포망을 갖춘 아동전문잡지 『어린이』
(1923~1935), 『신소년』(1923~1934), 『별나라』(1926~1935) 등의 발간은 아동
문학의 전개에 중요한 기반이 되었다. 아동문학은 전국각지에서 솟구쳐
오른 소년운동과 함께 전사회적 현상으로 급속히 퍼져나갔다.

아동문학의 열기가 이처럼 뜨거웠던 이유 중의 하나는 역설적이게도 근대적 기반의 취약성에서 찾아진다. 근대 시민사회로 진입하기도 전에 식민지로 전락하여 미완의 근대적 과제를 안게 되니까, 소년운동과 연계된 아동문학이 강력한 운동성을 띠고서 사회적 파장을 일으킨 것이다. 일제강점기의 아동문학은 식민지 사회현실의 요구를 담아 민족해방·계급해방의 지평에서 전개되었다. 이와 같은 성격의 아동문학이 시민사회를 기반으로 해서 전개되는 아동문학과 차이가 나는 것은 당연한 일이다. 일제강점기 한국 아동문학을 추동한 힘은 문학적 이념과 방법으로서의 리얼리즘 경향이었다. 1920~30년대를 풍미한 소년운동과 소년문예운동의 기치를 봐도 그러하고, 거울처럼 시대현실을 비추는 주요 작품들의 색채를 봐도 그러하다.

한국 아동문학은 근대적 의미의 아동기가 제대로 보장되지 않았음을 말해주는 이른바 '일하는 아이들'과 마주해왔다. 일제강점기 내내 도시 인구보다 농촌인구가 압도했고, 도시인구도 중산층보다는 서민층이 근간을 이루었으며, 학령기 아동의 취학률은 매우 낮은 데 비해 취학연령은 상대적으로 높았다. 『어린이』지에 사진을 게재한 독자의 평균연령이 17.72세에 달했다는 연구결과가 확인해주듯이,[6] 일제강점기 아동문학의 주된 독자는 10대 중·후반의 소년들이었다. 그러다 보니 10세 이하의 유년독자를 대상으로 하는 공상이나 환상적인 것보다는 10세 이상의 소년독자를 대상으로 하는 현실적인 작품 경향이 훨씬 우세했다. 이럴 때의 현실적인 경향은 광의의 리얼리즘이라고 할 수 있다.

유아·유년문학이 잠재적으로 수면 아래에 놓이게 되자, 리얼리즘은 점차 하나의 표현방법으로 고착되는 문제점을 안게 되었다. '일하는 아이들'의 삶을 직시하라는 주문은 동화에서 표현방법의 제한을 초래했

---

6 이기훈, 「1920년대 '어린이'의 형성과 동화」, 『역사문제연구』 제8호, 2002, 15쪽.

다. 소년소설이 엄연히 존재했음에도 생활동화·사실동화라는 독특한 장르명칭이 쓰이기 시작했다. 경험적 현실을 다룬 생활동화·사실동화·소년소설과 차별되는, 초경험적 비현실의 동화는 의인동화와 전래동화가 겨우 명맥을 이어가는 형편이었다. 이런 상황은 일제강점기뿐 아니라 분단시대에도 지속되었다.

> 학대받고, 짓밟히고, 차고, 어두운 속에서 우리처럼 또 자라는 불쌍한 어린 영(靈)들을 위하여, 그윽히 동정하고 아끼는 첫 선물로 나는 이 책을 꼈습니다.[7]

> 전쟁이 일어나면 제일 먼저 피해를 받는 것이 어린이고, 보이는 대로 배우는 것이 어린이다. 외세의 침탈에 의해 배고프게 살아온 아이들, 전쟁으로 가족을 잃고 집을 잃고 불구가 된 어린이들, 이런 어린이들에게 과연 어떤 꿈이 있는 걸까? 이런 어린이들이 부를 노래는 어떤 것이어야 하고 어떤 내용의 이야기책이어야 할까?[8]

위의 인용문들에서 알 수 있듯이, 아동문학은 아동이 처한 상황과 분리해서 생각할 수 없다. 때문에 한국 아동문학사의 시각은 방정환부터 권정생까지를 하나의 주기로 파악하는 큰 틀이 주효하다. 한국 아동문학은 권정생의 시대에 와서도 파시즘적 통치체제와 시민사회의 미발달, 그리고 '일하는 아이들'로 상징되는 미완의 근대적 과제로부터 자유로울 수 없었다. 그런데 권정생의 글은 고난 속의 동심을 외면하는 아동문학에 대해 반성적인 제목을 달고 있다. 리얼리즘 계열과는 관점을 달리하는 쪽에서 분단시대 아동문학의 주류를 차지해온 탓이다.

---

7 방정환, 『사랑의 선물』 머리말, 개벽사, 1922.
8 권정생, 「아동문학이 외면했던 고난 속의 동심」, 한국어린이문학협의회 편, 『우리 어린이문학』, 지식산업사, 1993, 190쪽.

그 가운데 하나로 이재철의 아동문학사을 꼽을 수 있다. 그의 『한국현대아동문학사』(1978)는 '조연현 현대문학사의 아동문학 판'으로서 분단시대 주류 문학사의 관점을 대변한다. 이 저서는 일제강점기를 '아동문화운동시대', 분단시대를 '아동문학운동시대', 그 중에서도 1960년대를 '본격문학의 전개'라고 규정했다.[9] 만일 일제강점기만을 떼어놓고 '아동문화운동시대'라고 한다면, 민족사회운동의 일환으로 전개된 사실에 비춰 수긍할 수 있다. 하지만 이를 분단시대의 '아동문학운동시대'와 병렬로 놓았을 때는 의미가 달라진다. 그렇게 되면 문화운동으로 명명된 일제강점기의 아동문학은 '본격문학' 이전의 미분화 단계로 떨어진다. 그리고 사회현실과의 연관성이 희박한 분단시대의 지배적인 흐름이 전문적 단계에 해당하는 '본격문학'이 된다. 문학적으로 전자는 '비순수'요 후자가 '순수'라는 것이다. 따라서 일제강점기를 '문화운동', 분단시대를 '문학운동', 1960년대를 '본격문학'으로 정리하는 문학사 인식은 '리얼리즘'과 대립하는 '순수주의' 문학의 관점이라고 할 수 있다. 주지하듯이 이런 순수주의는 반공·극우 민족주의와 결탁한 또 하나의 정치이데올로기였다.

2) 헌신과 인고의 아동상

한국 아동문학의 리얼리즘은 근대적 기반의 취약성에서 비롯된 면이 크기에 한계도 뒤따랐다. 앞서 살펴본 것처럼 경험적 현실을 다룬 사실적(寫實的) 장르의 편중 현상이 두드러졌고, 작품에 그려진 아동상에서도 제약을 받았다. 이것 또한 역사적 특성이라고 한다면, 자유분방한 주인공이 공상세계에서 모험을 즐기는 '피노키오 경향'보다는 자기희생적인

---

9 이재철, 『한국현대아동문학사』, 일지사, 1978, 20쪽.

주인공이 수난의 민족현실에서 역경을 딛고 일어서는 '쿠오레 경향'이 압도했다. 어린이다운 욕망을 표출하고 규범에서 벗어나려는 일탈의 아동상보다는 가족·국가·이념을 지키는 헌신과 인고의 아동상이 지배적이었다. 어른의 요구가 우선적으로 투영된 결과일 것이다.

그렇긴 해도 역사적 현실에서 비롯된 헌신과 인고의 아동상은 독자에게 폭넓게 수용되었다. 고난극복형 서사는 현실에 대한 자각을 도모하는 한편으로 사회적 보호망조차 없이 힘겹게 살아가는 아이들에게 격려와 용기를 북돋았다. 식민지 어린이는 온전히 어린이일 수 없었다. 그들은 여전히 '작은 노동력'으로서 가족의 생계를 나누어 맡았고, 근대국가를 완성할 주역으로서 어른과 짐을 나눠야 했다. 일제로부터 해방된 뒤에도 사정은 크게 바뀌지 않았다. 이를 단적으로 보여주는 것이 이오덕이 엮은 어린이문집 『일하는 아이들』(1978)이다. 아이들의 삶을 있는 그대로 보게 하려는 이런 종류의 어린이문집은 1980년대까지 널리 읽히고 있었다.

방정환에서 권정생에 이르는 한국 아동문학의 주인공들은 2000년대 어린이의 모습과 많이 다르다. 「만년샤쓰」(방정환, 1927)의 주인공 창남이는 선생님 앞에서 말장난을 즐기는 호쾌한 성격을 지녔지만, 화재를 당한 이웃에게 옷가지를 챙겨주고 눈 먼 어머니에게 내의마저 벗어준 뒤, 겨울날의 체육시간을 맨몸으로 견디는 헌신의 화신이다. 많은 이들을 감동시킨 『몽실 언니』(권정생, 1983)는 아기 업은 주인공의 초상을 표지로 삼았다. 만일에 『돼지책』(앤서니 브라운) 방식으로 표지를 그렸다면 어른과 아이 둘을 한꺼번에 업은 피곳 부인의 자리에 어린 몽실이 들어섰을 것임이 분명하다. 이처럼 어른의 자리에 아이가 들어서 있는 아동문학이 우리에겐 조금도 어색하지 않았다. 그야말로 전형적 상황과 전형적 인물이라는 리얼리즘의 법칙이 관통하는 가운데 한국 아동문학의 최고작품들이 생산되었다.

한국 아동문학을 대표하는 작품목록에는 『마법의 설탕 두 조각』(미하엘 엔데), 『지각대장 존』(존 버닝햄), 『학교에 간 사자』(필리파 피어스) 등에서 보는 것처럼 주인공이 환상 속에서 해방감을 만끽하는 종류가 매우 드물다. 마법사와 거래하여 잔소리꾼 엄마아빠를 손가락만 하게 줄여놓고 통쾌감을 느끼는 주인공이나 자기를 괴롭히는 선생님과 아이들 때문에 학교 가기 싫어하는 주인공에게 절대빈곤에 시달리는 아이들이 공감할 여지는 많지 않을 것이다. 선택의 여유가 없으면 취향도 소용없다. 크레용이 없어서 그림을 다 못 그린 「세 발 달린 황소」(정수민, 1938)의 주인공한테서 어떤 학용품이라야 한다는 투정이 나올 리 만무하고, 아버지의 실직으로 월사금을 낼 수 없는 형편에 이른 「새로 들어온 야학생」(송영, 1938)의 주인공한테서 학교 가기 싫다는 투정이 나올 리 만무하다. 「집을 나간 소년」(현덕, 1939)은 상급학교에 진학할 수 없는 집안형편 때문에 제힘으로 벌어서 배우겠다고 가출을 결심한 소년의 방황을 그린 것이다. 조금 이채를 띤다 싶은 「날아다니는 사람」(노양근, 1936)의 주인공이 꿈꾸는 것은 산을 오르는 자동차, 냇물을 건너뛰는 도구, 누구든지 해먹고 살 수 있는 신기한 쌀이었다. 작품마다 이념적 편차가 없지 않았지만, 궁핍한 삶과 연관된 근대적 과제의 해결은 한국 아동문학의 기저를 이루었다.

헌신과 인고의 주인공을 앞세운 고난극복형 서사는 '참으면 복이 온다'는 값싼 위안으로 문제를 해결하는 통속성에 문을 열었다. 현실에서 취재한 작품이 압도적인 형국이었지만, 식민지와 분단체제의 강압으로 인해 지배질서를 그대로 승인하는 데 그치는 작품들도 많이 나왔다. 리얼리즘 의식의 결여는 동심주의와 교훈주의로 이어지곤 했다. 순수·순진함을 보전하기 위해 자기욕망을 억누르고 '착한아이' 강박증을 보이는 수동적 주인공을 내세운 작품들이 그것이다. 군부독재시대의 교과서에 수록된 작품들은 주로 이런 경향을 보였다.

아동문학이 어떤 아동상을 추구할 것인가 하는 문제는 중요하다. 이와 관련해서 한국 아동문학은 적지 않은 한계를 드러냈다. 리얼리즘이 아동문학에 적용되는 수준은 장르별로 차이가 나는 법인데, 이 문제에 대한 이해가 부족했다. 한국적 리얼리즘의 반영인 헌신과 인고의 아동상은 아동문학 고유의 특성을 한껏 발휘한 결과라 하기는 어렵다. 국경과 시대를 넘어서도 통하는 세계적 고전의 아동상에는 미치지 못하는 것이다.

3. 이주홍 아동문학의 특질

1) 아동문학의 최서해적 경향 – 리얼리즘 계보

이주홍의 문학을 해명하는 데 참고가 될 만한 작가의 전기적 사항을 추려보면 이러하다.[10] 그는 경남 합천의 가난한 빈농 집안에서 태어났다. 합천의 보통학교를 마친 뒤에는 서당에서 한문을 수학했다. 이웃에 사는 천도교인 집에서 천도교 기관지 『신인간』과 잡지 『개벽』을 빌려볼 수 있는 혜택을 입었다. 이 점은 그의 문학적 출발에 있어 중요한 사실이다. 그가 기억하기로 『개벽』은 사회주의에 대한 소개가 잦았다고 한다. 문예란에는 박영희, 황석우, 현진건, 염상섭 같은 이름이 빈번히 나왔다. 이 잡지에 흥미를 느끼고 그것을 견본으로 해서 손수 잡지를 꾸미기도 했다. 그는 회고하기를 "개벽은 나의 유일한 무언의 스승이었고, 나를 문학의 동산에 발을 들여놓아준 은혜로운 길잡이"였다고 했을 정도이다. 한때 일본에 건너가 토목, 제탄, 식료, 철물, 제과, 문구공장 등을 전전하며 고학을 했고, 교포자녀들을 가르치는 근영학원에서 교편을 잡은 경험도 있다. 1920년대 중반 이후 『신소년』에 동요와 동화를 투고해서 실

---

10 류종렬 편, 『이주홍의 일제강점기 문학 연구』(국학자료원, 2004)의 부록 1 이주홍, 「이 세상 태어나서」와 부록 2 「이주홍 연보」 참조.

렸다. 여기에서 고무되어 문학에 뜻을 두고 상경한 뒤, 신영철의 주선으로『신소년』편집을 맡게 되었다.『별나라』와 함께 계급주의 아동문학의 온상이었던『신소년』은 그의 주요 활동무대였다. 그는 동요, 동화, 동극, 소년소설 등을 활발히 써나갔다. 표지화도 그리고 노래도 작곡했다. 1930년경 카프 맹원이 되었고, 사회주의 지향이 뚜렷한 잡지『음악과 시』(1930), 프롤레타리아동요집『불별』(1932) 등에 다수의 작품을 발표했다. 일제 말에는 만화와 영화 쪽에 관여하면서 시국에 순응하는 활동을 보였다. 카프 경력이 참작되었는지 해방 직후 다시 조선프롤레타리아문학동맹 중앙집행위원, 조선프롤레타리아미술동맹 위원장 등을 지냈다. 그런데 1947년 돌연 사회주의운동단체와 손을 끊고 부산에 정착했다. 좌파 운동에 대한 탄압이 극심해진 시기라는 점을 감안할 수 있겠지만, 작가 스스로 이때의 경위를 밝힌 글은 없다. 이후로는 연극에 힘을 기울이는 한편, 성인문학과 아동문학의 두 방면에서 꾸준히 창작 활동을 벌여 나갔다.

이주홍의 작가적 이력에서 카프와『신소년』이 차지하는 비중은 매우 크다. 그런데 그 바로 앞에『개벽』이 놓여 있음을 지나칠 수 없다. 흔히 문단의 좌우파 대립을 들어 문학사를 이분법적 도식으로 파악하기 쉽다. 그러나 일제강점기의 문학사에 분단이데올로기를 소급적용하는 일은 피해야 한다. 이주홍은 1920년대와 30년대 아동문학의 연속성·비연속성 문제를 살피는 데에서 중요한 고리가 되는 작가라 할 수 있다.

1930년에 솟아오른 계급주의 아동문학은 1920년대 아동문학의 문학사적 반전으로서 식민지조선의 아동현실에 대한 지향을 공유하지만 상대적으로 비연속성이 두드러진다. 그만큼 외부적 동인이 컸음을 말해주는데, 성인문단과 일본의 동향을 추수하는 양상이었다. 1927년 카프 제1차방향전환의 모토였던 목적의식성이 아동문학에서는 1930년에 나타난다. 소년운동과 소년문예운동의 방향전환에서도 시차가 존재한다. 사회운동과 보조를 맞춘 소년운동에서 먼저 방향전환이 언급된 후에 소년 문예운동에서 방향전환이 언급되는데, 이 소년문예운동의 방향전환이 계급주의 아동문학을 한순간에 확산시킨다. '소년문예가'들의 치기 어린 성향과 뒤섞인 계급주의 아동문학은 모방적이고 관념적인 성격을 적 잖게 드러냈다.

1930년대 『별나라』와 『신소년』에 나타난 『어린이』 비판 풍조는 이와 같은 배경을 염두에 두고 파악해야 한다. 『어린이』와 『아희생활』을 하나 로 묶어서 부르주아적이라며 적대시한 '소년문예가'들의 발언은 당시 풍미한 청산주의를 벌여놓은 데 지나지 않는다. 그런데도 방정환이나 『어린이』 편에서 계급주의 아동문학을 드러내놓고 비판한 적은 없었다. 계급문학을 둘러싼 아동문단의 논쟁양상이 성인문단과 다른 점은 여기 에 있다.

계급주의 아동문학운동은 계급지상주의라고 할 만한 편향에도 불구 하고 문학사적 의의가 적지 않다. 일제강점기의 아동문학은 추상적 아 동이 아닌 계급적 아동에 대한 인식을 계기로 해서 감상적 휴머니즘과 낭만주의를 넘어설 수 있는 인식의 지평이 열렸다. 아동문학에서 리얼 리즘 계보가 한층 뚜렷해진 것도 여기에서 비롯된다. 방정환, 마해송, 이 주홍, 현덕, 이원수 등 일제강점기의 주요 작가들은 사회주의나 계급주 의 아동문학에 열려 있었다. 그럼 카프에 직접 몸담은 이주홍은 계급주 의 아동문학의 흐름에서 어떤 위치를 차지하는가?

아동문학이라고 해서 성인문학과는 별도의 회로를 구축하고 있는 것 은 아니다. 때문에 한국문학 전체의 흐름에 조응하는 방식으로 아동문 학의 흐름을 파악하는 것이 유용할 때가 적지 않다. 임화는 「조선신문학 사론 서설」에서 "신경향파문학 가운데 두 개의 상이한 경향을 발견할 수 있다"면서 "창작적 실천상에서 구분할 수 있는 박영희적 경향과 최 서해적 경향"을 지적한 바 있다. 여기에서 박영희적 경향이란 "낭만적 주관주의"와 관계되는 것으로 "세계관의 생경한 노출"을 특징으로 하며, 최서해적 경향은 "자연주의 문학의 사실적 정신"과 관계되는 것으로 "주관의 표현보다도 대상의 묘사가 작품의 주모티프가 되어 있"는 경향을 가리킨다.[11]

임화는 최서해적 경향을 두고 "이인직 이후의 조선적 리얼리즘의 발전"이라고 평가했다. 임화의 명명법은 이기영의 『고향』에 이르기까지 소설사를 관류하는 두 개의 주요 흐름을 포착해낸 비평적 안목에서 나온 것이지만, 리얼리즘을 보는 두 개의 상이한 관점을 가리키는 대표적 명칭으로서 의의가 있다. 리얼리즘론에서는 주관과 객관, 또는 현실과 전망 가운데 어느 쪽을 강조하느냐의 문제가 늘 쟁점이었다. 이론상으로는 통일을 내세울 수 있겠지만 실천상에서 이 문제는 그리 만만치 않았다. 사회주의 리얼리즘이 이론상으로 논리적 정합성을 지녔음에도 실제 창작에서는 도식주의의 한계를 드러내고 주관적으로 경사되어간 것은 다 아는 사실이다. 임화의 글은 계급문학이 한계에 봉착한 시점에 나온 것이었으니, 박영희적 경향 옆에 최서해적 경향을 가져다놓고 주목하는 그의 비평적 감각이 예리하다.

계급문학의 고조기에는 부르주아문학과의 차별성을 강조하느라 당파적·주관적 경향을 강조하는 주장이 우위를 점했다. 카프 제1차 방향전환기에 박영희가 당파성을 앞세워 김기진을 제압한 것은 대표적인 사례이다. '소년문예가'들이 다수인 아동문학 쪽은 정도가 훨씬 심해서 이른바 박영희적 경향이 압도적이었다.

이러한 때에 이주홍은 체험 형식의 풍부한 사실적 묘사를 특징으로 하는 일련의 소년소설들을 발표한다. 한마디로 '아동문학의 최서해적 경향'이 등장한 것이다. 「청어뼉다귀」(『신소년』, 1930.4)는 그 결정판이었

---

11 임화, 「조선신문학사론 서설」, 『조선중앙일보』, 1935.10.9~11.13; 「소설문학의 20년」, 『동아일보』, 1940.4.12~20. 인용은 두 글에서 부분 발췌했음.

다. 이 작품은 주인공 순덕이가 부역을 나갔다가 어깨가 붓고 고름이 생겨 앓아누워 있는 상황에서 시작한다. 동생 종덕이는 태독을 앓다가 죽었고 어머니도 병이 깊은데, 수해를 당해 소작하는 땅이 개천이 되어 버리자 아버지도 일에서 손을 놓은 절망적인 상황이다. 어느 날 지주 김부자가 찾아와서 남의 땅을 놀린다고 야단이다. 아버지는 김부자에게 큰소리 한번 쳐보지 못하고 잘 보이기 위해 어머니더러 식사를 준비시킨다. 아버지의 성화에 밖으로 나간 어머니는 간신히 쌀 한 홉과 청어 한 토막을 구해 가지고 온다. 이때의 집안풍경이 순덕이의 시점으로 생생하게 그려져 있다.

고소한 밥 익는 냄새 코끝을 간질거리는 청어 굽는 냄새……. 순덕이는 우선 다른 생각은 다 집어치워지고 누릴 수 없는 식욕이 동했다. 옆방 지주에게 점심을 채려 주고 온 어머니는 꼴깍하고 순덕이의 침 넘어가는 소리를 듣고는

"가만히 있거라. 상물려 나오거든 너도 밥하고 청어하고 줄게 응!" 하고 어깨에 종점터를 가볍게 만져 보고는 다시 곤드러쳐 드러눕는다.

무엇에 흥분되었던 순덕이는 누구엔지 모르게 반항하는 목소리로

"엡다 다 먹으면 어쩌는디……" 하고 돌아누웠다.

"엥…… 어데 점잖은 이가 다 먹는가. 남겨 주느니라. 남겨 주어……."

순덕이는 밥은 반만이나 먹고 청어는 젓가락만 대이다가 만 밥상이 나올 것을 그려 보고는 다시 침을 삼켰다.

밥상이 물려 나왔다. 접시 밑으로 등골뼉다귀만 소도록하게 추려 있었다. 또 청어대가리 뼈다귀가 마치 비 오는 날 개날구지 똥처럼 밥낟과 함께 꾸역꾸역 씹히어 있었다. (167~169쪽)[12]

---

12 인용한 텍스트와 쪽수는 이주홍, 『청어 뼉다귀』, 우리교육, 1996.

어처구니없는 경황인데도 배를 곯은 순덕이는 식욕이 동하는 것을 참을 수 없다. 그래서 김부자가 남겨 주리라는 기대를 가져보지만 그조차 김부자에 의해 가차 없이 깨져버린다. 작가는 순덕이의 욕구와 좌절을 손에 잡힐 듯 그려냈다. 이런 묘사적 서술에 힘입어 마지막에서 "주먹이 쥐어지고 이가 갈리고 살이 벌벌 떨"(171쪽)리는 순덕이의 폭발적인 감정이 고스란히 전달될 수 있었다. 이 작품은 지주와 소작인의 관계를 축으로 해서 주인공이 처한 불행을 계급적 증오로 해결했다. 탐욕스러운 지주와 헐벗고 굶주리는 소작인을 대비시키고 계급의식에 눈뜨는 아동상을 형상화했다는 점에서 이전의 작품들과 구별된다.

이주홍 작품에 두드러진 체험 형식의 사실적 묘사는 생경하리만큼 투박한 생활언어로 되어 있다. 실제로 이주홍은 "통역을 시켜야 알아들을 만큼"[63] 사투리를 쓴다고 정평이 나 있었다. 이런 생활언어를 순화시키는 것만이 아동문학에 어울리는 것이라고 여기던 시절, 삶에서 체득한 하층민의 언어를 육체로 하는 소년소설의 등장은 아동문학의 경계를 확장시켰다. 아동문학은 곱고 아름다워야 한다는 통념을 깨면서 아동문학의 리얼리즘이 새로운 수준으로 펼쳐지기 시작한 것이다.

이 계열에서 성공한 작품으로는 「잉어와 윤첨지」(『신소년』, 1930.6), 「돼지 콧구멍」(『신소년』, 1930.8)을 더 들 수 있다. 「잉어와 윤첨지」의 서두를 보자.

무서운 큰물이 졌다.

사흘이 지났다. 들 한복판을 새로 꿰뚫는 냇물에는 아직도 기둥나무, 서까래, 집뚜껑 부스러기, 바가지, 닭의 똥들이 흘러내리고 있다.

몇 십리 윗마을 한 곳은 온통 집이 떴다고 한다. 어제는 조그마한 어린 애 송

---

13 XYZ, 「집필선생의 전모」, 『별나라』, 1935, 1·2월 합본호, 49쪽.

장이 떠내려가더라고 본 사람은 이야기한다. 떴다가 잠으렀다 하면서 건너편 수통 구녕으로 들어갔다 한다.

하늘은 성낸 얼굴이 아직도 더러 풀렸는지 아침까지도 빗방울이 또닥또닥하더니 인제는 이맛살을 구을 듯이 쨍쨍한 볕이 났다.

오늘 내일 먹게 되었던 누른 보리가 기도 없이 떠내려갔다. 한 뼘이나 남게 자란 모판도 다 묻혀지고 말았다.

삼지 사지로 뜯어 놓은 걸레 같은 들판 구역구역에서 어머니 누나들은 다리를 뻗고 운다. 저 아랫마을에서는 남자들도 네 사람이나 한데 모여 앉아서 대성통곡을 하더라고 한다. (186쪽)

간결하고 속도감 있는 서술이지만 하층민의 삶을 낱낱이 드러내는 리얼한 언어감각이 돋보인다. 이렇게 마을의 비참한 상황을 먼저 드러내고 지주 윤첨지네 곳간만은 안전하다는 사실을 이와 대조시킨다. 이 작품도 지주의 시혜와 온정을 구하는 소작인의 소박한 바람이 무참히 깨지는 내용이다. 점석이 아버지는 논에서 방천을 하다가 운 좋게 잡은 커다란 잉어를 윤첨지한테 가져가기로 마음먹는다. 주인공 점석이는 동생을 낳은 뒤에 몸이 풀리지 않은 엄마에게 주었으면 하는 기대를 가져보지만, 아버지는 당장 저녁쌀이 없으니 잉어를 윤첨지에게 바치고 양식을 변통해보려는 속셈이다. 아버지의 기대는 윤첨지네 대문간에서부터 좌절된다. 윤첨지는 이웃 노인과 바둑을 두면서 세 번이나 내리 진 까닭에 잔뜩 골이 나 있는 상태였다. 마음 약한 아버지는 이런 윤첨지를 보고 주저하다가 그만 개한테 잉어를 빼앗기고 허벅지까지 물리게 된다.

점석이 아버지는 드갈까 말까 하고 기웃거렸다. 발자국 소리를 들은 삽살개는 '와르렁' 하고 두 마리가 쫓아나왔다. '엉!' 하고 점석 아버지 왼편 넓적다리를 퍽 물고 다러메인다.

그 순간 그는 '악!' 하고 쓰러졌다. 그 바람에 삽살개 한 마리는 잉어 꽁지를 물고 꼬리가 빠져라고 달려간다. 옆의 개도 그걸 보고는 욕심이 생겼든지 물었던 점석 아버지 왼편 넓적다리를 놓고는 다리야 날 살려라고 달음질쳐갔다. (190~191쪽)

여기에서도 긴박감을 전하는 사실적 묘사가 눈길을 끄는데, 양식을 변통하러 간 아버지는 양식은커녕 개에게 잉어를 빼앗기고 허벅지까지 물린 상태에서 설상가상으로 윤첨지가 떠넘기는 세금고지서를 받아들고 돌아온다. 작품은 아버지가 당한 억울한 일을 통해서 점석이가 계급적 각성을 이루는 것으로 되어 있다. 당시에는 경향적 색채를 뚜렷이 하고자 성마르게 설교하는 작품이 많았다. 그러나 이주홍은 빈궁한 삶을 적나라하게 드러내는 묘사적 방법에 아이들의 관심을 끌 만한 '황당한 사건'을 결합하는 방식을 즐겨 썼다. 황당함은 지주계급의 부당한 행위에서 비롯되는 것으로, 결말에 이르러 자연스럽게 계급적 분노를 자아낸다. 「돼지 콧구멍」도 비참의 극한을 보여주는 묘사와 황당한 사건이 잘 결합해 있다. 이 작품은 사건에 대한 아이다운 대응이 눈길을 끈다. 뒷집 돼지가 종규네 집 호박밭을 툭하면 망가뜨리는데도 돼지를 먹이는 주사영감은 짐승이 한 일을 어쩌겠느냐고 잡아뗀다. 이를 괘씸히 여긴 종규가 활을 가지고 돼지코를 향해 쏘았더니 주사영감은 피 묻은 활을 가지고 와서 이게 무슨 경우냐고 호통을 친다. 아버지의 울화에 모질게 언어맞은 종규는 "경우가 무슨 경우야? 경우가 무슨 경우야?" 하고 주사영감의 말을 되뇌며 다시 활촉을 다듬는다. 비극적 상황과 희극적 행동이 겹치면서 아이러니한 복합감정을 불러일으키는 작품이다. 여기에서 아이러니는 '황당한 상황'을 대하는 심리상태의 등가물이라고도 할 수 있다. 어이없음과 기막힘을 정서적으로 환기시키는 데 사실적 묘사가 뒷받침한다.

딱! 하고 아버지는 머리를 떠밀어낸다. 보리죽이 한 그릇씩 죽 들어왔다. 종규 동생은 죽사발을 밟아서 발을 데었다.

어머니한테 또 한 차례 얻어맞았다. 서로 눈을 꼬느고서 보리죽을 후룩후룩 마셨다. 똘똘 똘 또 돼지가 우루룩하게 나온다. 종규는 다 먹은 죽사발을 치우고 곁방에 두었던 활을 가지고 나와서 돼지코를 보고 냅다 쏘았다. (26~27쪽)[64]

생존에 떠밀려 인간의 존엄성이 무너지는 상황이 그려져 있다. 적나라하게 그려진 빈궁한 삶의 현장성으로 인해, 지주의 탐욕은 공분을 자아내고 주인공의 계급적 분노에 설득력이 더해진다. 『신소년』에 발표된 이들 소년소설은 시혜적이고 온정주의적 결말이 지배적이던 풍조에 쐐기를 박고 냉철한 현실인식과 주체적 대응의 필요성을 각인시켰다. 이런 계급주의 아동문학의 성과를 발판으로 해서 아동문학의 리얼리즘이 더욱 확고하게 뿌리를 내리게 되었던 것이다.

분단시대에도 이주홍은 체험 형식의 풍부한 사실적 묘사가 힘을 발휘하는 창작활동을 이어갔다. 장편 『아름다운 고향』(1954)에서 일제의 탄압을 무릅쓰고 벌이는 농촌마을의 대규모 줄다리기 경기 장면, 『피리 부는 소년』(1955)의 주인공소년이 피난지에서 겪는 농촌과 도시 체험들, 『섬에서 온 아이』(1968)의 가출소녀에게 닥친 인신매매의 위기 상황 등이 그런 예이다. 장편화는 곧 통속화를 의미했던 전후의 혼란기에 이들 장편 소년소설들은 성장서사로서 기능했다. 집을 떠난 주인공이 다시 가족과 해후하는 마지막 장면은 통속성이 깃든 한계를 보이지만, 주인공이 타지에서 겪는 온갖 어려운 일들은 전후 아동현실에 대한 증언의 몫으로서 의미가 크다. 그가 리얼리즘을 견지했기에 가능했던 시대의 화폭이다.

---

14 인용한 텍스트와 쪽수는 이주홍, 『톡톡 할아버지』, 우리교육, 1996.

2) 웃음을 유발하는 희화화 경향—즐거움의 계보

한국 아동문학은 '피노키오 경향'보다는 '쿠오레 경향'이 지배적이었다고 앞서 지적했는데, 이는 상대적으로 유년문학보다 소년문학에 적합한 사회환경과 관련된다. 낮은 연령을 대상으로 하는 작품일수록 환상과 공상, 그리고 유희성의 비중이 높아진다. 한국 아동문학에 두드러진 현실적 색채는 소년독자 중심의 문학이 지니는 특성이다. 더욱이 소년운동과 결합된 일제강점기의 아동문학은 민족사회운동의 성격을 지니고 있었다. 때문에 소년을 향해 민족의 동량(棟梁)이 되어줄 것을 바라는 '위에서 아래로 흐르는' 계몽성이 강했던 것이다.

아동문학은 기쁨을 주어야 한다는 주장이 없었던 것은 아니다. 아동의 감성해방을 외쳤던 방정환은 눈물 못지않게 웃음을 중요시했다. 어린이를 울리고 웃기는 데에서는 그를 따를 자가 없었다. 웃음의 요소를 잘 살려 쓴 번안동화 「양초귀신」(1925)과 소년소설 「만년샤쓰」(1927)는 요즘 아이들도 즐겨 읽는 대표작이다. 방정환은 '즐거움의 계보'에서도 첫 자리를 차지하고 있다. 문제는 이런 '즐거움의 계보'가 '헌신의 계보'에 가려져 좀체 모습을 드러내기 힘들었다는 것이다. 언표로는 '교훈'과 '재미'를 똑같이 강조했지만 실제에서 둘은 충돌하기 일쑤였고 최후의 방점은 늘 '재미'가 아니라 '교훈'에 찍혔다. 그래서 '재미, 웃음, 놀이, 즐거움' 등은 리얼리즘과 접맥되지 못하고 통속의 굴레를 뒤집어쓰곤 했다.

하지만 이주홍 아동문학은 리얼리즘에 바탕하고서도 교훈과 재미가 분리되지 않았다. 재미의 종류는 여러 가지일 것이나, 이주홍에게서는 특히 웃음의 요소가 빛을 발한다. 리얼리즘 계보에 속하는 이주홍이 방정환을 이어서 웃음으로 즐거움의 계보를 지어왔다는 사실은 매우 중요하다. 권정생에게도 지속되는 이 숨은 계보를 새롭게 발견한다면 한국 아동문학의 유산이 그만큼 풍부해질 것이기 때문이다.

먼저 주목해야 할 것은 카프 시기 이주홍의 동요들에서 발견되는 웃음의 자질이다. 일제강점기는 동요황금기라 명명될 정도로 동요의 비중이 컸다. 동요는 노래로 불리면서 강력한 운동성을 발휘할 수 있었다. 하지만 1920년대의 동요는 애상적인 내용이 대부분이었으니, 역시 눈물이 강세였다. 감상주의에서 벗어난 낙천적 성격의 동요로 잘 알려진 윤석중은 예외에 속했다. 서울 출신의 윤석중은 도시아이들 그것도 유년층을 향하고 있었기에 색다른 결과를 산출한 것이라 할 수 있다. 그런데 이주홍은 그와 또 다른 자리에서 감상주의를 넘어선 동요를 지었다. 그의 동요는 다른 계급주의 동요들과도 차별되는 독특한 일면을 드러낸다.

소년문예운동의 방향전환과 함께 1930년대에 크게 성행한 계급주의 동요들은 눈물주의를 비판하고 투쟁의 가치를 앞세워 증오의 표현을 남발했다. 이 증오의 표현은 상투적 발상도 문제지만 아동성과도 부딪혔다. 예컨대 계급적 색채가 뚜렷해서 계급주의 동요의 대표작으로 꼽히는 손풍산의 「낫」, 「거머리」 등은 개구리나 거머리를 대상으로 한다지만 낫으로 찔러대는 살풍경을 드러내고 있다.[15] 또한 이원우(리동우)의 「애기 보는 법」은 주인집 아기를 대상으로 한다지만 갓난아기를 꼬집고 미워하는 데에서 계급성을 구하고 있다.[16] 이주홍의 동요는 이런 종류에서는

---

15 논두렁에 혼자안저/쌀을베다가/개고리를 한 마리/찔너보고는/미운놈의 모가지를/생각하얏다//논두렁에 혼자안저/꼴을베다가/붉은놀에 낫들고/한울을보며/북편짝의 긔瘵을 생각하얏다(손풍산, 「낫」, 『별나라』, 1930.10). 부자영감 논에서 놀корм는 거머리/거머리 배를 찔너라//모심으는 아버지 피를내는 거머리/거머리 배를 찔너라(손풍산, 「거머리」, 『음악과 시』, 1930)

16 난복이가 궨애를 겨우 재워노쿠서/책임마튼 소년부의보고를 쓰라니까/원수인 애가 쏘 깨여울겟지/"제기!"/가슴속엔 별통이 생겨낫다./"쯔, 쯔, 짠,"하고/혀ㅅ을 톡 차며/"이러다간 오늘밤 토론회에/쏘 못가는가보군!"/하며 할수업시 쏘 업고/박그로 나아갓지 - /"⋯⋯어리둥둥 이놈의색기/눈ㅅ알, 쏙감이 죽어나주렴."/하며 발굽을놉혓다 나췃다 하니까/멋몰으는 궨애는 벙글벙글 웃겟죠./"무에조타고 요놈의색기야!"/하며 싹싹한두손ㅅ가락으로 쏙 꼬집어/쉿지./아 그러니까 궨애는/아앙 - 하고 쫑라팔을 불기시작하겟나/"울겟스면 하나더 마저라!"/이번에는 볼기짝을 톡 첫지/햇드니 앙 앙 - 하고/더크게 울부짓겟죠./난복이는 안타까워 쨍쨍 맴도나까/그재 - /"어잇 난복아!"하고 찾는소리./"웅" - 찾는곳을보니가 앵동이겟지./"아아 벌서 전긔불이왓는데/왜? 우물거리늬?⋯⋯"/"요 작은원수 재문이란다!"/"얼핀 재워 버리렴아."/"웅 - "/그래 자장가를 불럿지(三行略:원문)/이노래를 부르는 난복이!/가만이 듯고잇는 앵동이!/너무웃으워

비껴나 있다. 계급성에 바탕하고서도 유희성으로 감싸안음으로써 아동
성을 놓치지 않으려 했기 때문이다.

> 모긔 앵앵앵
> 물고 앵앵앵
> 빨고 앵앵앵
> 조코 앵앵앵
>
> 모긔 앵앵앵
> 맛고 앵앵앵
> 떨고 앵앵앵
> 죽고 앵앵앵

—이주홍, 「모긔」전문(『불별』, 중앙인서관, 1931)

> 한울天 따 - 지(地)
> 일하는 사람만 살 - 거(居)
> 놀고먹는 부자부(富)
> 지구밧그로 찰 - 축(蹴)

—이주홍, 「千字푸리」전문(『별나라』, 1931.9)

아이들은 모든 것을 놀이로 환원하는 특성을 지닌다. 위의 동요에서
보는 것은 증오의 표현이 아니라, 아이답게 웃음으로써 놀리는 표현이

픽 웃엇지/"흙흙⋯⋯" 늣겨울든 쿤애는/얼마뒤에 잠이 들엇다./"앵동아 이것봐! 내 애보는법
신통/하지?"/"히 히 히히⋯⋯"/조곰후에 쿤애를 듸려다맷기고는/열시까지 일보야겟다는 소리
에 - /"네에 - "하고 대답은 해놋코/오줌누러 나오는체 하고 쒸여나왓죠./"앵봉아 - "/"웅-"/얼
픈 가자아 - "/"그래"/앵동이 하구 난복이는/회관으로 거름맛춰 쒸여갓다.(이원우, 「애보는법」,
『신소년』, 1933.3).

다. 단순한 가락, 풍자성, 말놀이 등은 전승 유희요에 닿아 있다.

프롤레타리아동요집 『불별』에 실린 또 다른 작품 「편싸홈노리」 같은 것은 전통놀이의 하나인 '편싸움'에 가탁해서 시상을 펼쳤다. "굵은애도 나오라/버슨애도 나오라/한테엉켜 가지고/편쌈하러 나가자"[17]에서 보는, 가쁜 호흡에 실린 가락은 아이들의 노래를 닮았다. 비슷한 발상인 듯해도 살벌한 대결의식이 앞서는 정청산의 「나왔다」, 홍구의 「주먹쌈」 등과는 분명 차이가 난다.[18] 이주홍의 편싸움은 어디까지나 대동놀이를 그린 것이다.

이 밖에도 「염불 긔도」, 「자리짜기」 같은 것은 의성·의태어의 활용이 절묘해서 웃음을 짓게 만든다. 시어의 반복과 병치를 통한 노래성은 그의 동요에 두루 나타난다. 토속적이고 서민적 체취를 풍기는 시어의 구사는 윤석중의 유희적 동요와 구별된다.

다음으로 주목되는 것은 동화에서의 웃음이다. 이주홍은 소년소설과 구분되는 동화 창작을 병행하면서 낮은 연령의 독자에게도 다가섰다. 본디 동화는 대상을 단순화해서 과장적으로 표현하는 비현실성을 특징으로 한다. 그런데 한국 아동문학에서는 동심의 현실성을 강조하는 기운이 팽배해지면서 장르 인식에 혼선이 생겨났다. 여기에는 오해가 가로놓여 있다. 리얼리즘 기풍이 워낙 강하다보니 동심의 현실성과 동화의 비현실성을 대립적으로 이해하게 된 것이다. 아래의 글은 장르 문제와 관련하여 1930년대 초의 창작경향이 어떠했는지를 보여준다.

---

17 이주홍, 「편싸홈노리」 1연, 『푸로레타리아동요집 불별』, 중앙인서관, 1931.

18 이공장에 쏘마가 주먹쥐고 나왔다/저공장에 쏘마가 쇠뫼미고 나왔다/이학생 쏘마학생 광고들고 나왔다/참다참다 못하야 오늘이야 나왔다//이집에 나무군 낫을들고 나왔다/저집에 머슴이 작대들고 나왔다/우리집 누나도 악을쓰고 나왔다/우리동무 편동무 오늘이야 나왔다(정청산, 「나왔다」, 『별나라』, 1931년 1·2월 합본호). 너이들 주먹들은 하이얀주먹/우리들 주먹들은 식꺼면주먹/하야코 입분주먹 죠약한주먹/싸오자고 덤비면 무엇을하니/매맞고 압흐다고 우지나 말어//우리들 주먹들은 크다란주먹/너이들 주먹들은 조고만주먹/꺼멍코 힘센주먹 크다란주먹/너이들이 마음것 놀녀대엇지/누주먹이 세인가 싸와를볼가(홍구, 「주먹쌈」, 『신소년』, 1932.2).

원래 이번 현상모집의 주지는 실생활동화의 건설에 있었다. 재래의 동화라면 우화만인 줄로 알다시피 하였다. (…) 이러한 우화도 존재 이유가 전혀 없는 것은 아니다. (…) 그렇지만 이것은 제2의적인 것이 아니면 아니 된다. 동화도 제1의적으로는 실생활을 재료로 한 리얼리즘이 아니면 아니 될 것이다. (…)

이번 응모한 동화(차라리 아동소설이라 함이 합당할 것이다.) 150편을 취재별로 나누면 ①생활난, 계급적 불평을 주로 한 사회주의적 경향을 가진 것이 약 4할이요, ②씨족적 영웅심과 불평을 주로 한 것이 약 3할이요, ③이번 만주 □□동포문제로 아동이 분기하여 민족애를 발로하는 것을 주로 한 것이 약 2할이요, ④기타가 약 1할이다. (…)

형식에 있어서는 이번 응모동화 중에 가장 많은 것이 소설적인 것이었다. (…) 다시 말하면 아동소설이었다. (…) 혹시 실생활에서 취재하라고 한 본사의 주문이 오직 아동소설을 의미함인 줄로 작가들을 오해케 함이나 아닌가 하고 생각할 수밖에 없도록 그처럼 '아이들에게 들려줄 이야기'로서의 동화가 희소하였다.[19]

이 글을 보면 동화에서도 "실생활을 재료로 한 리얼리즘"이 강조되었음을 알 수 있다. 이와 같은 주문은 불행히도 동화의 형식적 특성에 대한 이해와 결부되지 못했다. '아동소설과 구별되는 동화가 희소하다'는 위의 지적은 그런 결과로 나타난 현상일 것이다. 1930년대 계급주의 아동문학은 천사적 동심주의를 비판하려다가 "수염난 총각"[20]을 그려내는 판국이었다. 그만큼 계급주의 아동문학에서 강조한 동화의 리얼리즘은 '소설화' 경향으로 기울었다.

사정이 이러했기에 동화와 소설의 장르적 경계가 점점 모호해졌고, 이는 동화의 발전을 위해서 결코 바람직한 것이 아니었다. 이주홍의 동화

---

19 「신춘문예 동화선후언」, 『동아일보』, 1932.1.23.
20 송완순, 「조선아동문학시론」, 『신세대』, 1946.5, 84쪽.

창작은 이런 상황을 감안할 때 더 큰 의미로 다가온다. 성장기의 아동을 단일한 층위로 보는 것은 잘못이다. 아동문학은 상대적으로 낮은 연령에 적합한 동화와 높은 연령에 적합한 소년소설을 아우르는 성층적 구성을 지닌다.

이주홍의 동화는 알레고리 속성을 지닌 의인동화와 옛이야기 속성을 지닌 동화로 나뉜다. 의인동화가 구체적인 현실에 대한 풍자를 의도했다면, 옛이야기 방식의 동화는 보편적인 교훈을 감싸는 해학을 더욱 살렸다. 어느 쪽이든 대상을 단순화하고 과장하는 동화의 특징이 그에게서는 웃음을 유발하는 희화화 경향으로 나타났다. 이는 그가 삽화(cut)와 만화 방면에서 활동한 사실과 무관하지 않다. 삽화나 만화에서 많이 쓰는 캐리커처(caricature) 수법은 희화화 경향과 상통한다. "선생님의 글은 유모어하기로 유명해서 마치 만화를 보는 셈"[21]이라는 지적이 일찍부터 있었거니와, 훗날 그가 창작동화에 관한 견해를 밝힌 글에서도 이에 대한 단서도 찾아볼 수 있다. 그는 "아동문학이 아동과 얼마만큼 밀착이 되어 있는가 하는 문제"가 중요하다면서 다음과 같이 주장했다.

그러나 무엇보다도 더 깊은 관심을 갖지 않아선 안 될 것은 많은 작가들이 동화의 재미성에 대한 불감증을 불감하고 있다는 사실이다. 동화는 글자의 뜻 그대로 '아이의 이야기'를 말한다. 이야기라면 줄거리가 있는 근골(筋骨)이겠는데 요즘의 동화에는 일반적으로 줄거리의 중요성에 관심을 덜 돌리고 있는 것같이 보인다. (…) 수필동화란 이름을 지어 불러도 좋을 만큼, 줄거리 아닌 한 단면을 그려 보인 데에 그친 단편동화를 종종 만날 땐 더욱이 그러한 생각이 간절해지는 것이다. 이런 점에 있어선 다양한 변화의 첩출(疊出)로 아동의 흥미를 사로잡는 만화의 수법이 우리에겐 타산지석이 되어도 그렇게 불명예스러울

21 XYZ, 「집필선생의 전모」, 앞의 책, 50쪽.

것은 없을 것 같다.[22]

　이 글에서 '동화의 재미성'에 대한 작가의 남다른 관심을 읽을 수 있다. 이주홍은 동화의 이야기성을 강조하면서 '만화의 수법'을 타산지석으로 삼자는 제안까지 내놓았다. 이 글에서 비판하는 '수필동화'란 일상의 스케치에 머문 이른바 생활동화를 가리킨다. 이 생활동화가 '동화의 리얼리즘'을 무분별하게 적용해서 동화와 소설의 경계를 불분명하게 만든 1930년대 계급주의 아동문학에 연원을 두고 있음은 앞서 살펴본 대로이다. 하지만 이주홍은 1930년대 초의 한 평론에서 "아동문학은 공상이 자유분방한 아동들을 독자로 삼기 때문에 취급여하 경우관계에 따라서 비현실적인 내용이 오히려 유효할 때가 많다"[23]고 언급했으니, 수법으로서 '동화의 비현실성'을 제대로 파악하고 있었다는 증거이다. 덕분에 그는 소년소설과 구분되는 동화의 세계를 확실하게 이어갈 수 있었다.

　「개고리와 둑겁이」(『신소년』, 1930.5), 「호랑이 이약이」(『신소년』, 1934.2), 「군밤」(『신소년』, 1934.2) 등은 계급주의에 입각해 있지만 웃음의 자질이 드러나는 즐거움의 계보에서 살펴볼 수 있는 동화들이다.

　「개고리와 둑겁이」는 작가가 이야기꾼으로 나서서 청개구리와 두꺼비의 행태가 어떤 연고를 가지고 있는지 말해주는 유래담식 서술로 되어 있다. 국가의 발생, 자본의 축적, 지배와 피지배, 혁명 등 자본론의 요체에 해당하는 내용을 힘센 개구리와 약한 개구리가 대립하는 이야기로 짜서 힘센 개구리는 두꺼비, 약한 개구리는 청개구리가 되었다는 것으로 제시된다. 계급적 현실에 대한 명확한 알레고리지만, 권선징악의 옛이야기를 듣는 것 같은 입담으로 구수하게 서술되었다. 예컨대 다음과

---

22 이주홍, 「나의 동화·소년소설관—창작동화에 대한 최근의 감상」, 『아동문학평론』, 1983년 봄호, 31쪽.
23 류종렬, 「이주홍의 프로문학 연구—일제강점기를 중심으로」(『이주홍의 일제강점기 문학 연구』, 국학자료원, 2004), 220쪽에서 재인용.

같은 식이다.

여러분들은 요사이 밤에 들판으로 산보하시는 일은 없습니까. 아니 방안에서라도 들창을 열어 걸고 첫 여름의 시원한 바람을 쏘이노라면 들판에서 시끄럽게 복닥거리는 개구리의 우는 소리가 들리겠지요.

여러분들은 그 소리를 들을 때에 어떠한 생각이 납니까. 물론 다 각기 처지에 따라서 즐겁게도 슬프게도 들릴 것입니다. 그러나 이것을 들어 보십시오. 이것은 아주 옛날 이야기랍니다. (174쪽)[24]

그러나 차차 있을수록 자꾸 자손들이 번성해짐으로 먹을 것이 적어지고 그중에도 서로 뺏어 먹으려고 싸움이 그칠 사이가 없었습니다.

그래서 이래서는 안 되겠다 하고 그들은 서로 의논해 가지고 너희들 차지 우리들 차지 서로 땅을 갈라서 살기로 하였습니다. (…)

그러나 이래 놓고 보니 또 큰일이 생겼습니다. 그것은 저희들끼리 속에서라도 기운 센 놈이 대장 노릇을 하는 것입니다. (174~175쪽)

여러분들도 요새 밤에 들판을 산보하실 때는 꼭 그 개구리들 소리를 자세히 들어 보십시오.

"이놈 큰개구리야 이놈아 이놈아" 하고 지금도 악을 쓰고 있습니다.

"이놈 오기만 오면 잡아먹을 테다" 하고 점잖게 위협을 하노라고 "응액응액" 하는 소리도 들리고 또 그 중에도 성미가 급한 놈은 "코액코액" 하고 피를 토하는 듯이도 들려옵니다. (184쪽)

이처럼 이주홍의 의인동화는 작가가 직접 나서서 이야기꾼으로서의

---

24 인용한 텍스트와 쪽수는 이주홍, 『청어 뼈다귀』, 우리교육, 1996.

역할을 수행하는 식으로 된 것들이 많다. 자연스럽게 이야기 속으로 빨려 들어가도록 유도하고 있는 것이다.

「호랑이 이야기」도 힘센 호랑이의 횡포에 맞서는 수천 마리 벌들을 그리고 있다. 역시 계급적 현실을 풍자하는 내용으로서 권선징악의 옛이야기 구조에 따라 서술된 작품이다. 이런 의인동화들은 다른 계급주의 아동문학 작가에게서도 볼 수 있긴 하다. 그런데 이주홍의 동화에서 주목되는 점은 매우 능란한 작가의 입담이 재미를 배가시키고 있다는 것이다. 시작 부분을 보자.

> 대체 어린 사람들은 호랑이 이야기를 원 그렇게도 조르는지요.
> 이 이야기 한 가지만 하고 인제 호랑이 이야기는 그만두기로 합시다. (33쪽)[25]

마치 딴소리 하듯 능청스럽게 운을 떼면서 벌에게 혼나는 호랑이 이야기를 들려준다. 계급투쟁의 알레고리지만 작가의 입담이 어린 독자의 마음을 쏙 빼앗고 있는 것이다.

주인집 아들과 심부름하는 아이의 대결을 그린 「군밤」은 현실적인 이야기지만 옛이야기나 다름없이 서술된 작품이다. 군밤을 몰래 혼자만 먹으려는 주인집 아들과 이를 눈치 채고 꾀를 내서 모두 빼앗아 먹는 종수의 이야기는 꾀 많은 약자의 승리를 보여주는 옛이야기와 통한다. 만일 소년소설이었다면 주인아들의 탐욕 때문에 멍들고 짓밟히는 종수의 비참한 이야기를 그렸을 것이다. 그러나 이 작품은 웃음과 더불어 행복감을 전하는 동화이다. 인물의 행동을 과장과 희화화 수법으로 거침없이 그려나갔기 때문에 어린 연령대가 읽기에도 수월하다. 여기에서 작

---

25 인용한 텍스트와 쪽수는 이주홍, 『톡톡 할아버지』, 우리교육, 1996.

가가 대상연령에 따른 장르의 특성에 유의해서 창작했다는 사실이 드러
난다.

해방 이후에도 이주홍은 소년소설과 나란히 동화를 창작했다. 「가자
미와 복장이」, 「청개구리」 등은 풍자성이 돋보이는 의인동화 계열이고,
「톡톡 할아버지」는 해학이 넘치는 옛이야기 재화 계열이다. 작가가 탁월
한 이야기꾼임 확인시켜주는 작품들이다.

4. 맺음말―이주홍의 문학적 유산

이주홍은 '리얼리즘 계보'에 속하면서도, 헌신이 아닌 '즐거움의 계
보'로 간주되는 드문 작가 중의 한 사람이다. '현실'을 강조하다가 '재
미'를 잃거나 '재미'를 강조하다가 '현실'을 잃은 경우가 태반이었던 실
정을 감안할 때, '현실'과 '재미'를 모두 갖춘 그의 문학세계는 독특한
위치를 차지한다. 이런 독특한 면모를 해명하고자 문학사의 계보라는
맥락에서 그의 문학세계를 살폈다. 그 결과, 소년소설은 체험형식의 풍
부한 사실적 묘사가 두드러진 '아동문학의 최서해적 경향'으로 파악되
었고, 동요와 동화는 리얼리즘 아동문학에서 매우 드문 '웃음을 유발하
는 희화화 경향'으로 파악되었다.

지난 세기 어린이의 삶을 규정한 역사적 상황에 비춰볼 때, 리얼리즘
은 한국 아동문학의 가장 중요한 전통임에 틀림없다. 하지만 리얼리즘
이 그 이름 그대로 지금까지 유효한 것은 아니다. 오늘의 아동문학은 지
난 세기와는 판이한 조건에 놓여 있다. 과거의 리얼리즘 잣대로 오늘의
아동문학을 해명하려 든다면 여러 모로 무리가 따른다. 때문에 지난 세
기의 리얼리즘이 충족하지 못한 '재미, 웃음, 놀이, 즐거움' 등의 요소를
찾아내고 계열화해서 리얼리즘을 갱신하고 한국 아동문학사를 새롭게

구성하는 일이 소망스럽다. 이주홍의 아동문학은 이런 일에서 귀중한 참조점이다.

문학이 추구하는 어떤 정신의 지향은 형상이라는 육체를 가질 때 비로소 존재성을 획득한다. 리얼리즘을 발전시키는 데 나름대로 기여한 1930년대 계급주의 아동문학에 결여된 것 중 하나가 바로 형상이라는 육체였다. 그런데 이주홍은 체험 형식의 풍부한 묘사로 특징되는 소년소설을 발표하면서 이 결여를 보완했다. 또한 그는 웃음을 자질로 하는 동요와 동화를 병행하면서 어린이에게 다가선 성공한 리얼리즘 계열 작가에 해당한다. 이주홍 아동문학의 가치는 이런 독특한 개성에서 찾아져야 하는 것이다.

요컨대 그간의 연구들이 거의 습관적으로 지적해온 이주홍 아동문학의 '현실'과 '재미'를 문학사적 맥락에서 제대로 규명한다면, 한국 아동문학의 유산이 더욱 풍부해질뿐더러 오늘의 아동문학에도 의미를 던지는 살아 있는 전통이 새롭게 마련될 수 있다. 한국 아동문학의 리얼리즘은 '즐거움'보다 '헌신'의 계보를 생성해왔으나 한편으로 방정환―이주홍―권정생 등으로 이어지는 '웃음'의 계보가 존재한다는 점, 그리고 이주홍의 '재미'는 체험의 형상화를 통한 소년소설의 '감동'과 대상의 희화화를 통한 동요·동화의 '웃음'으로 대표된다는 점 등 두 가지 층위를 적극적으로 사유하는 아동문학사 서술이 절실하다.

아울러 이주홍 아동문학의 한계를 냉철히 파악하는 일도 중요하다. 생생한 체험 형식에다 해학미가 감싸고 있어서 도식성의 느낌은 덜하지만, 그의 주요 작품은 거의 이항대립의 구조로 이루어져 있다. 작중인물은 계급갈등을 축으로 선악이분법의 대립관계를 드러낸다. 때문에 일제강점기의 주요 작품은 계급주의라는 꼬리표를 떼기는 힘들다고 여겨진다. 그리고 비단 이주홍만의 한계는 아니지만, 장편동화에 대한 도전이 없었던 게 아쉬움으로 남는다. 중국에서는 1930년대 초 좌익작가연맹에서 활동한 작가 장천익(張天翼)이 계급성에 기초하고서도 대담한 환상세계를 펼친 『대림과 소림(大林和小林)』, 『대머리 마왕 투투(禿禿大王)』 같은 장편을 낳았다.[26] 이 작품들은 풍자적 유머와 난센스를 거침없이 구사한 것으로도 유명하다. 여러모로 이주홍과 장천익은 한중아동문학의 비교 대상이다.

한편, 이 글이 미처 검토하지 못했지만, 이주홍의 분단시대 일부 작품들에는 허무주의 그림자가 짙게 드리워져 있다. 이 때문에 시대현실과의 긴장이 떨어지거나 순응적인 아동상을 보이는 작품들이 이따금 보인다. 대표작 중에도 단편 「메아리」(1959)는 현실과 절연된 순수주의적 색채가 강하고, 장편 『아름다운 고향』(1954)은 동족상잔의 피비린내가 채 가시지 않은 시기에 씌어진 것임에도 일제말, 해방기, 6·25전쟁에 걸친 가장 뜨거운 격랑의 시기를 괄호 치고 있다. 이는 동시대 이원수의 대표작들과 비교된다. 이런 한계는 작가가 진보에 대한 신념이라든지 인간에 대한 신뢰를 잃은 데 원인이 있는 듯해서, 1947년 돌연 낙향한 계기를 찾는 일이 중요해진다. 비교문학적 연구와 해방 전후의 행보에 관한 실증적 보완이 앞으로의 과제이다.

---

26 한연, 『한중 동화문학 비교연구』, 한국학술정보, 2005. 참조.

구인회 문인들의 아동문학

1. 논의의 초점

아동문학은 아동을 사회적 범주로 인식하게 된 근대 이후에 성인문학과 대비를 이루는 문학의 한 갈래로 성립 발전해왔다. 오늘날에는 각 영역의 분화에 상응하는 전문문인들의 활약이 뚜렷한 경계선을 사이에 두고 펼쳐지고 있지만, 일제시대만 해도 두 영역 사이를 오가는 문턱이 지금보다 훨씬 낮았다. 각 일간지의 학예면에는 성인문학과 아동문학 작품이 나란히 실렸다. 그런 만큼 상호교류의 기회도 많았다. 그렇다고 두 영역이 혼동되었던 것은 아니다. 신문학 초창기에 이루어진 최남선과 이광수의 '소년문학'은 어느 정도 미분화단계라고 볼 수도 있겠지만, 방정환이 주재한 『어린이』(1923~34)가 발간되고부터는 아동문학의 독자적 영역이 명료하게 인식되고 있었다.

그런데 아동문학이 본무대로 올라선 1920년대 이후에도 아동문학을 질적으로 성숙시킨 기억할 만한 일반 문인들이 적지 않았다. 예컨대 정지용, 이태준, 박태원, 현덕, 박목월, 윤동주 등은 아동문학'도' 한 것이 아니라 아동문학'을' 한 것으로 기록할 수 있을 만큼 그 성과가 뚜렷하다. 최근에 재발견된 이들의 아동문학 작품은 오늘날의 어린이독자들에게도 폭넓게 사랑받는다. 따라서 한국아동문학사는 이들의 아동문학을 비중 있게 다뤄야 마땅하지만 그렇게 되어 있지 않다. 정지용 동시의 영향을 받은 박목월과 윤동주는 오히려 주목되어온 편이다. 그러나 한층 개척의 몫을 지니는 정지용, 이태준, 박태원, 현덕은 월북문인으로 분류되었기 때문에 한동안 잊혀져 왔고 아동문학사에서는 그 이름을 찾아보기 힘들다. 현덕은 동화집 2권, 소년소설집 1권, 장편 소년소설 1권을 남김으로써 누구보다 두드러진 활동을 보여주었는데 그의 문학은 이태준, 박태원, 김유정의 영향을 빼고 논할 수 없다.[1] 이렇게 보면 한국아동문학사에서 하나의 단위로 묶어 새롭게 주목해야 할 작가와 시인들의 범위가 드러나는바, 바로 구인회(九人會) 소속 문인이라는 점이다.

  잘 알려져 있는 바와 같이 1933년 8월에 만들어진 구인회는 한국 모더니즘문학의 전개와 관련이 깊고, "실체 자체가 의심의 대상이면서도 그 중요성을 인정받는 독특한 단체이다."[2] 두 번의 강연회와 한 권의 기관지를 남겼을 뿐이고 단체로서의 이념이나 주장을 내걸지 않은 친목 모임 같은 활동방식 때문에 그 조직위상을 둘러싼 의견이 분분했지만, 당시까지 문단을 주도한 카프(KAFP)와는 방식부터 차별화하려는 의도라 여겨지는 것이니, 구인회는 '집단화된 열정'과 작품을 통해 자신의 존재가치를 증명한 점에서 "문학사적 의미를 충분히 지닌 실체적인 문학단체"[3]라 자리매김할 수 있다.

  본고는 아동문학의 양대 갈래인 동시와 동화의 질적 성숙에 결정적으로 기여한 일반 문인이 구인회 회원이라는 사실에 착안하여 구인회 주요 작가들이 남긴 아동문학 작품의 특징을 살펴보고 그 아동문학사적 의미

---

1 졸고, 『한국근대문학의 재조명』, 소명출판, 2005, 79~80쪽, 153~155쪽.
2 박헌호, 「구인회를 어떻게 볼 것인가」, 상허문학회, 『근대문학과 구인회』, 깊은샘, 1996, 13쪽.
3 같은 책, 21쪽.

를 짚어보려고 한다. 본고가 대상으로 하는 작가들은 정지용, 이태준, 박태원, 이상, 김유정 등인데, 앞서 말한 구인회의 독특한 성격으로 인해서 이들이 아동문학사에 더욱 의미 있는 작품을 내놓은 시기가 구인회 이전이라는 문제점은 어느 정도 상쇄된다. 아동문학 쪽의 영향은 구인회가 조직된 이후 그들의 작가적 명성과 비례하여 커졌을 것이며, 개인 작품집이나 아동문학선집에 수록되면서 더욱 깊이 각인되었을 것이다.

그동안 구인회 소속 작가와 시인들의 아동문학 작품에 대해서는 개별적인 연구가 어느 정도 진행되어 왔다. 작가론의 보조적인 자료로 삼는 것에서부터 작품의 독자적인 특질을 규명하는 것으로 진행돼온 각각의 연구들은 어디까지나 개별 작가와 시인의 작품론으로 한정되었기 때문에 아동문학사적 의미를 짚어주는 데까지는 나아가지 못했다. 물론 이들의 아동문학 활동은 일반 문학보다 더욱 개별적인 차원에서 이루어진 것이고, 각각의 기여도 또한 차이가 난다. 각자의 몫은 작품이 아니면 인맥으로 작용하는 경우도 있었고, 아동문학에서의 몫이 미미하거나 창작의 진위 여부가 논란이 되기도 한다. 이런 점들은 본론에서 차례대로 살펴보게 될 것이다.

한편, 구인회 소속 문인들의 아동문학 활동이 그동안 크게 주목되지 않은 것은 사실 확인의 문제에 앞서 가치판단과 시각의 문제에 걸려 있었기 때문이라고 필자는 보고 있다. 따라서 본고의 궁극적인 지향은 한국문학사에서 구인회가 차지하는 것과 같은 비중으로 구인회의 아동문학사적 위치가 각별하다는 사실을 확인하고 그 '현재적 의미'를 되새겨보는 일이다. 논의의 초점은 동시 부문의 정지용과 동화 부문의 이태준이지만, 이들의 파급력이 구인회를 매개로 상호 상승작용을 했을 것이라는 전제 아래, 개별적인 성과에서는 차이가 나더라도 박태원, 이상, 김유정의 아동문학도 한데 모아 살펴보려고 했다.[4] 집단적인 움직임이 없었기 때문에 한계가 없지 않지만, 아동문학에서 구인회 소속 문인들의 작품성과를 강조하려는 것은 아동문학의 모더니즘 수용 문제와 관련한 논의를 진전시키기 위함이다. 이점에 대해서는 마지막 장에서 좀 더 구체적으로 언급이 될 것이다.

2. 정지용 — 동요에서 동시로

해방 직후 문단좌우합작 노선의 하나로 성립한 조선문학가동맹의 아동문학부 위원장은 정지용이었다.[5] 제1회 전국문학자대회의 아동문학 부문 발표자로서도 정지용은 박세영과 함께 지목되었다.[6] 조선문학가동맹이 불법화되고 그 경력이 문제로 되어 국민보도연맹에 가입해 있던 시기에는 어린이 잡지에 투고한 시들에 대해 줄곧 심사평을 썼다.[7] 어떻게 해서 정지용은 아동문학 부문의 권위를 인정받아 이와 같은 일들에 관여하게 되었을까? 그 열쇠는 그의 동시가 쥐고 있다.

정지용은 1926년 『학조』에 「까페 프란스」를 비롯한 9편의 시를 발표함으로써 시단에 첫선을 보이는데, 이 중 5편이 동시다. 「서쪽 하늘」「띠」「감나무」「하늘 혼자 보고」「딸레(人形)와 아주머니」가 그것들이다. 동시 부분 머리글로 쓴 한 줄짜리 산문은 나중에 운문으로 고쳐 「별똥」(『학생』, 1929.10)이라는 제목으로 다시 발표되었으니 전부 6편이 되는 셈이다. 정지용의 활동 가운데 잘 알려지지 않은 사실이 하나 있다.

---

4 정지용과 이태준의 아동문학에 관해서는 예전에 「정지용과 이태준의 아동문학」(『아침햇살』, 1997년 여름호)이라는 글을 통해 한 차례 소개한 바 있다. 이 글은 그것을 상당 부분 수정 보완한 것이다.
5 「조선문학가동맹위원 명부」, 『문학』 1호, 1946년 7월, 153쪽.
6 조선문학가동맹, 『건설기의 조선문학』, 백양당, 1946, 207쪽. 정지용은 이 대회에 불참했기 때문에 보고연설문은 박세영에 의해 작성되어 수록되었다.
7 동지사아동원에서 발행한 『어린이나라』(1949.1~1950.5)에서 정지용은 윤복진과 함께 작품평을 썼다. 이 잡지에는 조선문학가동맹에 가담했던 문인들이 대거 참여했다.

그리하여 이 동요운동에 있어서는 자연성장기로부터 의식적 운동으로 방향을 전환하였으니 그것이 곧 동요연구에 뜻둔 한정동·정지용·고장환·신재항·유도순·윤극영·김태오 제씨가 1927년 9월 1일 조선동요연구협회를 창립하고 새로운 동요운동을 제창하였으니 이것이 곧 조선동요운동의 한 시기를 그은 것이라고 할 수 있다.[8]

정지용은 1920년대 중후반 무렵 『어린이』와 『신소년』 등에 동시를 발표하곤 했는데, 우리 아동문학의 제1세대와 함께 "새로운 동요운동을 제창"했음을 알 수 있다. 이로 미루어 보아, 일찍부터 동요운동에 깊숙이 관여한 바 있는 정지용을 우리 아동문학사에서 새롭게 자리매김해야 할 필요성이 절실해진다.

최근 한 연구자는 정지용의 문학적 출발이 일본의 대표적인 시인이자 동시 개척자인 기타하라 하쿠슈(北原白秋)와 관련된다고 밝히고 있어 주목된다. 기타하라 하쿠슈는 운문학(韻文學)의 모든 영역을 개척해서 불세출의 천재를 발휘한 시인으로 평가되는데, 동요(동시)를 비롯하여 전통 민요의 가락을 살려 시를 쓴 점은 정지용에게 적지 않은 영향을 주었을 것이다.[9] 기타하라 하쿠슈는 특히 일본 근대아동문학의 본격 출발을 알리는 『빨간새(赤い鳥)』의 동인으로 그때까지의 창가를 동요(동시)로 발전시키는 중요한 역할을 했다.

방정환이 『어린이』를 발행하면서 본격 출발을 보인 한국아동문학은 일본의 『빨간새(赤い鳥)』 운동으로부터 많은 영향을 받고 있었다. 그리하여 1920년대에는 계몽적인 창가를 탈피한 서정적인 동요의 황금시대를 맞이했다. 그런데 극소수를 제외한다면 동요운동의 제창자들은 문학적 순도가 낮은 감상적인 동요를 거의 7·5조 글자 맞추기 식으로 지어내

---

8 김태오, 「동요짓는 법」, 『설강동요집』, 한성도서주식회사, 1933, 172~173쪽.
9 사나다 히로코(眞田博子), 『최초의 모더니스트 정지용』, 역락, 2002, 34~35쪽.

는 수준이었다. 『어린이』의 독자 연령이 십대 후반에 가까웠기에 이들 소년문예가들의 아마추어적인 작품이 많이 소개된 점도 1920년대 동요의 질적 수준을 낮춘 요인으로 작용했다.

  사정이 이러했기에 정지용의 동시는 단연 돋보였다. 1920년대의 어린이독자와 만났던 작품은 「산에서 온 새」(『어린이』 1926.11), 「굴뚝새」(『신소년』, 1926.12), 「산 너머 저쪽」(『신소년』, 1927.5), 「해바라기 씨」(『신소년』, 1927.5), 「바람」(『조선동요선집』, 1928) 등이다. 당시의 신문과 잡지에 쏟아져 나온 수많은 동요 작품들 속에서 이것들은 일등성으로 빛나면서 이채를 띠고 있다. 정지용 동시만의 특성은 초기 작품부터 뚜렷이 드러난다.

　새삼나무 싹이 튼 담우에
　산에서 온 새가 울음 운다.

　산엣 새는 파랑치마 입고.
　산엣 새는 빨강모자 쓰고.

　눈에 아름 아름 보고 지고.
　발 벗고 간 누의 보고 지고.

　따순 봄날 이른 아침부터
　산에서 온 새가 울음 운다.

—「산에서 온 새」 전문[10]

  1920년대의 동요는 창가의 계몽성에서는 벗어났지만 눈물주의라고

---

10 본고의 정지용 작품 인용은 『정지용 전집 1』(민음사, 1988)을 따랐고, 작품제목은 처음 발표한 대로 썼다.

비판될 만큼 애상적인 주조를 띤 것들이 대부분이었다.「산에서 온 새」
도 슬픔과 그리움의 정조를 담은 것인데 감정의 직접적인 토로가 아니
라 객관상관물을 통해 감정을 환기시키는 기법의 자각이 개입해 있다.
'파랑치마 입고 빨강모자를 쓴 산새'는 죽은 누이의 상관물이다. "발 벗
고 간 누의"라는 구절에서 저 세상으로 떠난 누이에 대한 기억이 아프게
감지된다. 당시의 동요작품들에서는 이 정도의 간접 표현도 찾아보기
힘들었다. 이 작품의 율격은 4·4조나 7·5조의 글자 맞추기와 거리가
멀다. 하지만 두운과 각운, 반복과 수미상관의 구성 등에 의한 안정적이
고 유장한 가락이 슬픔과 그리움의 정조를 타고 흐른다. 입으로 소리를
내어 감정을 일시에 발산하고 마는 동요의 음악성이 아니라, 눈으로 읽
으면서 심상으로 새겨두고 속으로 읊조려지는 동시의 음악성이다. "눈
에 아름 아름"하면서도 실체가 부재하는 데에서 비롯되는 간절한 그리
움이 명료한 형식의 옷을 입고 있다. 2연의 선명한 색상 대비는 볼 수 없
고 만져지지 않는 죽은 누이의 환영(幻影)이자 환생(還生)으로 서정적 자
아 앞에 모습을 드러낸 산새의 시각적 이미지를 강화한다. 여기에서의
현재적 감각은 3연의 과거적 회상과 명암 대비로 겹치고 있는데, 1연과
4연의 청각적 이미지와도 공명하는 구도라서 시 전체가 입체적인 영상
효과를 내고 있다. 우리말의 울림을 잘 살려낸 자연스러운 가락과 토속
적인 소재 때문에 발상 자체는 전통성의 뿌리에 닿아 있다. 하지만 이
작품은 직접적인 감정 토로에 그친 동시대의 동요작품은 물론이고 소월
시의 전통적 비애감과도 구별되는 모더니스트의 감각을 엿보게 해준다.
   그가『학조』에 처음 선을 보인 동시「하늘 혼자 보고」도 '여우누이'
설화의 내용을 차용하면서 시각적 이미지를 부각시킨 것으로 전통적인
요소와 모더니스트의 감각이 잘 어우러진 작품이다.

   부헝이 울든 밤

누나의 이야기—

파랑병을 깨치면
금시 파랑바다.

빨강병을 깨치면
금시 빨강 바다.

뻐꾹이 울든 날
누나 시집 갔네—

파랑병을 깨트려
하늘 혼자 보고.

빨강병을 깨트려
하늘 혼자 보고.

　　　　　　　　　　　　　　　　　　—「하늘 혼자 보고」 전문

　　1920년대에는 동요와 동시의 구분이 뚜렷하지 않았다. 이는 무엇보다
도 동요의 정형성에서 벗어난 작품들이 아직 충분히 나타나지 않았기
때문이다. 어린이문화운동의 성격을 강하게 띤 초창기 아동문학은 어린
이에게 직접 들려주는 이야기와 함께 노랫말로서의 동요가 중요한 몫을
차지했다. 그런데 작가와 독자 그리고 출판매체를 근간으로 성립하는
근대문학의 제도에 들어서게 되면 아동문학도 이전 시기와는 구별되는
근대적인 문학성을 요구받게 마련이다. 지금은 아주 당연하게 받아들이
는 사실이지만 어린이를 대상으로 하면서 근대문학으로서의 자질과 품

격을 갖춘다는 것은 어떤 발상의 전환을 전제로 하지 않으면 안 된다. 여기에서 '동시' 개념을 탄생시킨 기타하라 하쿠슈를 사숙한 정지용의 위치가 부각되는 것이다.

바람.
바람.
바람.

늬는 내 귀가 좋으냐?
늬는 내 코가 좋으냐?
늬는 내 손이 좋으냐?

내사 왼통 빩애 졌네.

내사 아므치도 않다.

호 호 칩어라 구보로!

―「바람」 전문

이 작품은 추운 겨울날 바람과 맞서 유희적인 대결을 벌이는 어린이다운 생동감을 잘 표현하고 있다. "내사"와 같은 고유어의 활용도 돋보이지만 치밀한 계산에 의해 구분된 행과 연이 불어오는 바람을 감촉하느라 얼른 발화하지 못하는 시간적 경과 효과까지 살려낸다. 시를 읽으면서 상상력으로 시적 상황을 머릿속에 그려내는 과정은 자신의 기억을 재생하고 새로운 의미망을 구축하면서 상황을 추체험하는 일이 될 것이다. 기타하라 하쿠슈는 "동요는 동심동어(童心童語)의 가요다. 동시는 동심동어의 시다. 동요는 노래하기 위한 것이며, 동시는 오히려 조용히 읽고 느끼게 하는 것이다."[11]라고 했다. 여기에 비추어 볼 때, 정지용의 동시는 노래의 가사로서가 아니라 눈으로 감상하기 위한 예술작품으로 씌어진 것들이라고 할 수 있다.

정지용 앞에 기타하라 하쿠슈의 존재가 우뚝한 것은 여러 면에서 확인되는 사실이지만, 그렇다고 정지용의 시가 단순한 모방이나 아류라고 생각해서는 곤란하다. "그는 하쿠슈가 일본의 옛말이나 방언, 외국어 등 다양한 어휘를 발굴해서 새로운 표현방법을 창출한 것처럼 한국어를 깊이 연구해서 한국어를 새로운 언어로 만드는 것"[12]에서 독보적인 위치에 있었다. 일본 어린이와는 처지가 다른 식민지 어린이의 현실을 반영하는 정조를 놓칠 수 없거니와, 누구도 흉내 내기 힘든 고유어의 탁발한 조탁미가 그의 동시에 개성적인 자질을 부여한다. 특히 어린이의 즉물적인 감수성과 쉽게 만나는 의성·의태어의 활용은, 여느 동요시인들의 경우엔 글자 맞추기에 급급한 상투적인 표현에 지나지 않는 경우가 더욱 흔했는데, 오히려 상당한 파격을 전하면서 율격의 단조로움을 극복하는 요소로 작용하고 있다. 다음 시구들에서 이를 확인할 수 있다.

후락 딱 딱
훠이 훠이!

— 「감나무」 부분

호. 호. 잠들여 노코
냥. 냥. 잘도 먹엇다.

— 「딸레와 아주머니」 부분

---

11 사나다 히로코, 위의 책, 46쪽.
12 같은 책, 38쪽.

철나무 치는 소리만

서로 맞어 쩌 르 렁!

—「산넘어 저쪽」 부분

　상실의 비애를 그린 것이든 천진한 동심을 그린 것이든 자연발생적인 노래를 넘어서는 정지용의 예술적인 동시작품들은 이원수, 윤석중, 윤복진, 박목월, 윤동주, 강소천 등 차세대 동요시인들에게 뚜렷한 지표로 작용했을 것이다. 우리 동시문학사의 계보로 보아 상실의 비애 표현은 이원수 동시, 천진한 동심 표현은 윤석중 동시로 이어진다. 휘문고보의 제자였던 오장환도 정지용에게서 자극받아 적지 않은 편수의 동시를 남기는데, 그중에는 아류로 여겨지는 것들이 많다. 이점에서 오장환은 아동문학'도' 한 것이지 정지용처럼 아동문학'을' 한 것은 아니었다.

　정지용의 동시가 비록 적은 수일지라도 초창기 아동문학에 지울 수 없는 자취를 새겨 넣은 점은 의심할 여지가 없다. 그의 동시가 1928년판 『조선동요선집』에 4편(「삼월 삼질 날」 「산에서 온 새」 「해바라기 씨」 「바람」), 1938년판 『조선아동문학집』에 3편(「말」 「지는 해」 「홍시」) 소개되고 있는 것도 이러한 사실을 뒷받침한다. 이 편수는 다른 동시인들보다 더 많은 것이다.

3. 이태준—이야기에서 성격창조로

　이태준은 1929년 개벽사에 입사하여 『학생』의 편집을 맡은 적이 있는데, 이것이 인연이 되어 『어린이』에 10편 내외의 동화를 발표했다. 이들 작품에 대해 최근 들어 다양한 시각에서 분석이 이루어지고 있다. 박헌호는 이태준이 동화를 집중 발표하던 시기를 "이태준의 초기"로 보고, 그의 동화가 이후의 작품세계까지 관통하는 독자적인 구성원리에 기초해 있음을 밝혔다. 그 구성원리는 일종의 아이러니로서 "현상과 그 이면의 비동질성, 혹은 의도와 결과의 상이성을 드러내는 데 초점을 두고 있다."[13] 그러니까 이태준의 동화는 "'인식의 관성'에 제동을 가함으로써 실상에의 조망(眺望)을 촉구"하는 것, 또는 "개별자들의 구체적인 상황에 대한 천착, 즉 인간 삶에 대한 미시적인 조망을 지향"하는 것으로 이해할 수 있다는 것이다.[14] 이러한 지적은 정곡을 찌른 것으로 이태준의 동화가 당시 아동문학의 작품경향과는 어떤 점에서 차별되는지, 그리고 그렇게 해서 성취한 바가 무엇인지를 짚어보기 위한 바탕이자 전제가 된다. 박헌호의 논문이 아쉬운 것은 이태준과 한국 근대소설의 성격을 살피는 과정에서 동화를 분석한 것이기 때문에, 아동문학사적 의미를 짚어보는 일은 그냥 지나치고 있으며 특히 유년동화에 대한 검토를 빠뜨린 점이다. 이태준 문학의 전개과정에서만 초기동화를 바라보게 되면 어쩔 수 없이 그의 동화는 "이태준 고유의 '스타일'을 확립해 가는 습작기"[15]의 산물로 자리할 수밖에 없는 것이다.

송인화는 이태준 동화에서 드러나는 '동심'을 "이태준 문학의 예술적 지향성과 상통하는 것으로 그의 창작의식의 심원을 구성"[16]하는 것이라고 파악했다. 이태준 문학의 '순수' 지향이 속악한 시대의 흐름과 대결하는 하나의 예술방법이자 태도라고 여기는 시각에서 '동심'이라는 키워드로 그의 문학세계를 구명한 것은 새로운 차원의 해명이다. 송인화는 특히 유년동화를 포함해서 "양식적인 특징이 어떻게 동심 및 예술과 연결되는지를"[17] 시기별로 살핌으로써 당시 아동문학의 작품경향에 비춘 성취도와 함께 이태준 동화에 새겨진 시대현실의 의미까지도 드러냈

---

13 박헌호,『이태준과 한국 근대소설의 성격』, 소명출판, 1999, 121쪽.
14 같은 책, 123쪽.
15 같은 책, 117쪽.
16 송인화,「'예술'로 나아간 '동심', 그리고 폐쇄된 비극성의 세계—이태준 동화 연구」, 건국대학교 동화와번역연구소,『동화와번역』제9집, 2005, 9쪽.
17 같은 글, 10쪽.

다. 그런데 송인화의 논문은 필자가 동의하기 힘든 해석이 눈에 띈다. 이태준 문학의 '순수' 또는 '동심' 지향은 그 해석의 폭이 워낙 넓은 편이니까 연구자의 몫이라 할지라도, 소년 주인공의 "여림과 안쓰러움"[18]을 통해 동심으로 나아갔다는 작품 해석은 주인공 소년을 위해(危害)하는 또 다른 소년 등장인물이 존재하기 때문에 설득력이 약해진다. 또한 그보다 더 무리한 것은 「엄마 마중」의 창작시기를 1930년대 중후반으로 추정하고 결말의 비극성과 시대현실과의 관계를 유추한 대목이다.[19] 하지만 「엄마 마중」의 결말을 소설 「패강랭」(1938)에서 보는 것처럼 암울한 비극성으로만 파악할 수 있을지 의문이다. 창작시기에 대한 추정도 작품의 비극성에서 끌어낸 것이기 때문에, 이 논문은 작품의 정조 면에서 드러나는 차이를 시대상황과 도식적으로 꿰맞추고 있다는 인상이 짙다. 양식적인 특징을 염두에 두었다지만 정작 동화와 소년소설이라는 더욱 본질적인 갈래의 특성을 간과했기 때문에 이러한 무리수가 드러났다고 여겨진다.

이태준의 아동문학 작품은 크게 두 부류로 나뉜다. 하나는 유아·유년이 주인공으로 등장하는 「몰라쟁이 엄마」(1931.2), 「슬퍼하는 나무」(1932.7), 「꽃장수」(1933), 「엄마 마중」(『조선아동문학집』, 1938) 등이며, 다른 하나는 소년이 주인공으로 등장하는 「어린 수문장」(1929.1), 「불쌍한 소년 미술가」(1929.2), 「슬픈 명일 추석」(1929.5), 「쓸쓸한 밤길」(1929.6), 「불쌍한 삼형제」(1930.7), 「외로운 아이」(1930.11) 등이다. 시기별로도 두 부류가 나뉘어 창작되었음이 확인되는데 전자를 '유년동화', 후자를 '소년동화'라 할 수도 있지만, 더 정확하게 말한다면 전자는 '동화'이고 후자는 '소년소설'이다. 어린이를 위한 허구적 산문에 대해 흔히 '동화'라는 명칭을 사용하고 있는데, 아동문학의 산문 영역은 '동화'와 '소년소설'로 크

---

18 같은 글, 12쪽.
19 같은 글, 23쪽.

게 구분된다.[20] 동화와 소년소설은 상대적으로 낮은 연령과 높은 연령의 어린이 독자에 각각 대응해서 분화 발전해왔다. 동화가 유아·유년의 내면세계와 통하는 초자연성과 물활론의 성격을 띠고 궁극의 질서를 지향하는 시적이고 상징적인 양식이라면, 소년소설은 어린이의 눈높이에서 경험할 수 있는 현실의 문제를 구체적으로 파고드는 가운데 삶의 진실을 탐구하는 양식이다. 동화는 궁극적인 자연의 질서로 귀결되는 세계이기 때문에 조화와 희망의 결말을 보여주지만, 소년소설은 현실의 단면을 제시하면서 진실을 추구하기 때문에 균열과 비극의 결말을 보여주기도 한다.

작품이 발표된 시기로 볼 때, 이태준은 소년소설류를 먼저 창작했고 그 다음에 동화류를 창작하고 있는 것이 확인된다. 비극적인 정조가 두드러진 작품들은 대부분 소년소설류에 속한다. 동화와 소년소설의 갈래별 특성을 간과하고 작품의 정조만을 염두에 둘 때에는 자칫 작가의 현실인식이나 대응방식에서 변화가 보인다고 파악하기 쉽다. 그러나 1930년을 전후로 하는 3, 4년의 기간을 두고서 현실에 대한 태도의 변화를 읽어내려는 것은 지나친 해석이다. 결정적인 것은 갈래상의 차이인데, 그 사이에 이태준의 결혼이 놓여 있는 사실을 지나칠 수 없다. 이태준은 1930년 5월경 이화여전 음악과를 갓 졸업한 이순옥과 결혼하여 단란한 일가를 이루고 이후 2남 3녀의 자녀를 두게 된다.[21] 그의 초기 소년소설류가 『어린이』의 전반적인 기조 속에서 자신의 불우했던 소년기 고아체험을 형상화한 것들이라면, 결혼 이후에 씌어진 엄마와 아기가 나오는 동화류는 자신의 가정을 모델로 해서 새로 개척한 독특한 스타일의 작품들이라는 점이다.

---

20 자세한 것은 졸고, 「동화와 소설」(『동화와 어린이』, 창비, 2004)을 참고하기 바람.
21 민충환, 「이태준의 전기적 고찰」, 상허문학회, 위의 책, 45쪽. 결혼한 다음해부터 장녀(1931), 장남(1932), 차녀(1934)가 태어났고, 그 무렵 이태준은 이화보육학교와 경성보육학교에 출강했다.

이태준의 아동문학은 초자연적인 환상과 공상의 세계를 보여주는 것들과는 다른 모습이다. 학창시절에 교지『휘문』(제2호, 1924.6)에 발표한 옛이야기 방식의 「물고기 이야기」를 제외한다면 『어린이』에 발표한 의인동화는 「슬퍼하는 나무」 하나뿐인데 연극적인 서술방식으로 되어 있어서 조금 색다른 모습이다. 이 「슬퍼하는 나무」는 '아기'가 아니라 새, 나무와 대화를 나누는 '아이'를 내세운 점에서 두 부류 가운데 중간적인 정조를 지닌 작품이기도 하다. 이 작품의 간결한 대화체는 유아 주인공의 작품들과 비슷하고, 어미와 새끼의 관계에서 자연의 이치를 깨닫게 하는 주제는 소년 주인공의 작품인 「어린 수문장」 「불쌍한 삼형제」와 비슷하다. 소년소설류처럼 소년이 맞이하는 비극성이 직접 드러나 있지 않은 점에서 교훈적인 의인동화라 할 수 있다. 그밖에는 유아 주인공의 작품이든 소년 주인공의 작품이든 넓은 의미의 '사실동화'에 속하는 것들이다. 동화, 사실동화(생활동화), 소년소설(아동소설)의 명칭과 범주에 관해서는 논란이 없지 않기 때문에 여기에서는 당시의 작품경향과 비교되는 이태준 아동문학의 독자적 특질과 그 성취도를 중심으로 살펴보고자 한다.

이태준이 『어린이』에 동화와 소년소설을 집중적으로 발표한 시기는 프로 아동문학의 열기가 뜨겁던 때였다. 초창기 창작동화의 대부분이 의인화된 캐릭터와 옛이야기에서 보는 것과 같은 가공(架空)의 인물이었던 것에 대하여 프로 아동문학은 현실의 어린이를 그릴 것을 요구하였다. 그런데 프로 아동문학은 계급 현실의 도식에 갇혀 아동으로서의 실감을 지니지 못한 '수염난 총각'을 그려내고 있을 뿐이었다. 그리하여 거의 성인소설로 다가선 것들을 제외한다면 의인동화거나 사실동화거나 당시까지는 비현실적이고 도식적인 줄거리를 지닌 교훈담과 설교방식의 이야기들이 대부분이었다. 이태준의 아동문학은 이러한 배경을 고려했을 때 더욱 적극적이고 새로운 의미를 부여받는다. 「어린 수문장」의 첫 부분을 살펴보자.

여름이었으나 장마 끝에 바람 몹시 부는 어느 날 밤이었습니다.

어머니는 이런 말씀을 하셨습니다.

"웃집에 장군네가 살 때는 장군 아버지가 술이 골망태가 되어도 우리 마당을 지날 때마다 기침 소리를 내어 한결 든든하더니…… 그이가 떠난 후에는 그 소리나마 들을 수가 없구나. 이제는 개라도 한 마리 길러야지 문간이 너무 횡해서 어디 적적해 견디겠니."

자는 줄 알았던 누이동생이 이 말을 기다리고 있었던 것처럼,

"참, 어머니, 저어 웃말 할먼네 개가 오늘 새끼를 낳았대요. 다섯 마리나 낳았다는걸요."[22]

작품 도입부터 대화 장면을 말끔하게 제시하는 솜씨가 돋보인다. 기존 작품들의 구태의연한 이야기성에서 탈피하여 그 정황에 꼭 맞는 디테일을 갖춘 한 편의 사실동화(실은 소년소설)를 선보이고 있는 것이다. 작품의 제목인 '어린 수문장'은 어미의 젖을 떼자마자 데려온 새끼 개를 가리킨다. 강아지가 낯을 가리고 밥을 먹지 않으니 소년은 안타깝기 짝이 없다. 그날 밤 끙끙대는 강아지에게 아궁이 한구석에 따뜻하게 자리를 마련해 주고 겨우 안심이 되어 잠이 들었건만, 이튿날 아침에 강아지는 없어진다. 소문에 의하면 어미한테 가려고 징검다리를 건너다 그만 물에 빠져 죽었다는 것이다. 소년은 그날 밤새도록 꿈자리가 산란하였다. 작품의 결말은 다음과 같다.

그 후 며칠 못 되어 나는 웃말에 갔다가 그 어미개와 마주치게 되었습니다.

그는 자기 자식 하나를 그처럼 비참한 운명으로 끌어 낸 나임을 아는 듯이 불덩어리 같은 눈알을 알른거리며 앙상한 이빨을 벌리고 한 걸음 나섰다 한 걸음

---

22 본고의 이태준 작품 인용은 겨레아동문학연구회 엮음, 겨레아동문학선집 1권 『엄마 마중』(보리, 1999)을 따랐다.

물러섰다 하면서 원수를 갚으려는 듯한 기세를 돋구고 있었습니다.

　그 때 마침 그 댁 할머님이 나오시다가,

　"네가 양복을 입고 와서 그렇게 짖는구나. 이 개, 이 개."

　하시고 개를 쫓아 주셨습니다.

　딴은 내가 양복을 입고 가기는 하였습니다.

　강아지의 죽음을 안타까워하는 소년의 심정이 어미개와 대면하면서 죄의식으로 새겨지는 과정을 극적인 방법으로 간접화해서 제시하고 있다. 이 죄의식은 아동을 단순히 대상이 아니라 주체의 면모를 지닌 존재로 파악하는 것이기에 주목된다.[23] 옛이야기 방식의 초창기 동화와 프로아동문학이 권선징악과 교훈주의에 대한 강박으로 사건을 통속이나 도식으로 해결했던 것과는 차이를 보이는 인물의 내면심리 곧 성격창조가 돋보이는 작품이라 하겠다.

　불우했던 작가의 어린 시절이 투영된 작품으로 잘 알려진 「불쌍한 소년 미술가」 「슬픈 명일 추석」 「쓸쓸한 밤길」 「불쌍한 삼형제」 「외로운 아이」 등은 고난과 역경 속에서 살아가는 서민 어린이의 삶을 연민의 눈으로 그려낸 한국아동문학의 기본성격에 부합하는 내용들이다.[24] 작품에 따라서는 신파조와 감상벽이 드러나는 대목도 없지 않지만, 이들 작품에서 눈여겨볼 것은 송인화도 지적했듯이 상투적인 계몽성 대신에 정서적인 자질인 '정감'을 놓음으로써 나름의 리얼리티를 확보하고 있다는 점이다.[25] 흔히 아동문학은 희망의 서사라는 구실을 들어서 우연이나 외

23 권희선, 「이태준 동화에 나타난 아이와 엄마의 관계」, 『창비어린이』 2003년 겨울호, 186쪽. 권희선은 죄의식 대신 빠른 회개와 교정과 눈물이 있을 뿐인 동심주의의 근원에는 죄의식을 위한 자리가 없다는 점에서, 그리고 손쉽게 화해되거나 해소할 수 없는 죄의식을 근대 주체에 깊이 각인된 피해갈 수 없는 심연의 기원으로 볼 수 있다는 점에서, 「어린 수문장」은 아동 내면에서 입 벌리기 시작한 죄의식의 탄생을 보여주는 작품이라고 지적한다.
24 한국아동문학의 기본성격에 관해서는 졸고, 「한일 아동문학의 기원과 성격 비교」(『아동문학과 비평정신』, 창비, 2001)를 참고하기 바람.
25 송인화, 위의 글, 17~18쪽.

부조력자의 도움으로 행복한 결말을 취하는 경우가 많다. 이는 자연과 인생의 상징적 반영인 옛이야기에 뿌리를 둔 동화 양식과의 혼동에서 비롯되는 것인데, 현실적인 인물과 배경과 사건으로 이루어진 소년소설은 어디까지나 근대소설의 기율에 바탕을 두고 가치를 추구하는 양식이다. 이점에서 박헌호가 지적한 "현상과 그 이면의 비동질성, 혹은 의도와 결과의 상이성을 드러내는" 초점은 이태준이 성인문학과는 눈높이를 달리해서 획득한 아동문학의 근대성이라고 할 수 있는 요소다. 또한 이 초점은 "개별자들의 구체적인 상황에 대한 천착, 인간 삶에 대한 미시적인 조망"을 통해서 달성되고 있는바, 이야기에서 성격창조로 나아가는 길목에 이태준의 아동문학이 놓여 있는 것이다.

아기가 등장하는 짤막한 유년동화들은 서사적 줄거리를 배제한 채 간결한 대화만으로 시에 다가서는 독특한 스타일의 작품들로서 이후에 하나의 계보를 이룰 만큼 인상적이다. 「몰라쟁이 엄마」와 「꽃장수」는 아기와 엄마가 나누는 하나의 대화 장면으로 되어 있다. 천진함에서 비롯되는 대화말의 생동감, 아기와 엄마 사이를 이어주는 깊은 신뢰감과 친연성, 전체적으로 밝고 건강한 분위기를 이끄는 긍정성 등은 프로 아동문학이 외면한 유아·유년기 아동의 동심적인 특징의 반영이다. 어린이다운 호기심에서 촉발된 자연의 이치가 간결한 문장과 단일한 극적 구성으로 한 편의 시처럼 표현되었다. 그 당시에 단란한 가정을 이룬 이태준이 자연의 조화로운 질서를 꿈꾸면서 만들어낸 작품들이라 하겠다.

처음 발표된 시기와 지면을 정확하게 알 수 없는 「엄마 마중」[26]은 아기가 혼자 한길에 나와 엄마를 기다리는 내용이다. 짤막하더라도 기승전결의 완벽한 구성요건을 갖추고 있으며, 반복에 의한 시적 효과와 여운

---

26 「엄마 마중」은 1938년 조선일보사 발행의 『조선아동문학집』에 실린 것으로 처음 발표된 시기와 지면을 확인할 수 없으나, 이태준의 모든 아동문학 작품이 예외 없이 『어린이』에 발표되었다는 점에서 이 잡지가 폐간된 1934년을 넘지 않은 시기의 작품으로 보는 것이 타당할 듯하다.

을 남기는 작품이다. 엄마의 부재로 인해서 울림은 더욱 크게 다가온다. 이러한 특징 때문에 필자는 '조국을 잃은 시대의 상징으로서 한 편의 시라 여기고 읽을 수 있다'고 소개한 적이 있지만,[27] 그렇다고 이 작품의 분위기가 비극적으로 파악되는 것은 아니다. 작품 전문을 감상해보자.

추워서 코가 새빨간 아가가 아장아장 전차 정류장으로 걸어 나왔습니다. 그리고 낑 하고 안전 지대에 올라섰습니다.

이내 전차가 왔습니다. 아가는 갸웃하고 차장더러 물었습니다.

"우리 엄마 안 오?"

"너희 엄마를 내가 아니?"

하고 차장은 '땡땡' 하면서 지나갔습니다.

또 전차가 왔습니다. 아가는 또 갸웃하고 차장더러 물었습니다.

"우리 엄마 안 오?"

"너희 엄마를 내가 아니?"

하고 이 차장도 '땡땡' 하면서 지나갔습니다.

그 다음 전차가 또 왔습니다. 아가는 또 갸웃하고 차장더러 물었습니다.

"우리 엄마 안 오?"

"오! 엄마를 기다리는 아가구나."

하고 이번 차장은 내려와서,

"다칠라. 너희 엄마 오시도록 한 군데만 가만히 섰거라 응?"

하고 갔습니다.

아가는 바람이 불어도 꼼짝 안 하고, 전차가 와도 다시는 묻지도 않고, 코만 새빨개서 가만히 서 있습니다.

---

27 졸고, 「정지용과 이태준의 아동문학」, 『아침햇살』 1997년 여름호. 참고.

전차 정류장에 한 아기가 등장한다. 이름도 성별도 알 수 없지만 아기의 앙증맞은 모습을 시각적으로 명료하게 붙들어내고 있다. 작가는 설명적 개입을 자제하고 서술 대상과 객관적 거리를 유지하면서 카메라 뒤에 숨어 장면만을 제시한다. 다른 유년동화들에서 보는 아기와 엄마의 대화가 아니라, 엄마를 기다리는 아기와 전차차장의 대화로 되어 있다. 전차가 도착하자 아기는 차장더러 엄마가 언제 오느냐고 묻는다. 첫번째와 두 번째 차장은 외면하는 대답과 함께 그냥 지나친다. 그런데 세 번째 차장은 다르다. 아기를 걱정해주면서 한군데에 잘 서 있으라고 일러준다. 이제 아기는 전차가 와도 더 묻지 않고 엄마가 오기만을 기다리고 서 있다. 엄마와 만나는 것으로 작품이 끝나지 않았기 때문에 안타까운 감정이 일어난다. 그렇다고 "만남이 실현될 가능성은 차단된 채 막막한 불안감과 비극적 전조의 우울함이 전체 작품을 감싸고 있다"[28]고 볼 수 있을까? '불안감'이나 '우울함'이라는 말은 천진한 동심이 관통하면서 이뤄낸 이 작품의 내적 긴장을 제거하며, '비극적'이라는 말도 한쪽으로 치우쳐진 단순한 파악에 가깝다. 이 작품이 독특한 여운을 남기는 것은 엄마가 돌아오지 않은 채로 끝낸 결말의 구조에 어떤 '약속과 믿음'을 내장하고 있기 때문이다. '약속'이 세 번째 차장의 사려 깊고 따뜻한 배려에서 비롯된다면 '믿음'은 천진하고 순수한 아기의 동심에서 비롯된다. 세 번째 차장과 아기 사이에는 엄마와 아기 사이처럼 깊은 신뢰감과 친연성이 놓여 있다. 당대 사회의 비극적 현실성과 일정하게 조응하면서도 동화 양식 특유의 '궁극의 조화로 통하는 안정감'을 끌어안고 있는 구조인 것이다. 이와 같은 이태준의 시적인 유년동화는 1930년대 말에 '노마 이야기'를 연작으로 발표한 현덕에 와서 정점에 이른다.[29]

---

28 송인화, 위의 글, 25쪽.
29 현덕의 수많은 유년동화(『너하고 안 놀아』, 창비, 1994)는 이태준을 잇는 것이면서도 독자적인 경지를 보여준다. 이 가운데 솜사탕 장수를 기다리는 아이들의 모습을 시적으로 그려낸 「바람은 알건만」(『소년조선일보』, 1938.5.29)은 형식과 내용 면에서 더욱 「엄마 마중」을 닮아 있다.

4. 박태원, 이상, 김유정

　　박태원, 이상, 김유정의 아동문학은 대부분 1930년대 중후반에 이루어진 것이기 때문에 개척의 몫은 덜하다. 그런데 1930년대 아동문학의 결정체라 할 수 있는 작가 현덕이 김유정을 통해 이태준, 박태원과 더 깊숙이 연결되었다는 점을 기억해야 한다. 그러니까 박태원과 김유정은 문단사적으로 아동문학에 끼친 영향도 무시할 수 없다. 아동문학 활동을 누구보다 오래 전개하면서 빛과 그림자를 동시에 남긴 박태원과 그 활동이 미미한 이상과 김유정의 아동문학은 최근에 떠오른 몇 가지 새로운 사실을 중심으로 간략하게 살펴보려고 한다.

　　1938년 조선일보사 발행의 『조선아동문학집』은 일제시대의 아동문학을 한 차례 결산한 것으로서 의미를 지닌다. 여기에 박태원의 동화가 4편이나 실려 있다. 「소꿉질」「골목대장」「소꿉」「아빠가 매맞던 이야기」가 그것들이다. 지금까지 박태원의 작품연보에는 이 가운데 「소꿉」만이 올라 있다.[30] 이 밖에도 연보에 올라 있지 않은 작품으로 동화 「영수증」(매일신보, 1933.11.1~11)과 「줄다리기」(매일신보, 1935.12.1~2) 두 편을 더 추가할 수 있다. 최근에 친일문학과 관련한 논의에서 새롭게 부각된 『방송소설명작선』(조선출판사, 1943)에 실린 「꼬마반장」과 「어서 크자」,[31] 1938년 『소년』에 연재한 「소년탐정단」, 해방후 『소학생』에 연재한 「이순신」과 「소년삼국지」 등을 포함할 때 박태원도 줄기차게 아동문학에 대해 관심을 갖고 활동했다는 사실을 알 수 있다.

지나는 사람마다 솜사탕 장수가 어디쯤 오느냐고 아이들은 질문을 하는데 모른다는 대답만 돌아오고 마지막까지 솜사탕 장수는 모습을 드러내지 않지만, 바람이 솜사탕 장수 북소리를 지붕 너머로 계속 실어오는 내용이다.

30　정현숙, 『박태원 문학연구』, 국학자료원, 1993.; 강진호 외, 『박태원 소설연구』, 깊은샘, 1995. 참고.

31　함태영의 해설과 함께 『민족문학사연구』 제21호(2002년)에 『방송소설명작선』에 실린 작품들이 소개되고 있는데 박태원의 동화 두 편도 포함되어 있다.

박태원의 아동문학에서 주목해야 할 작품은 「영수증」이다.[32] 이 작품은 그의 출세작 「소설가 구보씨의 일일」(『조선중앙일보』, 1934.8.1~9.1)보다 일 년 가량 앞서는 것이기에 유독 관심을 끈다. 사실주의 요건을 충족한 소년소설이면서도 카프 계열의 작품과 구별되고, 영수증을 도표로 제시하는 형식 실험도 엿볼 수 있다. 이 작품에서 박태원은 서울 한복판 소시민의 삶을 배경으로 우동집 배달부 소년이 겪는 비정한 세태를 직접 표면에 나서서 들려준다. 자본의 힘이 가게의 운명을 좌우하고 그 피해가 힘없는 어린 소년에게 전가되는 내용인데, 당시 주조를 이루던 분노와 흥분의 감정을 내세우기보다 사건의 진상을 일상사에 녹여서 파헤치고 있다. 표면적으로는 이야기를 들려주는 방식이지만 인물들의 부대낌에서 비롯되는 정서의 파장을 극적으로 제시하는 이중의 서술구조다. 밑천 없는 우동집이 밀려나고, 가게에서 일하는 아이는 월급도 못 받고, 그나마 의지하는 먼 친척뻘 아저씨는 별 소용이 닿지 않고 아이만 곤란하게 만든다. 자본의 무자비한 속성은 일상을 파고들어 각양각색의 사람 사는 모습을 만들어내는 바, 이 작품은 투쟁적 가치를 내세워 도식에 빠지곤 했던 프로 아동문학과는 사뭇 다른 실감을 가지고 있다. 상황 전개에 따른 인물의 심리 변화가 독자에게 정서의 파동을 전하는 것이다. 「영수증」이 이룬 성취는 당대의 프로 아동문학이 지닌 문제점을 극복한 결과다. 작품의 처음부터 끝까지 결코 현실을 떠나지 않았으되, 인물을 또렷이 살려내고 여러 가지 형식적 배려를 해서 이야기의 맛을 더해준 것은 확실히 형식을 일신함으로써 내용에 깊이를 주는 1930년대적 대응이었다.

그런데 박태원은 태평양전쟁이 터지자 시국에 부응하는 동화를 남겨 그의 이력에 어두운 그림자를 만들어낸다. 시국에 협력적인 박태원의 모습은 그가 사숙한 이광수의 영향도 무시할 수 없는 요인이다. 연작형

---

32 필자의 해설과 함께 『창작과비평』 1998년 가을호에 박태원의 「영수증」이 소개된 바 있다.

태인 「꼬마 반장」과 「어서 크자」는 어린이의 천진한 말과 행동거지를 귀엽게 내려다보는 이른바 동심주의 발상이 도드라진다. 이 때문에 아이들의 병정놀이와 관련된 내용이 전쟁동원의 메시지 쪽보다는 아이의 귀여운 면을 부각시키는 쪽으로 작용한다. 그럼에도 이 작품들은 동네반장 같은 등장인물을 통해 일제에 협력하는 '총후'의 태세를 강조하고 있는 것처럼 그려진 점에서 친일문학 시비로부터 자유롭지 못할 듯하다.

시인이자 소설가인 이상의 동화는 그동안 상당한 호기심과 매력의 대상이었다. 당대 문단에 센세이션을 불러일으킨 천재작가가 어린이를 위해 귀여운 악마 같은 색다른 도깨비를 등장시킨 동화 한 편을 썼다는 점 때문이다. 그런데 얼마 전까지 움직일 수 없었던 이 사실이 최근 한 연구자에 의해 완전히 뒤집혀지고 말았다. 이상의 동화로 알았던 「황소와 도깨비」(『매일신보』, 1937.3.5~9)가 일본의 유명한 어린이잡지 『빨간새』에 실린 토요시마 요시오(豊島與志雄)의 「천하제일의 말(天下一の馬)」(1924.3)의 번안임이 밝혀진 것이다.[33] 「황소와 도깨비」는 한 농부가 상처 입은 도깨비에게 소의 배를 빌려주자 도깨비가 그 보답으로 소의 힘을 아주 세게 해준다는 내용을 담고 있다. 「천하제일의 말」에 나오는 '말'과 '산꼬마(악마의 새끼)'가 「황소와 도깨비」에서는 '소'와 '도깨비'로 바뀌어 나온다는 것만 다를 뿐, 이야기의 전개과정, 구성, 심지어는 낱말에 이르기까지 거의 비슷하다. 이로써 「황소와 도깨비」는 창작이 아닌 번안작으로 분류가 된다. 그러면 번안한 사람은 이상인가? 이조차 아닐 것이라는 가능성이 제기되었다.[34] 이제 「황소와 도깨비」라는 이채로운 작품은 이상의 작품 목록에서 지워져야 할 것이다.

구인회 후기동인인 김유정도 아동문학을 몇 편 남겼다. 여기서 몇 편이라고 한 것은 경계가 모호한 작품들이 여럿 있기 때문이다. 어린이독자를

---

33 김영순, 「'황소와 도깨비'는 이상의 창작인가」, 『창비어린이』, 2003년 겨울호. 참고.
34 같은 글, 195쪽과 202쪽 참고.

뚜렷이 의식하고 쓴 것은 사후에 『소년』에 연재된 「두포전」을 들 수 있다. 그런데 이 작품은 살아생전에 미처 끝내지 못했기 때문에, 중간부터는 절친한 친구인 현덕이 이어서 완성시켰다.[35] 영웅이 등장하는 역사물로서 그다지 새롭다거나 의미가 있는 것이라고는 할 수 없다. 1936년 4월 『중앙』에 발표된 「이런 음악회」는 중학생들의 생활을 다룬 학생소설로서 뒤에 『소년문학독본』(이영철 엮음, 1955, 글벗집)에 실리기까지 했기 때문에 아동문학의 범주에서 볼 수 있는 작품이다. 중학생다운 소란스러운 활기가 등장인물을 감싸는 작품으로, 「동백꽃」이나 「봄봄」과 구별되는 점은 독자 대상이 학생에게 뚜렷이 맞춰져 있다는 점이다. 「동백꽃」 「봄봄」처럼 원래는 소설로 씌어졌으나 최근에는 아이들에게도 소개되고 있는 작품으로 「옥토끼」(『여성』, 1936.7)가 있다. 순박한 시골총각의 결혼 문제를 둘러싼 갈등을 다룬 것인데, 그 제목 때문에 출판사의 상업적인 기획에 따라 '동화'로 둔갑되었는지 몰라도 "김유정이 남긴 유일한 동화"라는 식으로 소개하는 것은 전혀 잘못된 정보다.[36] 「옥토끼」는 어느 면으로 보아도 아동문학의 범주에 들기 힘든 것이며, '동화'라는 명칭과는 한참 거리가 멀다.

5. 마무리

각각의 크기는 다를지라도 구인회 소속 문인들의 동시와 동화는 그들

---

35 「두포전」은 『소년』 1939년 1월호부터 5월호에 총 5회 연재되었는데, 김유정이 3회분, 현덕이 2회분을 채워 완성했다. 소년 1939년 4월호 연재분 말미를 보면, "여기까지 쓰시고, 그그께 봄에 김유정 선생님은 이 세상을 떠나셨습니다. 이 다음이야기는 다행하게도 김 선생님 병간호를 해드리며 끝까지 이 이야기를 행히 들으신 현덕 선생님이 김 선생님 대신 써주시기로 하였습니다." 하는 편집자 주가 붙어 있다.
36 가교출판사에서 『옥토끼』(서울: 1998)를 그림동화로 출판하면서 김유정의 유일한 동화라고 책표지에 써넣었는데, 이 문구를 받아 일간지들에서도 「옥토끼」가 김유정의 유일한 동화라 소개를 했고, 지금도 인터넷 서점에서 그대로 통용되고 있는 실정이다.

의 시와 소설이 한국문학사에 끼친 것 못지않게 비중 있는 영향을 아동문학사에 끼쳤다. 이 때문에 한국아동문학을 한국문학 전체 흐름에 조응해서 바라보는 시각이 절실하다. 상대적 독자성을 특권화하고 자기폐쇄성을 강화함에 따라 적지 않은 문제점이 발생해왔다. 성인문학 쪽에서는 동심주의와 교훈주의의 흐름을 아동문학의 본질인양 여기면서 아동문학을 문학 이하로 폄하하는 시각을 품어왔고, 아동문학 쪽에서는 특수한 일면을 내세워 문학성을 냉정하게 평가하지 못하고 우물 안 개구리처럼 자족해온 면이 없지 않다.

한국아동문학은 성인문학 쪽보다 한층 단순하고 소박한 성격의 리얼리즘을 근간으로 전개되어 왔다. 그런데 아동문학의 리얼리즘이 하나의 양식으로 좁혀지는 양상을 띠게 되자, 분방한 상상력이나 개성적인 스타일에 제약이 가해지고 구투를 답습하는 안이한 관성이 생겨났다. 이 점에서 미학적으로 리얼리즘과 긴장관계를 맺어왔던 모더니즘의 도전과 자극이 우리 아동문학에는 충분치 못했다는 아쉬움이 남는다. 본고가 구인회의 아동문학을 주목한 것은 바로 이 모더니즘과 관련한 문제의식을 되살려보고자 하는 의도다.

우리가 눈여겨볼 것은 구인회 소속 문인에게서 리얼리즘과 모더니즘이 적대적이지 않았다는 사실이다. 식민지 근대라는 역사적 조건에서 민족과 계급이 동전의 양면이었듯 리얼리즘과 모더니즘도 동전의 양면이었다. 모더니즘을 추동한 구인회 회원의 작품이 리얼리즘과 대립한 모더니즘의 층위로만 파악되지 않는 이유가 여기에 있다. 그런데 리얼리즘과 모더니즘의 합류로 만들어진 해방 후의 조선문학가동맹이 불법화되고 문단이 남북으로 재편되면서 문학도 양극화의 길을 걸었다. 아동문학에서의 모더니즘은 일종의 형식주의 또는 기교주의로서, 리얼리즘과 미학적으로 긴장관계를 맺기보다는 이념적으로 적대관계에 서면서 본래적 가치가 굴절되었다.[37]

아동문학에서 모더니즘이 전통적인 리얼리즘과 긴장관계를 이루며 생명력 있는 내실을 갖게 된 것은 대략 1990년대에 들어와서다. 이는 무엇보다도 아동문학의 발전과 불가분의 관계에 있는 도시중산층 기반의 시민사회가 확장되면서 새로운 수준의 근대성을 요구했기 때문이다. 어린이를 둘러싼 삶의 환경은 이전 시기와 크게 달라졌다. 오늘날 한국아동문학은 세계아동문학의 지평에서 다양한 모색과 더불어 발전해가고 있다. "전통적인 서술 구조의 파괴나 여러 실험적 양식들의 폭넓은 사용, 시간과 공간의 얽히고 설킨 사용, 증가하는 상호 텍스트성, 텍스트와 현실 사이의 관계에 대한 전통적인 접근법에 제기되는 의문 같은 현상"[38] 등등 이른바 포스트모더니즘 문학이론으로 현대아동문학의 특징을 설명하는 외국이론서도 우리 아동문학을 바라보는 데에서 중요한 참조가 된다.

이러한 상황에서 빼놓을 수 없는 중요한 일 가운데 하나가 우리의 전통과 자산을 새로운 시각으로 재조명하는 것이다. 1930년대는 오늘날 자명하게 받아들이는 사회문화적 현상들이 새롭게 모습을 드러낸 시기로 그 이전과는 다른 감수성의 문학이 요구되었다. 그러나 전시기의 과제 또한 의연히 존속하고 있었으니, 무릇 문학사적 발전은 단절에 의한 교체가 아니라 변증(辨證)에 의한 이월을 핵심 내용으로 하게 마련이다. 본고에서 살펴본 1930년을 전후한 시기의 정지용 동시, 이태준 동화, 그리고 박태원의 「영수증」 같은 작품들이 이룩한 성취가 여기에 해당한다. 이러한 성취는 사회성격의 변화와 더불어 자기갱신을 과제로 삼고 있는 오늘의 아동문학에도 생생한 현재성을 제공해주는 것이라고 하겠다.

---

37 체제나 제도 바깥의 사유를 허용하지 않는 시대분위기에서는 이분법적 사고가 팽배할 수밖에 없었으니, '참여/순수' '내용/형식' '리얼리즘/모더니즘' 등의 대립구도를 역사적 현상으로 바라볼 필요가 있다.
38 마리아 니콜라예바, 김서정 옮김, 『용의 아이들』, 문학과지성사, 1998, 309쪽.

현덕 문학에 나타난 부권 부재와 회복의 열망

발굴 작품 『광명을 찾아서』에 대해

1. 창작 및 출판 경위

마침내 현덕(玄德, 1909~?)의 장편 소년소설 『광명을 찾아서』(동지사아동
원, 1949)가 햇빛을 보았다. 필자는 일전에 현덕의 작품을 갈무리하여 『현
덕 전집』(역락, 2009)을 묶어낸 바 있는데, 『광명을 찾아서』는 발행기록만
확인될 뿐이고 도무지 손에 닿질 않아 전집에는 넣지 못한 작품이다. 아
쉬움이 컸지만 이 책이 발견되기를 기대하기도 힘들었거니와 마냥 기다
릴 수만도 없는 사정이었다. 그런데 최근에 이 책을 구한 어느 장서가의
도움으로 작품을 읽어볼 기회가 생겼다. 내용을 살펴보니 오늘날 어린
이가 읽기에도 손색이 없었다. 그리하여 연구를 뒤로 한 채 서둘러 재출
간부터 주선했다.(현덕, 『광명을 찾아서』, 창비, 2013) 『광명을 찾아서』는 현덕
의 유일한 장편이자 월북 이전 마지막 작품이다. 월북 이후에는 아동문
학 분야에서 활동한 흔적이 없으므로, 『광명을 찾아서』는 현덕의 마지막
아동문학 작품이 되는 셈이다.

현덕은 자신이 꿈꾸는 새로운 국가건설이 좌절되고 정치적 이유로 쫓
기는 상황에서 『광명을 찾아서』를 탈고했다. 이 작품은 월북작가 현덕의

[사진] 『광명을 찾아서』의 겉표지, 속표지, 간행기록

문학적 행보에 관한 중요한 시사점을 제공해줄 뿐만 아니라, 한국 소년
소설의 리얼리즘을 식민지시대에서 분단시대로 이어주는 교량의 몫으
로서도 눈길을 끈다. 결론부터 말하자면, 『광명을 찾아서』는 현덕 문학
의 '아비 찾기' 과제를 일단락 지은 것으로, 그의 월북 동기를 명확히 해
준다. 또한 이 작품은 '방정환―이태준―현덕'으로 이어지는 식민지시
대 고학생 계열 소년소설의 해방 후편이라 할 수 있는 것으로, 비정한
도시의 거리로 내몰린 불우한 소년들의 방황과 꿈을 그린 점에서 '이주
홍―이원수―권정생'으로 이어지는 남한 소년소설의 리얼리즘을 앞질
러 보여준 전범(典範)이라 할 만하다.

　현덕은 카프가 해산된 1930년대 후반기에 활동한 '신세대작가'에 속
한다. 해방 이후의 활동이 더 한층 기대되었지만, 민족분단으로 인해 창
작의 어려움을 겪다가 문학사에서 실종된 비운의 작가였다. 다행히 월
북작가 해금조치 이후, 현덕은 식민지시대의 뛰어난 단편작가이자 동화
작가의 한 사람으로 되살아났다. 해방 직후에 펴낸 그의 작품집들은 일
제강점기 작품들을 장르별로 묶어서 출간한 것이다. 동화집 『포도와 구
슬』(정음사, 1946), 『토끼 삼형제』(을유문화사, 1947), 소년소설집 『집을 나간
소년』(아문각, 1947), 소설집 『남생이』(아문학, 1947) 등이 그것들이다. 이 가

운데 하나 예외가 보인다. 두 번째 동화집『토끼 삼형제』를 엮으면서 '노마 연작 동화'를 마무리 짓고자 했음인지 해방 후에 새로 쓴「큰 뜻」을 하나 더 보탰다. 이 작품은 일제로부터 해방이 되자 나라 밖에서 독립운동에 힘쓴 아버지의 귀환 소식이 들려오고 어린 노마는 가슴에 아버지의 큰 뜻을 품는다는 내용이다. 네 권의 작품집에서 해방 후의 작품은 이것이 유일하다. 이 밖에 해방 후 이뤄진 그의 창작으로 또 어떤 것들이 있는가?

여기서 잠깐 해방 후 현덕의 행적을 살펴볼 필요가 있다. 현덕은 작가로 등단한 이후 임화, 김남천, 이원조, 안회남, 오장환 등과 교유관계를 유지하다가 해방 직후 조선문학가동맹(1946.2.8)에 참여한다. 조선문학가동맹은 임화, 김남천, 이원조 등 조선문학건설본부 계열의 주도로 민족문학의 건설을 표방했는바, 여기에 비판적인 조선프롤레타리아문학동맹 계열이 일찍 월북해서 빈자리가 생기자 현덕은 홍구의 뒤를 이어 출판부장을 맡는다. 정세의 악화로 조선문학가동맹에 대한 탄압이 가중되면서 이태준, 임화, 김남천, 이원조 등도 월북하고, 조선문학가동맹의 주요 업무는 현덕, 배호, 김영석, 이용악, 이병철 등에게 떠맡겨진다. 기관지『문학』의 편집 겸 발행인도 7호(1948.4)부터는 이태준에서 현덕으로 바뀐다. 이즈음 조선문학가동맹은 단독정부 수립을 반대하고 남로당 중앙서기국 임시헌법초안을 절대적으로 지지한다는 성명을 발표한다. 정부가 수립된 이후로 조선문학가동맹은 완전히 불법화된다. 맹원들에 대한 검거와 국민보도연맹 가입 조치가 이뤄지는 시기에 현덕은 지하로 잠적한다.

현덕은 병약한 체질이었다. 김남천은 소설집『남생이』의 발문에서 "병고를 무릅쓰고 문학운동과 문예공작에 종사하는 인간으로서 이 실천성이 반드시 문학적으로 결실할 것을 바라마지 않는"다고 쓰고 있다. 또한 이원조도 작가 채만식과 대화하는 자리에서 "채 형은 8·15 후 아직 한

편도 쓰지 않았는데 내가 경애하는 작가 가운데 아직 작품 안 쓴 이가 채 형과 현덕 씨뿐"(「창작합평회」, 『신문학』 2호, 1946.6)이라고 말하고 있다. 병약한 현덕으로서는 조선문학가동맹 활동과 창작 활동을 병행하기가 무척 힘겨웠을 것이다. 게다가 조선문학가동맹에 대한 탄압이 가중되고 있었기 때문에 창작은 검열의 문제와도 직면하고 있었다.

그럼에도 현덕은 장편 소년소설을 완성하고자 여러 차례 시도했음이 확인된다. 어째서 동화도 단편소설도 아닌 장편 소년소설이었을까? 아마 어린 노마의 '큰 뜻'을 더 밀어붙이는 내용을 염두에 둔 듯하다. 중학생 월간 잡지 『진학』(1946.3)에 연재한 「행진곡」과 『어린이세계』(1947.5)에 연재한 「아름다운 새벽」 등에서 그런 의도를 엿볼 수 있다. 둘 다 연재 2회분의 내용만 확인될 뿐인데, 이들 잡지의 발행이 중단되면서 연재도 중단되고 만다. 정부 수립 후 조선문학가동맹에 이름을 올리고 월북하지 않는 작가들은 국민보도연맹에 가입하고 숨죽일 수밖에 없는 형편이었다. 그들 중의 상당수는 동지사아동원(同志社兒童園) 발행의 아동잡지 『어린이나라』(1949.1~1950.5)와 각별한 관계에 있었다. 현덕은 국민보도연맹에도 가입하지 않았다. 그런데 이 『어린이나라』 1949년 1월호에 "현덕 선생님께서 해방 후에 처음 써내신 장편 소년소녀소설 『광명을 찾아서』를 지금 우리 사에서 내이기에 바쁜 중입니다"라는 편집후기가 보인다. 4월호에는 이 책이 김의환의 장정으로 출간되었음을 알리는 광고가 나온다. 『광명을 찾아서』는 동지사아동원에서 1949년 4월 15일자로 발행되었다. 첫 부분은 「아름다운 새벽」 연재 1, 2회분과 비슷하다. 이로 미루어 본다면, 『광명을 찾아서』는 해방 직후에 연재로 이루지 못한 것을 숨어 지내면서 전작 장편으로 내놓은 것이라고 할 수 있다.

『어린이나라』 1949년 4월호에는 다음호부터 현덕의 연재소설을 싣는다는 편집후기도 나오는데, 5월호에서는 작가의 부득이한 사정으로 못 실리게 되었음을 알린다. 『어린이나라』의 발행은 6·25전쟁이 터지기

전까지 계속 이어졌다. 그럼에도 예고된 현덕의 새 연재소설은 끝내 보이지 않는다. 국민보도연맹에 가입하지 않고 숨어 지내는 형편이었으니 작품 연재는 어림없었을 것이다. 현덕은 국민보도연맹에 가입한 아우 현재덕을 통해서 몰래 원고를 출판사에 넘기곤 했다. 사회주의 리얼리즘의 대표작으로 알려진 미하일 숄로호프의 『고요한 동』(제1권, 1949)을 이홍종과 공동번역으로 펴낸 것이 이에 해당한다. 결국 현덕이 해방 후에 완성한 작품은 동화 「큰 뜻」과 장편 소년소설 『광명을 찾아서』 2편뿐이다. 그는 6·25전쟁이 터지고 서울이 인공치하에 들어갔을 때 지하에서 나와 남조선문학가동맹 제2서기장으로 활동하다가 9·28 서울 수복 때 월북한다.

　지금까지 살펴본 해방 후 그의 행적과 『광명을 찾아서』의 창작 및 출판 경위를 통해서 어느 정도 드러나고 있는 바, 현덕은 시대상황에 쫓겨 '자진 월북'한 작가라고 할 수 있다. '광명을 찾아서'는 이와 같은 시대상황을 강력히 환기시키는 제목이기도 하다. 여러모로 이 작품은 현덕의 문학에서 차지하는 위치가 각별하다고 판단된다. 아닌 게 아니라 『광명을 찾아서』는 이전 작품들과의 상호텍스트성이 매우 두드러진다. 현덕 문학은 선후 작품들 간에 반복·변형의 흔적이 농후한데, 특히 등단작부터 지속돼온 '부권 부재'의 문제의식은 여기에 이르러 하나의 매듭을 짓게 된다. 이 글은 발굴 작품에 대한 보고의 성격을 아울러 지니면서, 아직까지도 그 행적에 의문의 꼬리표가 더 많이 달려 있는 작가 현덕의 빈구석을 메우는 데 주안점을 두고자 한다. 그리하자면 시야를 현덕의 삶과 문학 전체로 확대하는 것이 필요한데, 그 부분은 주로 필자의 기존 논문에 의존했다. 『광명을 찾아서』의 아동문학적 가치에 대한 집중 검토는 후속의 과제로 남긴다.

2. 현덕 문학의 상호텍스트성

현덕은 신춘문예 당선작 「남생이」(『조선일보』, 1938.1.8~25)에서 어린 노마를 등장시킨 이래로 「경칩」(『조선일보』, 1938.4.10~23), 「두꺼비가 먹은 돈」(『조광』, 1938.7) 등에서 계속 노마를 등장시켜서 이들 작품을 일종의 연작으로 보게끔 하는 상호텍스트성을 드러낸 바 있다. 연작은 작품 하나하나가 자기완결성을 지니면서도 다른 작품과의 연결고리가 분명해야 하는데, 현덕의 '노마 연작 소설'은 등장인물이 비슷할 뿐이지 완전히 일치하는 것은 아니기 때문에 엄밀한 의미의 연작은 아니다. 그러함에도 이들 작품은 농촌에서 뿌리 뽑히고 항구로 흘러 들어온 도시 이주민의 몰락 과정을 어린 노마의 시선과 더불어 모자이크하듯 독특하게 그려내고 있기에, 작품들의 상호텍스트성을 함께 추적할 때 이해도 쉽고 의미도 풍부해지는 효과를 빚는다. 현덕은 어릴 적 자기체험을 작품마다 변주하면서 아동문학과 성인문학의 경계를 넘나들었다. 현덕의 작품을 읽다보면 자연스레 그의 선행 작품이 떠오른다. 장르를 넘나들며 이런 반복·변형의 흔적을 추적하는 일은 작가의식을 통일적으로 파악하는 데 도움이 된다.

먼저 『광명을 찾아서』는 어떤 이야기인가 하는 것부터 살펴보자. 작품은 후원회비를 잃어버린 창수가 담임선생님 앞에서 당황스러워 하는 장면으로 시작한다. 창수는 어려서 어머니를 여의고 아버지도 집을 나가서 생사를 모르는 탓에 삼촌네 집에서 지내는 처지다. 창수가 잃어버린 후원회비는 숙모가 옷가지를 팔아 겨우 마련한 돈이다. 설상가상으로 삼촌은 직장까지 잃고 경제력을 상실한다. 궁지에 몰린 창수 앞에 퇴학당한 수만이가 나타난다. 수만이는 씀씀이도 크고 한층 어른스러워진 모습인데, 돈을 벌게 해주겠다는 말로 꾀여서 창수를 소매치기단의 일원으로 옭아맨다. 실은 창수의 후원회비를 소매치기한 것도 수만이었다.

수만이는 자신도 고아나 다름없다면서 창수의 공감대를 건드리는 한편, 부모의 사랑을 받을 몸이 아니거든 차라리 집을 나와 제 살길을 제 손으로 개척하는 것이 옳은 일이 아니냐고 창수를 솔깃하게 만든다. 현실은 학교와 다르다며 창수가 자신에게 기대고 배워야 하는 처지인 것도 환기시킨다. 닳고 닳은 수만이는 흔들리는 창수를 노련하게 밀고 당긴다. 창수는 끊임없이 갈등하지만, 가랑비에 옷 젖듯이 어둠 속으로 미끄러져 들어간다. 자기 안의 목소리를 애써 외면한 창수의 행동은 돌이킬 수 없는 사고로 이어진다. 갓 상경한 시골 노인의 죽음에 간접적으로 관여했을 뿐만 아니라, 병약한 소녀를 죽음의 문턱에까지 이르게 한다. 창수가 엮인 수만이 일행의 강도사건은 신문에 보도된다. 창수는 더 이상 빛과 마주할 수 없는 자포자기 상태에 떨어진다. 바로 이 순간 구원의 손길이 다가온다. 창수가 일말의 양심을 가지고 소녀의 병실 안으로 인형을 던져 넣은 행위가 소녀의 아버지를 움직이게 만든 것이다. 소녀의 아버지는 인간에 대한 믿음의 끈을 놓지 않고 있는 휴머니스트이자, 사회가 만들어낸 죄는 국가에 책임을 물어야 한다고 믿고 있는 개혁주의자이다. 그는 거리를 헤매는 소년들이 자기 손이 부끄럽지 않은 창조적인 일을 할 수 있게 돕기 위해 공동체 사업을 구상한다. 작품은 창수가 요청에 따라 그를 '아버지'라고 호명하면서 끝을 맺는다.

『광명을 찾아서』는 제목이 말해주듯이 '어둠' 속에서 '빛'을 찾아나가는 이야기다. 후원회비를 잃어버린 창수가 소매치기단의 일원으로 전락하는 과정과 이로부터 벗어나기 위해 몸부림치는 과정이 팽팽한 긴장감을 자아내며 펼쳐진다. 이렇게 본다면 소년소설집 『집을 나간 소년』에 수록된 「하늘은 맑건만」이 금세 떠오를 것이다. 『광명을 찾아서』는 「하늘은 맑건만」처럼 부모 없이 삼촌네 사는 불우한 소년이 주인공이다. 두 작품 모두 선량한 주인공이 순간의 유혹과 실수로 양심의 끈을 놓았다가, 친구의 꼬임으로 죄의 연쇄 고리에 휘말리면서 내적 갈등이 증폭되는 전개를 보인다. 미성숙한 존재는 작은 잘못을 감추고자 무심코 거짓말을 했다가 더 큰 잘못과 위기에 빠져드는 경우가 흔하다. 「하늘은 맑건만」과 『광명을 찾아서』는 이와 같은 설상가상·진퇴양난의 상황을 손에 잡힐 듯 그려낸 작품이다. 현덕의 소년소설은 양심과 우정, 어려운 집안형편과 진로 문제 등 성장기 소년의 전형적인 문제를 다룬 것들이 많다. 소년기에 겪게 마련인 죄의 발견과 이를 극복하는 이야기들에서 성장 모티프가 두드러진다. 이는 성인소설의 축소판에 가까운 이전 시기 계급주의 소년소설과 차별되는 지점이다. 현덕에게 '소년소설의 개척자'라는 칭호가 주어진 것은 이와 같은 성장 모티프에서 말미암는다.

  그런데 장편 『광명을 찾아서』는 단편 「하늘은 맑건만」보다 확장된 주제의식을 보인다. 이 작품에서 '어둠/빛'의 상징적 의미는 개인적 차원의 '죄/구원'을 지시하는 데 그치지 않고 사회적 차원의 '억압/해방'을 지시하는 데까지 나아간다. '광명'이 뜻하는 바가 '양심의 빛'이자 '이념의 빛'이라는 중의성을 띠고 있는 것이다. 『광명을 찾아서』에는 성장 모티프와 함께 리얼리즘 작가의식이 투영되어 있다. 검열 문제로 조심스러울 수밖에 없었지만, 결말 부분에서 사회주의적 지식인을 등장시켜 나름대로 이념을 설파하려고 한 것도 그런 리얼리즘 작가의식의 일단이다. 이념성과 관련해서는 중편소설 「녹성좌」(『조선일보』, 1938.6.16~7.26)가 바로 떠오른다. 이 중편에 액자처럼 끼어든 연극대본이 나오는데, 그 제목이 흥미롭게도 '광명을 등진 사람'이다. 일제 말에 이념을 잃고 표류하는 연극운동 종사자를 가리키는 제목인 만큼, '광명'과 '이념'은 서로 통한다고 볼 수 있다. 「녹성좌」는 신념으로 난관을 극복하자는 주인공의 주장이 다소 공허하게 울리는 실패작에 가깝다. 하지만 이 중편은 드물게도 이념 지향의 인물을 내세웠고 주인공이 방관자에서 참여자로 바뀌는 구조를 지닌 점에서 프로문학과 연속선상에 있다. 즉 현덕이 카프 작가와 프로문학에 공명했던 작가임을 증명하는 작품이 「녹성좌」인데,

『광명을 찾아서』가 이것과 연결되는 것이다.

성인 대상의 작품 「녹성좌」는 성인 주인공의 형상을 통해 이념을 직접 드러내는 방식이었다. 소년이 주인공인 소년소설은 이에 한계가 따른다. 때문에 소년소설 『광명을 찾아서』는 성장 모티프로 이념까지 구현하려 했다. 시작 부분은 소년주인공이 생활상의 갈등을 겪으면서 통과의례를 치르는 것처럼 보이지만, 나이 어린 소년이 서울거리를 헤매면서 겪어야 하는 아픔은 가난과 비정한 현실이 빚은 것이다. 그야말로 부권부재의 상황이다. 이 문제의 해결사로 나오는 지식인 신사는 소년을 어둠에서 빛의 세계로 이끈 '이념의 체현자'에 다름 아니다. 이른바 '아비 찾기'의 여정이 소년과 지식인 신사를 이어주는 고리로 작용하고 있다. '아버지'를 세 번 호명하는 『광명의 찾아서』의 결말은 『집을 나간 소년』에 수록된 「나비를 찾는 아버지」의 결말을 떠올린다.

바우는 산을 내려와 맞은편 언덕 위로 올라섰다. 그리고 가까운 거리에서 모밀밭을 내려다보았을 때 그는 놀라 벌린 입을 다물지 못했다. 경환이 집 머슴으로 본 사람은 남 아닌 바로 자기 아버지였다. 아버지는 농립을 벗어 들고 나비를 쫓아 엎드렸다 일어섰다 하며 그 똑똑치 못한 걸음으로 밭두덩을 지척지척 돌고 있다.

바우는 머리를 얻어맞는 듯 멍하니 아래를 바라보고 섰다. 그러다가 갑자기 언덕 모래 비탈을 지르르 미끄러져 내려가며 그렇게 빠른 속력으로 지금까지 잠겨 있던 어둔 마음에서 벗어나 그 아버지가 무척 불쌍하고 정답고 그리고 그 아버지를 위하여서는 어떠한 어려운 일이든지 못 할 것이 없을 것 같고, 바우는 울음이 되어 터져 나오려는 마음을 가슴 가득히 참으며 언덕 아래 모밀밭을 향해 소리쳤다.

"아버지 – "

"아버지 – "

"아버지 - " (「나비를 잡는 아버지」, 『현덕 전집』, 360쪽).

"이제 너도 나를 보고 아버지라고 불러라."

창수는 부끄러운 듯 말없이 고개를 숙였습니다.

"자 아버지, 하고 불러 봐."

창수는 얼굴을 붉히고 입 안의 소리로 가만히

"아버지."

그의 회색 양복이 아침 해를 받으며 저만치 언덕을 올라서자 이번에는 소녀와 같이 축대 아래로 쫓아 내려가며

"아버지."

그리고 그가 언덕 너머로 사라지자 이번에는 진심으로 가슴속 깊은 데서 우러나오는 듯

"아버지."

하고 불렀습니다. 그리고 돌 축대에 이마를 대고 울었습니다.

(『광명을 찾아서』, 동지사아동원, 1949, 143~144쪽)

하나는 해방 전의 농촌을 배경으로 한 것이고, 하나는 해방 후의 대도시를 배경으로 한 것이다. 「나비를 잡는 아버지」에서 소작인 아들 바우는 마름집 아들 경환이와 다투게 된다. 경환이가 방학숙제로 나비를 잡는다며 바우네 참외밭을 마구 뭉기자 이를 본 바우가 경환이를 밀어 넘어뜨린 것이다. 바우는 경환이보다 성적이 좋았지만 학비 때문에 진학을 하지 못하고 농사일을 돕는 처지다. 경환이가 자기네 땅이라며 제멋대로 밟아 뭉긴 참외밭은 바우네의 먹고사는 문제와 이어져 있다. 바우는 정당한 이유로 경환이를 넘어뜨린 것인데도 경환이네 말을 듣고 아버지가 자신만 나무라는 것이 못마땅하다. 바우 아버지도 사정을 모르는 바는 아니지만, 당장 바우가 나비를 잡아가지고 경환이네 가서 빌지

않으면 지어 붙일 땅을 떼일 형편이기에 도리가 없다. 바우는 무기력하고 야속하기만 한 아버지에게 등을 돌리고 서울로 달아날 궁리를 한다. 이 또한 부권 부재의 상황이다. 위에 인용된 부분은 가출을 결심하고 집을 나선 바우가 밭에서 지척거리며 나비를 잡는 아버지를 목격하고 달려가는 장면이다. 비로소 현실의 모순을 깨닫게 된 것이다.

『광명을 찾아서』에서 고아나 마찬가지인 창수는 후원회비를 소매치기 당하고 어둠의 거리로 내몰리지만 삼촌네도 아버지의 부재를 메울 수 없다. 서로 속고 속이며 거리의 부랑아를 양산하는 도시생태계는 농촌과는 또 다르다. 창수가 지식인 신사를 '아버지'라고 부르는 장면은 「나비를 잡는 아버지」만큼 감동적이진 않다. 그러나 도시의 어둠에 완전히 삼켜지기 일보직전까지 다녀온 창수임을 알기에, 그가 터뜨린 마지막 울음에 독자는 공명하지 않을 수 없다. 현덕 문학은 작가의 삶이 작품 곳곳에 스며들면서 상호텍스트성이 긴밀해진 점도 크지만, 작가의 정신 세계와 지향점이 작품들에 일정한 질서를 부여하면서 공통의 특징으로 나타나고 있다. 이를 단적으로 표현한다면 '부권 부재와 회복의 열망'이 된다.

3. 현덕 문학의 부권 부재 양상

현덕이 손수 작성한 「자서소전(自敍小傳)」을 보면, 원래는 풍족한 집안 이었으나 부친 탓에 가세가 기울어 식구들이 친척집을 돌며 각자도생을 했다는 불우한 어린 시절에 관한 이야기가 나온다. 그는 대부도 당숙네 집에서 보통학교를 마치고 전국의 수재들이 모인다는 제일고보에 들어 가고서도 집안형편 때문에 중도 포기할 수밖에 없었다. 현덕에게 불우한 고학생을 격려하는 소년소설이 많이 나온 것은 이와 같은 성장기 체험과 관련이 깊다. 현덕은 부친에 대해 "패가한 호화자제의 전형이어서, 사대주의요, 투기적이요, 또 극히 호인이며 낙천가여서 자기는 매사 실패를 거듭하면서도 사업사업 하고 사업을 꿈꾸며 경향으로 돌고 가사엔 불고하였다."고 썼다. 어린 시절에 멍에를 지운 부친의 삶은 작가에게 일종의 콤플렉스가 되어 창작에도 적지 않은 영향을 끼친다. 주지하듯이 현덕은 어린아이를 시점으로 하는 일련의 단편소설을 발표하면서 혜성처럼 떠올랐다. 어린아이가 주도적인 역할을 하는 작품은 동화든 소설이든 부모가 함께 그려지게 마련이다. 그런데 현덕 문학의 주인공 격인 어린아이는 부권 부재의 상황에 놓여 있기 일쑤다. 미성숙한 유소년에게는 성장의 모델이요 규범인 아버지의 존재가 필요하다. 현덕은 부재하거나 무기력한 아버지 상(像)을 통해 부권 회복의 열망을 드러낸다. 그의 문학에 나타난 부권 부재는 국권 상실의 민족현실과도 상관관계에 있다.

현덕의 출세작인 '노마 연작 소설'은 노마의 성장과 아버지의 죽음이 교차하는 구조이다. 연작의 고리는 어린 노마의 시점인데, 노마가 커가는 과정과 노마네 집이 몰락하는 과정이 「두꺼비가 먹은 돈」, 「경칩」, 「남생이」의 순서로 그려져 있다. 「두꺼비가 먹은 돈」에서 노마 아버지는 농촌 계몽운동을 벌이다가 김 오장의 해코지로 잡혀가서 옥살이를 하고 있다. 「경칩」에서는 병이 점점 더 심해져서 소작을 떼이게 되고, 「남생이」에서는 항구의 자유노동자로 흘러들어 왔다가 끝내 병을 이기지 못하고 죽는다. 「두꺼비가 먹은 돈」에서 노마는 잃어버린 동전을 찾겠다고 혼자 마당을 맴돌다가 그만 두꺼비가 먹었다고 생각한다. 「경칩」에서는 아버지의 논을 친구 홍서가 차지하게 되었는데도 아무것도 모른 채 그저 아이들과 어울려 총싸움 놀이에 여념이 없다. 그런데 「남생이」에서는 자기도 곰보처럼 나무에 오를 수만 있다면 돈을 벌어 앓아누운 아버지를 구완할 수 있으리라고 믿고 나무 오르기에 열중한다. 노마가 나무에 오른 날, 아버지는 병을 못 이기고 죽는다. 아이러니 효과가 빛나는 '노마 연작 소설'은 부권 부재와 회복의 열망을 대표하는 가작이다.

현덕은 '노마' 캐릭터로 이목을 끌게 되자 따로 '노마 연작 동화'를 잇달아 발표한다. 등장인물의 성격과 작품의 배경이 고정되어 있어 연작으로 보기에 부족함이 없다. 노마, 기동이, 영이, 똘똘이…… 이렇게 네 아이가 동네에서 어울려 노는 모습을 그린 짧막한 것들인데, '노마 연작 소설'에 나오는 아이들을 그대로 옮겨놓은 듯하다. 뚜렷한 스토리라 할 것은 없지만 노마가 주인공 격이다. 이 연작에서 노마의 아버지는 부재한다.

> 귀뚜라미가 웁니다. 응달 축대 밑에서 귀뚜라미는 점점 노마를 닮아 갑니다. 응달 축대 앞에서 점점 노마는 귀뚜라미를 닮아 갑니다. 그래서 노마는 점점 귀뚜라미 마음을 알게 되었습니다. 축대 밑에서 귀뚜라미는 지금 노마처럼 어서 아버지가 돌아오기를 기다립니다. 그래서 어서어서 어서어서 하고, 어서 돌아오라고 그럽니다. (「귀뚜라미」, 『현덕 전집』, 490쪽)

> "그런데 기동이는 빤짝빤짝하는 구두를 신었다우. 그 애네 아버지가 사주셨대. 엄마, 난 아버지 없우?"
> "왜 없긴, 사위스럽게."
> "그럼 어디 계시우?"
> "아주 먼 눈 내리는 나라에."
> "무엇 하시러 그렇게 멀리?"
> "우리 노마 좋아하는 것 갖다 주실라고."
> (…)
> 어머니는 먼 곳을 보는 이처럼 아기를 물끄러미 보고 계시더니,
> "아버지가 계시었드면 어찌 네 발에 흙이 묻겠니……."

하시며, 마침내 치맛자락을 얼굴에 대시고 부엌으로 들어가시었습니다.

(「고무신」, 『현덕 전집』, 560쪽)

"어머니!"

하고 노마는 방 안에서 바느질을 하시는 어머니를 한마디 부르고는 담벼락을 향하고 돌았습니다.

"노마, 왜 그러니?"

하고 물어도 도시 대답이 없으니까 어머니는 더욱 애가 달으셨습니다.

"누구하고 싸웠지? 말을 해라."

"나두 강아지 사 줘."

하고 그제야 노마는 입을 열어 말을 했으나, 어머니는 더욱 영문 몰라하십니다.

"강아지가 무슨 강아지냐?"

"기동이는 제 아버지가 사 왔다구 아주 이쁜 강아지를 가지고 노는데. 흥, 나두 강아지 사 줘."

그러나 어머니는,

"그 애는 아버지를 잘 두어 그렇구나. 너 같은 애는……"

하고 아주 슬픈 얼굴을 하십니다.

노마 아버지는 벌써 오래전에 먼 데로 가셔서 돌아오질 않으십니다. 어머니하고 노마하고 날마다 기다려도 날마다 돌아오시지 않는 아버지입니다. 아버지 말만 나오면 어머니는 슬픈 얼굴을 하시는 것입니다.

그리고 노마는 어머니의 그 슬픈 얼굴을 보는 때면 떼를 쓰다가도, 울음을 울다가도 곧 그칩니다. 노마가 떼를 쓰거나 울거나 하면 어머니는 더욱 슬픈 얼굴을 하시는 까닭입니다. (「강아지」, 『현덕 전집』, 581~582쪽)

노마는 삯바느질하는 어머니와 둘이 살고 있다. 노마 아버지는 어디 먼 데 갔다고만 되어 있다. 노마 아버지의 일을 무엇으로 상상하든, 그의 부재는 현실의 결핍, 곧 국권 상실과 무관하지 않은 전형성이라 할 만하다. 사실 유년동화에서 어린 주인공이 아버지 없이 어머니와 단 둘이 사는 경우는 흔치 않다. 그럼에도 노마 아버지의 부재는 캐릭터 창조나 스토리 전개와 단단히 맞물려 있다. 노마는 기동이처럼 장난감, 구두, 강아지 같은 것을 가질 수 없어 처음에는 놀림을 당하고 주눅이 든다. 그러나 노마는 속이 깊고 영리한 아이다. 아이들의 놀이세계에서 주동적인 역할을 할 뿐만 아니라, 기지와 용기를 발휘해서 기동이와의 관계를 역전시킨다. '동심의 승리, 서민 아동의 승리'다.[1] 노마 아버지의 부재는 나라를 잃은 식민지 상황에서 서민아동에게 눈길을 주려는 작가의식이 투영된 결과라고 할 수 있다.

그럼 해방 후에는 어떻게 달라지는가? 연작의 마무리에 해당하는 동화 「큰 뜻」은 노마 아버지에 대해서 쓴 것이라고 해도 좋을 만큼 구체적이다. 일제의 검열에서 자유로워졌기에 노마 아버지에 대한 이야기를 자세하게 표현할 수 있게 된 것이다. 이 작품은 8·15해방을 맞이하는 거리의 풍경으로 시작한다. 거리에서 해방의 순간을 생생하게 지켜본 노마는 집으로 어머니를 만나러 가면서 저 나름대로 해방의 의미를 새겨본다.

노마는 가만가만 골목 안을 걸으며 찬찬히 생각해 봅니다. 노마는 노마대로 오늘의 내용을 잘 알 수 있었습니다.

어머니나 일갓집 어른이나 또 이웃집 사람이나 남이 들을까 두려워하며 귓속말로 수군수군하던 원한과 갈망—배급 쌀이 모자라 배를 주리게 될 때, 근로 봉사라 징용이라 징병이라 하고 붙들려 나가게 될 때, 공습경보가 내려 산으로 방공호로 피난을 갈 때, 그리고 가지가지 억울한 일과 무서운 박해를 당할 때 "언

---

1 졸저 『한국 근대문학의 재조명』, 소명출판, 2005, 159쪽.

제나 일본이 망하고 편안히 살게 되나?" 하던 이 숨은 소원과 갈망이 비로소 오늘 이루어진 것이리라.

　노마는 여기 또 한 가지 큰 기쁨과 자랑이 있습니다. 조용한 때면 어머니는 남이 알까 소곤소곤 노마에게 가만히 들려주는 이야기가 있습니다.

　사진에서만 보고 알고 있는 어글어글한 눈과 번듯한 이마를 가진 노마 아버지는 연안이라는 먼 곳에 계신 것, 그리고 포악한 일본 병정을 중국이나 조선에서 물리치고 이 땅의 가난한 사람들을 위하여 즐거운 나라를 만들기 위하여 싸우고 계신 것, 그리고 저 포악스러운 일본 사람과 그 병정들이 쫓기어 가는 날이 바로 아버지가 이 땅에 돌아오시게 되는 날이라는 것입니다. 그러면 오늘 일본이 항복을 한데는 거기 필시 아버지의 힘이 적지 않았을 것이며 또 미구에 아버지는 가슴에 가득히 훈장을 차고 노마를 찾아오시리라. 아아, 얼마나 훌륭한 일이랴? (「큰 뜻」, 『현덕 전집』, 588쪽)

　해방이 되었으니 일제의 탄압상과 그에 맞선 투쟁을 작품화하는 것에 눈치 볼 일은 없다. 그러나 식민지시대의 '노마 연작 동화'에 이런 내용을 이어 붙여도 전체 스토리 면에서 큰 모순이 생기지 않는다는 것은 어지간한 일이 아니다. 노마 아버지의 부재는 "이 땅의 가난한 사람들을 위하여 즐거운 나라를 만들기 위하여 싸우고 계신 것"이라는 말로 설명되었는데, 여기에서 '부권 부재'와 '국권 상실'은 하나로 이어진 문제임이 확인된다. 작가는 노마를 한 뼘 더 자라게 하는 것으로 연작을 마무리 짓는다. "노마는 아버지와 그런 분들과 같이 많은 나라의 가난한 사람들을 위하여 몸과 목숨을 바칠 큰 뜻이 무럭무럭 일어났습니다."(589쪽) 하는 것이 결말이다.

　얼핏 이쯤에서 부권 부재의 문제가 해결된 듯하다. 하지만 1947년 작 「큰 뜻」에서도 노마와 아버지의 상봉이 이뤄지지 않은 것은 예사롭지 않다. 작가는 8·15해방의 순간을 서술하면서 노마 아버지의 귀환을 미래의 일로 남겨 두었다. 정말로 노마 아버지는 "가슴에 가득히 훈장을 차고" 돌아왔을까? 이에 대해 긍정하기 어려운 쪽으로 정세가 흘러가고 있는 것을 조선문학가동맹의 작가 현덕이 몰랐을 리 없다. 아버지와의 상봉을 미루고 어린 노마에게 아버지의 큰 뜻을 심어놓는 것으로 연작을 마무리한 것은 그 때문일는지 모른다. 노마는 놀이의 세계에서 또 다른 세계로의 이행을 기약해 둔 상태다. 그 이행의 자리에 동화가 아닌 소년소설 『광명을 찾아서』가 놓여 있다.

4. 대리 아버지를 통한 부권 회복

현덕의 『광명을 찾아서』는 정부 수립 이후의 산물이라는 점이 중요하다. 그가 출판부장을 지낸 조선문학가동맹이 불법화된 시점이었기에, 그는 검거를 피해 지하에 숨어서 이 작품을 썼다. 책을 펴낸 동지사아동원은 조선문학가동맹과 관계가 깊다. 여기에서 발행한 『아동문화』(1948.11)와 『어린이나라』(1949.1~1950.5)에는 조선문학가동맹에 이름을 올린 송완순, 윤복진, 이원수, 최병화, 양미림 같은 아동문학가, 이병기, 정지용, 박태원, 안회남, 박노갑, 김소엽, 채만식, 염상섭, 김철수 같은 작가·시인들, 그리고 정현웅, 김용환, 김의환, 현재덕, 임동은 같은 화가들이 자주 얼굴을 내밀었다. 이들은 좌익사범 예방 조치의 하나인 국민보도연맹에 가입하고서야 작품을 발표할 수 있었다. 당시 월북도 하지 않고 국민보도연맹에도 가입하지 않은 조선문학가동맹의 주요 맹원은 이용악과 현덕 정도였다. 6·25전쟁이 터지고 서울이 인공 치하에 들어갔을 때, 이용악은 감옥에서 나오고 현덕은 지하에서 나와서 전쟁 중에 급조된 남조선문학가동맹의 간부직을 맡는다. 이와 같은 출간 전후의 사정에 비추어보면, 『광명을 찾아서』가 정치적으로 얼마나 민감한 시기에 창작된 것인지 짐작하기 어렵지 않다.

8·15해방은 미완의 국민국가 건설을 이루기 위한 새로운 기회를 가져왔다. 현덕의 창작에도 일정한 변화가 주어졌다. 해방 이전 그의 창작에 두드러진 부권 부재의 양상이 국권 상실의 식민지상황에 조응하는 것이었다면, 해방 이후의 창작에서는 동화 「큰 뜻」에서 보듯이 어느 정도 부권 회복의 전망을 드러내려고 했다. 하지만 상징적 의미에서 노마아버지의 귀환은 계속 유예되는 형편이었다. 이미 김남천은 조선문학건설본부 아동문학위원회의 기관지 『아동문학』(창간호, 1945.12)에 발표한 소년소설 「정거장」에서, '병정 나간 형은 아니 오고 사각모 벗기고 전투모 씌워서 형을 데려간 형사만 돌아오는 이야기'를 쓴 바 있다. 이런 불길한 전조를 현덕도 외면할 수 없었다. 현덕은 노마가 새로운 숙제를 감당해야 한다고 보고, 동화가 아닌 소년소설로 다음 이야기를 이어갔다.

분단이 고착화되는 상황에 씌어진 『광명을 찾아서』는 부권 회복의 열망을 진하게 드러낸 제목부터가 부권 부재를 강렬히 환기시킨다. 앞서 살펴본 것처럼 『광명을 찾아서』는 죄의식과 관련된 성장 모티프가 작동하는 점에서는 「하늘은 맑건만」과 상호텍스트성을 지니지만, 주인공의 죄의식을 증폭시키는 외적 상황에 대한 묘사에서 큰 차이를 보인다. 장편에 걸맞게 『광명을 찾아서』에는 해방 후 서울의 모습이 생생하게 그려져 있다. 일찍이 박태원이 「소설가 구보씨의 일일」에서 식민지 경성의 한 모습을 담아내려 했듯이, 현덕은 『광명을 찾아서』에서 해방 후 서울의 한 모습을 담아내려 했다. 이 작품은 열네 살짜리 소년 창수가 죄의 시련을 겪으면서 성장해가는 이야기다. 처음에는 '성장통'이라 이름붙일 만한 생활상의 거짓말로 시작하지만, 계획적이고 조직적인 범죄 집단의 거짓과 폭력에 노출되어 혼자 힘으로는 회복하기 어려운 상황에 빠져들고 만다. 여기에는 개인의 양심 여하를 넘어서는 사회적 문제가 도사리고 있다. 한국 아동문학에서 소년주인공이 범죄 집단에 휘말리는 사건 전개를 자세히 그려낸 것은 현덕의 이 작품이 거의 처음인 듯한데, 서울로 대표되는 해방 후 남한사회를 바라보는 작가의 비판적 시선이 반영된 것으로 볼 수 있다.

첫 장면은 초등학교 상급반 교실이다. 담임선생이 창수에게 후원회비를 종용한다. 학교에서는 어느 반이 먼저 후원회비를 완납하는지 경쟁을 하는 판이다. 창수는 전교 우등생이지만 후원회비 문제로 불안한 마음에 공부도 잘 안 되고 성적도 떨어진다. 가난한 아이들은 마음 놓고 공부도 할 수 없는 교육현실이 갈등의 한 원인으로 작용한다. 다음 장면은 창수가 의지하고 지내는 삼촌네 집이다. 삼촌은 "이른 아침에 인쇄소엘 나가 해가 저물어서 피로한 얼굴로 돌아오고 하여 얼마 아니되는 월급을 타면 타는 그날로 여기저기 외상을 갚고 하고 나면 이튿날부터 또 돈에 쪼들이는"(12쪽) 형편이다. 숙모는 정회(町會) 서기로부터 "정회비가 밀렸다고 막 땅땅 으르며 아 이제부턴 쌀 배급 타 먹을 생각 말라"(13쪽)는 큰 욕을 보고 산다. 삼촌은 월급을 제대로 주지 못하는 인쇄소 일마저 그만 두고 실업자 신세가 된다. 이와 같은 집안의 생활고도 갈등의 한 원인으로 작용한다. 이다음 장면부터 후원회비를 잃은 것 때문에 오도 가도 못하는 창수의 거리 방황이 시작된다. 창수가 잠시 머무는 네거리 모퉁이는 뽑기장수, 약장수 등을 구경하는 사람들로 번잡한데 "대개가 할 일이 없는 실직자거나, 이것도 저것도 하기 싫어하는 게으른 사람이 아니면, 사회에서 버림받은 할 수 없는 사람들"(18쪽)이다.

창수는 파고다 공원에서 문제의 수만이를 만난다. 수만이는 집과 학교에 부적응 상태를 보이다가 책방에서 책을 훔친 것 때문에 퇴학을 당한 아이다. 몰라볼 지경으로 어른스러운 차림새를 하고 나타난 수만이는 고급음식점으로 창수를 데려간다. 그러고는 집에 들어갈 것 없이 같이 일하자고 꼬여서 창수에게 소매치기단의 망보기를 시킨다. 소매치기단이 기거하는 곳은 진고개의 이층 다다미방이다. 창수는 수만이 일행에 이끌려 사람 많이 왕래하는 명동, 종로 종각 모퉁이 같은 곳이나 사람 많이 모이는 극장, 장거리 같은 곳, 그리고 서울역 등지로 다니면서 본의 아니게 소매치기 일을 돕는다. 다음과 같은 수만이의 말에는 당시 세태 가 고스란히 담겨져 있다.

"너, 너희 집 안방이나 학교 교실하고 바깥세상과는 다른 거다. 학교 교실에 서는 해서는 아니 되는 일이지만 바깥세상에서는 그게 아니거든. 바깥세상에선 반대로 그렇게 해야 헌다는 거야. 만약 바깥세상에서도 학교 교실 안에서처럼 한다면 병신처럼 남에게 속기만 하고 결국은 거지가 되거나 굶어 죽거나 못살 게 될 것이다"

(…)

"내 진정 널 위해서 하는 말인데, 너도 고만 사람 노릇 좀 해 봐라. 인제 그 학 교도 고만두고 집에서도 나오고 했으니 고만 젖내 나는 어린애 버릇을 버리고 우리들 축에 들란 말야. 우리들처럼 남의 것 속여두 먹고 뺏어도 먹는, 한 사람 의 어른이 되란 말이다." (67~68쪽)

아이가 어른이 되는 통상적 의미의 통과의례와는 다른 일그러진 사회 화를 보여주는 말이 아닐 수 없다. 이런 수만이의 논리에 창수가 수긍하 지 않고 계속 벗어나려고 하자, 이번에는 소매치기단 두목이 폭력을 써 서 창수를 붙잡는다. 창수가 부딪치는 현실은 번번이 부정의 대상일 따 름이다.

결국 창수의 운명을 바꾼 것은 아이러니하게도 창수가 훔친 만년필의 주인이었다. 창수의 끈질긴 몸부림이 설득력을 보태주긴 하지만, 우연적 계기로 구원이 이뤄지는 장면은 리얼리티가 떨어진다. 사실 아버지의 부재로 인한 창수의 방황에서 삼촌, 수만이, 소매치기단 두목, 지식인 신 사 등은 모두 대리 아버지의 성격을 지닌다. 하지만 작가는 수만이나 소매치기단 두목에 대해서는 처음부터 '가짜 아버지'로 고정시켜 놓고 창수로 하여금 회피의 대결을 펼치도록 선악 구도를 분명하게 드러내는데, 이점은 중편 「녹성좌」의 결말처럼 관념적인 한계라 할 수 있다.

이런 결함과는 별개로 지식인 신사를 등장시켜서 창수에게 새 길을 제시한 결말부는 작가 현덕의 귀착점이라는 점에서 주목을 요한다. 성장소설의 기본은 악을 체험한 뒤 성숙한 인식에 도달하는 것인데, 창수의 경우는 혼자 힘으로 어찌할 수 없는 구조적 사회악에 둘러싸여 있다. 현덕이 그려낸 해방 직후의 서울은 순진한 소년도 양심을 잃고 타락하기 쉬운 곳이다. 창수와 같은 소년에게는 바른 길로 이끌어줄 아버지가 절실하다. 실직으로 생활고에 허덕이는 삼촌은 역부족이다. 신사는 창수같은 소년이 악의 구렁텅이에 빠지는 것은 그들에게 다른 방도가 없기 때문이라고 믿고 있다. 국가가 제 몫을 해야 하는데 그렇지 못한 현실이기에 신사는 자신이 할 수 있는 공동체 사업을 벌이기로 하고 창수에게 손을 내민다. 마침내 창수는 신사를 '아버지'라고 부른다. 이로써 '대리 아버지를 통한 부권 회복'의 스토리가 완성된 셈이다.

왜 '대리 아버지'일 수밖에 없었는가? 해방은 부권 회복의 결정적인 기회였으나 분단이 고착화되는 상황에서 작가는 우회로를 선택하는 수밖에 없었다. 즉 '대리 아버지를 통한 부권 회복'은 해방은 되었지만 민족국가의 완성이 유예된 분단 상황의 반영이라고 할 수 있다. 소년의 아버지를 대리하는 신사는 국가를 대리하는 이념의 성격을 띠고 있으며, 작가가 생각하는 자본주의 악에서의 구원이자 해방의 빛이다. 따라서 남한이 아닌 북한을 선택한 작가의 이후 행로는 자연스러운 귀결로 보인다. 물론 북한에서조차 배제된 현덕은 훗날 이 대리 아버지를 가짜라고 느꼈을 가능성이 더 크다.

5. 맺음말

　지금까지 살펴본 내용의 핵심을 다시 정리해보자. 해방 후 거의 모든 작가·시인들은 조선문학가동맹의 깃발 아래 결집하는 듯했으나, 미소가 분할 점령한 남북한 정치상황이 분단의 고착화로 치닫게 되자 문인들도 좌우이념에 따른 선택의 기로에 서지 않을 수 없었다. 조선문학가동맹 안에서도 조선프롤레타리아문학동맹 계열은 북한에 잔류하거나 1차로 월북했고, 조선문학건설본부 계열은 남한에 잔류하거나 2차로 월북하는데, 현덕은 남한에 잔류한 경우에 해당한다. 남한 정부는 조선문학가동맹 노선을 적대적으로 규정하고 '좌경 문인'들을 탄압했다. 현덕은 이러한 정치적 상황에서도 국민보도연맹에 가입하지 않고 마지막까지 조선문학가동맹 노선에 입각한 활동을 벌였다. 1949년 동지사아동원에서 발행된 현덕의 『광명을 찾아서』는 아동잡지의 연재가 무산되자 지하에 숨어서 지어 발간한 전작 장편 소년소설이다.

　현덕의 월북 이전 마지막 작품에 해당하는 『광명을 찾아서』는 작가의 행보를 가늠하는 데에서 중요한 몫을 지닌다. 현덕의 문학은 '부권 부재와 회복의 열망'을 지속적으로 드러내 왔는데, 『광명을 찾아서』에 와서 하나의 매듭을 보여준다. 이 작품의 제목이 상징하는 '어둠/빛'의 의미는 개인적 차원의 '죄/구원'을 지시하는 데 머무르지 않고 사회적 차원의 '억압/해방'을 아울러 지시하고 있다. 아무런 보호 장치도 없이 서울거리로 내몰린 순진한 고아소년이 범죄 집단에 휘둘려 어둠에 굴복하려는 순간, 사회주의적 이상을 품은 어느 독지가의 도움으로 간신히 새 길을 찾게 되는 것이다. '부권 부재'의 상황은 '대리 아버지'를 통해 해결되었다. 이런 우회로의 선택은 해방은 되었지만 민족국가의 완성이 유예된 분단 상황의 반영일 것이며, 작가의 월북 행로를 암시하는 것이기도 하다.

사실 '아비 찾기'란 부모로부터 분리 독립하지 못한 유소년의 심리상태를 가리키는 것이기에 미성숙의 증거라 할 수 있다. 그렇다면 '아비 찾기'의 끝은 아버지를 넘어서 스스로 아버지의 위치에 서는 것이 되어야 하지 않을까? 여기에서 현덕 문학의 한계를 따져볼 여지가 생겨난다. 어린 노마의 성장이 결정적인 몫을 차지하는 「남생이」를 보면 노마가 자기 힘으로 아버지를 극복한 것이 아니라 시대현실이 아버지를 죽인 것으로 되어 있다. 『광명을 찾아서』의 결말도 창수가 잠시 일탈했다가 제자리로 돌아온 원점회귀에 더 가깝지 진정한 의미의 성장이라고 하기에는 부족함이 느껴진다. 작가 현덕은 월북 이후에 더 큰 좌절감을 맛보지 않을 수 없었을 텐데, 그 책임의 한끝이 자신에게도 있다는 것을 부인할 수는 없겠다.

현덕의『광명을 찾아서』와
리얼리즘 소년소설의 계보

1. 한국 소년소설과 리얼리즘

오늘날 아동문학의 서사갈래는 동화라는 명칭이 대표하고 있으나, 원래는 동화와 소년소설이 대등하게 양립해 왔다. 동화는 도깨비가 나오는 옛이야기나 말하는 동물이 나오는 우화처럼 비현실적인 것을 가리켰다. 반면 현실적인 작품에는 소년소설이라는 명칭을 썼다. 동화와 소년소설은 상대적으로 낮은 연령과 높은 연령의 아동독자에게 각기 대응하는 양식으로 발전했다. 대략 10세 정도를 경계로 해서 그 이전의 아동독자에게는 동화, 그 이후의 아동독자에게는 소년소설이 적합하다고 보았다.

그런데 성인문학의 소설에 대응하는 명칭으로 아동문학의 서사갈래를 모두 동화라고 부르게 되니까 아동문학 안에서 소설의 자리가 없어졌다. 이로 말미암은 혼란은 결코 가볍지 아니하다. 장르가 고정불변인 것은 아니지만, 작품의 내적 질서를 규율하는 장르의 특성에 대한 이해가 전제되지 않고서는 제대로 된 작품 평가를 기대하기 어렵다. 예컨대 잘 알려진 권정생의 동화 「강아지 똥」을 소설의 잣대로 평가한다든지 소년소설『몽실 언니』를 동화의 잣대로 평가한다면 어떤 결과가 빚어지겠는가?

작품을 연구할 때 우선적으로 수행되어야 하는 것이 장르 구분이다. 오늘날 『몽실 언니』가 동화라고 호칭되는 문제는 별개로 치더라도 이를 연구 대상으로 삼고자 한다면 아동문학 안에서의 장르적 관습에 대한 역사적 이해가 불가결하다. 또한 문학사 연구는 기념비적인 작품의 독창적·기원적 성격과 아울러 비슷한 계열을 이루는 작품들 상호간의 관계를 추적함으로써 특정 경향이나 유파의 작용에서도 의미를 찾는다. 최근에 발견된 현덕의 장편 소년소설 『광명을 찾아서』(동지사아동원, 1949)의 문학사적 위상을 규명하고자 '리얼리즘 소년소설'의 계보를 주목하려는 이유가 여기에 있다.

그간의 아동문학 개론서와 각종 선·전집들은 서정, 서사, 극의 삼분법에 따라 동요·동시, 동화·소년소설, 동극으로 장르를 구분해 왔다.[1] 적어도 동요, 동시, 동화, 소년소설, 동극은 아동문학의 기본 갈래로 인식되었던 것이다. 동화는 옛이야기처럼 현실 법칙에서 자유롭지만 소년소설은 근대 사실주의적 규율에 따른다. 그렇다면 소년소설 앞에 리얼리즘의 표지(標識)를 붙이는 것은 일종의 과잉이 아니냐는 의문이 들 수도 있다. 하지만 우리에겐 남다른 사정이 있다. 소년소설의 전개 과정에서 몇 가지 성향이 불거지는데, 그 중 리얼리즘은 가장 뚜렷한 지향과 더불어 계보로 특화되기에 이른다. 이는 시대현실의 반영이자 한국적 특수성의 일면이다.

주지하듯이 한국 근·현대문학은 이념·사조·경향·유파 등에 따라 민족주의/사회주의, 계몽주의/낭만주의, 리얼리즘/모더니즘, 순수주의/참여주의 등이 서로 길항하는 문학사의 계보를 지어 왔다. 아동문학도 여기에서 예외는 아니다. 그런데 아동문학은 내포독자가 아동인 데에서

---

1 김상욱 외, 『한국 아동청소년문학 장르론』(한국아동청소년문학학회 편), 청동거울, 2013. 참조.

비롯되는 독특한 지향들이 존재한다. 주로 문제적 경향으로 인식되는 동심천사주의나 교훈주의가 그런 것들이다. 한 시기를 풍미했던 계급주의도 문제적 경향으로 인식되기는 마찬가지이다. 리얼리즘은 이런 문제점들을 비판하고 극복하기 위한 기준이요 지향이었다. 물론 이때의 리얼리즘은 제한적 용법이라고 해야 할 것이다.

성인문학에서조차 논쟁적으로 사용되어온 이 용어가 아동문학의 특정 경향을 가리키는 말로 자리잡은 것은 이원수의 비평 활동이 본격화한 1970년대이다.[2] 이 시기에 이오덕은 이원수의 문제의식을 받아서 한층 예각적인 비평 활동을 펼치는데, 주로 동시를 대상으로 했기에 리얼리즘이라는 용어를 쓰지 않았을 뿐이지 비평의 기준은 이원수와 거의 동일했다. 숱한 논쟁을 불러일으키며 아동문학의 분화를 촉진한 이오덕 비평에 의해 아동문학의 계보가 더욱 분명하게 모습을 드러냈다. 이원수, 이오덕의 지향은 1970년대 '창작과비평' 그룹이 제기한 민족문학론과 일맥상통한다. 한국의 상황에서 리얼리즘은 문예사조나 기법 차원을 넘어서는 문학이념으로 기능했는바, 그 배타적 쓰임으로 인한 범주의 혼란을 일단 논외로 친다면, 리얼리즘이라는 계보의 설정은 소년소설의 전개와 작품의 위상을 살피는 데에서 유용한 준거가 될 수 있다.

『광명을 찾아서』는 현덕의 월북 직전 작품이고 최근에야 발굴되었기 때문에 아직 선행연구는 찾아볼 수 없다. 이재철의『한국현대아동문학사』는 통사체계로 이뤄진 중요한 저작임에도 현덕에 대해서는 거의 주목하지 않았다. 이 저서가 월북작가 해금조치 이전의 산물임을 감안해야 할 것이나, 리얼리즘 계보와 대립적인 시각으로 서술된 점이 눈에 띈다. 부분적으로는 이원수의 아동문학에 대해 "저항적 현실주의 문학", "고발적 사실주의 문학"[3] 등으로 호평하는 균형감도 보이지만, 문단의

---

2 졸고, 「이원수와 70년대 아동문학의 전환」,『한국 아동문학의 쟁점』, 창비, 2010. 참조.
3 이재철,『한국현대아동문학사』, 일지사, 1978, 228~232쪽.

좌우 대립에 대한 평가라든지 '본격문학'의 계보를 정리하는 데에서 드러나는 기본적인 시각은 조연현의 『한국현대문학사』와 동일한 '문협정통파'의 순수주의라고 할 수 있다. 환상동화를 '본격문학'의 자리에 배치하려는 기획인지라 생활동화·소년소설은 중심에서 비껴난 것처럼 서술되었다.

월북작가 해금조치 이후로 이재철의 아동문학사를 보완하는 연구가 꾸준히 축적되어 왔다. 특히 소년소설의 역사적 전개와 주요 작가·작품에 대한 연구 방면에서 커다란 진전이 이뤄지고 있다. 여기에는 이 글의 문제의식과 이어질 만한 선행연구들이 적지 않다. 그 가운데 소년소설의 역사적 전개를 살핀 김부연, 박성애, 오세란, 최배은, 최미선 등의 연구,[4] 방정환의 초기 소설과 소년소설의 관계에 대해 살핀 염희경, 장정희 등의 연구,[5] 이태준의 고학생 소년 주인공 작품을 입신출세주의 문제와 연계해서 살핀 정종현, 조성면 등의 연구,[6] 계급주의 소년소설의 성과와 그 이후의 양상을 살핀 이재복, 박태일, 송수연 등의 연구,[7] 분단시대 이주홍, 이원수, 권정생 등의 소년소설을 시대현실과의 관련에서 살핀 이균상, 이종호, 권나무, 장수경, 장영미, 엄혜숙 등의 연구[8]들이 주목된다.

---

4 김부연, 「한국 근대 소년소설 연구」, 건국대 교육대학원 석사학위 논문, 1995; 박성애, 「1920년대 소년소설 연구」, 서울시립대 대학원 석사학위 논문, 2009; 오세란, 「한국 청소년소설 연구」, 충남대 대학원 박사학위 논문, 2012; 최배은, 「한국 근대 청소년소설의 형성과 이념 연구」, 숙명여대 대학원 박사학위 논문, 2013; 최미선, 「한국 소년소설 형성과 전개과정 연구」, 경상대 대학원 박사학위 논문, 2012.

5 염희경, 「'금시계' 개작으로 본 방정환의 문학적 변모」, 『창비어린이』, 2003년 여름호; 「'소설가' 방정환과 근대 단편소설의 두 계보」, 『아동청소년문학연구』 제13호, 한국아동청소년문학학회, 2013; 장정희, 「장르의 변화와 서사 전략─소파 방정환의 소년소설 '졸업의 날'을 중심으로」, 『한국 아동문학연구』 23집, 한국 아동문학학회, 2012.

6 정종현, 「'민족 현실의 알리바이'를 통한 입신 출세담의 서사적 정당화」, 『한국문학연구』 제23집, 동국대 한국문학연구소, 2000; 조성면, 「입신출세주의와 문학적 의미」, 『민족문학사연구』, 40집 민족문학사연구소, 2009.

7 이재복, 『우리 동화 바로 읽기』, 한길사, 1995; 박태일, 「1930년대 한국 계급주의 소년소설과 "소년소설육인집"」, 『현대문학이론연구』 49집, 현대문학이론학회, 2012; 송수연, 「잡지 "소년"에 실린 1930년대 후반 아동소설의 존재양상과 그 의미」, 『아동청소년문학연구』 제7호, 한국아동청소년문학학회, 2010.

이 글은 이러한 연구 성과들과 필자의 기존 논문들에 기대어 식민지 시대에서 분단시대에 이르는 소년소설의 주요 특징을 계통적으로 살펴 보려는 시도이다. 이 과정에서 작가 현덕의 위상과 함께 장편 소년소설 『광명을 찾아서』의 아동문학사적 의미가 드러나게 되리라고 본다.

2.『광명을 찾아서』의 리얼리즘

『광명을 찾아서』는 어려서 부모를 잃고 삼촌네 집에서 지내는 열네 살 소년 창수가 학교 후원회비를 잃어버리고 거리의 소매치기단에 휩쓸렸 다가 어느 독지가의 도움으로 새로운 삶을 찾아나가는 이야기이다. 얼핏 통속적인 이야기인 듯싶지만, 가난한 아이들을 거리로 내모는 냉혹한 시 대현실과 양심을 되찾고자 하는 창수의 눈물겨운 싸움이 해방기 서울을 배경으로 핍진하게 그려져 있다. 적어도 이 작품은 '착하고 연약하고 순 수한 이미지'를 반복재생산하면서 어린이를 현실로부터 격리시키는 동 심천사주의, 기성의 가치를 의심하지 않고 정해진 틀 안에서 도덕심을 배양하려는 교훈주의, 현실의 모든 문제를 계급의 도식으로 환원시키는 계급주의와는 분명한 차이점을 보인다. 창수의 방황과 수만이의 일그러 진 사회화는 보호 장치가 결핍된 조건에서 '어른 되기'의 과제를 수행해 야 하는 소년들의 간고한 생활상을 반영한다. 또한 작가는 인물과 환경 의 교섭이라는 관점에서 당대의 사회적 현실을 비판적으로 그려낸다. 요

---

8 이균상, 「이원수 소년소설의 현실 수용양상 연구」, 한국교원대 대학원 석사학위 논문, 1997; 이 종호, 「이주홍의 소년소설 "피리 부는 소년" 연구」, 『동화와번역』 제21집, 건국대 동화와번역연 구소, 2011; 권나무, 「어린이와 사회를 보는 두 가지 시선─이원수와 강소천의 소년소설」, 『우리 말교육현장연구』 6권 2호, 우리말교육현장학회, 2012; 장수경, 「이원수 소년소설에 나타난 현실 인식과 서사적 지향」, 『비평문학』 43집, 한국비평문학회, 2012; 장영미, 「전후 아동소설 연구─ "그리운 메아리"와 "메아리 소년"을 중심으로」, 『한국 아동문학연구』 22집, 한국 아동문학학회, 2012; 엄혜숙, 「권정생 문학 연구」, 인하대 대학원 박사학위 논문, 2010.

컨대 이 작품은 기존 질서에 대한 순응이라든지 과장과 도식에 근거한 거짓 희망 같은 것과는 거리가 멀다. 불우한 아이들에게 내일의 꿈을 심어주고자 결말에서 다소 온정적인 태도가 불거지지만, 리얼리즘 작가의식이 중심부를 관통하고 있다는 점만은 의심의 여지가 없다.

『광명을 찾아서』의 리얼리즘은 크게 두 가지로 요약된다. 이것들은 앞선 시대에서부터 공통의 특질로 묶이는 유형을 이루고 있다. 첫째는 불우한 처지의 주인공상(像)이다. 소년기는 곧 학령기라고 할 수 있는데, 현덕의 작품에서는 가난한 집안형편으로 인해 학업의 어려움을 겪는 소년, 특히 고아나 고학생 주인공이 두드러진다. 둘째는 소년주인공을 억압하는 폭력적인 시대 환경이다. 소년기는 부모의 보호를 필요로 하면서 동시에 그로부터 벗어나야 하는 성장의 과제를 안고 있는데, 현덕의 작품에서는 성장의 계기로 주어진 사회적 현실의 폭력성이 두드러진다. 이처럼 가난한 소년주인공이 폭력적인 시대 환경과 대결하면서 성장하는 이야기는 그리 낯설지 않다. 이를 계통적으로 살펴보기로 한다.

1) 고아 또는 고학생 주인공

『광명을 찾아서』의 첫 장면은 후원회비 납부를 종용하는 담임선생님 앞에서 평소와 다르게 호기롭던 창수가 후원회비를 잃어버린 것을 알고 당황하는 모습이다. 학교에서는 학급별 후원회비 완납 경쟁을 벌이고, 교사(校舍) 뒤에 칠판을 걸어놓고 후원회비 미납자 이름을 적어놓는 등 비교육적 처사가 횡행하고 있다. 학비가 없으면 공부를 할 수 없는 막막한 상황이 창수의 앞길을 가로막는다. 창수는 구체적으로 어떤 처지인가?

가뜩이나 넉넉지 못한 살림입니다. 삼촌이 이른 아침에 인쇄소엘 나가 해가 저물어서 피로한 얼굴로 돌아오고 하여 얼마 아니되는 월급을 타면 타는 그 날로 여기 저기 외상을 갚고 하고 나면 이튿날부터 또 돈에 쪼들리는 숙모며 삼촌입니다. 어려서 어머니를 여의고 아버지는 어머니가 살아 계실 때 집을 나간 후 돌아오시지 않아 생사를 모르고, 고아나 다름 없는 창수를 데려다가 친 아들이나 다름 없이 학교도 보내고 또 장래에 잘 되기를 바라는 삼촌이며 숙모입니다. 그 은혜를 감사히 생각하는 마음에서 창수는 넉넉지 못한 살림을 눈 앞에 보고는 학용품 같은 것이 필요할 때도 쉽게 사 달라는 소리를 더 못하고 속을 졸이는 것이었습니다.

사실 그 살림에서 창수의 학비를 대기에도 삼촌은 전차값이나 담배용까지 절약해야 할 것이며 숙모는 찬용을 졸이어야 할 형편임을 창수는 잘 압니다. 더욱 아침에 옷 보따리를 싸가지고 나가 만들어진 귀한 돈임을 창수는 자기 눈으로 본 바입니다. 무슨 염체로 숙모로 하여금 또 다시 옷 보따리를 싸게 하리요.[9]

현덕의 소년소설에는 이처럼 고아 처지거나 고학생 소년이 자주 나온다. 비단 현덕의 작품만이 아니다. 한국 소년소설에서는 매우 익숙한 주인공상인데, 그 기원은 신문학 초기까지 거슬러 올라간다.

이광수의 초기 단편들이 대개 소년 주인공이고 고아의식의 발현이라는 사실은 잘 알려져 있다. 또한 신문학 초기의 단편들에는 고학생이 많이 나온다. 방정환도 아동문학의 길로 들어서기 전부터 비슷한 계열의 단편들을 잇달아 발표했다. 「우유배달부」(『청춘』, 1918.4), 「고학생」(『유심』, 1918.12), 「금시계」(『신청년』, 1919.1), 「졸업의 일(日)」(『신청년』, 1919.12) 같은 '고학생' 계열 단편들이 그것이다. 모두 고아나 편모슬하의 가난한 시골 소년이 도시로 유학 와서 고초를 겪는 내용이다. 앞의 두 작품은 개인의 운명을 개척하고 가족을 일으켜 세우려는 입지적 성격이 두드러지고, 뒤의 두 작품은 주인공을 좌절시키거나 앞길을 가로막는 현실의 냉혹함이

---

9 현덕, 『광명을 찾아서』, 동지사아동원, 1949, 12쪽.

두드러진다.[10] 나중 작품 「금시계」와 「졸업의 일」은 『어린이』에 다시 수록된다. 내용은 거의 그대로지만 한자어를 한글로 바꾸고 부드러운 경어체를 쓰는 등 내포독자의 연령이 낮아지는 데 따른 서술의 변화를 꾀했다. 고쳐 쓴 「졸업의 날」은 '소년소설'이라는 장르명칭이 붙은 최초의 작품이다. 소년소설의 시원을 '고학생' 서사가 차지하고 있는 것이다.

『어린이』 창간을 전후로 하는 시기부터 방정환은 동화와 구별되는 소년소녀의 이야기들을 '애화(哀話)', '실화(實話)' 등의 갈래명칭으로 발표하고 있었다.[11] 여기에서도 주인공은 고아거나 불우한 처지의 약자들로서 가혹한 외부 환경 탓에 가족의 해체와 같은 파국을 겪는다. 표제장르가 무엇이든 간에 이것들은 비슷한 성격의 이야기들이다. '애화'를 내세운 것은 눈물의 동정심을 불러일으키려는 의도라 할 수 있고, '실화'를 내세운 것은 이와 같은 슬픈 일들을 겪는 소년소녀가 주위에 많다는 사실을 환기시키려는 의도라 할 수 있다. 이것들은 허구적 짜임을 제대로 갖추지 못한 채 눈물을 자아내기 위해 동원된 단편적인 에피소드에 그친다. 이를테면 누구누구의 딱한 사정을 작가 자신의 목소리로 직접 들려주는 식이다. 이러다 보니 주인공은 정해진 환경에 짓눌려 희생되거나 누군가의 손길로 구제되는 수동적 위치에 머물게 된다. 이런 작품들에 대해서는 '눈물주의'라는 비판이 뒤따랐다. 초기적 양상의 한계를 거둬내고 본다면, 아동문학의 가치를 교훈보다는 감성해방에서 찾았던 방정환의 의중이 빚은 결과이기도 하다.

방정환의 눈물주의는 일본 동심주의 경향과 무관하지 않다. 그런데 일본 동심주의의 특징인 '착하고 연약하고 순수한' 어린이의 이미지 중에서 우리에겐 유독 '연약함'이 지속적으로 강조되었다. 이런 사실이야말

---

10 염희경, 앞의 논문. 참조.
11 「운명에 지는 꽃」, 『부인』, 1922.9; 「아버지 생각-순희의 슬픔」, 『어린이』, 1923.4; 「영길이의 슬픔」, 『어린이』, 1923.4; 「영호의 사정」, 『어린이』, 1923.8~12; 「수녀의 설움-○○교회 어린 수녀의 편지」, 『신여성』, 1924.1.

로 한국적 특수성이 아닐 수 없다. 연약함의 이미지는 창작동요에서도 두드러진 특질로서 '부재와 상실'의 정조로 이어졌다. 부재와 상실로 인한 약자의 슬픔에서 시대적 의미를 읽어내기란 그리 어려운 일이 아니다. 신문학 초기에 '소년'을 향하고 간행된 번역물이 『불쌍한 동무』나 『검둥이의 설움』이었다는 점, 그리고 『동아일보』 창간 기념 첫 연재소설이 『집 없는 아이』(Hector Malot, 『Sans famille』)를 중역한 『부평초(浮萍草)』였다는 점도 눈여겨볼 필요가 있다.[12] 또 하나, 일찍이 필자는 한국 아동문학의 기본 성격을 '쿠오레 경향'이라고 지적했는바, 번안작 「엄마 찾아 삼만리」로 더 유명한 『쿠오레』(Edmondo De Amicis, 『Cuore』; 일명 『사랑의 학교』)의 인기는 지금까지도 지속되고 있다.[13]

식민지시대 아동문학의 독자 연령은 십대 중후반에 걸쳐 있었다. 이들에게 고아나 고학생 주인공은 남다른 친연성을 띠고 다가왔을 것이다. 1920년대 도시인구는 10% 미만, 보통학교 취학아동은 학령아동의 20% 미만이었는데 학비를 내지 못해 절반은 중도 탈락하는 형편이었다. 상급학교 진학은 갑절로 어려웠다. 요컨대 고아나 고학생 계열 서사는 시골에서 도시로 상경하여 혼자 힘으로 공부해야 했던 가난한 소년들의 애환을 대변했다고 볼 수 있다. 식민지 근대일망정 학력은 계층이동의 유력한 통로였으니, 삶이 비참할수록 학업에 대한 열망은 더욱 강렬해지는 형국이었다.

'면학하라, 면학은 성공의 재료니라. 면학하자. 면학하자.'

(방정환, 「고학생」에서)

---

12 최미선, 「한국 장편 소년소설의 전개과정과 소년상 연구」, 『한국 아동문학연구』 25집, 한국 아동문학학회, 2013, 181쪽.
13 『쿠오레』와 식민지시대 소년소설의 상호텍스트성이 '엄마 찾기(가족에 대한 헌신)', '나라 찾기(이웃과 민족에 대한 헌신)', '고학생(고난극복의 조선적 입신출세)' 모티프로 폭넓게 나타나는 양상에 대해서는 졸고, 「인고와 헌신의 주인공」, 『창비어린이』, 2015년 여름호. 참조.

'첫째도 공부요, 둘째도, 셋째 넷째도 공부다!'(이태준, 「사상의 월야」에서)

고학생 계열 서사는 실제로 유학을 경험한 작가들의 체험이 원천이며, 근대지식을 획득하는 과정에서 겪었던 경제적 어려움이 고학생 모티프로 소설에 수용된 것이라는 연구 결과도 있거니와,[14] 개벽사에서 친분을 쌓은 방정환과 이태준은 공히 자신들의 고학생 체험을 소설뿐 아니라 소년소설로도 그려냈다. 근대 초입부터 작가 체험의 두 계보를 지어온 '고학생' 서사와 '연애' 서사 중에서 입지적 성격의 고학생 서사가 소년소설로 이어진 것이다.[15] 고학생 서사에 담긴 입신출세주의는 양가성을 지닌다. 즉 신분제의 봉건적 속박으로부터 벗어나 자기 운명을 개척한다는 자유와 평등의 근대적 가치 실현이 그 하나이고, 경쟁의 이름으로 선택과 배제를 합리화하는 사회구조에서 낙오하지 않고 올라서려는 신분상승의 욕망이 다른 하나이다.

이태준이 1929년 개벽사에 입사하고부터 『어린이』에 집중 발표한 소년소설들은 일제 말에 신문에 연재한 장편 「사상의 월야」(『매일신보』, 1941.3.4~7.5)와는 조금 차이가 있다. 장편은 미완으로 끝났을지라도 기본적으로 청년의 서사로서 주인공이 힘겨운 성장기를 딛고 뜻을 이루는 방향으로 나아가고 있으나, 소년의 서사인 단편들은 부재와 상실로 인한 약자의 슬픔을 극대화하는 것에서 그치고 있다.[16] 오히려 성인 대상의 장편에 대해서는 '민족 현실의 알리바이'를 통해 성공 지향을 합리화하는 대의명분에도 불구하고 "공동체로부터 소외시키는 개인이 이루는 성장은 허구이고 실패"[17]라는 비판이 가능하지만, 아동 대상의 단편들은

---

14 이재봉, 「근대적 욕망의 추구와 서사화 방식—1910년대 소설의 고학생 모티프와 '자본'의 논리」, 『어문연구』 41집, 어문연구학회, 2003, 273쪽.
15 염희경, 앞의 논문. 참조.
16 이선미, 「이태준 동화 연구—고아체험과 '여운'의 상상력」, 『1920년대 문학의 재인식』(상허학회 편), 깊은샘, 2001. 참조.
17 정종현, 앞의 논문, 273쪽.

'가난이 죄'가 되는 억울한 사정과 약자의 설움에 초점이 주어져 있기 때문에 학업에 대한 희구가 '나→가족→민족'의 구원에 대한 희구로 볼 수 있는 여지가 더욱 커지는 것이다.

소년이 겪는 일로 되어 있을지라도 「어린 수문장」(『어린이』, 1929.1)은 어미와 분리된 새끼개, 「불쌍한 삼형제」(『어린이』, 1929.7·8 합본)는 어미와 분리된 새끼까치의 비극적인 최후를 보여준다. 새끼개와 새끼까치에게 작가의 고아의식을 투영한 셈인데, 아이의 무심한 행위가 새끼들의 비극을 초래한다는 점에서 가해와 피해의 상호관계를 성찰케 하는 깊이가 살아난다. 「슬픈 명일 추석」(『어린이』, 1929.5), 「쓸쓸한 밤길」(『어린이』, 1929.6), 「외로운 아이」(『어린이』, 1930.11)는 부모 없는 아이들이 겪는 고초를 그렸고, 「불쌍한 소년 미술가」(『어린이』, 1929.2), 「눈물의 입학」(『어린이』, 1930.1)은 가혹한 조건에서도 뜻을 굽히지 않는 고학생의 의지를 그렸다.

이태준의 고학생 계열 소년소설도 다수는 방정환처럼 약자와의 동류의식을 환기하는 데 그치고 있어, 서사가 현실의 모순을 자각하거나 타개하는 쪽으로는 뻗어나가지 못하는 한계를 보인다. 이를 뒤집어낸 것이 계급주의 소년소설이다. 1930년대로 접어들면서 카프 작가를 중심으로 계급투쟁을 앞세운 소년소설이 전면에 등장한다. 계급주의라는 도식성의 한계에도 불구하고 이 계열의 작품들은 리얼리즘의 교두보를 구축했다고 평가할 수 있다. 가난의 원인을 파고들면서 궁핍한 시대현실에 바짝 다가섰으며, 피해자·수혜자에 머물지 않는 투사적 소년상을 그려냈다. 여기에 와서 동정과 구제의 시각은 분노와 저항의 시각으로 바뀌게 된다.

이 계열의 최고 성과는 이주홍이 대표한다. 『신소년』에 잇달아 발표된 그의 소년소설 「청어 뼈다귀」(1930.4), 「잉어와 윤첨지」(1930.6), 「돼지 콧구멍」(1930.8) 등은 '아동문학의 최서해적 경향'이라고 함직하다. 지주의 횡포에 울분을 삭이지 못하는 소작인 아들딸들의 의식변화와 행동이 질박한 생활언어로 생생하게 그려져 있다. 계급주의 소년소설은 대개 '소년 노동자·농민'이 주인공으로 등장한다. 목표가 계급혁명이다 보니 고학생보다 소년일꾼에 더욱 눈길이 가닿았던 것이다. 생산노동으로부터 분리된 아동기의 구획이 근대적 의미의 아동을 탄생시켰고 여기에서 아동문학도 발생한 것인데, 식민지조선에서는 근대성의 미발달로 인해 '일하는 아이들'이 압도적 다수를 차지했다. 고학생이 일과 학업에 걸쳐 있는 존재라면, 소년 노동자·농민은 학업에서 배제된 생계형 직업소년들이다. 식민지시대 소년소설의 태반이 이 두 종류의 소년을 주인공으로 삼은 것은 당연한 귀결로 보인다. 따라서 소년과 고용주·지주 사이의 대립을 그린 계급주의 소년소설도 엄연한 현실성을 띠고 있다. 그렇지만 '일꾼의 서사'란 아동문학에서는 예외라 할 수 있을 만큼 특수한 시대의 산물일 테고, 성장기 고유의 문제에 직핍한 고학생 계열이 한층 더 소년소설의 본질에 가깝다. 이런 의미에서 계급주의 소년소설은 아동문학이기보다 또 하나의 노동자·농민소설이라고 해도 아주 틀린 말은 아니다.[18]

소년소설의 리얼리즘은 계급주의를 통과한 이후 더욱 정교해진다. 이를 단적으로 보여주는 것이 1930년대 후반의 아동잡지 『소년』에 집중 발표된 현덕의 소년소설이다. 현덕은 카프 이후에 등장한 이른바 '신세대 작가'로서 1930년대 후반기 '리얼리즘과 모더니즘이 해후'하는 지점에 자리하고 있다. 그는 등단작 「남생이」(1938)로 안회남과 박태원의 찬사를 받으며 문단의 기린아로 떠올랐고, 평론가 임화, 백철, 김남천 등으로부터 주목받았다. 최근의 연구에서는 현덕이 1930년대 말 '조선문예부흥사 사건'에 연루되어 임화, 박태원, 이태준 등과 경찰에 불려가 심문

---

18 계급주의 소년소설 가운데 고학생 주인공이 없는 것은 아니나, 계급모순의 폭로에 초점이 놓여 있는 탓에 주인공의 성장은 매양 도식에 매달린 수직상승을 보인다. 카프 작가 송영의 「새로 들어온 야학생」(『조선아동문학집』, 조선일보사, 1938)은 이런 문제점에서 벗어나 있어 주목되는데, 계급주의가 가라앉은 이후의 산물로 바라봐야 할 것이다.

받은 사실이 밝혀졌다.[19] 일제 말에 그는 안회남, 임화, 오장환 등과 교유하다가 해방을 맞이했다. 이런 인연들이 해방 후 조선문학가동맹의 활동으로 이어진 것이다.

현덕의 아동문학에는 이태준의 영향이 뚜렷하다. 현덕의 '노마' 연작동화에서 보는 천진한 캐릭터와 극적인 대화체 서술은 이태준의 유년동화를 잇는 것이다. 한편, 현덕의 소년소설은 방정환과 이태준의 고학생 서사를 잇는 것인데, 이 또한 작가의 불우한 성장 체험을 반영한 이야기들이다. 학비 때문에 뜻이 꺾이거나 양심이 흔들리는 아이들에게 용기와 격려를 주려는 작가의 의도를 엿볼 수 있다. 그런데 현덕은 방정환, 이태준에서 한 발 더 나아갔다. 카프의 영향을 받은 신세대 작가답게 그의 소년소설에는 계급적 현실인식이 보태져 있다.

현덕의 소년소설은 노동자 · 농민소설의 축소판 같은 계급주의 소년소설과는 사뭇 다르다. 비단 고학생 서사이기 때문만은 아니다. 「나비를 잡는 아버지」[20]처럼 농촌을 배경으로 소작인과 마름집 아들의 대립을 그린 것도 없지 않은데, 초점은 어디까지나 소년의 성장에 놓여 있다. 학교생활을 다룬 것 중에서 「모자」(『소년』, 1938.7)와 「고구마」(『소년』, 1938.11)는 가난한 아이에 대한 부잣집 아이들의 횡포가 적나라하지만, 결말에서는 아이들다운 화해를 보여준다. 심리묘사가 두드러진 「하늘은 맑건만」(『소년』, 1938.8)과 「권구시합」(『소년』, 1938.10)은 이태준의 「어린 수문장」과 연계해서 살펴볼 만한 '죄의식' 곧 소년의 성장통이 오롯하다. 고학생 서사를 최루성(催淚性) 소재주의에서 구해낸 것은 이와 같은 '성격 창조'의 힘이다. 계급주의 계열은 계급혁명의 도식에 사로잡혀 아이다움을 잃은

---

19 배개화, 「1930년대 말 치안유지법을 통해 본 조선 문학─조선문예부흥사 사건과 조선 문학자들」, 『한국현대문학연구』 28집, 한국현대문학회, 2009. 참조.

20 해방 직후에 식민지시대의 소년소설들을 모아서 펴낸 작품집 『집은 나간 소년』(아문각, 1946)에 실린 것들 가운데 「나비를 잡는 아버지」는 발표지면이 확인되지 않고 있다. 아마도 영인자료 『소년』의 누락분에 포함되어 있을 것이라고 추정된다.

'수염난 총각'의 서사로 속절없이 빠져들었지만, 현덕은 매력적인 소년 주인공과 더불어 식민지 현실에 뿌리박은 소년의 성장 서사를 개척했다. 비로소 소년소설의 리얼리즘이 본궤도에 올라선 것이다.

2) 폭력적인 시대 환경의 전경화

정부 수립 다음해에 발표된 현덕의 『광명을 찾아서』는 '빛'을 갈구하는 제목이 강력히 환기하고 있는바, 현재 상태는 '어둠'이다. 이 작품에서 '어둠/빛'의 상징적 의미는 창수 내면의 '죄/구원'에 그치지 않고 사회적 '억압/해방'으로 이어진다. 이러한 의미의 확장성은 인물과 환경의 상호작용을 균형적으로 파악하고 있는 데에서 비롯된 것으로, 어느 한쪽에 매몰된 교훈주의·계급주의와는 다른 모습이다. 교훈주의가 사회의 구조적인 모순에는 눈을 감고 개인의 도덕심으로 문제를 해결하려고 들었다면, 계급주의는 환경결정론에 치우쳐서 일상의 욕망이 제거된 이념의 대리인을 앞세우기 일쑤였다. 사실 아동을 내포독자로 하는 소년소설의 리얼리즘은 그리 간단치 않다. 성인문학 쪽에서는 1930년대의 창작방법론과 더불어 리얼리즘의 원리가 비교적 자명해졌다고 볼 수 있을는지 몰라도, 아동문학의 경우는 달랐다. 비평의 사각지대인 아동문학은 리얼리즘에 관한 논의를 건너뛴 채 성인문단의 풍조를 쫓아가는 형편이었다.

범박하게 말해서 리얼리즘은 사실주의적 기율에 입각한 현실비판적인 경향을 가리킨다. 식민지시대의 현실비판적인 소년소설은 주로 소작인의 아들딸, 농촌에 사는 '일하는 아이들'의 비참한 삶을 그렸다. 그런데 계급모순의 폭로를 의도하는 경향을 따라 주인공의 연령이 마냥 높아져 갔다. 이에 대한 반작용으로 1930년대 중반부터는 가정과 학교를 무대로 해서 도시아이들의 생활상을 그리는 경향이 두드러졌다. 독자 연령도 한층 낮아졌다. 이것들에 대해서는 소년소설보다 '생활동화(사실동화)'라는 명칭이 선호되었다. 생활동화와 소년소설의 경계는 사실 불투명하다. 생활동화는 주인공·내포독자의 연령이 소년소설보다 낮은 유년소설에 가까웠다. 연령이 낮아지면 경험의 범위도 좁아지게 마련인지라 환상·공상이 아닌 사실적 경향의 동화는 사회현실보다 일상생활에 더 눈길이 주어졌다. 이러한 생활동화가 소년소설을 밀어내는 현상은 리얼리즘의 문제의식이 증발해버린 카프 이후의 양상과 관련이 깊다. 집안과 교실에 갇힌 생활동화는 중산층 가정의 아이가 재롱을 부리는 동심천사주의거나 생활습관의 교정을 꾀하는 교훈주의 경향으로 흘렀다.

식민지시대 현덕의 아동문학은 이러한 편향을 넘어선 드문 사례였다. 그는 유년 대상의 동화, 소년 대상의 소년소설, 성인 대상의 소설을 함께 발표했지만, 장르 특성에 따라 작품의 질서가 뚜렷이 구분되었다. 현덕의 동화와 소년소설은 각각의 특성과 결합된 한층 정교한 리얼리즘을 보였다. 아이들의 천진한 놀이세계를 그린 '노마' 연작동화도 가난한 노마와 부잣집 아이 기동이가 서로 밀고 당기는 리얼리즘이 빛을 발한다. 단편으로 발표된 일련의 소년소설에서는 학비로 곤란을 겪거나 부잣집 아이들에게 차별 받는 가난한 아이들의 생활상을 그리면서 사회현실의 문제를 짚었다. 해방 후에는 여기서 한 발 더 나아갔으니, 『광명을 찾아서』에서는 가난한 아이들을 둘러싸고 있는 시대 환경의 폭력성을 드러내면서 사회적 안전망이 부재한 제도의 문제를 파고들었다.

이 작품에서 도드라진 것 가운데 하나는 서울 도심의 시가지 풍경이다. 순진한 창수를 지옥문 앞에 이르게 하는 모든 일들이 사대문 안에서 벌어진다. 창수의 이동경로를 따라 서울의 공원, 도로, 건물 이름들이 구체적으로 밝혀져 있는데, 다른 소년소설에서는 찾아보기 힘든 의도적인 서술로 보인다. 파고다 공원, 명동 거리, 본정 거리, 천변, 진고개, 종각 모퉁이, 서울역, 세브란스 병원, 화신, 동대문, 낙산 언덕, 동소문, 창신동, 부민관, 시청, 종로……. 이와 같은 고유명사는 일차적으로는 소매치기단에 휩쓸린 창수의 움직임을 보여주는 것이지만, 그곳 풍경에서 화려한 도시 이면의 무직자·부랑자들이 모습이 포착되는가 하면, 어수룩하고 약한 사람을 후려치고 짓밟으면서 올라서려는 비정한 세태가 가감 없이 그려져 있다.

이 작품을 말할 때 지나칠 수 없는 것은 작가가 정치적 이유로 쫓기는 상황에서 나온 전작 장편이라는 점이다. 해방 후 현덕이 참여한 새로운 국가건설의 꿈은 좌절되었고 그와는 적대적인 단독정부가 세워졌다. 그는 조선문학가동맹 간부로서 국민보도연맹에 가입해야 함에도 그리하지 않았다. '반정부' 활동이력 때문에 교과서에 수록된 그의 작품들도 남김없이 삭제되었다. 현덕이 '빛'을 갈구하면서 '어둠' 속에서 그려낸 서울은 이와 같은 시대적 맥락과 함께 해석되어야 마땅하다. 요컨대 『광명을 찾아서』에 그려진 '수도 서울'은 리얼리즘의 문제의식으로 전경화(前景化)된 상징적 공간이다. 말하자면 현덕은 오장환의 장시 「병든 서울」(1946)과 같은 시각으로, 식민지시대의 경성과 다를뿐더러 이북의 평양과도 대비되는 '지금 여기'로서의 '서울'을 '빛의 회복이 절실한 어둠의 공간'으로 바라보았던 것이다.

현덕 이후로 소년의 성장과 결부된 시대 환경의 전경화를 특징으로 하는 리얼리즘 소년소설의 계보는 이주홍, 이원수, 권정생 등으로 이어진다. 이들은 식민지시대에서 분단시대로 이어진 미완의 근대적 과제와 대결하면서 작품 활동을 전개했다. 분단으로 인한 민족의 수난은 아이들이라고 해서 비껴가지 않았다. 6·25전쟁과 함께 수많은 전쟁고아들이 생겨났으며, 인구가 도시로 몰리면서 취학률이 높아졌지만 학교는 헐벗고 굶주리는 아이들로 가득했다. 일찍이 한 연구자는 한국에서 서구적 의미의 교양소설이 발달하지 못한 이유에 대해 "개인의 각성이 내성적 동기에 의하지 않고 식민지 체험, 한국 전쟁 등과 같은 외적 충격들에 의해 이루어졌다는 사정에 기인하는 것으로 보이며, 이러한 강한 외적 충격에 의한 결락이라는 조건은 개인의 성장 체험을 다룬 한국 소설에서 공통적인 전제"[21]라고 지적한 바 있다. 여기에서의 '성장'은 더 넓은 의미겠으나, 이러한 관점은 '성장기 소년'을 주인공으로 하는 분단시대의 소년소설에도 적용된다.

식민지시대에 카프 작가로 활약한 이주홍은 해방 직후 조선프롤레타리아문학동맹에 소속했다가 활동을 접고 부산에 정착하면서 잠시 주춤하는 듯싶었지만 현실비판적인 작품을 꾸준히 발표했다. 그 가운데 장편 소년소설『피리 부는 소년』(세기문화사, 1954)은 현덕의『광명을 찾아서』와 유사하게 도시의 냉혹함을 파헤친 것이라 주목된다. 여기에서도 고아 소년의 뼈아픈 도시체험이 그려진다. 전쟁으로 부모를 잃은 소년이 소매치기단 두목의 꾐에 빠져들더니 결국은 강압에 의해 도둑질을 하고 그 돈을 갈취당하는 범죄단의 폭력에 노출되는 것이다.『피리 부는 소년』은 전반부의 시골체험과 후반부의 도시체험으로 나뉘어져 있다. 서울에서 부산으로 피난하는 길에 부모와 헤어져 고아 신세가 된 영구는 부산에서 조금 떨어진 시골마을에서 그곳 아이들과 농촌 특유의 놀이세계에 빠져 지낸다. 하지만 억울한 누명을 쓰고 피난지 부산으로 와서 겪는 일들은 비참하기 짝이 없다. 어찌 보면 시골과 도시를 선악 이분법적으로 바라보는 게 아닐까 하는 의구심이 든다. 영구가 부모를 되찾고 서울집으로 올라가는 결말도 우연에 의한 통속적 해결에 속한다. 이 작품은 1952년『파랑새』에 연재되었던 것이다. 일상에 대한 전쟁의 파괴성이 압도하는 시기에 나온 것이기에, 폭력 체험의 사회적·역사적 의미화보다는 하나의 통과의례로서 시련을 딛고 일어서는 모습에 방점이 찍힌 것이라고 볼 수 있다.

---

21 정종현, 앞의 논문, 264쪽.

1960년대에는 전쟁의 비극적 체험과 그 후유증을 민족분단의 문제로 사유하는 소년소설이 나타났다. 4·19혁명을 거치자 비로소 리얼리즘 지향이 다시 또렷해진 것이다. 6·25전쟁으로 자칫 맥이 끊길 뻔했던 아동문학의 리얼리즘 계보를 복원시킨 대표 주자는 이원수였다. 해방 직후 마산에서 서울로 올라와 조선문학가동맹 쪽에서 활약한 그는, 정부 수립 후에도 자본주의가 아닌 사회주의 편에 서서 남북한 이념 대립의 상황을 알레고리로 표현한 판타지동화 「숲속 나라」(『어린이나라』, 1949.2~12)를 장기간 연재했으며, 6·25전쟁 중에는 부역혐의로 죽음의 문턱까지 갔다가 간신히 살아난 남다른 이력을 지니고 있다. 일제 말에 시국에 협력하는 글을 몇 편 남긴 사실이 최근 밝혀졌지만, 이런 과오를 되풀이하지 않으려 했음인지 불의에 맞서 서민아동을 옹호하려는 그의 문학적 행보는 분단시대 내내 한결같았다. 반공·멸공의 구호가 난무하던 1950년대에 그는 전쟁의 상처를 어루만지면서 반전·평화의식을 높이는 환상적인 동화를 주로 발표했다. 그러다가 1960~70년대에는 분단이데올로기에 균열을 가하는 장편 소년소설에 누구보다도 많은 힘을 쏟았다.

많은 연구자들이 밝혔듯이 그의 소년소설은 '문협정통파' 계열의 강소천과 대비된다. 6·25전쟁 중에 월남한 강소천은 곧바로 한국문학가협회 아동문학 분과위원장, 국정교과서 편찬위원, 한국문인협의 이사, 문교부 우량아동도서 선정위원 등을 맡으면서 교과서와 출판계를 손에 쥐었는데, 교육의 이름으로 현실비판적인 경향을 배제했다. 전후의 피폐한 삶을 구제하고자 꿈·환상·위안의 요소에 매달린 것은 크게 문제가 되지 않지만, 구조적 모순에서 비롯된 사회 문제를 외면하고서 현실 사회를 긍정하는 것은 지배이데올로기나 다름없다. 이런 그의 시각은 장편 소년소설 『해바라기 피는 마을』(1956), 『그리운 메아리』(1963) 등에 고스란히 반영되었다. 이를 두고 이원수는 "특권층이나 행정관리들에게서 발수갈채를 받는 것"[22]에 지나지 않는다고 신랄하게 비판했다.

이원수는 반공 · 친미 성향이 두드러진 강소천과 다르게 이데올로기적 금기에 속하는 예민한 문제들을 수면 위로 끄집어냈다. 『민들레의 노래』(학원사, 1961)에서 현우의 아버지는 거창양민학살사건의 희생자이고, 경희의 오빠는 4 · 19혁명의 희생자이다. 양민 학살에 가담했던 정미의 아버지는 자유당 정권 아래서 온갖 부정한 방법으로 재산을 모으고 힘을 행사하는 인물인데, 4 · 19혁명이 일어나자 그 뜻을 훼손하는 데 여념이 없다. 현우의 외삼촌은 학살 현장에서 간신히 살아남아 일본으로 피신했다가 귀국하여 학살자를 벌하려 들지만 오히려 간첩혐의를 뒤집어쓰고 무고죄로 감옥에 갇힌다. 『메아리 소년』(『가톨릭소년』, 1964.7~1965.12)에서 민이 아버지는 의용군으로 끌려간 친동생을 전쟁터에서 만나 총으로 쏘아 죽인 뒤로 정신병을 앓다가 결국 자살에 이른다. 민족분단의 비극을 이야기해준 담임선생님은 용공주의자로 몰려 학교에서 쫓겨난다. 주인공 소년을 둘러싼 환경이 하나같이 비리와 부정으로 얼룩진 부조리한 사회현실이다. 작품은 대개 가진 자의 횡포로 서민아동이 고통 받고 있는 전후의 현실에서 시작하지만, 현재의 모순과 갈등의 근원으로 민족분단과 동족상잔의 비극이 파헤쳐진다. 이원수의 소년소설에서 6 · 25전쟁은 단순히 시간적 배경이거나 통과의례의 수난이 아니라, 분단의 여러 모순을 응축한 역사의 폭력이요 대결 과제이며 탐구 대상으로 전경화된다.

이렇게 해서 이원수는 전후에 제도로 정착한 아동문학의 반공 · 순수주의 통념을 바꿔내는 큰 물줄기를 만들어낸다. 사상통제가 매우 엄혹했던 당시로서는 지배이데올로기로 작동하는 '애국심'보다 인간성 옹호의 휴머니즘을 앞세우는 것도 결코 쉬운 일은 아니었다.

　"선생님."

---

22 이원수, 「소천의 아동문학」, 『아동문학』 10집, 1964, 74쪽.

"왜?"

"북괴군이 만일 아버지나 동생일 때에도 그렇습니까?"

"그야 마찬가지지?"

선생님의 대답은 간단명료했다.

"전 아버지가 북괴군이라도 죽이지 않겠어요."[23]

"까치바위골 앵두나무 집 할아버진 어찌 됐어요, 아버지?"

"아마 돌아오시기 힘들게 됐나 보더라."

"왜 못 오시나요?"

"아들이 있는 곳을 대 주지 않으면 풀어주지 않는다니까."

"하지만 할아버진 어디 있는지 알지 못하잖아요?"

"누가 그걸 곧이듣니? 할아버지가 잘못한 거지. 아무리 자식이지만 빨갱이한테 떡을 해 주고 닭을 잡아 주다니, 그건 백 번 천 번 잘못한 거야."

"아버지!"

몽실이 정 씨 얼굴을 쳐다봤다. 어두운 움막 속에서도 그걸 알 수 있었다.

"……그렇지 않아요. 빨갱이라도 아버지와 아들은 원수가 될 수 없어요. 나도 우리 아버지가 빨갱이가 되어 집을 나갔다면 역시 떡 해 드리고 닭을 잡아 드릴 거여요."[24]

첫 번째 예문은 이원수의 『메아리 소년』에서 민이가 공민 선생님과 나누는 대화 장면이고, 두 번째 예문은 권정생의 『몽실 언니』에서 몽실이 아버지 정 씨와 나누는 대화 장면이다. 이원수의 리얼리즘 지향이 어떻게 권정생으로 이어지고 있는지를 훤히 보여준다.

권정생은 1971년에 이원수가 심사위원으로 참여한 『조선일보』 신춘

---

23 이원수, 『메아리 소년』(이원수아동문학전집 · 14), 웅진, 1984, 87쪽.
24 권정생, 『몽실 언니』(개정4판), 창비, 2015, 65~66쪽.

문예에서 동화 「무명저고리와 엄마」로 당선되었으며, 1975년에는 이원수 주도의 한국 아동문학가협회가 제정한 제1회 한국 아동문학상을 받았다. 2회 수상자는 이오덕이었다. 당시 아동문단은 이념적 지향을 달리하는 두 단체가 서로 대립하고 있었으니, 한국 아동문학가협회는 자유실천문인협회 계열이고 한국 아동문학회는 한국문인협회 계열이었다. 권정생의 첫 동화집 『강아지똥』(세종문화사, 1974)의 해설에서 이오덕은 "동화라면 으레히 천사 같은 아이들이 나오고, 그 아이들이 꿈꾸는 무지개 같은 세계가 펼쳐지는 것으로만 알고 있는 이들에게 권정생 씨의 작품은 확실히 하나의 이변이요, 충격"[25]이라고 밝힌 바 있다. 지병 때문에 평생 안동의 오두막에만 머무르다 세상을 뜬 권정생은 확실히 이단과 같은 존재였다. 그는 1987년 6월 민주항쟁 이후 널리 알려졌지만, 이전에는 '불온성' 시비와 함께 제도권 문단에서 배제되기 일쑤였다.

권정생의 리얼리즘 지향은 '6·25전쟁을 다룬 장편 소년소설 3부작'이라고 할 수 있는 『몽실 언니』(창작과비평사, 1984), 『초가집이 있던 마을』(분도출판사, 1985), 『점득이네』(창작과비평사, 1990) 등으로 이미 정평이 나있다.[26] 가장 앞선 『몽실 언니』는 검열로 인해 중간이 잘린 채로 연재되다가 그것이 그대로 책이 되어 나왔다. 이 작품의 아홉 번째 장 제목은 '이상한 인민군'인데, 아동문학에서 착한 인민군을 그린 것은 두고두고 화제가 될 정도로 통념을 비껴난 것이었다. 『초가집이 있던 마을』은 평화롭던 한 마을이 전쟁 때문에 산산조각이 나는 과정을 마을 아이들의 경험을 좇아서 그려나간 작품이다. 인민군과 국군이 번갈아 마을에 들어올 때마다 보복과 희생이 뒤따르고, 그 때문에 아이들은 부모형제를 잃거나 고향을 떠나야 하는 아픔을 겪는다. 미군이 던져주는 과자를 주우려다가 미군 차에 치여 죽는 종갑이, 인민군을 따라 월북한 아버지에게

25 이오덕, 「학대받는 생명에 대한 사랑」, 권정생, 『강아지 똥』 해설, 세종문화사, 1974.
26 졸고, 「속죄양 권정생」, 『동화와 어린이』, 창비, 2004. 참조.

총을 겨눌 수 없다면서 입영 통지를 받고 자살하는 복식이 이야기도 나온다. 『점득이네』는 해방 직후부터 6·25전쟁을 거치는 동안의 혼란스런 사회 모습과 그 속에서 고통을 당하는 사람들의 비참한 삶을 점득이네 식구의 행적을 좇아서 그려나간 작품이다. 점득이 아버지는 소련군의 총에, 어머니는 미군의 폭격에 죽고, 외갓집 식구들은 빨치산과 토벌대 또는 인민군과 국군의 틈바구니에서 억울한 죽음을 당한다. 점득이는 미군의 폭격으로 두 눈까지 잃고 누나와 함께 구걸을 하는 거리의 악사로 내몰린다.

권정생의 '6·25 소년소설 3부작'은 이데올로기의 금기를 정면에서 깨고 나온 사실이 무엇보다 중요하다. 그렇지만 전쟁의 참상이 더욱 도드라진 『초가집이 있던 마을』과 『점득이네』보다는 온갖 역경 속에서도 순박한 마음을 잃지 않고 꿋꿋이 자기를 지켜낸 '어린 민중의 초상' 『몽실 언니』가 최고의 역작으로 꼽히고 있다. 인물과 환경의 상호작용이라는 면에서 보자면 『몽실 언니』의 리얼리즘이 앞선다는 증거이다. 천진하고 순박하고 따뜻한 인간애, 어떻게든 삶의 뿌리를 내리고자 하는 마음, 고향에 대한 간절한 그리움, 역경을 딛고 일어서는 꿋꿋한 의지 등은 시대의 폭력과 마주쳐 팽팽한 긴장을 만들어낸다. 작가는 이 긴장의 끈을 끝까지 놓지 않고 감상주의에 빠지는 법도 없이 현실을 아주 냉철하게 그려 보인다. 한국 아동문학의 최고 정전으로서 평가되는 『몽실 언니』는 다름아닌 한국 리얼리즘 소년소설의 정점이었다.

권정생은 이런저런 대담 같은 데에서 밝히기를 방정환, 이원수, 이오덕을 사표로 삼아왔다고 했다. 이런 그가 해금조치 이후 빛을 보게 된 현덕의 작품을 뒤늦게 읽고서는 또 이렇게 안타까움을 토로했다. "그 현덕의 유년동화집하고 또 소년소설하고는 나중에 『몽실 언니』 다 쓰고 난 뒤에 봤는데요. 그래 내가, 아 이런 걸 우리 아동문학 작가들이 진즉에 읽었더라면 영향을 줬지 않겠나 그랬는데, 그런 걸 왜 그렇게 아무도 모르고…… 월북작가라서 그랬겠죠.……"[27] 가시밭길로 이어진 리얼리즘 소년소설의 전통과 맥을 확인할 수 있는 대목이다.

3. 맺음말

정부 수립 직후에 나온 『광명을 찾아서』는 리얼리즘 소년소설의 식민지시대 계보와 분단시대의 계보를 잇는 핵심고리였다. 카프 작가를 방계로 친다면, 직계는 '방정환—이태준—현덕—이원수—권정생'으로 이어지는 그림이 그려진다. 이 계보는 한국 소년소설의 전개에서 등뼈에 해당한다고 볼 수 있다. 이 계보의 소년소설이 보이는 공통점은 '불우한 소년주인공'과 '폭력적인 시대 환경'으로 요약된다. 현덕은 이 둘에 '소년의 성장'이라는 요소를 추가하고 강화함으로써 '소년소설의 리얼리즘'을 본궤도로 올려놓았다. 엄밀한 의미에서 그에게 '소년소설의 개척자'라는 칭호를 부여할 수 있는 이유가 여기에 있다.

하지만 기존의 아동문학사 저술은 현덕의 자리가 비어 있을 뿐만 아니라, '환상동화'가 본격적인 아동문학의 산문양식을 대표한다고 보아서 상대적으로 리얼리즘의 계보를 소홀하게 다뤘다. 오늘날 그 명칭이 어떻게 변화하고 있든지 간에, 아동문학의 산문양식은 전통적인 용법인 '동화'와 '소년소설'로 구분되어 살펴져야 제대로 평가할 수 있다. 더욱이 지난 세기의 한국 아동문학은 10세 이상의 '소년' 독자를 주된 기반으로 삼아왔다는 사실, 그리고 근대적 과제와 대결해야 했던 시대적 상황 때문에 한국에서의 '리얼리즘'은 문예사조나 기법 차원을 넘어서는 하나의 문학이념으로 기능했다는 사실을 간과해서는 안 될 것이다.

---

27 원종찬·권정생 대담, 「저것도 거름이 돼가지고 꽃을 피우는데」, 『창비어린이』, 2005년 겨울호, 23쪽.

이런 점에서 '리얼리즘 소년소설의 계보'는 역사성을 띠는 동시에 제한성을 지니는 것임도 분명히 해둘 필요가 있다. 현시점의 소년소설에 대한 적용은 매우 신중해야 한다는 뜻이다. 하지만 장르에 대한 탐구 면에서 시사점도 적지 않다. 소설장르와 명확히 구별되는 동화와 달리 (청)소년소설은 고유의 원리나 정체성 문제로 어려움을 겪는다. 과거 소년소설은 오늘날 청소년소설로 불리는 것까지 포함하는 확장된 범위에 걸쳐 있었다. '불우한 소년주인공' '폭력적인 시대 환경' '소년의 성장'을 삼위일체로 하는 한국 리얼리즘 소년소설의 계보를 오늘날까지 상정해 본다면, 김중미의 『괭이부리말 아이들』(2000)과 김려령의 『완득이』(2008)를 떠올릴 수 있다. 각각 '창비 좋은 어린이책' 공모와 '창비 청소년문학상'의 수상작들이고 베스트셀러를 기록한 것들이다. 작품성과 대중성을 함께 인정받은 이 작품들을 두고 특히 결말의 '해피엔드'적 처리 방식에 대한 논란이 일었다.

여기에서 소년소설을 둘러싼 중요한 논점이 하나 떠오르게 된다. 성인 대상의 소설과 아동청소년 대상의 소년소설은 단순히 주인공의 연령이 미성년이고 독자 또한 그렇다는 것만으로 차이가 설명되는가? 이른바 18금에 해당하는 것들에 유의하고 내용을 이해하는 데 용이한 정도의 서술이면 그밖에는 소설과 동일한 원리가 적용되는가? 동화와의 혼동이거나 통념상의 교육성을 내세워 해피엔드로 비약하는 소년소설의 작위적 결말은 대개 결함이라고 쉽게 눈치챌 수 있다. 그럼에도 소년소설은 해피엔드의 강박에서 충분히 자유롭지 못하다. 왜일까? 소설이 요구하는 사실주의적 기율과 내일에 대한 비전 또는 소년의 성장 사이에서 긴장이 발생하는 탓이다. 문제는 결함으로서의 작위적 결말과 장르 속성으로서의 비전 또는 성장의 차이점이다. 이 난제를 해결하는 데에서 과거 리얼리즘 소년소설의 성과는 좋은 참고가 될 수 있다.

리얼리즘 소년소설은 현덕을 경유하면서 일정한 궤도에 올라섰고 몇몇 전범이 되는 작품의 성과를 낳았다. 이것들은 투철한 현실의식을 드러냄으로써 다른 계보와 확연히 구별되면서도 대개는 외부조력자의 등장과 더불어 해피엔드적 결말을 보인다. 권정생은 조금 다르지만, 현덕과 이원수의 주요 성과들은 거의 그러했다. 비극적 결말의 권정생 소년소설만이 답이 된다고 보기는 어렵다. 권정생의 소년소설은 성장의 요소가 현덕, 이원수보다는 약한 편이다. 그의 소년소설을 사실상 성인 독자가 훨씬 더 선호해왔다는 점도 이와 관련될 것이다. 한편, 현덕과 이원수는 불우한 소년들의 해피엔드를 누구보다 절실히 바랐으니, 이러한 열망까지도 어찌 보면 리얼리즘 작가의식에 포함되는 강력한 창작의 내적 동인이었다. 현덕과 이원수의 소년소설에서 보이는 우연성이나 외부 조력자에 의한 해피엔드를 무턱대고 옹호할 수는 없지만, 쉽게 배제할 요소가 아닌 것도 틀림없다. 소년소설의 리얼리즘은 광포한 현실에 둘러싸인 불우한 소년의 성장 서사를 핵심으로 한다. 그럼 성인도 아니고 약자 중의 약자인 아동이 어떻게 광포한 현실을 뚫고 일어설 수 있을 것인가? 어린이에게 있어 광포한 세상을 바꾸는 것은 나중의 일이요, 현실을 직시하되 무너지지 않고 견디며 더 나은 내일을 준비하는 내적 성장이 우선이다. 유년 대상의 동화는 이 문제를 해결하기 위해 흔히 초능력과 마법의 선물을 동원한다. 사실주의적 기율의 소년소설에서 힘없는 소년주인공이 외부조력자와 조우하는 것은 어느 정도 필연적 귀결인 셈이다.

이제 문제는 외부조력자와의 조우가 성장을 배제한 급박한 우연성으로 이뤄지는지, 아니면 소년주인공의 능동적인 움직임과 더불어 나름대로 개연성을 보이는지 여부로 좁혀진다. 이 점과 관련해서 현덕과 이원수의 소년소설은 상당한 성공을 거두었다고 평가된다. 김중미의 『괭이부리말 아이들』과 김려령의 『완득이』에 대해서도 똑같이 말할 수 있다. 아동청소년문학의 결말은 성인소설의 잣대를 들어서 성급히 재단할 것이 아니라, 아동청소년문학 고유의 원리와 더불어 탐구해야 할 과제이다.

북한체제에서의 강소천

1. 머리말

강소천(姜小泉, 1915~1963)은 한국동란 중에 월남한 작가이다. 그는 일제 말에 동시집 『호박꽃 초롱』(1941)을 펴낸 실력자로서 일찍부터 윤석중, 박영종(목월) 등과 친분이 깊었다. 월남 직후 동향의 친구 박창해를 만나 교과서 편찬에 관여했으며, 문단의 실세인 김동리와 손잡고 한국문학가 협회 아동문학 분과를 이끌었다. 1950년대 『어린이 다이제스트』, 『새벗』 의 주간을 맡았다. 작품집도 여러 권 발행했다. 월남한 직후부터 1963년 작고하기까지 남한 아동문단은 그의 손에서 좌지우지됐다고 해도 과언 이 아니다. 강소천은 윤석중과 함께 1950년대 교과서 동시의 최다 수록 시인이었다.

그럼 해방 직후부터 월남하기까지 '북한체제'에서 벌인 그의 창작활 동은 어땠을까? 그간의 강소천 연구는 이 부분을 건너뛰었다.[1] 대체로

---

1 강소천과 절친한 사이였던 동갑내기 최태호는 "소천의 작품은 대체로 3기로 나눌 수 있다. 하나 는 해방이전이요, 둘은 1951년 남하 후 1954년이요, 셋은 1955년 장편 동화를 시도한 이후이 다."(최태호, 「소천의 문학 세계」, 『강소천 문학전집2─꿈을 찍는 사진사』, 문천사, 1975, 307쪽) 라고 하면서 1945년부터 1951년 사이를 비워두었다. 소천의 작품을 몇 기로 나누든지 간에 지

'1945년부터 1년간 고원중학교, 1946년부터 2년간 청진여자중학교, 1948년부터 1년간 청진제일고급중학교에서 국어교사로 근무했다'는 간단한 이력사항만 알려진 상태다. 시인 구상(具常)처럼 『응향』사건'을 겪고 반동파로 몰려 일찍 월남한 경우라면 모를까, 강소천 본인은 북한에서의 활동에 대해 언급을 피하고 싶었을 테고, 연구자들은 자료접근의 어려움이 작용했을 터였다.

최근에 필자는 북한의 아동문학을 연구하면서 한국동란 중에 월남한 박남수, 양명문, 장수철, 강소천 등의 활동을 간략히 다룬 바 있다.[2] 강소천을 제외하고는 모두 맹렬한 정치적 구호의 창작활동을 벌였다는 것이 요지였다. 강소천은 이들과 상당히 다른 체질로 다가왔다. 이 글에서는 지금까지 자세히 밝혀져 있지 않은 북한체제에서의 강소천을 살펴보려고 한다. 강소천은 '일제 말—해방과 건국—동족상잔—분단시대'라는 역사적 격동기에 걸쳐 창작활동을 전개했다. 새로운 자료들을 정리하고 기존 연구의 빈 구석을 메워가다 보면, 강소천 문학의 전모가 '연속성 및 비연속성 문제'와 더불어 새롭게 드러날 것이라고 믿는다.

필자가 파악한 해방기 북한체제에서 발표된 강소천의 작품들을 알기 쉽게 도표로 나타내면 다음과 같다.

구분	제목	발표지면	발표시기	비고
동화	정희와 그림자	아동문학	1947.7	동화
	박 송아지			(소년소설)
동시	가을 들에서	소년단	1949.8	소년시
	자라는 소년	아동문학	1949.6	동요
	나두 나두 크면은	아동문학	1949.12	동요
	둘이 둘이 마주 앉아	아동문학집	1950	동요
	야금의 불꽃은			(동요)

금까지 이 빈 곳은 채워져지 않았다.
2 졸저, 『북한의 아동문학』, 청동거울, 2012. 참조.

이 글에서 다룰 작품은 위의 동화 2편과 동시 5편이지만, 실제로는 더 많은 작품이 발표되었을 것이다. 「박 송아지」와 「야금의 불꽃은」은 발표된 원문을 찾지 못했다. 「박 송아지」는 해방 직후에 썼다고 작가가 밝힌 것이고, 「야금의 불꽃은」은 북한의 평론에서 원문을 인용해가며 언급된 것이다. 두 작품 모두 내용을 알 수 있기에 연구 대상에 포함시켰다. 비고란에 밝힌 장르명칭은 발표지면에 표시된 대로이다. 「박 송아지」는 북한의 장르명칭 가운데 '소년소설'로 표시되었을 것이라고 필자가 추정했으며, 「야금의 불꽃은」은 북한의 평론에서 '동요'라고 지칭되었다. 이 글에서는 북한에서 '동화' '소년소설'로 발표된 작품들은 동화로, '동요' '소년시'로 발표된 작품들은 동시로 크게 장르를 구분했다.

2. 동화

1946년 3월 25일 평양예술문화협회와 프롤레타리아예술동맹이 결합해서 북조선예술총연맹이 만들어진다. 이것은 다시 1946년 10월 13일과 14일 양일간의 전체대회를 거쳐 북조선문학예술총동맹으로 개편된다. 여기 각 동맹 상임위원은 구 카프계열 문인들이 차지했다. 말하자면 북조선문학예술총동맹은 카프의 정통성을 내세운 가장 큰 규모의 단일대오인 셈이다. 1947년 12월 북조선문학예술총동맹의 전문분과 위원 명단이 발표되는데, 아동문학위원은 다음과 같다.

송창일, 박세영, 송영, 신고송, 강훈, 리동규, 정청산, 강승한, 강소천, 노양근, 윤동향, 리호남[3]

---

3 『조선문학』, 문전선사, 1947.12.

송창일을 맨 앞에 둔 것은 그가 분과 대표임을 짐작케 한다. 박세영(시위원), 송영(희곡위원), 신고송(희곡, 평론위원), 리동규(소설위원) 등은 다른 전문분과에도 이름이 올라 있다. 이들은 아동문학 부문에서 카프 정통성을 확고히 하고자 포함된 것이지 실제로는 성인문학 쪽의 일이 선차적이었기에 아동문학 분과에서 활동할 겨를이 거의 없었다. 식민지시대 『별나라』와 『신소년』에서 활약을 보인 김우철, 리원우의 경우도 시분과에만 이름이 올라 있을 정도였다. 이렇듯 상징성을 띠는 4명의 위원을 포함해서 총12명의 아동문학위원 명단 가운데 송창일, 강훈, 강승한, 강소천, 노양근, 윤동향의 이름이 올라 있는 것은 뜻밖이다. 이들은 계급문학 진영에서 활동한 이력이 거의 없다. 요컨대 아동문학 부문은 사상적 정비가 상대적으로 느슨한 상태였다고 볼 수 있다.

그렇긴 해도 북조선문학예술총동맹의 결성(1946.3)과 전문분과 위원 명단의 발표(1947.12) 사이에는 '『응향』 사건'(1946.12)이 자리하고 있다. 말하자면 부르주아 경향에 대한 숙청작업이 일단락되고 나서 북조선문학예술총동맹의 전문분과 위원 명단이 발표된 것이다. '『응향』 사건'의 여파는 아동문학 부문에도 밀려와서 1947년경 이른바 '아동문화사 사건'이 발생했다.

해방 직후 '평양 아동문화사'에 일부 잠재하였던 순수문학 신봉자들을 분쇄하는 투쟁을 비롯하여 일체 반동적 이데올로기들의 발현에 대하여 타격을 가하는 모든 투쟁에서 아동문학 작가들은 부단한 당적 지도를 받았다.[4]

특히 당은 항상 아동 작가들에게 사회주의적 사실주의 창작방법에 철저히 립각하여 사회주의적 애국주의와 프롤레타리아 국제주의로 일관한 사상 예술적

---

4 김명수, 「해방 후 아동문학의 발전」, 『해방 후 10년간의 조선문학』, 조선작가동맹출판사, 1955, 361~362쪽.

으로 특출한 작품들을 창작할 것을 가르치면서 이와 대립되는 일체 반사실주의적 경향과의 원칙적 투쟁으로 그들을 고무하였다. 그리하여 아동 작가들은 해방 직후 '아동문화사'에 일부 잠입하였던 '순수' 문학 신봉자들의 정체를 폭로하는 투쟁으로부터 시작하여, 이러저러하게 발현된 형식주의적 경향과 부르죠아 이데올로기의 잔재를 성과 있게 숙청하였다.[5]

위의 인용문들에서 언급된 '아동문화사 사건'은 평양 아동문화사에서 발행되는 『어린 동무』와 『어린이신문』 및 단행본들의 계급적 성격을 문제 삼아 내부 '불순분자'를 제거하고 출판사 명칭을 바꾼 사건을 가리킨다.[6] 이 사상투쟁의 결과로 '아동문화사'는 '청년생활사'로 이름을 바꾸고 계급적 성격을 강화해서 새로 『소년단』을 펴낸다. 그리고 '아동문화사'에서 창간된 『아동문학』은 2호부터 북조선문학예술총동맹 직속의 '문화전선사'에서 발행된다.

그런데 이 과정에서 강소천은 무탈했다. 그는 『어린 동무』, 『소년단』, 『아동문학』 등에 모두 작품을 발표했다.[7] 그럼 강소천은 북한이 요구하는 기준에 합당한 작품들을 쓰고 있었는가? 결론부터 말하자면 그렇지 않았다. 위의 인용문에 나오는 '부르주아 이데올로기 잔재의 숙청'은 나중에 소급적용한 과장의 표현일 뿐이다. 적어도 6·25전쟁 이전에는 성인문학과 다르게 저들의 기준에 철저하지 못한 아동문학 작품들이 많이 뒤섞여 있었다.

해방 직후 우리 작가들 가운데는 아직 적지 않은 경우에 선진적인 창작방법

---

5 장형준, 「해방 후 아동문학의 찬연한 발전 노정」, 『해방 후 우리문학』, 조선작가동맹출판사, 1958, 274쪽.

6 '아동문화사 사건'의 자세한 전말에 관해서는 졸저, 앞의 책을 참고 바람.

7 뒤에서 다시 언급되겠지만, 송창일에 따르면 강소천은 해방 직후에 발행된 『어린 동무』 지면에서 활발하게 작품활동을 벌인 작가의 한 사람이다. 송창일, 「북조선의 아동문학」, 『아동문학』 제1집, 어린이신문사, 1947.7, 23쪽.

을 확고하게 파악하지 못하는 때가 없지 않았고 해방 후 급변된 력사적 현실을 반영하는 데 원만치 못한 일이 있었다. 뿐만 아니라 해방 직후 순수문학 리론을 들고 나오는 비록 극소수이나마 돌각담도 있었고 반동적 부르죠아 문학의 악영향을 깨끗이 청산하지 못하고 고집을 부리는 박남수, 양명문, 장수의 잡초 무더기도 있었다. 우리 아동문학은 이 모든 유해한 경향들을 제거하며 사상성을 고수하고 예술성을 높이는 투쟁 행정에서 성장하였다.[8]

이 부분도 '아동문화사 사건' 이전의 경향에 대해 서술한 것이다. 여기에서 반동파로 지목된 박남수, 양명문, 장수철은 '아동문화사 사건' 이후에 숙청된 게 아니라 저들의 기준에 들어맞는 정치적 색채의 작품들을 발표했다.[9] 때문에 위의 글은 박남수, 양명문, 장수철이 월남한 이후에 소급적용된 것임을 알 수 있는데, 그럼에도 강소천을 빼놓은 사정이 궁금해진다. 이제 곧 살펴보겠지만 강소천은 '아동문화사 사건' 이후에도 박남수, 양명문, 장수철보다 한층 순수파적 경향을 띠고 있었다. 만일 위의 인용문이 6·25전쟁 이전까지의 경향을 가리키고 박남수, 양명문, 장수철 대신에 강소천을 언급했더라면 훨씬 사실에 들어맞는 서술이 되었을 것이다.

필자가 구해본 북한 자료 가운데 가장 빠른 시기의 강소천 작품은 『아동문학』 창간호(1947.7)에 실린 동화 「정희와 그림자」이다. 같은 호에 실린 송창일의 평론 「북조선의 아동문학」을 보면, 강소천이 해방 직후 아동문화사에서 발행한 『어린 동무』에 동화나 소년소설을 발표해왔음을 알 수 있다.

해방후 1년간의 아동문학의 급진적 발전은 이상에 기인되었다고 말할 수 있

---

8 김명수, 앞의 글, 394~395쪽. 장수는 장수철을 가리킨다.
9 북한체제 아래서 발표된 박남수, 양명문, 장수철의 작품에 관해서는 졸저, 앞의 책을 참고 바람.

으며『어린 동무』지상을 통하여 가장 많이 협력한 작가로는 동요에 있어서 박세영, 강승한, 박석정, 신고송, 리정구, 고의순, 윤동향, 배풍, 안성진 외 수씨(數氏)였고, 소년시로서에 양명문 씨가 꾸준히 작품을 보여 주셨고, 동화나 소년소설로는 한덕선, 리진화, 강소천, 김화청, 차영덕, 김신복, 리호남, 리동규, 신영길, 강훈, 송창일 씨 외 수씨이며, 외국동화 번역작가로는 소련 편으로 김경신, 리옥남 양씨(兩氏), 불란서 편으로 리휘창 씨, 영국 편으로 박화순, 김조규 양씨를 들 수 있다.[10]

강소천이 일찍이『어린 동무』에 발표한 "동화나 소년소설"은 본격적인 사상투쟁 이전의 산물이기 때문에 상대적으로 '부르주아 이데올로기 잔재'가 짙은 것, 다시 말해서 사상성이 한층 불투명한 것일 가능성이 크다. '아동문화사'(어린이신문사)에서 발행된『아동문학』창간호야말로 사상투쟁의 한복판에 놓여 있었다. 창간호에는 사상성을 강화해야 한다는 리동규, 박세영, 김우철의 평론이 실려 있는 한편으로, 다소 '불철저한 경향'을 드러낸 양명문, 장수철, 강소천 등의 작품들이 뒤섞여 있다. 발행처를 옮겨 문화전선사에서 발행한『아동문학』2호부터는 그런 '불철저한 경향'이 거의 사라진다. 양명문, 장수철도 돌변한다. 그러나 강소천은 그런 뚜렷한 변화가 나타나지 않는다. 뒤로 갈수록 동화, 소년소설보다 동요, 소년시를 주로 발표한 것이 차이라면 차이였다. 강소천의 작품을 발표순서대로 살펴보면 이런 점들을 십분 이해할 수 있을 것이다.

「정희와 그림자」는 정희가 꿈을 꾼 것임이 결말에 밝혀지지만 판타지로 읽히는 작품이다. 길가 외딴 초가집에 사는 정희가 장에 간 아버지와 엄마를 기다리는 것으로 작품은 시작된다. 해질녘부터 마당에 나와 있던 정희는 보름달이 크게 뜬 것을 보고 길을 따라 마중을 나간다. 이때

---

10 송창일, 앞의 글, 23쪽.

바둑이와 함께 가자고 하는데 서로 말을 주고받는 것으로 표현했다.

> "바두기야! 우리 아빠 엄마 마중 갈까? 응?"
> "싫어! 난 졸려! 난 코―코― 할테야!"[11]

정희는 할 수 없이 혼자 길을 나선다. 시커먼 사람이 따라와서 보니까 자신의 그림자다. 여기에서도 정희는 그림자와 말을 주고받는다.

> "그림자야!"
> 그랬더니 아, 글쎄 그림자가
> "응?"
> 하고 대답을 하지 않겠습니까.
> "그림자야! 너 왜 날 따라 오니?"
> "바두기 대신 정희 동무해 줄랴구…"(84쪽)

정희가 바둑이나 그림자와 스스럼없이 이야기를 나누는 것은 동화의 특성을 한껏 발휘한 것이라고 할 수 있다. 정희는 그림자와 술래잡기를 하고 논다. 그러다 어느 순간 그림자가 영 사라져버려서 찾지 못하고 쩔쩔매는데 정희 아버지와 엄마가 돌아오신다. 이때 구름 속에서 달님이 얼굴을 내밀고 그림자는 다시 제 옆에 와있다. 장면이 바뀌어 정희가 "찾았다! 찾았다!" 하고 소리를 지르니까 옆에서 바느질을 하고 있던 어머니가 자고 있는 정희를 깨운다.

정희가 누워 자고 있는 옆에 앉아서 바느질을 하고 계시던 정희 어머니는

---

11 강소천, 「정희와 그림자」, 『아동문학』 제1집, 83쪽. 이하는 이 책의 쪽수만 밝힘.

"찾았다! 찾았다!"

하고 정희가 소리 지르는 바람에 깜짝 놀라서

"애, 정희야! 정희야! 너 무슨 잠꼬대를 그리 하니? 애, 잠을 깨어라." (88쪽)

잠에서 깬 정희가 엄마와 꿈 이야기를 나누는 것으로 작품은 끝이 난다. 훤한 보름달 아래 정희네 초가집 풍경이 흐뭇하게 다가온다.

이 작품은 달밤에 자기 그림자와 술래잡기하고 노는 정희의 동심에서 발상한 판타지다. 이런 종류는 생활의 발견과 자각으로 나아가지 않는 한, 그림자가 생기고 안 생기는 원리조차 모르는 어린이의 무지를 귀엽게 바라보는 동심주의 경향이라고 비판될 소지가 다분하다. 더욱이 다음과 같이 도둑을 걱정하는 장면은 남한에서라면 몰라도 북한에서는 허용될 수 없는 금기에 속한다.

정희는 문득 다른 생각이 났습니다.

―내가 왜 집을 비우고 왔을까?

누가 지나 가다 우리집에 들어오면 어쩌나? 들어와 무얼 가져가면 어쩌나?

정희는 얼른 돌아서 집으로 다름질쳤습니다.

그림자도

"참, 너 집을 비우고 왔지?"

하는 듯이 정희를 따라 집으로 돌아갑니다. (85쪽)

이 시기에 북한은 인민생활의 안정을 이룩했다면서 자랑하고 있었다. 작가들에게는 '고상한 사실주의'에 입각해서 일제 잔재의 청산과 새나라 건설에 힘쓰는 인민의 영웅적 투쟁을 그리도록 독려했다. 그렇다면 빈집에 도둑이 들어와서 무얼 가져갈지도 모른다고 걱정하는 장면은 어림없는 일이었을 게다. 이는 작가가 아직 북한의 창작 지침과 원리를 제대로 숙지하지 못했거나 심정적으로 거리를 두고 있었다는 증거가 된다. 이 작품에서 북한의 국가시책과 관련된 것은 시작 부분에서 딱 한군데 스쳐 지나듯이 나온다.

—아버진 아마 현물세 바치려 간 사람들이 너무 많아 일이 얼른 되지 않아서 아직 안 오실까? (82쪽)

당시 북한에서는 현물세를 소재로 한 작품이 많이 나왔다. 그것들은 당이 요구하는 정치적 테마의 작품이란 점에서 「정희와 그림자」와는 크게 차이가 난다. 주로 인민들이 기쁜 마음으로 현물세를 상납하는 홍보의 성격들이었다. 그러나 강소천은 비록 작품 서두에 현물세 관련 사항을 슬쩍 끼어 넣었을지라도 동심을 주조로 하는 줄거리를 그대로 밀고 나갔다.

「정희와 그림자」는 북조선문학동맹의 기관지로 창간된 『아동문학』에 발표된 것임에도 정치적 테마와는 무관한 작품이라 할 수 있다. 강소천은 월남한 뒤에 펴낸 첫 작품집 『조그만 사진첩』(다이제스트사, 1952)에 당당히 이 작품을 넣었다. 물론 출처는 밝히지 않았다. 그리고 위의 현물세 관련을 지운 것을 포함해서 간결한 서술로 손질했다. 줄거리는 그대로이다.

첫 작품집 『조그만 사진첩』에는 해방 직후의 상황을 그린 「박 송아지」가 수록돼 있다. 이 작품도 북한체제에서 나온 것으로 여겨지는데 발표된 원문은 찾지 못했다. 하지만 작가가 이 작품의 창작시기를 밝힌 것은 찾았다. 『강소천소년문학선』(경진사, 1954)의 후기를 보면, "「박 송아지」는 8·15해방 후에 쓴 것인데, 원고를 가지고 다니다가 잃어버리고 월남하여 다시 쓴 것"[12]이라고 밝힌 부분이 나온다. 발표되지 않았을 수도 있으나, 발표되었더라도 그 사실만은 숨기려고 했을 가능성을 배제할 수 없다. 최소한 북한체제를 배경으로 해서 만들어진 작품인 것은 틀림없다.

「박 송아지」는 문맹퇴치와 관련된 작품이다. 현물세, 문맹퇴치, 조쏘친선, 인민군대, 인민항쟁 등은 '평화적 건설 시기'(1945~1950)의 주된 정치적 테마였다. 「박 송아지」도 이와 관계되는 내용이다. 물론 문맹퇴치라든가 한글교습은 일제로부터 해방된 조선이 시급히 해결해야 할 사회문제의 하나였기에 남북이 따로 없는 테마였다. 하지만 「박 송아지」를 북한에서 발표된 것으로 상정하고 꼼꼼히 살펴보면 문맹퇴치 운동을 펼치는 데에서 북한식 '주민동원'의 흔적을 읽을 수 있다.

이 작품은 박 송아지가 교실에서 화젯거리가 되자 창덕이가 선생님한테 사연을 이야기해주는 것으로 시작된다. 지난겨울에 창덕이는 덫을 놓아 족제비 세 마리를 잡았다. 아버지는 이것을 팔아 송아지를 사가지고 와서 창덕이에게 건넨다. 자기 송아지라는 말에 창덕이는 뛸 듯이 기뻐하며 송아지에게 제 성을 따서 '박 송아지'라는 이름을 지어준다. 자기가 일을 해서 갖게 된 송아지라 애착이 남다르다. 창덕이는 박 송아지를 한 가족처럼 여긴다.

> 창덕이는 혼자 방에서 책을 읽고 있는데, 누가 찾아 와서
> "너희 집 식구 모두 몇이냐?"
> 하고 물었읍니다.
> ―아버지, 어머니, 누나 그리고 창덕이, 그러니까
> "네 사람입니다."
> 라고 대답해야 하겠는데, 창덕이는
> "다섯입니다."
> 하고 대답했읍니다. 박 송아지를 자기네 식구의 한 사람으로 빼기가 싫어서

---

12 강소천, 『강소천소년문학선』, 경진사, 1954, 233쪽.

였읍니다.

"그래, 다섯 사람 다 글 볼 줄 아니?"

"저어, 우리 박 송아지만은 모릅니다."

"그럼, 박 송아지는 내일부터 야학에 보내라. 야학에서 글을 가르쳐 줄 테니……"

"박 송아지를요? 박 송아지는 사람이 아니고, 우리 집 송아진데요."

"송아지야? 송아지에게 무슨 성이 다 있어? 고놈 참 맹랑한데……"

동회에서 글 모르는 사람 조사 왔던 이는 하도 우스워서 껄껄 웃고 돌아갔읍니다.[13]

당시 북한은 문맹퇴치운동을 대대적으로 벌였다. 당의 정책이 워낙 철두철미했던 까닭에 집집마다 문맹자를 조사하여 글 모르는 사람은 저녁에 야학에 참여하도록 했다. 이 작품은 그런 상황을 긍정적인 시선으로 익살스럽게 그려나간다. 창덕이가 박 송아지를 데리고 나가면 아이들은 "박 송아지 요즈음 야학에 다닌다지?" "인젠 '바둑아 바둑아' 다 배웠다지?" 하고 웃고 떠들어댄다. 박 송아지가 글도 좀 읽을 줄 알았으면 하는 마음에, 창덕이는 꾀를 내어 다음과 같은 소동을 벌인다.

창덕이는 제일 어리고 얌전한 영구에게 글 쓴 종이를 주었읍니다.

"너도 미리 보아서는 안 돼!"

"그래, 안 볼게."

영구는 글 쓴 종이를 가지고 박 송아지 앞으로 갔읍니다.

영구가 무얼 불쑥 내미는 것을 본 박 송아지는, 먹을 것이나 주는 줄 알았더니 그건 종이였읍니다. 박 송아지는 속았다는 듯이 언제나 하는 버릇으로,

"음매애……"

---

13 강소천,『조그만 사진첩』, 다이제스트사, 1952, 8쪽. 이하는 이 책의 쪽수만 밝힘.

하고 울며, 고개를 돌렸읍니다.

"자, 읽었다. 인제 글 쓴 종이를 가지고 와."

창덕이는 무슨 큰 일이나 생긴 듯이 떠들었읍니다. 제 생각대로 된 것이 여간 기쁘지 않았읍니다.

아이들은 영구의 종이 쪽에 벌 떼 같이 모여들었읍니다.

"정말 '음매에'라고 썼구나."

"참, 잘 읽는데!"

"됐어, 야학에 다닌 공이 있어……"

아이들은 정말 재미가 있다는 듯이 깔깔깔 웃어댔읍니다.

"자, 이만하면, 우리 박 송아지는 인제부터는 야학에 안 다녀도 된다는 것을 알아야 해!" (11~12쪽)

여기 아이들이 장난치는 모습은 어린이의 무지를 귀엽게 바라보는 어른의 시선이 아니라, 저들끼리 웃음을 주고받는 아이들다운 활기로 가득하다. 잘 보면 창덕이는 방정환의 「만년샤쓰」(1926)에 나오는 창남이의 계보를 잇는 유쾌한 캐릭터라는 사실을 알 수 있다. 이 작품은 결말도 가뿐하다.

이 일이 있은 뒤로 박 송아지의 소문은 한층 더 높아졌읍니다.

겨울 동안 글 모르는 이를 위하여 마을에서는 야학교가 한창입니다. 나이 많은 할머니들까지가 나와 한글을 배우고 계십니다.

누가 글을 읽다 모르든지, 틀리게 읽으면,

"우리 박 송아지만도 못하다니—"

하고 한바탕씩 웃어대곤 합니다. (같은 곳)

어디까지나 당의 정책과 한 방향에서 이뤄진 작품이지만, 문맹퇴치의 테마가 아이들의 장난스런 소동 속에 감쪽같이 녹아들었다. 남한에서 다시 쓰면서 앞의 「정희와 그림자」처럼 원문의 몇몇 구절은 빠졌을지도 모르지만, 전체적으로는 남한에서 내놓기에 아무런 문제가 없는 작품이다. 필자가 보기에 「박 송아지」는 강소천의 작품 가운데 손에 꼽히는 수작이다.

3. 동시

일제 말에 동시집 『호박꽃 초롱』을 펴냄으로써 강소천은 일찍이 동시인으로 이름을 알렸다. 그의 동시는 계급주의 아동문학이 수그러든 1930년대 중반 이후의 특징을 보여주는 성과에 속한다. 아동문학사에서 강소천은 박영종, 김영일 등과 함께 동요에서 동시로 시적 경향이 바뀌는 데 적지 않은 기여를 한 것으로 평가되고 있다.[14]

호박꽃을 따서는
무얼 만드나.
무얼 만드나.

우리 애기 조고만
초롱 만들지.
초롱 만들지.

반딧불을 잡아선

---

14 이재철, 『한국현대아동문학사』, 일지사, 1978. 참조.

무엇에 쓰나.

무엇에 쓰나.

우리 애기 초롱에

촛불 켜 주지.

촛불 켜 주지.

—강소천, 「호박꽃 초롱」 전문[15]

　3음보 7·5조 율격이 기본이 된 것은 기존 동시와 다름없는데, 마지막 음보를 한 번씩 되풀이한 것만으로도 상당한 변화의 느낌을 준다. 아주 간단한 착상 하나로 정형률의 틀에서 한결 자유로워졌다. 말끝에서 울림의 효과를 빚어내는 이런 시도는 '노래'를 '시'로 들어올리려는 노력의 결실이라 할 수 있다. 요컨대 강소천은 시 형식에 대한 고민이 남달랐고, 내용도 동심을 포착하는 데 집중되었던 만큼, 계급주의 경향의 '구호시'와는 인연이 멀었다. 그래서인지 북한체제에서 발표한 동시들도 상대적으로 정치적 색채가 엷은 편이다.

　　맑은 향기 풍겨주는 가을꽃

　　국화와 채송화가

　　못견디게 사랑스럽다

　　또하나 빨간 가을 꽃

　　터밭의 고추가

　　꽃처럼 예쁘다

---

15 강소천, 『호박꽃 초롱』, 박문서관, 1941, 16~17쪽.

아기 잠자리
뜀 뛰듯
개배제 싸리가질 세어넘고

보름달 보다 더 큰 지붕의 호박
벌거벗고
해바라기를 하고 있다

뜨락의 풋병아리
벌써 제법 어미닭 되고

나도 인젠 중학생―
새학교 소년단 '단위원'이다

끝없이 파란 가을 하늘
끝없이 누런 살쩐벌판

나는 두다리 뻗고 두팔 벌리고
공화국의 맑은 공기를
흠뻑 디려마신다

—강소천, 「가을 들에서」 전문[16]

이 시는 소년단에서 취재한 내용이다. 국화, 채송화, 텃밭의 고추, 아

16 『소년단』 제1권 제4호, 청년생활사, 1949.8, 33쪽.

기 잠자리, 지붕의 호박 같은 가을날의 소재들이 담담한 어조에 실려 살뜰히 그려져 있다. 뜨락의 풋병아리가 제법 어미닭이 되었다는 부분에서 전환을 이루어 시적 화자는 어엿한 중학생 소년단 '단위원'이 된다는 뿌듯함으로 충만해 있다. 그런데 마지막 결구에서 굳이 "공화국의 맑은 공기"를 마신다고 표현했다. '공화국'이라는 시어가 다소 이질감으로 느껴지는 만큼, 검열에 대한 강박으로 읽을 수 있는 대목이다. 이 당시 북한의 평론들은 정치의식에 대한 검열자로 기능하고 있었다. 이만한 서정적 울림을 지닌 작품은 찾아보기 힘들다는 데에서 이 시의 위상을 가늠해야 할 것이다.

산에 산에 산으로
우리 가 보자
노래 노래 부르며
모두 가 보자

우리들이 심어논
어린 나무들
얼마나 자랐나
우리 가 보자

산에 산에 와 보니
우리 와 보니
노래 노래 부르며
모두 와 보니

지난해에 심어논

어린 나무들
몰라보게 자랐구나
모두 컸구나

산에서는 나무들이
잘도 자라고
마을에선 우리들이
모두 커간다

어서 커서 새조선의
기둥 되라고
봄볕도 따사하게
비쳐줍니다.

—강소천, 「자라는조선」 전문[17]

　이 시는 헐벗은 산에 나무를 심고 가꾸는 아이들의 노력봉사에서 취
재한 것으로 보인다. 노동을 자랑스럽게 여기는 테마와 관련된다. 자신
이 심어놓은 나무가 자라나는 모습을 확인하는 것은 아이들에게도 여간
보람이 아닐 것이다. 결구에서는 '산의 나무들'과 '마을의 우리들'을 대
구로 해서 '나무들'과 '우리들'을 동일시하는 가운데 '새조선의 기둥'이
되고 싶은 소망을 드러냈다. 일제로부터 해방되고 새로운 국가 건설에
모두가 힘쓰는 시기에 나라의 일꾼이 되기를 바라는 것은 자연스러운
일이다. 하지만 제목을 '자라는소년'이 아니라 '자라는조선'이라 한 것
은 아무래도 국가주의적 경사를 드러낸 비유라 할 수 있다.

---

17 『아동문학』 제4집, 문화전선사, 1949.6, 10~12쪽.

저벅 저벅 발 맞추어
노래 부르며
행진하는 우리 나라
인민군대들

씩씩한 걸음걸이
부러워서요
나두 나두 따라가며
걸어봤지요

벙글 벙글 언제나
웃는 낯으로
우리 나라 지켜주는
인민군대들

지나가다 차렷하고
인사했더니
착하다고 내 머리
만져주겠지

나두 나두 크면은
인민군대 될테야
나라 위해 싸우는
인민군대 될테야

어서 커서 인민군대

되고 싶어서

부삽메고 저벅 저벅

걸어봤지요

—강소천, 「나두 나두 크면은」 전문¹⁸

이 시는 겉으로 분명하게 드러나고 있는바, 인민군대 찬양의 성격을 지닌다. 사내아이들은 군인에 대한 관심이 많고 싸움에서의 영광스러운 승리를 상상하면서 자기가 영웅이 되는 것을 곧잘 꿈꾼다. 이 시의 내용도 억지가 아닌 아이들다움의 발로이긴 하다. 하지만 이런 군인의 꿈은 국가이데올로기에서 비롯되는 것이므로 바람직스럽다고 보기는 어렵다. 나라를 위해 싸우는 용사가 절실했던 불행한 민족 역사의 투영으로 봐야 할 것이다. 전체 7·5조인데, 5연의 파격은 스스로 다짐을 하는 호흡에 잘 어울린다. '인민군대'를 '국군용사'로 바꾼다면 남한에서도 흔히 볼 수 있었던 시편이다.

할머니는 안경 쓰고

나도 안경 쓰고

둘이 둘이 마주 앉아

책을 읽지요

할머니는 돋보기 안경

나는 수수께이 안경

둘이 마주 앉아

책을 읽지요

---

18 『아동문학』 제6집, 문화전선사, 1949.12, 11~13쪽.

할머니도 1학년생
나도 1학년생
둘이 둘이 마주앉아
책을 읽지요

—강소천, 「둘이둘이 마주앉아」 전문[19]

이 시는 문맹퇴치 또는 학습제고와 관련되는 내용이다. 정형률에서 벗어나 있고, 생활의 정겨움이 묻어난다. 정치색을 드러내지 않으면서 아이들의 학습욕구를 천진한 동심의 시각으로 잡아냈다. 율격에 변화를 주는 솜씨가 탁월하다. 1연과 3연에서는 "둘이 둘이 마주 앉아"인데, 2연은 "둘이 마주 앉아"로 되어 있다.

야금공장 불꽃이 보고 싶어서
아버지의 점심밥은 내가 맡았다

보고 보고 또보아도 자꾸 보고픈
야금공장 야금공장 전기로의 곱다란불꽃

오늘도 아버지의 점심 날르는
전기로 불꽃옆에 서있습니다.

쇳물 녹여 철만드는 곱다란 불꽃
바라보면 내마음도 기뻐집니다

—강소천, 「야금의 불꽃은」[20]

---

19 『아동문학집』 제1집, 문화전선사, 1950, 12~13쪽.

이 시는 원문을 확인하지는 못했지만 1949년의 동요를 돌아보는 김순석의 평론에 전문이 인용되어 있다. 점심밥 심부름으로 아버지의 일터를 찾아간 아들이 야금공장 전기로의 불꽃을 신기해하며 구경하는 내용이다. 쇳물을 녹여 철을 만드는 전기로에는 조국의 발전에 대한 벅찬 기쁨이 서려있다. 그런 전기로를 다루는 아버지를 자랑스럽게 여기는 아들의 마음도 읽힌다. 김순석은 일단 이 시에 대해 "공장을 동요로는 그리기 어렵다는 일부 옳지 않은 작가들의 관념을 깨뜨리고 훌륭히 묘사된 작품"[21]이라고 추켜세웠다. 그러나 "이 작품에는 커다란 결함이 있"다고 한 뒤에, "아동을 다만 야금공장 불꽃 앞에 세워놓는 데 그친 것은 노동을 동경하고 노동에 접근시킨 데는 효과를 가져왔지만 노동 자체를 어떻게 보아야 하며 장차 자기도 자라면 어떻게 하겠다는 결의가 전혀 결여되었기 때문에 가장 중요한 노동의 의의가 설명되지 않았다."[22]고 비판했다. 이러한 비판은 정당할까? 북한 아동문학의 전반 성격으로 미루어 보건대 이런 '결의'에 대한 강박증은 생활의 진실보다 작위적인 창작으로 나아가게 할 뿐이었다.

이상 5편의 동시에서 확인할 수 있듯이 강소천은 당이 요구하는 정치적 소재나 테마와 관련되는 시 창작을 했지만, 구호에 가까운 정치색을 피하면서 시적 화자의 '마음의 움직임'을 잡아내고자 했다. 정치적 소재나 테마와 관련된다는 것은 그렇게 보려고 할 때 보이는 것이지 북한의 아동문학 전반에 비추어 상대적으로 도드라져 있지는 않다. 빼어난 작품들이라고 할 수는 없지만 일부 시편은 남한에서 읽어도 무방하리라 여겨지는 것들이다.[23] 이런 점은 정치적 색채를 보다 선명하게 드러낸 박

---

20 김순석, 「동요작품에 대하여」, 『아동문학집』 제1집, 149쪽.
21 김순석, 같은 글, 150쪽.
22 같은 곳.
23 동화와 마찬가지로 동시도 월남이후에 제목과 표현을 조금씩 고쳐 재발표한 것들이 보인다. 「가을 들에서」(→「가을 뜰에서」), 「자라는조선」(→「자라는 나무」), 「둘이 둘이 마주앉아」(→「1학년」) 등이 그러하다.

남수, 양명문, 장수철 등의 작품들과는 비교되는 것이라서 흥미롭다.

4. 맺음말

강소천은 해방 후 남북 분단의 상황에서 북조선문학예술총동맹의 아동문학 분과 전문위원으로 활동했다. 그는 북조선문학동맹의 기관지로 발행된 『아동문학』에도 창간호부터 줄곧 작품을 발표했다. 한국동란 중에 월남한 후 반공이데올로기에 입각해서 남한 아동문학을 이끌었던 그의 이력에 비추어 본다면, 해방기 북한체제에서 남긴 그의 발자취는 매우 중요한 의미를 띤다고 할 수 있다. 그의 생애를 몇 개 단락으로 나눌 때 이 시기는 가장 이질적이고 특별한 부분에 해당한다. 이 글은 비록 충분치는 않을지라도 지금까지 알려져 있지 않은 이 시기의 작품들을 발굴·조명함으로써 강소천 문학의 연속성 및 비연속성에 관한 논의의 단초를 열어보이고자 했다.

강소천이 해방기 북한체제에서 발표한 동화와 동시들은 직간접으로 당의 정책과 관련된 내용들이다. 그러나 당시 북한의 실정에 입각해서 바라본다면, 그는 '당의 문학'으로부터 많이 벗어난 창작활동을 벌인 편이다. 북한체제에서의 강소천은 이른바 '정치권력의 나팔수'가 되기보다는 아이들이 공감할 만한 인물과 서정적 자아를 작품에 그려 보이고자 힘썼다고 할 수 있다. 하지만 이런 그의 모습을 확고한 문학관으로 설명하기에는 주저되는 바가 없지 않다. 기독교도이자 지주집안 출신인 그는 태생부터가 북한체제와는 어울리기 힘들었는지도 모른다. 더욱이 그는 월남한 뒤로 문학을 대하는 태도가 적잖이 변화하지 않았던가.[24]

---

24 졸고, 「이원수와 70년대 아동문학의 전환—한국 아동문학가협회의 창립과 아동문단의 재편과정」, 『한국 아동문학의 쟁점』, 창비, 2010. 참조.

강소천은 월남한 직후부터 문교정책과 문인단체에 깊이 관여하면서 직간접으로 정치권력과 관계를 맺었다. 1950년대 그의 작품에는 반공주의에서 비롯된 미군에 대한 호의적 시각이 두드러져 있다.[25] 이것들은 지배이데올로기에 닿아 있는 것이기에 문제가 된다. 1949년 1월 '신간『아동문학』조쏘친선 특집호' 광고를 보면 강소천은 박남수, 양명문, 장수철 등과 함께 참여 작가로 이름이 올라 있다.[26] 그렇다면 남한에서 쓴 작품에 굳이 미군을 등장시키고 호의적으로 그린 까닭이 무엇일까 하는 의문이 든다. 불과 몇 년 사이에 소련군대 예찬에서 미국군대 예찬으로 돌변한 셈이기 때문이다. 인민군대를 흠모하는 마음이 국군에 대한 것으로 바뀐 점도 그러하다. 남한에서의 창작활동은 북한에서처럼 정치적으로 테마가 정해지는 수준은 아니었던 만큼, 이런 대목과 관련해서는 강소천도 부화뇌동이라는 불명예를 아주 피해가기는 어렵겠다는 생각이 든다. 부화뇌동이 아니라면 '사상적 전향'이라고 해야 맞을 것인가? 그건 아닐 것이다. 강소천은 북한에서의 행적을 감추고 남한 반공주의·순수파 아동문학의 선두에서 활동했다. 그간의 강소천 연구는 주로 이 월남 이후 반공주의·순수파 양상에 대한 긍부정 또는 호불호의 평가로 갈라진 형국이었다.

한 가지 분명한 것은 북한에 가족을 남겨두고 단신으로 월남한 그로서는 가슴속 깊은 곳에 상처를 안고 살아야 했다는 점이다. 그의 「꿈을 찍는 사진관」(1954)은 이원수의 「꼬마 옥이」(1953~1955)와 함께 분단과 전쟁의 상처를 판타지로 승화한 대표적인 작품이라 할 수 있다. 그런데 강소천은 갈수록 남한 지배이데올로기를 대변하는 쪽으로 태도를 바꾼 점에서 '너무 많이 나간 경우'에 해당한다. 월남작가로서 남한에 정착하기 위해 어떤 가시적인 자기변호가 필요했을 것이라고 짐작되지만, 북한에

---

25 선안나, 『아동문학과 반공이데올로기』, 청동거울, 2009. 참조.
26 『문학예술』, 1949.1. 참조.

서의 실제 행적으로 보아 강소천이 굳이 반전극(反轉劇)을 펼칠 이유는 없었다. 어찌 보면 문학의 정치화를 피해서 내려온 그가 남한 지배이데올로기를 대변하면서 아동문단 최고권력의 자리에 오른 것은 아이러니가 아닐 수 없다. 영생고보 시절 시인 백석의 제자로 시를 배운 강소천이기에, 이런 '변화된 자기모습'은 그의 문학에서 몇 겹의 트라우마로 나타났을 가능성이 크다.[27]

강소천은 이른바 정전작가로 인식되고 있다. 앞으로 그의 문학은 북한체제에서의 창작경험과 더불어 지금까지보다 훨씬 다층적으로 접근되어야 한다. 그는 월남 이후 남한 아동문학의 새로운 주류를 형성하면서 큰 궤적을 그린 것으로 유명하지만, 그 이면에는 불행한 역사로 인해 굴절된 삶에서 오는 고통이 자리하고 있었을 게 분명하다. 그의 문학에서 이런 점까지 읽어내는 후속연구가 이뤄지기를 기대한다. 우리 아동문학사의 연속성뿐 아니라 단절과 전도의 양상을 온전히 해명하기 위해서는 그가 북한체제의 『어린 동무』에 발표한 것들을 비롯해서 아직 미발굴 상태에 있는 나머지 작품들도 하루빨리 빛을 볼 수 있어야 할 것이다.

---

27 필자는 강소천의 문학적 성과는 일제강점기의 『호박꽃 초롱』을 펴내기까지의 창작을 가장 높이 평가할 수 있다고 판단한다. 황국신민화가 강요되는 상황에서 순수한 '자연과 동심'의 세계를 그려온 그의 창작혼이 해방 후 북한체제에서도 어느 정도 이어졌으나 월남 후에는 더 변질되었다는 게 필자의 생각이다. 북한체제에서 인민군대를 노래한 시를 남한에서 국군으로 바꿔 읽어도 무방하다고 했지만, 이를 황군으로 고치고 일제 말의 작품이라고 본다면 누구나 친일시라고 격렬하게 비판할 게 틀림없다. 요컨대 파시즘적 국가권력이 지배하는 사회에서는 국가주의적 경사와 창작혼의 타락이 비례관계에 있는 것이다.

강소천과 '순수주의' 아동문학의 기원

동요 「닭」의 해석 논쟁은 어디에서 비롯되었나?

1. 강소천을 보는 두 개의 시각

강소천은 사람들에게 매우 익숙한 이름이다. 한국인이라면 누구나 한 번쯤 그의 동요를 입에 올려봤을 것이다. 「태극기」, 「코끼리」, 「산토끼야」, 「꼬마 눈사람」, 「어린이 노래」, 「나무」, 「소풍」, 「이슬비의 속삭임」······. 그의 동화를 살뜰히 기억하고 있는 이들도 상당하다. 「꽃신」, 「꽃신을 짓는 사람」, 「조그만 사진첩」, 「꿈을 파는 집」, 「꿈을 찍는 사진관」, 「무지개」, 「해바라기 피는 마을」, 「그리운 메아리」······. 그의 아동문학이 있었기에 전후(戰後)의 강퍅한 시대에도 행복한 내일을 꿈꾸며 위안을 받은 어린이가 적지 않았을 것이라 여겨진다.

하지만 강소천에 대한 평가는 크게 엇갈리고 있다. 분단시대에 지어진 계보에 따라 현저한 시각차를 드러내고 있기 때문이다. 그는 6·25전쟁 중 월남해서 단숨에 아동문단의 중심부에 진입한다. 국군 정훈부대 문관으로 근무한 뒤, 문교부 편수국에서 초등 국어교과서 편찬 및 심의위원으로 활동했으며, 『어린이 다이제스트』와 『새벗』의 주간을 지냈다. 또한 한국문학가협회 아동문학 분과위원장, 국정 교과서 편찬위원, 한국문인협회 이사, 문교부 우량 아동도서 선정위원 등을 역임했다. 그는 월남한 뒤부터 타계하기까지 이른바 '문협정통파'에 속한 아동문학계의 실세였다. 전후 10여 년 동안 교과서 동요·동시의 최다 수록 시인은 강소천이었다. 그 시기에 동화집을 가장 많이 발행한 작가 또한 그였다. 타계한 해에는 '5월문예상' 수상과 함께 그의 아동문학전집이 출간되었고, 2주기에는 그의 이름을 내건 아동문학상이 제정되었다. 그는 확고한 정전작가로 군림하면서 한국 아동문학의 주류를 대표했다.

강소천에 대한 비판은 아동문학의 지배적 경향에 대한 비판이 아닐수 없었다. 그는 정치권력이 보장한 제도권의 막강한 영향력을 행사하는 존재였고, 남북분단의 상황에서 지배적 경향에 대한 비판이 허용되는 범위는 매우 협소했다. 그에 대한 비판은 4·19혁명 이후 주류와 경향을 달리하는 비주류의 계보가 형성되는 과정과 맞물려 있다. 그가 타계한 후 그에 대한 평가를 둘러싸고 아동문단이 둘로 나뉘는 조짐이 뚜렷해진다. 아동문학의 비주류는 '강소천 경향'에 대한 비판과 더불어 계보를 지었다고 해도 과언은 아니다. 그 당시 아동문학의 '주류·비주류' 구도는 한국문학의 '순수·참여' 구도와 상응한다. 강소천—김영일—박화목—김요섭—장수철 등으로 이어지는 주류·순수문학의 계보는 한국문인협회에 닿아 있고, 이원수—이오덕—권정생 등으로 이어지는 비주류·참여문학의 계보는 자유실천문인협의회(민족문학작가회의·한국작가회의)에 닿아 있다. 후자가 보기에 강소천은 문협정통파의 '순수주의'에서 발원한 '동심천사주의'와 '교훈주의'의 대명사였다.

오늘날 동심천사주의와 교훈주의는 일반적으로 부정과 극복의 대상으로 간주되고 있다. 이는 '강소천 경향'을 비판한 비주류의 논리가 널리 수용된 결과일 것이며, 과거의 주류와 비주류가 자리바꿈을 했다는 증거일 수 있다. 교과서·문학전집·문학사 등에서 정전의 해체 또는 교체 현상이 분명해지고 있는 만큼, 과거의 대립구도는 성격이 바뀌었거나 무의미해진 것이 사실이다. 하지만 '강소천 아동문학상'이 지금도 성황리에 유지되고 있는 것에서 알 수 있듯이, 한쪽에서는 강소천의 아동문학을 여전히 모범의 대상으로 높이 평가하고 있다. 동심천사주의와 교훈주의 잣대로 강소천을 비판하는 것은 번지수가 틀린 것일까?

이렇게 말하기는 쉽다. 동심천사주의와 교훈주의로 강소천을 비판하는 것에 어느 정도 수긍할 수는 있지만, 그건 대표작들을 제외한 범작과 태작의 부류를 향했을 때에나 타당한 것이라고. 분명 강소천은 문학사적으로 중요한 작가의 한 사람이고, 그의 최고 수준의 작품들은 정전의 가치가 부인되지 않는다. 그러나 강소천의 경우, 문제의 핵심은 대표작 선정보다는 그것에 대한 해석에 놓여 있다고 판단된다. 강소천은 생애 후기에 최고 전성기를 구가하면서 영향력이 증폭되었는데, 후기의 작품이 더 좋다는 평판 때문은 아니었다. 아동문단에서 그의 이름은 하나의 상징자본으로 존재하고 있다. 그의 작품을 평가함에 있어 알곡과 쭉정이를 구분하는 것과 함께 전체의 파급력을 헤아리는 일도 중요하다는 뜻이다.

2. 북한에서의 창작활동과 시기구분

강소천은 서로 다른 3개의 사회체제를 경험했고 그에 따라 창작에서도 일정한 변화가 주어졌다. 3개의 사회체제란 일제강점기의 식민지체제, 해방 이후부터 6·25전쟁까지의 북한체제, 월남 이후의 남한체제를 가리킨다. 이 가운데 북한에서의 창작은 오랫동안 공란으로 남겨져 있었다. 그 시기에 대해서는 작가도 침묵했거니와 자료의 부재로 사정을 알 수 없었기 때문이다. 최근에 필자는 새로 입수한 북한자료에 근거하여 북한체제에서 발표된 강소천의 아동문학에 대해 살펴본 바 있다. 북한의 초기 아동문학 자료들에 따르면, 박남수, 양명문, 장수철, 강소천 등은 월남하기까지 북한체제에서 요구하는 아동문학 작품들을 지속적으로 발표했다. 강소천의 경우는 좀 덜하지만 나머지 셋은 맹렬한 정치적 구호를 앞세운 창작활동을 벌였다. 강소천의 작품은 사뭇 다른 호흡을 지니고 있었다. 그렇더라도 강소천이 북한체제에 부합하는 작품들을 발표한 것은 움직일 수 없는 사실이다. 그는 북조선문학예술총동맹 아동문학위원으로 활동을 벌였다.

저벅 저벅 발 맞추어
노래 부르며
행진하는 우리 나라
인민군대들

씩씩한 걸음걸이
부러워서요
나두 나두 따라가며
걸어봤지요

벙글 벙글 언제나
웃는 낯으로
우리 나라 지켜주는
인민군대들

지나가다 차렷하고
인사했더니
착하다고 내 머리

만져주겠지

나두 나두 크면은
인민군대 될테야
나라 위해 싸우는
인민군대 될테야

어서 커서 인민군대
되고 싶어서
부삽메고 저벅 저벅
걸어봤지요

—강소천, 「나두 나두 크면은」, 전문[1]

　인민군대 찬양의 성격을 지니는 이 시는 '인민군대'를 '국군용사'로
바꾼다면 남한에서도 익히 볼 수 있는 종류에 해당한다. 그렇다고 시대
상황의 반영이라면서 아무렇지도 않게 받아들일 수는 없는 노릇이다.
만일 '황국군대'가 들어간 일제 말의 작품이었다면 남북한 모두 친일시
라면서 격렬하게 비난했을 게 분명하다. 어쨌든 남한에서의 강소천은
북한인민과 싸우는 국군에 대해 호의적인 작품을 다수 발표했으니,
엄연한 반전(反轉)이 아닐 수 없다. 이에 관해서는 여러 가지 해석이 나올
수 있겠으나, 작가의 전기와 시기구분에 대한 전면적인 재검토가 요구
되는 상황이다.
　그간의 연구는 북한체제에서의 활동을 건너뛴 채 세 시기로 나누는
것이 일반적이었다. 이재철(『한국현대아동문학사』, 1978)과 최태호(「소천의 문학

---

1 북조선문학동맹 아동문학 분과위원회 편, 『아동문학』 제6집, 문화전선사, 1949.12, 11~13쪽.

세계」, 1981)의 경우가 대표적인데, 초기는 8·15해방 이전으로 동요·동시가 중심이었고, 중기는 1951~1954년으로 동화가 중심이었으며, 후기는 1955~1963년으로 소년소설이 중심이었다고 보았다. 시기별로 대표 장르를 강조한 구분법은 핵심을 잘 드러낸 듯해도 해방 이후에 창작된 동시가 그 이전의 10배에 달한다는 점을 가리는 착시효과를 빚는다. 주지하듯이 강소천은 동요·동시 창작을 먼저 시작했고, 그 다음에 동화를 함께 발표하다가, 나중에는 장편 소년소설에도 많은 힘을 기울였다. 창작의 영역이 점차 확대된 것임에도 대개는 동요·동시에서 동화·소년소설로 나아간 것처럼 여기고 있다. 이런 착시는 강소천의 해방 이후 동시를 괄호치게 만든다. 뒤에 살펴보겠지만, 이원수와 이오덕의 동심천사주의 비판은 무엇보다도 해방 이후의 동시 경향을 지배한 해당 시기 강소천의 창작을 겨냥한 것이었다. 교훈주의 비판 역시 강소천의 후기 창작을 주로 겨냥한 것이었다.

시기적으로는 가장 짧을지라도 북한에서의 창작은 앞뒤시기에 견주어 가장 이질적인 것이라 할 수 있기에, 그냥 건너뛸 수 없는 중요한 의미를 지닌다. 월남 이후 강소천은 두고 온 가족에 대한 그리움과 함께 반북·반공작가로서의 면모를 드러냈다. 이전 시기 '친북' 작품들과의 모순관계를 해명하는 내적 논리를 마련할 필요성이 제기되는 것이다. 겉보기에 해방 이후 강소천 아동문학은 두 개로 분열되어 있다. 북한에서 발표한 작품은 남한에서 통용되기 어려운 요소를 담고 있고, 남한에서 발표한 작품은 북한에서 통용되기 어려운 요소를 담고 있다. 상호 적대적인 분단 이데올로기가 작동하고 있는 탓이다. 따라서 강소천의 아동문학은 '식민지체제, 북한체제, 남한체제'라는 사회적 배경을 고려한 세 시기로 구분되어 살펴져야 마땅하다. 강소천의 아동문학에 나타나는 연속성과 비연속성의 문제를 규명하는 일은 작가론의 완성뿐 아니라 한국 아동문학의 온전한 이해를 위해서도 꼭 필요한 일이라고 여겨진다.

3. 동요시집 『호박꽃 초롱』의 자리

일제 말에 간행된 동요시집 『호박꽃 초롱』(박문서관, 1941)은 강소천의 존재감을 각인시킨 주요 작품집이다. 많은 이들이 지적하고 있듯이 이 동요시집은 일제가 우리말을 탄압하면서 황국신민화를 강요하던 때에 나온 것이기에 더욱 각별한 의미를 지닌다. 강소천은 1930년대 초부터 동요를 발표했는데, 초기 습작시절의 것들은 대부분 제외하고 새로 지은 것들을 더 보태서 동요 33편과 동화 2편으로 작품집을 엮었다. 『호박꽃 초롱』은 소년운동과 계급주의 아동문학의 기운이 가라앉은 1930년대 중반 이후의 성과라고 할 수 있다.

이 시기의 아동문학은 어떤 특징을 지니는가? 소년운동에 기반을 두고 발행되던 『어린이』, 『신소년』, 『별나라』가 폐간된 이후 새로운 경향이 고개를 들었다. 이른바 '소년문예가'들의 설익은 이념성과 아마추어적인 것에서 벗어나 전문성이 자리를 잡았고, 운동성 대신 아동의 흥미성과 문학성을 앞세우는 경향이 나타났다. 또한 1930년대 전반기에는 계급주의가 풍미하면서 십대 중후반의 소년독자를 상대로 '투쟁적 아동'을 그리는 분위기였던 데 비해, 후반기로 접어들면서는 유년독자를 상대로 '동심적 아동'을 그리는 유년문학의 흐름이 두드러졌다. 그리하여 1930년대 중반 이후에는 시대현실에 대한 인식과 비판보다는 형식미와 정서적 효과에 관심을 기울이는 전문 동요시인과 동화작가들이 두각을 나타냈다. 동시 쪽에서 이러한 흐름의 중심에 선 동시인은 1920년대부터 활동한 윤석중, 윤복진을 포함하여 1930년대에 새로 등장한 강소천, 박영종, 김영일 등이라 할 수 있다.

그런데 강소천의 초기작 중에는 민족의식과 계급의식의 편린을 드러낸 것들이 더러 보인다.

봄이왔다 마즈라 우름그치고/이땅의 농군들아 깃분나츠로/차저오는 새봄을
반겨마즈라//(…)//봄이왔다 씨뿌리라 한숨을것고/이땅의 농군들아 즐건나츠
로/기름진 이땅에 씨를뿌리라 (「봄이왔다」, 『신소년』, 1931.2)

이몸은 무궁화에 벌이랍니다/고운꽃 피여나라 노래부르며/이꼿서 저꼿으로
날러다니는/조고만 무궁화에 벌이랍니다.//(…)//우리의 노랫소리 들리건만은
/귀여운 무궁화는 피지안어요/그몹쓸 찬바람이 무서웁다고/귀여운 무궁화는
피지 안어요. (「무궁화에 벌나비」, 『신소년』, 1931.2)

이압집 기와집 전등불컨집/저뒷집 초가집 등잔불컨집/밝은집 어둔집 둘이잇
다우/이압집 밝은집 전등불컨집/콜—콜 잠자는 보기실흔집/잘먹어 배불너 잠
만잔다우//저뒷집 어둔집 등잔불컨집/열심히 일하는 복스러운집/잘먹쩐 못먹
쩐 일만한다우 (「이압집, 저뒷집」, 『아이생활』, 1931.3)

압집애가 소리질너/뒷집애가 눈물흘녀/울어내요 불어내요.//압집애는 부자
아들/뒷집애는 머슴아들/울어내요 불어내요.//부자아들 배불너서/머슴아들 배
곱파서/울어내요 불어내요.//부자아들 학교슬허/머슴아들 학교못가/울어내요
불어내요. (「울어내요 불어내요」, 『아이생활』, 1931.10)

「봄이왔다」와 「무궁화에 벌나비」에는 민족에 대한 관념, 그리고 「이압
집, 져뒷집」과 「울어내요불어내요」에는 계급에 대한 관념이 배어 있다.
길게 따져볼 것도 없이 이것들은 거의 상투적 개념으로 쓴 것들이라서
작품으로도 미숙하지만, 시인의 지향이나 의식을 드러낸다고 말할 계제
가 못된다. 이런 종류의 것들은 당시 부지기수였다. 강소천은 기독교 계
통의 아동잡지 『아이생활』에 주로 작품을 발표했는데, 여기에 실린 「이
압집, 져뒷집」과 「울어내요불어내요」는 계급주의의 영향력이 얼마나 컸

는지를 말해준다. 강소천의 동요는 위에 인용된 것들을 제외한다면 초기작부터 대부분 동심과 자연을 노래한 것들이다. 그런 종류의 초기작 가운데 가장 눈에 띄는 작품이 바로 「울엄마젓」(『어린이』, 1933.5)이다. 「울엄마젓」은 방정환이 작고한 뒤 윤석중이 편집을 맡은 『어린이』의 입선 동요이고, 작품집 『호박꽃 초롱』에도 수록되었다.

대체로 스무 살 이전의 창작은 독자로서 다양한 시도를 해본 습작기의 산물이라 할 수 있기에, 거기에서 시인의 의식이라든지 작품의 세계를 파악하기란 난망한 일이다. 잘 알려져 있듯이 강소천은 상당한 규모의 지주집안 태생이고 조부가 마을에 교회를 세울 만큼 독실한 기독교 집안에서 자랐다. 그가 민족과 계급의 현실에 눈을 뜨면서 자신의 출신과 종교에 대해 회의하고 갈등했다는 기록은 어디에서도 찾아지지 않는다. 그렇다면 앞에 인용한 작품들의 진술과 표현은 얼마만큼의 진정성을 담고 있는가? 특히 계급의 도식에 따라 이분법적 선악대결의 구도를 드러낸 「이압집, 져뒷집」과 「울어내요불어내요」는 시인의 처지와는 상반되는 자가당착의 내용이다. 그 자신은 시적 화자가 비난해 마지않는 "기와집 전등불켠집"에서 살고 있었을 것이며, "머슴아들"이 아니라 그를 부리는 "부자아들"에 속한 존재가 아니던가. 강소천은 『호박꽃 초롱』을 손수 엮으면서 「울엄마젓」을 남기고 초기작 대부분을 버렸다. 이는 미숙한 사상의식을 드러내면서 이것저것 흉내낸 습작들을 자신의 것으로 여기지 않았기 때문일 것이다.

강소천 득의의 영역은 「울엄마젓」과 이어지는 '동심'의 표현에 있었다. 앞서 지적했듯이 소년운동과 계급주의가 수그러들자 아동성·문학성 탐구로 눈길이 돌려졌다. 이는 문학사의 정당한 발전이면서 다른 한편으로는 시대현실이 소거되는 '순수주의'로의 전환점이었다. 이 시기의 문단은 순수주의를 어느 정도 공유했다는 점도 기억해둘 만하다. 그런데 강소천에게서의 '순수한 동심'은 아기를 둘러싼 집안과 자연으로 대상이 제한되는 양상이었다. 『호박꽃 초롱』에 실린 것들은 대개 그러했다. 이를 '울타리 안의 동시세계'라고 해도 크게 틀리지는 않는다. 그렇긴 해도 1930년대 후반을 특징지은 '순수한 동심'은 날것대로의 이념성을 극복하고 형식미의 진전을 이루는 데 적잖이 기여했다. 이재철이 『한국현대아동문학사』에서 주목한 박영종, 김영일 등과 함께, 강소천은 상투적 정형률을 벗어난 개성적인 호흡의 동요, 곧 '동시'로 나아가는 데에서 한자리를 차지한다. 표제작 「호박꽃 초롱」을 보자.

호박꽃을 따서는
무얼 만드나.
무얼 만드나.

우리 애기 조고만
초롱 만들지.
초롱 만들지.

반딧불을 잡아선
무엇에 쓰나.
무엇에 쓰나.

우리 애기 초롱에
촛불 켜 주지.
촛불 켜 주지.

—강소천, 「호박꽃 초롱」 전문[2]

---

2 강소천, 『호박꽃 초롱』, 박문서관, 1941, 16~17쪽.(이하 이 시집의 작품인용은 쪽수를 따로 밝히지 않음).

『조선중앙일보』(1935.9.3)에 처음 발표된 것이다. 3음보 7·5조 율격이 기본이 된 것은 기존 동요와 다름없는데, 마지막 음보를 한 번씩 되풀이한 것만으로도 상당한 변화의 느낌을 준다. 아주 간단한 착상 하나로 정형률의 틀에서 한결 자유로워졌다. 말끝에서 울림의 효과를 빚어내는 이런 시도는 '노래'를 '시'로 들어올리려는 노력의 소산이라고 할 수 있다. 대표작으로 알려진 「닭」에서도 형식미에 대한 고민의 흔적이 엿보인다.

물
한 모금
입에 물고

하늘
한번
처다 보고

또
한 모금
입에 물고

구름
한번
처다 보고

―강소천, 「닭」 전문

『소년』(1937.4)에 발표되었을 때에는 2행씩 2연으로 되어 있었는데, 시집에 수록하면서 3행씩 4연으로 바꾼 것이다. 시행과 운율에 대한 자의

식이 한 눈에 드러난다. 이렇게 바꿔놓고 보니 흥미롭게도 소재와 호흡 면에서 "청노루/맑은 눈에//도는/구름" 하는 박목월의 「청노루」와 상호 텍스트성을 지닌다. 뒤에는 다시 원래대로 돌아갔다. 이 작품에 대해 윤석중은 "소천 강용률의 대표작"이라고 한 뒤, "그가 간도 용정에서 지어 보낸 것으로, 아득한 내 나라 하늘을 바라보는 자신의 자화상이었다."고 했다.[3] 대체로 수긍할 수 있는 해석이다. 원래는 "하늘은 푸른 하늘……" 하고 여러 줄이 더 달린 것을 윤석중이 편집할 때 뒷부분을 잘라버렸다고 한다. '물 먹는 닭의 모습'을 더 또렷하게 드러내는 효과를 위해 그리 했다는 것인데, 이에 대해서는 강소천도 만족한 듯하다. 아무튼 그의 이력과 더불어 이 시 하나만 놓고 보면, 멀리 간도에서 고향하늘을 바라보는 시인의 모습이 자연스럽게 겹친다.

그러나 시집 전체의 맥락에서 보자면, 이 작품은 '어린이의 눈'으로 물 먹는 닭의 동작을 깜찍하고 귀엽게 그려낸 것이다. 그것이 하늘을 배경으로 해서 순간의 명료한 이미지로 그려졌기 때문에, 함축미에 상징성까지 내포하게 된 것이라고 할 수 있다. 여기에서의 동심이 구김살 없이 투명한 것으로 느껴지는 까닭은 대상과 하나가 되어 바라볼 때의 하늘이 주는 청량감과도 통한다. 만일 어린이의 미성숙한 사고를 귀엽게 바라보는 눈으로 물 먹는 닭의 동작을 재미난 무엇에 비유라도 했다면 사정은 달라졌을 것이다. '어린이의 미성숙한 사고를 귀엽게 바라보는 시각', 즉 동심천사주의로 미끄러져 들어간 사례로 "보슬보슬 봄비는 새파란 비지/그러기에 금잔디 파래지지요."(「봄비」 1연, 『동아일보』, 1935.4.14) 같은 것을 들 수 있다. 이 밖에도 "버드나무 무슨 열매/달리련 마는//아침 해가 동산 우에/떠 오를 때와//저녁 해가 서산 속에/살아질 때면//참새 열매 조롱 조롱/달린 답니다."(「버드나무열매」 1절) 하는 것이나, "울엄마 젖

---

3 윤석중, 『어린이와 한평생』, 범양사, 1985, 168쪽.

속에는 젖도 많아요/울언니가 실―컨 먹고 자랐고/울오빠가 실―컨 먹고 자랐고/내가 내가 실―컨 먹고 자랐고/그리구 울애기가 먹고 자라니/정말 참 엄마 젖엔 젖도 많아요."(「울엄마젖」 전문) 하는 것도 그런 위태로운 경계에 있다. 다만 첫 작품집에 실린 것들은 심혈을 기울이며 되풀이 손질했기 때문인지 후기의 동시에서 보이는 안이한 발상의 상투성은 드러나지 않는다. 「봄비」만 하더라도 작품집에 실리면서 "봄비는 새파란 비지./금잔디 물드리는 고―운 비지." 하는 것으로 수정되었는데, 어린이의 미성숙한 사고보다는 조금이라도 직관이 더 느껴지도록 고쳐졌다고 판단된다.

『호박꽃 초롱』은 일제 말의 상황에서 하나의 봉우리를 이룬 성과임에 틀림없다. 어린이의 순수한 언어로 그려낸 가족의 친연성이라든지 자연과의 친화감은 시대의 폭력과 명징한 대비를 이룬다. 이를 적극적으로 평가하자면, 일제 민족말살정책의 맞은편에서 이뤄낸 민족어와 민족정서의 발현이라고 할 수 있다.『호박꽃 초롱』은 해방 후 강소천에게 후광을 씌워주었다. 해방이 되었어도 강소천은 북한에서 꼼짝할 수 없는 상황이었고, 남한에서는 그의 활동에 대해 전혀 알 수 없었다. 사정이 그러했음에도 해방 직후 남한에서 발행된 교과서 및 각종 동요선집들에는 그의 동요가 여러 편 수록되었다. 이는 당시의 교과서 및 동요선집 편찬자들에게 그의 동요가 정전의 가치를 지닌 것으로 받아들여졌다는 증거이다. 강소천은 「닭」이 교과서에 실린 사실을 월남 후에야 알았다고 한다. 그는 1·4후퇴 때 단신으로 월남했기에 처음에는 먹고사는 문제로 크나큰 고통을 겪어야 했다. 남한체제에서 그는 빈털터리 신세였지만, 『호박꽃 초롱』을 펴내고 교과서 수록 동요를 보유한 동요시인으로서는 부러울 게 없는 문화자본의 소유자였다. 덕분에 장관 비서실에 있던 영생고보 동창 박창해를 만났고, 편수국의 최태호를 소개받아 교과서 편찬에 관여했으며, 정부 수립 후 문단 재편을 주도한 김동리, 박목월 등과 연결되어 아동문학 부문의 실세로 떠오를 수 있었다. 그는 김동리와 결혼한 손소희나 동요시인으로 활동한 박목월 등과 문학청년 시절부터 서신으로 친교를 맺고 있었는데, 해방 이전의 문학적 성취가 이 모든 인연의 연결고리로 작용했다.

4. 정치적 이데올로기로서의 '순수주의'

그럼 강소천의 동요·동시에 대한 평가가 극명하게 엇갈리게 된 것은 언제부터이고 어떤 연고에서인가? 그의 대표작으로 꼽히는 「닭」을 두고서도 서로 다른 해석과 평가가 주어진 것은 남한의 문단 사정과 깊숙이 연계되어 있다. 『호박꽃 초롱』에는 긍정적 계기와 부정적 계기가 맞물려 있다고 앞에서 지적했는데, 월남 이후 강소천의 동시 창작은 부정적인 면이 한층 불거진다. 1950~60년대에 발표된 동시들은 제목만 일별해도 특정 경향이 불거진 것을 바로 느낄 수 있다. '이슬, 꽃잎, 예쁜 꽃, 꽃밭, 꽃동산, 무지개, 구름, 별, 메아리, 아기, 나비, 사슴뿔, 산토끼, 산딸기, 바다, 웃음, 여름밤, 소풍……' 등등. 사람들은 '동시'라고 하면 흔히 '작고, 가볍고, 예쁘고, 귀엽고, 밝은 이미지'를 떠올린다. 이러한 통념이 만들어지는 데 가장 크게 작용한 것이 바로 강소천 동시의 경향이었다.[4] 아동문학은 유치한 것이라는 통념이 그냥 만들어진 것은 아니다. 일찍이 유년 대상의 동요에서 뛰어난 재능을 보인 윤석중도 뒤로 갈수록 타성적인 창작에 빠져들었거니와, 박목월은 『동시교실』(1957), 『동시의 세계』

---

4 강소천을 비롯한 주류 쪽에서 방정환을 전유하면서 동심천사주의가 방정환에서 비롯되었다는 통념이 생겨났다. 하지만 방정환의 동심천사주의는 일면적일뿐더러 아동문학의 발생단계에서 요구되는 역사적 성격을 지닌 것이다. 주류 쪽에서는 방정환과 강소천의 승계구도를 내세우고자 1975년 방정환과 강소천 전집을 묶어서 '한국 아동문학가전집 시리즈'(문천사)를 발행한 적도 있는데, 작품의 성격으로 보나 지향으로 보나 둘은 동질성보다 이질성이 더 많다는 게 필자의 생각이다.

(1963) 같은 창작론을 통해 윤석중과 강소천의 '혀짤배기' 동요·동시를 모범적인 것으로 추켜세웠다.

여기서 문제로 삼아야 하는 것은 정치적 이데올로기로서의 '순주주의' 이다. 월남 이후 강소천은 교과서 편찬위원, 『어린이다이제스트』와 『새벗』의 주간, 한국문학가협회 아동문학 분과위원장, 한국문인협회 이사 등을 수행하면서 1950~60년대 아동문학장의 중심에 위치했다. 그의 주요 인맥은 김동리, 박목월 같은 문협정통파 계열의 문인, 박창해, 최태호, 홍웅선 같은 교과서 편수국 문인, 그리고 김영일, 박화목, 김요섭, 장수철 같은 월남한 기독교 문인들인데, 이들은 당시의 아동문학장에서 '순수·반공·민족주의' 담론을 주도한 집단이었다.[5] 5·16군사쿠데타 이후 박정희 정권이 들어서고 새로 한국문인협회가 출범했을 때, '강소천, 김동리, 박목월, 조지훈, 최태호'를 편집위원으로 하는 전문지 『아동문학』이 창간되었다. 이는 문협정통파 계열이 주도하는 아동문학 담론의 장(場)이 마련되었음을 의미한다. 이로부터 얼마 되지 않아 강소천은 타계하지만, '강소천 아동문학전집'의 발간과 '강소천 아동문학상'의 운영을 매개로 해서 순수주의 담론의 영향력은 오히려 커져가는 형편이었다.

강소천에 대한 작가론의 밑그림도 주로 그가 살아생전에 해마다 펴낸 작품집과 사후에 나온 전집들에 실린 지인(知人)들의 해설을 통해서 이루어졌다. 저자와 교분을 나눈 지인들의 해설이 작가의 긍정적인 면을 드러낸 것은 얼마든지 이해할 수 있다. 문제는 이것들이 모여서 전형적인 방식으로 문협정통파의 시각을 대변하고 재생산한 점이다. 문협정통파의 사유체계는 이러했다. '문학적 순수는 사회참여와 대립관계다. 사

---

5 김동리, 조연현, 서정주, 박목월 등 남한 출신의 문협정통파가 주도권을 행사한 일반 문학장에서는 월남한 문인들이 비주류에 속했지만, 아동문학장에서는 월남한 아동문인들이 대부분 기독교도이자 반공주의자로서 강소천을 매개로 문협정통파에 붙었기 때문에 주류에 속했다. 아동문학장이 '순수·반공·민족주의' 담론의 본거지인 한국문인협회의 외곽에 붙어 있는 구도를 깨고자 이원수는 1971년 독자적인 한국 아동문학가협회를 결성한다.(졸고, 「이원수와 70년대 아동문학의 전환」, 『한국 아동문학의 쟁점』, 창비, 2010. 참조).

회참여는 좌파적 주장이므로 우파적 민족주의와 대립관계다. 고로 순수주의는 반공·민족주의와 하나다.' 일제강점기 강소천 동요의 '순수한 동심'에 '민족주의'적 해석을 가져다붙이는 이율배반은 이와 같은 사유체계에서 비롯된 것이다.[6] 문학에서의 순수주의는 정치성의 배제와 자율성에 대한 강조일 터인데, 해석에 있어서는 늘 역사주의 시각의 과잉이었다. 아이들의 놀이세계에서 발상한 「호박꽃 초롱」을 '민족의 미래(아기)'를 향해 불을 밝히는 시인의 의지로 해석한다든지, 시냇가 돌멩이 부자(父子)의 이별과 만남의 과정을 마을 아이들의 성장과 이별 이야기와 교차시킨 동화 「돌멩이」(1939) 연작에서 스토리는 아랑곳하지 않고 돌멩이의 독백 한 구절만 달랑 인용해 놓고는 일제의 억압에 대한 작가의 울분으로 읽는다든지 하는 것들이 그러하다. 하지만 정작 강소천에 대해서는 역사주의 방법의 기본이라 할 수 있는 전기적 연구조차 제대로 수행된 것이 없다. 작품 해석과 직결될 만한 결정적인 삶의 세목들은 여전히 오리무중이다.

실증이 부재한 역사주의는 비약이 불가피하다. '순수주의'가 '반공·민족주의'와 결합하는 과정은 사회주의를 분리 배제시키는 과정에 다름 아니었다. 해방 이전에는 민족주의와 사회주의의 공유지대가 매우 넓었다는 사실은 축소 은폐되기 일쑤다. 계급주의 성향의 「이압집, 져뒷집」과 「울어내요불어내요」는 습작으로 여겨 간과하고, 「무궁화에 벌나비」는 항일 민족주의 작품으로 여겨 주목하는 것도 그 일환이겠다.

일제는 조선인의 독립운동을 저지하기 위해 조선의 상징물인 태극기와 무궁화를 철저히 단속하였다. 무궁화를 심지 못하게 하였으며, 심은 무궁화를 캐어버리게 하였다. 무궁화를 자수로 표현하는 것이나 노래하는 것을 금하였고, 이

<hr>

[6] 월남 이후 강소천의 창작에서 드러나는 '동심천사주의'와 '교훈주의—반공·민족주의'의 조합도 이런 사유체계에서 말미암는다.

를 어기면 감옥에 가두고 잔혹한 고문을 하였다.

이러한 단속 때문에 일제하에서는 무궁화가 시의 소재에 오르지 못하였다. 그런데 그 유일한 시가 소천의 동요 「무궁화에 벌나비」이다. 이것은 한글 말살 정책이 극악에 이르렀을 때 모국어로 동요시집 『호박꽃 초롱』을 상재하는 소천의 항일 정신으로 이어지고 있다. (…)

소천의 동요시집 『호박꽃 초롱』은 이러한 조국수난의 암흑기에 우리의 문화 활동이 거의 정지된 상태에서 출간되었다. 이는 일제를 향한 외침이며 독립운 동이었던 것이다. (…)

사실, 일제로부터 절개를 지키고 공산주의에 이끌리지 않은 이 시대의 작가 는 그리 많은 편이 아니다. 소천은 일제 말기에 모국어로써 독립을 외쳤고 공산 독재에서 탈출, 이역에서 망향의 한을 안고 40대의 나이로 생을 마쳤다.

그의 문학은 오직 순수문학을 지향하는 민족문학이었던 것이다.[7]

강소천의 출신과 성장은 고원보통학교와 영생고보 동창생 전택부의 회고가 유력한 증거자료로 쓰인다. '소천의 할아버지 강봉규는 관북의 성웅이라고 불리던 전계은 목사의 전도를 받아 일찍이 예수를 믿고 미 둔리 교회를 창설했다는 것, 소천은 어머니 뱃속에서부터 예수를 믿으 며 태어났고 교회 주일학교를 다녔다는 것, 영생고보 시절 조선어 과정 철폐에 실망해서 4학년 겨울방학 때 집에 돌아갔다가 학교에 돌아오지 않고 약 1년 동안 북간도를 헤매다가 다시 고향에 돌아왔다는 것' 등 등.[8] 북간도 방랑 운운한 것은 해설에서 충분히 나올 수 있는 표현이지 만, 이것을 역사주의적 해석의 근거로 삼을 때에는 좀 더 정확한 고증이 필요하다. 전택부의 표현은 암울한 시대였음을 상기시키면서 청년 강소

7 신현득, 「동심으로 외친 항일의 함성─강소천 선생의 동시 세계」, 『강소천 선생 40주기 기념 추 모의 글모음』, 교학사, 2003, 14~18쪽.
8 전택부, 「소천의 고향과 나」, 『강소천아동문학전집 제1권』, 문천사, 1975. 참조.

천의 정신적 방황을 에둘러 표현한 것일 텐데, 너무 추상적인지라 강렬한 민족의식과 항일적인 행위까지도 연상케 하는 뉘앙스를 품고 있다. 바로 이때 지어진 동요가 『소년』 창간호에 실린 「닭」이라는 것이다. 강소천은 영생고보 재학 당시 1년 동안 북간도 외삼촌네 집에 있다가 돌아왔고, 고보를 졸업한 후에는 주일학교에서 아이들을 가르쳤다. 이 밖에는 알려진 활동사항이 전무하다. 조사해보니 미둔리 교회는 1911년에 세워졌고, 그의 집안이 속한 기독교 장로교는 일제가 신사참배를 강요했을 때 결국 굴복했다.[9] 강소천 집안의 신사참배나 창씨개명과 관련해서는 저항이건 순응이건 아무런 회고도 남아 있지 않다. 청년시절의 강소천이 일제의 민족말살정책과 기독교 탄압에 울분을 느꼈으리라고 짐작할 수는 있겠으나, 그 어떤 행위에 관해서도 사실의 기록이 없는데 '동심적 동요'를 군이 역사주의 해석으로 밀어붙이려는 것은 '순수주의'에 스민 정치적 이데올로기 성격을 드러내준다.

「닭」은 1930대 중반 이후 '동심'에 눈을 돌린 시인이 어린이의 눈으로 내려가서 닭이 물 먹는 동작을 재미있게 표현한 것이라고 보이지만, 여기에서 고향하늘을 그리워하는 시인의 마음을 읽는 것은 독자의 자유일 뿐더러 그렇게 해석함으로써 작품의 의미를 확장하는 것은 비평의 몫이기도 하다. 문제는 순서를 거꾸로 가져가서 '고향하늘을 그리워하는 마음을 닭이 물 먹는 동작에 투사했다'고 보는 것이다. 이게 한 차례 더 비약해서 민족의식이나 항일의지의 산물로 간주되면 이데올로기의 과잉으로 텍스트의 기본의미는 아예 증발하고 만다. 사실 그렇게 추켜올리는 것은 동요 「닭」의 위상을 초라하게 만들 뿐이다. 예컨대 우리가 익히 알고 있는 "지금은 남의 땅─빼앗긴 들에도 봄은 오는가?//(…)//그러나, 지금은─들을 빼앗겨 봄조차 빼앗기겠네." 하는 이상화의 시나, "그날이

9 한국기독교역사연구소 북한교회사집필위원회, 『북한교회사』, 한국기독교역사연구소, 1996. 참조.

오면, 그날이 오며는/(…)/우렁찬 그 소리를 한 번이라도 듣기만 하면/
그 자리에 거꾸러져도 눈을 감겠소이다." 하는 심훈의 시들과 견준다면
「닭」은 얼마나 한가하고 태평스런 아기네 봄소풍 같은 세계일 것인가.
"한 발 재겨 디딜 곳조차 없"다고 토로한 이육사나 "시가 이렇게 쉽게
씌어지는 것은/부끄러운 일"이라고 고백한 윤동주의 시와 견주어도 마
찬가지이다. 일제강점기 민족의식과 항일의지를 시로써 빛낸 이상화와
심훈은 사회주의에 공감한 카프 시인이었다는 점도 기억해야 한다.

5. 이원수와 이오덕의 강소천 비판

강소천의 아동문학이 '순수주의' 담론과 더불어 무시할 수 없는 영향
력을 발휘하게 되자 이에 대해 비판적인 목소리가 나오기 시작했다. 강
소천 방식의 '동심적인 경향'과 '교육적인 경향'을 두고 이원수는 주류
쪽과 완전히 시각을 달리했다. 1959년의 아동문학을 개관한 다음의 글
을 보면 이점이 확연히 드러난다.

금년도 작품들을 개관할 때, 그 작품들의 내용에 몇 가지 특성을 발견할 수
있었다. 그것은 아동을 무의식 미성년이라 하여 단순히 그들을 오락적으로 즐
겁게 해주는 것으로써 만족하려는 태도가 그 하나이다.
앞에서 말한 동요의 유희적이요 재미 본위의 가사화도 역시 이러한 안이한
생각에서 우러난 결과라고 말할 수 있으니, 아동들의 생활 자체와 현실 생활에
대한 아동의 감정과 거기서 얻을 수 있는 미감에서 유리된 하나의 오락물로 떨
어지는 작품이 되고 만 것이 많았다.
둘째로 아동 대중을 무시하고 일부 극소수의 부유층의 아동의 생활을 미화하
려는 노력이 현저한 것이다.

오늘날 국민 학교 아동 총수의 70~80퍼센트가 극히 곤궁한 농촌 생활에서 부형들의 신고(辛苦)를 주야로 목도하며 그들 자신이 수업과 진학에까지 곤란을 겪으면서 살아가고 있는데도 불구하고 여러 아동문학가들이 그들에게 용기를 북돋워 주고 착실한 생활 태도를 갖도록 인도하려는 생각이 없이 안락하고 사치한 생활양식만을 작품에 그려서는, 대다수의 아동들에게 힘이 되지 못하고 오히려 그들에게 낙망을 주고 심지어는 질시를 기르게 될 것이다.[10]

전쟁 직후 강소천은 상실감과 그리움을 주조로 하는 「꽃신」(1953), 「꿈을 찍는 사진관」(1954), 「꿈을 파는 집」(1954) 같은 인상적인 환상동화를 많이 썼는데 대개는 어른이 주인공이었다. 이런 작품들도 의미가 있는 것은 물론이지만, '순수주의' 담론의 영향으로 아이들의 삶과는 거리가 먼 어른의 낭만적인 꿈과 동경의 세계를 동화의 본령처럼 여기는 풍조가 생겨났다. 한편, 『해바라기 피는 마을』(1955)로 대표되는 그의 장편 소년소설 작품들은 아이들의 생활세계에 닿아 있지만, 긍정적인 결말을 짓고자 우연성을 아랑곳하지 않는 통속적인 내용이 많았다. 소설에서 요구되는 생활의 진실에 위배되더라도 아동문학은 교육적 배려를 우선시해야 한다는 믿음이 이런 통속성을 부채질했다. 그러다 보니 부잣집을 배경으로 피아노 연주, 성악, 화가, 글짓기대회, 학예회, 크리스마스 선물 같은 소재가 빈번히 등장했고, 고아원 출신이거나 가난한 집 아이는 특별한 재능의 소유자로서 가진 자의 후원을 받아 구제되는 양상이었다.

김동리와 박목월은 이러한 동화·소년소설의 환상성과 교육성을 아동문학의 본질인 것처럼 바라보았다. 김동리는 동화집 『꿈을 파는 집』에 대해, 각박한 현실에 시달리는 어린이에게 "밥이나 옷과 같이 필요한 어쩌면 그보다도 더 귀중할지 모르는 꿈을 노놔 드리는 책"이라고 추켜세

---

10 이원수, 「현실 도피와 문학 정신의 빈곤—1959년 문화 총평」, 『동아일보』, 1959.12.11~12(『이원수아동문학전집·30』, 웅진출판, 1984, 291쪽).

웠고,[11] 박목월은 소천의 교훈적인 주제는 "아동문학의 본질적인 일면"으로서 흠이 될 게 없다고 옹호했다.[12] 박목월은 더 나아가 어린이에게는 "비정상적, 병적, 기형적 세계보다는 정상적인, 더욱 안심할 수 있는 세계를 보여주는 것이 당연한 일"이라면서 소천의 문학은 "어린이들에게 '안심하고 읽힐 수 있다'는, 신뢰감"이 든다고 했다.[13] 부분적으로는 타당할지라도 '순수주의'와 연계된 이런 편향성은 훗날 이원수를 위시한 리얼리즘 계열의 아동문학을 "비정상적, 병적, 기형적"으로 간주해서 '불온·좌경의 위험한 세계'라고 공격하는 빌미가 되기에 충분했다.

이원수는 다름 아닌 『아동문학』의 강소천 추모 특집 글을 통해서 소위 '교육적 아동문학'의 정체를 밝히고 나섰다. 먼저 강소천의 동요 「닭」이 독자들의 기억에 남는 이유는 "동심이 바라볼 바를 말로써 여실히 표현한 데서 오는 재미와 발견"[14]에 있다면서 의미에 제한을 두었다. 이어서 강소천의 소년소설을 두고는 "철학의 빈곤과 사회성의 왜곡된 표현"[15]을 볼 수 있을 뿐이라면서 한층 신랄하게 비판했다.

그러면 소천의 소년소설은 어떤 것이었던가?

거의 소설의 중심을 이루고 있는 사상성은 현실사회의 긍정에 있었다. 아동생활은 물론 아동생활에 영향하고 있는 모든 외적 조건도 현실사회를 긍정하고 이에 따르는 선량한 시민으로서의 도덕적 기반 위에서 독자인 아동을 이끌어가려고 했다.

다시 말하면 현실사회의 부정적 면을 개인악에 의한 것으로 돌리고 따라서 그러한 개인악은 보여주지 않는 것이 순결한 아동에게 유리하다고 생각하여 작

---

11 김동리, 「'꿈을 파는 집'에 붙임」, 『꿈을 파는 집―강소천아동문학전집 제4권』, 배영사, 1963, 260쪽.
12 박목월, 「해설」, 『강소천아동문학독본』, 을유문화사, 1961, 4쪽.
13 같은 곳.
14 이원수, 「소천의 아동문학」, 『아동문학』 10집, 1964, 73~74쪽.
15 같은 곳.

품을 구성할 때에도 부정적인 것은 항상 피상적으로, 긍정적인 것을 존재시키기 위해 등장케 하되, 어디까지나 개인에 연유한다는 입장을 견지했다.

이러한 태도는 한편 아동교육적인 면에서 가장 온당한 태도라는 보장을 받는 것이었으며, 그 보장은 행정관리층의 것이기도 했다.

아동에게 침범하는 모든 불합리, 불행, 고통이 어떤 악인의 소치거나 아동에게 숙명적으로 지워진 것이며, 그것을 벗어나기 위해서는 당자의 선량한 노력과 기독교적인 자중 자회로써 나가야 한다고 하는 생각이 현실사회를 움직이게 하는 특권층이나 행정관리들에게서 박수갈채를 받는 것은 당연한 일이다.[16]

다시 정리하자면, 강소천의 소년소설에 나타난 사상성은 현실사회에 대한 긍정인즉, 이는 특권층과 행정관리들이 안심하고 좋아하는 교육적 태도에 속한다는 말이다. 이원수가 보기에 '교육적 아동문학'의 주장은 "아동문학을 특수한 울타리 안에 보존하는 것으로서 합리화"시키는 것, 결국은 "아동문학을 문학에서 분리"하는 행위에 지나지 않았다.[17] 이원수는 주류의 시각과 맞서면서 그 영향력을 차단하는 데 많은 힘을 쏟았다. 강소천이 위원으로 참여했던 '아동 우량도서 선정위원회'가 "문학적 가치를 갖지 못해도 교훈이 노출된 동화나 소설만은 모두 무난히 선정"[18]한 속셈을 따지는 한편, 5 · 16정권이 제정한 '5월 문예상'이 강소천의 『어머니의 초상화』(1963)에 주어진 것을 가리켜 "18세기 서구에서 아동문학이 정도(正道)에 오르지 못했을 때의 이른바 교훈주의를 오늘날 아동문학에 담아야 한다면 실로 어이없는 일"[19]이라고 꼬집었다. 강소천이 타계한 후 추모 분위기를 이어가려는 분위기에서 주류의 시각과는 분명

---

16 이원수, 위의 글, 74~75쪽.
17 같은 곳.
18 이원수, 「의욕과 부정적 사태─1963년의 아동문학」, 『국제신보』, 1963.12.30(『이원수아동문학전집 · 30』, 304쪽).
19 같은 곳.

하게 선을 긋고자 이런 발언을 서슴지 않았던 것이다.[20]

이원수에 의해 '순수주의' 맞은편에 또 하나의 흐름이 만들어지는데, '유신시대'로 들어선 1970년대의 아동문학장을 여전히 지배하는 '강소천 경향'에 대해 가장 예리하게 비판의 날을 세운 아동문학가는 이오덕이었다. 그의 비평은 동요·동시에 집중되었다. 일찍이 그는 교과서 수록 동시와 글짓기교육의 문제점을 시정하고자 『글짓기교육의 이론과 실제』(1965), 『아동시론』(1973) 같은 교육서를 펴내서 박목월의 동시 창작론과 맞서고 있었다. 이런 그가 이원수 주도의 한국 아동문학가협회에 가담한 이후 아동문단을 향해 「아동문학의 서민성」(1974), 「시정신과 유희정신」(1974), 「부정의 동시」(1975) 등 본격적인 동시 평론을 발표하고 나선 것이다. 이원수는 강소천의 해방 이전 창작에 대해서는 어느 정도 인정한 편이었으나, 이오덕은 윤석중, 박목월, 강소천 등이야말로 동심천사주의의 뿌리에 해당한다고 목소리를 높였다.

동심주의 작가들의 동심이란 것은 귀여운 것, 재미스러운 모양, 우스운 일, 어린애들의 재롱 같은 것이다. 이런 세계를 표현하는 결과는 같은 아동이라도 나이가 훨씬 어린 유아들의 세계로 되고 있다. 윤석중, 박목월, 강소천 등, 우리나라의 거의 모든 동요작가들의 동요가 유아 세계의 표현으로 그 본령을 삼고 있는 것이다.[21]

그들의 작품의 세계는 예나 제나 꽃이요 나비요 아가의 웃음이요 아침과 햇빛과 옹달샘밖에 될 수 없었다. 근본적으로 이 땅의 아이들에 등을 돌린 현실도

---

20 물론 강소천의 동화·소년소설 중에서도 수준급의 작품을 찾아볼 수 있다. 필자는 동화의 환상성을 독특하게 구현한 「꿈을 찍는 사진관」과 함께 사실주의 경향의 「마늘 먹기」, 「딱따구리」, 「박 송아지」, 「쨍구라는 아이」, 「나는 겁쟁이다」 같은 단편을 강소천의 대표작으로 꼽는다. 순수주의 계열이 두둔하고 있는 '강소천 경향'은 필자와는 다른 시각에 의해 이룩된 것이라고 할 수 있다. 이 글은 바로 그런 '강소천 경향'의 지속성과 파급력에 대해 문제를 제기하려는 것이다.
21 이오덕, 『시정신과 유희정신』, 창작과비평사, 1977, 111~112쪽.

피란 자리에서 꼼짝도 않고 있기 때문이다.[22]

이와 같은 관점에서 동요 「닭」에 대한 기왕의 해석을 문제 삼고 나왔다. 「닭」이 "소천의 작품에서 드물게 성공하였다고 일컬어지고", "동요로서 완벽한 작품"이라고 상찬되고 있는 만큼 그 바탕을 한번 따져보고자 한 것이다. 이오덕은 「닭」에 대한 박목월의 해설[23]을 인용한 뒤에 다음과 같이 반박했다.

그런데, 닭이 물을 마실 때 하늘을 쳐다보는 것은 하늘을 알기 때문이 아니다. 물을 마시려면 그렇게 위를 쳐다봐야 물이 목구멍으로 넘어가는 것이다. (…) 닭의 물 먹는 모습을 재미있는 노래로 쓴 것뿐인 것을, 이렇게 닭이, 혹은 병아리들이 하늘을 안다느니 하여 별나게 해설을 하는 것은 우스운 일이다. (…)

다시 말하면 이것은 썩 좋은 동요가 못된다. 시로서는 더구나 그렇다. 관조의 눈이 어떻고 해서 그럴듯한 설명을 하는 사람이야 제멋대로이고, 아이들이 여기서 시와 같은 그 무엇을 느낀다면 지극히 평범한 풍경밖에 없다. 그리고 재미스럽고 귀여운 것, 곧 유희적인 세계뿐이다.[24]

이오덕이 「닭」에 대해 "썩 좋은 동요가 못된다", "유희적인 세계뿐"이라고 말한 것은, 가령 "이 짧은 글―32개의 글자로서 능히 조그만 세계의 찰나를 영원으로 바꾸고 아무 데서나 발견할 수 있는 현상에 생명을 빛내었"[25]다고 말한 최태호나, "하늘―영원하고, 유구하고, 아름답고, 무

22 이오덕, 위의 책, 115쪽.
23 "물 한 모금 입에 물고 하늘 한 번 쳐다보는 닭의 동작은 우리 마음 속에 끝없는 것(永遠性)을 느끼게 하는 하나의 귀여운 모습입니다. 작고 귀여운 병아리들이 그 넓고 아득한 하늘을 쳐다보는 모습은 우리에게 아무리 적은 미물이라도 하늘을 안다는 느낌을 줍니다. 이 느낌은 우리에게 참으로 귀중한 것입니다."(이오덕, 위의 책, 183쪽에서 재인용).
24 이오덕, 위의 책, 183~184쪽.

궁한 것, 그것을 진리라 해도 좋고, 인간이 추구해 마지않는 꿈(理想)의 세계라 해도 좋을 것이다. 또한 그 하늘에 떠도는 구름은, 그 진리나 이 상을 갈구하는 불타는 이념과, 그것을 싸안은 변화무쌍한 정서를 상징한 것"[26]이라고 말한 박목월과는 아주 큰 격차를 보인다. 확대해석을 경계한 이오덕의 해석도 지금 보기에는 다소 협소하다고 느껴지는 게 사실이지만, 지배적 경향에 대한 저항담론의 의미를 지닌 비평적 언사로 바라볼 필요가 있다. 이오덕은 강소천의 동화·소년소설을 두고서도 "한결같이 사회의 명랑하고 긍정적인 면만을 돋보이게 하여 주는 것이어서 미담가화로 되고 있다. 소천의 동화를 읽으면 흡사 도덕교과서를 읽는 것 같은 느낌을 지울 수 없다"[27]고 일갈했다.

6. 한국 아동문학의 연속성과 비연속성

강소천은 일제강점기부터 활동을 시작했으나 6·25전쟁 이후 아동문학이 남북으로 나뉘어 전개되는 역사적 분기점에서 남한 아동문학장의 실권을 쥐고 창작경향을 지배한 핵심적 존재였다. 그에 대한 엇갈린 평가들은 사실상 분단시대의 정치적 상황에 연원을 두고 있다. 북한의 경우는 유일사상 체제에 부합하는 하나의 경향만 존재하기에 복잡할 게 없다. 그러나 남한의 경우는 문학이념에 따라 두 개의 경향이 서로 대립과 경쟁 관계를 이루었기에 식민지시대와 분단시대 아동문학의 연속성 및 비연속성 문제가 그리 간단치 않다. 남북한 정권은 '적대적 의존관계'로 분단 상황을 지속해왔는바, 정치적 이데올로기와 결탁한 남북한

---

25 최태호, 「발(跋)」, 『조그만 사진첩』, 다이제스트사, 1952, 132쪽.
26 박목월, 앞의 글, 3쪽.
27 이오덕, 앞의 책, 118쪽.

주류의 아동문학은 서로 적대적 관계에 있을지라도 공히 식민지시대의 아동문학과는 연속성보다 비연속성이 더욱 강한 편이라고 해야 할 것이다. 그럼 방정환으로 대표되는 식민지시대 아동문학의 전통을 가장 올바르게 잇고자 했던 흐름은 어느 쪽인가? 남한인가, 북한인가? 남한이라면 강소천 계열인가, 이원수 계열인가?

주지하다시피 한국 아동문학은 방정환을 기원으로 한다. 강소천은 방정환과는 다른 의미에서 분단시대의 아동문학을 정초한 새로운 기원이었다. 강소천을 방정환과 구별짓게 하는 핵심은 정치적 이데올로기로서의 '순수주의'라고 할 수 있다. 문협정통파의 순수주의를 대변하는 조연현의 『한국현대문학사』와 상통하는 이재철의 『한국현아동문학사』는 시대구분에서 해방 이전을 '문화운동시대', 이후를 '문학운동시대'라고 명명했다. 식민지현실과의 연관을 중시한 방정환의 문학적 실천을 문화운동으로 규정함으로써 이를테면 강소천의 순수주의를 문학운동의 본령인 양 자리매김한 것이다. 이재철은 해방 이전과 이후를 '발전적인 연속관계'로 보고자 했을 것이나, 사회주의를 배제한 '반공·민족주의'와 사회현실을 배제한 '순수주의'로 지어진 '본격문학의 전당'에는 방정환이 온전히 들어설 자리가 없다. 그렇다면 이재철의 시대구분이야말로 방정환과 강소천의 비연속성을 말해주는 것이 아니고 무엇이겠는가? 강소천의 아동문학은, 특히 월남 이후가 결정적인데, 동심천사주의와 교훈주의 통념의 실질적인 기원에 해당한다.

결국 강소천은 월남 이후 '순수주의' 아동문학의 제도화에 앞장섬으로써 이전보다는 부정적인 면이 더 한층 불거지고 말았다. 그러나 그와 계열을 같이하는 주류 쪽에서는 '순수'의 변질은 아랑곳하지 않고 해방 이전과 이후, 월남 이전과 이후를 모두 긍정 일변도로 평가하는 가운데 아동문학의 정전화(正典化)를 독점했다. 이에 이원수와 이오덕은 동심천사주의와 교훈주의 경향의 폐해를 들어 순수주의 계열의 정전화에 쐐기를 박고 새로운 흐름을 일구어내고자 했다. 이들이 주류와 시각을 달리하면서 내세운 비평적 과제는 한마디로 '강소천 경향'에 대한 부정과 극복이었다. 동요 「닭」을 둘러싼 해석 논쟁은 이와 같은 문학사적 맥락에 자리하고 있다. 그럼 이 논쟁은 과거완료형인가? 이오덕이 비록 텍스트 해석에 있어 의미 생성의 여지를 좁혔다는 비판에서는 자유로울 수 없을지라도, 이는 당대의 과제를 예각적으로 드러내는 비평적 실천으로 이해할 수 있다. 작품 해석도 역사주의 연구의 대상이다. 지인들의 인상비평적인 작품집 해설을 작가에 대한 기초자료인 양 반복해서 인용하는 연구는 지양되어야 한다. 정치적 이데올로기와 결탁한 '순수주의'에 대해 아무런 자각도 없이 텍스트와의 의미 연관이 거의 없는 '실증 부재의 역사주의 해석'이 되풀이되고 있는 한, 동요 「닭」으로 대표되는 강소천 아동문학의 해석 논쟁은 현재진행형일 수밖에 없다.

3.

아동문학의 정전 논의를 위하여

1. 왜 '정전'인가?

사람들에게 널리 익숙한 고전(古典, classic)이라는 말도 있는데 왜 하필 정전(正典, canon)인가? 정전은 '갈대'나 '장대'를 뜻하는 고대 그리스어 'kanon'에서 나온 말로서 기준, 규범, 모범 등의 의미를 함축하고 있다. 문학에서 정전은 기준이 될 만하고 전수할 가치가 있다고 여겨지는 작품을 가리킨다. 예를 들어 교과서나 문학전집에 수록된 작품이라면 정전이라고 할 수 있다. 원래 정전은 교회에서 공인된 성서를 가리키는 말이었는데, 이를 문학에 적용해서 '위대하다'고 간주되는 작품을 뜻하게된 것이다.

그렇다면 정전과 고전은 어떻게 다른가? 둘 다 모범이 되는 위대한 작품을 가리키는 점에서는 지시하는 대상이 겹치기도 한다. 하지만 정전과 고전은 쓰이는 맥락에서 다소 차이를 드러낸다. 정전은 교회의 정통성 확보를 위해 위경(僞經)과 구분지으려는 의도에서 비롯된 말이기에 신성불가침의 절대적 권위를 내세운다. 그렇다고 정전이 고전보다 더 엄격한 기준을 통과한 작품을 가리킨다고 볼 것은 아니다. 실제는 그 반대에 더 가깝다. 문학과 같은 세속의 정전은 누가 그런 배타적 권위를 부여했는가 하는 의심, 비판, 도전에서 자유롭지 못하다. 이에 비해 고전이라는 말에는 존중의 의미가 담겨 있다. 고전은 오랜 시간 사람들이 우수하다고 합의하여 인정한 작품을 가리킨다. 흔히 시공간을 초월하는 이월성(移越性)으로 설명되는 고전은 "어느 세대의 해석자들의 노력도 넘어서는, 남아도는 해석의 가능성을 제시하는 작품"[1]이다.

그렇다면 이렇게 정리해볼 수 있겠다. 정전이 일정 기간 배타적 권위를 누리는 작품을 가리킨다면, 고전은 오랜 시간을 거치며 사람들에게 가치를 인정받아 전범을 이룬 작품을 가리킨다. 정전은 고전을 포함해야 마땅하지만 반드시 그렇다기보다는 특정한 상황에서 제도적인 요구로 구성된 목록이다. 상대적으로 정전이라는 말은 부정적인 맥락에서, 고전이라는 말은 긍정적인 맥락에서 더 많이 쓰인다. 정전은 기왕의 규범을 해체하려는 의도에서, 그리고 고전은 작품의 가치를 옹호하려는 의도에서 주로 언급되고 있다.

정전은 규범의 수호자이고 전달자이다. 정전은 보존하거나 학습할 가치가 있다고 선택된 것이기에 지속적으로 출판되어 권장도서로 추천되는 한편, 교육과정이 공인한 권위적 교재의 목록을 이룬다. 문학은 의미를 전달하며 독자의 가치관과 태도에 영향을 준다고 알려져 있다. 사회적 규범으로 내세워진 정전은 개인과 집단의 정체성 형성에 깊숙이 관여한다. 정전이 제공하는 정체성으로부터의 일탈은 죄의식과 부끄러움을 불러온다. 정전은 순문학과 대중문학, 고급과 저급을 가려내는 권위로 작용한다. 유행가나 통속소설은 싸구려라는 인식이 바로 그런 결과

---

1 조셉 칠더즈·게리 헨치 엮음, 황종연 옮김, 『현대문학·문화비평용어사전』, 문학동네, 1999, 109쪽. 이 글의 정전 개념에 대해서도 이 책을 참조했다. 이 밖에 정전의 형성, 기능, 효과 등과 관련해서는 주로 다음 글들을 참조했다. 라영균, 「정전과 문학정전」, 『외국문학연구』 제7호, 2000; 정인모, 「정전화와 탈정전화」, 『독어교육』 제43집, 2008; 한국문학교육학회 엮음 『정전』, 역락, 2010.

이다. 정전의 수용 여부는 사회적 지위 획득과도 관계가 있다. 학교의 교육과정은 정전을 배우는 것으로 되어 있으며, 정전의 수용 정도를 측정하는 시험이 합격과 승진을 좌우한다. 정전을 모르면 '교양인'이 될 수 없다. 이렇게 해서 정전의 수용은 '문화자본'으로 기능한다.

따지고 보면 정전은 소수에게나 통용되고 유효한 것이지 모든 계층에 다 이로운 것은 아니다. 정전은 '1%를 제외한 99%의 소외'를 정당화하는 사회적 효과를 빚는다. 그래서 정전은 지배체제를 떠받치는 시스템의 일부라고 비판받고 있다. 오늘날 '정전 논의'는 곧 '정전 비판'이라고 해도 틀리지 않는다. 1960년대 후반 영미권 세계문학의 정전에 흑인, 여성, 제3세계 및 하층계급 작가의 문학이 배제되었다는 점을 발견하고, 이른바 '억압된 것들의 귀환'을 요구하면서 정전 논의가 본격화했다. 다문화주의의 문제의식에서 촉발된 정전 논의는 탈근대·탈식민지론과 이어진다. 정전 비판론자들은 처음부터 고전적 가치가 있는 작품이라서 정전이 된 것이 아니라 사회의 요구에 따라 그런 가치가 주어졌다고 인식한다. 정전 논의는 고전적인 작품만을 대상으로 하는 문학연구에 균열을 내고, 그동안 저급하다는 이유로 배제돼온 대중문화에도 관심을 기울이며 문화연구로 영역을 확장했다. 이데올로기 효과의 분석에 치중된 문화연구는 문학사회학과 상통한다.

정전을 둘러싼 '문학장(場)'을 이해하는 데에는 사회학적 시각이 유용하지만, 문학을 대상으로 하는 연구라면 본연의 자리를 환기할 필요가 있다. 텍스트의 내재적 가치만 따지는 연구가 편향이라면 외재적 가치만 따지는 연구도 편향이다. 다양성에 대한 인정이 가치의 무정부상태를 의미하는 것도 아니다. 어째서 이것은 선택되고 저것은 선택되지 않았는가? 여기서 외재적 요인만으로 정전을 설명하는 것에는 한계가 따른다. 예를 들어 마해송의 「바위나리와 아기별」, 강소천의 「꿈을 찍는 사진관」, 권정생의 「강아지똥」 등이 정전으로 올라서는 데 외재적 요인이 크게 작용했을지라도, 어째서 비슷한 다른 작품이 아니라 그 작품인가 하는 것은 내재적 요인을 함께 고려해야 제대로 해명될 수 있다. 요컨대 정전은 "문학 내적인 요소와 사회적 요소가 복잡한 방식으로 상호작용하는 해석과 선택 과정의 결과"[2]로 이해되어야 하는 것이다.

정전 비판론자들도 정전 해체에만 관심을 두는 것이 아니라 대안 정전을 세우려는 의도를 지니고 있다. 다만 이들은 "변함없고 자명한 그무엇인가를 암시하는 고전 및 전통이라는 개념을 은근히 비판하면서, 이것을 대신하여 투쟁과 변화를 뜻하는 '정전'이라는 말을 사용"[3]하기를 원하는 것이다. 어느 시대에나 문학장은 정전화·탈정전화·재정전화가 진행되는 역동적인 공간이었다. 정전을 세우는 일은 저항과 해방의수단으로서도 관심을 끌었다.

그러나 다른 측면에서 보면, 정전 형성은 문화적 지배에 저항하는 수단이며, 민족적, 국가적, 젠더적 정체성을 확립하는 수단이기도 했다. (…) 내셔널리즘의 '전통', 특히 일상어로 된 문학에 기반을 둔 전통의 형성은 식민당국에 의해 강요된 것과는 다른 국민적 정체성을 새로 만들어 내려 했던 인도, 한반도 등의 탈식민지화, 국민해방 운동에서도 매우 중요했다. 요컨대 정전 형성은 지배와 해방이라는 양 극단 모두의 수단이 되어 왔던 것이다.[4]

일면적인 도구적 문학관을 경계한다는 점을 전제로, 문학의 가치를 더나은 삶과 결부지어 논의하는 것은 문학자들의 기본임무라고 할 수 있다. 정전 논의는 정전의 형성 과정을 주시하고 주류 정전의 가치와 효과를 살펴서 그것이 과연 합당한지에 대해 따지는 일이다. 정전은 태어나

2 고규진, 「다문화시대의 문학정전」, 『독일언어문학』 제23집, 2004, 83쪽.
3 하루오 시라네·스즈키 토미 엮음, 왕숙영 옮김, 『창조된 고전』, 소명출판, 2002, 19쪽.
4 같은 책, 40~41쪽.

는 것이 아니라 만들어지는 것이기 때문이다.

2. 아동문학의 '비어 있는 정전'

정전 논의는 변화의 요구에 닿아 있다. 기존의 가치가 더 이상 힘을 발휘하지 못하는 패러다임의 전환기, 이와 연관되어 문학장의 질서가 바뀌는 시기에는 정전 논의가 불거져 나온다. 우리의 경우, 민주화운동이 고조되었던 1980년대에 지배이데올로기를 재생산하는 문학사, 출판물, 교과서 등을 비판하는 대안의 흐름이 강렬하게 표출된 바 있다. 이 또한 주류 정전에 대한 도전이라 할 수 있지만, '정전'을 초점으로 하는 구체적인 논의는 이른바 민주화 이후 시대인 1990년대부터 나오기 시작했다. 주로 교육과정 개정과 맞물린 문학교육학 쪽에서 정전 논의가 활발했다. 그런데 그조차 중등교과서를 대상으로 한국문학의 정전을 둘러싼 논의가 대부분이었다. 아동문학의 정전은 그야말로 논의의 사각지대였다. 아동문학 분야는 대안적인 연구의 결과물이 매우 미미했기 때문인데, 이는 아동문학의 지위가 전반적으로 낮았던 데서 비롯된 현상이기도 하다.

그러나 1990년대를 경과하면서 아동문학의 판도에 커다란 변화가 예고되었다. 국민소득 1만 달러 시대라는 경제성장에 힘입어 광범위한 아동문학 구매층으로 형성되었고 이에 따라 어린이책 출판시장이 폭발적으로 성장했다. 여기에 입시정책의 변화가 낳은 독서시장의 호황까지 겹쳐서 독서지도사라는 직업이 생기고 권장도서목록이 필요해지는 등 생산과 수용을 매개하는 활동이 급증했다. 아동문학이 차지하는 사회적 크기가 바뀌게 되자 연구와 비평 또한 활성화되었다. 오늘날 아동문학 분야는 새로운 전통의 확립과 모범의 제시 등 정전을 둘러싼 담론의 각축장이 아닐 수 없다. 권위주의체제를 떠받쳐온 문학사, 문학전집, 교과서 등의 주류 정전에 대해 '다시 보기'가 진행되고 있으며, 문학상, 문학잡지, 신춘문예, 신인추천 등의 문학제도 또한 새롭게 변화하고 있다.

교과서 정전을 제외한다면 아동문학 분야의 변화는 괄목상대했다. 특히 지난 10여 년 간은 '문학적 평가'와 '정전의 수용'이 거의 일치하는 드문 현상을 보였다. 제도권에서 오랫동안 배제돼온 현덕과 권정생의 주요 작품이 재평가되고 정전화된 것은 빙산의 일각이다. 적어도 출판·독서시장에서만큼은 기존 정전과 대안 정전 사이에 전복이 이뤄졌다고 해도 과언은 아니다. 아동문학은 어린이에게 수용되기까지 어른중계자의 몫이 크기 때문에, 정전을 둘러싸고 시민사회 영역에서 역동성을 발휘할 수 있는 여지가 매우 크다. 1990년대에 전국적으로 퍼져나간 어린이도서연구회의 '동화 읽는 어른' 모임은 1920년대의 소년운동에 비견될 만큼 강력한 아동문학의 사회적 기반으로 작용했다. 이 운동의 주체는 1980년대 민주화운동 세대로서 1990년대 이후 가정을 이룬 적극적 문화소비층이었다. 덕분에 아동문학장은 2000년대 들어 극적인 상황변화가 이뤄졌고 이는 지금도 진행 중에 있다.

그럼에도 사실상 아동문학의 정전은 텅 비어 있는 것처럼 사람들에게 비치고 있다. 아동문학에 관계하지 않는 보통사람들에게 한국 아동문학의 정전을 묻는다면 딱히 기억할 수 있는 답이 없을 게 뻔하다. 단행본으로 창작물을 접해보기 힘들었던 기성세대는 교과서 경험이 거의 전부일 텐데, 거기서 기억할 수 있는 것은 「의좋은 형제」, 「세 개의 화살」, 「젊어지는 샘물」 같은 전래동화 각색물 정도가 아닐까 한다. 내 경우가 그러하고, 주변에서 확인해본 결과 또한 그러하다. 형편이 좋아서 한국 아동문학전집을 구비한 경우에도 세계아동문학전집만큼 재미난 작품들이 아니라서 책꽂이 장식용에 그쳤거나, 읽었어도 내용은 기억나지 않는다는 답변이 많았다.

어째서 이렇게 되었을까? 미처 정리되지 않은 '문학사, 문학전집, 교과서' 목록의 불일치가 가장 큰 원인일 것이다. 정전 논의가 절실한 이유가 여기에 있다. 그때그때 해결하지 못한 문제가 누적돼온 탓에, 현시기 아동문학의 정전 논의는 한층 복잡해진 상태이다. 우리 앞에는 근대적 과제와 탈근대적 과제가 동시에 제출되어 있다. 과거 아동문학의 정전은 국가주도의 강제적 독점의 결과물로서 아동에 대한 규율을 통해 체제가 요구하는 국민의식을 형성하는 데 지대한 영향을 미쳤다. 그럼에도 아동문학에 과연 정전이 있느냐는 회의적인 시각이 적지 않은 것은, 성인문학 쪽의 정전화와 비교할 때 아동문학 쪽은 문학적 구심이 대단히 취약했다는 사실을 말해준다. 의무교육으로 강제된 초등교과서의 파급력은 여간 막강한 것이 아니다. 그렇지만 사람들은 가령, 월북작가는 차치하고서라도 이광수, 김동인, 염상섭, 나도향, 현진건, 최서해, 심훈, 이상, 김유정, 김동리, 황순원 등과 대등한 아동문학 작가를 상식적으로 떠올리지 못한다. 즉 권위주의체제가 배타적으로 쌓아올린 아동문학의 정전화는 문학적으로는 완전히 실패했다고 보이는 것이다.

이렇듯 '비어 있는 정전'이 아동문학 내부의 책임만은 아니다. '아동'은 근대사회의 발견이지만 근대사회의 하위자로 존재했다. 아동을 근대적 규율에 입각한 관리대상으로 바라보았기 때문이다. 문학의 생명력은 이데올로기로 전부 환원되지 않는 독자적인 몫을 내장하고 있는 데에서 말미암는다. 아동문학을 교육의 도구로 바라보는 비문학적 시각만 극복하더라도 '비어 있는 정전'의 문제는 절반 이상 해결될 것이다. 그간의 아동문학은 외부에서 주어진 낮은 위상과 내부의 문제가 상호 작용함으로써 정전이라는 말이 무색할 만큼 위축되었다고 볼 수 있다.

3. 정전화의 '숨은 손'

정전 논의는 작품의 생산보다는 가치를 부여하는 재생산에 초점이 놓인다. 중요한 것은 그 가치가 누구에 의해 어떤 목적으로 어떻게 생성·보존·전달되느냐 하는 점이다. 정전은 제도적으로 권위를 행사하는 속성에 비추어볼 때 사회적 헤게모니 집단의 전유물임에 틀림없다. 하지만 사회제도는 변화하는 것이며 정전 또한 변화한다. 그리고 모든 변화에는 주체가 있게 마련이다. 1988년의 월북문인 해금조치가 있기까지 정지용, 이태준, 백석, 현덕 등의 작품은 결코 정전이 될 수 없었다. 이들의 작품은 북한에서조차 배제되었다. 이들의 작품이 한국문학의 정전에서 탈락된 것이 문학적 이유 때문이었을까? 정전화는 문학장에서 이뤄지는 것이고, 선택과 배제 또한 문학의 논리로 뒷받침된다. 결국 정전화의 '숨은 손'으로 작용하는 문학장의 정치적 역학관계에 눈을 돌리지 않을 수 없다. 문학은 의미와 가치를 생산하면서 사회와 관계를 맺는다. 이런 사실을 안다면, 문학장이 이데올로기 충돌의 각축장이라는 사실도 수긍하기 어렵지 않을 것이다.

정전에 영향을 미치는 문학장의 요소들은 문학사, 문학평론, 문학전집, 백과사전, 교과서, 도서목록, 출판사, 서점, 도서관, 학교, 신문, 문학잡지, 문학상, 문인단체, 학회 등을 망라한다. 이것들이 작품에 가치를 부여하고 지속적으로 관리하며 전승하는 데 관여한다. 여기에서 특히 문학사, 문학전집, 교과서를 주목해야 한다. 이 세 가지는 가치부여, 관리, 전승을 각각 대표하기에 그대로 정전을 상징한다고 봐도 무방하다. 이것들은 독립적이지 않고 긴밀히 연계되어 있다. 사람들은 사회적 권위를 부여받은 특정 작가와 작품을 떠올리면 그만이지만, 정전의 기원을 이루는 '숨은 손'을 살피는 일은 연구와 비평의 몫이 아닐 수 없다.

1) 문학사

　문학사 서술은 문학현상을 단순히 나열하는 것이 아니라, 작품을 선별
하고 평가하면서 역사적 계통을 세우는 일이다. 일정한 기준과 관점에
따라 정전을 계열화한 것이 곧 문학사이다. 아동문학 분야의 문학사 서
술은 1960년대부터 진행되었다. 이 가운데 학문적 체계성을 갖춘 통사
적 서술로는 이재철의『한국현대아동문학사』(일지사, 1978)가 유일하다.
그간의 아동문학 관련 학위논문은 이 저서의 '관점'을 따르고 있는 것이
가장 많다. 척박한 연구풍토에서 이룩된 이재철 아동문학사의 선구성은
누구나 인정하는 바다. 그렇지만 이 저서는 분단시대 제도권 주류 문학
사의 '관점'을 대변한다. 크게 보아서 이재철의『한국현대아동문학사』는
조연현의『한국현대문학사』(현대문화사, 1956)를 관통하는 '순수주의'를 아
동문학에 적용한 것이라고 해도 틀리지 않는다.

　조연현의 문학사는 한국문인협회(이하 '문협')의 문단 주도권을 뒷받침
하는 것이었고, 여기서 표방하는 '순수'는 '비순수'의 상대어가 아니라
'참여'의 상대어였다. '순수'를 앞세운 문협의 핵심계열(이른바 '문협정통
파')은 극우민족주의 노선을 좇아 행동한 또 다른 의미의 참여주의자들
이었다. 문협정통파의 '순수주의'가 '민족주의' 정치이데올로기와 결합
한 것은 얼핏 자기모순처럼 보이지만 필연의 귀결이다. 이들은 해방 후
좌파를 척결하는 국가정통성 담론을 배경으로 문단 헤게모니를 장악한
뒤, 순수·반공·민족주의 관점의 문학전통을 세우고자 문학사, 문학전
집, 교과서 편찬을 주도했다. 순수·반공·민족주의로 걸러진 분단시대
의 정전은 국민에게 레드콤플렉스를 내재화했다. 문협정통파는 참여파
의 도전에 직면할 때마다 사상 시비를 내세워 문단의 헤게모니를 보전
했다. 민중의 곤핍한 삶을 그리면 '계급론의 침투'라고 목소리를 높였다.
자신들에 대한 비판을 용공시하면서 참여파가 주장하는 리얼리즘 앞에

사회주의 수식어를 갖다 붙였다. 이들이 정부의 문예지원기금과 문학상을 독점하면서 이승만, 박정희, 전두환 독재정권을 비호해왔음은 잘 알려진 사실이다.

실증적이고 체계적으로 서술된 이재철의 아동문학사는 중요한 참고자료임에는 틀림없다. 이 저서로 말미암아 아동문학의 역사를 이룬 수많은 작가, 작품, 잡지들의 존재를 파악할 수 있게 되었으니 이것만으로도 큰 업적이 아닐 수 없다. 그러나 문학사의 핵심은 역시 '관점'이다. 이 저서를 관통하는 순수·반공·민족주의는 시대구분에서 드러나고 있다. 식민지시대를 '아동문화운동시대', 분단시대를 '아동문학운동시대', 그 중에서도 1960년대를 '본격문학의 전개'라고 규정했는데, 이는 정전화와 무관하지 않다. 만일 식민지시대만을 떼어놓고 '아동문화운동시대'라고 한다면, 민족사회운동의 일환으로 전개된 사실을 떠올리고 누구나 수긍할 것이다. 하지만 이를 분단시대의 '아동문학운동시대'와 병렬로 놓았을 때는 의미가 달라진다. 그렇게 되면 상대적으로 문화운동은 미분화 단계로 떨어지고 문학운동은 전문화 단계로 올라선다. 문학적으로 전자는 '비순수'요 후자가 '순수'라는 것이다. 그러나 식민지시대의 주요 작품은 분단시대의 주요 작품에 조금도 뒤지지 않는다. 1990년대 이후 '재조명'되고 '재출간'되어 살아남은 작품이 대부분 분단시대 이전에 발표된 것이라는 사실은 이를 단적으로 증명한다. 식민지시대를 '문화운동', 분단시대를 '문학운동', 1960년대를 '본격문학'이라고 의미를 부여하는 문학사 인식은 결국 사회참여파의 창작을 격하시키면서 순수파의 창작만을 '문학의 전당'에 들어서게 하는 정전화 전략이 아닐 수 없다. 문학을 좁게 측량해서 배타적으로 독점하려는 한국적 '순수주의'의 발로인바, 이것이 '반공·민족주의' 정치이데올로기와 결합한 자기모순의 양태임은 조연현 문학사와 동일하다.

이재철 저서에서 문학사적 계통을 분명히 하고자 전체를 간추린 '결론' 부분을 잠깐 들여다보자.

　　그러나 낙천적 아동관을 배경으로 동요문학의 선구자가 된 윤석중과 박영
종·김영일의 자유시 운동으로 창작동요는 서서히 시적 동요 내지는 동시로 진
전되어 갔다. (…)
　　한편, 식민지하의 산문문학은 겨우 마해송의 동화 및 이구조의 아동소설을
낳았을 뿐, 옛이야기 형태나 꽁뜨적 성격, 수상(隨想)적 수법에서 크게 벗어나
지 못하고 말았다.[5]

　　식민지시대의 운문문학은 윤석중·박영종·김영일, 산문문학은 동화
의 마해송, 아동소설의 이구조만이 주요 대상으로 언급되고 있다. 리얼
리즘 계열을 배제했음이 한눈에 들어온다. 여기에서 언급된 작가들은
1960년대 '본격문학'과 연결 짓기 위한 포석으로 작용한다. 즉 1960년
대 항목에서는 '본격동시운동'과 '본격동화운동'으로 나누어 살폈는데,
동요에서 동시로의 전환과 동화의 환상성을 각각 '본격문학'의 핵심으
로 삼았다. 때문에 식민지시대의 윤석중, 박영종, 김영일은 동요에서 동
시로 나아가는 데 기여한 것으로 주목되고, 마해송은 탐미적 환상성을
구현한 이른바 '최초의 창작동화'「바위나리와 아기별」의 작가로 주목
된 것이다.
　　그렇지만 문학사의 실상은 이와 다르다. 동시의 선구는 정지용과 카프
계열 시인들에게 더 큰 몫이 주어지며, 윤석중도 식민지시대에는 카프
계열과 교류했다. 마해송의 동화 「바위나리와 아기별」은 「어머님의 선
물」보다 늦게 발표되었을 뿐만 아니라, 식민지시대의 가장 중요한 문학
선집인 『조선아동문학집』(1938)에도 빠져 있다. 이구조의 아동소설이 현

---

5 이재철, 『한국현대아동문학사』, 일지사, 1978, 591쪽.

덕에 미치지 못한다는 세간의 평은 의심의 여지가 없다. 이재철의 아동문학사는 자료를 집대성한 장점 때문에 후학들이 곧잘 맥락을 놓치는데 관점만큼은 분명하다. '순수·반공·민족주의'로 작가와 작품을 계열화하고 최후의 초점을 1960년대 '본격문학'에 둠으로써 아동문학장 안에서 문협 계열의 정통성을 확고하게 세웠던 것이다.

이와는 관점이 다른 아동문학사 인식도 없지 않았다. 이원수는 문협정통파가 깊숙이 연루된 분단시대의 주류 아동문학에 대해 늘 비판적이었다. 참여파로 분류되는 이원수의 관점은 1970년대 민족문학론과 더불어 리얼리즘 아동문학운동으로 나아갔고, 이 흐름에 이오덕, 권정생 등이 함께 했다. 1990년대 이후에는 이원수, 이오덕, 권정생을 잇는 세대가 떠올랐다. 이재철에 필적하는 체계적인 아동문학사 저술은 아직 나오지 않았지만, 그것과는 정전 배열을 달리하는 이재복의 『우리 동화 바로 읽기』(1995)를 비롯하여, 한국 아동문학사를 새롭게 보려는 의욕적인 성과들이 꾸준히 쌓여가고 있다.

2) 문학전집

문학사적 가치를 부여받은 작품은 지속적으로 출판되어 후대에 전수된다. 문학전집은 그 결정판이다. 최고의 작품을 가려 뽑은 '선집'이면서 완결성의 의미를 강조하고자 흔히 '전집'이라는 이름을 붙이는 데서 알 수 있듯이, 문학전집은 스스로 정전임을 내세우는 출판 기획이다. 사람들이 전집을 구해보는 까닭도 그것이 알짜배기만 모아놓은 정전임을 믿기 때문이다. 문학전집은 문학장의 역학관계를 반영한다. 문학전집의 권위와 신뢰도는 언제 누가 어떻게 편집한 것이냐에 따라 달라질 수밖에 없는 것이다.

아동문학의 기본 장르를 모두 포함하는 명실상부한 아동문학전집은

1938년 조선일보 출판부에서 펴낸 『조선아동문학집』[6]이 식민지시대의
것으로는 거의 유일하다. 당시 조선일보 출판부에서 아동문학을 담당한
이는 윤석중이었다. 1930년대 후반은 문학사적으로 좌우합작의 기운이
무르녹았던 시기였다. 모더니즘과 리얼리즘이 합류하면서 마련된 이 기
운은 해방 직후 조선문학가동맹으로 이어졌다. 1930년대 조선일보 출판
부에는 홍기문, 이원조, 백석, 정현웅 같은 훗날의 월북·재북 문인이 포
함되어 있었고, 식민지시대의 윤석중은 좌우파 어느 하나로 규정할 수
없는 폭넓은 활동과 인맥을 자랑했다. 이런 배경에서 나온 『조선아동문
학집』의 진가는 분단시대의 남북한 아동문학전집들이 제각각 배제해온
식민지시대의 주요 작가와 작품을 두루 포함하고 있는 점이다. 정현웅
의 삽화를 비롯하여 박팔양, 정지용, 정열모, 이정구, 신고송, 윤복진, 강
승한, 염근수, 이태준, 현덕, 박태원, 송창일, 홍구, 강훈, 이동규, 송영 등
남한에서 금기로 여겨온 작가들의 최고작품을 여기에서 만나볼 수 있
다. 김소월의 「엄마야 누나야」를 동요 편에 수록해서 아동문학의 정전으
로 편입시킨 것도 이때 이루어졌다. 1920~30년대의 아동문학을 한 권
에 엄선한 이 선집은 식민지시대의 정전화와 관련해서 중요한 자료적
가치를 지닌다.

　이런 『조선아동문학집』에 마해송의 「바위나리와 아기별」이 빠져 있다
는 점은 주목을 요한다. 대신에 「어머님의 선물」이 수록되어 있다. 당시
에는 「바위나리와 아기별」보다 「어머님의 선물」이 대표성을 지녔다는
증거일 것이다. 「바위나리와 아기별」은 한국 창작동화의 전형성과 거리
가 있었다. 일찍이 마해송은 방정환을 언급하는 자리에서 "꽃과 별과 천
사와 공주의 꿈같이 아름다운 이야기와 눈물만 줄줄 흘리게 되는 애화"[7]

---

6 책의 표지에는 '아동문학집'이라고 되어 있으나, 맨 뒤 속표지의 간기(刊記)에는 '조선아동문학
　집'이라고 되어 있다. '신선(新選)문학전집'의 하나로 발행되면서 '조선아동문학집'으로 광고되
　었기에 이를 따르기로 한다.
7 마해송, 「산상수필」, 『조선일보』, 1931.9.23.

의 경향을 비판한 적이 있다. 그런데 「바위나리와 아기별」도 '꽃'과 '별'과 '눈물'로 짜인 작품이 아니었던가. 과연 마해송은 「바위나리와 아기별」류의 감상적·탐미적 환상성을 뒤로 하고 「토끼와 원숭이」류의 현실 비판적 경향으로 나아갔다. 그렇다면 훗날 「바위나리와 아기별」을 처음으로 정전에 오르게 한 배경은 무엇일까? 이 문제는 앞서도 지적한 대로 1960년대 아동문학장에서 '순수주의'가 지배권을 확립하게 되는 것과 무관하지 않다.

1960년대는 아동문단이 문협을 중심으로 새롭게 정비된 시점이었다. 당시에는 문협의 핵심인 김동리, 박목월도 아동문단에 깊숙이 개입하고 있었다. 이들은 6·25전쟁 때 월남한 강소천, 김영일, 김요섭, 박화목 등과 함께 순수·반공·민족주의 관점으로 아동문단을 재편해나갔다. 전문 잡지 『아동문학』을 발행하며 담론을 주도하는 한편으로, 전집의 편집을 도맡아서 정전의 기초를 다졌다. 당시 아동문단의 중진·원로급에는 마해송, 윤석중, 이원수도 포함되었다. 세 사람 모두 좌파와 교분이 깊었지만, 한국전쟁을 거치는 사이 마해송과 윤석중은 반공주의자로 선회했다. 이원수를 제외한다면 문협의 주도성이 압도하는 인맥 구성으로 아동문학전집이 만들어질 수밖에 없는 형편이었던 것이다.

1960년대 초 이들 중진·원로급의 손으로 전집형태의 정전화가 시도된다. 대표적인 것으로 『한국 아동문학독본』(전10권, 을유문화사, 1962)과 『한국 아동문학전집』(전12권, 민중서관, 1962)을 들 수 있다. 『한국 아동문학독본』은 제1권 방정환(윤석중 엮음), 제2권 마해송(이희승 엮음), 제3권 윤석중(피천득 엮음), 제4권 이주홍(손동인 엮음), 제5권 이원수(안수길 엮음), 제6권 강소천(박목월 엮음), 제7권 임인수(홍웅선 엮음), 제8월 박화목(김동리 엮음), 제9권 전래동화(이상노 엮음), 제10권 전래동요(박두진 엮음)로 되어 있다. 그리고 『한국 아동문학전집』은 '마해송·윤석중·이원수·강소천'이 편집위원이 되어 당시까지의 주요 작가·작품을 선별 수록했다. 월북문인의 작품은 일체 배제되었다. 다행인 것은 방정환, 마해송, 이주홍, 윤석중, 이원수 등 식민지시대의 주요 작가를 전면 배치한 점이다. 하지만 『한국 아동문학독본』은 총 8인의 수록 작가 가운데 임인수와 박화목을 넣은 것이 의아스럽고, 『한국 아동문학전집』은 수많은 현역작가들이 포진하고 있어 식민지시대의 작가 비중이 상대적으로 낮다. 전반적인 수준은 『조선아동문학집』에 미치지 못하는데, 이는 리얼리즘 경향이 억압되었던 시대상황과 관련된다.

이후에 나온 수많은 전집들은 거의 현역작가들의 무대였다. 이들 현역작가의 작품들이 과연 전집의 이름으로 정전에 오를 만한 것인지 수긍하기 어렵다. 1961년 문교부 산하 우량아동도서선정위원회가 발족했고, 초등학교 학급도서 설치 캠페인이 벌어졌다. 1963년에는 도서관법이 공포되었다. 이때부터 불붙기 시작한 아동문학전집 출판 바람은 도서관 수요증대에 따른 기획의 소산이라 할 수 있다. 수십 권을 한 질로 하는 물량을 단기간에 제작 판매하는 기업형 전집출판사들이 생겨났고, 이들은 영리를 쫓아 세계아동문학전집에 눈을 돌렸다. 주로 일본어판 중역으로 만들어진 세계아동문학전집은 값싼 번역료를 제외하면 저작료 부담이 없는 데다 세계적인 정전이라는 권위를 내세울 수 있었기 때문에 수익성 높은 자원이었다. 한국 아동문학전집은 구색 맞추기 정도로밖에 인식되지 않았고, 그만큼 졸속 제작될 수밖에 없는 환경이었다.

세계아동문학전집 위주의 출판시장은 한국 아동문학의 정전화에 악영향을 끼쳤다. 이 시기 '어린이세계명작전집'들은 19세기 말에서 20세기 초 작품을 군국주의 일본의 시각으로 선별한 것들을 텍스트로 삼았기 때문에, 이데올로기적 편향성을 부채질했다. 지역적으로 동구권이나 제3세계권은 배제되었다. 또한 1970년대부터 나온 '디즈니애니메이션 그림책'들은 텍스트를 동심주의·교훈주의적으로 굴절·축약하는 문제점을 드러냈다. 사람들은 자기가 절반 이하, 심지어 10분의 1로 줄어든

피노키오 이야기를 읽었다는 사실을 알지 못한다. 그럼에도 불구하고 세계아동문학전집은 고전적인 캐릭터의 매력과 스토리의 재미로 한국 아동문학전집을 압도했다. 세계아동문학전집은 나름대로 '교양'으로 작용하는 동시에 아동문학에 관한 그릇된 통념을 유포했다. 이에 비할 때, 작가 본인이 자선한 것과 출판사 편집부가 고른 작고 작가의 것을 합쳐 제작한 30권, 50권, 60권짜리 한국 아동문학전집들은 거의 읽히지 않는 장식물로 존재할 따름이었다. 교학사, 계몽사, 금성출판, 삼성출판, 동아출판, 대교출판, 웅진출판 등 유명 출판사에서 나온 전집들이 대개 그러했다. 월북문인 해금조치가 이뤄진 1988년 이후로도 한국 아동문학전집의 변화는 보이지 않았다. 일례로 1995년에 초판 발행한 계몽사의 『어린이 한국문학』(전50권)에서도 월북·재북작가들은 배제되어 있다.

20세기가 끝나갈 무렵, 분단시대 이전의 동요·동시·동화·소년소설을 중심으로 하는 새로운 아동문학선집이 나왔다. 겨레아동문학연구회에서 엮은 『겨레아동문학선집』(전10권, 보리, 1999)이 그것이다. 『겨레아동문학선집』은 수많은 월북·재북·실종 작가의 작품을 발굴 조명했으며, 기왕에 잘 알려진 작가들의 작품도 엄격한 기준으로 선별 수록함으로써 한국 아동문학의 유산과 전통을 바라보는 새로운 관점을 제시했다는 평가를 받았다. 일차자료에 의거하고 원본비평을 거치는 등 텍스트성이 강화된 『겨레아동문학선집』은 문학적 가치를 인정받아 폭넓게 수용되고 있다.

3) 교과서

한국인은 교과서를 비껴갈 수 있는 여지가 거의 없다. 입시제도와 교육열까지 고려하면 교과서의 권능은 하늘을 찌른다. 한국인의 머릿속에 자리잡은 대표작가·작품들도 교과서에서 얻은 지식일 가능성이 크다.

이처럼 교과서는 정전 중의 정전으로 군림해왔다. 그런데 초등교과서가 과연 '문학정전'이었던가? 한국문학의 대표작가·작품을 각인시킨 중등교과서와는 너무나 대조적이다.

오랫동안 정부는 '국어' 교과서를 국정으로 통제·관리해왔다. 권위주의 시대의 교과서 작품 선정은 교육 관료와 문협 계열 문인의 몫이었다. 교과서가 지배이데올로기를 재생산한다는 비판은 새삼스러울 게 없다. 얼핏 이런 의문이 떠오를 것이다. 김소월, 한용운, 이상화의 작품이 그러한가? 심훈, 이육사, 윤동주의 작품이 그러한가? '지배이데올로기 재생산'이란 어떤 고전적인 작품이 지니는 '남아도는 해석 가능성'을 부인하는 것이 아니라, 선별의 기준과 주해(註解) 방식을 통해 관철되는 '교과서의 정전 효과'를 가리키는 말로 이해되어야 한다.

교과서 정전의 맥도 문협정통파의 '순수주의'와 '민족주의' 이데올로기에 의해 형성되었다. 분단체제가 작동하면서 좌익작가들의 작품은 교과서에서 남김없이 추방되었다. 조선문학가동맹과 연계된 이병기의 손으로 만들어진 미군정기의 교과서가 좌파작가들을 포함했다고 해서 폐기된 것이 그 시발점이었다. 문협정통파의 '순수주의'가 참여파를 배제하는 정치이데올로기였듯이, '민족주의'는 식민지시대의 '반외세·반제'를 '반일·반공'으로 굴절시킨 통치이데올로기였다. 문협정통파의 문학사 전유에 따른 교과서 정전 효과는 한국문학을 바라보는 데에서 일면성을 강화했다. 계급문학은 적대적으로 다뤄졌으며, 신채호, 이상화, 심훈, 이육사 등에 대해서도 사회주의 또는 아나키즘 요소를 배제한 극우민족주의 프레임 안에서 바라보게 하는 굴절현상을 낳았다. 아동문학작가를 예로 들자면 식민지시대의 방정환, 윤석중 등에 대한 일면적 시각이 그러하다.[8]

---

8 식민지시대의 문학을 분단이데올로기로 소급적용해서 바라보는 시각의 문제점은 분단이데올로기에 비판적인 연구물에서도 나타난다. 교과서 정전의 맥을 '시문학─문장─문협정통파'로 파

문학의 이데올로기적 효과는 숨어서 간접적으로 작용한다. 하지만 드러내놓고 지배이데올로기를 전파하는 데 앞장선 초등교과서는 아예 문학을 거세한 꼴이었다. 초등학교 교육과정은 아동문학을 훈화의 자료로 바라보는 시각에 지배되었다. 순수·반공·민족주의에다 아동문학을 보는 그릇된 시각까지 보태진 탓에, 초등교과서에서 온전한 문학작품을 만나보기란 하늘의 별따기였다. 개성, 욕망, 윤리적 질문 같은 문학의 속성들은 교육의 이름으로 아동문학 권외로 추방되었다. 교육적 기획 아래 작품이 선정되는 것은 물론이고, 텍스트에 수정이 가해지는 것도 흔한 일이었다.

초등교과서의 아동문학은 '나라사랑'을 북돋기 위해 만들어진 위인이야기가 큰 비중을 차지했다. 최무선, 이순신, 안중근, 윤봉길, 유관순 등등. 이 밖에는 충효, 우애, 협동, 근면, 정직 같은 추상적 덕목을 심어주기 위해 각색된 전래동화와 누가 쓴 것인지조차 알 수 없는 예화 수준의 창작물이 대부분이었다. 「판문점에서」, 「고지의 태극기」, 국군장병에게 드리는 위문편지로 된 「오가는 정」 같은 반공물도 빠지지 않았다.[9] 그리

악하는 기존의 연구들은 분단이 한국문학사의 새로운 '기원'으로 작동한다는 의미를 과소평가한다. 원래 '시문학―문장―문협정통파'의 맥은 계급문학과 경향을 달리하는 문학사 전통을 세우고자 문협정통파가 내세운 전략이다. 조연현이 주재한 『현대문학』을 비롯하여 해방 후의 문예지들은 표지부터 편집체계까지 모두 일제말의 『문장』을 본뜨려 했는데, 이는 『문장』의 계승자가 정통성을 부여받는다는 무의식의 반영이다. 그만큼 『문장』의 대표성은 중요했다. 어쨌든 김영랑, 정지용, 박용철 등의 시문학파나 이태준, 정지용, 이병기 등의 문장파가 그대로 문협정통파로 이어질 수 있는 것은 결코 아니다. 교과서로 파악되는 『문장』은 박목월, 박두진, 조지훈 등 청록파로 비칠 것이지만, 일제 말의 『문장』은 해방 후 조선문학가동맹 탄생의 기반이었다. 그리고 계급문학의 고조기에 『별나라』 쪽이 『어린이』 쪽을 비판했다고 해서, 또 색동회원 대부분이 분단시대에 친체제적이었다고 해서 방정환과 그가 주재한 『어린이』를 좌파와 대립한 우파 성향으로 파악한다든지, 정부수립 후 문협 임원으로 참여했다고 해서 윤석중과 그가 주재한 일제 말의 『소년』이나 해방 직후의 『소학생』을 좌파와 대립한 우파 성향으로 보는 것도 일면적이기는 마찬가지이다. 이런 색안경 또한 교과서의 작용으로 저도 모르게 문협정통파의 논리에 포획된 탓이 아닐까? 방정환과 『어린이』의 대표성은 윤석중뿐 아니라 그와 경향을 달리하는 이원수로도 이어졌음을 기억해야 한다. 사실 문협정통파의 김동리, 서정주만 해도 식민지시대의 창작은 단순히 '순수주의'에 갇혀 있지 않았다. 문협정통파가 내세운 전통론은 '분단 기원'을 은폐한다.

9 장영미, 「주체의 소멸과 권력의 메커니즘―교수요목기에서 1~4차 초등 '국어' 교과서를 중심으로」, 강진호 외, 『국어 교과서와 국가 이데올로기』, 글누림, 2007. 참조.

고 철수와 영희로 대표되는 초등교과서의 아동주인공은 예의 바른 어린이, 남을 돕는 어린이, 일 잘하고 아껴 쓰는 어린이 등 이른바 '착한 어린이상' 일색이었다.[10] 이처럼 문학적 텍스트성을 결여한 초등교과서는 아동문학에 대한 그릇된 시각을 심어주는 부작용을 낳았다. '순수주의' '민족주의'와 짝을 이루는 '동심주의' '교훈주의'가 초등교과서와 더불어 확고해졌다. 동시라고 하면 '꽃씨, 이슬, 무지개, 구름, 유리창, 아가, 달님' 따위를 떠올리고, 동화·아동소설이라고 하면 그저 교훈담·미담 가화로 알고 있는 국민적 상식은 이렇게 만들어진 것이다.

정부 성격이 바뀌면서 교과서도 크게 바뀌고 있다. 7차 교육과정부터는 이른바 참여파와 월북작가의 작품이 적잖게 수용되었다. 그런데 이는 한국문학의 정전 논의와 연계된 중등교과서에서나 만족할 만한 수준이었고 초등의 경우는 현저히 미흡했다. 다행인 것은 문학적 텍스트로 볼 수 있는 창작물이 눈에 띄게 증가한 점이다. 하지만 작품 선정에서 설득력이 떨어지고 교육자료의 수단으로 작품을 배열·훼손하는 문제점이 여전하기에, 문학적 효과를 기대하기는 아직도 어렵게 되어 있다.

2000년부터 적용된 7차 교육과정기 초등교과서 수록 동시로 정전 문제를 살핀 최근의 연구 결과에서 이 문제에 관한 의미 있는 지표를 얻을 수 있다.[11] '교과서 수록동시 작품에 따른 동시인 목록'에 따르면, 전학년 교과서 수록 횟수를 기준으로 문삼석, 윤석중 7회, 신형건, 이준관, 이혜영 6회, 김용택, 이문구 5회, 김녹촌, 유경환, 임길택, 하청호 4회, 이 밖에 눈에 띄는 것으로 박목월, 윤동주 등 3회, 권태응, 이원수 등 2회, 강소천, 윤복진 등 1회로 조사되었다. 그런데 "1977년 우리나라 첫 번째 아동문학평론집인 『시정신과 유희정신』 이후 가장 최근에 출간된 『몸의

---

10 최윤정, 「교과서 속의 어린이상(像)과 국가—교수요목기에서 4차 초등 '국어' 교과서를 중심으로」, 강진호 외, 같은 책. 참조.
11 임성규, 「초등 국어 교과서 아동문학 정전에 대한 비판적 일고—7차 교육과정기 동시 제재를 중심으로」, 『어문학』 100호, 2008. 참조.

상상력과 동화』까지의 전체 평론집"[12]에서 거론된 '비평적 조명으로 본 동시인 목록'에 따르면, 이원수 11회, 신현득 6회, 임길택 5회, 윤석중 4회, 권태응, 김은영, 김종상, 방정환, 유경환, 이오덕, 이준관 3회, 강소천, 권정생, 윤동주, 윤복진, 정지용 등 2회, 김영일, 김용택, 노원호, 목일신, 문삼석, 박경용, 박목월, 서덕출, 신고송 등 1회로 조사되었다. 한편『겨레아동문학선집』을 참조하여 작성한 '아동문학 유산으로서의 동시인 목록'에 따르면, 수록 편수를 기준으로 정지용 14편, 이원수, 윤복진, 윤석중, 권태응 10편, 윤동주 7편, 강소천, 남대우, 박목월, 김영일 5편, 백석 4편, 김소월, 윤극영, 최순애, 신고송, 김오월, 현동염 3편으로 조사되었다. 비평적으로 검증된 작품이 교과서에서는 외면되거나, 별로 주목되지 않은 작품이 수록 횟수 최상위권을 차지하는 등 심각한 편차가 드러나 있다. 위의 목록은 연구논문으로 다뤄진 횟수가 빠져 있고 선집의 경우 6·25전쟁 이전까지를 대상으로 한 것이기에 한계를 지니지만, 교과서 수록 동시가 지니는 정전 가치에 대한 의구심을 보여주는 데 부족함이 없다.

2007년부터는 교육과정이 교과별 수시개정으로 바뀌었다. 초등교과서의 경우는 2009년부터 학년별로 바뀌기 시작해서 2011년에는 새로운 교과서가 전학년에 적용되었다. 정지용의 동시, 백석의 동화시, 현덕의 동화 등이 새로 수용되었고, 현역작가들의 비중이 높아지는 것과 함께 제재도 한층 다양해졌다. 최근의 연구와 비평적 성과를 반영하면서 초등교과서도 꾸준히 나아질 것으로 예상되는바, 문제는 수용방식이다. 좋은 텍스트가 선정되더라도 구태의연한 관점에 의해 굴절·수용된다면 도로아미타불이다. 더구나 문학적 수용보다는 언어능력 배양을 위한 자료로 텍스트를 사용하는 데 따른 문제점이 아주 크다. 이에 관한 별도의

<hr />

12 임성규, 같은 글, 423쪽.

방안이 강구되지 않는 한, 질 낮은 텍스트에 정전의 권위를 부여하는 부작용은 지속될 수밖에 없다.

4. 마무리

권위주의시대 문협정통파의 독점으로 이뤄낸 '문학사, 문학전집, 교과서'에 비친 아동문학의 정전화는 '정전 부재'라는 아이러니한 상황을 낳았다. 학계에서 유일무이한 이재철의 아동문학사 저서는 오래전에 절판되었고, 대형출판사에서 나온 아동문학전집들은 뽀얗게 먼지를 뒤집어쓰고 있으며, 한국인 모두가 읽은 초등교과서 수록 작품들은 까마득히 잊혀서 흔적조차 남기지 못했다. 정전의 부재로 인한 아동문학의 낮은 지위는 근시안적으로 기득권에 안주해온 주류 아동문학의 업보가 아닐 수 없다. '아동문학도 문학이냐'는 폄하의 발언도 따지고 보면 왜곡된 정전화의 소산이다. 아동문학의 정전은 장르의 존재증명과 관계되는 사활의 문제가 아니겠는가.

주목되는 것은 1990년대 이후 제도권 바깥에서 불기 시작한 새로운 정전화의 바람이다. 앞서 어린이도서연구회의 활동을 거론했는데, 이런 시민사회운동에 힘입어 문학적으로 높이 평가되는 것들이 한층 널리 수용되는 추세이다. 조잡한 괴담이나 명랑동화 같은 통속물의 판매지수가 더 높았던 과거와는 꽤 대조적이다. 이는 정전화의 중요한 축으로 작용하는 '권장도서목록'을 적극적인 소비층이 스스로 만들어내고 알리는 일을 통해서 이룩된 성과이다. 영리 목적의 독서단체들이 우후죽순으로 생겨나고, 이와 결탁하려는 출판사들의 상혼이 뒤엉키는 등 권장도서목록의 부작용도 만만치 않지만, 더 이상 아동문학장은 '연구의 시각지대' '비평의 무풍지대'가 아니다. 활성화된 연구와 비평이 시민사회운동과 시너지 효과를 내면서 새로운 정전화의 길이 열리고 있다.

그런데 정전은 닫힌 완결이 아니라 지속적인 현재화인 만큼, 정전 목록보다는 그것을 만들어내는 시스템에 대한 관심이 역시 중요하다. 새로운 정전화가 기존의 위계질서 속에서 모자만 바꿔 쓰는 꼴이어서는 곤란하다. 최근의 정전 논의가 탈근대·탈식민주의 문제의식의 하나로 떠올랐음을 다시금 상기할 필요가 있다. 그렇다고 정전을 오로지 해체의 대상으로 보는 것이 능사는 아니다. 문제의 근원은 아동문학을 주변부로 배치해온 근대의 위계질서인 것이다. 대학의 국문학 전공과정만 해도 아동문학을 포함하고 있지 않다. 여기저기서 고군분투하는 아동문학 강의교수들의 정전 목록은 어떠할까? 서로 큰 차이를 보일 것은 불을 보듯 훤한 일인데, 이를 정상적이라고 여길 노릇은 아니다.

좋은 문학은 인생의 나침반이요, 창작의 길잡이다. 우리가 정전에서 기대하는 바도 그런 것이다. 다양성은 존중되어야겠지만 가치평가에 따른 선별까지 피해갈 수는 없다. 궁극적으로 텍스트의 의미 확장에 기여하는 연구와 비평도 일차적인 존재이유는 좋은 작품을 가려내는 것에 있다. 따라서 '정전'과 '고전'의 합일이라는 이상적 상태를 그려볼 만하다. 그렇다면 아동문학장을 닫힌 구조로 만들 것이냐, 열린 구조로 만들 것이냐가 관건이겠다. 제도 안팎이 소통하는 정전화의 경험은 그래서 더욱 소중하다.

아동문학 텍스트와 초등 문학교육

1. 아동문학 텍스트는 문학 텍스트인가?

아동문학 텍스트는 문학 텍스트이다. 적어도 이에 시비를 걸거나 도전한 이론가는 없었다. 하지만 이 당연한 명제가 수시로 의심을 받아왔다는 사실까지 부인할 수는 없겠다. 의심은 깊이 따져볼 계제도 없이 받아들이는 통념과 선입견의 작용으로부터 비롯된다. '어린이는 순수하지만 세상에 무지한 존재다. 어린이는 세속의 먼지가 없는 진공의 화원에서 보호받아야 하는 존재다. 어린이에게 주는 문학은 순수성을 지키고 도덕심을 기르는 내용이어야 한다.' 이렇게 해서 이른바 동심천사주의와 교훈주의라는 아동문학의 통념이 만들어졌다. 아동문학 텍스트는 의당 그런 것이려니 하고 넘어가려 들지만, 문학 텍스트로서는 함량미달일 수밖에 없다는 인식이 뿌리깊다.

아동문학 텍스트의 특성을 왜곡시키는 동심천사주의와 교훈주의의 통념은 제도적인 뒷받침 속에서 재생산된다. 그중 초등교육의 문제점이 가장 크다. 초등학교 교과서와 교육과정은 아동문학에 대한 그릇된 통념을 낳아온 주된 통로였다. 그런데 초등 교사를 양성하는 대학에서조차 이를 교정할 장치가 미흡하다. 아동문학을 교육과정에 포함하고 있는 교육대학은 매우 드물다. 이는 아동문학을 전공한 교수가 없기 때문이기도 하고, 그에 앞서 아동문학을 학문의 대상으로 삼는 연구풍토가 희박했기 때문이기도 하다. 이 대목에서 다시 한 번 솔직하게 질문과 마주해볼 필요가 있다. 우리는 정말 아동문학 텍스트를 문학 텍스트로 여기고 있는가?

질문의 요지는 아동문학 텍스트를 문학 텍스트로 보느냐 마느냐에 있다기보다 어떠한 문학 텍스트로 보느냐에 있다. 흔히 아동문학이라고 하면 '단순함과 유치함'을 먼저 떠올린다. 여기서 두 부류를 생각해볼 수 있다. 아동문학 텍스트도 문학 텍스트지만 일반적인 기준으로는 함량미달인 것을 특성상 양해할 수 있다는 것이 그 하나이고, "아동문학의 단순성은 그 자체가 하나의 예술적 장치, 종종 성인문학에는 부족한 어떤 장치"[1]라는 진술에서 보듯, 고유한 원리를 지닌 또 하나의 문학 텍스트임을 강조하는 것이 다른 하나이다. 질 낮은 문학 텍스트를 두고 '통속적'이라고 하는 것처럼, 질 낮은 아동문학 텍스트를 두고 '유치하다'고 하는 것은 문제가 되지 않는다. 그러나 '아동문학 텍스트는 유치하다'는 명제가 오류인 것은 '문학 텍스트는 통속적이다'는 명제가 오류인 것과 같다.

아동문학 텍스트의 미적 자질을 판별하는 일은 그리 쉬운 게 아니다. 그 명칭이 가리키듯이, 아동문학은 문학의 범주에 속해 있으면서도 그 안에서 따로 존재해야 하는 이유를 내세운다는 점에서 특별한 긴장을 유발한다. 우리는 다른 문학과 같은 방법으로 아동문학에 반응하도록 노력해야 하지만, 그와 동시에 아동문학 텍스트가 다른 텍스트와 구별되는 점에 대해서도 인식할 필요가 있다.[2] 주지하다시피 아동기는 인생

---

1 마리아 니콜라예바, 김서정 옮김, 『용의 아이들』, 문학과지성사, 1998, 78쪽.
2 페리 노들먼, 김서정 옮김, 『어린이문학의 즐거움』, 시공주니어, 2001, 52쪽.

의 특별한 한 시기이며 아이들에겐 그들만의 특별한 요구가 있다는 근대의 자각과 더불어 아동문학은 성립·발전해 왔다. 즉 아동문학은 어른들이, 아이들은 자신들과 달라서 그들만의 특별한 텍스트가 필요하다고 믿기 때문에 존재하는 것이다. 그렇다면 어린이는 어른과 얼마나 다른 존재인가? 또, 어떤 텍스트가 어린이에게 더욱 적합한 것일까? 우리는 여기서 아동관의 문제와 마주치게 된다.

2. 아동문학 텍스트와 아동의 관계를 어떻게 볼 것인가?

아동문학을 둘러싼 논란은 대개 아동관의 차이에서 비롯되고 있다. 동심천사주의와 교훈주의도 아동관의 문제에서 파생되어 나온 것이다. 따라서 어린이를 바라보는 어른의 태도에 주의를 기울이지 않으면 안 된다. 아동문학은 어린이, 더 정확히는 '어린이에 대한 어른의 생각'—그들이 무엇을 이해할 수 있고 무엇을 즐기는지, 그들이 무엇을 요구하고 또한 그들에게 무엇이 필요한지에 대한 생각—과 관련된 특성을 지닌다. 아동문학 텍스트의 공통적인 특성은 내포독자가 어린이를 향해 있다는 점인데, 이때의 내포독자는 어디까지나 가설에 의해 규정된 어린이라는 뜻이다. 한정된 지식과 한정된 능력을 갖고 있는 어린이, 교육과 보호가 필요한 어린이 등의 가설 말이다.[3]

페리 노들먼은 이런 가설들의 위험을 경계해야 한다고 주장한다. 아동기에 대한 가설은 이데올로기적으로 설정되어 있으며, 사회적 규범에 순응하는 걸 포함하고 있다.[4] 어른은 그들이 가진 이미지를 문학 안에서 어린이에게 만들어준다. 그리하여 아동문학은 어른이 어린이를 식민지

---

3 페리 노들먼, 같은 책, 304쪽.
4 페리 노들먼, 같은 책, 162쪽.

화하는 데 지대한 효력을 발휘한다.[5] 아동기를 단순하고 순수하게만 보려는 시각은 검열과 배제를 정당시하고 어른의 입맛에 맞도록 텍스트를 순화시킨다. 수많은 아동문학 텍스트에 그려진 순수성의 형태는 어른의 욕구에서 비롯된 순수성일 뿐이다. 이처럼 어른에 의해서 아동문학 텍스트에 가해지는 검열, 배제, 순화과정 같은 것이 어린이의 자율성과 성장욕구를 박탈하는 식민지화의 시도가 아니고 무엇일까?

이오덕은 아동을 '사회적 존재'이자 '성장하는 인간'으로 바라봐야 한다고 했다.[6] 동심천사주의와 교훈주의의 바탕에서 세워지는 아동성(이른바 '동심')과 교육성은 식민지화의 시도라고 할 수 있다. 사회적 존재로서의 어린이를 주목한 리얼리즘 계열의 아동문학은 오랫동안 검열과 배제의 대상이었다. 동요의 '혀짤배기소리'와 동화의 '착한 어린이표' 이미지도 이렇게 해서 만들어진 것이다. 이런 이미지를 지닌 아동문학 텍스트가 유치하다거나 함량미달이라고 평가되는 것은 당연하다. 문학적 진실에는 동화나 소설이나 높낮이가 없지만, 교육적 내용은 어른용과 어린이용에 높낮이가 존재한다. 어른에겐 싱거운 교훈이 전부라면 유치한 텍스트일 수밖에 없지 않은가? 한편, 성장하는 인간으로서의 어린이를 망각하면 아동문학 텍스트의 특성을 성인문학 텍스트와의 차이점 중심으로 지나치게 단순화해서 파악하기 쉽다. 아동문학 텍스트는 유아용 책에서부터 청소년소설에 이르기까지 폭넓게 걸쳐 있다. 그러므로 아동문학 텍스트의 특성을 논할 때에는 대상 연령에 따른 단계성 곧 '내부편차'를 지워버리는 일이 없도록 주의해야 한다.

동심천사주의와 교훈주의는 어린이의 약동하는 생명력과는 거리가 먼 상투적인 발상을 낳고 있으며, 성장의 욕구를 제약하는 문제점을 지닌다. "기차는 기차는 바아보……" "구름은 구름은 요술쟁이……"같은

---

5 페리 노들먼, 같은 책, 166쪽.
6 이오덕, 『시정신과 유희정신』, 창작과비평사, 1977, 115쪽.

발상의 동시는 화자가 얼마나 귀여운지, 어린이의 무지에서 즐거움을 느끼라고 요구하는 것처럼 보인다. 흙이 벌레를 징그러워하고 거름냄새를 싫어한다든지, 도토리가 나무에서 떨어지면 아플까 봐 걱정하는 식의 발상으로 지어진 동화도 마찬가지다. 훈계가 들어설 틈을 손쉽게 만들어내고자 이런 작위적인 설정을 남발하는 것이다. 결말의 교훈을 위해 진실이 희생되어도 좋다는 발상인데, 도덕교과서의 예문 같은 것을 문학 텍스트로서 가치 있다고 볼 수는 없겠다.

어린이 서사문학은 크게 동화와 소년소설로 구분된다. 동화와 소년소설은 상이한 서사원리를 지니고 있으며 내포독자의 연령대에서도 차이가 난다. 이 둘의 경계에서 만들어진 이른바 생활동화(사실동화)는 일종의 변종에 가깝지만 리얼리즘 색채가 강한 우리 아동문학의 주류를 차지해왔다. 그런데 적잖은 경우, '행복한 결말' '화해적 결말' '교훈적 결말' 등의 강박에 사로잡혀 삶의 진실을 등지는 방향으로 나아갔다. 그래서 생활동화는 독자적인 장르로 발전했다기보다 '되다 만 동화, 되다 만 소설'이라는 불명예를 안게 되었다. 흔히 아동문학의 특징은 희망이라고 한다. 어린이는 인생의 시작단계에 있고 성장과 변화의 가능성이 있다고 여기기 때문이다. 결말에 성장과 희망의 가능성이 제시되는 것은 바람직하다. 그러나 아동문학의 행복한 결말은 일종의 소원 판타지에 해당하는 동화의 한 특성일 뿐이다. 전래동화나 옛이야기 형식을 계승한 창작동화는 자연과 인생을 상징적으로 반영하면서 궁극의 조화로 귀결되는 양식이고 내포독자가 소년소설보다 낮은 연령대에 걸쳐 있다. 즉 동화는 사회적 경험이 적고 보호가 더 요구되는 어린이를 내포독자로 하기 때문에, 실제로 경험하는 현실보다는 원형상징들로 구성된 사건을 초월적인 힘으로 해결하는 서사원리를 따르게 마련이다. 하지만 높은 연령으로 갈수록 사회적 책임감이 증대되며 자신에게 우호적이지만은 않은 현실의 모순을 경험하게 된다. 현실적인 경험을 다루는 소년소설은 동화와 다른 소설의 서사원리를 따르되 다만 소년층의 눈높이에서 인간과 세상의 진실을 탐구한다. 어린이가 성장단계에서 겪는 내면의 갈등을 초월자의 도움으로 통합시켜주는 동화의 판타지적 결말과 삶의 진실을 등진 생활동화 또는 소년소설의 화해적 결말은 전혀 다른 차원이므로 그 평가를 달리해야 하는 것이다.

3. 아동문학 텍스트의 가치는 어디에 있는가?

우리가 아동문학을 중요하게 여기는 이유는 그것이 어린이에게 가치 있는 경험을 제공할 수 있다고 믿기 때문이다. 일반적으로 더 가치 있는 문학 텍스트는 독자에게 더 많은 의미를 제공해줄 수 있는 텍스트를 가리킨다고 볼 때, 아동문학 텍스트에 대해서도 마찬가지 논리를 적용할 수 있다. 그리고 텍스트에서 의미를 길어 올리는 능력은 훈련에 의해 계발될 수 있다는 믿음이 아동문학 텍스트에 대해서도 문학교육이 필요하다는 논리를 성립시킨다. 그런데 아동문학에 대해서는 유독 '문학 텍스트가 아닌 교육 텍스트'로 바라보는 관점이 널리 퍼져 있다. 이런 비문학적 관점은 아동문학의 예술적 지위를 낮추어보는 풍토와도 관련되는 것으로, 어린이의 문학적 경험을 왜곡시킨다. 문학 텍스트의 교육적 가치는 문학적 효과로 달성되는 것이다. 따라서 아동문학 텍스트의 가치는 문학적 가치로 측정되어야 하며, 이것이 인간과 세상에 대해 더 깊은 이해를 도모하는 교육적 가치로 이어지는 것임을 인식해야 한다.

아동문학 텍스트가 상대적으로 단순한 특성을 지닌다고 할 것 같으면, 문학적 가치나 질적 수준면에서 어떻게 우열을 가려내야 하는 것일까? 이 문제는 텍스트에 포함된 더 깊은 의미, 혹은 텍스트 안의 '공란'[7]과 더불어 생각해볼 수 있다. 모든 문학 텍스트는 일상 언어를 의도에 따라 조직하고 구성한 결과라는 점에서 그 자체로 함축적이다. 그렇기 때문에 문학 텍스트는 언어가 지시하는 것 이상의 많은 공란을 포함하고 있다. 텍스트 안의 공란은 독자의 서로 다른 기억과 연상으로 채워진다. 결국 독자는 자신의 경험과 지식에 기초해서 눈에 보이지 않는 텍스트의 의미를 완성해가는 것이라고 볼 수 있다. 텍스트 안의 공란을 고려하지 않는 문학수업은 정답 맞추기 식으로 되어 독서의 즐거움을 빼앗거나 교실의 수많은 아이들을 주눅들게 할 것이다.

보슬보슬 봄비는
새파란 비지
그러기에 금잔디
파래지지요.

—강소천, 「봄비」(『동아일보』, 1935.4.14)

자주 꽃 핀 건 자주 감자,
파 보나 마나 자주 감자.

하얀 꽃 핀 건 하얀 감자,
파 보나 마나 하얀 감자.

—권태응, 「감자꽃」(『소학생』, 1948.3)

위의 두 텍스트는 언뜻 비슷한 발상처럼 보인다. 그리고 둘 다 언어의

---

7 '공란(Gap)'이란 독자가 이전에 존재했던 레퍼토리에서 얻은 지식으로 의미를 만들어 가는 텍스트의 모든 요소를 말한다. 즉 텍스트가 우리에게 실제로 이야기하지는 않지만, 텍스트의 의미를 이해하기 위해서 우리가 꼭 알아야 하는 것을 말한다(페리 노들먼, 앞의 책, 543쪽).

반복성이 주는 가락의 흥취를 느끼게 해준다. 그러나 「봄비」는 어린이의 무지에서 즐거움을 느끼라는 투에 가까워서 유치함이 느껴지는 데 비해, 「감자꽃」은 경험에서 비롯된 동일성의 확인이 주는 발견의 묘미가 살아난다. 「감자꽃」은 「봄비」에 비해 텍스트 안의 공란이 더 넓다. 이를테면 눈에 보이는 세계와 보이지 않는 세계가 일치하는 데 따른 믿음과 안도감이 그것이다. 반대로 실제 현실에서 두 세계가 어긋남을 경험한 독자는 동일성의 희구를 불러일으키는 시적 주술의 효과를 맛보게 된다. 즉 「감자꽃」은 표리부동한 현실에 대해 비판적인 텍스트로 의미가 전이될 수 있다. "조선 꽃 핀 건 조선 감자,/파 보나 마나 조선 감자.// 왜놈 꽃 핀 건 왜놈 감자,/파 보나 마나 왜놈 감자." 하는 패러디 시가 만들어져 널리 불리었던 이유가 여기에 있다. 「감자꽃」은 내용의 사실성 여부를 떠나서 삶의 진실성을 환기시켜주는 더 나은 텍스트라고 하겠다.

권정생 동화 『강아지똥』(1969)이 비슷한 교훈을 전하는 다른 의인동화들보다 더 뛰어난 텍스트라는 평가도 거기 포함된 깊은 의미와 공란에서 말미암는다. 이 동화는 돌이네 흰둥이가 누고 간 똥이 닭과 참새에게 아무 쓸모가 없다고 조롱받다가 민들레 싹의 거름이 되어줌으로써 한 송이 아름다운 꽃으로 피어난다는 줄거리다. 자연의 질서와 조화를 고스란히 서사구조에 담아낸 행복한 결말의 동화지만, 주인공의 탄생에서 죽음에 이르는 현실적인 줄거리를 지닌 것이기도 하다. 한 편의 연애서사로 읽어도 무방하다. 강아지똥은 지상의 가장 낮은 존재로 태어났지만 아름다운 민들레꽃으로 스며든다. 그리고는 하늘의 별과 눈맞춤하면서 천상의 세계와도 합일한다. 버림받은 존재가 쓸모 있는 존재로, 더러운 존재가 아름다운 존재로, 낮은 존재가 높은 존재로 거듭난다는 이 텍스트의 의미망이, 버림받고 짓밟히면서 역사의 희생양으로 살아온 민중의 삶 또는 수난의 민족 현실과도 겹친다는 해석을 비약이라고만 할 수는 없을 것이다. 『강아지똥』은 존재의 불안을 극복케 하고 위안과 용기를 주는 안데르센의『미운 오리 새끼』와 상호텍스트성을 지니는 것이면서 사회적이고 역사적인 의미까지 포함하고 있다. 사회적 약자인 어린이는 종종 자신이 버림받은 존재가 아닌가 하는 불안과 두려움에 빠지곤 한다. 그리고 '강아지똥'은 어린이에게 무척 친숙한 소재다. 그럼에도 이 텍스트는 그 상징적 의미의 '불온성'과 교육적이지 않은 '똥'이란 어휘를 지녔다고 해서 순수성을 지고지순의 가치로 삼는 평자들에게 검열과 배제의 대상이 되었던 전력이 있다.

아동문학의 단순성에 대한 잘못된 고정관념은 전통적인 해피엔딩과는 다른 복합적인 결말의 동화를 낯설게 여기도록 해서 텍스트가 내포한 더 깊은 의미를 외면하게 만든다. 안데르센의『인어공주』나 오스카 와일드의『행복한 왕자』처럼 복합적인 결말을 지닌 텍스트는 단일한 결말을 지닌 텍스트로 통속화되는 과정을 겪기도 한다. 텍스트의 양가적 의미를 이항대립의 어느 한쪽 의미로 단순화해서 받아들이는 데 길들여지면 이면의 진실에 도달하는 능력도 감소된다. 복합적인 결말의 동화라고 해서 서사구조가 더 복잡한 것은 결코 아니다.

추워서 코가 새빨간 아가가 아장아장 전차 정류장으로 걸어 나왔습니다. 그리고 끙 하고 안전지대에 올라섰습니다.

이내 전차가 왔습니다. 아가는 갸웃하고 차장더러 물었습니다.

"우리 엄마 안 오?"

"너희 엄마를 내가 아니?"

하고 차장은 '땡땡' 하면서 지나갔습니다.

또 전차가 왔습니다. 아가는 또 갸웃하고 차장더러 물었습니다.

"우리 엄마 안 오?"

"너희 엄마를 내가 아니?"

하고 이 차장도 '땡땡' 하면서 지나갔습니다.

그 다음 전차가 또 왔습니다. 아가는 또 갸웃하고 차장더러 물었습니다.

"우리 엄마 안 오?"

"오! 엄마를 기다리는 아가구나."

하고 이번 차장은 내려와서,

"다칠라. 너희 엄마 오시도록 한 군데만 가만히 섰거라 응?"

하고 갔습니다.

아가는 바람이 불어도 꼼짝 안 하고, 전차가 와도 다시는 묻지도 않고, 코만 새빨개서 가만히 서 있습니다. (이태준,「엄마 마중」전문)

식민지시대의『조선아동문학집』(조선일보사, 1938)에 실린 동화 텍스트다. 아가가 혼자 전차 정류장에 나와 엄마를 기다리는 단순한 내용으로 되어 있다. 엄마가 어디에 갔고 언제 올지는 전혀 나타나 있지 않다. 오로지 아가의 행동만이 간명하게 묘사되었을 뿐이다. '아가는 간절히 엄마를 기다렸습니다.' 하는 식의 설명도 없다. 그보다는 도착하는 전차마다 다가가서 '우리 엄마 안 오?' 하고 묻는 코가 새빨간 아가의 모습을 통해서 간접적으로 간절한 심리상태를 느끼게 해준다. 텍스트 중간 중간에 드러나는 의성어와 의태어가 글의 분위기를 살리고 있다. 아가는 정류장으로 "아장아장" 걸어가 "끙" 하고 안전지대에 올라선다. 아가는 "갸웃하고" 차창에게 묻고 전차는 "땡땡" 하고 지나가 버린다. '갸웃'은 기대감을, '땡땡'은 공허한 울림을 전한다. 입속에서 울리는 소리들이다. 만약 이런 어휘가 등장하지 않았다면 이 텍스트는 무미건조하게 느껴졌을 것이고 언어적으로 느낄 수 있는 재미를 잃어버렸을 것이다. 짤막한 분량임에도 기승전결의 완벽한 구성요건을 갖춘 점이 눈길을 끈다. 아가는 세 번 전차를 맞이하고 세 번 물음을 던진다. 세 번째 반복에서는 차장의 대답이 변형되면서 이야기의 전환을 가져온다. 반복·점층·대조 등 동화의 특성이 잘 구현되고 있으며, 그 단순함으로 인해 머릿속에서 뚜렷하게 그림이 그려진다. 처음에 코가 빨개져서 등장한 아가는 끝에도 코가 빨간 채로 자리를 지키고 섰다. 첫머리와 꼬리가 일치함으로써 구성이 주는 편안함을 느끼게 해준다.

그런데 아가의 엄마는 언제 돌아올 것인가? 텍스트는 아가가 엄마 손을 잡고 집으로 '아장아장' 걸어 들어가는 행복한 결말을 보여주지 않는다. 추운 겨울날 언제까지고 전차 정류장에 서 있을 아가의 마지막 모습이 텍스트를 다 읽고 난 뒤에도 오래도록 인상에 남는다. 엄마의 부재로 인해서 울림은 더욱 크게 다가온다. 그래서 이 텍스트는 "조국을 잃은 시대의 상징으로서 한 편의 시"[8]라 여기고 읽을 수도 있다. 그렇다고 분위기가 오로지 비극적으로 파악되는 것은 아니다. 이 동화를 가리켜, "만남이 실현될 가능성은 차단된 채 막막한 불안감과 비극적 전조의 우울함이 전체 작품을 감싸고 있다."[9]고 설명하는 것을 본 적이 있는데, 공감하기 힘든 일면적 해석이라고 여겨진다. 상징적 차원에서 이 동화는 갈등의 심화와 해소, 그리고 팽팽한 대결구도를 지니고 있다. '기다리는 아가/오지 않는 엄마', '무관심한 차장/관심을 보이는 차장', '추위와 기다림/기대감과 희망' 등등. 결말이 열려 있는 데다, '엄마 마중'이란 제목은 절망의 분위기와 거리가 있다. 따라서 '가능성 차단' '불안감' '우울함' 등의 어휘를 동원해서 이 동화를 오로지 '비극적'인 내용으로 규정짓는 것은 천진한 동심의 바탕에서 이뤄낸 텍스트의 내적 긴장과 양가적 의미를 온전히 파악한 결과로 보기 힘들다. 이 텍스트가 독특한 여운을 주는 것은 엄마가 돌아오지 않은 채로 끝낸 결말의 구조에 어떤 '약속과 믿음'을 내포하고 있기 때문이다. 약속은 세 번째 차장의 사려 깊고 따뜻한 배려에서, 그리고 믿음은 천진하고 순수한 아가의 동심에

---

8 졸고, 「정지용과 이태준의 아동문학」, 『아동문학과 비평정신』, 창작과비평사, 2001, 321쪽.
9 송인화, 「'예술'로 나아간 '동심', 그리고 폐쇄된 비극성의 세계—이태준 동화 연구」, 건국대학교 동화와번역연구소, 『동화와번역』 제9집, 2005, 25쪽.

서 비롯된다. 세 번째 차장과 아가 사이에는 엄마와 아가 사이처럼 깊은 신뢰감과 친연성이 놓여 있다. 이 텍스트는 당대 사회의 비극적 현실성과 일정하게 조응하면서도 동화 양식 특유의 '궁극의 조화로 귀결되는 안정감'을 끌어안고 있는 구조인 것이다.

대학생들은 이 텍스트에 다음과 같은 반응을 보였다.[10]

이토록 짧은 동화도 시대상을 비추는 거울이 되고 있다. 아가에게 엄마는 절대적인 존재다. 아가는 보호받아야 할 대상인데 그렇지 못하다는 데에 그 시대의 서글픈 아동현실이 자리하고 있다. 이러한 경험은 과거의 어린이에겐 공통의 기억에 속한다. 동요 「섬집 아이」에서 보듯, 엄마는 일하러 나가지 않으면 안 되었을 것이다. 아마도 아가는 노동계급의 자식일 것이다. 부잣집 아이라면 밖에서 일하다가 늦게 돌아오는 엄마를 기다릴 일이 없다.……

전차가 다닌다는 사실을 통해서 시골이 아니라 도시를 배경으로 했다는 것을 알게 된다. 이 동화는 근대적 사회현실을 반영한다. 만약 시골이었다면 아가가 '우리 엄마 안 오?' 하고 물었을 때, '너희 엄마를 내가 아니?' 하는 대답은 나오지 않았을 것이다. 즉 타인에게 무관심한 근대적 사회현실이 내용에 반영되어 있다.……

나약한 아가가 바람이 불어도 꼼짝 안 하고, 전차가 와도 다시는 묻지도 않고, 코만 새빨개서 가만히 서 있으면서 엄마를 기다린다는 것은 확고한 믿음과 불굴의 의지의 표현이다. 엄마가 꼭 올 것이라는 확고한 믿음과 아무리 추워도 가만히 서서 엄마를 기다리겠다는 불굴의 의지는 일제치하라는 시대적 배경을 고려할 때 고도의 메타포가 된다.……

---

10 인하대학교 한국어문학과 2007학년도 1학기 '아동문학 읽기' 수업에서 필자가 수강자들에게 사전정보 없이 텍스트를 제공하고 즉석에서 받은 감상문들 중에서 발췌했다.

아가는 구원을 소망하지만 작품상에서 구원되지는 않는다. 하지만 희망의 여지는 보인다. 엄마가 오면 기다림, 그리움, 추위 등에서 구원받을 수 있다는 생각으로 아가는 기다릴 수 있는 것이다. 구원의 가능성과 실현은 동화이기 때문에 가능하다. 소설이었다면 카프카의 『변신』에서 벌레가 된 그레고르가 구원받지 못하고 죽는 것처럼 될 수도 있었을 것이다.……

「엄마 마중」은 함축적 텍스트를 구현하고 있어 아주 짧은 분량임에도 풀어낼 이야기가 많다. 텍스트의 완성도가 높고 공란이 클수록 문학적 효과는 증대한다. 이 텍스트의 아가는 귀엽다는 느낌이 전부가 아니다. 안쓰럽고 슬픈 감정이 느껴지는 것도 꿋꿋한 아가의 행동에서 비롯된다. 유치한 동심과 억지스러운 교훈이 없다. 텍스트에 대한 반응으로 마음이 따뜻해지거나 울고 싶어지거나 그건 독자의 몫이다. 「엄마 마중」은 지극히 단순한 텍스트지만 더 많은 의미 생산과 더불어 문학적 힘이 커질 수 있음을 보여준다.

4. 아동문학 텍스트는 초등교육과 어떻게 만나고 있는가?

아동문학에 대한 그릇된 통념은 '국민교육'의 장(場)에서 만들어져 나오고 이는 다시 '국민교육'의 장으로 흘러들어간다. 아동문학이 이데올로기와 무관하지 않은 이상, 지난 한 세기 동안 가장 강력하게 이데올로기의 통제를 받은 장소의 하나가 초등학교였다. 초등 국정교과서의 아동문학 텍스트는 식민지시대와 분단시대를 관리하는 권력의 손안에서 구성되었다. 검열과 배제의 논리가 관철되었음은 물론이다. 이렇게 구성된 텍스트목록이 아동문학이란 무엇인가에 대한 어린이의 생각, 종국엔

일반 '국민'의 생각을 결정지어 왔다.

초등 교과서의 아동문학 텍스트는 권력의 성격이 바뀌는 만큼씩 변화하고 있음이 사실이다. 그러나 초등교육의 여러 주체들이 어디에서 새로운 인식을 획득하느냐의 문제는 여전히 과제가 아닐 수 없다. 문학과 교육 부문의 전문연구자를 포함해서 대부분의 기성세대는 통념에서 자유롭지 못한 상태이다. 아동문학은 '텍스트를 텍스트로 바라보려는 문학적 관점'이 학교교육에서 확고해졌을 때 비로소 온전한 문학적 경험으로 아이들에게 다가갈 수 있다. 아동문학을 교육 텍스트로 바라보려는 비문학적 관점에 의해 텍스트 선정과 감상이 이루어지는 한, 초등 문학교육은 바로서기 힘들다.

꼭 정치이데올로기의 차원이 아니더라도 이른바 '교육적 차원'에서 행해지는 검열과 배제의 논리는 텍스트 훼손을 아무렇지도 않게끔 여기게 한다. 교과서에서 방정환의 「양초 귀신」은 '귀신'이 비교육적이라고 해서 「양초 도깨비」로 탈바꿈해 있다. 이 밖에도 윤구병의 「심심해서 그랬어」를 「심심해서 그랬어요」로, 임길택의 「흔들리는 마음」이란 동시의 "아버지한테 매를 맞았다"를 "아버지께 꾸지람을 들었다"로, 권정생의 「강아지똥」을 「퇴비」라고 했다가 다시 본래 제목으로 돌아왔으나 서두를 앙상한 요약문 식으로 바꾸는 등 아동문학 텍스트를 문학 텍스트로 본다면 일어날 수 없는 일들이 적지 않게 발생한다. 이러한 비문학적 관점은 텍스트의 리얼리티에 손상을 주기도 하고, 함량미달의 텍스트를 가치 있는 것처럼 오도하기도 하면서 진정한 문학적 경험의 기회를 박탈한다.

제7차 교육과정의 초등 전학년 '읽기, 말하기, 듣기, 쓰기' 교과서들을 살펴보면, 일부 질 높은 텍스트가 포함되어 있고 또 과거보다 정도가 덜하지만 아직도 그릇된 통념 아래서 나온 수준이하의 텍스트가 적지 않다. 유명문인의 작품이라고 해서 반드시 뛰어난 것은 아니다.

지난 밤에

눈이 소복이 왔네.

지붕이랑

길이랑 밭이랑

추워한다고

덮어 주는 이불인가 봐.

그러기에

추운 겨울에만 내리지.

—윤동주, 「눈」(국어, 쓰기 2-2)

    윤동주 동시는 우열이 심한 편이다. 뛰어난 것들도 있지만, 어린이의 무지를 귀엽게 내려다보는 통념에서 나온 것들도 여럿이다. 위에 인용한 동시도 일정하게 그런 문제점이 엿보인다. 소복이 쌓인 눈에서 포근한 이불을 떠올린 것은 아이다운 발상 같지만 상투적인 유아적 표현에 가깝고, 그조차 "……인가 봐.//그러기에"라는 어린애 흉내를 조장하는 구문에 갇혀 있다. 그런데 이런 텍스트를 참조해서 "생각이나 느낌이 잘 드러나게" 글을 쓰라고 요구하고 있으니, 통념이 어떻게 재생산되고 있는지를 유감없이 보여주는 사례라고 하겠다. 초등 국어 교과서의 아동문학 텍스트를 아동문학의 한 전범으로 받아들이는 것은 위험한 일이다.

    아동문학 텍스트를 언어기능교육의 참고자료로 보는 문제점은 누차 지적돼왔다. 저학년에서는 그 관점이 더욱 우세해서 흉내 내는 말(의성·의태어)로 퍼즐게임을 벌이는 텍스트가 지나치리만큼 되풀이 제시되어 있다. 그것도 "초롱초롱 맑은 눈" "삐악삐악 재잘재잘"처럼 상투적인 것들이 대부분이다. 개성적이고 투명한 눈을 길러주는 것이 아니라 표면에 자동반응을 하도록 길들이는 꼴이니, 창의적인 문학적 소양을 기르는 것과는 정반대의 교육을 조장하는 셈이다. 역시 좋은 텍스트가 관건이다. 『겨레아동문학선집』(보리, 1999)에 실린 동시들을 보면 의성·의태어의 쓰임이 얼마나 다양하고 참신할 수 있는지, 그것이 텍스트 전체와 얼마나 긴밀히 호응하고 있는지를 한눈에 알아차릴 수 있다. 한편, 동시든 동화든 '아동문학은 작고 예쁘고 귀여운 것들의 세계'라는 통념은 저학년 교과서에서 여전히 큰 영향력을 행사하고 있다. "해야 해야 나오너라"처럼 자연과 조금도 거리감을 두지 않는 아이들의 구전동요를 봐도 그렇고, 실제 어린이 시에는 거의 나오지 않는 접미사 '-님'을 붙여 의인화한 자연물은 단골메뉴로 등장한다. 예컨대 '해님, 달님, 별님, 꽃님……' 그리고 거기 어울리는 '씨앗, 이슬, 나비, 무지개……' 등등.

고학년 교과서에서 생활상의 문제를 다룬 아동문학 텍스트 역시 어른이 일방적으로 보여주고 싶은 것들이 대부분을 차지한다. 이를테면 우애, 협동, 자기다움, 전통문화의 긍지, 조국애, 희생적 가치 등의 덕목을 앞세우느라 삶의 진실을 놓치는 경우가 적잖다. 다만 과거의 교과서처럼 노골적인 것들은 줄어들었기 때문에 자세히 살피지 않으면 얼른 알아채기 힘들다는 게 달라진 점이다. '착한 어린이표' 인물은 여전히 주종을 이룬다. 서사구조상 아이와 아이의 갈등, 아이와 부모의 갈등, 아이와 교사의 갈등은 피할 수 없는데, 사회적·현실적·심리적 층위까지 깊이 파고들지 못하는 까닭에 결국은 어느 한쪽의 사소한 오해로 밝혀진다든지 반성적이거나 동정적인 해결방식으로 갈등은 미봉된다. 울퉁불퉁한 생활의 결과 실감이 부족한 이런 텍스트는 몰입을 방해해서 재미도 덜 느끼게 할 것이다.

여기에서는 다소 논쟁적일 수도 있지만, 손연자의 「방구 아저씨」(국어, 읽기 6-1)가 지닌 문제점을 짚어보려고 한다. '논쟁적'이라는 것은 이 작품에 대한 긍정적인 평가도 적지 않다는 사실을 염두에 둔 표현이다. 식민지시대를 배경으로 하는 이 작품은 동네아이들과 친구처럼 격의 없이 지내는 방구 아저씨가 일본순사에게 맞서다가 억울하게 맞아죽는 줄거리로 되어 있다. 이처럼 민족의 수난과 저항을 그린 텍스트는 역사적 사실에 입각한 것으로 봐서 별다른 문제의식 없이 받아들이곤 하는데, 인물과 사건이 작가이데올로기에 매달린 상투성을 드러낸다는 점을 지적할 수 있다. 서두에 제시된 인물형상은 일단 개성적이다.

> 안골 마을 목수인 김봉구 아저씨는 방귀쟁이입니다. 아이들만 보면 살금살금 다가가 엉덩이를 쑥 내밀고 '뿡!' 방귀를 뀝니다. 그러고는 싸우지들 말고 사이 좋게 나누어 먹으라고 점잖게 말합니다. 아이들이 코를 싸쥐고 야단인 시늉을 하면, 또 번개처럼 "옜다, 이건 덤이다." 한 번 더 얹어 줍니다. 방귀 덤을 들쓴 아이들은 팔팔 뛰고, 동무들은 깔깔거리며 배를 잡습니다. (31쪽)

하지만 일제말의 탄압상이 날로 더해지는 시기를 배경으로 목수인 방구 아저씨가 혜안을 드러내는 대목에서는 작가관념의 투사가 한결 짙어지는 것을 볼 수 있다.

> "그래도…… 좋은 세상은…… 꼭 온다. 봐라. 밖은 지금 캄캄한 밤이다. 하지만, 한잠 자고 나면…… 아침이 와 있지 않던?"
> 방구 아저씨는 눈 끔뻑이며 느릿느릿 말하였습니다. 그러면서 '열흘 붉은 꽃 없고 달도 차면 기우는 법'이라고 쥐 오줌 얼룩진 천장을 보고 중얼거렸습니다. (34쪽)

왠지 방구 아저씨의 말처럼 느껴지지 않는다. 방구 아저씨네 집안 윗목에 놓인 괴목장을 조선민속품 수집광인 산림관 히라노가 탐내면서 본격적으로 사건이 전개된다. 이 괴목장은 먼저 세상을 뜬 아내에게 제물로 바쳐진 것으로 방구 아저씨에겐 가장 소중한 물건이다. 이장이 와서

거간꾼 노릇을 하려다 방구 아저씨에게 망신을 당하고 물러간 뒤, 하루
는 히라노가 몸소 찾아와 흥정을 붙였으나 역시 거절을 당하고 되돌아
간다. 마침내 히라노의 모함과 사주를 받은 일본순사 이토가 와서 조사
할 게 있다면서 괴목장을 지게에 지고 따라오라고 명령한다. 여기 장면
이 문제이다.

"역시 목재가 필요하겠군. 그래서 허가 없이 나무를 베었나?"

"난 그런 일 없소."

"없어? 그럼 우리 대일본의 산림관이 거짓말을 했단 말이야, 뭐야?"

이토가 다짜고짜 방구 아저씨의 뺨을 갈겼습니다.

(…)

이토는 들고 있던 순사봉으로 방구 아저씨의 가슴을 쿡쿡 찍었습니다. 방구
아저씨 이마에 불뚝 힘줄이 솟았습니다.

"네 이노옴, 이 버르장머리 없는 놈. 어디 와서 함부로 행패냐, 행패가……."

조선말! 그것은 조선말이었습니다.

눈 깜짝할 사이에 멱살을 잡힌 이토가 붕 날았습니다. 그러고는 빗물 스민 마
당에다 코를 박았습니다. 이토는 진흙투성이 얼굴로 퉁기듯 일어났습니다.

"조선놈 주제에 감히!"

이토의 순사봉이 방구 아저씨 머리를 내리쳤습니다.

조선 사람 앞에만 서면 갑자기 어깨에 힘이 들어가는 이토. 이토의 나무 순사
봉은 그 순간 쇠막대기가 되었습니다.

"억!"

방구 아저씨가 풀썩 무릎을 꿇었습니다. 피가 얼굴에 흘렀습니다. 잠시 그대
로 있던 방구 아저씨가 스르르 무너졌습니다. 부릅뜬 눈에는 봄비 내리는 하늘
이 가득 찼습니다. (37~39쪽)

이토는 갓 스물의 새파랗게 젊은 순사이다. 방구 아저씨는 십 수 년 전에 돌림병으로 처자식을 먼저 세상에 보냈으니 순사보다 두 배는 넘었을 나이다. 각별한 개성의 소유자로 그려내지 않는 이상에는 이토록 젊은 순사가 마을에 들어와서 아버지뻘 되는 사람에게 반말로 지껄인다든지 느닷없이 뺨을 갈기는 일은 있을 법하지 않은 아주 놀라운 행동에 속한다. 그러나 우리는 이미 이런 장면에 익숙해 있다. 이 다음 장면도 도식적인 계급문학이나 반공문학 같은 데에서 흔히 봐왔던 '만행의 기록'일 뿐이다. 물론 총칼로써 식민 통치를 자행한 역사적 사실에 비추어 일본순사의 만행은 전형적인 행동으로 볼 수도 있다. 그래서일까? 이런 '포악한 일본순사'는 식민지시대를 배경으로 하는 아동문학 텍스트마다 빠지지 않고 등장한다. 여기에서 문제는 이토가 '포악'하게 그려진 데 있는 것이 아니라, 포악한 '이토'로 그려져 있지 않은 데 있다. 즉 추상적 일본순사, 개념의 인물에 그치고 있는 것이다.

이 텍스트에 대한 반응으로 일제에 대한 분노와 증오, 그리고 방구 아저씨의 억울하지만 영웅적인 죽음에 따른 슬픔과 존경심이 우러나온다면, 그것은 아마도 선동적인 효과일 것이다. 이런 감동은 한편으로 위험하다. 정해진 이념과 주의주장으로 몰고 가는 이데올로기 동원방식이기 때문이다. 과거 '국민교육'의 일환으로 만들어지던 반공동화들이 꼭 이런 모습이었던 이유가 여기에 있다. 도식적인 발상으로 지어진 것은, 성격(Character)이라기보다 한낱 기호(Name)나 마찬가지인 등장인물만 바꿔놓을 경우, 얼마든지 항일문학이 친일문학으로, 반제문학이 반공문학으로 뒤바뀔 수 있는 텍스트가 된다. 따라서 「방구 아저씨」는 그 한끝이 역사적 진실에 닿아 있다고 하더라도, 이미 지배이데올로기가 된 주류 역사인식을 되풀이하는 것에 지나지 않는 만큼, 자칫 인종적 편견과 다름없는 민족주의 반일감정을 불러일으킬 소지가 더 클 수 있음을 경계해야 한다고 본다.

5. 누가 무엇을 어떻게 변화시킬 것인가?

오랜 군사통치의 막이 내려지고 이 땅에 시민사회가 형성되면서 아동문학을 둘러싼 전반적인 판도의 변화가 이루어졌다. 은밀한 형태의 뿌리는 아직도 완강하지만 명명백백한 동심천사주의와 교훈주의가 설 곳은 이제 없어진 것처럼 보인다. 초등 교과서와 교육과정에도 변화의 바람은 불었다. 최근에는 초등 교과서와 교육과정의 문제점을 새로운 시각으로 밝힌 연구논문의 성과들도 적지 않다. 현재의 초등교육은 아동문학 텍스트를 대하는 문학적 관점과 비문학적 관점이 가닥 없이 섞여 있는 형편이다. 교육학적·언어기능론적 관점에서 '적합한' 텍스트에만 관심을 기울이는 것은 전반 교육과정상의 문제로 문학교육과는 조금 다른 차원에서 정리되어야 할 문제일 것이다.

그런데 눈을 문학교육 안으로 돌려 보더라도 아동문학 텍스트의 가치를 둘러싼 문제는 시원스러운 해결의 기미를 보이지 않는다. 무엇보다도 엄선되어야 할 교과서의 아동문학 텍스트 목록에서 우열의 편차가 심하게 드러나고 있다. 이 문제는 아동문학 텍스트를 둘러싼 담론의 부재와 관련이 깊다. 은밀한 형태의 동심천사주의·교훈주의 잔재와 대결하는 일은 끝나지 않은 숙제이다. 어쩌면 은밀한 형태의 잔재가 아니라 새로운 형태로 부활하고 있는지도 모른다. 문학예술의 우열을 가리는 일이란 게 칼로 무 자르듯 분명할 수는 없다. 그러기에 더욱 담론의 활성화가 절실하다. 비평은 '움직이는 미학'이라고 하지 않는가.

교과서, 교육과정, 교육실천의 변화는 필연적이다. 우리의 관심은 올바른 변화의 주체를 세우고 조직하는 문제일 것이다. 첫째는 학계의 연구다. 아동문학의 이론을 실천적으로 연구하는 단위가 없으면 악무한의 고리를 끊는 길은 밖으로 돌아가는 우회로일 수밖에 없다. '한국문학교육학회'와 '초등문학교육학회'의 연구 활동이 기대되는데, '연구를 위한 연구'가 되지 않으려면 현장교사와의 소통을 이뤄내야 한다. 둘째는 교육대학의 교육과정이다. 아동문학을 전공필수과목으로 포함시켜야 마땅하며, 아동문학 전공교수를 새로 확보하거나 문학 전공교수가 아동문학에 더한층 관심을 기울여야 한다. 셋째는 현장교사 연수이다. 교과서의 문제점에 대해 토론하고 원본 텍스트와 대안 텍스트로 올바른 관점에서 문학수업을 하는 현장교사들의 움직임이 중요하다. '전국초등국어교과모임'의 활동이 주목되는데, 학교도서관의 활성화도 이 항목에 포함시킬 수 있겠다. 넷째는 어린이 책 관련 학부모·시민단체의 활동이다. 전국 곳곳의 수많은 '동화읽는어른' 모임의 연합체인 '어린이도서연구회'는 아동문학의 생산·유통·수용의 바람직한 변화를 앞장서서 이끌어왔다. 다섯째는 아동문학 작가와 비평가 집단이다. 교육제도 바깥에 존재하지만 텍스트를 생산하고 평가하는 중차대한 몫을 지니고 있다. 이들 각각의 주체는 '따로 또 함께' 초등 문학교육에 대해 발언하고 토론하면서 끊임없이 올바른 변화를 이끌어가야 할 것이다.

탄생 100주기에 강소천을 돌아보다

박덕규 지음, 서석규 감수, 「아동문학의 마르지 않는 샘, 강소천 평전」, 교학사, 2015

1.

  박덕규 교수(이하 '지은이')가 서석규 선생의 감수를 받아서 『강소천 평전』을 내놓았다. 이 책은 강소천 탄생 100주기에 맞춰서 발간된 것이다. 마침 필자도 대산문화재단과 한국작가회의가 공동으로 개최한 '탄생 백주년 문학인 기념 문학제'에서 강소천론(「강소천과 순수주의 아동문학의 기원—동요 '닭'의 해석 논쟁은 어디에서 비롯되었나?」)을 발표한 직후라서 반가운 마음에 얼른 읽어보았다. 이 책은 강소천에 관한 그간의 자료를 매우 꼼꼼하게 조사·분석·정리했을 뿐만 아니라, 유족과 만나 일정하게 검증을 거친 사실들을 일부 포함하고 있었다. 서술과 표현 면에서도 무척 공을 들였다는 느낌이 바로 왔다. 이로써 우리는 아동문학가를 대상으로 하는 평전의 목록을 또 하나 갖게 되었다. 이상금의 『사랑의 선물—소파 방정환 평전』(한림, 2005), 정인섭의 『김복진, 기억의 복각』(경인문화사, 2014), 이기영의 『작은 사람 권정생—발자취를 따라 쓴 권정생 일대기』(단비, 2014) 등에 이어진 『강소천 평전』을 보노라니, 앞으로 아동문학 부문에서 평전 쓰기가 매우 활발해질 것이라는 예감도 든다. 아동문학의 위상이 과거와 다를뿐더러 이 분야의 연구 성과가 꾸준히 증가해온 점에 비추면 당연한 추세라고 할 수 있다. 이쯤에서 평전 쓰기에 대한 방법적 고찰이 본격적으로 이뤄져야 하지 않을까 싶기도 하다. 물론 이는 필자의 희망 사항일 뿐이다. 이 글은 신간 평전에 대한 일개 소감문에 지나지 않는다는 점을 전제로 읽어주기 바란다.

평전(評傳)은 전기(傳記)의 한 종류이다. 사실 전기라고 해도 될 것이지만 비평적 접근을 표나게 내세울 때 평전이라는 말을 쓴다. 최근에는 자신의 생애를 스스로 기술한 자서전(自敍傳)과 구별하기 위해, 또 이미 위대하다고 알려진 인물을 대상으로 사람들에게 귀감이 되는 점을 밝혀 교훈을 주고자 하는 위인전(偉人傳)과 구별하기 위해 전기보다는 평전이라는 말을 더 선호하는 듯싶다. 즉 평전은 한 인물의 생애와 활동에 대해 일정한 문제의식을 가지고 해석과 평가를 곁들여 쓴 것을 가리킨다. 전기도 쓴 사람의 주관에서 자유로울 수 없으므로 평전과 다를 바 없지만, 평전이라고 할 때에는 쓴 사람의 주관을 좀 더 내세움으로써 차별성과 제한성을 주지시킨다고 생각해볼 수 있다. 그러나 평전에서의 주관은 비평문과 마찬가지로 치밀한 논리와 통찰력을 수반해야 한다. 평전은 자서전이나 회고록을 보완하는 의미도 크다. 인물의 행적과 관련해서 기억의 불확실성과 의도적 생략 또는 과장의 가능성을 염두에 두고 자료에 대한 비평적 검증을 시도하기 때문이다. 평전은 작가 연구의 기초자료로서도 중요하거니와, 작가의 행적에 대한 평가에다 감추어진 내면까지도 그려내려는 종합적 글쓰기에 해당하기에 작가론 이상의 가치와 효력을 지닌다. 평전의 독자는 연구자에 제한되지 않는다. 작가론의 최종적 표현이 평전이라고 해도 틀린 말은 아닐 것이다.

그러나 작가론과 평전 사이에는 인물에 대한 공감 정도가 다르게 자리하고 있다. 작가론은 학문적 관심에서 출발하므로 다루는 인물에 대해 부정적일 경우도 적지 않지만, 기본적으로 평전은 인물에 대한 공감에서 출발한다. 『강소천 평전』 역시 강소천의 삶과 문학에 대한 공감에서 비롯된 것이라고 볼 수 있다. 따라서 지은이의 긍정적 시선은 하등 문제될 게 없다. 평전의 가치는 지은이의 시선이 일방적이지 않고 공정한지, 자료에 대한 분석·해석·평가 등이 타당성을 지니는지, 그리고 과거 인물을 현재에 불러들인 동시대의 문제의식이 충분한지 등에 달려 있을 것이다. 이런 관점에서 탄생 100주기에 즈음한 『강소천 평전』을 읽은 소감을 몇 가지로 정리해 보고자 한다.

2.

이 책의 가장 큰 미덕은 깊이가 느껴지는 수려한 문장이었다. 모름지기 평전은 한 사람의 생애를 다루는 것이므로 내용이 소설처럼 흥미롭게 펼쳐져야 하고, 그의 운명을 다룸에 있어 인간에 대한 깊은 이해가 뒤따라야 한다. 또한 그가 활동한 시기와 사회에 대한 역사적 통찰과 문화적 감각이 뒷받침되어야 한다. 이 책은 이런 점들에 대한 유기적 짜임과 서술 면에서 높은 점수를 받을 것이라고 믿는다. 시인·작가·평론가로 활동해온 지은이의 내공이 유감없이 발휘된 결과가 아닐까 싶다. 지은이가 서문에서 밝혔듯이 "내 유년을 담당한 문학은 아동문학이자 강소천으로 대표되는 한국 아동문학의 숙명적 형태였다. 그걸 캔다면 내 문학도 제대로 들여다볼 수 있을 것 같았다."(5쪽)는 집필 동기가 그 어려운 과제를 기꺼이 감당케 했으리라고 본다. 주지하듯이 강소천은 한국인이라면 모르는 사람이 없을 정도로 유명한 아동문학가다. 그가 지은 가사로 된 노래 「코끼리」, 「꼬마 눈사람」, 「산토끼」, 「태극기」, 「금강산」, 「유관순」, 「스승의 은혜」 등을 불러보지 않은 사람이 어디 있으랴. 어린 시절 우리는 알게 모르게 강소천의 영향을 받고 자랐다. 한국인의 마음속 깊은 곳에 자리한 원형심상을 제공한 이가 강소천이라고 하면 틀리다고 할 것인가? 사정이 이러하기에 『강소천 평전』은 폭넓은 독자에게 다가갈 수 있는 읽기 좋은 교양서의 모습이 어울릴 거라고 여겼는데, 이 책은 그러한 요구에 부응하는 매끄러운 문장과 서술로 되어 있었다.

필자는 앞서 인용한 서문의 "강소천으로 대표되는 한국 아동문학의 숙명적 형태"라는 말에 먼저 꽂혔다. 한국 아동문학이 안고 있는 '숙명' 이 언급되었기 때문이다. 즉 "한국에서 아동문학은 태생부터 한국의 근대 역사나 민족의 운명과 결부된 것", 따라서 "한국 아동문학은 한국문학이자, 보다 유별난 숙명을 내재한 문학"이라는 점, 그리고 "강소천은 그런 숙명을 처음부터 끝까지 밀고 나간 사람"(4쪽)이라는 지은이의 말에 필자는 깊이 공감했다. 역사적 격동기를 살아온 작가는 많지만, 강소천은 식민지체제 · 북한체제 · 남한체제에서 모두 활동한 희귀한 사례에 해당한다. 외부의 작용으로 그는 시기마다 변화와 굴곡을 드러내지 않을 수 없었다. 변화의 마지막 단계인 남한체제에서는 아동문학 장(場)의 최고 위치에서 주류의 경향을 대표했다. 이때의 활동을 두고는 평가가 극명하게 엇갈리고 있기도 하다. 그의 삶과 문학에 대해 다각적이고 입체적으로 조망한 평전이 절실하다고 여겨지는 까닭이 여기에 있다. 그러나 아쉽게도 이 책은 어느 한쪽의 시각만을 대변한다는 느낌을 주었다. 균형적 시각이 시각의 부재 또는 절충을 의미하지는 않는다. 하나의 시각에 입각해 있더라도 강소천을 다룬 평전이라면 상대적으로 그늘의 측면 또는 작가의 트라우마 같은 것을 내포해야 마땅하다고 보았는데, 그런 면을 거의 읽을 수 없었다. 솔직히 말해서 급수가 높아진 주류의 목소리를 반복 확인한다는 느낌이 들었다.

물론 이 책의 또 다른 미덕이라 할 수 있는, 강소천의 생애와 활동에 관한 그간의 성글은 문헌자료를 실증적으로 보강한 점에 대해서는 상찬을 아낄 필요가 없으리라. 예컨대 소천의 가계와 성장 과정을 꼼꼼하게 조사해서 복원한 점, 동요시집『호박꽃 초롱』(1941) 발간의 배경이라든지 수록·미수록 작품들에 대해 힘써 원본비평을 수행한 점, 1·4후퇴라고 명명되었지만 이는 서울을 기점으로 한 것이고 실제 흥남철수가 이뤄진 시기는 그 전 해의 12월 말이라는 사실과 함께 강소천이 월남할 때의 생사 고비를 역사적 자료를 통해 생생하게 뒷받침한 점, 피난 시절 문인들의 활동 상황과 강소천의 정훈부대(일명 772부대) 근무 사실을 밝혀 문단의 중심부로 진입하게 되는 과정을 한층 소상히 드러낸 점 등은 치밀한 탐색의 결과이다. 자료의 불충분에서 비롯되는 앞뒤 맥락의 어긋남에 대해서는 예리하면서도 조심스러운 추정을 통해 해결했는데 대체로 타당하다고 여겨졌다. 고국의 하늘을 바라보며 썼다는 대표작「닭」이 윤석중의 청탁으로『소년』창간호(1937.4)에 실린 사실과 이 작품이 강소천의 간도 체류 시기(1935)에 지어진 것이라는 진술 사이의 시간적 거리를 그냥 지나치지 않고, 윤석중이 조선중앙일보사에 근무할 때 받아둔 것을 나중에 조선일보사로 옮겼을 때 실었을 것이라고 추정한 것이 그러하다. 윤석중과 강소천의 회고가 모두 착오일 가능성도 아주 없진 않지만, 적어도「닭」의 청탁과 발표에 관한 두 사람의 회고는 일치하고 있다.「순이 무덤」의 창작 배경으로 거론되는 슬픈 첫사랑에 대한 강소천의 회고와 자신이 보내준 소설에서 모티프를 땄다는 손소희의 회고가 충돌하고 있는 사실도 덮어두지 않았다. 그런데 이에 관해서는 아무런 추정도 내놓지 않고 미해결 상태로 남겨두었다. 강소천의 회고에 등장하는 소년시절의 일기를 유족들에게 확인해볼 수도 있었을 텐데 그러지 않은 까닭이 궁금했다.

　필자의 생각이 터무니없는 비약일는지 모르지만, 지은이는 강소천에게 불리한 증언, 또는 유족이 탐탁지 않게 여기는 사실은 피해간 듯한 인상을 풍긴다. 서문에서 밝히기를 이 책을 쓰는 데에서 동화작가 서석규 선생, 소천 선생의 자제들, 미국에 사는 장조카 강경구 씨가 적극 도움을 주었다고 했다. 서석규 선생은 강소천이 심사위원이었던 1955년 한국일보 신춘문예에 동화가 당선되면서 인연을 맺었으며, 강소천이 1960년 아동문학연구회를 조직하고 회장직에 있었을 때 총무 일을 하면서 가까이 지낸 사이다. 지금은 '소천아동문학상' 운영위원장을 맡고 있다. 장조카 강경구 씨는 부친(소천의 형)을 따라 1947년경 먼저 월남했으며, 강소천의 집안과 월남 이전의 삶에 대한 정보의 소유자이다. 지은이는 강소천 자제분의 주선으로 직접 미국에 가서 강경구 씨와 인터뷰할 수 있었던 것으로 보인다. 이분들의 도움을 배경으로 했다면, 집필 과정에서 알고 싶은 점이나 의문이 나는 사항에 대해서는 남김없이 질문을 던질 수 있었을 것이며, 필요한 경우에는 질문의 내용과 결과를 밝힐 수도 있었다. 아니, "한국 아동문학 그 자체를 대변하고 상징한다"(5쪽)고 여기는 강소천 평전의 집필자로서 마땅히 밝혔어야 하는 대목이 적지 않다. 동료나 유족이 어떤 대목에서 멈칫하는지에 관한 것도 중요한 정보가 아닐 텐가.

아무리 생각해도 이해가 되지 않는 대목은 강소천의 생애에서 매우 중요한 첫 번째 결혼 사실에 대해 침묵한 점이다. 「꽃신」과 「꽃신을 짓는 사람」을 비롯한 월남 직후의 수많은 동화들은 이북에 남겨둔 가족에 대한 그리움의 형상화라고 알려져 있는데, 여기에서 가족은 그의 부모 형제뿐 아니라 두고 온 아내와 자식들이 포함된다. 최근의 성과인 박금숙의 박사학위 논문 「강소천 동화의 서지 및 개작 연구」(고려대학교 대학원, 2014)의 강소천 연보에서도 "전택부 전언에 의하면 이 무렵(간도에서 귀향한 1936년: 필자)을 전후하여 강소천은 영흥 출신의 전 씨와 결혼을 했다고 함"이라고 되어 있다. 『강소천 평전』에서 이 중요한 대목을 그냥 건너뛴 것은 납득이 되지 않는다. 월남해서 새로 이룬 가족의 뜻이 반영되었을 것이라고 짐작되는데, 그렇게 이루어진 것이라면 이 평전은 객관성 면에서 가치가 흔들릴 수밖에 없다.

이 평전과 전적으로 관련된 사항은 아닐지라도 여기서 잠깐 유족의 도움과 학문의 독립성 문제에 대해 짚고 넘어가고 싶다. 금년 초에 필자는 당시 한국 아동문학학회 회장으로부터 탄생 100주기를 맞아 강소천 연구 논문집을 발행하고자 하니 북한체제에서의 강소천 아동문학에 관한 필자의 과거 논문을 보내달라는 부탁을 받은 적이 있다. 전체 목차를 살펴보니 두 권으로 기획된 논문집 원고들이 거의 수집된 단계라 곧 발행되리라고 짐작했다. 그래서 청탁받은 즉시 논문을 보내주었다. 그런데 뒤에 다른 사람으로부터 뜻밖의 말을 전해 들었다. 자신도 기획 논문집의 수록을 청탁 받고 논문을 보내주었는데, 이 논문집의 발간을 후원하는 강소천의 자제가 특정 논문들을 빼라고 해서 자신과 필자의 논문 등 여러 편이 빠지게 되었다는 것이다. 이 말이 사실이라면 기가 막힌 일이다. 필자는 편저자로부터 조만간 연락이 올 테니까 그때 자세한 사정을 들어봐야겠다고 기다렸다. 하지만 아무 연락도 오지 않은 채로 금년 5월 말 교학사 후원으로 운영하는 '소천아동문학상' 시상식을 '탄생 100주년 기념식'으로 확대 개최하면서 여기에서 연구 논문집과 평전 발간의 출판기념을 함께 진행한다는 소식이 들렸다. 불길한 예감에 불쾌한 마음까지 들었다. 아니나 다를까. 뒤에 연구 논문집을 확인하니 필자의 논문을 포함한 여럿이 빠져 있었다. 대관절 이렇게 일을 처리하는 경우가 또 어디 있는가? 유족의 후원으로 연구 논문집을 발간하는 것은 문제가 되지 않는다. 문제라면 유족의 입김이 편저자에게 작용했다는 것이고, 편저자가 학문의 독립성을 침해받으면서 유족의 뜻에 호응했다는 점이다. 교학사의 '강소천 탄생 100주기 기념식'에는 가보지 않았으나 '당신들의 잔치'였을 게 눈에 훤하다. 교학사는 뉴라이트 계열의 역사교과서 논란을 빚은 출판사가 아닌가? 여기에서의 강소천은 '우리의 강소천'이 아니라 '당신들의 강소천'임이 이로써 분명해진 것이다.

필자는 박덕규 교수가 이룬 학문의 높이를 십분 인정하고 존경하지만,

이와 같은 일련의 사태를 보면서 교학사에서 펴낸 『강소천 평전』도 공정성과 독립성 문제에서 자유로울 수 없는 게 아닌지 우려되었다. 평전은 다루는 인물에 대한 애정의 소산이고, 이 점은 독자에게 공감의 바탕을 이루는 요소겠으나, 작가의 생애에서 마땅히 던져야 할 질문을 생략한 것은 치명적인 문제점이 아닐 수 없다. 그래서 필자는 탄생 100주기에 즈음한 『강소천 평전』이 작가에 관한 기왕의 주관적인 정보들을 객관적으로 고증하고 보완한 점은 분명 성과겠지만, 그조차 보여주고 싶은 것들만 보여줄 따름이지 모처럼의 기회임에도 새로 추가된 생애 정보가 거의 없다는 점에 대해서는 무척 안타깝게 생각한다. 기왕의 자료들에서 아직도 흐릿한 대목은 일제 말과 북한체제에서의 활동과 집안 사정, 곧 종교와 토지 문제로 부딪혀야 했던 시련이나 대응에 관한 부분이다. 단신으로 월남한 동기와 배경에 관해서도 흐릿하기는 마찬가지다. 가령 이런 대목은 어떠한가? "기독교인이자 지주계급 출신으로서 이미 많은 것을 빼앗겨 버린 상황이었다. 그대로 북한에 남아 있으면 미군과 국군이 물러나는 즉시 부역혐의로 목숨을 부지하기 어려웠다. 우선 몸을 피하고 봐야 했다."(175쪽) 여기에서 지은이는 "북한에 남아 있으면 미군과 국군이 물러나는 즉시 부역혐의로 목숨을 부지하기 어려웠다"고 썼는데, 바로 앞에는 "그해 11월 25일 청진에 입성한 국군과 유엔군을 보았다"(174쪽)는 정보밖에 없다. 청진에서 어떻게 움직였기에 '부역혐의'로 목숨을 부지하기 어려운 사정에 처하게 되었는지 알 수가 없다.

앞서 지은이가 한국 아동문학의 '숙명'을 언급하면서 "강소천은 그런 숙명을 처음부터 끝까지 밀고 나간 사람"이라고 한 것에 필자도 동의한다고 했다. 그런데 민족사의 비극은 강소천뿐 아니라 그와 경쟁관계를 이루던 이원수의 삶도 관통했다. 6·25전쟁 때 이원수는 강소천과는 반대로 인공치하에서의 부역혐의로 쫓겨서 최병화와 함께 월북의 길에 나선 적이 있다. 최병화는 폭사하고 이원수는 되돌아와 간신히 살아남게 된 사정은 잘 알려져 있는데, 강소천이 반공작가로서 아동문단의 우이를 잡고 있었던 1950~60년대에 이원수는 용공시비에 휘말리면서도 『숲 속 나라』(1954)를 간행하는 등 '강소천 경향'의 카운터파트너로서 존재했다. 그렇다면 월남 후 강소천의 활동에 대한 조명은 일방적인 해설 이상의 다각적인 해석과 서술의 역동성이 요구된다고 볼 수 있다. 그러나 이 책은 강소천이 '동심천사주의'라는 명명의 질책을 받았다는 점과 교훈적 측면에 대한 비판을 두고 이원수와 전화로 한 시간 반 동안 격렬한 논쟁을 벌였다는 일화만 몇 줄로 소개하고 넘어가는 정도였다. 반면에 강소천에 대한 긍정적인 평가의 자료들은 거의 남김없이 찾아서 인용하고 있었다. 아동문학에 주어진 '숙명'을 감당하는 서술로서는 태부족하다고 말할 수밖에 없잖은가? 그러기에 "소천의 문학은 동시대 사람에게 뿌리 깊게 박힌 나라 세우기와 나라 지키기에 대한 확고한 사명감을 고려해서 이해하지 않으면 안 된다."(312쪽) 또는 "소천의 문학은 어른들이 일으킨 전쟁으로 물질적으로나 정신적으로 빈곤의 늪에 빠진 우리 어린이들을 위안과 치유, 희망과 극복의 길로 인도했다."(같은 곳)와 같은 구절도 아주 틀렸다는 것은 아니지만 이승만과 박정희 통치하의 제도권 주류를 대표한 강소천의 입장만을 대변하는 말로 들린다. "나라 세우기와 나라 지키기"의 문제를 둘러싸고 이 책은 국사교과서 국정화와 '건국절' 관련으로 논란을 불러일으킨 뉴라이트 계열의 역사인식에 입각한 평전임을 짐작케 하는 것이다.

3.

마지막으로 작품의 해석에서 미심쩍은 대목과 지은이의 실수로 보이는 몇 가지 실증적 오류에 대해 언급하고자 한다. 이 책은 강소천의 초기작들을 비교적 상세하게 소개하면서 시인으로 성장 또는 완성돼 가는 과정을 그렸다. 필자가 100주년 기념 문학제의 발표 논문에서도 지적했지만, 식민지시대의 강소천은 소년운동이 수그러들고 『어린이』, 『신소년』, 『별나라』가 폐간된 1930년대 후반기의 동요시인으로서 자리매김할 수 있다. 그 이전, 그러니까 강소천이 십대에 쓰고 발표한 투고작들은 습작기의 소산으로서 아직 이렇다 할 작품세계를 구축하지 못한 상태였다고 보는 것이 타당하다. 내용상으로 자신의 존재와는 자가당착에 가까운 계급주의 작품들이 나올 수 있었던 것도 그 때문이다. 1930년대 전반기에는 민족주의, 계급주의, 동심적 경향이 혼융하다가 후반기에 들어서면서 동심적 경향으로 좁혀지고 그런 관점에서 새로 작품을 골라서 펴낸 것이 동요시집 『호박꽃 초롱』이라고 할 수 있다. 이런 점을 간과하고 초기작 가운데 민족주의 경향만을 선택적으로 부각시키는 것은 이른바 문협정통파의 '순수·반공·민족주의' 정치이데올로기의 투영일 가능성이 높다. 『강소천 평전』도 여기에서 자유롭지 못한 듯싶다. 초기작 「버드나무 열매」의 해석에서 드러나는 무리수가 이점을 말해준다.

버드나무 무슨 열매/달리런 마는//아침 해가 동산 우에/떠오를 때와//저녁 해가 서산 속에/살아질 때면//참새 열매 조롱 조롱/달린 답니다.//나무 열매 무슨 노래/부르런 마는//아침 해가 동산 우에/떠 오를 때와/저녁 해가 서산 속에/살아질 때면//참새 열매 재재 재재/노래 불러요. (「버드나무 열매」 전문)

이 작품은 1930년도 『아이생활』에 게재된 것으로서 "공식 지면 첫 발표로 확인되는 것"(344쪽)이라고 한다. 동심의 시각으로 비유를 구사한 작품인데, 역시 동심의 시각이 두드러진 초기작 「울엄마젓」(『어린이』, 1933.5)과 함께 『호박꽃 초롱』에 수록된 것이다. 시집의 원문대로 인용한다고 했으면서도 "떠 오를 때와"를 "떠오를 때와"로 띄어쓰기를 바꾼 것은 그냥 지나쳐도 되는 실수겠다. 문제는 강소천의 민족주의를 강조하고자 무리하게 확대해석을 꾀하면서 비유관계를 잘못 파악한 점이다. 곧 "버드나무 열매"가 "참새"의 비유어인 것을 완전히 놓친 듯하다. 지은이는 "우리가 모르는 사이에 <u>버드나무는 열매를 맺고 그 열매를 찾아 참새가 날아든다.</u> 그러는 동안 나무는 끝없이 새로운 기운을 받아 생명을 이어 간다. 이 동요는 <u>버드나무의 그런 생명력을 열매와 참새의 호응으로 노래한다.</u> (⋯) 식민지 현실에서 우리 민족은 어쩌면 버드나무와 같은 존재인지도 모른다. 일제 강점으로 많은 것을 강탈당한 우리 민족은 그러나 그렇게 버림받은 자리에서 굳센 생명력으로 자생하고 부활했다. 열매도 못 맺을 듯 보이지만 실은 <u>열매를 맺고,</u> 암울한 미래만 있을 듯하지만 <u>참새를 불러 노래를 부르게 하는 버드나무처럼</u> 우리 민족은 아침과 저녁으로 새로운 힘을 찾아 새로운 세상을 향해 나아가고 있었던 것이다."(68~69쪽, 밑줄 필자)라고 쓰고 있다. 즉 이 동요는 "버드나무 열매와 참새의 호응이라는 외적 내용을 통해 우리 민족에게 내재된 숨은 가치를 드러내 준다"(같은 곳)는 것이다. 그런데 이 동요를 아무리 봐도 필자에게는 '버드나무에 열린 열매에 참새가 날아든 것'으로는 읽히지 않는다. 버드나무에는 열매가 열리지 않지만, 아침저녁으로 버드나무에 날아든 참새들이 어린이의 눈에는 버드나무 열매로 보인다는 것이 아닌가? 그래서 나무 열매는 노래를 부르지 못하지만 '버드나무 열매'(참새)는 재재 재재 노래를 부른다는 것이 아닌가? 제목이 비유어로 되어 있어 혼동할 소지가 있어도 이 동요에 나타난 동심적 비유관계(버드나무 열매=참새)를 파악하는 게 어려울 리 없다. 그럼에도 버드나무를 민족의 상징으로 해석하려는 과잉 의욕 때문에 "열매를 맺고 (⋯) 참새를 불러 노래를 부르게 하는 버드나무" 운운으로 나아가게 된 것이다. 많은 이들이 지적하듯이 민족주의 의식이 드러난 작품은 「무궁화에 벌나비」라고 할 수 있는데, 이 동요를 계급주의 의식이 뚜렷이 드러난 일련의 작품들과 함께 『호박꽃 초롱』에 수록하지 않은 시인의 의도가 무엇인지 헤아려볼 필요가 있다. 반면에 「버드나무 열매」와 「울엄마젓」은 시인 득의의 '동심적 동요'이기에 동요시집 『호박꽃 초롱』에 기꺼이 수록했던 것이다. 필자가 논문에서 강조한 바, 대표작 「닭」의 해석 논쟁도 이런 점을 헤아리면 쉽게 풀릴 수 있는 문제라고 본다.

다음으로 계급주의 동요도 역시 습작기의 산물이기에 시인이 '버린' 작품에 해당하지만, 강소천의 초기시 연구에서는 되풀이 인용될 수밖에 없기에 원문 확정과 해석의 문제가 어느 정도 중요하다. 그런데 여기에서도 오류가 발견된다.

> 이압집 기와집 전등불켠집/저뒷집 초가집 등잔불켠집/밝은집 어둔집 들이있다우 (「이압집, 저뒷집」 부분)

> 부자아들 배불너서/머슴아들 배곱파서/울어내요 불어내요//부자아들 학교슬허/머슴아들 학교못가/울어내요 불어내요 (「울어내요 불어내요」 부분)

비록 사소한 것이지만 "밝은집 어둔집 들이있다우"는 "밝은집 어둔집 둘이있다우"로 바로잡아야 한다고 본다. 원문이 흐릿해서 '들'(etc)인지 '둘'(two)인지 뚜렷이 분간하기는 어렵게 되어 있는데, 의미 차이는 크지 않을지라도 맥락상으로 '밝은 집과 어두운 집, 두 개의 집이 있다'는 것으로 파악하는 것이 맞지 않을까 한다. 위의 인용은 지은이의 오식이라고 보기도 힘든 게, 지은이의 다른 논문 「강소천의 "호박꽃 초롱" 발간 배경 연구」(『한국아동문학연구』 제25호, 2013)에서도 동일하게 나와 있기에 지적해두는 것이다. 이 논문에서는 「울어내요 불어내요」의 인용 부분 "학교슬허"에 대한 해석도 이상하다. 지은이는 "'앞집/뒷집'의 관계를 '부자/머슴', '배부름/배고픔'의 대립관계로 설정해 부잣집 아이들이 학교 문턱이 다 닳을 정도로 다녀서 머슴집 아이들이 다닐 수 없는 상황에 이르렀음을 노래한다"(위의 논문, 17쪽)고 했다. "학교슬허"를 "학교 문턱이 다 닳을 정도로"라고 해석한 것인데, "학교에 다니기 싫어서"로 보는 것이 타당하지 않은가? 문맥상 '닳아'와 '싫어'의 의미 차이는 천양지차다. 즉 배부른 부잣집 아들은 공부를 하기 싫어해서 학교에 안 가려고 떼를 쓰고, 배고픈 머슴집 아들은 공부를 하고 싶어도 돈이 없어 학교에 못가기에 모두 울고불고 난리라는 얘기겠다.

한편, 책 뒤쪽의 강소천 연보를 보면 '1953년 아동문학가협회 아동분과 위원장으로 활동함'이라고 되어 있다. 여기서 '아동문학가협회'는 '한국문학가협회'의 오식이다. 가장 최신의 정보를 수록한 평전이기에 혹시 후속 연구자들이 무엇보다 정확해야 할 고유명사를 두고 이런 사소한 오류를 그대로 인용하지 않을까 저어하는 마음에서 지적해둔다. 북한체제에서 활동하다가 1950년 12월 전쟁 중에 월남한 강소천은 1953년 7월 휴전 직후 문단이 새롭게 정비되는 과정에서 한국문학가협회(한국문인협회의 전신)의 아동분과 위원장으로 당당히 올라선다. 필자는 이때부터 강소천이 이른바 '대표성'을 띠고 한국 아동문학의 새로운 기원을 이루었다고 보고 있다. 필자의 최근 논문은 강소천이 이룬 기원이 방정환이 이룬 그것과는 구분되는 정치이데올로기로서의 '순수주의─동심천사주의와 교훈주의'임을 밝히고자 한 것이다. 사실 강소천은 그의 생애가 하나의 텍스트라고 할 만한 인물이다. 여러모로 지은이와 필자는 다른 시각으로 강소천이라는 텍스트를 바라보고 있다. 차이가 드러나더라도 생산적인 후속 논의를 바라는 마음에서 서둘러 이 서평을 작성한 것인데, 혹시나 부당하게 평전의 가치를 폄훼한 점이 보인다면 독자 제현의 질책과 조언을 부탁드린다.

아동문학 담론의 현장 복원

류덕제 엮음, 『한국 현대 아동문학 비평 자료집』, 소명출판, 2016

아동문학 연구자들의 가장 큰 곤란은 자료 접근이 용이치 않다는 점이다. 일제강점기의 아동문학 관계 서적은 도서관에조차 보관되어 있는 경우가 극히 드물다. 도서관이 보유한 성인 대상의 신문과 잡지들에 흩어져 있는 아동문학 관계 자료는 범위가 워낙 광범위하기 때문에 하나하나 찾아 모으는 데 많은 노력과 시간이 투여된다. 그래서 아동문학 연구자에게는 기초연구의 방법과 감각을 익히는 것이 필수로 되어 있다. 자료를 추적하는 일에 매달리다 보면 자신이 탐정인지 연구자인지 헷갈릴 때가 적지 않다. 기초연구는 말 그대로 연구의 출발이자 바탕이 되는 것임에도 문학 외적인 것에 투여해야 하는 노력과 시간 때문에 그리 달가운 것은 못 된다. 문학 연구의 핵심은 결국 텍스트의 해석과 의미 생성에 있다고 봐야 하지 않겠는가? 기초연구가 전부라면 빛도 나지 않을 뿐더러 속된 말로 남 좋은 일만 하는 셈이 된다. 하지만 목마른 자가 우물을 판다는 말이 있듯이 이 땅의 아동문학 연구자라면 피해갈 수 없는 것이 또한 기초연구가 아닐까 한다.

필자가 아동문학 연구에 뜻을 둔 것은 1990년대 초반 무렵이다. 그때 가장 많은 공을 들인 일도 다름 아닌 일차자료의 수집과 정리였다. 그 결과로 이뤄낸 것이 월북·재북·실종 작가들을 포함하는 『겨레아동문학선집』(전10권, 보리, 1999)의 출간이었다. 국내에서 아동문학 관계 자료를 가장 많이 보유하고 있다는 이재철 교수의 소장본은 언감생심이었던지라 순전히 인하대 대학원생들의 발품과 이재복, 나까무라 오사무(仲村修) 씨 등의 도움으로 일제강점기의 아동잡지와 성인 대상의 신문·잡지에 흩어진 것들을 웬만큼 모을 수 있었다. 이때 모은 아동잡지들은 영인본 『한국 아동문학총서』(전50권, 역락, 2010) 시리즈로 출간되었다. 정기간행물 가운데 누락된 호수도 적지 않고 복사 상태도 좋지 않았지만, 날로 쇄도하는 연구자들의 원본 자료 복사 요청을 개인적으로는 감당하기 힘들었던지라 영인본 총서 발행을 마냥 미룰 수만도 없었다. 이때 남겨진 과제의 하나가 아동문학 비평 자료의 수집과 정리였다. 비평은 아동 대상의 자료보다는 성인 대상의 자료에 더 많이 발표되었기 때문에 아동잡지 위주로 구성된 총서에서 확인 가능한 것은 극히 일부에 지나지 않는다.

그래서 영인본 총서 발행 직후 곧바로 비평 자료의 수집과 정리에 착수했다. 총서 발행의 인세를 인하대 대학원생에게 투입해서 원본 자료의 한글 입력을 시도한 것이다. 비평은 창작과 달라서 의미 전달이 더 중요한 만큼 인쇄 상태가 흐릿하고 철자가 뭉개진 깨알 같은 원본 자료를 제시하는 것보다는 제대로 독해해서 새로 입력한 자료를 제시하는 것이 더 좋으리라고 판단되었다. 열 명 가까운 인하대 대학원생이 일 년가량 작업한 결과 1908~1950년까지 200자 원고지 1만 장, A4지로 1,300면에 이르는 분량의 아동문학 비평 자료가 입력되었다. 하지만 이를 출판하기까지는 상당한 보완이 필요했다. 원문 상태가 좋지 않아서 훌쩍 건너뛰거나 복자(伏字)로 처리한 부분이 너무 많았던 것이다. 누군가 책임감을 가지고 그야말로 안광(眼光)이 지배(紙背)를 철하도록 힘쓴다면 웬만큼 살려낼 수 있을 것이라는 생각이 들어서 출간을 미룬 채 보완을 기약했으나 감히 엄두를 못 내고 지금에 이르렀다. 열 일을 제쳐두고 이 일에 매달리지 않는 한 결코 해낼 수 없는 어려운 작업이 남아 있었던 것이다.

그런데 대구교대의 류덕제 교수가 마침내 이 힘든 일을 해냈다. 더욱이 필자가 확보하고 입력한 자료의 도움 없이 처음부터 끝까지 혼자 책임지고 해냈다는 점에서 입이 벌어지지 않을 수 없었다. 솔직히 필자는 그간 입력해놓은 자료가 한순간 휴지조각이 되었다는 아쉬움이 없지 않았지만, 워낙 오랫동안 손을 놓고 있었던지라 곧바로 환호성을 지르는 기분으로 바뀌었다. 누가 해도 해야 될 일이었다. 류덕제 교수가 엮은 『한국 현대 아동문학 비평 자료집』은 우선 1900~1920년대 자료를 대상으로 1권이 1,074면의 묵직한 두께로 출간되었는데 지금까지 알려지지 않은 자료를 새롭게 찾아서 보강한 것들도 상당했다. 마침 필자는 문학사 관련 논문을 쓰던 중이라 이 책을 바로 이용했다. 얼마나 편리하고 좋은지 모르겠다. 아동문학 연구자에게 이 책은 하늘에서 뚝 떨어진 선물이 아닐 것이냐 하는 생각을 아니할 수 없었다.

주지하듯이 소명출판은 책을 성심껏 잘 만들어내는 신뢰할 만한 출판사에 속한다. 사전이나 전집처럼 꽤 두꺼운 책인데도 산뜻하고 깔끔한 느낌을 주는 장정과 제본이 책의 가치를 더해준다. 특히 말미에 붙은 상세한 '필자 소개'와 '찾아보기'는 대단한 공력이 들어간 부록으로서 연구자에게 큰 도움을 준다. 일제강점기의 아동문학 관계자는 행적을 알 수 없는 이, 익숙하지 않은 필명을 사용한 이, 그리고 동명이인이 수두룩하다. 예컨대 대전 출신의 비평가 송완순(宋完淳)이 구봉학인(九峰學人), 구봉산인(九峰山人)이라는 사실은 어느 정도 알려져 있지만, 송소민(宋素民), 소민학인(素民學人), 호랑이, 한밧, 송타린(宋駝麟)이라는 사실을 아는 연구자는 그리 많지 많을 것이다. 류덕제 교수가 작성한 '필자 소개'는 그 자체가 중요한 연구논문이라고 해도 무방할 정도로 치밀한 고증에 바탕하고 있다. 현대문학 비평 전공자인 류덕제 교수의 내공이 가장 빛을 발한 대목이라고 여겨졌다.

목차와 본문은 원문 그대로 살려 썼다. 이것도 엄청 고된 일이었을 것임을 알기에 경의를 표하지 않을 수 없다. 원문 자료의 훼손 상태를 감안할 때, 오늘날의 연구자에게 이보다 더 좋은 텍스트는 나오기 힘들 것이라고 판단되었다. 다만 요즘 젊은 연구자들은 한자 읽기를 외국어 대하듯이 끔찍하게 여기는지라 한글로 옮기고 필요시 한자를 병기(倂記)했으면 더 좋지 않았을까 하는 생각이 들었다. 나아가 표기법도 창작이 아닌 비평 텍스트인 점을 감안해서 과감하게 현대어로 고치는 게 가독성을 위해 더 좋지 않았을까 하는 생각이 들었다. 어차피 연구자들은 논문에 인용할 때 원문 확인 과정을 생략할 수 없는 노릇이다. 새로 입력해서 출간한 이차생산물은 귀신이 아닌 이상 아무리 노력해도 오탈자의 실수에서 100% 벗어나기 힘들기 때문이다.[1] 거꾸로 원문의 명백한 오탈자를 류덕제 교수가 각주나 괄호 처리로 바로잡아 보여준 것은 여간 고마운 일이 아니다.

많은 노력과 정성으로 이루어진 믿을 만한 편자와 출판사의 자료집이고, 창작이 아닌 비평 자료인 만큼 어지간한 논문 작성 시에는 이 책을 직접 인용해도 무방할 것이라고 본다. 그러나 사실 관계가 생명이 되는 논문일 경우에는 반드시 원문 대조가 필수라는 점을 잊지 말아야 한다. 필자가 확인할 필요성을 느끼고 원문을 찾아보다가 잘못 기재된 부분을 하나 찾아낸 게 있다. 심훈의 「경성보육학교의 아동극 공연을 보고(1)·(2)」(『조선일보』, 1927.11.16~18)라는 텍스트를 확인하는 과정에서 이 글이

---

1 경희대 한국 아동문학연구센터 편, 『한국 아동문학 연구자료총서』(전9권, 국학자료원, 2012)는 창작을 원문대로 표기한 자료라서 이용자들이 원문 확인의 수고 없이 그대로 인용하고픈 유혹에 사로잡힐 법한데, 어디까지나 이차자료인 만큼 곳곳에 숨어 있는 오기(誤記)의 가능성을 염두에 두어야 한다. 예컨대 총서 1권에 실린 노원숙 동요 「금모래」의 서지사항에서 『별나라』 1926년 11월호가 '제1권 제11호'가 아닌 '제6권 제11호'라고 되어 있고, 총서 2권에 실린 이주홍 동요 「염불긔도」의 "말나부튼 배창자가"는 "말나부튼 배창자나"로 잘못 표기되어 있다. 이 작품의 서지사항 또한 『신소년』 '제10권 제12호, 1932년 12월호'인데 '제10권 제10호, 1932년 10월호'라고 되어 있다. 총서 3권에 실린 윤복진 동요 「댑, 댑, 댑사리」는 3연과 4연의 구분이 없어져서 전체 5연의 작품을 4연으로 만들어 놓았다. 필자가 전부 대조한 것도 아니요, 동요·동시편을 읽다가 우연히 눈에 들어온 오기가 이러했다. 경희대 연구자료총서는 원문 자료에 비해 가독성과 편리성이 주어진다는 면에서 반길 일이지만, 이차생산물을 원문 텍스트라 믿고 이용하다가는 큰 낭패를 겪을 수가 있다.

『조선일보』 1927년 11월이 아니라 12월에 발표되었다는 것, 즉 발표연월일을 '1927.12.16~18'로 바로잡아야 한다는 사실을 알게 되었다. 우연히 하나 확인한 게 딱 걸렸으니(!) 여간 민망한 일이 아니겠으나, 이런 오류를 모른 체하고 넘어갈 수도 없는 노릇이라 연구자들의 경계로 삼고자 부득이 언급해두는 것이다.[2]

류덕제 교수가 엮은 아동문학 비평 자료집이 연구자들에게 얼마나 중요한지에 대해서는 긴 말이 필요치 않다. 근대 초입부터 발표순으로 정리한 아동문학 비평 자료의 복원으로 말미암아 이 땅에서 이뤄진 아동문학 담론의 역사와 그 생생한 현장을 누구든지 손쉽게 엿볼 수 있게 되었다. 이 책에는 기존의 아동문학사에서 실종된 작가 · 평론가뿐 아니라 수많은 소년운동가의 글들도 함께 수록되어 있다. 식민지와 분단에서 비롯된 한국 아동문학의 독특한 면모가 남김없이 담겨져 있는 것이다. 비평 자료는 비평사 연구의 일차적인 텍스트에 그치는 것이 아니라, 작가와 작품에 대한 당대의 인식을 살피는 데에서 가장 중요한 이차자료로 기능한다. 각 시기의 주요 과제와 쟁점을 집약적으로 드러내는 것도 비평 자료들이다. 아동문학 연구자들이 특정 시기의 작가, 작품, 경향 등에 대한 앞선 논의를 참조하려고 할 때 결코 빠뜨려서는 안 되는 '선행연구' 자료로서 이 비평 자료집은 단연 일순위에 해당할 것이다. 류덕제 교수의 노고에 힘입어 한국 아동문학 연구가 앞으로 더욱 활기를 띠게 될 것이라고 확신한다.

---

2 이참에 필자가 『아동문학과 비평정신』(창비, 2001)에서 부록으로 제시한 '한국 아동문학비평 자료 목록'의 오류에 대해서도 밝혀야겠다. 워낙 자료정리가 미흡한 시기에 작성한 것인데다 이용자에게 더 많은 정보를 제공하고자 필자가 확인한 일차자료뿐 아니라 이차자료에 나오는 평론 목록도 전부 끌어모았는데 발표연월일 같은 서지사항에 오류가 적지 않다. 처음부터 어느 정도 예상은 했지만, 훗날 확보한 일차자료에서 원문을 찾아보다가 해당 연월일에 자료가 없는 경우가 종종 나와서 몹시 당황한 적이 있다. 이제 새롭게 보강된 류덕제 교수의 아동문학 비평 자료집 덕분에 필자가 작성한 부정확한 자료 목록은 더 이상 이용가치가 없어졌으니 다행스럽고도 잘된 일이라고 생각한다.

아동문학사의 숨은 이야기를 찾아서

때: 1998.5.25 10:00~12:00

곳: 새싹회 사무실

원종찬(이하 원)_안녕하세요. 선생님께서는 『어린이와 한평생』이라는 회고록을 내신 바 있는데 이는 달리 말해 '어린이문학과 한평생'이기도 해서 선생님은 한국 아동문학의 산증인이라고 할 수 있겠지요. 고난의 역사 속에서 한국 아동문학의 선구자들은 힘겹게 어린이문화 운동을 일구어 왔고, 그 바탕에서 오늘날 이 정도나마 아동문학이 꽃 피고 있습니다. 그런데 아동문학은 일반문학처럼 문화유산이 꼼꼼하게 정리되고 보존되어 있지 못한 실정입니다. 그래서 연구자들이 곤란을 겪고 있는 식민지시대와 해방기를 중심으로 아동문학의 이면사 같은 걸 선생님께 여쭙고자 합니다. 주요 흐름이랄까 대표 작가들에 대해서는 『어린이와 한평생』에 다 나와 있는 셈이니까 오늘은 제가 알고 싶은 것들을 질문하는 방식으로 진행해볼까 합니다. 우선 선생님께서 발간한 아동지들은 어떤 것들이 있는지요?

윤석중(이하 윤)_『어린이』 잡지의 독자로, 소년기자로 시작해서, '꽃밭사' '기쁨사'와 더불어 동요 짓는 일에 흥미를 갖다가, 『어린이』 잡지가 나온 꼭 10년 만에 그 잡지를 내 손으로 편집하게 되었어요. 조선중앙일보사에서 나온 『소년중앙』, 조선일보사에서 나온 『소년조선일보』, 『소년』을 편집했고, 해방 후에는 조선아동문화협회에서 『주간소학생』, 『소학생』
을 만들었죠.

원_1920년대에는 『어린이』를 발행한 개벽사가 중심에 있었다면, 카프
문학 운동기를 거친 1930년대에는 『소년조선일보』와 『소년』을 발행한
조선일보사가 중심에 있었다고 생각되는데요, 특히 1938년 조선일보사
발행의 『조선아동문학집』은 그때까지 나온 아동문학 작품들을 장르별
로 한 차례 정리했다는 중요한 의미를 갖는다고 봅니다.

윤_그때 조선일보사에서 문학전집을 냈어요. 근데 내가 아동문학도 문
학이 아니냐 해서 문학전집에 끼어 들어갔죠.

원_현대조선문학전집이 장르별로 8권 발행되었고, 분야를 나누어 따로
4권이 발행되었는데, 아동문학집은 『신인단편걸작집』, 『여류단편걸작
집』 등과 함께 분야별 낱권(신선문학전집 제4권 3회 배본)으로 묶였더군요. 다
시 처음부터 가닥을 잡겠습니다. 『어린이』 잡지의 발간은 천도교를 배경
으로 했죠?

윤_배경이라기보다 천도교 돈으로 냈죠.

소년운동의 개척자들

원_『개벽』지를 보면 천도교 지도자인 김기전, 이돈화가 일찍부터 소년
운동을 제창하는 글이 나오던데요.

윤_김기전은 천도교의 숨은 실력자였습니다. 이북으로 갔는데, 바로 돌
아가셨는지……. 이북의 청우당에서 활동했을 거에요. 청우당은 천도교
사람들이 하는 것이었죠.

원_정홍교는 천도교와 관계가 없었죠? '오월회'를 했던…….

윤_그분이 방정환 선생의 소년운동과 대립해서 오월회를 했는데, 유치
원 보모와 스캔들이 생겨서 중국으로 갔다가 해방 후에 왔죠. 해방 이듬

해 정홍교, 김억, 나 세 사람이서 어린이운동을 다시 벌이자 해서 모여 가지고 어린이날을 의논했던 적이 있어요. 원래는 5월 1일이 어린이날이었는데 국제노동자대회 기념일인 메이데이와 겹쳐서 오월 첫 공일로 바뀌었죠. 이렇게 되니까 날짜가 자꾸 옮겨 다녔죠. 해방 이듬해 다시 어린이날을 하자 했을 때, 첫 공일이 5월 5일이었거든요. 그래 자꾸 옮겨 다닐 게 아니라 5월 5일, 기억하기도 좋으니까 그 날로 정하자 해서, 싱겁다면 싱겁게 결정된 거죠.

원_식민지시대 기록을 보면 어린이날 하루가 아니라 일주일 정도는 성대하게 행사가 벌어졌더군요.

윤_동화대회도 열고 여러 가지 했어요. 식민지시대에는 방정환 선생이 외국 곡에 맞춰서 만든 노래를 불렀죠. 그래서 해방이 된 다음에 어린이날 노래를 하나 새로 만들려고 작곡가들을 찾아다녔어요. 처음에는 안기영 선생을 찾아가서 곡을 하나 지어 달라고 했는데, 이화전문학교 음악 선생이었던 안 선생이 무슨 일이 생겨서 중국으로 가는 바람에……. 또 그 반대로 윤극영 선생은 북간도에 있다가 한국으로 와서 하나 지어 달라니까 만들어 줬죠. 지금 부르는 건 윤 선생 겁니다.

지금도 잊지 못하는 정지용 동요

원_저는 이태준과 정지용의 아동문학을 흥미롭게 읽었습니다. 이태준은 개벽사의『학생』잡지 편집을 하면서 동화를 썼어요. '아기소설' '유치원 동화'라고 이름 붙여서 내고 그랬는데,『학생』편집실과『어린이』편집실은 한 방이었나요?

윤_그랬어요. 소파 선생과 함께 일했지요.

원_이태준은 경성보육학교에서 동화를 가르치기도 하고 그랬더라고요.

윤_보육학교가 세 개 있었습니다. 경성보육학교, 중앙보육학교, 이화보육학교.

원_경성보육학교를 색동회에서 인수했을 때 이태준이 강연하면서 동화를 지어오라는 숙제를 내주고 했다는 기록을 본 적이 있습니다.

윤_중앙보육학교 문학특강을 이은상이 했고, 경성보육은 독고선이 교장이었는데, 아동문학은 이은상이 맡았을 겁니다. 이태준은 동화를 가르쳤겠죠.

원_조선일보 출판부에도 이은상 씨가 있었죠?

윤_방응모 선생이 조선일보를 인수했을 당시부터 얘깃거리가 많죠. 그 얘기들은『동아일보』연재물「남기고 싶은 이야기」에도 많이 썼어요. 『동아일보』에서 60회 쓰라는 걸 한 80회 썼습니다. 거기 알짜배기 얘기들이 좀 있죠.

원_이태준은 조선중앙일보의 학예부장이었죠?

윤_학예부에 노천명과 박노갑도 있었죠. 나도 이태준 덕택에 조선중앙일보사에 들어갈 수 있었습니다. 조선중앙일보는 여운형이 사장이었는데, 내가 어린이 잡지 하나 내자고 졸라 가지고『소년중앙』을 냈어요. 그런데 몇 부 나가지도 않고 고생이 많았습니다.

원_정지용 시인도 일찍이 조선동요연구협회에 가입해서 활동한 기록이 있던데요.

윤_그건 잘 모르겠고요. 정지용이 발표한 동요는 시적인 동요였어요. 지금도 잊지 못하는데, 몇 편 안 되지만 '아, 이게 참 진짜 동요다' 하는 느낌이었어요. 정지용은 시로서 동요를 쓴 분이거든. 다른 건 다 창가 비슷했고요. 그때 이원수, 나, 윤복진, 송완순, 신고송, 최순애 들이 동요를 지었지만 지금 생각해도 잘된 작품들이 아니에요. 그런데 정지용은 시로서 동요를 개척한 분이다, 지금도 그렇게 생각하고 있죠.

원_정지용이 우리 동시단에 큰 영향을 끼쳤군요.

윤_또 최영주라고 숨은 일꾼이 있었어요. 최순애의 오빠죠. 수원 화성소년회를 이끌다 개벽사에 들어왔고 뒤에 박문서관에서 일하면서 소파전집을 엮었죠. 최순애는 동요 지은 것이 인연이 돼서 이원수와 나중에 결혼까지 했습니다. 마산의 이원수, 수원의 최순애가 열렬히 사랑한 거죠. 이원수는 6·25동란 때 이북으로 피난 갔다가 이남에서 잡혀 죽게 되었는데, 김영일이라고 동시를 쓴 이가 종로서 형사였기 때문에 구해줬어요. 이원수 살린 사람은 김영일이죠.

원_이원수 구명 운동에는 김팔봉도 큰 역할을 했다고 하던데요?

윤_김팔봉하고는 인연이 닿질 않았죠.

초창기 아동문단의 이모저모

원_'기쁨사' 있잖아요. 지방분들하고는 어떻게 같이 활동할 수 있었나요?

윤_편지로 했죠. 잡지 낼 돈 없으니깐 등사판으로 복사해서 냈어요. 신고송, 윤복진, 이원수, 서덕출, 원산에 이정구 등이 함께 했어요. 동요 창작에 어느 정도 작용을 했지요.

원_신고송은 언양이고, 서덕출은 울산, 이원수는 마산, 윤복진은 대구, 이정구는 원산에 있었어요. 그러면 이정구는 월북작가가 아니라 재북작가로 분류되겠네요.

윤_그렇죠. 또 작곡가 홍난파가 동요 운동에 끼친 몫도 잊을 수 없어요. 그는 중앙보육학교 음악선생으로 다녔어요. 보육학교 학생들이 동요를 배워 가지고 선생님으로 나가서 가르쳐야 하는데 자료가 없잖아요. 유치원 선생으로 나가 봐야 부를 노래가 없는 거죠. 그래 홍난파는 '조선동요 100곡집' 이렇게 이름을 정해 가지고 가사를 모집했어요. 광고를 했죠. 결국 모집은 안됐지만 신문 잡지에서 동요를 찾아 100곡집을 내긴 냈죠.

원_당시 학교에서 부른 창가는 일본 노래였나요?

윤_보통학교는 그랬죠. 난 늦게 11살에 교동 보통학교 3학년이 됐어요. 창가 시간에 처음 배운 노래가 '하루가 기다, 하루가 기다(はるが きた, はるが きた.)' 이런 노래에요. 뭐냐니까 '봄이 왔네, 봄이 왔어' 하는 노래지요. 그때 나이는 어렸지만, 일본말 노래가 내게 민족적 자각을 주었어요. 우리말이 버젓이 있는데 일본말로 노래를 부르다니요. 난 '하루'가 '하루 이틀'인줄 알았는데, 그때 어린 생각에도 이게 뭐냐 그랬죠. 우리나라 노래는 '새야 새야 파랑새야' 하는 노래하고 몇 개 안 되었습니다. 좀 어렵고 어른 상대가 많았지요.

원_1927년 라디오 방송국이 생기고부터 우리 동요가 널리 퍼졌다고 들었습니다만.

윤_홍난파의 공로가 크지요. 조선동요 100곡집 모집 광고를 냈지만 어디 있어요? 이것저것 신문 잡지에서 찾아 가지고 100곡집을 냈는데, 동요 하면 전부 갖다 냈지요. 그리고 박태준 씨가 평양 숭실학교에 있다가 대구로 가서 윤복진 노래를 많이 작곡했죠.

원_『신소년』을 냈던 신명균은 한글학자였죠? 1920년대에 동요를 많이 지었던 정열모도 한글학자고요.

윤_그렇죠. 정열모는 이북으로 갔고, 신명균은 해방 전에 돌아갔죠.

원_『별나라』를 냈던 안준식은 뭐 하던 사람이었나요?

윤_안준식은 인쇄소를 했어요. 거기서 『별나라』를 냈고, 그러다가 동인이 됐죠. 실제는 박세영이가 편집을 했습니다.

원_1927년 박세영과 송영이 참가하면서 점차 계급노선이 분명해진 거죠. 소년소설을 썼던 안평원과 안준식이 혹시 동일인입니까?[1]

윤_모르겠네요. 안준식은 작품 활동이 없었어요.

---

1 안평원과 안준식은 동일인이 아닌 것으로 확인되었다.

원_동화작가모임 '별탑회' 알죠? 최병화, 연성흠, 이정호가 참여했던. 이 '별탑회'는 『별나라』와 관계가 없나요? 『별나라』 초기에는 이들도 관련이 있다고 보이는데…….

윤_'별탑회'는 두드러지게 활동한 건 없어요.

원_『별나라』도 처음에는 급진적이질 않았고, 『어린이』 잡지처럼 가난의 비애를 주로 그렸던데요. 최병화나 연성흠의 작품 세계도 그렇잖아요.

윤_최병화는 심성이 여린 사람인데, 나중에 계급문학 쪽 사람들과 결합이 됐죠.

원_평론가 백철 있잖아요. 본명은 백세철이죠. 그분의 형 백세명이 천도교의 주요 사상가였으니, 백철도 『어린이』와 깊게 관계했는지요?

윤_너무 잘 아는데요. 진짜.

원_백철이 『어린이』에서 활동한 기록이 있어요.

윤_관계가 깊지는 않았죠.

원_신간회 운동과 아동문학의 관련에 대해서는 뭐 없나요?

윤_없어요.

원_선생님 양정고보 시절에 김교신 선생의 영향이 깊었나요?

윤_별로 영향 받진 못했어요. 김교신은 『성서조선』 낼 때 급사도 안 두고 혼자 자전거 타고 교정 보고 책 실어 나르고 하면서 고생 많이 했죠. 나는 양정학교 다니다 광주학생사건이 터져서 졸업을 못했어요. 서울서도 동맹 휴학을 한다고 굉장했지요. 우리도 가만히 있을 수 없다 해서 뭔가 움직임이 있었는데, 5학년이었던 우리는 졸업을 앞뒀기 때문에 그냥 넘기자 하는 분위기였어요. 그래서 내가 졸업장이 뭐 대수냐 하고 자퇴를 했던 것인데……. 그때 중외일보에 있던 이태준이 나더러 자퇴생의 수기 글을 하나 써오라 해서 썼지요. 그걸 어떻게 구했으면 하는데……. 그 신문은 압수를 당했어요.

원_결국 양정고보를 졸업하지 못했네요.

윤_몇해 전에 명예졸업장을 받았어요. 57년 만에 졸업장을 받은 셈이지요.

원_성해 이익상에 대해서 기억하시나요? 소설가 했던 분 말이에요.

윤_아마『매일신보』편집국장을 했죠. 소설 작품으로 남는 건 없어요. 최서해는 있지만.

원_『어린이』에는 이익상의 동화가 하나 있는데, 당시 이익상은 급진적인 사상운동을 했거든요. 방정환 선생이 이익상의 작품을 실은 건 발이 꽤 넓었다는 얘기가 되죠. 당시는 민족주의니 사회주의니 가려가면서 일 하지는 않았죠?

윤_소파 선생은 개벽사 운영 때문에 잡지가 안 돼서 고생하시다 돌아가셨습니다.

원_송영의「쫓겨가신 선생님」도 방정환 선생이 있을 때 실린 것이에요. 그 때문에 방 선생이 당국에 불려가서 고생하고 그런 걸 보면,『어린이』잡지가 사회주의를 배제하지는 않은 것 같아요.

윤_소파 선생은 천도교인이었는데, 천도교나 손병희 사위라는 걸 일체 입밖에 내지 않았어요.「쫓겨가신 선생님」도 가난한 학생 이야기니까…….

원_맹주천이라고 기억납니까?

윤_보통학교 선생이었죠.『신소년』에 늘 작품을 쓰고 그랬습니다.

원_대종교 지도자 가운데 같은 이름이 있던데.

윤_그건 잘 모르겠는데요. 교육자였던 건 분명하고.

원_1938년『조선아동문학집』에 실린 최옥란의「햇빛은 쨍쨍」이란 노래 있죠? 이게 김종원이란 이가 1920년대에 쓴 것이던데요?

윤_표절인가 그럼?

원_최옥란의 이후 활동도 알 수 없고……. 그런데「햇빛은 쨍쨍」하면 모두 최옥란을 인용하고 있거든요.

윤_원 선생은 한국 아동문학사를 쓰려고 하는 거죠?

원_아니요. 거기까지는 아니고, 자료를 들쳐보면 미진한 구석이 하도 많아서…….

윤_원 선생한테는 거짓말을 하면 금세 들통나겠어요. 허허.

원_『동아일보』나 『매일신보』는 아동문학 담당자가 따로 없었나요?

윤_따로 담당한 건 없죠. 『동아일보』는 편집국장이 춘원 선생이었어요. 내가 동요집 머리말을 써달라고 하니까, 원체 머리말 안 써주기로 유명한데 기꺼이 써 줬죠.

현덕과 정현웅에 관한 기억들

원_춘원이 수양동우회 사건으로 붙들렸다가 병보석으로 나왔을 때, 병원에서 단편 「꿈」과 「사랑」을 구술하고 현덕이 대필했다고 하는데, 현덕은 춘원과 어떻게 연결될 수 있었는지요?

윤_병원에 내가 찾아갔을 때 춘원 선생이 현덕 이야기 한 걸 기억하고 있습니다. 감옥에서 현덕 아버지를 만났다고 하대요. 사상범이 아니라, 좋지 않은 것, 일반 잡범으로 붙잡혀 왔다고 한 것 같아요.

원_현덕은 아버지가 사업사업 하며 집안을 돌보지 않아서 식구가 각자 도생을 했다고 기록했어요. 할아버지는 민영익의 집사이고 궁궐 수비대장을 지냈으니 꽤 재산가였을 텐데, 아버지가 아마 가산을 탕진하고 브로커(거간꾼) 비슷한 활동을 한 것 같아요. 현덕의 동생 현재덕은 나머지 식구가 지금 서울에 살아 있어요.

윤_현재덕은 북한에서 활동도 했나 봐요. 내가 하와이 동서문화센터에 갔을 때 도서관에서 북한 잡지를 들쳐보니깐 현재덕 이름이 나오더라구. 현덕은 신춘문예 등단작 「남생이」로 알게 되어서 내가 동화를 써달라고 부탁했죠. 「남생이」에 나오는 꼬마 애들이 아주 정확하게 묘사된 걸 인상적으로 봤어요. 근데 현덕은 통 말이 없었어요. 원고를 가져와서는 슬그머니 놓고 가곤 했지요.

원_신춘문예 아동문학 부문 심사에 대해 아는 거 없어요? 누가 했는지.

윤_모르겠어요. 학예부에서 했지요.

원_식민지시대에 활동을 많이 한 사람 가운데 지금은 거의 잊혀진 사람, 예컨대 노양근, 정우해, 정명남 들에 대해서는…….

윤_기억나는 게 없네요. 아마 모두 이북으로 갔을 거예요. 우해 정순철은 내가 일본에 있을 때 공부하러 온 걸로 기억하고요.

원_화가 정현웅하고는 잘 알고 지냈지요?

윤_그 사람 얘기는 길죠. 『조선중앙일보』가 정간되었을 때 조선일보사로 오라니까 어찌 나만 취직할 수 있겠느냐고 주저했죠.

원_정현웅 삽화가 참 좋죠. 북한에서 아동화(兒童畵)를 개척했다고 그럽니다. 전에 미술 잡지에서 정현웅의 아동화를 한 번 볼 기회가 있었는데, 윤 선생님의 동요 「키 대보기」가 바로 떠오르더군요.

윤_허허, 우리끼린 거짓말을 못 하겠다니까. 그 그림 저기 있어요. 아이들 그림은 이날 이때까지 정현웅을 당할 사람이 없어요. 평양 미술관에 크게 걸려 있는 걸 미국에 사는 아들이 복사해 와서 나한테 건네주었습니다. 조선일보사 출판부에서 일할 때는 내 곁에서 펜화 단색으로 그렸는데, 북한에서는 색칠을 해서 서양화처럼 그렸어요. 치마나 신발은 북한 것이라는 느낌이 들죠. 그 사람, 옛날 그 구상이 아깝다고 생각했는지 평양에 가서 다시 그린 셈이죠.

원_삽화로 유명한 이로 임동은이 또 있지요. 임홍은과는 형제죠?

윤_그렇죠. 임홍은은 『아이생활』에서 일했어요.

원_이들이 해방되고 나서는 어떻게 됐는지 궁금해요. 임홍은 이름은 통 찾아볼 수 없고, 임동은의 경우엔 해방 직후 잠시 활동하다가 또 이름이 보이지 않던데요.

윤_임홍은은 죽고 임동은은 월북했는지, 둘 다 월북했는지 잘 모르겠네요. 황해도 출신인 것 같은데…….

원_지금 남한에서 그 이름이 사라진 작가들은 월북인지 재북인지도 정확하게 살필 수 없는 경우가 많아요. 현덕과 윤복진은 6·25동란 때 월북했고, 송창일은 북한에서 활동했는데 월북인지 재북인지 모르겠고, 정우해, 정명남, 임홍은과 동은 형제는 과연 북한에 살았는지조차 모르겠고…….[2]

윤_권정생이란 동화작가가 현덕을 끔찍이 생각하대요. 그 사람 아직도 혼자 삽니까?

원_예, 안동 조탑마을에 그대로 살고 계십니다. 현덕 작품이 참 좋다는 말은 권 선생님한테 저도 들었습니다. 이제 해방 뒤로 넘어가기로 하겠습니다. 해방 뒤 조선문학건설본부와 노선 차이로 대립한 조선프로예맹에 아동문학인들이 대거 참여했습니다. 『별나라』와 『신소년』을 주도한 송영, 박세영, 신고송, 홍구, 이주홍 등이 프로예맹계였기 때문에 그리 된 것 같습니다. 윤 선생님도 프로예맹에 이름이 올랐던데요. 뒤에 문학건설본부와 합쳐서 만든 조선문학가동맹에도 아동문학부 위원으로 오르고요.

윤_전혀 사람들을 만난 적은 없는데…….

원_당시 『주간소학생』에만 전념했는지요?

윤_그렇습니다.

원_가람 이병기나 염상섭도 조선문학가동맹에 이름이 오른 관계로 정부 수립 후 보도연맹에 가입할 수밖에 없었는데, 윤 선생님은 보도연맹에 가입하라는 종용을 받지 않았는지요?

윤_조선문학가동맹에 이름이 올랐어도 전혀 활동이 없었으니깐, 보도연

---

2 평양 출신의 송창일은 재북작가로 해방 후 북한에서 활발한 활동을 벌였다. 황해도 재령 출신인 임홍은 역시 재북작가로 북한에서 영화미술을 이끌었고, 그의 아우 임동은 6·25동란 중에 서울에서 부역혐의로 잡혔다가 사망한 것으로 밝혀졌다.

맹과 관련해선 오란 얘기도 간 적도 없었어요.

원_동지사아동원에 대해 아는 게 있는지요? 해방기에 아동문학 관련 사업을 활발히 벌였는데요.

윤_모르겠는데요.

원_동지사아동원에서 동화집도 꽤 냈어요. 잡지 『아동문화』와 『어린이나라』를 펴냈지요. 이들 잡지에는 보도연맹 가입자들이 많은 활동을 벌였습니다. 대부분 6·25동란 때 월북했고요.

윤_동지사에 대해 기억나는 게 없군요.

새싹회 기념사업과 권태응 노래비

원_동요시인 권태응이 『소학생』에 쭉 발표를 하던데 혹시 등단에 대해 아는 바 있습니까?

윤_권태응 부인이 원고 보따리를 가지고 찾아 왔어요. 자기 남편이 와세다대학 다닐 때 학생운동 때문에 잡혀 병신이 돼서 일어나지도 못하고 작품을 썼다고 해요. 근데 작품이 참 좋더라고요. 그분 얼마 못 살고 결핵을 앓다가 돌아갔지요. 좋은 작가였습니다.

원_윤 선생님은 현덕과 권태응 두 분을 아동문단에 소개한 것으로도 큰 일을 하신 거라고 생각해요.

윤_1968년 탄금대에 권태응 노래비를 만들었죠. 아이들 노래 60주년을 기념하는 사업의 일환이었습니다. 말하자면 1908년에 나온 최남선의 「해에게서 소년에게」가 신시 첫 작품이고, 여기서 소년은 장가든 사람이었지만, 아이들한테 첫 작품이 되니까 1968년에 60주년을 기념하자는 뜻으로 '새싹회'가 나라 곳곳에 노래비를 세우기로 한 거죠. 지금으로서도 엄두 내기 힘든 일인데, 그때 모두 여섯 군데 노래비를 세웠습니다. 울산에는 서덕출의 「봄편지」, 이원수 고향인 마산에는 「고향의 봄」, 이

노래가 홍난파 작곡으로도 유명해서 수원의 홍난파 무덤에는 악보를 넣어서 세웠고, 마산에는 노래말로 세웠습니다. 윤극영의 「반달」, 해방 되고 내가 만든 첫 노래 「새나라의 어린이」, 그리고 권태응의 「감자」. 이렇게 해서 권태응의 노래비가 만들어졌습니다.

원_우효종은 월북했나요?

윤_안기부에 내가 출석한 것 같네요. 허허.

원_채규철, 임서하는 월북했죠?

윤_임서하는 좌익으로 돌아서서 월북했어요.

원_박인범, 일명 박두루미는요?

윤_작가는 아닌데 그 사람.

원_동화구연가였죠. 동지사아동원의 후원으로 현재덕과 함께 전국의 학교를 돌면서 구연 활동을 벌였어요. 박인범이라는 이름으로는 작품도 썼어요. 북한의 아동문학사 책에 이름이 나오더라고요. 참, 박화목(박은종) 선생의 「38도선」은 『소학생』에서 영 찾을 수가 없더라고요.

윤_그게 해방되면서 조선아동문화협회(을유문화사)에서 글짓기 모집을 처음으로 했는데, 가작인가 2등인가 박은종 작품이 하나 올랐지요. 글짓기 입선 작품인데, 발표가 안 되었을 리는 없는데……[3]

원_윤 선생님 작품에서도 식민시대에 쓴 『허수아비야』, 『차장 누나』 이런 게 참 좋던데. 전집에는 빠졌고요. 그래서 동시집 원본을 구했으면 좋겠는데, 삭제당한 작품들은 따로 갖고 있는지요?

윤_다 없어졌죠.

원_댁에는 작품집을 보관하고 있지요?

윤_뒤죽박죽이죠. 마흔한 번을 이사 다녔으니까.

원_식민지시대의 신문과 잡지들을 보면 그동안 알려지지 않은 작품들이

---

3 박은종의 「38도선」은 『주간소학생』 제15호(1946.5)에 실려 있는 것으로 확인되었다. 조선아동문화협회에서 1946년 어린이날 기념으로 모집한 현상동요의 2등 당선작이다.

상당하던데, 아동문학 작가작품론은 새롭게 조명될 여지가 많은 것 같습니다. 워낙 긴 세월에 걸친 사연을 다 이야기할 수는 없으니까 오늘은 여기까지만 얘기하고 또 나중에 더 나누기로 하지요.

윤_점심 내가 낼 테니 갑시다.

원_오랜 시간 정말 감사합니다.

내가 걸어온 아동문단

때: 2004.3.6.~4.3(매주 토요일 오후)

곳: 서울 서교동 서현교회 교육관

·

원종찬(이하 원)_제가 「꽃밭에서」, 「파란마음 하얀마음」, 「과꽃」 이런 거 굉장히 좋아했거든요. 이렇게 만나뵙게 되어서 너무나 반갑습니다.

어효선(이하 어)_네, 반갑습니다.

원_선생님께서 지금까지 쭉 살아오시면서 우리 아동문학에 대해서 직접 겪으신, 살아온 그런 얘기들을 쭉 해주시면 되는데요.

어_네.

원_먼저 선생님 어렸을 때 얘기부터 하려고 해요.

어_네.

중앙유치원과 교동보통학교 시절

원_선생님이 아마도 유치원을 다니게 된 것은, 서울 중앙유치원에 다닌 것은 그래도 집이 그래도 괜찮게 살았으니까 가능했죠?

어_그때 유치원이 서울, 그러니까 경성에 몇 군데 안 돼요. 그리고 개인 경영라는 건 뭐 없었고.

원_개인 영경은 없었고.

어_대개 인제 교회, 교회를 그때는 예배당이라고 했거든. 그래서 내가 다닌 학교가 중앙예배당에 붙은 중앙유치원이에요. 그게 어디냐 하면 종로 화신 뒤예요.

원_유치원 때 기억나는 건 좀 없어요?

어_그래 유치원에서 하는 일이 뭐냐, 뭘 가르치느냐. 글 안 가르쳐요. 그래 인제 뭐 놀리는 거야, 놀리는 거.

원_놀게 하는 거.

어_놀게 하는 거. 그래서 한 반에 아이들 수가 열다섯 명 정도예요. 그건 무슨 책상을 저마다 줘서 뭐 이런 게 아니고 그 교실에다 둥그렇게 돌려 앉히는 거죠. 그러고 가운데에 선생님이 들어서는 거지. 그래가지고 뭘 하느냐 하면은 돌아가면서 노래 부르는 거. 그러고 인제 지금은 율동이니 유희니 이러지만 그때야말로 율동이란 말은 또 별로 못 들었고, 유희 허는 거야, 유희. 유희허는 건데, 그건 인제 걸상 뒤로 밀어놓고 유희허고 노래 부르고 그 인제 그때 풍금으로 해요. 피아노가 그렇게 많지 않았거든. 그런데 나는 인제 노랠 못 불러서 내 차례가 되면은 벌벌 떨고 그랬다구. 그랬는데 그때에 인제 입고 당기는 옷이 겨울에는 한복 입어요. 또 인제 봄, 여름 뭐 이렇게 돼야 원복을 입지.

원_네 유치원복.

어_유치원복. 그런데 그때에 그게 세일러복이야.

원_세일러복.

어_응. 등떠리에 턱 접는 거. 그렇허구 인제 모자도 동그란 모자에 뒤에 리본이 달린 세일러 모자예요.

원_세일러 모자.

어_응…… 그걸 쓰고, 그래 또 우리, 나 댕길 때는 중앙이라 오렌지 빛, 중앙 빛이라. 중홍이야 워낙은. 중홍 빛깔.

원_주홍.

어_응. 주홍두 쓰구, 중홍도 쓰고, 거 빛깔이 흐려요. 그래 인제 중홍 뭐이렇게 발음을 안 하고 중황, 중황 이랬거든, 중황빛. 그걸 입고 겨울에는 한복 입었구.

원_노래는 우리 조선어로 돼 있어요?

어_물론이죠. 물론 우리말로 된 노래를 부르고 가르쳤죠. 근데 그때에부른 노래가 「뒷동산에 할미꽃」이야.

원_아, 김태오……

어_김태오 그이의 작사가 아니에요. 누가 작사했는지 몰라요.[1]

원_그럼 구전일 수 있겠네요.

어_그런데 거기 곡이 신곡이, 현대적인 곡이 붙었단 말이지. 그러니까전래동요? '달아달아 밝은 달아 이태백이 놀던 달아'에 붙여서 불렀거든. '새야새야 파랑새야 녹두밭에 앉지마라' 이것두 그 곡이에요. 그랬는데 이거를 일본의 무슨 곡에다가 붙여서 부른 거라 그래요, 그 곡이.그런데 지금 아무리 문헌을 보구 그래도 누구 작사 뭐 누구 작곡이라는거는 안 나와요. 그 뒤에 1924년에 인제 윤극영이 「반달」 노래를 처음으로 발표를 했어. 그게 우리나라 창작동요라. 창작동요에 창작곡이지.

원_그때 이야기도, 옛날이야기나 동화 이야기도 유치원 때……

어_더러 들었지요. 더러 들었는데 지금 생각해도 무슨 얘기를 들었는지기억이 없다구. 보나마나 무슨 흥부놀부 이런 거겠는데, 그 기억이 없어요.

원_또 보통학교 땐지 유치원 땐지도 잘 구분이 안 가겠네요?

어_보통학교 때엔 그래도 기억을 허는데.

원_보통학교 들어가서는.

어_들어가서는 또 이야기를 해준 일도 없고. 유치원에서 인제 몇 가지

---

1 1933년에 나온 김태오의 『설강(雪岡)동요집』에 "하하하하 우습다 뒷동산에 할미꽃……" 하는「할미꽃」이 실려 있는데 같은 노래인지는 확실치가 않다.

애길 들었겠죠. 근데 생각나는 거는 「뒷동산에 할미꽃」밖에 없어요. 그리구 인제 뭘 허느냐 하면은 요새 말로 하면 공작이지, 공작. 커다란 테이블에 죽 둘러앉어요.

원_뭐 만들기, 공작.

어_그니까 뭘 만드느냐 하며는 실에다가 구슬 꿰는 거. 그런데 구슬만 꿰는 게 아니라 인제 그 보릿짚인가? 보릿짚에 물들인 것이 있었어요. 그것을 한 5센티? 5센티씩 토막을 친 거거든. 그게 노란물도 들이고 파란물도 들이고 이래서, 그 구슬하나 꽂구 보릿짚 하나 꽂구 또 구슬 꽂구 보리짚 꽂구 이거라.

원_목걸이가 되겠네요?

어_그렇죠. 그거 한 기억. 그러구 인제 색종이 접기, 색종이 접구 오리고, 가위로 오리는 거, 그거 헌 기억은 있고, 그래서 길게 이렇게 고리를 지어요, 고리. 가늘게 오려가지고, 그거 허구, 인제 새 접고, 무슨 배 접고.

원_종이접기.

어_종이접기지, 색종이 접기. 그거를 많이 했어요. 그러니 그때 배운 새 접기, 거 황새라는 거, 지금도 내가 잘 접어요. 그때 배운 거라. 그니까 그게 75년 전에 배운 거예요. 근데 지금 황새 백 마리를 접으면 무슨 소원을 이룬다, 그런 말이 있거든. 젊은 사람이 사모하는 여자에게 그거 백 마리를 접어 주면은 뜻을 이룬다, 그런 얘기가 있어.

원_그러면 교통보통학교 때 얘기 좀 해주세요.

어_근데 그때 그게 별로 음…… 4, 5, 6학년…… 그러니까 3학년까지는 괜찮았지. 일본 천황의 칙어.

원_칙어.

어_음, 칙어. 천황의 말씀이지. 그게 있었거든. 그거를 다 외야 해. 거 두 페이지나 되는 글인데. 그걸 못 외무면 안 돼요. 근데 인제 무슨 경축일 뭐 이런 때에는 꼭 기념식을 하고 이럴 적에 교장 선생님이 교육칙어를 낭독헌단 말이야. 그 낭독허는 동안에는 직립 부동자세로 서 있어야 되거든. 고갤 숙이고, 다 읽고 끄트머리 구절을 읽어야 고개를 드는 거야, 허허. 그게 교육칙어예요, 거 다했지.

원_동화책이나 뭐 동요, 동시 기억나는 거는 없어요?

어_그때는 인제 책이 귀해서 일본책이 물론 들어왔겠죠, 여기도. 들어왔겠지만은 소파 방정환 선생이 『어린이』 잡지를 1924년에……[2]

원_23년.

어_23년, 24년에 나왔는데 그거 뭐 못 얻어 봤어요. 부수도 적었거니와 또 안 팔렸다 그러죠, 난중엔. 안 팔려서 소파가 빚을 지고…….

원_선생님 교통보통학교 다닐 때에는 벌써 폐간됐을 때죠, 34,5년에 폐간됐으니까.

어_난 봤는데? 34,5년?

원_네.

어_그렇지, 그렇지. 그런데 길 건너가 천도교거든 바로. 그 천도교에 『어린이』 개벽사가 있었거든. 개벽사. 길 건너에 교동보통학교가 있는데, 그게 인제 소파 돌아가던 해에도 그 강당에서 소파가 동화 구연했다 하는 얘기를 뭐 들은 일이 없어요. 바로 길 건너인데도, 가서 들은 일도 없고. 그래 나보담 한 서너 살 더 먹은 이라야만 거길 가서 들었다구. 그래서 그걸 들은 이가 조풍연이라고 있지?

원_네, 조풍연.

어_응, 그이가 그걸 들었다고 얘기허는 걸 들은 일이 있어요.

원_네, 그러면은 그 『어린이』 잡지 같은 것은 뭐 폐간도 됐고 그래서.

어_난 못 봤어요.

원_구해 볼 수가 없었군요. 『소년중앙』, 아니 『소년조선일보』 같은 것도

---

2 『어린이』는 방정환이 중심이 되어 1923년에 창간되고 개벽사에서 발행했다. 1935년에 폐간되었으나 1948년 고한승에 의해 복간된 적이 있다.

본 기억이 안 나세요?

어_아이구, 『소년조선일보』가 언젠데요, 없어요.

원_선생님 교통보통학교 다닐 때, 『소년조선일보』가 30년대 후반에 나왔거든요, 『소년』 잡지하고…….[3]

어_그랬는데 그때 그게 집집마다 신문 보던 때가 아니거든 그때도, 그랬는데 어…… 우리집이 뭐 신문 안 본 집은 아닌데, 그 기억이 또 없어요.

원_학교서 그 윤석중 선생에 대해서 얘기하고 그러지 않았어요? 거기 동창이었는데. 교동보통하교 졸업생이면은…….

어_윤석중 선생이 나보덤 열네 살이 위예요.

원_교통보통학교 나왔으니까 학교에서 뭐 자랑하고 그러지 않았어요?

어_전연 얘기가 없었어요.

원_윤극영, 윤석중 선생이 교동보통학교 나왔으니까 학교에서 인제 우리 학교 나온 분들이 이런 분들이 있다…….

어_아이구, 그걸 누가 얘길해? 없어. 얘기하는 사람 없어요.

원_그럼 우리 아동문학 경험이 없었겠네요?

어_내가요?

원_학교에서요.

어_없죠. 전연 들어본 일이 없어요. 윤석중, 윤극영 얘기를 들어본 일이 없어요.

원_거기 출신인데도. 해방되기 전에 활동했던 사람은 특별히 기억나는, 해방되기 전에 선생님께서는 기억…….

어_하는 사람 하나도 없어요.

원_일단은 윤석중 이런 분들도 일제시대 때는 몰랐다는 얘기죠?

---

3 『소년』은 조선일보사 출판부 발행의 어린이 잡지(1937.4~1940.12)로 윤석중에 의해 만들어졌다. 이 당시 역시 윤석중에 의해 조선일보의 부록으로 일주일에 한 번씩 『소년조선일보』가 나왔다.

어_몰랐지.

동요를 창작하게 된 경위

원_해방되고 나서 뭐 선명히 기억나는 거 없어요?

어_해방이 되고, 어…… 우리 노래가 인제 스피커를 통해서 방송이 되는데 종로 네거리까지 왔는데, '어둡고 괴로워라', 그런 가사가 있어요. '밤이 길더니'. 그게 인제 어느 틈에 작사 작곡이 된 거야, 그때. 그러니까 감격이지, 감격. 그냥 감격 하나예요. 그러고 그때 인제 건국준비위원회, 뭐 이런 게 생기고, 뭐 그래 가지고 그때에 안재홍, 민세 안재홍이란 분이 방송을 하는데, 경거망동하지 말라, 조국은 해방이 됐다. 이런 방송이 나오고 이랬죠. 그랬는데 인제 종로 거리에는 그냥 우리…… 판금됐던 책들, 이게 종로 거리에 그냥 길바닥에 거적 펴고 벌여놓고 파는 거야.

원_그게 다 어디 누가 숨겨놓고 있었구나.

어_그러니까 인제 판금이 되니까 못 팔고 어디다 쌓아 뒀던 거지. 이게 인제 쏟아져 나와. 그야말로 책의 해방이지. 또, 그래서 그때에 내가 산 책이 꽤 있어요. 그런데 그때에 인제 계명학원 월급 받은 걸 쓸 데가 있어야지. 그 돈을 가지고 책을 사는데, 그때 책값이라는 게 뭐 그 뭐 아주 싼 거지요. 그래서 그저 뭐 닥치는 대로는 안 사고, 사고 싶은 것만 샀는데, 그때에 좀 더 샀어야 하는 거야. (웃음)

원_어떤 거 샀는지 기억나시는 거 있으세요?

어_그러니까 그때 뭐 책이 다양하게 있는 게 아니고 요새말로 하면 창작집이지. 그래 가지고 인제 김남천의 소설책, 뭐 이런 읽을 거. 그게 지레 쏟아져 나와서 그때 여러 가지를 샀던 기억이 있어요.

원_혹시 동화책 같은 것들은 아니구요?

어_동화책은 안 나와요.

원_그땐 선생님이 청년이었으니까.

어_그래도 관심은 가지고 있었는데, 동화책 같은 거는 나온 게 없으니까, 출판된 것이. 그래가지고 인제 8월 중인지, 9월인지 어떻든 그 핸데, 조선아동문화협회라는 게 생겼거든.

원_네, 윤석중 선생.

어_그렇죠, 그걸 줄여서 '아협'이라 그랬거든. 그게 종로 2가에 있었죠.

원_을유문화사.

어_을유문화사, 그게 종로2가예요.

원_을유문화사의 그 '을유'가 해방…….

어_해방되던 해에 생겼기 때문에 상호가 '을유'가 됐죠. 아협은 을유문화사에서 그걸 헌거지만 거기서 별도로…….

원_아동문화협회라고 하는 것을 만들었죠?

어_아협을 만들어가지고 그 간판을 달고 거기서 인제 첨에 낸 것이 『주간 소학생』이라. 『주간 소학생』이라는 게 지금 A4용지, 요런 걸, 10페이진가? 거 뭐 10페이지를 박아서 반을 접은 거거든. 일주일에 하나씩 냈어요.[4] 그래 이걸, 거 을유문화사가 영보빌딩이라는 빌딩에 있었거든.

원_영보빌딩요?

어_영보빌딩이거든 그게. 거기 2층, 3층을 썼는데, 인제 아협이 거기 있었고, 거기서 『주간 소학생』을 발행을 헌 거예요. 그때 또 서점이 뭐가 있어야지? 그래서 그거를 일주일에 하나씩 나오는데, 거 영보빌딩 현관에 책상 하나 놓고, 낡은 책상 하나 놓고 거기다가 올려놨거든. 그저 몇 개, 몇 십 부, 고거예요, 그때. 거기서 인제 수위, 문 지키는 이가 있고 해서 돈을 내고 그걸 샀던 거 같애요.

원_그때 그걸 사서 보신 거네요?

---

4 『소학생』은 을유문화사 부설 조선아동문화협회의 기관지다. 윤석중이 주재했고 1946년 2월부터 주간으로 나오다가 1947년 5월부터 월간으로 바뀌어 1950년 6월까지 발행되었다.

어_그럼요, 거 샀죠, 내가.

원_그럼 아동문학에 관심이 있었네요?

어_있었지.

원_청년 때두?

어_그렇지, 그렇지요. 그러니까 관심만 있었지. 그런데 인제 무슨 글을 쓰고 이런 거는 별로 없었지. 그러나 우리 책을 많이 봤다면 많이 봤지요. 국어에 또 관심이 있으니까 그 표현, 또 무슨 맞춤법 이런 것을 전부 금을 긋고 그거를 인제 노트에다가 썼지. 그래서 내가 인제 한글 맞춤법을 깨친 셈이지, 그걸로. 그걸로 깨친 거예요. 근데 그때에 출판물은 한글학자가 교열을 했단 말이야. 그래서 그 책에 이름이 나와요. 아무개 교열. 그래서 누가 교열 했느냐면 이희승 같은 분. 일석 이희승 같은 분이 책을 교열을 했어.

원_그러면 해방되기 전에는 우리말을 못했다는 말인가요?

어_우리말을 학교에서는 못하게 했고, 또 무슨 서적도 없고, 일본책이 더러 있지만 그게 배급제야, 그때는. 일본사람들이 용지를 통제허니까.

원_일제 말에 유치원, 보통학교 다닌 사람들은 우리말을 모르고 해방을 맞았다는 얘기네요?

어_우리말이야 알지.

원_아니, 우리글을……

어_우리글.

원_한글을 모르고.

어_그렇지.

원_깨우치지 못하고.

어_그런 셈이지.

원_일본어는 알아도…… 아, 그러니까 해방되고 나서 한글을 배운 거군요?

어_유치원 애들은 일본어도 모르죠, 애들은.

원_아니, 그때 보통학교 다녔던.

어_그때는 조선어 시간이 따로 있고 주로 일본말, 일본책을 가르쳤는데, 그게 인제 몇 해 지나가니까 조선어 시간이 폐지가 되고.

원_그렇죠.

어_일본말만 인제 국어 상용이라 이랬단 말이야. 그 국어는 일본어죠.

원_그렇죠.

어_그러다가 인제 해방이 된 거지요.

원_40년대는 전혀 우리말 우리글을 깨우칠 기회가 없었겠고, 학교에서도…….

어_그랬다고. 또 그때 가르치려고도 안 그랬던 것 같애요, 부모가. 우리글 배워야 한다는 생각들도 없었던 거지. 일본이 전쟁에 이길 줄 알았지. 질 줄은 몰랐지요. 그러니까 뭐 창씨개명 해라 하면 창씨개명 하고, 다 헌거지.

원_그래도 말은 또 우리말들을 썼잖아요? 집에서는 다들.

어_그럼요, 학교에서도 우리말 썼어요.

원_그렇죠?

어_나중에 인제 우리말을 못 쓰게 하고 우리말을 하면 벽에다가 일람표를 붙여놓고 표를 해서 주의를 받고 또 벌을 서고 이런 게 차차 심해지니까. 그랬는데 해방 후에 그래도 『주간 소학생』이 나왔단 말이야. 거기 실린 글은 무슨 창작이라는 거보다도 역사, 우리 역사를, 길게 허는 게 아니고, 워낙 그게 몇 페이지 안 되니까, 우리 역사와 무슨 민속, 이런 것을 짧게 이렇게 해서 실린 정도지.

원_그러면 스무 살 넘어서, 해방 맞이하면서 우리글을 익힌 것이 되겠네요.

어_그런 셈이죠.

원_그럼 그땐 빨리 익힐 수 있었겠죠?

어_그러니까 내가 평소에 조선말 책, 소설 뭐 이거 읽으면서 무슨 생각인지 그 맞춤법 이런 거를 따로 베껴서, 이를테면, '넓어서' 하면은 리을비읍 받침이고, 이런 거를 그때 익혔어, 혼자서. 인제 해방이 되니까 한글강습회가 많이 생겨요, 한글 강습회. 강습소가 아니고. 그래 그런 거를 자꾸 따라 댕겼죠. 그랬는데 그때에 그 강사라는 분들이 대개 옥에서 풀려나온 분들, 그러니까 그때에 한글학회 회장, 그때는 조선어학회지. 그 회장이 이극로라는 이예요. 이극로 박사. 그가 걸어서 독일 가서 백림(베를린)대학에서 조선어를 가르쳤다 그런 분이지. 그분도 막 옥에서 나왔다 해가지고 한글강습회 와서 강의하는 걸 내가 들었다고. 그래서 인제 그때에 뭐 이희승도 마찬가지예요. 그분들이 다 복역을 허구 있다가 나온 거니까, 풀려 나온 거니. 그래 『주간 소학생』이 나와서 아이들에게는 큰 도움이 됐죠. 근데 뭐 신문광고를 해요, 뭘 해요? 그니까 그게 뭐 미미하게 보급이 됐을 거 같애.

원_발행부수가…….

어_발행부수도 적고, 지나가다가 그걸 들어가서 사기가 그렇게 쉬운 게 아닌데, 나는 그 근처가 집이고 그 앞을 지나게 되니까 그게 눈에 띄어서 사는 거지.

원_영보빌딩에서.

어_영보빌딩.

원_그럼 한 1, 2년은 어디 다니지 않고 쉬었다는 얘기네요, 47년까지.

어_그렇게 돼요. 그런데 내가 인제 그때에 저런 강습이 많았거든. 국사 강습 뭐 이런 거. 그 강습을 주로 댕겼단 말이야.

원_행사 같은 것도 많이 따라 다녔나요?

어_행사는 안 따라 다닌 거 같고, 그때에 인제 좌우가 갈라져서 무슨 행사를 허면 두 군데서 했거든. 그니까 남산하고 서울운동장이라는 거, 지금 동대문운동장이라는 거지. 거기서 허고, 그래 한쪽은 좌익, 한쪽은 우익, 이렇게 됐지. 그래서 그런 거 또 겁이 나서 안 갔죠. (웃음)

원_강습소 같은 데만 다니시고.

어_강습소, 그건 틀림없거든. 그래서 인제 그때에 알려진 인물들을 거기서 많이 보게 됐죠. 그랬던 거 같애요.

원_교원 검정교시는?

어_그러니까 그래 가지고 검정고시를 준비허는 거지, 이때에.

원_47년도에 붙었는데요, 합격해서 매동국민학교.

어_네 매동국민학교, 종로 사직동에 있는 거죠. 매동국민학교에 내가 7, 8년 있었지.

원_그때 교사 생활은 어땠어요?

어_뭐 해방의 기쁨, 해방의 감격으로 헌 건데, 내가 애들 때부터 교원이 되고 싶었다구. 그래 가지고 인제 그 뜻을 이룬 게 됐지. 그때에 내가 만난 교장이라는 이가 또 앞서가는 이였어요. 윤제천 교장선생님.

원_『어린이』 복간호에 글을 발표를 하게 되는데, 그 얘기를 좀 해주시죠?

어_그게 인제 윤제천 교장 덕인데…….

원_48년도.

어_48년돈가? 연도 기억을 잘 못해.

원_네, 48년도예요.

어_그때 학교에서 교장이 부르더니 졸업식 노래는 있는데, 졸업 축하허는 노래, 스승의 은혜는 노래가 없다, 그러니 그 가사를 써보지 않겠냐? 그래서 내가 썼죠. 그게 작곡이 되고 그랬어요. 그랬는데 졸업식 노래는 그때 있었고, 그 노래들은 없어서 작사해서 작곡이 되고, 그거를 날마다 학교에서 음악실에서 그 노래가 나오고 아이들을 가르쳤다고. 그랬는데 그 후에 그 두 노래가 다 죽어버렸어요. 왜 그랬냐? 다른 분이 또 작사를 했거든. 그랬는데 그 작사한 것이 더 나으니까, 그게 불리는 거지.

원_그 작사한 그 노래, 그건 또 다른 거죠? 다른 곡, 다른 가사죠?[5]

어_그럼요.

원_그 『어린이』 복간호에 발표하게 된 경위는?

어_어, 그 얘길 헌다 그랬다가…… 그랬는데 인제 윤제천 교장이 과학에 또 관심을 많이 가지고 있었어, 과학. 그 과학을 『어린이』에 기고를 허고 있었어. 그러니까 『어린이』 사람들을 알았지. 내가 지은 그 「졸업축하의 노래」허고 「스승의 은혜」허고를 거기다 나한테 얘기도 없이 보냈어. 보내니까 거기서 그거를 게재해준 거예요. 그런 셈이 됐지.

원_그래서 잡지에 실린 거군요?

어_그렇죠. 그분이 추천을 해서 그렇게 된 거고. 그 다음 핸가? 그 다음 해에 정부수립기념 가사현상모집을 문교부가 했단 말예요. 거기서 내가 「어린이의 노래」라는 거를 응모해가지고 그게 당선이 됐어. 그게 49년 인지?

원_네, 그건 49년이에요.

어_네, 그렇게 됐어요.

원_『소년』지 현상문예는.

어_그것도 그렇지.

원_네, 49년도에.

어_그거는 『소년』[6]지는 인제 말하자면 소년시고, 먼저 것은 어린이의 노래.

원_동요고.

어_동요고 그랬는데, 그때야 문교부 주무과가 예술과예요, 문교부 예술

---

5 현재 부르고 있는 졸업식 노래는 윤석중의 작사로 『굴렁쇠』(1948)에 발표된 것이다.
6 여기서 말하는 『소년』지는 방기환 주간으로 1948년 8월부터 1950년 6월까지 나온 월간 잡지를 가리킨다. 여기에서 어효선 동시 「봄날」(1949.8)이 입선되었다.

과. 그 예술과의 예술과장이 서정주야.

원_네, 서정주 시인.

어_시인 서정주가 예술과장인데, 그때는 인제 뭐 당선이 되고 이래도 무슨 시상식을 허고 이러질 않았어요. 그래 그때에 그 예술과의 직원이 이승학이라는 분인데, 음악가예요. 서정주허고 같이 있던 예술과 직원이라. 그래서 인제 상금 받아가라 통지가 와서 갔죠, 문교부에를. 그랬더니 서정주는 없어요. 이승학 씨가 지금 과장은 없다고 그러면서 서랍에서 이렇게 종이에 싼 거를 내주는데 그게 상금이라. (웃음) 시상식이 없어, 그때는. 그래서 인제 그걸 받아서. 그 액수가 얼만지 지금 기억을 못 허겠는데 그때에 누구야 소년소설…….

원_최병화.

최병화·이원수와의 인연

어_최병화헌테 내가 좀 드나들던 때라 말야. 그래서 그 상금 받은 걸로 종로에 장안 그릴이라고 거기 가서 점심을 내가 대접을 허구 그 돈을 썼어요. 그때에 이원수도 있었지.

원_그 이원수 선생 만나게 된 사연 좀 말씀해 주시죠.

어_그러니까 최병화 선생이 우리 아버지허고 동창이에요. 그래 가지고 가봐라 그래서 내가 명함을 가지고 찾아갔죠, 박문출판사를. 그때에 박문출판사 편집국장이 최병화 씨야. 그래 인제 이만한 방에 둘이 마주 앉았는데, 최병화 선생허고 이 얘기 저 얘기 허다가 그 이원수란 분은 어디 가면 볼 수 있느냐 그랬더니, 맞은편에 저게 이원수라 그런단 말이지.

원_선생님은 어떻게 이원수 선생을 찾을 생각을 하셨어요?

어_그건 뭐 글에서 봤죠. 글 쓴 거 보구서…….

원_그 당시 이원수 선생 쓰는 것이……[7]

어_이원수를 어디 있는지 궁금해서 물어봤더니 바로 저 사람이 이원수
라고 그런단 말이야. 그래 건너다보니까 최병화 편집국장하고 마주 앉
았는데 이원수는 주간이라, 주간. 그래서 인제 점심을 대접하고. 아마 내
가 퇴근길에 뭐 한 달에 한 번은 들렀을 거예요, 박문출판사를. 종로 큰
길가에서 조금 들어가면 있었으니까.

원_최병화, 이원수 선생은 박문출판사에서 어떤 일을 했나요?

어_편집, 출판.

원_어떤 책들이었죠?

어_거긴 뭐 여러 가지를 냈으니까. 아이들 책이 주가 아니고, 성인용. 주
로 인제 소설, 국문학 이런 거. 염상섭 씨 책도 게서 뭘 냈어요. 그래서
염상섭 선생이 낸 거를 내가 거기서 본 것 같고. 그랬는데 그때에 벌써
최병화가 자기 서명해서 준 게 『희망의 꽃저고리』인가?[8] 그래서 그거 한
권 받았죠.

원_최병화 선생이 낸 책.

어_그렇지, 그렇지. 그랬는데 아주 샌님이에요, 쪼꼬맣고 최병화 씨가.
그때에 내가 인제 매동국민학교 교원인데 아이들 글을 모아서 한 달에
한 번씩 프린터로 4페이지짜릴 냈단 말이야, 내가.

원_문집 같은 거요.

어_그렇지, 문집이랄 것도 없어요. 그냥 한 장 반에 적은 거니까. 그래 그
이름을 '아이 마음'이라 했단 말이야. 동심이란 뜻이죠. 그걸 프린터로
해서 몇십 부 박어 가지고 우리 반에 애들하고 몇 사람 노나 가진 거지.
그랬는데 그거 나올 때마다 내가 이원수, 최병화 씨를 갖다 보였거든. 그
랬더니 최병화 선생이 원지, 거 등사할려면 기름종이에다가 철필로 깔뚝
깔뚝허니 써야 되거든. 그걸 내가 한번 써주겠다 그래서 최병화 선생이

---

7 해방 직후 이원수는 사회주의 성향의 작가들과 함께 현실 비판의식이 강한 작품 활동을 벌였다.
8 1949년 민교사에서 펴낸 『희망의 꽃다발』을 가리키는 것 같다.

한 호를 만들어 준 일이 있어요. 그거 아마 내가 보관이 됐을걸? 다른 거하고 함께. 그래도 여러 번 냈으니까. 그런데 그분이 그거를 잘 써요, 등사판 글씨를. 그랬던 일이 있어. 그랬는데 인제 내가 문학을 잘 모르니까 그때만 해도, 인제 동시 비슷한 게 되면 이원수 씨한테 보이고……. 동화 비슷한 걸 최병화 씨한테 보인 기억은 또 없어.

원_주로 동시를 썼으니까.

어_그렇죠. 그래 내가 지은 걸 보여서 몇 자 고쳐준 일도 있고 그래요, 이원수가. 그랬는데 인제 두 분들이 거 뭐라고 헐까? 불우한 아이들 편을 드는데, 그런 얘기는 전혀 헌 일이 없어요, 나허고는. 그래서 지금도 내가 그러는 거야. 어떻게 이원수를 내가 추종을 허지 않았을까? 그런 게 지금도 의문이지.

원_그때는 이원수, 최병화 두 분이 좌익성향의 문인들하고 상당히 친했었는데요?

어_친헐 수밖에 없지, 허기야. 그런데 그런 얘기는 전연 헌 일이 없어요. 그래서 나를 소위 끌어들일려고 자기편을 만들려고 했으면 끌려 들어갔을지 몰르지. 그른데 전혀 그런 얘기를, 눈치를 보인 일이 없다, 그러니까 그 이상하다…….

원_그래도 최병화 선생이 김원룡 주간의 『새동무』에 「눈」을 발표하게 했다고 약력이 나오는데요, 작품연보에. 그 『새동무』는 서민의 편에 서 있는 그런 잡지였잖아요?

어_그것도 조금 그런데…….

원_좌익쪽에 가깝죠?

어_그 이원수허고 친허거든, 김원룡이가. 그랬는데 잡지래야 빈약한 잡지였죠. 근데 내가 찾아갔을 거예요, 김원룡을. 어디서 인제 소개를 받은 일이 있어서 얼마 후에 찾아간 일이 있어요. 그게 지금 조선호텔 근처에 있었어, 새동무사가. 그런데 그이허고 이원수허고 같은 모양의 책을 그

해에 냈어요. 동시집이라는 걸. 구멍 뿡뿡 뚫리고 모래 섞인 종인데, 뭐 지금 보면 책이랄 것도 없어. 팜프렛, 뭐 그저 뭐 몇 십 페이지, 손바닥만 한 거, 그거를 냈는데, 책이름도 잊어버리고, 이원수허고 김원룡허고 똑같은 크기의 똑같은 모양의 책을 냈다고, 그 김원룡이란 이는 작품집이 그거 하나고.[9]

원_그래도 동시집을 어쨌든 냈네요?

어_냈어요, 내기는.

원_이원수 선생도 그때 냈던 거죠?

어_그때 내고, 그러니까 해방되기 전에는 이원수라는 이가 있다는 거를 나는 몰랐죠. 최병화가 있다는 것도 모르고, 해방 되구서 내가 찾아가서 인제 안 거지.

원_최병화 선생은 아버님 통해서 알게 된 거구요.

어_그렇지요, 그렇지.

원_그래 최병화를 통해서 이원수를 알게 되고, 그래서 또 김원룡도 알게 되고.

어_그렇게 된 거지.

원_그때 읽었던 작품들은 또 뭐 기억나는 거 있어요?

어_하이구, 나는 김원룡 작품 뭐 기억에 있는 것도 없고, 최병화는 인제 장편을, 지금 「즐거운 자장가」 이런 게 다 장편이에요, 말하자면. 그러구 인제 단편이란 걸 더러 읽은 게 있지. 「강아지가 물고 온 편지」인가 뭐 그런 걸 더러 읽었어요.

---

9 김원룡은 이원수와 동향인 마산 출생으로 『새동무』의 주간이었다. 『새동무』는 1945년 12월부터 1949년까지 나왔는데, 1948년 정부 수립 이전에는 계급주의 아동문학 작가들이 주로 활약했다. 1947년 새동무사에서 김원룡은 동요집 『내 고향』을 펴냈고, 이원수는 『종달새』를 펴냈다. 김원룡은 뒤에 이원수를 도와 피난지 대구에서 『소년세계』 운영위원을 지내기도 했다.

원_이원수 선생 소개로 김철수 주간『아동구락부』에 또「꽃이 피거든」
을 발표했다고 연보에 나오는데 그 얘기 좀 해주시죠.「꽃이 피거든」발
표한 얘기.

어_그때에 뭐 소개 안 하면 모르죠. 그런데 어떻게 해서 소갤 했는지 기
억은 없으나 어떻든『아동구락부』죠? 애초에 이름은『진달래』라. 그때
에 내가 학교 교원이니까 한 부래도 좀 팔아볼까 하고 나헌테 가지고 왔
어요. 그때 몇 부를 팔았는지 어쨌는지 모르고, 그래서 그『진달래』라는
것이 있었는데, 그게 제목을 바꿔서『아동구락부』가 된 거거든. 그랬는
데 그때에『아동구락부』에 동시를 하나 달라, 이렇게 됐어. 그래서 써가
지고 간 것이「꽃이 피거든」이죠. 그때에 주간이 시인 김철수예요. 시집
『추풍령』인가 뭐가 있죠?

원_네,『추풍령』. 서정시집이죠.

어_옳지, 그 사람이야. 그랬는데 그 또 샌님으로 쪼꼬만 게 샌님이에요.

원_시도 서정시구요, 사람도 얌전하다지요?

어_그러구 인제『3인 수필집』에두 김철수가 끼어 있어요.『3인 수필집』
이 누구누구더라? 김동석이도 들어갔나? 그 책 가지고 있었는데 어떻게
됐는지 몰라? 그래 동시를 가지고 갔더니 아 그걸 권두시루다가 잘 내줬
단 말야? 그때 삽화는 김의환이란 이가 그렸고, 아주 권두에다 넣어 줬
어요,「꽃이 피거든」을. 그랬는데 그 책이 나오고 얼마 있다가 또 원고료
받아가라 그래서 갔더니 특별고료야. 아주 칭찬을 하면서 먼저 한 분들
닮지는 말라, 그런 주의를 하더군. 그 먼저 나온 이가 누구냐 하면 윤석
중이죠. 닮지 말라 했는데, 안 닮고 썼다, 그래가지고 특별고료를 준다
그래가지고 얼말 줬는지 고료를 받아 가지고 좋아했던 일이 있죠. 근데
그게 5월호라. 5월호는 대개 4월에 나오거든. 벌써 그때에 거리가 어떻

게 좀 술렁거리고 사람도 다니는 사람이 적고 그래. 그 이제 6·25가 나요, 그 후에. 이 잡지가 계속이 되든가 어떻든가?

원_5월까지 나오죠.[10]

어_거봐, 그게 6·25 때문에 그랬어. 그랬는데 인제 그 방에 직원이 몇 있는데, 『아동구락부』 편집실에. 그 방에 키 커다란 사람이 하나 있었는데, 그게 강형구라는 농민소설가야. 6·25 때에 아마 제 발로 걸어갔는지 없어져 버렸어요.

원_김철수 선생이 그 「꽃이 피거든」을 칭찬했죠? 그 「꽃이 피거든」 가사를 보면, '돌멩이를 고르자, 사금파리도 골라내자' 요런 구절이 나온단 말예요. 요것이 인제 어떻게 보면 그 당시 사회의식, 그런 게 있지 않았을까 싶어요.

어_그런데 난 의식은 못 하구요, '우리 좁은 앞마당에 꽃밭 만들자, 돌멩이를 고르자, 사금파리도 골라내자, 뒤에는 나팔꽃 앞에는 채송화, 누나가 좋아하는 봉숭아도 심자, 파란 싹이 자라서 꽃이 피거든, 진아 우리 꽃 보며 살자 꽃처럼 살자' 아마 이렇게 됐을 거예요, 그거 썼죠.

원_그때가 사회 혼란기, 친일파들이 다시 또 관리로 나오고, 여러 가지 상황에서 뭔가 그 '돌멩이를 고르자, 사금파리 골라내자' 이런 것들이 사회의식으로 굉장히 좋게 받아들여질 수도 있었겠다 싶어요.

어_그랬을 거예요. 그런데 인제 김철수라는 이도 약간 또 그런 사회주의 이런 쪽이거든, 그이도.

원_그래서 월북을 했죠.

어_그래서 월북을 헌 거야.

원_원래 그 『아동구락부』에 있는 분들 대부분 다 월북을 하거든요.

어_그렇죠.

---

10 1947년 1월부터 『진달래』로 나오다가 1950년 1월부터 『아동구락부』로 제목을 바꾸고 1950년 6월호까지 나왔다.

원_그래서 해방되고 나서 나온 잡지들, 문단 또는 지금 잊혀진 문인들, 이런 얘기를 좀 해야 될 것 같거든요? 윤석중 선생이 했던 조선아동문학 협회가 사실 회원들이 그렇게 있었던 건 아니죠?

어_아니에요, 없어요. 이름이 협회죠.

원_그죠? 윤석중 선생이 거의 혼자서 한 거죠?

어_그분은 워낙 혼자서 허길 좋아허는 이라…… 허허.

원_그에 비해서 조선문학가동맹에서는 아동문학부가 따로 있어서 아동문학 위원들이 『아동문학』이라는 기관지도 내고 그랬단 말이죠.

어_그게 6·25…….

원_아니, 46년도에.[11]

어_그때는 난 그 책을 구경 못 했어요.

원_46년도에 광범하게 문단을 아울러서 조선문학가동맹이 만들어진단 말예요. 거기 아동문학부가 있었고, 활동을 했는데, 일제시대 때에 『별나라』, 『신소년』에 있었던 사람들, 홍구, 뭐 이런 분들이 다 활동했단 말예요.

어_그런데 난 그건 전혀 몰라요.

원_미군정하에서 탄압을 다시 받게 되잖아요? 그러면서 조선문학가동맹도 결국 불법으로 간주되고, 거기 아동문학부 위원으로 있었던 박세영…….

어_박세영 「제비」?

원_예, 송완순, 또는 아까 얘기했던 홍구, 이런 『신소년』, 『별나라』 잡지에 있었던 분들은 월북을 한단 말이죠. 48년도에 정부가 수립되고 나니까 월북을 안 했을 때에는 보도연맹에 가입했어야 되잖아요. 보도연맹에 가입을 하고 나서 합법적으로 낸 잡지가 『어린이나라』, 『진달래』, 『아동구락부』……『아동문화』는 한 번밖에 안 나왔지만, 거기 주요 필자들

---

11 조선문학가동맹 아동문학위원회 기관지인 『아동문학』은 1946년부터 1948년까지 3집이 출간되었다.

이 『어린이나라』, 『진달래』, 『아동구락부』로 다 가거든요?

어_그렇죠.

원_이분들 얘기 좀 듣고 싶어요. 거기에서 최병화, 이원수, 김철수, 정지용 뭐 이런 분들이 다 활동을 했거든요.

어_지용이 『어린이나라』 동시를 고선했지요. 그러고 인제 평을 쓰고 그랬던 것은 나도 봐서 알고. 그때에 그 주간인가가 이종성이라고 동시를 썼죠. 근데 몇 편 안 썼어. 한두 편 썼는데, 그 동시 쓴 거를 보니까, 나와 맞질 않아 따라갈 수가 없는 거야. 이종성, 이 사람은 아주 날카롭게 생겼어요. 그래서 내가 『어린이나라』에는 뭐 한 편 실려보질 못했지. 그니깐 내가 쓰는 게 눈에 들지 않았을 거예요, 이종성한테는.

원_그치만 『진달래』, 『아동구락부』에는 김철수 씨를 통해서 발표가 됐었는데 『진달래』허고 『아동구락부』에서 활동했던 분들도 『어린이나라』에서 활동했던 분들하고 비슷한 사람들이거든요?

어_그런 셈이죠.

원_최병화, 이원수 이런 분들. 이분들이 아주 급진적인 좌익이 아니었거든요.

어_글쎄 말이에요.

원_말하자면 박태원도 있었고.

어_박태원도 급진적이 아니지.

원_네 그렇죠. 정지용도 그렇고 염상섭, 이병기, 이분들도 다 보도연맹에 가입했어야 됐잖아요.

어_이병기?

원_네, 이분들도 보도연맹에 다 가입을 했었단 말예요.

어_가람 이병기?

원_예, 그 아동잡지들에서 그 아이들 글도 봐주고 그랬단 말예요.

어_그랬죠. 그랬는데 인제 그때에 내가 뭐 아직 나이가 적기두 허구, 학교에 있으니까 시간을 내서 돌아댕기고 누굴 만나고 그렇게 하기가 어려워서 그랬는지, 어떻든 그 사람들을 접헌 일이 별루 없어요.

원 선생님께서 그때 그 자료들은 다 갖고 계시거든요.

어 가지고 있었죠.

원 난정문고에 있더라구요.[12]

어 그리 가 있지.

원 그럼 그것들을 직접 구해서 읽어 보고 그랬던 건데요. 『아동문화』를 냈던 데가 동지사아동원(同志社兒童園)이거든요? 동지사 얘기 좀 듣고 싶어요.

어 동지사가 성인출판물, 그리고 동지사아동원에서 인제 『어린이나라』 내고 『아동문화』도 아마 아동원 이름으로 나왔을 거예요.

원 네.

어 그 동지사는 이병도의 『국사대관』 그걸 거기서 냈죠. 그게 그 시절에 많이 팔렸을 거야. 그런 책이 없었으니까. 그래서 성인물 출판사로 알려진 게 동지사고, 아동원에서 『어린이나라』, 『아동문화』를 냈고 그랬는데, 그때 정지용이 작문평 쓰고 그랬죠. 그랬는데 정지용은 내가 거기서 본 일은 없고, 보도연맹에 뭐 강연회 허는 데서 내가 정지용을 봤어요. 무대 위에 있는 정지용을. 사람이 아주 멋쟁이로 된 분인데, 말도 멋쟁이로 하고. 그때에 정지용이 뭘 했느냐 하면 상허 이태준에게 보내는 공개서한이야. 그런 걸 허는데 원고 없이, 원고 없이 나와서 해요. 근데 떡, 까만 지렁이테 안경을 쓰고, 딱 무대에 나오는데 나와서 한참 가만히 섰어요. 그래서 왜 또 가만히 섰나 그랬지. 그랬더니 또 얼마 만에 넥타이를 쑥 뽑아가지고 안경을 벗어서 쓱쓱 닦아요. 닦아서 쓰고 그러구서야 얘길 시작하는데, "상허!" 이렇게 부르고 "민족의 품으로 돌아오라." 이

---

12 어효선 씨가 소장자료를 춘천교대에 기증했는데 그의 아호를 따서 『난정문고』라고 한다.

리 오라는 얘기야, 이미 갔는데. 그것 참 멋쟁이다.

원_보도연맹 가입이 자발적이라기보다는 국가에서 거의 강제로 시켰잖아요, 그때?

어_그렇게 됐을 거예요. 그러구 옆에서 누가 권유를 했겠죠.

원_그리고 관제행사들을 만들어서 연사로 내세우고 그랬죠. 당시 회고록들을 보면 정지용 같은 경우 그렇게 나라에서 시켜가지고 연설하고 나서는 꼭두각시처럼 연설했다고 굉장히 화가 나가지고 술 먹고 그랬다고 하는 얘기가 있어요.

어_그랬는지도 모르지.

원_뭐 시켜서 하는 일이니까, 보도연맹이라고 하는 데가.

어_그랬는데 인제 그 후에 들은 얘기로는 다시 또 자수를 허라고 권유가 있었다든가? 그런 걸 난 인제 죽어도 자수를 또는 못 허겠다, 어떻게 또 자수를 허느냐 이랬다는 얘기가 있지.

원_그거는 전쟁터지고 나서…….

어_보도연맹에 들었다가 그 자수를 해서 보도연맹에서 빠졌든가?

원_그게 아니구요.

어_뭐예요, 그게?

원_서울이 인공 치하에 들어갔을 때, 그때에 인제 말하자면 북조선 문화연맹에서 과거에 남쪽의 보도연맹 협력한 사람들 자수해라 이런 거였죠. 동지사아동원 기억나는 거 좀 더 없을까요?

어_뭐 별로 없는데요.

원_그 출판사가 어린이책 좋은 것들 많이 냈는데 없어졌어요. 현덕 작품집도 거기서 나왔던데요?

어_현덕은 동지사 아니지. 동지사아동원이 아니야.

원_아, 동화집은 을유에서 나왔지요. 그런데 지금 구할 수 없는, 제목만 알려져 있는 게 현덕의…….

어_『포도와 구슬』?

원_아뇨 그것도 구할 수 있는 거구요, 소년소설 가운데에서 『광명을 찾아서』라는 게 있어요.[13]

어_그거는 내가 본 기억이 없어.

원_그래요? 『광명을 찾아서』라는 게 『어린이나라』에 소개가 되고, 독후감도 실리고…… 동지사아동원에서 나왔다고 했거든요? 동지사아동원을 보면은 현덕, 이원수, 양미림, 이런 분들 다 나중에 월북하고 그랬는데, 동지사아동원에 대해서 혹시 아시는 게 있나 싶어서요.

어_그러니까 거기를 내가 한두 번 갔는데, 그 이종성 주간이 그때마다 있었던가 어쨌든가 해서 어떻든 다시 가고 싶질 않았지, 아마. 그래서 멀어진 셈이죠. 별로 안 갔던 거 같애요. 그리고 잡지는 어떻게 보내줬던가 누가 가지고 왔던가 샀던가 해서 호는 안 빠트리고 다 봤을 거예요. 그 잡지가 언제까지 나왔더라?

원_그게 다 50년 5월까지거든요. 전쟁 나면서 없어진 건데, 거기 주요 필자들은 대부분 6·25동란 때 월북을 하더라구요. 월북 안 한 분들도 보도연맹에 가입했던 분들이 많아요. 이분들이 정부 수립 이전에 월북한 게 아니기 때문에 일종의 중도좌파쯤 되지 않을까 싶어요. 이원수, 양미림, 최병화 이런 분들이 그렇게 과격한 사상은 아니잖아요?

어_최병화는 미리 간 거 같지 않구요. 이원수허고 둘이서 북쪽으로 올라가다가…….

원_나중에 전쟁 때에.

어_그렇지 그랬다가 도로 내려오다가 이원수는 그냥 내려오고 최병화는

---

13 현덕은 일제시대에 쓴 작품들로 1946년 정음사에서 동화집 『포도와 구슬』, 아문각에서 소년소설집 『짐을 나간 소년』을 펴냈고, 1947년 을유문화사에서 동화집 『토끼 삼형제』를 펴냈다. 한편, 장편 소년소설 『광명을 찾아서』를 발행했다는 광고가 1949년 동지사아동원에서 펴낸 잡지 『어린이나라』에 나온다. 『광명을 찾아서』는 가장 늦게 발견되어서 최근에 다시 출간되었다.

하루 묵는데 그 동네가 폭격을 당해서 폭사했을 것이다 그런 얘기를 이원수 선생 회고록 어디에서 내가 본 거 같애요.

원_그때에 보면은 『아동문화』, 『어린이나라』, 『진달래』, 『아동구락부』, 이런 잡지들, 한 편에는 인제 『소학생』이 있었는데, 그게 좌우로 갈려 있지는 않았죠, 아동문단이?

어_그때 뭐 아동문학 뭐 허는 사람의 수가 이십 명을 넘지 않았을 게야, 아마. 지방에 있는 사람 빼면 서울 안에서 왔다 갔다헌 사람이 이십 명이 안 돼요. 그러니까 뭐 갈라지고 자시고 할 것도 없고, 그때.

원_그때 성인 문단처럼 좌우로 싸우고 그런 거는 없었죠?

어_그런 거 없어요.

기억나는 삽화가들

원_기억나는 삽화가들 좀 말씀해 보시죠.

어_김의환과 김용환이 형제예요. 김용환이 유엔군 사령부에서 일을 허구 있었지. 김의환이 먼저 있었던가? 김의환이 또 유엔군 사령부에서 일을 했어요. 그때 내가 만났던가? 뭐 그런 일이 있고, 인제…….

원_김의환, 김용환 말고도 유명한 삽화가 또 있죠?

어_저, 임동……은인가?

원_임동은.

어_임동은이 그림이 좋았고, 정현웅이라고 또 있었지. 이들 그림이 다 좋았어요. 이운성이란 이도 가끔 그렸어요. 서양화가죠. 그런데 지금도 그만한 삽화가를 발견허기가 어렵지 않은가 그런 생각이 들 정도예요.

원_임동은 그림은 굉장히 좋다고 말씀들 하시던데요?

어_네, 좋아요. 그런데 그게 그냥 삽화가 아니고 이를테면 시 하면 그 그림이 시야 그만. 그림 속에 그 내용이 전부 들어가고도 넘쳐요. 그냥 아이들이 나오고 꽃이 있고 하는 것이 아니라……. 그래서 그런 화가가 지금도 있으면 좋겠다는 생각을 헐 때가 많아요. 그런데 그때 나이가 그렇게 많지 않았어요. 그이들이 아마 사십도 안 되지 않았을까? 그때에.

원_임동은하고 임홍은하고는 형제예요.

어_형제든가?

원_임홍은도 동화 쓰고 그랬거든요. 그림도 그렸고, 나중에는 이분들 이름을 찾을 수가 없네요.

어_많이 안 했죠? 임홍은이도. 그림책 비슷헌 거에 임홍은이 그림인가 글이…….

원_『아기네동산』[14]이에요.

어_그 책이 하나 있어. 그게 내가 있었는데.

원_춘천교대 난정문고에 있습니다.

어_있어? 아 그래요. 그러니까 임동은이는 아주 귀공자 형이야. 사람이 아주 겸손허고 곱고, 키는 좀 큰 편이예요. 그런데도 그렇더라구요. 말수도 없고, 나하고 여러 번 만난 거 같은데 영 깊은 얘기 헌 일도 없고 그래요.

원_이분들이 전쟁 후부터 이름이 안 보이더라구요.

어_그러니까 그두 갔겠지.

원_월북했을 거란 말씀이죠?

어_넘어갔겠죠, 여기 있으면 뭐 어떻허든지 나올 텐데, 없어요. 그러니까 그때에 어지간 허면은 갔단 말이야. 그런데 인제 끌려갔느냐 제 발로 걸어갔느냐 그런 게 있겠지만 그건 뭐 물어볼 도리도 없는 거고.[15]

---

14 임홍은이 편집한 『아기네동산』은 1938년 아이생활사에서 펴낸 것으로 유년을 대상으로 그림, 동요(노래), 동화 등을 수록한 책이다.

15 임홍은은 황해도 재령 출신이라 재북작가로 북한에서 활동했고, 임동은은 6·25동란 중에 부역 혐의로 잡혀서 고문치사를 당한 것으로 알려졌다.

「꽃밭에서」와 「과꽃」을 발표할 무렵

원_선생님께서 활동을 많이 하고 작품집도 많이 내고 한 때는 50~60년 대죠?

어_그때라고 볼 수 있죠. 근데 작품집을 많이 내고 헌거는 또 그 뒤고, 그때는 그저 공부를 허는 셈이었죠.

원_선생님, 교과서에 실려서 국민 애창곡이라고 할 수 있는 대표작들, 「꽃밭에서」가 52년, 「과꽃」이 53년, 「파란마음 하얀마음」이 57년, 이렇게 작곡이 돼서 불리고 그랬는데, 이 대표작들이 발표되고 작곡된 사정들 좀 말씀해 주시죠.

어_그러니까 얘기가…… 어…… 6·25 이전으로 또 거슬러 올라가는 게 되는데, 「꽃밭에서」를 쓰기 전에 「꽃이 피거든」이라는 동시를 썼어요. 그 해가 6·25 나던 해고, 6·25 나던 해 5월호에 「꽃이 피거든」이라는 게 게재가 됐어요. 근데 그 「꽃이 피거든」이라는 게 동시형식인데, 그걸 쓰고 나서 6·25가 일어나고, 또 그 다음 해에 피난을 가게 되고, 그렇게 되니까 인제 피난 중에 집 생각이 나고, 가족 생각이 나고, 그래서 쓴 것이 「꽃밭에서」죠. 56년으로 돼 있지만, 고거는 작곡이 돼서 노래 불린 해가 56년이고, 그 「꽃밭에서」의 가사, 이를테면 동시는 그 이전에 된 거죠. 금방 써서 금방 작곡되고 금방 발표된 게 아니니까. 그러니까 그 연도를 확실히 잡기가 어려워요. 대강 56년이다, 작곡이 돼서 노래로 불린 해가 아마 56년일 거예요.

원_『소녀세계』 52년도에 발표가 된 거죠?

어_그랬던가? 대구에서 『소녀세계』를 냈는데, 그때는 부산허고 대구허곤 교통이 안 됐거든? 편지도 잘 안 되고, 사람의 왕래가 끊겼죠. 아마 그랬을 거예요. 그렇게 짐작이 돼요.

원_연보를 보니 「과꽃」은 『소년서울』 53년도.

어_그거는 서울에 와서 쓴 거예요. 당시 서울신문사에서 『소년서울』이라는 계간, 아니 주간지를 냈지 아마? 거기다가 그게 발표가 된 거라.

원_네, 작곡자가 권길상 씬데요?

어_권길상 씬데 그분이 그때에 이화여자고등학교에 교사로 있었고, 현재는 미국 LA에 살고 있어요. 근데 그이가 작곡을 여러 곡을 했지만은 비교적 그게 초기 작곡이고 그랬는데, 그분으로서도 그게 대표작쯤 돼요. 나도 그렇고.

원_초기작이면서 대표작?

어_글도 그렇지만 대개 신춘문예에 당선된 작품이 그 사람의 대표작처럼 된단 말예요. 그 이후에 아무리 활동을 활발히 해도 초기작 같은 것이 나오기가 어려운 것 같애요. 누구의 경우나 그런 거 같애요.

원_그럼, 권길상 씨하고는 어떤 연고가 없었나요?

어_전연 만나 본 일이 없죠. 나는 인제 뭐 글 쓴다고 했고, 그이는 음악인이니까 만나 볼 기회가 없었어요. 작곡을 하고 그게 보급이 되는 중에도 뭐 만나 볼 생각을 안 했고, 피차에 그러고 있다가 인제 작곡집이 돼서 나오니까 작곡집을 가지고 내가 있던 남산국민학교를 찾아왔어요. 그래서 작곡집을 받고 사람을 알게 됐죠. 어떻게 그게 작곡이 됐느냐? 『소년세계』에 발표가 됨으로써 권길상 씨 눈에 그것이 띄었죠. 그랬는데 아마 악상이 떠올랐든 것 같애요. 그러니까 작곡이 됐죠. 그 노래가 퍼져 나가는데, 아주 대단헌 기세로 퍼져나갔어요. 뭐 전국을 풍미했다 이렇게 말해도 될 만큼 그 노래가 전파, 보급이 돼 가요. 그때까지 그런 경향의 동요가 없었단 말예요. 그 애조를 띤 그런 것이 없었어요.

원_선생님께서 그 노래를 처음 듣게 된 경위는 그러면 라디오에서 갑자기 들으셨나요?

어_그랬을 거 같은데요?

원_깜짝 놀랬겠어요, 그 노래가 나와서.

어_그렇지 그 작곡이 됐다는 사실도 모르고 있었던 때고, 그때 라디오도 그렇게 뭐 보급이 안 돼 있었어요. 그래 라디오 듣기도 어려웠지. 그랬는데 아마 지금 기억이 확실허진 않지만 누가 얘기를 했는지, 그래서 인제 알게 된 거죠, 음.

피난 시절의 이원수와 강소천

원_50년대 하면 상업주의 통속문학이 많이 나왔던 때다 그런 말도 있고요, 또 반공주의 작품도 많이 나왔다 이런 말도 있고, 그런데 그 가운데서 비교적 문학성이 높은 아동잡지, 그리고 문학사적으로 평가되는 작품들이 실린 잡지로 보통 세 개를 드는데, 하나가 『소년세계』, 또 하나가 『새벗』, 또 하나는 주로 중고등학생들이 읽는 것이지만 『학원』, 이렇게 얘기를 해요. 『소년세계』는 선생님께서 「꽃밭에서」를 발표했고 곳이죠. 이원수 선생님이 『소년세계』를 하셨잖아요?[16]

어_대구에서 창간을 해가지고 대구에 편집실이 있었던 거 같애요.

원_52년도는 동란 중인데 작품을 써가지고 어떻게 전달이 되고…….

어_글쎄, 어떤 경로로 그게 『소년세계』의 편집실로 갔느냐 하는 거는 지금 잘 모르겠는데?

원_선생님, 어디 사셨던 거예요? 당시에.

어_『소년세계』가 나왔을 당시에는 부산에 있었는지 서울 돌아왔는지 고건 확실치 않은데 부산에 있었다고 허더래도 그 잡지가 부산꺼지 온 거 같지 않아요. 부산서 그 잡지를 본 일이 없어요.

원_부산에서는 『새벗』이 나왔죠?[17]

어_『새벗』은 부산서 냈으니까.

---

16 『소년세계』는 이원수에 의해 1952년 1월 피난지 대구에서 창간되었다.
17 『새벗』은 강소천에 의해 1952년 1월 피난지 부산에서 창간되었다.

원_네, 강소천 선생이 『새벗』을 부산에서 내고, 대구에서는 이원수 선생이 『소년세계』를 냈단 말이죠. 『소년세계』에 「꽃밭에서」가 발표됐는데, 그 『소년세계』 얘기 좀 해주세요, 아는 만큼. 거기 관계한 분들도.

어_글쎄, 그런데 내가 대구에서 『소년세계』에 가본 일도 없고, 이원수 주간은 내가 서울서 6·25 나기 전부터 아는 사이였지만, 그 『소년세계』 낸 뒤로는 대구에서 만난 일이 없어요. 그 후에 서울로 돌아와서 『소년세계』를 계속했죠. 그때에 찾아가서 만났나? 어떻게 만난 일이 있죠. 그런데 그 『소년세계』가 고려단식인쇄회사라고 회사가 서대문 네거리쯤에 있었어요. 그 회사의 사장이 고 씬가? 성이? 그이가 특별히 어린이 잡지에 뜻을 둬서 그게 창간이 된 거예요, 고려단식 때문에. 그러니까 인제 인쇄도 고려단식에서 허고 그랬지 아마?

원_창간은 대구에서 우선 됐죠?

어_그 사장 분이 대구 사람이야. 그래서 인쇄를 거기서 하니까 다소 도움을 받았을 거 같애요, 서울로 올라와서는 을지로 5간가 6간가에 사무실이 있었던 거 같애요, 『소년세계』가. 그랬는데 거기 실린 내용은 뭐 동시 몇 편 싣고, 연재소설 몇 편 들어갔고, 역사소설도 들어가고 뭐 그랬던 거 같애요.

원_그 다음 『새벗』에 대해 아시는 거 말씀 좀 해주시죠? 강소천 선생이 월남을 해서 『새벗』을 내고, 또 인제 강소천 선생님도 만나 뵈었을 텐데.

어_강소천 씨가 함남 고원인가? 거기 출신인데, 월남해서 고의적삼 입고 거제도에 와 있었대요. 그러니까 포로로 왔다는 거 같애요. 그러고 있는 것을 그 강소천의 어릴 적 친구가 그때에 문교부에 있었거든? 음. 장관 비서로 있었어요, 박창해 씨라고. 그분이 문교부 편수국, 편수국도 피난 중이니까 부산 토성동이라는 데 묘신사라는 절이 있었어요. 그 절에 편집국이 있었단 말이야. 편수국, 편집국이 아니라. 그래 거기에 와서 인제 교재를 써요, 그 강소천이.

원_어떤 교재요?

어_국어 교재, 국민학교용이요. 그때 교과서가 변변치 못했었거든. 그래서 인제 전시에 국어책이라는 게 그 4×6판 몇 십 페이지를 가운데 접어 가지고 못 박은 그런 책이야. 그게 교과서였다구. 그런데 그때에 인제 그 소천이 역시 작가니까 이런저런 글을 써서 그걸로 교과서가 됐어, 그때에. 그때에 편수과는 최태호 씨라는 분이 편수관으로 있었고. 나중에 동화도 썼죠. 그분이 문교부 편수국에 있다가 국립도서관 관장으로도 있었고, 춘천교대 학장도 했고, 옥천농업학교 교장도 했었고, 저 청운동에 있는 청운중학곤가? 거기 무슨 상업학교가 하나 있던가? 거기 교장으로도 있었지. 그런 분인데 그분허고 강소천이 또 같이 한 방에 있었다구. 그래 두 분이 또 막역하게 지냈죠. 그랬는데 부산 있을 때는 나하고 시간이 맞질 않아서 못 만나 봤어요. 그러구 편수국이라는 게 토성동 묘신사라는 절이라구 했지, 아까? 그 절의 마당에서 아이들을 가르쳤다고 내가. 그때 부산에 학교 교사가 없으니까.

원_말하자면 천막학교 식으로.

어_천막학곤데 천막도 없고 그냥 한데서. 그래 일주일에 한 번 거기가 배당이 돼서 그 묘신사 마당에서 가르쳤는데, 그 안에 편수국에 소천이 있었는지 없었는진 모르고 어떻든 만날 새가 없었어. 그래 못 만나 봤고. 또 인제 소천이, 고거 전후는 내가 확실치 않은데『어린이 다이제스트』라는 거, 4×6판인가? 손바닥 만한 잡지를 또 헌 일이 있어. 아마 『새벗』 잡지는 나중일 거야. 『어린이 다이제스트』가 먼저 아닐까?

원_아니예요. 잡지 창간은 『새벗』이 좀 빠르더라구요.

어_『새벗』이 빨라요?

원_『새벗』을 먼저 하고, 『새벗』은 여러 사람이 하구요, 『어린이 다이제스트』는 바로 뒤에 거의 강소천 혼자 하고……[18]

어_부산서 『새벗』을 가지고 서울로 올라왔던가?

원_그렇죠, 나중엔 서울에서 했죠.

어_서울에 기독교서회라는 데, YMCA 건너편에 있었죠. 기독교빌딩. 거기가 새벗사였지, 거기 2층이.

원_일제시대 『아이생활』이 기독교를 배경으로 한 잡지잖아요? 그 후신이라고 할 수 있겠어요. 기독교 배경으로 한 걸로 봐서는.

어_그게 후신일까? 따로 했을 거예요, 후신은 아니고. 그래서 그때에 그 거제도에 포로로 있다가 인제 이승만 대통령이 "내 책임하에 포로를 석방한다" 이래 석방이 됐지 아마? 그래 가지고 인제 소천이 편수국으로 온 거야, 부산으루, 그때에. 그래 가지고 교재를 주로 썼다, 소천 글 아닌 것이 별로 없지요. 전부 새로 썼을 거야, 아마 그때.

원_그러면은 강소천 씨 기억은 서울에 올라와서 만난 기억인가요?

어_서울에 올라와서 만났어요. 기독교서회에서. 부산서는 내가 학교에 있으니까 아이들 가르치는 시간이 10분 쉬고 또 다음 시간 하고 이러니까, 뭐 한가하게 만나서 이렇게 할 새가 없었어요. 그래 못 만났을걸.

원_『새벗』하고 강소천 씨하고 기억나는 것들이요. 그때 『새벗』은 중간에 쉬긴 했지만, 꽤 오래 한 잡지거든요?

어_오래했죠. 첨에는 인제 이종환이라는 소설가가 그 『새벗』을 맡아서 했었지 아마? 여러 사람 거쳤어. 또 저 YMCA 명예총무라는 전택부라는 분도 아마 잠깐 또 헌 일이 있을 거예요. 그렇게 인제 목사, 뭐 기독교 관계 인물이 그걸 맡아서 했지. 그랬는데 인제 종교적인 색채는 그렇게 짙게 풍기진 않았고, 『새벗』이 창작동화, 거기다가 동요, 무슨 동시 이런 것 좀 싣고 그랬던 잡지야. 그게.

원_선생님, 그『새벗』, 『소년세계』 이런 잡지들 나올 때, 문단 사람들하고 만나고, 또 작품집 내거나 돌려보고, 이랬던 얘기 좀 해주시죠?

---

18 『어린이 다이제스트』는 강소천 주간으로 1952년 9월 피난지 부산에서 창간되었다.

어_문단, 문단 허는데, 뭐 아동문학 헌다는 사람의 수가 그때 몇 십 명? 몇 십 명밖에 안 됐을 거 같애요. 그 후에 동화작가회라는 걸 소천이 만들었어요. 그게 기독교서회라는 데 아래층에 다방이 있는데, 거기 모이는 사람으로 동화작가회를 만들었어요. 그래가지고 거기서 발의가 돼가지고 어린이헌장이라는 걸 만들었어, 그때. 동화작가회가 주가 돼서. 그 동화작가회 회원이 여섯 명인가 일곱 명이에요. 그러니까 문단이라 그래서 수십 명이 있었던 게 아니라구. 그렇게 사람이 적었어요. 동화작가회에는 내가 못 들어갔는데, 왜 그랬느냐? 동요, 동시를 쓰니까 동화작가회에는 못 들었거든. 동요를 『새벗』에 자주 발표할 기회가 없었어요. 일 년에 그저 두세 번, 뭐 그렇게 기회가 오니까, 그때.

원_일제시대 때부터 쭉 활동하신 분들 가운데, 선생님께서 50년대에 아동문학계에 관계하시면서 뒤늦게 알게 된 분들도 있을 거란 말예요. 마해송, 이주홍, 이원수, 윤석중, 강소천, 김영일 이런 분들이 다 일제시대 때 활동하던 그런 분들인데, 마해송 이런 분들은 어떻게 기억이 나나요?

어_마해송 선생도 뵌 게 훨씬 뒤고, 제일 먼저 만났던 이가 윤석중, 이원수, 최병화 이런 분인데, 그분네들도 자주 만난 게 아니구, 이따금씩 만났지만은 6·25가 곧 오고 이래가지고 더 만날 수가 없었죠. 그랬는데 윤석중을 1·4후퇴 피난길에서 걸어가다가 만났어요. 그것이 처음은 아니고 두 번짼가 세 번째지. 그래 돌아와 가지고 일주일에 한두 번은 만난 것을 몇 십 년을 계속했어. 그래서 가장 가깝다면은 윤석중하고 가장 가깝다, 그렇게 세상이 알고 있죠. 그래 윤석중하면 내 생각하고, 나 보면은 윤석중 안부 묻고 이런 때고. 뭐 어디 같이 행동헐 때도 있고 그랬어요.

윤석중과 새싹회 활동

원_그러면 윤석중 선생님하고 같이 새싹회를 창립 때부터…….

어_그게 1956년에 새싹회가 창립이 됐고, 그때 윤석중이 마흔 일곱 살이예요. 그것이 주욱 돌아가시기까지 계속이 되는데, 거 돌아가기 전에는 활동을 할 수가 없었어요. 이분이 연세가 많아서 구십까지는 어떻게 뭐 명맥을 이어왔었지. 허든 행사도 다 접고 그대로 사무실만 가지고 있었어. 그랬다가 인제 사무실을 내놓고 그냥 들어앉은 거지. 그랬다가 인제 한 삼 년 후에, 작년에 돌아갔지. 그렇게 됐지요.

원_새싹회는 그래도 많은 활동을 벌였는데, 소파상도 만들고.

어_초기에야 뭐 활동을 너무도 활발히 했죠. 그것을 내가 돕고, 그분이 다 그거 기획을 해서 운영을 했죠. 그래가지고 첨에는 인제 새싹음악회도 하고, 매주 일요일날 또 어린이들을 모아서 뭐 글짓기도 가르치고, 뭐 얘기도 들려주고, 인제 또 오락인가? 뭐, 레크리에이션이라 그래가지고, 모아가지고 노래도 부르고 그랬지. 그때 그거 잘 하던 사람이 전석환이라고 있었는데 지금 어떻게 됐는지 몰라요. 그래서 인제 덕수궁에서도 모이고 창경원에서도 모이고, 경복궁에서도 모이고 이랬어요. 그러구 인제 누구 사람들 불러다가 얘기도 듣고, 그 시대에 김찬삼이란 이가『무전여행 세계일주』라는 책을 내고 그랬는데, 그분도 추천을 해서 그『무전여행 세계일주』얘기를 어린이들에게 들려줬는데, 그게 다 새싹회 주최였어요. 이름을 '새싹일요학교'라 그래가지고 그냥 뭐 매주 계속을 했으니까, 매주. 그래서 저기 광릉인가? 수목원 있는 데가 광릉이지? 거기도 가고, 또 어디에 뭐 두루미가 나타났다 그래서 그것도 견학을 가고, 그런 활동을 많이 했어요, 어떻든. 그걸 하다 보니까 동아일보사하고 또 제휴를 해가지고 공동주최로다가 또 한 일도 있고, 꽤 활동을 한 셈이죠.

원_새싹회 활동할 때 드는 비용 이런 것들은 다 어떻게 해결했어요?

어_그것은 뭐 걷은 일은 없고, 비용을 어떻게 조달을 했는지 그건 내가 물을 수도 없고, 내용을 모르는데, 어떻든 회장이 다 했던 거 같아요.

원_윤석중 선생님께서?

어_네.

원_해송 동화상도 제정이 되고, 나중에는?

어_해송 동화상은 인제 해송 선생이 돌아가셔서 그 상가에서 문상객들이 죽 앉았는 데서, 윤석중 선생이 '해송 동화상을 하나 제정을 하면 어쩌냐?' 그걸 나한테 물어서, 아, 그거 좋다고, 그거 해야 한다고, 이렇게 해서 상가에서 그게 발의가 된 거예요. 그걸 2회, 3회까지 했는데 그만 또 못 허게 됐지, 안 하게 됐지, 거 잡음이 있어가지고. 그걸 왜 널리 의논을 해서 허지 않고 그렇게 저 혼자 상가에서 그렇게 하느냐, 이런 잡음이 있어 가지고 그랬는데, 그때 그 상가 자리에 있던 이가, 이름을 대라면 댈 수 있는데, 거기 몇몇 분이 있어가지고, 그분네들도 아주 좋다고, 뭐 반대를 하겠어요? 그래 가지고 그게 시작을 했는데, 그거를 독점했다는 잡음이 있어 가지고, 그렇다면은 그만두자, 그래서 그만뒀어요. 그 후에 그걸 다시 살린다는 얘기가 있었는데, 다시 살리질 못하고 여태 내려왔어요.

아동문학 단체들의 난립

원_50년대에는 단체들이 만들어진단 말예요? 49년도에 한국문학가협회가 만들어졌는데, 아동문학분과위원장을 윤석중, 50년대에는 강소천 씨가 했구요, 55년도에는 한국자유문학자협의회가 만들어졌는데, 여기 아동문학분과위원장은 정홍교……

어_그분이 소년운동 헌 분이에요.

원_예, 소년운동할 때 오월회인가 그랬을 걸요, 아마?

어_근데 그 소년운동자협회? 뭐 그런 이름을 붙였는데, 그분이, 거 정홍교 선생이 소파 방정환하고 대립된 그런 기관이예요.[19]

원_네, 오월회가 그랬죠.

어_그래 가지고 어린이날 기념행사도 소파쪽은 천도교가 주가 돼가지고 했고, 정홍교 씨는 또 따로 소년운동자협회? 뭐 그런 이름을 가지고, 이분에 총재라, 직함이. 소년운동자협회 총재라고 그랬다고 그때에.

원_일제시대 때 20년대 방정환하고 대립했을 때는, 정홍교 씨가 좀 사회주의적인 사람들하고 같이 움직였는데, 뭐 해방되고 나서야 그것하고는 다른데, 아무튼 한국문학가협회하고 한국자유문학자협회도 조금 서로 다른 색채를 가지고 있었는데, 윤석중, 강소천은 한국문학가협회에 있었고, 자유문학자협회에는 정홍교 씨가 있었단 말이죠.

어_그랬던가? 근데 정홍교 씨가 동화를 좀, 소위 창작동화를 쓰긴 썼어요. 썼는데, 그분은 무슨 작가, 문필가라기보다 소년운동자야, 운동자. 그분이 『소년시보』라는 주간지를 내고 그랬죠.

원_50년대에는 통속문학도 많았다고 그러는데, 아동문단 쪽에 사람이 많은 것은 아니었지마는, 성인문단 쪽에서도 많이 쓰고, 신춘문예제도가 운영되고, 잡지 추천제도 생기고 이렇게 되면서, 그때부터 아동문학 단체도, 54년도에 한국아동문학회, 57년도에 한국동화작가협회, 이런 것들이 생기고, 문학상들이 생기고, 그러다 보니까는 조금씩 알력들도 나타나고 했던 모양이에요?

어_그게 몇 년인지, 김영일 씨가 한국아동문학회, 이거를 결성을 했어요. 이게 최초의 문학단체라고 할 수 있죠.

원_네, 아동문학만의 단체로서는.

어_한국아동문학회는 지금도 있어요, 그 회가. 창립 때에 모였던 사람이 기념사진 찍은 걸 보면 한 20명 돼요. 그 중에는 인제 박목월도 들어 있

---

19 1920년대 후반에 계급주의 운동이 거세지자 방정환 주도의 천도교소년회와 대립하는 정홍교 주도의 오월회가 만들어졌다. 또한 소년단체의 연합과 통일 기운이 높아지면서 방정환을 위원장으로 하는 조선소년연합회(1927.10.26.)가 만들어졌는데, "조직체를 과거 자유연합체로부터 민주주의적 중앙집권에 의한 총동맹으로" 바꿀 것을 결의하고 정홍교를 위원장으로 하는 조선소년총동맹(1928.3.25.)으로 바뀌었다.

고, 아까 얘기한 최태호 씨도 들어 있고, 뭐 그래요. 그랬는데, 아동문학
회가 중단이 돼서, 이원수가 회를 하나 만들었어, 또. 아동문학 단체를.
그러니까 인제 부랴부랴 한국아동문학회, 김영일 아동문학회가 재기를
허는 거야. 그동안에 안 하고 있다가. 그 안 한 이유가 뭔가? 안 하고 있
다가 다시 시작을 했어요. 이원수가 단체를 하나 만드니까 그렇지 또 시
작을 했어요.[20]

아동문학 논쟁과 시각의 차이

원_70년대 이오덕 선생이 비평하면서부터는 상당히 많이 논쟁도 벌어지
고 그랬죠?
어_그랬는데 이게 참 어찌 보면 부끄러운 얘기지만 전연 그런 걸 들여다
보질 않았어요, 나는. 근데 이오덕? 이오덕허고 권정생 씨허고를 나허고
이원수 선생이『동아일보』신춘문예에서 아마 당선을 시켰던 것 같은데,
이오덕은 확실허고, 나허고 둘이 뽑았어요, 그때.[21] 이오덕의 동화에 한
반 아이들끼리 칼부림허는 게 나와요. 그래서 이거 안 되겠다고 내가 주
장을 했는데, 이원수가 안 들어. 그래서 심사평을 쓰는데, 그 심사평은
또 손아래 사람이 쓰게 돼 있거든, 둘이서 볼 적에는. (웃음) 그래서 내

---

20 1949년 한국문학가협회의 아동분과위원장으로 윤석중, 강소천, 1955년의 한국자유문학자협회
의 분과위원장으로 정홍교가 활약했다. 1953년 1월 김영일 주도로 한국아동문학회가 조직되었
는데, 5·16 이후 각종 단체가 정리됨에 따라 한국문학가협회 아동문학분과로 소속해 있다가,
1971년 2월 이원수 주도로 한국아동문학가협회가 만들어지자, 1971년 5월 다시 발족했다. 한
편 1978년 2월에 김성도 회장, 이재철 부회장으로 한국현대아동문학가협회가 만들어졌다.
1989년에는 한국아동문학가협회에서 일부가 갈라져 나와 한국어린이문학협의회(회장 이오덕)
가 만들어졌고, 1991년에는 한국아동문학가협회와 한국현대아동문학가협회가 통합하면서 한
국아동문학인협회(석용원, 신현득, 유경환 공동대표)가 만들어졌다. 그리하여 현재는 한국아동
문학회, 한국아동문학인협회, 한국어린이문학협의회로 크게 나뉘어 있다.
21 이오덕은 1971년『동아일보』신춘문예에 동화「꿩」이 당선되었고, 권정생은 1971년『매일신
보』신춘문예에 동화「아기양의 그림자」(가작), 1973년『조선일보』신춘문예에 동화「무명저고
리와 엄마」가 당선되었다.

가 쓰는데, 괄호하고 '칼부림이 걸림' 뭐 이렇게 내가 지적을 했죠. 그게 뭐냐 하면, 공부 못하고 가난한 집 아이를 요샛말로 따돌리는 게라. 그런 데 인제 그렇지 않은 아이들끼리 모여서 놀러가는데, 가방허고 뭐 웃도리 벗은 걸 지키라고 그러거든? 그 아이한테? 그래 이 놈이 지키고 앉았 다가 돌아올 때쯤 되니까 주머니칼, 연필 깎는 칼을 꺼내 휘둘르는 거라. 이게 뭐냐 이 말이지. 너희들끼리만, 나를 여기다 앉혀놓고. 그래 내가 이 게 걸린다, 그러니까 이거 안 되지 않겠냐 하니까 이원수가 안 들어. 그 런데 이원수 씨가 나보텀 위인데, 십 년 이상 위인데, 내가 더 뭐라 헐 수 있어? 그래서 그냥 넘어가는데 다만 그걸 밝히겠다, 칼부림이 걸린다고. 그래서 발표헌 일이 있고, 권정생도 아마 나허고 둘이서 뽑았을 거예요.

원_권정생 선생 거는 「강아지똥」인가요?

어_「강아지똥」은 훨씬 또 뒤 꺼고, 그런데 「강아지똥」도 내가 거 개똥이 라는 게 채 썩어야 그게 비료가 되죠. 근데 강아지가 똥 눠 났는데, 그게 빗물에 쓸려서 흘러갔는데, 그게 거름이 됐다 그거라. 근데 그렇게 따지 느냐? 동화를. 그렇게도 또 말할 수 있죠. 그러구 인제 얘기 난 김에 얘 긴데, 『몽실 언니』 같은 거. 그게 인제 살기 어려워서, 먼저 남편을 버리 고 개가허는 거란 말이야. 그랬는데 인제 그 개가헌 그 남편인가가 애를 방 밖으로 집어던지거든? 그래서 또 그걸 다리가 어떻게 부러졌는지, 병 신을 만들어놓는 거예요. 아버지 폭력으로. 그래 이거를 어린이들에게 읽혀서 뭐를 배우게 허는 거냐. 그 의문이에요, 내가.

원_그것만 다뤄진 것이라기보다는 그런 과정 속에서 몽실이가 꿋꿋하게 성장해오는 얘기니까.

어_그렇게 또 지적허는 이들도 있어요. 근데 그거 자체가, 어린이 집어 던지고 이게 되겠냐 이 말이야. 병신 만들어 놓는 게. 그러면은 어린이들 에게, 이렇게 개가허지 마라, 허허 허.

원_아니, 그런 폭력성, 아이들에 대한 학대, 이런 사회 문제를 지적할 수 있는 평도 또 나올 수는 있죠.

어_글쎄…… 그게 아주 그이로서는 역작이고 좋게 평들을 하는데, 나는 그런 의문이 좀 들어요. 그러니까 인제 다른 사람들 얘기로는 역사다 뭐 이러는데, 글쎄 역사는 역산데, 그 대문이 필요허냐? 허허허. 그래 내가 또 평론가가 아니고, 내가 작품을 볼 적에 분석적으로 못 봐요. 사람이란 게 분석적인 사람과 종합적인 사람, 둘로 크게 나눌 수가 있거든? 근데 내가 분석적이 못 돼요. 그러기 때문에 평론을 헐 수가 없어요. 한 번도 뭐 이거를 활자화하거나 대중 앞에 얘기헌 일은 없어요. 다 작가 저 나름의 세계가 있으니까. 관점이 있고.

원_문단에서 크게 주목받았던 논쟁들 얘기 좀 해보죠. 이오덕 선생하고 이상현의 논쟁, 부정동시론 이런 거.[22]

어_그런 논쟁에 전연 내가 눈을 보내질 않아서 잘 몰라요. 들리는 얘기로밖에는 몰라요. 그걸 뭐 읽고 싶지도 않고.

원_이원수 선생은 품이 넓어서 누구를 뭐 비난한다든가 배척, 이런 성품이 아니었다고 들었어요.

어_그렇지, 그런 거 전연 없어요.

원_현실주의를 강조하는 비평과 문학을 하셨으면서도…….

어_내가 어려서 기독교계 유치원엘 다니고 여나믄 살 먹었을 적에는 동네에 목사님 사랑방을 내 방 쓰듯 했거든? 그랬는데 날더러 기독교인 되라는 권유는 한 번도 받은 일이 없어요. 이렇게 봐서 넌 기독교인 안 되겠다 싶었는지. 그 마찬가지로 이원수 씨도 나허고 한 달에 한 번 정도, 두 번? 뭐 어떤 땐 두 달에 한 번 정도 만났다구요. 만나서 그래도 꽤 애

---

22 동요의 단조로운 율격과 상투성을 벗어나 이미지를 중시하는 60년대 동시를 두고 이재철은 '비문학적 요소를 배격한 본격문학'이라고 높이 평가했으나, 이오덕은 이를 '감각적 기교주의'라고 칭하면서 '외국의 작품이나 성인시의 영향'에 지나지 않는다고 비판했다. 또한 이상현은 '현대시의 난해성, 상상, 환성, 언어 미학' 등의 개념으로 60년대의 난해 동시를 변호했으나, 이오덕은 '어린이를 기피하는 허상의 동시'라고 부정하였다.

기도 허고 그랬는데 전연 뭐 그런 거 없어. 그래서 내가 첫 동요시집을 61년에 냈는데, 발문을 좀 써달라고 그랬어요. 그래 잘 써 줬어요. 윤석중허고 내가 더 가깝거든? 그랬는데 뭐 윤석중 욕 허는 일도 없고.

원_두 분이 원래 일제시대 초기부터 쭉 동요를 개척해왔기 때문에 서로 비난하거나 그런 일은 안 했을 거라고 보는데요.

어_서로 비난 없어요. 윤석중도 뭐 이원수 얘기허는 일 없어요. 그런데 이원수가 대구에서 『소년세계』 헐 적에, 어떻게 대구 갈 일 있으면 꼭 이원술 만나고 온단 말이야, 윤석중이. 그런데 어떤 때는 그 '잡지가 나왔다고 주더라' 그러면서서 내 것까지 받아서 와요. 그래서 받았더니 '윤석중'이라고 써 있어요. 그러니까 내 이름 쓴 거는 윤석중이 갖고 (웃음) '윤석중'이라고 쓴 거는 내가 가졌죠. 그런 일도 있고. 인제 좀 못마땅하게 여긴 이가 강소천이야. 강소천은 나만 보면 그렇게 불평을 해요. 뭐냐. 강소천의 「닭」이라는 동요가 있지? '물 한 모금 입에 물고 하늘 한번 쳐다보고, 또 한 모금 입에 물고 구름 한번 쳐다보고' 이게 줄로 치면은 넉 줄인가? 원래 그런데 여나문 줄 되는 거래요. 기다란 거야. 그거를 윤석중이 그때 무슨 잡진가? 『소년』인가? 거기에 그거를 싣는데, 그 넉 줄 이하 열 줄을 죄 지워버렸어. 그래 그걸 가지고 그래요. "아무리 선배래두 그렇지. 그렇게 남의 작품을 그럴 수가 있느냐, 이러면서 내가 그러더라구 가서 말하셔", 날더러. 그랬다구. 근데 그걸 잘라 버렸기 때문에 저게 살았다는 거지. 어허허.

원_그렇죠, 작품성은. 그러면 강소천 선생은 원래 작품을 복원해서 다시 발표할 생각은 없었나 보죠?

어_어디 발표할 기회가 없었죠, 뭐. 동시집을 또 냈던가? 그게 『호박꽃 초롱』에 실려 있지?

원_『호박꽃 초롱』에도 넉 줄로 돼 있죠.

어_아마 그럴 거예요.

원_그러면 넉 줄 된 것이 문학성은 인정받았다고 보시는 거죠?

어_아, 그렇죠, 그럼.

원_하하. 불만은 있었구나?

어_인제 그거를 맘대로 잘라 버렸다…….

원_쓴 사람 허가 없이 그랬기 때문에, 편집과정에서.

어_그때 윤석중은 권위가 있었죠. 근데 나이는…….

원_윤석중 선생이 11년생이고요.

어_11년생이지요. 소천, 강소천은 1915년생인가? 그러니까 4년 차인데, 예전에는 4년 차이도 큰 거예요. 그래 만날 적마다 "내가 그러더라고 가서 그러시오, 가서 그러시오" 그러는데 내가 그럴 수 있어요?

원_농담조가 아니라 조금 불만조로?

어_불만이지, 불만. 근데 정작 맞딱뜨리면 그런 얘긴 전연 없고, 꼭 나한테 그래. 그래 그걸 가서 내가 "아, 강소천이 그러더라" 이렇게 되면 아, 거 또 뭐 웃고 넘겼겠지마는, 옮긴 일이 없어요, 한 번도.

원_윤석중 선생은 부지런하셨는지 동요를 많이도 썼어요.

어_그냥 뭐 걸리면 다 노래가 되는 거야. 한동안 나허고 한 방에서 지냈거든. 서울 완전 수복 전에. 1차 수복이 있고, 또 고 다음핸지 완전수복이 있어요. 고 전에 윤 선생 가족이 천안인가에서 돌아오기 전에 서울로 왔는데 어디 잠잘 데가 없다고 그래서 나허고 한 방에서 지냈어요. 그때 미8군에 문관으로 있었다구, 이분이. 그 8군에서 문관으로 무슨 일을 했느냐 했더니, 그 한글 문서 봐주는 거래, 고치고. 그랬는데 잠은 나허구 자고, 8군 가서 아침 자시고, 점심 자시고, 또 저녁 자시고 들어오고 그래서 잠만 자는 거라, 나허고. 허허. 그랬던 때가 여러 달 계속이 됐죠. 근데 그때에 뭐 문방구에서 파는 수첩도 없을 때야. 그러니까 종이를 수첩만 허게 잘라 가지고 끈을 꿰서 수첩을 맨들어서 주머니에 넣고 댕기면서 동요를 썼어요. 동요를 쓰는데, 저녁에 인제 만나면, 하루 쓴 걸 보여

쥐요. 보여주는데, 한 달에 50편인가 써요, 한 달에.

원_워낙 감각이 뛰어나시니까, 동요 감각이.

어_그것만 또 생각허거든? 그것만 생각허고 다른 생각은 뭐 별로 안 했던 거 같애요. 그런데 어른이 다른 생각 전연 안 하면 어떻게 살아? 하기야 그걸 주로 생각을 하는데, 한 달에 50편을 쓰니깐 나도 놀랐지. 쓴 거꼭 읽어보라고 밤에 만나면 보이거든. 그러면 인제 내가 "요고는 요랬으면 좋겠다, 요고는 요랬으면 좋겠다." 이러면 다 들어요, 또. "아냐, 아냐, 그대로 두는 게 나아." 뭐 이런 일이 별로 없었어. 아 그랬는데 고 다음번에는 일주일에 50편을 쓰네? 그게 다 책이 돼서 나왔죠, 나오긴. 말하자면 재주가 뛰어나. 글쎄 턱 걸리면 다 노래가 되는 거라, 그냥. 그래서인제 웃었는데, 별 게 다 노래가 돼요. '장님 장님, 등불은 왜 드셨나요? 장님 장님, 등불은 왜 드셨나요? 어허, 모르는 소리, 니가 부딪힐까봐 그런다.' 이거야. 그것도 동요가 되는 거야. 하하하.

원_1950년대에 만들어진 한국아동문학회는 5·16 때 해산되어 문인협회 아동문학분과로 소속되었다가, 71년도 5월에 다시 발족이 되는데, 71년도 2월에 이원수 선생께서는 한국아동문학가협회를 만들었거든요? 이렇게 해서 한국아동문학가협회허고 한국아동문학회 두 개가 나뉘어 내려왔단 말이죠. 그런데 참 묘한 게 6·25 때 이원수 선생은 최병화하고 같이 올라가다가 돌아서 내려오고 그랬는데, 최병화 선생은 폭사하고 이원수 선생은 죽을 뻔한 것을 김영일 씨가 힘을 써줘서 살았다는 말도 있고, 김팔봉 씨가 힘을 써줘서 살았다는 말도 있고 하거든요?

어_글쎄, 내가 들은 얘기는 역시 김영일 선생이 어떻게 도와줬다, 무슨저 주민등록증인가? 그런 걸 만들어 줬다, 하는 얘기는 내가 들은 거 같애요. 그때 주민등록증을 정식으로 발부헌 게 아니고, 어떻게 남의 주민등록을 가지고 이원수 이름을 넣어서 줬다, 뭐 그런 얘기는 들리는데, 건잘 모르겠고.

원_이원수 선생은 해방되고 나서 조선문학가동맹 같은 데에 관여하고 그랬기 때문에 아마 보도연맹에 가입을 했을 테고, 그랬다가 전쟁을 맞이해서, 전쟁기간 중에 남으로 피난을 가지 않고 있었기 때문에 말하자면 9·28 서울 수복 당시에는 부역자가 되어 잡히면 신변에 크게 위협을 입게 되었기에 피해 다닌 거겠죠. 그래서 북쪽으로 올라가다 다시 내려왔는데, 그때 잡히면 위험한 상황이라 누구의 도움을 받은 건데요.

어_난 팔봉 얘기는 못 들었어.

원_역사의 아이러니기도 하네요. 김영일 씨가 일제 말에 고등계형사였다가 별 문제제기를 받지 않고 활동하면서 한국아동문학회 초대회장으로 자리를 잡게 되고, 이원수 선생은 김영일 씨 도움으로 6·25동란 때 살았다가 나중에는 한국아동문학회하고는 다른 한국아동문학가협회를 만들어서 이어져 오고 있거든요. 끝으로 최근 후배들 활동에 대해서 뭐 느낀 점이라든지, 또 이랬으면 하는 거 있으면 말씀해 주시죠.

어_나는 인제 과거의 사람이 됐다구, 과거 사람이야, 나는. 지금 뭐 창작을 허겠다구 젊은이와 대결을 헐 수가 없어요. 또 그게 되질 않아요, 아무리 내가 새롭게 이렇게 좀 해봐야 되겠다 하는 생각을 하더라도. 그러니까 인제 젊은이들에게 맡겨두는 도리밖에 없죠.

원_선생님을 통해 일제 말부터 전후에 이르기까지 여러 가지 풍부한 이야기들을 참 많이 들었어요. 그동안 수고하셨습니다,

어_네, 수고했어요.

원문 출처

제1부 _

『별나라』와 동심천사주의 : 『한국 아동문학연구』 23집, 2012.

『신소년』과 조선어학회 : 『아동청소년문학연구』 15집, 2014.

『어린이』와 계급주의 : 『한국학연구』 42집, 2016.

일제강점기 동요·동시론의 전개 : 『한국 아동문학연구』 20집, 2011.

친일 아동문학 재론 : 『한국학연구』 48집, 2018.

해방기 아동문학에 비친 두 개의 8·15 : 『문학교육학』 54집, 2017.

한국전쟁기 임시 교과서와 반공 아동문학 : 『현대문학의 연구』 64호, 2018.

제2부 _

윤석중과 이원수-아동문학의 모더니즘과 리얼리즘 : 『아동청소년문학연구』 9집, 2011.

계보에 비추어 본 이주홍 아동문학의 특질 : 『문학교육학』 38집, 2012.

구인회 문인들의 아동문학 : 『동화와번역』 11집, 2006.

현덕 문학에 나타난 부권부재와 회복의 열망 : 『한국학연구』 36집, 2015.

현덕의 『광명을 찾아서』와 리얼리즘 소년소설의 계보 : 『한국학연구』 40집, 2016.

북한체제에서의 강소천 : 『아동청소년문학연구』 13집, 2013.

강소천과 순수주의 아동문학의 기원 : 이승원·강원국 편, 『격동기, 단절과 극복의 언어』(탄생 100주년 문학인 기념문학제 논문집), 민음사, 2015.

제3부 _

아동문학의 정전 논의를 위하여 : 『창비어린이』, 2011년 겨울호.

아동문학 텍스트와 초등 문학교육 : 『문학교육학』 24집, 2007.

탄생 100주기에 강소천을 돌아보다 : 『아동청소년문학연구』 16집 , 2015.

아동문학 담론의 현장 복원 : 『아동청소년문학연구』 18집, 2016.

문학사 인터뷰1: 윤석중 : 『아침햇살』, 1998년 여름호.

문학사 인터뷰2: 어효선 : 원종찬 채록, 『어효선』(한국문화예술진흥원, 2004)에서 발췌.

찾아보기